타이완 현대문학의 반추

타이완신문학사 下

이 도서는 중화민국문화부의 지원을 받아 출판되었습니다. 사진은 후진룬, 펑더핑, 우카미, 천이화 님이 제공해주셨습니다.

中華民國文化部贊助出版.
聯經出版公司胡金倫總編輯, 文訊雜誌封德屏社長, 舊香居吳卡密女士和陳逸華先生提供照片.

타이완 현대문학의 반추

타이완신문학사

台灣新文學史

천팡밍 지음

고운선, 김혜준
성옥례, 이현복 옮김

學古房

| 목차 |

제16장
모더니즘시의 예술적 추구와 성숙*

타이완 신시의 모더니즘적 상상은 1950년대 중기에 시작되어 1960년대에 성숙의 과정을 거쳐 1970년대 리얼리즘 노선과 선명하게 분열되었다가 다시 결합하기에 이르렀다. 지셴紀弦이 만든 모더니즘시파現代詩派를 남상으로, 이를 이어받아 푸른별시사藍星詩社와 창세기시사創世記詩社가 만들어짐으로써 모더니즘은 나날이 신시 운동의 주류로 발전해 갔다. 미학적 사유에서 모더니즘으로의 전환은 타이완 시인들로 하여금 중국의 5·4문학 이후 서정 전통의 영향에서 벗어나, 이제까지 해본 적 없던, 억압된 욕망과 정서를 상상하도록 만들었다. 타이완 문학은 신시에서 이루어진 무의식이나 내면세계의 탐색을 통해 동시기 모더니즘 소설과 마찬가지로 광활한 역사의 서막을 열어젖힐 수 있었던 것이다.

중국의 초기 신시 운동은 의식세계의 긍정적인 가치를 강조하는 것에 집중했다. 시인은 우국충정感時憂國이나 영원한 사랑과 같은 제재만을 다루었다. 시인들은 시의 행간에서 영광스러운 역사, 민족의 정조, 인격의 승화, 인성의 구원과 같은 대서사를 읊는 데 능했다. 이러한 권선징악식의 송가는 1950년대 이후까지 반공 정책의 고취와 장려 속에 확장될 수 있었고 애국 시인, 전투시, 반공시 등이 시대를 풍미할 수 있었다. 사상의

---

* 이 장은 이현복이 번역하였다.

투명함과 정치적 정확성과 같은 인공적 미학은 창조력과 상상력을 크게 훼손했다. 때문에 모더니즘시 운동을 반공 문예 정책의 맥락에 놓고 검토한다면, 그 특수한 역사의식을 밝혀 낼 수 있다.

타이완 신시의 현대화는 계엄 체제의 구조를 부수고 나와, 끝내는 시인의 무의식의 바닥으로부터 수많은 나쁜 면, 어둠, 난잡한 상상 등을 수면 밖으로 끌어올렸다. 이처럼 유래 없던 심리 탐색이 있었기에 시인들은 의식과 무의식 양면에서 권력의 간섭을 피해 순수 미학의 영역에 이를 수 있었고 예술성을 무궁무진하게 펼칠 수 있었다. 모더니즘 소설의 창조와 마찬가지로 모더니즘 시에서의 마음의 탐색은 두 가지 경로를 통해 이루어졌다. 하나는 언어의 개조이고, 또 하나는 미학의 발굴이다. 언어 방면에서 시인은 일찍부터 백화문이 빈곤하고 건조하다고 느꼈다. 5·4문학 전통이 떠받든, 구어張口見喉식 언어나 말하는 대로 쓰는我手寫我口 문장은 이미 현대시인 내면에 자리한 심층의 의식을 전달하기에는 부족했다. 그들은 언어를 전복하거나 문형을 다시 만들어 내지 않을 수 없었다. 그렇게 하지 않는다면 정치적인 교착 상태에서 봉쇄되어 있던 예술의 공간을 열어젖힐 수 없었다.

모더니즘시 운동이 전면적으로 전개되면서 각 시 사단의 기관지, 예를 들어 《현대시現代詩》, 《푸른별藍星》, 《창세기創世紀》 등은 언어적 실험을 과감하게 전개했고 동시에 한 걸음 더 나아가 《공론보公論報》, 《문성잡지文星雜誌》, 《문학잡지文學雜誌》, 《황관皇冠》에서도 새로운 영역을 개척했다. 그들은 결코 문자적인 표현에만 머물지 않고, 때에 따라서는 소리의 연출, 즉 낭송에서도 뛰어난 모습을 보였다. 그들은 종종 시낭송회를 개최하여 독자와의 접촉을 넓혔는데, 이처럼 시를 낭송함으로써 문자의 리듬과 속도에 더욱 민감하게 반응할 수 있었다. 음악적 필요에 따라 시인들은 특히 시의 기술적인 운용을 중시했고, 이에 따라 시행의 처리, 이미지의 배치, 연상의 연결과 지속, 의미의 배합 등에 주의했다. 이러한 형식 방면의 추구는 내면세계의 부침과 밀접한 관계가 있었다. 무의식의 공간에서 그들은 배덕, 타락, 사악, 몰락, 천박한 욕망 등을 탐색했다. 또한 시적 기술을 두고 연구에 연구를 거듭함으로써 타이완에서 놀라움과 기쁨으로 충만한 시대를 열어젖혔다.

급속한 시 현대화

모더니즘 미학의 전파는 1960년대 시인의 창작을 통해 빠른 속도로 전개되었다. 당시 타이완의 현대 시인들은 신선하면서 낯선 언어를 대량으로 창조했는데, 이는 그들이 모험과 실험에 주저함이 없었다는 것을 말해 준다. 타이완 모더니즘시의 중요한 특징은 시의 언어에 탐험, 모험, 위험이 가득하다는 것이다. 반공 체제 하에서의 시인들은 언어적으로 위험한 상황에 처해 있었다. 그들은 전통 정신과 권력의 간섭에 사상적인 균열을 내고 싶어 했다. 그들은 조금도 주저하지 않고 균열을 만들어 나갔다.

이 시인들은 시적 탐험이라는 면에서 보았을 때, 선배들이 사용하지 않았던 수사를 활용했고, 과감한 언어의 연상과 단절을 통해, 잠재되어 있던 감각과 정서를 분출시켰다. 1930년대 타이완과 중국 현대 시인들은 신감각을 강조하기는 했지만, 완전한 언어 개조에까지는 이르지 못했다. 타이완 시인들은 한 자 한 행의 단구도, 한 행이 사십 여자가 넘는 장구도 과감하게 사용했다. 그들은 시행 사이의 공백을 활용하여 정서적 침묵과 의심을 멈추는 효과를 만들어 냈다. 악보의 쉼표처럼 타이완 시인들은 소리가 없는 곳이 바로 의미가 파고 드는 곳이라는 것을 이미 알고 있었던 것이다.

시적 모험의 측면에서 본다면, 1960년대 타이완 시인들은 기교적 형식을 변화시켜 5·4의 역사와 1930년대 타이완 문학에 도전했고, 타이완의 객관적인 정치 현실에 강력하게 문제를 제기했다. 그들은 개인의 감각을 운용하는 것에 집중했으며, 이를 통해 집단주의와 권위주의에 저항했다. 그들의 모험에는 고도의 문학적 의미와 예술 정신이 깃들어 있었는데,

한편으로 그들은 이러한 모험을 통해 부지중에 깊이 숨어 있던 정치적 비판을 전개했던 것이다.

시의 위험의 측면에서 본다면, 타이완 시인들의 언어 실험은 결코 완전히 성공했다고는 할 수 없다. 모더니즘 사조의 충격이 최고조에 이르면서 그간의 악습이 드러났다. 끊임없이 전개된 언어 혁명으로 인해, 결국 많은 시인들이 창작에서 현대를 위해 현대를 추구하고, 실험을 위해 실험을 함으로써, 당시 세간에서 조롱받던 "가짜시僞詩"를 양산했던 것이다. 1960년대 공인된 수많은 난해한 시들은 사실 매우 사실적이었다. 그러나, 일부 시들은 결국은 문자의 미로에 빠져서 비판을 받았다는 것도 부인할 수 없는 사실이다. 1970년대 초반의 모더니즘시 논쟁은 난해한 시에 대한 일련의 반성과 질문이었다.

타이완 신시는 군중軍中 작가의 손에서 고도로 현대화되었다. 쭤잉左營 해군 기지에서 결성된 창세기시사에는 야셴瘂弦, 뤄푸洛夫, 장모張默와 같이 실험에 주저함이 없던 시인들이 모여들었다. 그들이 생계를 위해 택했던 직업은 자신들의 문학적 지향과는 큰 차이가 있었다. 군내 문학 단체의 문학 관념은 기존의 정치 체제를 옹호하는 쪽으로 다소 기울어 있었고, 문학 창작에서도 비교적 보수적이고 폐쇄적일 수밖에 없었다. 그러나 창세기시사는 이와 다른 문학적 방향으로 나아간 시인들이었다. 이 시사에서 야셴은 가장 주목 받은 이였다.

야셴(1932-)은 본명이 왕칭린王慶麟으로 후난성湖南省 난양南陽 출신이었다. 정치 간부 학교政工幹

▶ 瘂弦(《文訊》 제공)

校의 영화연극과 출신으로서 그는 미국 아이오와 대학 "작가 워크샵Iowa Writer's Workshop"에서 2년을 공부했다. 야셴의 초기 시는 중국 1930년대 시인 허치팡何其芳과 독일 지성파 시인 릴케Rainer Maria Rilke로부터 크게 영향을 받아 그 모방작이 많았다. 그는 메타적 방법으로 냉혹한 삶을 새로이 구성하는 데 능했다. 그러나 그의 냉혹함은 냉담함은 아니었다. 그의 시에는 감정이 풍부했다.

모든 모더니즘 시인들과 한가지로 그들은 언어 혁명을 강력하게 전개했다. 야셴 작품의 전위적 성격은 전적으로 언어의 주조에 바탕을 두었다. 그러나 야셴의 가치는 단절적인 어법에도, 자구를 새롭게 만드는 것에도 있지 않았다. 대신 그는 시에 백화와 구어를 과감하게 활용했다. 평범한 언어와 평범한 언어를 서로 연결시키자 뜻밖에도 기이한 이미지가 그려졌고 놀랍도록 새로운 의미에 이를 수 있었다. 야셴은 〈시인의 편지詩人手札〉에서 시의 언어에 관해 이렇게 주장했다. "뜬금없는 수사상의 요구拗句1)를 가지고 깊이가 있는 듯이 가장하거나, 애매하고 불분명해 이렇게도 좋고 저렇게도 좋은 이중적인 언어를 사용하여 신비함을 드러내거나, 혹은 어휘의 우연적인 배치를 통해 의외의 효과를 조성하는 것들은 근본 없이 겉만 번지르르한 사상누각이고, 감정적으로 부실이며, 시의에 있어 타락이다."[1] 언어를 벗어나면 야셴의 시적 기술은 뿌리를 잃고 만다. 그는 언어의 즉흥성과 본성을 활용하여 독자로 하여금 그의 내면의 복잡한 사유와 정서의 흐름을 엿볼 수 있게 했다.

야셴은 신시 창작에 12년(1953-1965) 정도만 종사했고, 시집은 《심연深淵》[2] 한 편만을 완성했을 뿐이다. 그러나 그는 시단에서 회자되는 전설로 남았다. 지금도 많은 이들이 그를 그리워하고 있는데, 그 이유를 따져보면 그의 시의 언어적 상상의 공간이 드넓고 활기로 가득했기 때문이었다. 또한 그는 자신이 살아 나갔던 세계와는 전혀 다른 세계를 만들어

---

1) 전통 격률시의 격률에서 정상적인 평측을 지키지 않는 것을 말한다.

▶ 痙弦,《深淵》(舊香居 제공)

냈기 때문이었다. 정치가 시대를 봉쇄한 반공 시기에 숭고, 승화, 건강, 사실의 미학이 시대를 지배했다. 반면 야셴의 작품에서는 타락과 어둠, 퇴폐, 불완전한 사고가 드러났다. 이렇게 예술성을 좇는 방식은 상당히 혁명적이고 전복적이다. 1960년대 이전에, 야셴은 타이완 사회에 존재하는 여러 신들에 대한 신앙諸神的信仰에 우회적으로 질문을 던지고 이를 조롱했다. 소위 여러 신이라고 하는 것은 위신 있고, 권력적이며, 지존무상한 존재를 말한다. 그의 시에는 "식시조食屍鳥", "십자가十字架", "태평소嗩吶", "울음哭泣", "팔을 잃은 자斷臂人", "장의사殯儀館"와 같은 이미지가 반복적으로 등장하는데, 이것들은 죽음의 기운을 짙게 만들고, 전투나 애국과 같은 정조를 강하게 비웃는다.

《야셴 시집痙弦詩集》(1981)[3]의 7절에 담긴 〈감각에서 출발하다從感覺出發〉는 1960년대 초 시인이 가지고 있던 머뭇거림, 방황, 불안감, 망설임과 같은 심정을 대표하며, 발버둥, 분노, 항의, 반항과 같은 정서를 반영한다. 이 시들이 세상에 모습을 드러낸 것은 타이완 현대시가 이미 성숙한 단계에 이르렀다는 것을 선포하는 것과 마찬가지였다. 많은 이들이 곱씹었던 시구들이 모두 이 시기에 나왔다. 여기에는 "이미 강으로 보이는 이상, 어쨌든 그저 계속해 흘러갈 밖에而既被目爲一條河總得繼續流下去的"(〈안단테처럼如歌的行板〉), "우리는 어쩌면 찬란히 빛나지 못할 수도 있다我等或將不致太輝煌亦未可知"와 같은 것들이 있다. 또 이런 작품도 있다.

발전소 뒤로부터, 아내로부터, 바람으로부터, 만찬 후의 수다로부터,
가을날 길게 자란 강아지풀로 가득한 뜰로부터
그를 구해 낼 이, 아무도 없었다

〈정원庭院〉

　이러한 시구는 수준 높은 음악적 리듬과 은유적인 암시로, 시인의 지
칠대로 지쳐버린, 평범하면서 세속적인 권태감을 생동감 있게 그려냈다.
비천한(卑微 혹은 卑賤) 생명은 밝은 미래를 일말도 기대할 수 없다. 적어
도 시는 독자에게 구원받을 수 없는 퇴폐라도 전할 수 있다. 그러나 모더
니즘시의 사유에서 타락은 필연적으로 타락인 것은 아니며 침륜 또한 반
드시 침륜이랄 수는 없다. 닫혀 있고 질식할 것 같은 시대에는 사악함이
나 부패와 같은 부정의 서사가 나타나기 마련인데, 바로 그 자체에 승화
의 의미가 담겨 있는 것이다. 부정의 서사는 정체되고 경직된 사회에서,
그 동력을 감추고 있다. 시에 담긴 모든 악의 상징은 한편으로는 외재적
세계의 정치 체제의 본질을 암시할 뿐 아니라, 다른 한편으로는 시인이
애써 사악한 사유를 가지고 허구적이고 허위적인 '광명 사회'에 맞서 싸
우고 있다는 것을 암시한다. 타락으로 애국에 대항하며, 침륜으로 전투에
저항하는데, 이러한 장력은 시의 긍정적 가치를 그에 딱 맞게 드러낸다.
야셴은 정치 간부 학교 출신이면서도 모더니즘의 암흑의 서사를 빌려 예
술성을 추구했으니, 진실로 남다른 담력과 식견을 갖추고 있었다고 할
것이다. 오늘날의 시선으로 보더라도 그의 시적 기술은 모더니즘 정신의
계승이다. 군인과 모더니즘을 병치하는 것은 그 자체가 풍자적이면서, 경
악할 만한 일이다. 그러나 야셴은 결국은 충격적인 정치적 무의식을 열
어 보인 것이다.
　1959년 완성한 장편시 〈심연深淵〉을 통해 그는 다소 일찍 자신의 모더
니즘을 결산했다. 1965년에 쓴, 최후작 〈일반지가一般之歌〉와 〈부활절復活
節〉은 〈심연〉의 성과를 넘어서지 못했다. 이 시는 야셴이 감각적 진실을
추구하는 과정에서 얻을 수 있는 예술성의 극치를 보여주는 작품이자,

그가 타이완 모더니즘 시 운동에 이룩한 기념비적 작품이었다. 13연 99행으로 구성된 이 시는 인간 심연에 감춰진 욕망을 건져 올린다.

> 우리는 더는 우리가 누군지 알고 싶어 하지 않는다
> 일, 산책, 악인에 바치는 경의, 미소 그리고 불후.

　민족 정서와 도덕 윤리가 존중받던 시대에는 신분과 정체성은 매우 명확했다. 그러나 시에서 '우리'는 뜻밖에도 자신이 누구인지는 더는 알려고 하지 않는다. 왜냐하면, 그는 더 이상 윤리 규범이 규정하는 종족이 아니며, "악인에게 경의를 표하는" 무리에 지나지 않는다. 소위 악인은 정통에서 벗어난 이들을 말하며, 긍정적인 가치를 위반한 이를 말한다. 악인과 동질성을 느끼는 것은 정상적인 '우리'를 부정하는 것이다. 시 전체는 내재적인 경험을 넘어서서 정상 세계의 가치를 끊임없이 뒤집어엎는다. 시에서 "천당이 아래에 임할 때天堂是在下面時"라는 시구는 구원과 승화를 완전히 새롭게 해석한 것이다. 모독의 욕망, 사악한 모습, 지쳐가는 나날 속 발버둥은 시인이 진작할 수 있는 힘을 찾지 못한 까닭이다. 자본주의 발전 예비 단계였던 1960년대 타이완에서 야셴이 이처럼 고도로 현대화된 시를 빚어낼 수 있던 것은 확실히 객관적인 경제적 조건 때문이 아니라, 그가 당시 사람들을 괴롭히던 경직된 정치적 환경에 맞서려 했기 때문이었다. 그는 내면의 갖가지 음란하고 사악한 정욕을 탐색하였는데, 이는 반역과 반항의 의식儀式을 거행하는 셈이었다. 그는 시에서 두 번 심연을 언급하였다. 하나는 20행에서 22행까지 "두 개의 밤에 끼인 / 창백한 심연의 사이에서 / 냉혈한 태양은 수시로 떨어댄다"이고 다른 하나는 85행 "이것은 심연이다. 베개와 요 사이의, 만장輓章 같은 창백함이다"이다. 그는 분명 두 가지 다른 욕망을 은유하고 있다. 하나는 형이상학적인 것으로, 곧 정신상, 심리상의 무궁한 욕망의 상상과 동경이며, 다른 하나는 형이하학적인 것으로, 육체적인 여성에 대한 끝없는 갈망과 망상이다. 심연에 떨어진 시인은 더 이상 넘쳐 나는 권력의 지배에 마음으로 복종하지 않으며, 빛나고 숭고한 도덕 가치에 귀 기울이지 않는다. 생명의 의미에서 남아 있는 것이라고는 이것뿐이다.

> 할렐루야! 우리는 살아 있다. 길을 걷고, 기침을 하고, 변명을 하면서,
> 낯짝 두껍게 지구의 일부를 차지하고 있다.
> 지금 무슨 죽어 가고 있는 것은 없다.
> 오늘의 구름이 어제의 구름을 베낄 뿐.

이처럼 생명을 노래하는 까닭은 그들이 그저 치욕스런 날을 보내고 있기 때문이고, 이러한 날은 끝없이 반복되고, 서로는 서로를 끝없이 베끼기 때문이다. 그 가운데 말할 수 없는 것은 모두 시의 바깥에 존재한다. 야셴은 〈시인의 편지〉에서 이렇게 읊었다. "그저 시 한 수에, 나는 늘 그 자체가 담을 수 없는 만큼을 읊으려 한다. 살아 있는 동안의 모든 것들을 말하려 한다, 세계 종말론, 사랑과 죽음, 추구와 환멸, 생명 전체의 두근거림, 초조함, 공허와 비애 등속을! 결국 모든 감각의 착종성과 복잡성을 집어 삼키려 한다. 이처럼 많은 것을 탐내기에, 이처럼 하나에 집중하지 못하는 것이다."[4]

그는 시 한 수에 이처럼 높은 예술성을 요구했는데, 이것은 그가 생명의 고통과 근심을 열정적으로 받아 안았다는 것을 말해 준다. 때문에, 그는 사실 〈심연〉에서 결코 생명을 모독하려 하지 않았다. 오히려 이와 반대로, 그는 1960년대에 수많은 생명이 발버둥치고 용솟음을 치는 것을 목도했고, 시의 형식을 빌려 "모든 감각을 집어삼키려"했다. 같은 시기, 그는 또 〈여배우坤伶〉[2], 〈마티스에게 바친다獻給馬蒂斯〉, 〈안단테처럼〉, 〈비계획적 야상곡非策劃性的夜曲〉 등의 작품에서 언어 기교와 정신의 발굴을 멈추지 않았다. 이러한 작품들이 보여준 기이함을 당시 시단은 감당하기

---

2) 坤伶은 중국 전통극에서 여성 연기자를 말한다.

어려웠다.

야셴은 1965년 절필하면서, 모더니즘시 운동에 있어 논쟁적인 전설로 남았다. 만약 그가 계속해서 시를 썼다면, 완전히 새로운 경지를 열 수 있었을까 하는 것은 지금 쉽게 단정할 수는 없다. 그러나 그가 남긴 시집으로 시사詩史에서의 그의 지위가 상당히 굳건하다는 것은 분명한 사실이다.

같은 창세기의 시인이었던 뤄푸는 시의 기술적 운용에 야셴보다 더 집착했다. 그는 《영의 강靈河》(1957)[5], 《석실의 죽음石室之死亡》(1965)[6], 《외외집外外集》(1967)[7], 《둔치 없는 강無岸之河》(1970)[8], 《마귀의 노래魔歌》(1974)[9], 《시간의 상처時間之傷》(1981)[10], 《술 빚는 바위釀酒的石頭》(1983)[11], 《달빛 집月光房子》(1990)[12], 《천사의 열반天使的涅槃》(1990)[13], 《은제시隱題詩》(1993)[14], 《표류하는 나무漂木》(2001)[15] 등의 시집을 출간했다. 또 중간 중간 《꿈의 도해夢的圖解》(1993)[16], 《눈사태雪崩》(1994)[17]와 같은 선집 여러 권을 간행했다. 그는 타이완 초현실주의의 기수로서 창작과 이론 모든 면에서 자기 자신에 대한 기대치가 너무도 높았다. 지지치 않

▶ 洛夫, 《時間之傷》

▶ 洛夫(《文訊》 제공)

는 예술성의 추구에서 우리는 그의 생명력을 볼 수 있다. 70세 이후에도 삼천 행에 이르는 장시 《표류하는 나무》를 발표했는데, 동세대 어느 작가도 그만한 모습을 보인 이는 없었다.

모더니즘적 추구를 두고 뤄푸는 〈석실의 죽음에 관해서關於石室之死亡〉에서 이렇게 이야기한다. "하나는 개인적으로 전란 속에서 강제로 어머니 대륙과 이별하면서, 떠돌이의 마음으로 낯선 환경에 적응해야 했기 때문이고, 또 내면에서 수시로 버려졌다는 마음이 일어났기 때문이었다. 다른 하나는 당시 양안의 정국이 불안정하고 개인과 국가도 그 운명을 한 치 앞도 볼 수 없는 상황이라 대륙에서 타이완으로 온 시인들은 보통 떠돌이의 불안과 근심으로 가득한 정신 상태를 갖게 되었기 때문이었다. 그래서 내면의 고통의 근원을 탐색함으로써, 정신적 스트레스로부터 벗어날 길을 찾았고 창작을 통해 존재에 대한 믿음을 만들기를 바랐다. 이는 곧 대다수 시인들의 창작의 동력이 되었다. 《석실의 죽음》 또한 이러한 특수한 시공간에서 길러낸 것이었다." 뤄푸의 증언은 현대시 운동이 타이완에서 확장되고 발전한 정치적 배경을 설명하며 더 나아가 그들의 내면에서 솟아나는 고독감과 유랑자의 심정을 설명한다.

《석실의 죽음》에서 그는 진먼金門 전선의 포대에서 죽음과 마주했던 상황을 투영하고 있다. 이 장시로부터 1960년대 새로운 감각과 새로운 논쟁이 시작되었다. 새로운 감각이라 함은 모더니즘의 황당무계함을

▶ 洛夫, 《漂木》

빌려 현실 속 삶의 불규칙과 무상함을 개괄하는 것을 말한다. 새로운 논쟁이란 새로운 감각을 드러내기 위해 새로운 언어를 사용함으로써 당시 평론가들의 심기를 건드린 것을 말한다. 그러나 이러한 논쟁의 와중에 뤄푸는 초현실주의 미학을 추구하는 데 전력했다. 《석실의 죽음》은 죽음을 통해 시 전체의 기세를 확실히 보여준다.

> 그저 우연히 고개를 들어 이웃집 복도를 보았을 뿐인데, 나는 곧바로 얼이 나갔다
> 이른 새벽, 그이는 벌거숭이로 죽음에 맞선다
> 그 어떤 검은색이라도 그의 혈관을 흐르고 포효하고 가로지른다
> 나는 곧바로 얼이 나갔고, 눈은 석벽을 훑었다
> 그 우에 피로 두 가닥 홈이 그었다.

▶ 洛夫, 《石室之死亡》

갑자기 다가온 죽음은 막을 새도 없이 그의 눈을 습격하고야 말았다. 뤄푸는 순수하게 경험을 표현하는 방식을 통해, 전우가 포탄을 맞는 장면을 목도한 후 받은 내면의 충격을 묘사했다. "눈은 석벽을 훑었고 / 그 우에 피로 두 가닥 홈이 그었다"는 판타지 무협 소설의 필법에 가깝다. 이것은 그가 자신의 시선과 전우에게서 뿜어 나오는 피가 동시에 담벼락에 뿌려지는 찰나에 받은 충격을 묘사한 것이다. 이러한 점프 컷[3] 기법은 차라리 독자로 하여금 그의 상상에 참

---

3) 跳接, jump cut. 인과관계나 시간의 흐름에 따르지 않는 영화 편집 방식을 일컫는다.

여하게 하려는 것이라고 보는 편이 낫다. 뤄푸는 이렇게 언어를 재주조합으로써 무의식에 숨어 있는 떨림을 보일 수 있었다. 생명의 환멸과 죽음을 연결시킴으로써, 시인의 마음은 평범한 사람들과는 다른 기이한 경계로 나아갈 수 있었다. 그가 증언한 시대와 인생은 결코 흔히 이야기하는, 투지가 높고 의지가 강한 사회가 아니었다. 그에게 정치적 구호로 가득한 사회는 너무나 먼 이야기였다. 그가 상대적으로 신뢰한 것이 무엇인가 보려면 제49수를 보아야 한다.

> 모든 무덤을 귓가에 두었던 까닭은, 너희 출정한 뒤의 군홧발 소리를 또렷이 듣고자 했던 것일 뿐
> 모든 장미가 하룻밤에 시들어 떨어졌다. 너희의 이름 마냥
> 전쟁 속에서 한 무더기 번호가 되었다. 너희의 피로 마냥
> 그 성이 내 마음에서 일찍이 무너졌다는 것을 나는 더는 기억하지 못한다

'무덤墳', '시들어 떨어지다萎落', '피로疲倦', '무너지다崩潰'와 같은 부정적인 시어는 그가 마주한 현실이 파편적이며, 규정할 수 없는 시대라는 것을 말해 준다. 그는 자신이 익히 알고 있던 가치, 자신이 생존을 기댄 사회, 심지어 자신이 충성을 바쳐야 했던 정치 체제에 깊이 있는 질문을 던졌던 것이다. 그러나 그는 결코 이 때문에 죽음을 두려워하고만 있지는 않았다. 그는 끊임없이 쓰고 창조하면서 두려움을 떨쳐 버리고 생을 향한 욕망을 마음껏 펼쳐 보였던 것이다. 이것은 모더니즘 가운데서도 가장 변증법적인 사유였다. 즉, 죽음을 쓴 것 자체가 죽음에 저항하는 것이었고 타락을 쓴 것 자체가 타락에 저항한 것이었다. 그의 시에서 가장 어두운 부분은 도리어 희망을 불사르던 희미한 빛이었다.

《석실의 죽음》은 뤄푸 시학의 원형으로서 그가 이후에 부단히 벼렸던 시의 기술들로 빚어낸 풍부하고 다채로운 상상의 원천이었다. 뤄푸는 1975년 《마귀의 노래》를 출간하면서, 시관이 바뀌기 시작했다. 이 작품을 보면 초기의 시풍과 비교해 1970년대에 일부 관점이 수정되었음을 알 수

▶ 洛夫, 《魔歌》

있다. 예를 들어, 이보다 앞선 〈시인의 거울〉에서 그는 "거울로 우리 자신을 비쳐 보았을 때, 우리가 보는 것은 현대인의 모습이 아니라 현대인의 잔혹한 운명이며, 시를 쓰는 것은 곧 이 잔혹한 운명에 대한 일종의 복수의 수단이 된다"고 했는데, 여기서 복수는 사실 항의와 비판이었다. 그는 《마귀의 노래》의 〈자서〉에서 자신의 심정을 밝혔다. "…… 생명의 내밀한 이치를 탐색하는 시라면, 그 힘은 결코 순전히 자아의 내면에서만 나오는 것이 아니다. 그것은 다양한 차원과 측면이 결합되었을 때 발하여 나온다. 이것이 어쩌면 내가 이미 더 이상은 세상의 어떤 절대적인 미학 관념을 믿지 않게 된 까닭일지 모른다. 달리 말한다면, 시인은 내면으로 들어가 생명의 기저를 탐색해 볼 것이로되, 동시에 마음을 열어 촉각을 동원해 외부의 현실을 더듬을지니, 그리하여 주체와 객체의 융합을 꾀해야 하는 것이다." 이러한 전변은 결코 모더니즘이 벌써 쇠락했다는 신호가 아니며, 도리어 모더니즘이 점차 1970년대 리얼리즘과 서로 회통하게 되었다는 징후였다. 이것은 문학사에서 극히 미묘한 전변이었으나, 종종 경시되고는 했다. 뤄푸의 노력으로 모더니즘은 재확장 될 수 있었다. 그 덕분에 이후 발표한 《시간의 상처》, 《술 빚는 바위》, 《소리 없이 내리는 눈雪落無聲》 등에서는 역사와의 만남과 현실과의 대화가 이루어질 수 있었다. 그 가운데 회구와 향수의 울림이 일어나면서 그가 '시리우스 논쟁天狼星論戰'에서 보여주었던 고도로 현대화된 모습을 바꿀 수 있었던 것이다. 특히 그가 근래에 완성한, 기세 충만한 《표류하는 나무》는 그의 미학 역정의 집대성과 같은 작품이다. 형식적 다변화든 내용의 복잡성이든 모두 이미 창작 경험 속에서 증명해 보인 것이었다. 이처럼 다양한 논쟁의 대상이었던 시인은 역사의 안개를 걷어 낸 후, 차분하게 자신의 중요한 공적을 드러내 보였다. 타이완 시단에서 뤄푸는 반복해서 토론되면서 조금씩 경전이 되어 왔다.

야셴, 뤄푸, 장모가 공동으로 이끈 창세기시사가 모더니즘 운동에서 가장 유력한 집단이었음은 분명한 사실이다. 그들이 펴낸 《60년대 시선六十年代詩選》(1961)[18], 《중국현대시선中國現代詩選》(1967)[19], 《70년대 시선七十年代詩選》(1967)[20]은 연대별 선별과 편집 체제를 취함으로써 비판을 받았다. 그러나 그들은 그 안에 진귀한 사료들을 보존함으로써 타이완 시사에 중요한 증거를 남겼다. 그 가운데 1960년대를 대표하는 타이완 시 예술의 성과로서는 《70년대 시선》을 주목해야 한다. 그들이 〈후기〉에 썼듯이, 타이완의 모더니즘시는 이미 소년기를 지나 장년기로 접어 들었고, 실험 단

▶ 商禽(《文訊》 제공)

▶ 周夢蝶, 《還魂草》

계를 끝내고 창조의 단계로 진입했다. 그 안에 수록된 수많은 작품들은 이후 비평가들로부터 고전의 반열에 올려졌다. 저우멍뎨周夢蝶의 〈환혼초還魂草〉4), 〈나무樹〉, 팡신方莘의 〈모배膜拜〉, 〈밤의 변주夜的變奏〉, 예산葉珊의 〈가증애록의歌贈哀綠依〉, 〈시간에 부쳐給時間〉, 상친商禽의 〈도망치는 하늘逃亡的天空〉, 〈비둘기鴿子〉, 〈홀수날의 밤노래逢單日的夜歌〉5), 위광중余光中의 〈고타악敲打樂〉, 신위辛鬱의 〈성층권同溫層〉, 뤄먼羅門의 〈아흐레째의 저류第九日的底流〉, 〈죽음의 탑死亡之塔〉, 룽쯔蓉子의 〈나의 거울은 한 마리 허리를 둥글게 만 고양이我的粧鏡是一隻弓背的貓〉, 바이추白萩의 〈기러기雁〉, 〈내장이 파열된 나무爆裂肚臟的樹〉, 장모의 〈자줏빛 변경紫的邊陲〉 등은 모두 당시 편집자의 심미 원칙이 무엇이었는지를 보여주는 동시에 시간의 시험을 통과한 작품들이다. 1960년대 현대시의 복잡성과 심오함을 엿보고자 한다면 이 시집은 좋은 선택이 된다.

▶ 商禽, 《夢或者黎明及其他》

상친(1930-2010)은 본명이 뤄셴헝羅顯烆이며, 뤄옌羅燕이나 뤄옌羅硯과 같은 다른 이름도 갖고 있었다. 그는 모더니즘시 운동에서 전형적인 초현실주의자로 분류되었다. 그러나 시인 자신은 이러한 명명을 끝내 받아들이지 않았다. 그는 소위 '초'현실이라는 것은 젊은 세대가 말하는 '비정상非常' 혹은 '극한極度'의 현실이

---

4) 본래 還魂草는 한약재인 부처손을 말하지만 여기서는 그대로 환혼초로 번역했다.
5) 원서에는 逢單日的校歌로 오기되어 있다.

라고 거듭해서 강조했다. 구체적으로 말해 그의 예술은 현실을 벗어나거나 현실을 초월한 적이 없고, 외려 본질적으로 현실에 개입했다는 것이다. 그는 대부분 산문시의 형식을 활용했는데, 어떤 이는 이러한 산문시는 아마도 루쉰魯迅의 영향을 받았을 것이라고 말하기도 했다. 그러나 꼼꼼히 읽어 보면 이러한 형식은 전적으로 그의 개인적인 창조물이라고 할 수 있다. 그는 철저하게 황폐한 시대를 반영하고 자신의 생활환경을 선명하게 각화했던 반면 시의 특질이나 형식은 일종의 표현 방식일 뿐이라는 생각을 견지했다. 그러나 그는 리얼리스트는 아니었고 암시, 은유, 상징을 즐겨 사용한 모더니스트였다. 간단한 시행을 통해 그는 자신에게 가해지는 정치적 간섭과 권력의 족쇄에 할 수 있는 최대한의 항의를 보여주었다. 그는 언어 개혁을 호소했는데, 이는 그가 이를 통해 왜곡되고 구속된 영혼의 깊은 곳까지 이르고자 했기 때문이다. 시인은 폐쇄된 공간에서 시를 빚어냄으로써 정신적 출로를 찾았을 뿐이다. 그가 남긴 작품은 진정 도망의 흔적이었다. 그의 굴곡진 발자국을 따라가다 보면 그 오래되고 잃어버린 역사의 현장을 거슬러 찾아갈 수 있을지도 모른다.

상친의 초기 시에는 감금 이미지가 일관되게 보이는데, 그는 이를 육체적 구속과 결합시켰다. 이것들은 정치, 도덕, 전통으로부터 그리고 끝이 나지 않는 도망의 세월로부터 비롯된 것이었다. 〈기린長頸鹿〉, 〈소화기滅火機〉, 〈꿈 아니면 여명夢或者黎明〉, 〈문 아니면 천공門或者天空〉의 시구들을 수많은 이들이 고민했고 음미했다. 그의 시행에 담긴 강렬한 암시들은 다양한 형식의 항해와 비행을 보여준다. 꿈속이라 너무나 황당무계하지만, 꿈이기에 자유로운 여행자들 누구라도 용납되는 것이다. 여명이 도래하는 순간, 자유의 꿈은 흔적도 없이 사라지고 그는 또 잔혹한 현실로 떨어지고 만다. 〈문 아니면 천공〉은 상반된 두 가지 이미지를 대비시켰다. 문은 좁은 출구이지만 천공은 무한한 공간의 상징이다. 사람들은 성, 담, 해자, 철조망, 지붕 같은 갖가지 문의 이미지를 만들어 내어 생명을 이 최소한의 공간에 압축해 놓는 것만 같다. 안전을 느끼지 못하는 사람일수록 성벽으로 보호받으려 하는 법이다. 그의 시구는 매우 추상적이지만 이에서 드러나는 세계는 무척 사실적이다. 상친이 감각을 추구하는 방법은 감정을 직접적으로 마구 표출하는 수법은 아니었다. 그는 도피하는 개인의 정서를 여과지로 삼아 끝끝내 승화의 경지에 이르렀다. 그는 복잡한 시대를 묘사할 때는 장황하면서 곡절이 있는 장구長句를 습관적으로 사용했고, 내면의 향수를 건드리는 경우는 종종 단구短句에 의지했다. 이처럼 가벼움과 무거움 사이에서 머뭇거림으로써 고도의 상징을 만들어 낼 수 있었다. 그는 가장 많이 오해 받는 시인이었지만, 파헤쳐지고 파헤쳐져도 이겨낼 수 있는 작가였다. 그는 시대의 비극을 견뎌야 했는데, 때로는 자유로운 구법으로 자신을 구원하기도 했다. 그의 시는 탐조등이었다. 현실을 주시하는 눈이 되어 종종 시대의 어둠을 폭로했다. 그는 매우 현실적이면서 성실했다. 그의 시구는 부드러우면서도 냉혹했는데, 이는 시대의 슬픔과 고통을 증언하기에 족했다. 그의 시집으로는 《꿈 아니면 여명 및 기타夢或者黎明及其他》(1969), 《발로 생각하다用脚思想》(1988), 《상친 시 전집商禽詩全集》(2009) 등이 있다.

뤄먼(1928-)은 공군에 복무했기 때문에 일찍부터 푸른별시사에 참여했으며, 장시의 구조에 능한 작가였다. 1954년 《현대시 계간現代詩季刊》에 처녀작 〈힘을 내, 브루스加力布魯斯〉를 발표해 낭만정신의 시대를 열었다. 1960년에는 생명 철학의 탐색에 몰두했는데, 《아흐레째의 저류第九日的底流》(1963)가 그 대

▶ 羅門(《文訊》 제공)

표작이었다. 이 작품은 당시로는 보기 드문 백여 행의 장시로서, 언어는 장중하고 이미지는 농축되어 있었다. 이 시집은 그가 내면의 탐색으로 넘어간 것을 보여주는 중요한 작품이었다. 그는 내면의 탐색을 시작하면서, 정신心靈을 '제3의 자연'이라 칭했다. 그에게 외재적 세계는 제1의 자연이고, 인간은 제2의 자연이었으며, 정신은 '더 거대하고 무한하며 광활한 자연'[21]이었다. 이 작품은 그의 시 예술 전체의 전환점이었다. 같은 시기 그는 〈맥킨리 요새麥堅利堡〉, 〈도시의 죽음都市之死〉을 썼다. 전자는 강렬한 저항과 반전反戰의 시이고, 후자는 철저한 도시 문명 비판의 시였다. 그는 도시문명이 가져온 위기를 날카로운 시선으로 관찰했다. 1980년대 도시 문학의 흥기와 비교하여 뤄먼은 가장 먼저 이 주제를 깨달은 시인이라고 할 수 있다. 그는 이분법으로 동서의 차이를 구분하고 서양은 이성과 기계 문명을 바탕으로 전개된 세계이지만 동양은 조화롭고 꾸밈이 없는 자연적 사고에 속한다고 생각했다. 그는 양측이 서로 상대의 정수를 흡수했다는 것을 강조하기는 했지만, 철학적 사유를 지나치게 강조함으로써 그의 시행은 도리어 자신의 이론에 대한 설명으로만 채워지고 말았다. 이후 출간한 시집 《죽음의 탑》(1969), 《감춰진 의자隱形的椅子》(1976), 《광야曠野》(1980), 《해와 달의 행적日月的行蹤》(1984), 《영원한 길有一條永遠的路》(1990) 등은 거의 모두 생명의 심층을 탐색하고 있다. 천다웨이陳大為가 지적했듯이, 뤄먼은 "30년을 한결같이, 도시 문명의 어두운 면을 보여주는 데 전력을 기울였다." 그의 시를 통해 도시 문명의 위기가 드러났으니, "건축 공간의 압박, 기계화된 삶의 절차, 물질문명이 왜곡한 인성, 자유의지의 상실, 공허한 실존적 상황"과 같은 것들이 그것이었다.[22] 뤄먼의 시관은 80년대 타이완 포스트모더니즘 시의 예고편이었다.

장모(1931-)는 본명 장더중張德中으로 《창세기》의 발기인 중 하나이다. 그는 단시에 능했고 문학 사료에 빠져 있었다. 그는 타이완 모더니즘시 운동의 기억자이자 기록자였다. 그는 《자줏빛 변경紫的邊陲》(1964), 《상승하는 풍경上昇的風景》(1970), 《무조의 노래無調之歌》(1975), 《누실부陋室賦》

▶ 張黙(《文訊》 제공)

(1980), 《애시愛詩》(1988), 《시간·사다리光陰·梯子》(1990), 《계단 가득 낙엽落葉滿階》(1994), 《원근고저遠近高低》(1998)와 같은 시집들을 발간했다. 그는 부단히 언어를 수정했기 때문에, 형식의 운용은 결코 안정적이지 않았다. 가작으로 평가할 만한 작품들은 모두 단시에서 나왔다. 〈타조鴕鳥〉를 보자. "머얼리 / 은밀하게 / 지평선 가장 어두운 일각에서 한가로이 / 날개를 펴든 검은 우산 하나". 또 〈도마뱀붙이壁虎〉를 보자 "그 놈은 가볍게 쓰다듬듯이, 나른한 걸음걸이로 / 등불 옆에서 / 사냥을 벌인다 / 천장엔, 고요가 찾아든다". 그는 언뜻언뜻 나타나는 아우라aura를 포착하기를 좋아한다. 특히 사물을 읊는 데詠物 독보적인 경지에 이르렀다. 1960년대에는 초현실주의에 탐닉하여, 소위 자동 언어와 순수경험을 실험해 보기도 했지만, 야셴과 뤄푸에 비교해 여전히 힘이 부쳤다. 그러나 타이완 모더니즘시 운동가로서 장모의 공헌은 낮춰 볼 수 없다. 특히 그는 현대여성시인선집을 편집하고 모더니즘시 목록을 정리했는데, 모두 타이완 모더니즘시 운동을 연구하는 데 있어 중요한 문헌이었다.

예웨이롄葉維廉(1937-)은 타이완 모더니즘 운동에서 이론적 토대를 구축한 이였다. 그는 가장 먼저 홍콩 시학과 타이완 시학을 동맹이라고 할 정도까지 밀접하게 연결시킨 선구자였다. 화교 학생의 신분으로 타이완으로 유학을 왔는데, 먼저 선배 시인 지셴과 친분을 맺고, 얼마 뒤 창세기시사에 참여했다. 그가 참여하면서 창세기시사의 창작과 이론 수준이 함께 향상되었다. 그의 첫 번째 시집 《푸가賦格》(1963)와 두 번째 시집 《근심 어린 나루터愁渡》(1969)는 첫 번째 단계로서, 그는 여기서 자신의 풍격을 만들었다. 그 자신도 1930년대와 1940년대 중국의 시학 전통에서 영향을 받았다는 것을 인정했다. 그 중 리광톈李廣田의 《시적 예술詩的藝術》, 류시웨이劉西渭의 《꽃을 맛보다咀華集》, 주쯔칭朱自淸의 《신시잡담新詩雜談》의 영향이 가장 컸다. 특히 이들은 그가 문자, 이미지, 의미를 갈고

▶ 葉維廉(《文訊》 제공)

닦는 데 큰 도움을 주었다. 당시 저명한 시인이었던 볜즈린卞之琳이나 펑즈馮至도 그에게 영감을 주었고, 원이둬聞一多, 왕신디王辛笛, 짱커자臧克家 역시 그에게 영향을 주었다. 그는 자신이 읽은 것들을 자신의 시예에 녹여 넣었다. 이후의 창작을 전체적으로 조망해 보면, 그가 분위기를 빚어내는 데 능했다는 것을 알 수 있다. 특히 행을 나누거나 속도를 조절하는 데 치밀했다. 그는 의도적으로 시각에 호소했는데, 여기서 시각은 일종의 정신적 시각靈視으로서, 색깔, 명암, 그리고 리듬의 속도를 조절하는 데 많은 주의를 기울였다. 그는 시행에서 의도적으로 '선택적 서술剔除敍述性을' 했고, '자연 융화任自然無言獨化'의 중국 전통으로 돌아가려 했다. 5·4 이래 지나친 서구 미학 의존을 벗어나려 했기 때문에, 전통 시학을 자신의 시 창작에서 구현할 수 있었던 것이다.[23]

웨이롄은 단구 배치에 능했다. 최대한 시행을 늘려 음악적 리듬이 끊어지지 않게 이어가면서, 한 글자나 두 글자로 시행을 구성하여 리듬을

늦춤으로써 정서를 선명하게 드러냈다.《달음질驚馳》의 〈산과 비가 말하다山言雨說〉 세 수 중 한 수를 살펴보자. "답답해 죽겠구나! / 산이 말했다. / 비가 쏟아 내린 후 / 산은 곧바로 / 안개를 / 한 덩이 / 한 덩이 / 토해 내고는 / 숨었다 / 내었다 / 들었다 / 나왔다 / 앞섰다 / 뒤섰다 / 물줄기 속에서 / 안개 속에서 / 산은 말했다 / 비가 쏟아 내리면 / 즐거울 것이다! / 어여쁠 것이다!" 이 시에는 묵을 뿌린 그림에 물자국이 번지듯이 이미지가 완벽하게 선염되어 있다. 시인은 정감을 자제하지 않고 이를 체화시켜 시인 자신의 심정을 그대로 드러내고 있다. 이러한 방식으로 사물과 인간을 연결함으로써 의식적으로 천인합일의 효과를 만들어 냈다. 예웨이롄은 대자연에 대한 동경과 모호와 허무를 향한 갈망을 무척 강렬하게 드러내는 시풍을 보여주었다. 또한 일정 정도 서구 현대시인 에즈라 파운드Ezra Pound의 이미지시파의 영향을 받아 영성靈性과 선성禪性을 함께 담아냈다. 그는 중국 시학이 파운드에 준 영향을 심도 있게 탐구하면서 자신의 시관을 세웠다. 또한 창세기시사가 드높였던 초현실주의의 기치를 가장 중요한 목표로 삼았다. 그는 모더니즘시 운동의 주장主將으로서 이론 탐색의 영역을 포스트모더니즘으로 확장시켰다. 그의 학술적 성취는 1980년대 타이완 학계에 큰 파장을 불러 일으켰다. 그의 이론은 모더니즘시에 그치지 않았다. 그는 중국 전통뿐 아니라 서구의 최신 사조 역시 깊이 이해하고 있었다.《중국현대소설의 풍모中國現代小說的風貌》와 《질서의 생장秩序的生長》에서부터 그는 소설을 연구하기 시작해 상당히 독보적인 경지에까지 이르렀다. 구체적으로 그는 모더니즘운동 전체를 섭렵함으로써 문학 해석의 측면에서 영역이나 국경, 역사를 넘어서서 방대한 탐색을 할 수 있었다. 이것을 토대로 그는 한 걸음 더 나아가 포스트모더니즘 이론을 세울 수 있었다. 그는 결코 서구의 견해를 완전히 답습하지는 않고, 중국 고전과 현대 미학을 융합했다. 이처럼 폭넓게 토대를 살폈기 때문에, 그는 동양적인 특성을 갖출 수 있었고, 중국성과 타이완성을 동시에 포괄할 수 있었다. 그는 국내외에서 모두 학계의 중진의

자리에 올랐다. 주요 시작품으로는 《깨달음의 가장자리醒之邊緣》(1971), 《들꽃 이야기野花的故事》(1975), 《솔새의 전설松鳥的傳說》(1982), 《달음질》, 《머무를 수 없는 항구留不住的航渡》(1987), 《삼십 년 시三十年詩》(1987), 《성숙의 시절: 1987-1992移向成熟的年齡: 一九八七-一九九二》(1993)이 있고 이론으로는 《역사 해석의 전승과 미학歷史傳釋與美學》(1988), 《모던·포스터모던을 읽다: 생활공간과 문화 공간의 사색解讀現代·後現代: 生活空間與文化空間的思索》(1992), 《현상에서 표현까지: 예웨이롄 초기 문집從現象到表現: 葉維廉早期文集》(1994)과 함께 나중에 중국 대륙에서 출판된 《예웨이롄 문집葉維廉文集》을 포함해 총 8권이 있다.

왕치장汪啟疆(1944-)은 후베이湖北 한커우漢口 사람이다. 그는 위로는 황쭌셴黃遵憲 해양시의 창조적 시야를 계승하여 이를 다시 20세기 모더니즘시의 새로운 경지에 녹여 냈다. 해군이자 시인이라는 이중적인 신분 때문에 그의 신시는 솔직하면서, 강함과 유함이 함께 있고 지성과 감성이 섞여 있었다. 1971년1월에 《수성水星》에 그의 처녀시를 발표했다. 그는 창세기시사에도 가입했을 뿐 아니라 친구들과 함께 '대해양'시사大海洋詩社를 창립하고 《대해양大海洋》의 주편을 맡았다. 그는 《흉금을 터놓다攤開胸膛的疆域》(1979)와 《인어 해안人魚海岸》(2000)을 작품으로 내놓았다.

현대시의 서정적 전통

서정적 전통의 발전은 일찍부터 타이완 현대시의 중요한 특색이었다. 모더니즘과 낭만주의의 결합은 1960년대의 선명한 색채였다. 초기 위광중은 1930년대 신월파新月派로부터 상당한 영향을 받았는데, 특히 신월파 성원 중 량스추梁實秋에게서 인정을 받아왔기 때문에 격률시를 깊이 파고들었다. 〈시리우스天狼星〉[24](1961)와 《오릉의 소년五陵少年》[25](1964)을 완성한 후 본격적으로 모더니즘의 성숙 단계에 들어섰다. 그 후에 널리 읽힌 신고전주의 시집 《연의 연상蓮的聯想》[26](1964)을 발표했다. 1960년대 말 발표한 《고타악敲打樂》(1969)[27]과 《냉전의 시대에서在冷戰的年代》 (1969)[28]는 시단에서 그의 지위를 더욱 공고하게 만들어주었다. 모더니즘운동의 리더였던 위광중은 지성과 감성의 결합이라는 면에서 고도로 현대화된 야셴과 뤄푸와는 결정적인 차이를 보였다. 야셴이나 뤄푸는 내면세계를 끄집어내는 데 치우쳐 정서의 소외와 현실의 소외에 공을 들이고, 시의 스타일 면에서 다소 주지적인 경향이 있었다. 위광중은 현대 정신을 추구하면서도 결코 감성 표현을 포기하지 않았다. 이뿐 아니라, 그는 전통이나 역사와의 만남을 꺼리지 않았고, 친정親情과 애정과 같은 제재를 피하지도 않았다. '시리우스 논쟁' 후 위광중은 정식으로 뤄푸에게 '잘가시오, 허무여'라 고하고 신고전주의적 상상에 진력하여, 결국 《연의 연상》을 빚어냈다.

위광중은 이 시기 독창적인 '3연구聯句' 형식을 만들고, 다시 정반합의 변증법적 구조를 취해 구와 구 사이에 상생상극의 효과를 이끌어 냈다.

▶ 余光中

독자는 이런 시행을 마주하게 되면 끝없이 모종의 반응을 보이게 되며, 끊임없이 어떤 이미지들을 연상하게 된다. 《연의 연상》은 서정시 모음집으로서 널리 읽혔으니, 당시 청년 학생들의 필독서와 마찬가지였다. 이 시집은 시의 매력을 발전시켰기 때문에 폭넓게 환영을 받을 수 있었다. 위광중은 중국 문자 특유의 소리, 색조, 후각, 청각을 다루는 데 힘을 쏟아 부었다. 기호에 대한 민감함과 섬세함은 현대시인 가운데서 가장 뛰어났다. 그는 기호와 의미 사이에서 마음대로 왜곡하고 재건하면서도, 전통 문자가 담고 있던 고유한 메시지를 버리지 않았다. 현대와 전통 사이의 대화는 문자가 구르고, 도약하고, 끊어지고 이어지는 와중에 유동하면서 이루어졌다.

이러한 시예는《냉전의 시대에서》에 이르러 더욱 완벽한 발전을 이루었다. 위광중은 이후에 "《냉전의 시대에서》는 내 스타일이 변화하는 일대 전변이었다. 이 변화를 거치지 않았다면,《백옥 여주白玉苦瓜》는 탄생할 수 없었을 것이다"[29]라고 말했다. 달리 말해,《냉전의 시대에서》는 1960년대 모더니즘적 실험과 실천의 종합이자 70년대 새로운 경향의 개창이었다. 그는 이후 모더니즘과 리얼리즘의 회통과 결합을 시험했다. 그는 내면 탐색의 맛을 아주 살짝 보고는, 곧바로 당시 수많은 시인들이 거울로 삼았던 현실 정치에 개입하는 쪽으로 방향을 돌렸다. 당연히 여기서 개입했다는 것은 결코 정치운동에 참여하거나 문화 비판을 전개했다는 것은 아니다. 그러나 그와 동시대 시인들을 나란히 놓고 관찰해 보

▶ 余光中,《在冷戰的年代》(舊香居 제공)

▶ 余光中,《蓮的聯想》

면, 그의 구조와 기상에는 분명 확연히 다른 점이 있었다.

반전시 창작은 그가 정치에 개입한 구체적인 증거였다. 시국에 대해, 시인은 당연히 어떤 무력감을 가지기 마련이다. 특히 1966년 베트남전이 발발한 후 거대 환경은 문학 발전에 큰 영향을 미쳤다. 위광중은 이 기간 〈더블베드雙人床〉와 〈먼 곳에 전쟁이 일어난다면如果遠方有戰爭〉을 써서 섹스에 대한 욕망을 통해 전쟁의 잔혹함을 풍자하려 했다. 이 두 수는 색정시라는 비판을 받았다(천구잉陳鼓應 등의 《이런 시인 위광중這樣的詩人余光中》[30]). 사실, 개인

▶ 余光中, 《白玉苦瓜》

의 정욕으로 민족 정서情操를 비판한 것인데, 이는 이후 페미니스트의 주요한 서사 전략의 하나였다. 위광중의 수법은 결코 페미니즘에서 나온 것은 아니었고, 순전히 그 자신의 독창적인 기교였다.

> 정변과 혁명의 소리가 사방으로 울리기만 한다면
> 적어도 사랑은 우리 쪽에 설 것이고
> 적어도 동트기 전까지는 우리는 안전할 것이다
> 더는 모든 것을 믿지 못할지라도
> 오로지 너의 탄성 있는 언덕만은 믿겠다
> 　　　　　　　　　　　　　　　　〈더블 베드〉

이러한 글쓰기는 뤄푸의 관점과는 너무나 다르다. 뤄푸는 전쟁을 마주

하자 죽음과 허무를 떠올렸다. 위광중은 전쟁의 정경을 상상하자, '안전하지 않다'고 느끼면서도 이를 반드시 허무와 연결시키지는 않았다. 그는 반대로 '여전히 매끄럽고, 여전히 부드럽고, 여전히 뜨거울 수 있는' 남녀 간의 환락을 연상했다. 작열하는 육체가 얽혀 드는 모습을 통해 전쟁의 사악함과 파멸을 역으로 돋보이게 했다.

> 우리는 침대에서, 그들은 전장에서
> 철조망 위에 평화를 심고 있다
> 우리는 두려움에 떨거나, 아니면 기뻐해야 하는데
> 다행이도 이것은 섹스이지, 육박전이 아니다
> 〈먼 곳에 전쟁이 일어난다면〉

위광중의 전형적인 구법은 끊임없이 정과 반을 대비시키는 변증법적 질문을 던지는 것이었다. 그는 '육박전'과 '섹스'라는 두 형이하학적인 이미지를 빌려 원한과 우애의 가치 충돌을 암시했다. 그는 애정의 한 끝에 서서 반전의 입장을 간접적으로 암시했던 것이다. 1960년대 베트남전을 지지했던 타이완에서 반전의 목소리를 내기는 쉽지 않았다. 이 시는 뤄 푸의 《석실의 죽음》만큼 처절하거나 스산하지는 않다. 그러나, 위광중은 이 시로 호전적인 문화에 저항하고 있음을 보여준 것이다. 이것은 정치적 무의식의 발굴인 바, 반전은 당시 타이완 사회에서 집단적으로 억압된 욕망으로서 결코 공개적인 의제가 아니었다는 말이다. 위광중은 모더니즘의 기법에 통달했기 때문에, 어떻게 내면세계에서 차갑고, 죽은 듯이 고요한 어둠의 의식意識을 찾아낼 수 있는지를 당연히 알고 있었다.

그러나 그는 결코 모더니즘의 요구를 따른 것은 아니었다. 위광중은 비교적 감성적인 애정을 주제로 이를 외재적 현상과 비교하는 데 힘을 쏟았다. 그는 결국 모더니즘의 미학을 탈피하여 전쟁의 파멸과 생명의 상실을 묘사하지 않고, 본질에서부터 타락과 승화를 동시에 관찰하면서 이 두 정과 반의 가치를 동시에 다루었다. 위광중은 '자아'를 분열이나 결렬의 관점에서 탐색하지 않았다. 그는 늘 양극적 감정사유 속에서, 상호 협의하고 상호 대화하려 했으며, 최후에는 비교적 융화적인 결론에 다가섰다. 이러한 점에서 그는 분명 철저하게 시의 현대화를 추구한 것은 아니었다. 이러한 사유 방식은 그의 전통 문학 방면의 수양과 밀접한 관련이 있는데, 이는 곧 낭만주의자의 다른 특징이라고도 할 수 있다.

위광중의 낭만주의적 경향이 가장 명확하게 드러난 작품으로 〈불의 세례火浴〉를 들 수 있을 것이다. 위광중은 다시금 정반의 변증법적 사유를 활용하여, 차가움과 뜨거움이 서로를 죽이고 살리는 욕망 속에서 조화를 구했다. 그는 자아의 분열을 거부했는데, 이는 〈소신〉에서 보이는 물과 불을 향하는 두 동경, 즉 세정과 분신을 말하는 것이다. 많은 비평가들이 이 시를 주목했는데, 그 이유는 이 작품이 위광중이 어떻게 근대와 전통, 동과 서, 내면과 현실 사이에서 균형점을 찾았는지를 보여주기 때문이었다. 물은 곧 세정을 향한 동경이자, 서구 문화의 세례의 상징이다. 불은 분신의 욕망이자 동양문화의 고통의 경험의 암시이다. 시에서 시인은 끊임없이 자아반성을 통해 자아로 나아가며, 모순된 가치 속에서 고통을 감내하는 모습을 보여주었다. 사실, 반복되는 질문은 그가 전혀 회의하지 않고 있음을 말해 준다. 그는 결국 동양식의 시련을 선택한다. 시의 마지막 4행에서는 재생에 이른, 완전하고 깨끗한 자아가 떠오른다.

> 나의 노래는 불멸의 동경일지니
> 나의 피를 끓이고, 불로써 영혼을 씻어 내리니
> 짙푸른 먹물에, 귀 기울여보라, 불의 노래가 있나니
> 일떠세우라, 사후에 더욱 맑고, 더욱 우렁차리니
>
> 〈불의 세례〉

이 긍정의 구법에서 다시 한 번 모더니즘에 대한 위광중의 저항 정신이 드러난다. 그는 파멸을 좇지 않는다. 파멸은 곧 모더니스트들이 동경하는 바이다. 그는 재생을 선택하는데, 이것은 소신한 이후의 재생을 의

미한다. 이것은 위광중의 시의 기술技術에서 고정적으로 보이는 모델이다. 그는 결국 속죄와 승화의 과정에서 답을 찾는다. 그는 이상을 추구하는 자로서 늘 추상적 사유가 아닌 현실에서 이상에 이르는 길을 찾았던 것이다. 그는 이처럼 속죄로 타락을 대신하고 재생으로 파멸을 대체하며 회귀로 추방을 갈음하는 낭만주의자였다. 위광중의 사유가 2진법binary이라면, 그는 분명 긍정적인 가치를 결합하여 야셴이나 뤄푸의 부정적인 서사와는 다른 경지를 만들어 낸 것이다.

1970년대 이후 완성한 《백옥 여주》, 《영원한 줄다리기與永恆拔河》(1979)[31], 《격수관음隔水觀音》(1983)[32], 《자형부紫荊賦》(1986)[33], 《꿈과 지리夢與地理》(1990)[34], 《야간 근무자守夜人》(1992)[35], 《석류安石榴》(1996)[36], 《순조로운 오행五行無阻》(1998)[37]은 모두 2진법적 사유와는 결을 달리한다. 정확하게는, 그는 여전히 모더니즘, 낭만주의 미학을 견지하면서, 이에 의지해서 현실, 사회, 역사, 전통과 대화를 나누었으며, 주제에 있어서도 혈육의 정, 사랑, 우정, 애향심 따위를 다루었다. 1960년대에 시인으로서 명성을 다진 위광중은 중화권華人世界에서 가장 널리 토론된 시인이었다. 그의 위치는 너무도 공고해서, 그를 넘어서는 이가 없었다.

위광중과 동갑인 샹밍向明(1928-)은 본명은 둥핑董平으로 푸른별시사의 멤버였다. 그는 50여 년을 시인으로 살아오면서 《비오는 날에 부쳐雨天書》(1959), 《전화狼煙》(1969), 《오현금五弦琴》(1967), 《청춘의 얼굴青春的臉》(1982), 《물의 회상水的

▶ 向明(《文訊》 제공)

回想》(1988), 《언제나 다툼隨身的糾纏》(1994), 《햇살 알갱이陽光顆粒》(2004), 《괜한 걱정: 샹밍 시집閒愁: 向明詩集》(2011)을 세상에 내놓았다. 오랫동안, 그는 단시로 자신의 예술관과 가치관을 보여주었다. 위광중의 말처럼, 그는 나이가 들어갈수록 원숙함과 생동감을 더했다. 2008년 그와 화가인 딸 둥신루董心如는 멋들어진 양장의 시화집을 냈는데, 이는 아마도 타이완 시사에 있어 가장 멋지면서 호화로운 작품집일 것이다. 그는 제한된 시의 편폭 속에 그의 체내에 도사리고 있는 심층의 정서를 꺼내 놓았다. 그는 금세 사라지고 말, 찰나의 미감을 포착하는 데 능해서 빠른 흐름 속에서 어떤 신비한 빛을 찾아낼 수 있었다. 모더니즘 시기, 그는 〈오늘의 이야기 ─ 또다시 빈털터리가 되다今天的故事─兼覆阮囊〉를 썼다. "어느 정령 하나가 / 이론과 이론의 높직한 담장 아래서, 천당을 택했다 / 오로지 증거만을 찾느라, 자기, 이 소수를 버렸다 / 칼과 가슴이 만날 제 / 운명은 돈의 어느 면을 압류할는지 / 백양은 자신의 표지일 수 있을지 / 내일, 날라리의 울음

▶ 楊牧

이 찬송에 담길지". 이와 같은 자기 질문과 자기 회의의 구법은 불확실한 시대와 불확실한 운명을 보여주며, 시인이 자신의 자리를 찾을 때 마주하게 되는 어려움을 보여준다. 그의 시는 한 세대의 낙담과 실망을 기록한 것이다. 그는 늘 조롱조로 단단히 묶여 있던 영혼을 풀어 주었다. 그는 비판적이거나 저항적인 시인은 아니었다. 세간의 충돌은 종종 행간에서 화해되고는 했다. 그의 시는 너그럽고 관용적이었는데, 특히 후기에 이르러 세계를 상당히 정확한 눈으로 바라보게 되면서, 그의 모든 단

시들에는 내면의 평정이 분명하게 드러날 수 있었다.

타이완 모더니즘 시의 서정 노선의 또 다른 주자는 예산葉珊이었다. 그는 현재는 필명으로 양무楊牧를 쓰고 있다. 본명 왕징王靖인 예산(1940-)은 타이완 화롄花蓮 출신이다. 둥하이대학東海大學 외국어문학과를 졸업하고 미국 캘리포니아대학교 버클리캠퍼스에서 비교문학 박사를 취득했다. 매사추세츠대학교에서 교편을 잡았고, 2002년 워싱턴 대학교에서 은퇴했다. 그는 16세부터 시를 쓰기 시작한, 조숙한 현대 시인이었다. 초기 시집인 《강기슭水之湄》[38](1960), 《사춘기花季》[39](1963), 《등선燈船》[40](1966) 등은 1960년대 서정시의 완전하고 적절한 해석이었다. 스타일적으로 그에게는 모더니즘 정신보다는 낭만주의적 색채가 농후했다. 서른두 살에 양무로 개명한 후에도 그는 여전히 낭만주의를 유지했지만 이것은 쉬즈모徐志摩의 낭만주의와는 달랐다. 비록 그가 이후에 쉬즈모를 역사적으로 높이 평가했지만 그러했다. 양무는 격률시를 쓴 적이 없지만 변화무쌍한 소네트에 빠져들기도 했다. 그는 애정을 찬미하면서도 격렬하고 열정적인 정서의 발산이 아닌 다소 지성적인 연출에 치우쳤다. 그의 서정은 극히 냉담했는데, 이는 모두 모더니즘에게서 받은 영향이었다.

1969년 출간한 《비도집非渡集》[41]에서 그는 1960년대 걸었던 서정의 여정을 종합한 듯하다. 낙관적이며 명랑했던 소년의 애정은 점차 우울한 색채로 덮여졌다. 그러나 우울은 결코 비관과 같지는 않다. 그는 그저 비교적 무관심한 태도를 취할 뿐이었고 냉정한 눈으로 세상사의 변화를 관찰할 뿐이었다. 이런 무관심은 이후 그를 '무정부주의자'로 이끌었다. 그는 서사시의 기교를 발전시킴으로써 타이완 모더니즘시에 공헌했다. 다른 시인에게서 찾아볼 수 없는 그만의 기교는 타이완 모더니즘시의 상상의 공간을 풍부하게 만들어 주었다.

서사는 모더니즘시에서 운용하기에는 다소 위험한 기교이다. 하소연에 빠지거나 산문 서사에 기우는 실수가 나올 수 있기 때문이다. 창작 초기부터 양무는 이미 압축적인 공간에 방대한 플롯의 이야기를 담아내려 했다. 그의 시구는 깨끗하고 투명하고 정교하면서도 협애한 구조에 갇히지는 않았다. 《등선》 시기에 쓴 〈토막斷片〉에서는 장면을 넓게 하려는 의도를 숨겼다. 시에서 갈대를 헤치며 꽃을 따는 사람의 눈에 우연히 부락이 들어오는데, 이는 지나간 반역과 교전의 이야기를 연상시킨다. 그는 사람들에게 잊힌, 조용한 산에 존재하는 부락을 통해 문명의 의의를 해석하려고 했던 것이다. 시행은 많지는 않지만 독자는 이로써 끝없는 사색을 이어가게 되고 심지어는 상상 속에서 과장된 이야기에 젖어들게 된다.

양무의 시풍은 낭만주의자 키이츠John Keats와 모더니스트 예츠W. B. Yeats의 영향을 받았을 뿐 아니라 중국 《시경詩經》의 전통과 당시唐詩의 이미지에서 영감을 얻었다. 그의 농후한 고전 의식과 역사의식은 이러한 수양과 밀접한 관련이 있었다. 그는 아무런 상관도 없는 이미지를 사용하여 내재적 논리를 갖춘 발전과 연결시키는 데 능했다. 〈운명에 부쳐給命運〉, 〈적막에 부쳐給寂寞〉, 〈시간에 부쳐給時間〉 등에서 보이는 철학적

▶ 葉珊, 《非渡集》

▶ 葉珊, 《水之湄》(舊香居 제공)

사유는 모두 감성적 연출을 통해 답을 추구했는데, 이는 종종 독자에게 경이로운 기쁨과 슬픔을 전해 주었다. 1960년대는 양무가 서사시의 기교를 주조한 중요한 시기였다. 이 단계의 발전이 없었다면 이후 양무는 걸작을 빚어내지 못했을 것이다.

《전설傳說》[42](1971)에서 그의 모더니즘적 기교는 더욱 성숙되었으며 서술 수법은 더 정련되었다. 또 의식적인 것이든 무의식적인 것이든 풍자는 시집 전체를 가득 채웠다. 〈속한유칠언고시〈산석〉續韓愈七言古詩〈山石〉〉, 〈계찰이 칼을 걸다延陵季子掛劍〉, 〈두 번째 불문第二次的空門〉 등에서 양무는 서사의 잠재력을 발휘하기 시작한다. 사람들이 가장 많이 즐겼던 〈반딧불이流螢〉은 그의 풍부한 상상력을 더 잘 보여 준다. 이 시기에 그는 벌써 고전적 역사를 현대적 이야기로 개작했다. 그의 작품은 단순히 감상한다는 생각으로는 읽기 어렵다. 구체적인 지식을 갖추어야 하고, 더 나아가 인문적인 관심이 필요하다. 그의 서정은 달콤한 언어로 드러나는 바, 이를 맛보려면 거듭 곱씹지 않을 수 없는 것이다. 그는 은유와 전유를 능숙하게 사용하여 죽은 것에 생명을 불어 넣었다. 그는 또한 행을 뛰어 넘는 수법에도 능해, 하나의 의미를 가지고 다중의 암시를 펼쳐 보이기도 했다. 그는 상징을 우언으로 바꿀 수 있었고 우언을 신화로 높일 수 있었다. 또한 생활을 사건으로 빚어내고 사건에서 역사를 엿볼 수 있었다. 《병 속의 원고瓶中稿》[43](1975)의 〈임충 밤을 타 도망가다林衝夜奔〉를 세상에 선보였을 때, 그는 이미 예술적 성취로 시단으로부터 보편적으로 인정을 받고 있었다. 이 장시는 시극의 효과가 있었고, 소리와 리듬이 매우 명쾌했다.

《병 속의 원고》는 그의 시 기술 운용에 있어서는 단절이었다. 그는 이미 해외에서 스스로를 추방한 시인이었다. 그의 생명은 여전히 오직 시를 부단히 쓰는 것에만 의지할 수밖에 없었다. 그러나, 소위 단절은 그의 풍격이 더욱 진중하고 침착하며, 질박하고 자연스럽게 되었다는 것을 의미한다. 초기의 불안감과 당혹감은 이에 이르러 말끔히 제거된 것 같았다. 1976년 쓴 〈고독〉의 첫 행 "고독은 한 마리 노쇠한 짐승孤獨是一匹衰老的獸"은 은근히 나이에 따른 자아의 분열을 보여준다.

> 고독은 한 마리 노쇠한 짐승
> 어지러이 돌 구르는 내 맘속에 도사려 있다
> 벽력이 내리치려는 찰나, 그는 느릿한 몸짓으로
> 애써 내 찰랑이는 술잔으로 들어와
> 그 자애로운 눈으로
> 황혼녘 술 마시는 이에게 근심과 슬픔의 눈길을 보낸다
> 그제서야, 나는 안다, 내가 뉘우치고 있음을
> 경솔히 그의 익숙한 세계를 떠나지 말았어야 했음을
> 난, 이 차가운 술에 담아, 잔을 들어 입으로 가져가
> 자상하게 그를 맘속으로 돌려보낸다

비통함이 서린 시구와 소원한 정서가 시행 사이를 옮겨 다닌다. 고독을 기르는 반려동물에 빗대는 순간, 비통함은 더 이상 비통함이 아니고, 따스한 행복이 된다.

양무는 모더니즘의 기교를 빌려 자아분열을 '술 마시는 이'와 '노쇠한 짐승'으로 바꾸었다. 도대체 짐승이 술 마시는 이를 관망하는 것일까, 술 마시는 이가 짐승을 귀애하는 것일까, 주객이 전도되고 피차가 서로를 비춘다. 고독은 결국 자족적이고 자주적인 세계가 되어버렸는데, 그때가 되어서야 그것들은 익숙한 세계가 된다. 이러한 고독의 질감은 이후 그의 시에서도 종종 나타났다. 그러나 서사 기교의 운용만큼은 이 시에서 최고의 경지에 이르렀다.

《북두행北斗行》[44](1969), 《우평吳鳳》[45](1979), 《금지된 장난禁忌的遊戲》[46](1980),《칠층 해안海岸七疊》[47](1980) 등은 리듬은 분명하고 생동적으로 바뀌었지만, 아직 우울한 질감은 다소 남아 있었다. 《어떤 이有人》[48](1986)와 《완전한 우언完整的寓言》[49](1991)이 세상에 나왔을 때는, 현실에 간여한 작품들이 점차 증가하고 있었다. 그 자신은 자칭 '무정부

주의자'였지만, 타이완의 향토에 대한 관심을 숨길 수는 없었다. 《시절 명제時光命題》[50](1997)와 《세상사를 읊다涉事》[51](2001) 두 시집에서 그는 여전히 거리를 두고는 있었지만, 세상사의 유전을 열정적으로 관찰하고 현실을 논하는 것은 이미 그의 특징이 되어 있었다. 특히《세상사를 읊다》에 수록된, '체첸을 위하여 為車臣而作'라 부제를 단 〈잃어버린 반지失落的指環〉는 그 안에 어떤 의미를 숨기고 있었다. 이는 곧 자신의 고향이라는 심상

▶ 楊牧, 《瓶中稿》(舊香居 제공)

과 호응하는 것이었다. 양무는 해외에서 출발하여 오랜 기간 이역을 떠돈 시인으로서, 부재의 서사를 통해 자신이 역사에서 존재함을 증명했다는 점에서 중요한 시인이었다. 그는 타이완의 시사에서 예외적인 인물이다. 그의 창작력은 아직도 왕성해서, 시대와 사회를 향한 애정 어린 시구를 때에 맞춰 적절하게 남기고 있다. 그의 시적 목소리는 타이완 시단에 달콤함과 슬픔 두 양면적인 색깔을 입히고 있다. 그는 이 땅에서 슬픔의 시인이기도 하지만, 따뜻함과 고독의 시인이기도 하다.

저자 주석

[1] 瘂弦, 〈詩人手札〉, 《創世紀》14 · 15기, (1960.2.5.).
[2] 瘂弦, 《深淵》, (台北: 衆人, 1968).

[3] 瘂弦,《瘂弦詩集》,(台北: 洪範, 1981), p215.

[4] 瘂弦,〈詩人手札〉

[5] 洛夫,《靈河》,(台北: 創世紀詩社, 1957).

[6] 洛夫,《石室之死亡》,(台北: 創世紀詩社, 1965).

[7] 洛夫,《外外集》,(台北: 創世紀詩社, 1967).

[8] 洛夫,《無岸之河》,(台北: 大林, 1970).

[9] 洛夫,《魔歌》,(台北: 中外文學, 1974).

[10] 洛夫,《時間之傷》,(台北: 時報, 1981).

[11] 洛夫,《釀酒的石頭》,(台北: 九歌, 1983).

[12] 洛夫,《月光房子》,(台北: 九歌, 1990).

[13] 洛夫,《天使的涅槃》,(台北: 尚書, 1990).

[14] 洛夫,《隱題詩》,(台北: 爾雅, 1993).

[15] 洛夫,《漂木》,(台北: 聯合文學, 2001).

[16] 洛夫,《夢的圖解》,(台北: 書林, 1993).

[17] 洛夫,《雪崩》,(台北: 書林, 1994).

[18] 張默, 瘂弦主編,《六十年代詩選》,(高雄: 大業, 1961).

[19] 張默, 瘂弦主編,《中國現代詩選》,(高雄: 創世紀詩社, 1973).(?)

[20] 張默, 瘂弦主編,《七十年代詩選》,(高雄: 大業, 1967).

[21] 羅門,〈詩人與藝術家創造了'第三自然'〉,《羅門自選集》,(台北: 黎明文化, 1978),
p.6.

[22] 陳大為,〈定義與超越—台灣都市詩的理論建構〉,《亞洲閱讀：都市文學與文化
(1950-2004)》,(台北: 萬卷樓, 2004), p.75.

[23] 葉維廉,〈我和三, 四十年代的血緣關係〉,《花開的聲音》,(台北: 四季, 1977), p.18.

[24] 余光中,《天狼星》, 1961년 완성, 1976년 台北 洪範書店에서 출판.

[25] 余光中,《五陵少年》,(台北: 文星, 1967).

[26] 余光中,《蓮的聯想》,(台北: 文星, 1964).

[27] 余光中,《敲打樂》,(台北: 純文學, 1969).

[28] 余光中,《在冷戰的年代》,(台北: 純文學, 1969).

[29] 余光中,《白玉苦瓜》,(台北: 大地, 1974).

[30] 陳鼓應 등,《這樣的詩人余光中》,(台北: 台笠, 1989 수정판).

[31] 余光中,《與永恆拔河》,(台北: 洪範, 1979)

[32] 余光中,《隔水觀音》,(台北: 洪範, 1983)

[33] 余光中,《紫荊賦》,(台北: 洪範, 1986)

[34] 余光中, 《夢與地理》, (台北: 洪範, 1990)

[35] 余光中, 《守夜人》, (台北: 九歌, 1992)

[36] 余光中, 《安石榴》, (台北: 洪範, 1996)

[37] 余光中, 《五行無阻》, (台北: 九歌, 1998)

[38] 葉珊, 《水之湄》, (台北: 明華, 1960)

[39] 葉珊, 《花季》, (台北: 藍星, 1963)

[40] 葉珊, 《燈船》, (台北: 文星, 1966)

[41] 葉珊, 《非渡集》, (台北: 仙人掌, 1969)

[42] 葉珊, 《傳說》, (台北: 志文, 1971)

[43] 楊牧, 《瓶中稿》, (台北: 志文, 1975)

[44] 楊牧, 《北斗行》, (台北: 洪範, 1969)

[45] 楊牧, 《吳鳳》, (台北: 洪範, 1979)

[46] 楊牧, 《禁忌的遊戲》, (台北: 洪範, 1980)

[47] 楊牧, 《海岸七疊》, (台北: 洪範, 1980)

[48] 楊牧, 《有人》, (台北: 洪範, 1986)

[49] 楊牧, 《完整的寓言疊》, (台北: 洪範, 1991)

[50] 楊牧, 《時光命題疊》, (台北: 洪範, 1997)

[51] 楊牧, 《涉事》, (台北: 洪範, 2001)

제 **17** 장

타이완 여성 시인과 산문가의 모더니즘적 전환*

여성의식의 각성은 전후 타이완문학사에서 매우 더디게 이뤄졌다. 1960년대에도 여성작가는 페미니즘이라는 주제를 자각적으로 다루지 못했다. 모더니즘에 대한 당시 그녀들의 편애는 여성의식의 체득을 훨씬 앞서고 있었다. 하지만 여성의식이 아직 대두하지 않았더라도 여성의 특징을 표현하는 문학이 이 시기 계속 탄생하게 된다. 여성 특유의 미학적 사유가 일단 모더니즘과 결합하자 그 충돌로 인한 찬란한 불꽃이 사람들의 시선을 뺏었다.

전대의 여성작가에 비해 1960년대 여성 시인과 산문가의 모더니즘적 전환은 문학의 풍광을 대대적으로 변화시켰음이 분명하다. 50년대 여성작가의 글쓰기는 대부분 모성의 표현에 기울어 있었다. 모성 제재의 소설·산문·시가 50년대를 풍미했는데 이는 당시의 주도적인 문예 정책과 미묘하게 연관된다. 소설가 멍야오孟瑤, 판런무潘人木, 린하이인林海音과 산문가 치쥔琦君, 장슈야張秀亞, 중메이인鍾梅音, 아이원艾雯 등의 작품은 전형적인 모성 서사였다. 그녀들의 글에서 어머니의 형상은 기본적으로 고향에 대한 그리움·조국·가족·고난에 대한 은유였다. 이 같은 은유는 문예 정책이 존중하던 중원으로 향하는 사유 방식과 서로 호응했다. 구

---

* 이 장은 성옥례가 번역하였다.

체적으로 말하자면 50년대 여성작가가 빚어낸 모성은 아마도 그녀들의 자주적인 사고에서 나온 것이라 할 수 있다. 그러나 거대 환경의 문화적 영향 아래서 그녀들 작품 속의 모성은 많은 경우 남성 미학의 요구에 부합했다.

이 같은 모성 제재의 유행은 대부분 인격의 제고와 인성의 승화, 선의 추구와 악의 억압을 선전하기 위한 것이었다. 모성에 대한 긍정은 국가 상상에 있어 버릴 수 없는 일환이다. 지나친 모성 숭배는 여성작가로 하여금 여성이라는 주제나 여성적 특징의 존재로 주의를 돌릴 수 없게 했다. 민족적 정감과 정치적 신앙은 먼저 개인의 욕망과 상상을 제거한다. 그러므로 민족주의가 빚어낸 모성이란 사실 욕망 없는 모친이었다. 일단 욕망이 억압되면 여성과 남성의 신체에는 아무런 차이가 없게 된다. 반공 시기의 남녀평등은 모든 여성이 남성화됐기 때문에 가능했다. 화려하고 소란스런 언어와 맘껏 제멋대로였던 문장은 1950년대에는 모두 종적 없이 사라져버린다. 이것이 그 시기 여성의식이 아직 각성의 공간을 얻지 못했던 원인이었다.

모더니즘 운동의 확장은 여성의 미학적 사유에 큰 충격을 주었다. 운동의 소용돌이 속으로 휩쓸린 여성작가는 모더니즘 소설·모더니즘 산문·모더니즘 시를 대량 창작했으며 민족의 정조에서 개인의 정감으로 주의를 돌리기 시작했다. 그렇다고 해서 1950년대에 애정 소설 창작이 없었다는 것은 아니다. 애정+반공 혹은 연애+고향에 대한 그리움과 같은 공식이 소설이나 시에 일반적이었다는 사실은 지적할 만하다. 모더니즘 사조가 대량 등장한 뒤에야 개인적 정감이 정치적 서사와 점차 분리되는 현상이 뚜렷해지기 시작했다.

1960년대 여성 시인과 산문가의 성과는 남성작가의 예술적 조예에 견주어 전혀 손색이 없었다. 남성작가가 언어 개조에 힘쓸 때 여성의 시와 산문은 세밀하고 지엽적인 미학을 구축했다. 부패한 백화문에 완전히 새로운 생명을 주입할 수 있었던 이유, 변화의 계기를 얻을 수 있었던 까닭을 전적으로 남성작가의 노력으로만 돌릴 수는 없다. 여성 시인과 산문가가 이 시기 모더니즘 운동의 거센 흐름으로 뛰어들어 문단의 시야와 형세를 쇄신했다고 할 수 있다.

타이완 여성 시학의 조성

1960년대 여성 시인이 주목받는 주요한 원인은 그들이 '전통'이라는 무거운 짐을 져야한다는 속박을 받지 않았기 때문이다. 그녀들이 창작을 시작한 시기는 현대에 속했다. 남성 시인과 달리 그녀들은 모더니즘 시의 정의를 위해 논쟁할 필요가 없었다. 그녀들은 언어의 제련을 위해 5·4 이래의 백화문 전통과 대결할 필요도 없었다. 정치적 간섭을 피하기 위해 은유와 상징의 기법으로 자신의 사유를 감출 필요 또한 없었다. 지나친 부담이 없었기 때문에 여성 시인은 정서와 애정 그리고 정욕을 용감하게 마주할 수 있었다. 이 같은 서사 방식은 남성 시인의 사유 방식과 전적으로 달랐다. 그녀들의 작품은 역사의식을 추구하려 애쓰지 않았고, 민족주의의 숭배로 편향되지 않았으며, 시대적 사명을 짊어질 것을 강조하지 않았다. 그러했기에 그녀들은 '거대서사grand narrative'라는 허구적인 거대 이상과 허구적인 유토피아를 벗어날 수 있었다. 그녀들은 참된 생명 체험과 생활 경험 속에서 시적 언어를 제련했다. 그녀들의 언어는 곧 그녀들의 감각이자 세계였다.

1960년대 나타난 중요 시인인 룽쯔蓉子, 린링林泠, 슝훙敻虹은 다들 50년대에 모더니즘 시운동에 참여한 바 있다. 성과가 비교적 일렀기에 성숙 역시 비교적 빨라 60년대에 이미 그녀들은 타이완 현대시단에서 뛰어난 일가를 이루고 있었다. 그녀들과 동시에 출발했으나 비교적 나이가 들었던 작가로는 장슈야, 리정나이李政乃, 펑제彭捷 등이 있다. 그러나 시의 연령에 있어서 그리고 예술 성취 방면의 끈기와 폭에 있어서 룽쯔 등이 비교적 긍정적인 평가를 받는다.

장슈야(1919-2000)는 허베이 핑위안河北 平原현 사람으로 베이핑 푸런北平 輔仁 대학의 서양어문학과를 졸업했다. 창작이 산문예술에 비교적 집중되어 있는 그녀는 타이완 여성 산문의 선구자 중 한 명이자 서정산문美文의 본보기를 구축한 사람 중 한 명이기도 하다. 그러나 그녀는 시집 《물 위의 거문고 소리水上琴聲》(1956)[1]도 출판했는데 이는 가장 초기의 작품세계를 대표한다. 모더니즘파 시인들이 다양한 소리를 낼 때 그녀의 시집은 1950년대에 보기 드문 독창적인 것이었음이 분명하다. 30년이 지난 뒤에야 그녀는 두 번째 시집 《사랑의 또 하루愛的又一日》(1987)[2]를 출판하지만, 산문서사 방면에서의 성과가 시적 조예를 훨씬 능가한다. 그러나 그녀의 시집이 가장 먼저 탄생하여 문학사에 있어 특수한 의미를 가지게 되었으니, 후인들이 50년대 시단을 이야기할 때 장슈야를 빠뜨릴 수는 없다.

그녀의 시어 사용은 여전히 5·4 백화시 전통의 여운에서 벗어나지 않았다. 그러나 반공시기 전투시와 정치시가 마구 범람할 때, 그녀의 서정적 자태가 시의 또 다른 발전 가능성을 예고했다 할 수 있다. 거대 환경의 한계를 받았던 그녀가 개발한 상상은 이후의 여성시인에 의해 모두 초월된다. 그러나 정감의 순수함과 음색의 맑음 및 리듬의 절제에 대한 그녀의 추구는 타이완 서정 전통에 안정적인 기초를 다져줬다. 그녀의 서정은 5·4의 유풍을 가지고 있으면서도 고전적 정취도 지니고 있었다. 〈밤은 젊다夜正年輕〉가 이 같은 풍격을 보여주는데 다음과 같이 시의 2절을 예로 들 수 있다.

젊었던 밤
추웠던 밤
아직도 넌 화로 속 잿더미를 헤집고 있는가
희끗해진 살쩍
꿈에서도 희끗할까 두려워
기억 속 강변에는 가물거리는 등불이 무수하고[3]

1950년대 패권 담론이 팽배하던 시기에 장슈야는 시대를 등진 채 용감하게 자신의 어두운 정감을 깊이 들여다봤다. 그 같은 고전적인 사랑은 암암리에 자아의 동경을 드러내고 있다. 그러나 그녀가 얻는 것은 오히려 '잿더미'와 '가물거리는 등불'이다. 시의 격조는 부드럽다. 하지만 여성 시인은 이런 식으로 정치 구호를 완곡하게 거부하면서 오히려 예술적 추구에 대한 그녀의 굳은 의지를 보여주었다. 그녀의 애정 세계는 결코 밝지 않았겠지만 시풍은 오히려 성실하고 핍진했다. 이러한 미학은 결코 당시의 문예 정책에 대해 자각적이고 의식적으로 저항하기 위한 것이 아니었다. 여성작가가 진실하게 자신의 감정을 드러내면서 반공 표어에 거짓과 과한 수식으로 찬동하지 않았던 것은 분명 현실 도피가 아니었다. 아름다운 이상과 도래한 적 없는 낙원을 가정한 채 남성작가가 썼던 전투시, 반공시야말로 타이완의 현실을 철저하게 외면한 것이었다.

그녀와 같이 1950년대에 출발한 룽쯔는 초기의 언어 운용과 기교에 있어 5·4의 유풍을 벗어나지 못했다. 지속적으로 성장과 깊이를 더한 언어와 날로 성숙해진 시풍으로 1960년대에 이르자 그녀는 중요한 여성의 목소리가 되었다. 룽쯔(1928-)의 본명은 왕룽즈王容芷로 장쑤江蘇 우셴吳縣 사람이다. 정즈政治 대학 공공행정 기업관리 교육센터를 수료했다. 장슈야보다는 시 창작에 더 신경 썼기에 그녀의 시집《청조집靑鳥集》(1953)[4]의 출판 역시 장슈야보다 빨랐다. 그녀의 최초의 시 창작은 몽환과

▶ 蓉子(《文訊》 제공)

사랑이라는 주제를 완전히 벗어나지 못했다. 자신의 첫 시집에 대해 룽쯔는 이후 다음과 같이 회고한 바 있다. "〈가장 이른 별빛이 가장 적막하다最早的星光最寂寞〉는 당연히 가장 이른 별빛이 아니다. 그러나 별에도 성별이 있다면(웃음), 나는 억지로라도 짝을 만들 수 있었을 것이다." 이 시기 그녀의 여성의식은 아직 깨어나지 못했다. 그러나 여성이라는 신분은 그녀의 작품과 남성시인 사이에 분명한 선을 긋게 했다. 시집의 마지막 시인 〈나무樹〉에서 그녀는 다음과 같이 공개적으로 선언하고 있다.

> 나는 한 그루 홀로 선 나무—
> 얽혀있는 등나무가 아니라.

등나무는 무언가에 기대어 타고 오르는 식물로 전통적으로 여성의 의존적 성격을 은유한다. 그러므로 룽쯔의 '나는 한 그루 홀로 선 나무'라는 당당한 자신감은 이후 타이완 여성을 위해 무궁무진한 상상을 가져다주었다. 남성에 기대지 않는 이러한 자주적 정신은 더 이른 시인 〈왜 나에게서 이미지를 찾는가爲什麼向我索取形像〉에서 더욱 여지없이 표현된다.

> 왜 나에게서 이미지를 찾는가?
> 너의 화려한 면류관 위에
> 박아 넣을 한 조각 루비를 위해서인가?
> 네 생명의 새로운 페이지 위에
> 다시 써넣을 몇 줄을 위해서인가?

이 시는 소박한 여성의식이 싹트고 있음을 보여준다. 시인은 더 이상 남성 눈 속의 '타자'로 자아를 정의 내리지 않겠다고 분명하게 말하고 있다. 시의 언어는 간략하지만 오랫동안 가부장 문화가 어떻게 여성을 여성화feminization했는지를 심도 깊게 폭로한다. 여성화란 여성을 빈 주체로 보고 마음대로 남성의 욕망과 환상을 대입해 넣는 것을 의미한다. 여성은 정태적이고 피동적인 신체가 되어 남성 주체를 빛내고 드높이는 데만 사용된다. 이 시는 여성이 여성화됐던 문화적 전통에 저항한다. 특히 시의 마지막 부분에서 그녀는 자신의 진짜 의도를 드러낸다. "기쁨의 웃음은 나의 생김새 / 적막은 나의 그림자 / 흰 구름은 나의 종적." 구애받지 않고 신념대로 행동하겠다는 이 같은 자아 표현은 모더니즘 시 운동의 최초 단계에서 사람들을 곁눈질하게 만들었다.

1960년대로 접어들자 룽쯔는 구상적인 묘사를 버리고 추상적 사유로 뛰어들어 성숙하고도 감동적인 모더니즘 시기를 열어젖힌다. 그녀는 중요 시집인 《칠월의 남방七月的南方》(1961)[5], 《룽쯔 시초容子詩抄》(1965)[6], 《비나리자1) 조곡維納麗沙組曲》(1969)[7], 《횡적과 하프의 정오橫笛與豎琴的晌午》(1974)[8], 《천당조天堂鳥》(1977)[9], 《눈은 나의 어린 시절雪是我的童年》(1978)[10], 《세울 수 없는 신화這一站不到神話》(1986)[11], 《우리에게 뿌리만

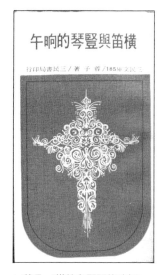

▶ 蓉子, 《橫笛與豎琴的晌午》

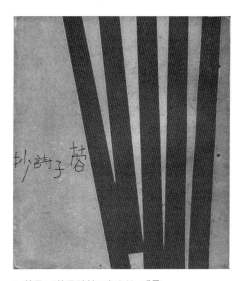

▶ 蓉子, 《蓉子詩抄》(李志銘 제공)

1) 이 이름은 룽쯔가 비너스와 모나리자를 조합하여 만든 것으로 추측된다.

있다면只要我們有根》(1989)^[12], 《천 곡의 소리千曲之聲》(1995)^[13], 《검은 바다
위 아침 햇살黑海上的晨曦》(1997)^[14] 등을 계속해서 발표했다. 이처럼 풍성
한 창작은 시 역사에 있어 그녀의 지위를 확고하게 세워줬다. 룽쯔의 대
표 시인 〈나의 거울은 한 마리 허리를 둥글게 만 고양이我的粧鏡是一隻弓
背的猫〉는 그녀의 모더니즘적인 전환을 잘 드러낸다.

> 나의 거울은 한 마리 허리를 둥글게 만 고양이
> 멈춤 없이 움직이는 눈동자 속에서
> 물처럼 끊임없이 변하게 되는 내 모습[15]

정태적인 거울을 생명을 지닌 고양이로 바꾸는 것은 모더니즘 미학 속
의 잠재의식이 다시 표현된 것이다. 내면에 억압된 정서는 변화무쌍하게
움직이고 있다. 그러나 시인은 그것을 직접적으로 폭로하지 않고 우회적
으로 비추어서 잠재의식 깊은 곳의 환상을 현실세계의 거울상으로 묘사
한다. 변증적 관계를 이룬 환상과 거울상은 허구와 사실 사이에서 독자의
상상을 끊거나 연결시킨다. 여성의 역할에 대한 전통적 묘사 방법으로는
여성의 다층적인 모습을 손쉽게 장악할 수 없다. 여성 형상의 변화를 고
양이 눈동자의 움직임을 통해 투영하는 룽쯔의 표현은 여성 시인이 모더
니즘 기법을 성숙하게 차용했음을 보여주는 대표적 사례이다. 특히 모더
니즘적인 이 시의 마지막 연은 다음과 같이 여성의식도 보여주고 있다.

> 리드미컬한 걸음을 버리고, 이곳에 피곤하게 머문다
> 나의 거울은 한 마리 쭈그리고 앉은 고양이
> 나의 고양이는 흐릿한 꿈, 빛 없고, 그림자 없는
> 내 모습을 정확하게 비춘 적도 없는[16]

작품은 은유와 전유轉喩를 번갈아 사용함으로써, 수없이 굴절되는 겹
눈 속에서 환상이 중첩되어있는 기이한 영상을 투사한다. 흔들리는 거울

은 한 마리 고양이로 변하고 허리를 둥글게 만 고양이는 하나의 꿈으로 변한다. 그리고 그 꿈속에 분명하게 정의할 수 없는 자아가 비추어진다. 들쭉날쭉 교차하는 비추어짐과 비춤 그리고 굴절이 여성의 신분을 복잡하게 이루고 있다. 속박된 여성을 어떻게 하나의 정의로만 확인할 수 있을까? 거울은 여성 내면세계의 심오함과 무한함을 얘기해줄 수 있지만 그 속에 숨겨진 사유와 상상은 결코 아무나 가볍게 건드릴 수 없는 것이다. 이 같은 내면의 자아에 대한 성찰과 관조는 〈비나리자 조곡〉에 이르면 더욱 선명해진다. 비나리자는 시적 리듬을 위해 창조한 이름으로 시인의 잠재의식에서 분열되어 나온 또 하나의 자아이다. 그러므로 시 속에서 비나리자를 외치는 순간은 두 개의 분열된 자아가 대화를 전개하는 순간이기도 하다. 시에는 단지 하나의 목소리만 나타나지만 시인은 복시현상double vision을 성공적으로 창조하고 있다. 그녀가 "영혼은 본디 추상적인 것 / 기도가 드리운 예술의 장막 사이로 / 점점이 별 빛은 새어 나온다"(〈초대邀〉)고 말하거나 혹은 "꿈과 현실은 고삐 묶여 나란히 달리지만, 아름답지는 않은 반려자 / 때로 서로 저촉되고 충돌하면서, 계절의 청량함을 집어 삼킨다"(〈비나리자의 별빛維納麗沙的星光〉)라고 말한 것은 모두 끊임없는 대화를 통해서 시인의 내면에 존재하는 멈춤 없는 독백을 드러낸 것이라 할 수 있다.

룽쯔는 《세울 수 없는 신화》의 〈자서自序〉에서 "어린 시절 생각하고 바랐던 것처럼 세계는 결코 아름다움과 질서 그리고 화해로 충만하지 않다. ―현실은 본래 그렇게 원만한 것이 아니다."라고 말한 바 있다. 이 깨달음은 한 여성 시인의 입에서 나왔기에 더욱 진실하다고 할 수 있다. 부서지고 불완전한 현실세계에 처해있었기에 그녀의 시가 드러낸 모순과 충돌은 더욱 깊이가 있었다. 예술은 행복한 생활 속에서 탄생하는 것이 아니라 거칠고 잔혹한 현실 속에서 오랜 담금질을 거쳐야 비로소 빚어지는 것이다. 룽쯔의 목소리는 타이완 사회에서 존중 받은 적 없던 사회적 소수자의 자잘한 심정을 말하고 있다. 일정 기간 냉정한 시험을 거치면서 그녀의 예술은 긍정될 수 있었다.

룽쯔와 거의 동시기에 등장한 또 다른 시인인 린링林泠 역시 모더니즘 시학의 중요 창립자 중 한 명이다. 린링(1938-)의 본명은 후윈상胡雲裳으로, 쓰촨 장진四川 江津 사람이다. 타이완 대학 화학과를 졸업한 후 미국 버지니아 대학에서 박사 학위를 취득했다. 1950년대 초에 이미 시 예술을 추구하기 시작했지만 80년대에 이르러서야 작품집《린링 시집林泠詩集》(1982)[17]을 엮어낼 수 있었다. 린링의 심사숙고와 낭랑한 음색, 소외의 감정은 그녀의 시풍에 있어 중요한 특색을 이룬다. 가장 뛰어난 그녀의 글쓰기 방법은 시의 언외지의言外之意로, 그녀의 상징수법은 동시기 다른 시인 가운데에서도 단연 돋보인다.

첫 시작품〈매지 않은 배不繫之舟〉를 시작으로, 그녀는 일반적인 소리와는 다른 풋풋하고 떫은 자신의 열일곱 살을 써냈다. 묶이지 않은 작은 배는 당연히 강기슭의 '장미'나 '녹음' 그리고 '평온한 항만'의 유혹도 받지 않는다. 시 마지막 행의 다음과 같은 표현처럼 그녀는 자유자재하며 홀로 움직인다.

> 아, 아마도 어느 날—
> 내가 의지가 되고, 매지 않은 배가 되겠지
> 설령 지혜가 없더라도
> 밧줄과 돛이 없더라도

지혜는 시야와 사고를 열어주지만 인간의 죄악과 번뇌도 엿보게 한다. 시인은 속박 받고 감금되는 것을 원하지 않으며 자신의 의지에 기대어 밧줄을 풀고 돛을 떼고서 광활하고 드넓은 우주의 항해를 전개하리라 암시하고 있다. 의미는 형상 밖에 존재하며 그녀의 언어는 종종 독자를 상상의 탐색으로 이끌어 준다. 언어 그 자체로는 이 같은 그녀의 풍부한 사유를 가둘 수 없었다.

그녀는 시의 음악성을 중시하여 시가 낭송하기에 좋다. 특히 매 행의 글자 수가 적어서 시를 읽을 때 끊임없는 행 바꾸기를 요구하는데, 읽기의 리듬이 행 바꾸기로 인해 느려져 서정적인 음악적 효과를 만들어낸다. 그녀는 결코 서정을 남발하지 않았다. 글자의 배치가 감정의 여과를 향해 안배됐기 때문에 정서의 과다나 남발에 이르지 않고 있다. 그녀의 시풍은 냉정하지만 분방한 열정을 숨기지 못한다. 희열 속에는 많은 애수가 숨어있으며 우울은 낙관적인 기대를 띄고 있다. 서정 전통의 측면에서 보더라도 린링의 영

▶ 林泠, 《林泠詩集》

향력은 정처우위鄭愁予와 양무楊牧에 버금간다고 할 수 있다. 사실 린링의 몇몇 시 제목은 초기의 예산葉珊이나 최근의 양무 작품에도 영향을 미쳤다. 예를 들어 〈벼랑 위崖上〉의 경우 예산 역시 같은 시 제목을 썼으며, 린링의 짧은 시 〈별자리 지도星圖〉의 경우 양무가 산문집《별자리 지도星圖》의 제목으로 삼기도 했다. 문학 전통은 종종 서로 다른 작가들의 서로 가까운 상상과 유사한 풍격의 전달 속에서 서서히 구축된다. 타이완의 서정시, 특히 소외의 의미를 띄는 서정은 1960년대에 출판의 길을 개척하였음이 분명했다.

린링의 시는 차갑다. 시행이 종종 미묘한 고독을 뿜어내기 때문이다. 예를 들면 다음과 같다. '내가 높이 쌓은 성가퀴 위에서'(〈엽서 한 장·1955년一張明信片·一九五五年〉), '사방의 문이 모두 굳게 잠겼다'(〈문 두드리는 사람叩關的人〉), '이토록 가는 밧줄로 도시를 묶을 수 있을까?'(〈여자의 벽女牆〉). 그녀의 시행이 적당한 지점에서 용감하게 끊어서 더욱 드넓

은 상상을 남기는 것처럼, 그녀의 고독은 일종의 결단의 의미를 띠고 있다. 그녀의 시는 뜨겁기도 하다. 시행이 억누를 수 없는 사랑과 동경으로 용솟음치기 때문이다. 이러한 동경은 말 없는 가운데 나타난다. 예를 들어 애정시 〈작은 깨달음—한 명의 도박꾼을 위해 씀微悟—爲一個賭徒而寫〉에서 사랑은 한차례의 불태우기처럼 표현된다.

> 당신의 가슴에서, 몬테카를로의 밤이여
> 내가 사랑한 그이는 불을 태우고 있다
>
> 그가 그러모은 장작은 불태우기 부족해서, 몬테카를로의 밤
> 그는 자르려 한다 나의 머리카락을
> 나의 등뼈를[18]

활활 불타오르는 희열을 위해 그녀는 기꺼이 희생하지만 시 속에는 일언반구도 언급되고 있지 않다. 사랑 속의 재난은 얼마나 엄중하며 희열은 얼마나 깊은가. 이렇게 반대되는 서사 방식이 바로 그녀가 시에서 세우려는 내재적 논리로, 비정상적이지만 또 합리적이기도 하다. 그녀의 논리는 일반적 이치로 단순하게 설명하기 힘들다. 〈배웅送行〉 속의 다음 두 행은 사랑하는 이가 떠나 간 뒤의 심정을 표현하고 있다.

> 정말 이상하네, 겨울인데도 왜 춥지 않지
> 왜, 약간의 연상은 영원히 잘라낼 수 없는 거지[19]

시는 두 줄의 평행하는 구절을 사용하여 이별이 진짜 이별이 아님을 말하고 있다. 사랑하는 이를 배웅하는 마음은 분명 추울 것이다. 게다가 겨울이다. 두 사람이 그리움으로 꽉 묶여있다는 사건의 진상은 그 다음 행에서 드러나고 있다. 그녀의 글쓰기는 영양괘각羚羊掛角처럼 흔적을 남기지 않고서 '따뜻함'을 전혀 언급하지 않으면서도 두 사람의 그리움을 표현해준다. 만약 자구의 표면적 의미에만 머문다면 시적 상상의 폭은

오히려 좁아진다.

> 너는 짓밟는 걸 좋아하지? 오, 그렇지
> 생각해보면 높은 곳에서, 너는 미끄러져 자국을 남기겠지
> 네가 녹슨 날의 스케이트를 탄다면
> 나는 망가지는 즐거움을 갖게 되겠지
>
> 〈눈밭에서雪地上〉[20]

　사랑은 늘 자학적이거나 가학적인 쾌감을 띤다. 짓밟히고 망가지는 사랑을 결코 상식으로 단정해서는 안 된다. 특히 사랑하는 이가 '녹슨 날의 스케이트를 타기'를 기대한다는 것은 더욱 비상식적이다. 하지만 세기말식의 사랑이나 옥석을 함께 태우는 식의 사랑이라면 아마도 그 감정의 깊이를 짐작할 수 있을 것이다. 가치판단을 완전히 뒤엎어야지 사랑이 정상적인 상태가 될 것이다.

　린링이 독자를 위해 열어놓은 사랑을 달리 읽는 방식은 전통에 도전하면서 윤리를 강구하는 사유와 동등한 것이었다. 그녀의 언어는 깨끗하고 맑으며 리듬은 변화가 많고 정취가 있다. 그리고 그녀의 사유는 전통적 논리를 완전히 전복한다. 스스로 인정한 바와 같이 그녀의 상징은 '야성적이고 구속이 없다'.(〈자주색과 자주색의紫色與紫色的〉) 서로 충돌하는 많은 이미지가 하나의 의미로 엮어질 때 독자들은 깜짝 놀라게 된다. 그러나 결국 독자들은 뜻밖의 시를 즐겁게 받아들인다. 잘못된 논리지만 자신의 이치를 지니고 있어서 독자들은 그녀의 시를 되새기면서 그것이 합리적인 안배임을 알게 된다. 잘못됐다는 것은 결코 잘못된 것이 아니라 예술이 창조한 일종의 거꾸로 보기인 것이다. 린링의 시는 거꾸로 생각하기로 사람들을 유혹한다.

　이들 보다 조금 늦은 슝훙夐虹(1940-) 역시 서정 전통 창작에 참여한 또 다른 중요 시인이다. 본명이 후메이쯔胡梅子인 슝훙은 타이둥台東 사람으로 푸른별시사藍星詩社의 구성원이었다. 그녀의 시는 모두 낭송할 수

있는 것으로 음악성을 매우 중시한다. 그녀는 1957년 첫 번째 시를 발표한 뒤 창작을 멈춘 적이 없다. 시집으로는 《금용金踊》(1968)[21], 《슝훙 시집夐虹詩集》(1976)[22], 《붉은 산호紅珊瑚》(1983)[23], 《얽매임의 번뇌愛結》(1991)[24], 《관세음보살 마하살觀音菩薩摩訶薩》(1997)[25]이 있다. 마지막 시집은 불교 철학에 가까운 것으로, 인생에 대한 그녀의 깨달음을 반영하고 있다.

청춘시절의 슝훙은 자신의 내밀한 환상을 쓰는 데 과감했으며 애정에 대한 갈망을 표현하는 데도 과감했다. 그녀의 용기는 순전히 생명에 대한 포용과 찬송에 바탕을 둔다. 〈불로 생각한다면如果用火想〉의 마지막 네 행은 먼 곳에 있는 이를 그리워하는 내용으로 표현 밖에 존재하는 또 다른 의미를 전달하고 있다.

> 나는 멍하니 서서
> 한 사람을 바라본다
> 또 다른 사람을
> 이처럼 미친 듯이 생각하며[26]

성동격서聲東擊西 식의 사념이 의미하는 바는 도대체 꿈에서 깨는 것인가 꿈을 훼손하는 것인가 아니면 또 다른 꿈이 열리려는 것인가? 1950년대의 여성 시인은 대부분 개인적이고 비밀스런 사적 사랑에서부터 시의 세계를 만들어갔다. 거기에 쏟은 정성과 전적인 관심은 국가적 정서를 훨씬 능가했다. 슝훙은 10여수로 이루어진 시리즈 작품을 써서 자신의 사랑을 반복적으로 읊었다. 이는 당시에는 드문 경우로 그녀는 다음과 같이 말한 바 있다.

> 나의 금빛 껍질을 두드려 열고서, 무지개빛 날개를 펼친다
> 사소한 즐거움으로, 가슴 뛰면서— 아, 이토록 아름답다니
> 설마 이전에 꿈속에서 꿈을 엿보았을까, 석고상이

눈을 뻔쩍 뜬다, 모든 것에 영혼이 주어질 때
〈나비가 춤추다蝶踊〉[27]

　　나비의 갑작스런 날개짓처럼 석고상의 부릅뜬 눈처럼, 뜨거운 사랑은 내면의 환희를 숨기지 않고 나아가 사람들과 함께 사랑의 아름다움을 즐기려 한다는 사실을 예고한다. 이때부터 그녀는 '남색藍色 시대'로 들어서는데, 각 시는 '푸름藍'이라는 이름의 애인이 그 대상인 것처럼 보인다. 푸른색藍色은 구체적이고 은유적이며 나아가 사랑의 동의어가 된다.

너는 맞은 기슭의 꽃 등 아래 서 있다
온갖 선율이 잦아들었을 때 둥근 연못을 건너려 하는
수련이 그려진 푸른 유리를 건너려 하는
나는 유일한 고음
〈나는 이미 너에게로 간다我已經走向你了〉[28]

　　'날개짓'이나 '나비'로 자아를 은유하는 것과는 별개로, 푸른 하늘과 푸른빛은 그녀가 궁극적으로 지향하는 바였다. 그녀가 대담하게 써내려간 애정시는 1960년대 타이완 모더니즘 시에 무궁한 상상을 부여했으며 시단에 아름다운 신화도 구축해주었다. 이 신화는 허무하고 어렴풋한 것이 아니라 실천적인 것이었다. '반드시 한 줄의 시는 빛나는 풀밭에서 써야 한다'(〈쇼팽에게 바치다贈蕭邦〉)는 표현은 그녀 작품에 대한 적절한 해석으로 들 수 있다. 사랑이 그녀로 하여금 믿음을 지니게 하기 때문에 그녀는 '유일한 고음'이자 '빛나는 시'가 된다. 일반적인 속된 표현으로 말하자면 사랑은 뼛속 깊이 새겨야 하는 것이다. 그러나 슝훙은 그렇게 표현하지 않고 〈시의 끝詩末〉에서 다음과 같이 말하고 있다.

사랑은 피로 쓴 시
희열의 피는 자학의 피와 매한가지로 진실하지
칼자국은 입맞춤의 자국과 매한가지지

슬픔이나 즐거움
너그러움이나 한스러움
사랑하고 있기에, 당신은 용서를 얻는다[29]

사랑과 상처 모두는 피를 보는 것, 급소를 찌르는 것이다. 숭훙은 과도한 상징을 즐겨 쓰진 않았지만 매우 낭만적이었다. 중년을 넘어선 나이에도 불구하고 로맨틱한 상상을 그친 적이 없었다. 《붉은 산호》는 그녀의 머리가 희끗해졌음을 보여주는 증거이며, 이후 인생의 온갖 고통에 대한 관조는 《얽매임의 번뇌》 속에 표현되어있다. 이제 그녀는 더 이상 격정의 시인이 아니라 생활 속의 고통과 담담함에 대해 쓰고 있다. 고통이란 생명의 누적이며 담담함이란 정감의 희석이다. 오직 시의 음악성만이 변하지 않았다. 그녀의 시는 여전히 낭송하기 적합하고 리듬은 여전히 완만하며 마음은 여전히 선량하다. 그녀의 마음은 점차 세속에서 벗어났으며, 그녀의 시는 속세에 남아 전설이 되었다.

타이완 여성 산문서사의 시작

산문서사는 문학사에서 줄곧 경시됐다. 오랜 기간 동안 산문에 미학이론의 기초가 없었기 때문이다. 전승에 있어서도 유파를 이루기 어려웠다. 소설과 시 두 장르에 종종 주요한 풍격과 풍조가 형성됐던 것과 달리, 산문에는 대가가 출현한 적이 드물었다는 사실이 보다 중요한 이유이다. 문학사가들은 산문에 대해 비평적인 읽기를 거의 하지 않았다. 일반 독자들과 마찬가지로 대부분 소비적인 읽기만 했을 뿐이다. 이러한 편파적인 태도로 인해 산문은 주변의 위치에 놓이게 됐다.

그러나 편견이 역사적 사실을 대체할 수는 없다. 소설과 시의 구성은 여전히 산문서사를 기초로 했다. 백화문이 타이완에서 지속적으로 활기찬 생명력을 가질 수 있었던 주요한 원인은 산문가의 노력으로 공을 돌려야 마땅하다. 1950년대 타이완에 대규모의 여성 산문가가 등장하여 백화문의 시험과 발전에 무시 못 할 공헌을 하게 된다. 백화문의 약세는 이미 반공문학 시기에 나타난다. 언어 혁명가였던 후스胡適는 무미하고 담담한 문체를 존중하기도 했다. 그러나 후스를 포함해 백화문 서사는 결국 천박해지고 부패하는 운명을 맞이했다. 여성 산문가는 타이완에서의 '현지화'와 '현대화'라는 측면에 있어서 백화문의 생명을 새롭게 불어넣었다고 할 수 있다.

1세대 여성 산문가 가운데 수사적 예술을 가장 열심히 추구한 이로 아이원艾雯(1923-2009)을 들 수 있다. 그녀는 장쑤 우셴 사람으로 1950년대 가장 먼저 산문집을 출판한 여성작가이다. 그녀의 초기 산문집인 《청춘편靑春篇》(1951)[30], 《항구 편지漁港書簡》(1955)[31], 《생활 소품生活小品》(1955)[32], 《우담화 핀 저녁曇花開的晚上》(1962)[33]에 실린 각 작품들은 그녀의 생활을 묘사하는 듯하다. 아이원의 산문 예술에 있어 주의할 점은 서정적 전통 속에서 끊임없이 구축했던 순수미에 대한 상상이 고통스런 생활로부터 제련된 것이라는 데 있

다. 그녀의 장기였던 '서간체' 산문은 이후 여성 산문가 사이에 유행한다. 그녀는 독백의 방식을 편애하여 독자는 글을 읽을 때 작가의 이런저런 이야기를 듣고 있는 것처럼 느끼게 된다. 《항구 편지》가 그 대표적인 경우로, 타이완 어민이 빈궁한 환경 속에서 어떻게 온 힘을 다해 분투하는지를 낯선 사람의 눈으로 관찰하고 있다. 아이원의 아름다운 글은 1950년대에 인정을 받아 1955년에는 '전국 청

▶ 艾雯(《文訊》 제공)

년이 가장 좋아하는 작품과 작가'로 선정된다. 그녀의 현지화된 서사는
관방의 문예정책이 추앙하던 중국 중심의 사유와 거리가 있었다. 70년대
이후 출간된《부생산기浮生散記》(1975)[34],《가라앉지 않는 작은 배不沈的
小舟》(1975)[35],《의풍루서간倚風樓書簡》(1984)[36],《철망집綴網集》(1986)[37]
에서 아이원은 조금씩 철학적 사유를 보여준다. 그녀는 여전히 활발하게
서정산문美文을 추구하고 있으며, 오랫동안 창작을 지속했기에 영향력
또한 매우 크다고 할 수 있다.

　　수사에 주력했던 또 다른 산문가인 장슈야 역시 서정 전통을 주조하는
데 공헌이 컸다. 그녀의 창작 기교는 현지화가 아닌 '상상'에 대한 부지
런한 추구라는 점에서 주목할 만하다. 그녀가 1950년대 출판한 산문집인
《삼색근三色菫》(1952)[38],《목양녀牧羊女》(1953)[39],《바니의 매뉴얼凡妮的手
冊》(1956)[40],《그리움懷念》(1957)[41],《호수 위湖上》(1957)의 다섯 권은 문학
의 음악성을 상당히 뛰어나게 장악하고 있다. 그녀의 주요 특색은 완만
한 리듬을 운용하여 정서와 상상을 같이 해방시키는 데 있다. 이후 많은

▶ 張秀亞,《牧羊女》(舊香居 제공)

▶ 張秀亞,《三色菫》(舊香居 제공)

작가들이 앞 다투어 이러한 기법을 모방했는데 위리칭喩麗淸이 대표적인 예이다. 장슈야가 쓴 〈산문의 새로운 풍격 창조創造散文的新風格〉는 다음과 같이 그녀의 개인적 특징을 잘 보여준다. "새로운 산문은 상징·상상·연상·이미지 및 은유를 잘 사용해야 한다. 그래야 '말은 이곳에 있되 뜻은 저곳에 있는' 맛이 풍부해진다. 그렇게 함으로써 인간 마음속의 무언극을 다시 드러내고 행동 이면의 진실과 생활의 정수를 비추어, 현실 사물보다 더 완전하고 더 미묘하고 더 근본적인 사실을 표현해낼 수 있다."[42] 이 같은 심미원칙은 모더니즘의 미학적 사유와 완전히 일치한다. 그것은 여성 산문서사에 있어 중요한 돌파구가 되었다. 장슈야는 내면 깊은 곳에 억압된 무의식 세계를 발굴하고자 했다. 구체적으로 말해 모더니스트가 항시 언급하던 '정치적 무의식'political unconscious을 발굴하고자 했다. 장슈야 산문이 구축한 기억·옛 것에 대한 그리움·가족에 대한 그리움·벗에 대한 생각 등과 같은 이미지는 정치적 대환경에서는 억압된 것들이었다. 그녀의 서정·송찬·애상·탄식은 모두 내면에서 나오는 외침이었다. 장슈야는 그것들 모두가 현실 사물보다 '더 완전하고 더 미묘하고 더 근본적인 사실'이라 인식했다.

기억의 구축에 있어 또 다른 고수로는 치쥔을 들 수 있다. 그녀는 1950년대 이후 가장 풍부한 모성을 지녔던 산문가라 할 수 있다. 치쥔(1917-2006)의 본명은 판시전潘希眞으로, 항저우杭州 즈장之江 대학 중문과를 졸업했다. 60년대 초기 첫 산문집을 출판한 이후 풍부한 창작을 했던 중진 여성작가 중 한 명이다. 중요 작품으로는 《치쥔 소품琦君小品》(1966)[43], 《홍사등紅紗燈》(1969)[44], 《우울한 안

▶ 琦君(《文訊》 제공)

개煙愁》(1969)[45], 《깊은 밤 꿈에 책을 베개 삼아三更有夢書當枕》(1975)[46], 《계화우桂花雨》(1976), 《가랑비에 등불 심지 떨어지고細雨燈花落》(1977), 《그해 말했던 꿈의 흔적留予他年說夢痕》(1980), 《등 풍경 속 옛 그리움燈景舊情懷》(1983)[47], 《눈물방울과 진주淚珠與珍珠》(1989)[48], 《어머니의 글母親的書》(1996)[49], 《영원히 사랑하는 사람永是有情人》(1998)[50] 등 26권이 있다. 그녀 생각의 갈피들은 모두 어린 시절·고향·가족·가족애·사제 간의 정 등과 연결되어있다. 독자들에게 널리 회자된 치쥔의 산문 〈쪽머리髻〉는 짧은 길이 안에 어머니, 아버지의 첩인 작은 어머니, 딸이라는 세 여자의 복잡한 감정을 담아내고 있다. 그녀는 어머니와 작은 어머니 간의 모순된 감정을 써냈는데, 이 모순은 두 여인의 서로 다른 머리 형태에서 나타난다. 산문이 펼쳐 보이는 감정은 마치 독자가 만질 수 있을 것만 같다. 치쥔은 자신의 풍격이 '친함親'과 '새로움新'위에 세워져있다고 말한다. 친함이란 진실을 가리키며 새로움은 창조를 가리킨다. 전자는 평이하고도 가까운 것을, 후자는 옛것 중 쓸모없는 것을 버리고 새로운 것을 찾아내는 것을 의미한다. 이는 치쥔의 작품에서 잘 드러난다.

여성작가의 창작은 그녀들이 추구한 방향이 점점 문예 정책과 무의식중에 괴리되고 있음을 보여주었다. 이러한 무의식의 개발을 거치면서 여성 산문은 비로소 남성 사유 밖에서 완전히 새로운 미적 감각을 개척할 수 있었다. 같은 시기 샤오촨원蕭傳文, 린하이인, 중메이인, 샤오민小民 등도 마찬가지로 새로운 감각을 다시

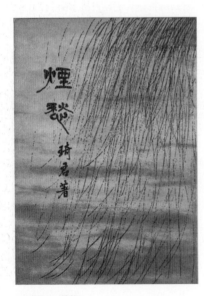

▶ 琦君, 《煙愁》

빚어내지 않았던가. 이들 작가들은 현지화했을 뿐만 아니라 산문의 모성적 특색도 아주 잘 표현했다. 어떤 의미에서 모성적 특색이란 가부장 문화의 담론에서 벗어날 수 없는 것이라 할 수 있다. 다시 말해 그녀들이 맡았던 역할은 전통 문화 규범에서 비롯된 것이라 할 수 있다. 특히 반공 시대에 여성은 이 같은 규범을 더욱 잘 준수해야 했다. 그녀들이 피할 수 없었던 '현모양처'의 역할은 그녀들의 직업 여부와 관계가 없었다. 그러나 또 다른 의미에서 보자면 모성이란 생활 속에서 배태되어 생겨난 것으로, 그녀들이 문학 창작에 종사하면서 생활의 세세한 부분에 주의하게 됐음을 뜻하기도 한다. 이러한 미시 정치의 표현은 그녀들로 하여금 남성의 거대서사와 점차 멀어지게 했다. 샤오촨원의 산문 〈방문訪〉과 중메이인의 〈아란이 떠난 뒤阿蘭走了以後〉는 모두 여주인공과 하녀 사이의 관계를 묘사하고 있다. 샤오촨원의 작품은 그녀가 하녀의 집을 방문했을 때 하녀가 자신의 집에서 '여주인'의 풍모를 풍기는 것을 발견하고서 그녀에게 존경심을 갖게 되는 것을 묘사한다. 중메이인의 작품에서 하녀는 타이완 여인의 자태를 지니고 있다. 이렇듯 현지화한 제재와 자잘한 내용은 남성 작가에게는 익숙하지 않은 것이었다. 그리하여 이처럼 거침없는 서사를 통해 여성 산문은 마침내 남성 정치의 그림자를 벗어나게 된다.

▶ 鍾梅音(《文訊》 제공)

타이완 여성 산문의 모더니즘으로의 전환

장슈야의 현대 서정산문은 이후의 여성작가가 나아갈 바를 예고했다. 1950년대의 서정산문 창작에 종사했을 때 그녀는 모더니즘 풍조가 타이완을 휩쓸 것이라 생각하지 못했다. 그녀의 서사방식 역시 모더니즘적 사유와 부합하지 않았다. 그러나 내면 의식의 움직임을 거쳐서 밖으로 표출된 그녀의 철학적 사유는 모더니즘 미학과 매우 유사했다. 잠재의식의 개발은 문학 창작가에게 유일무이한 것으로, 이 같은 개인의 특수한 정신적인 측면은 각 개인의 독특한 생활 경험 및 삶의 궤적과 불가분의 관계를 가진다. 그러므로 타이완작가가 모더니즘과 결합하기 시작했을 때 타이완 신문학사의 발전에는 이미 급격한 변화가 일어나고 있었다고 할 수 있다.

1930년대 이후 출생한 여성 산문가는 창작의 성숙기에 다들 모더니즘의 영향을 받았는데, 언어의 개조에서 그 영향이 가장 현저하게 나타난

▶ 劉靜娟(《文訊》 제공)

▶ 趙雲(《文訊》 제공)

다. 모더니즘의 영향으로 타이완의 산문서사는 마침내 5·4의 전통 백화문과 결렬하게 된다. 1960년대 이후 타이완 사회에 서서히 또 다른 일군의 여성 산문가가 등장하여 이런저런 새로운 미학적 사유를 추구하였다. 그녀들은 자오윈趙雲(1933-), 린원웨林文月(1933-), 쉬이란徐薏藍(1936-), 청밍정程明琤(1936-), 장링링張菱舲(1936-2003), 젠완簡宛(1939-), 리란李藍(1940-), 류징쥐안劉靜娟(1940-), 뤄잉羅英(1940-2012), 추슈즈丘秀芷(1940-), 장샤오펑張曉風(1941-), 차오유팡曹又方(1942-2009), 싱린쯔杏林子(1942-2003), 셰솽톈謝霜天(1943-), 시무룽席慕蓉(1943-), 싼마오三毛(1943-1991), 장윈蔣芸(1944-), 황비돤黃碧端(1945-), 지지季季(1945-), 아이야愛亞(1945-), 위리칭(1945-2017), 팡위方瑜(1945-), 중링鍾玲(1945-), 훙쑤리洪素麗(1947-), 뤼다밍呂大明(1947-), 리리李黎(1948-), 신다이心岱(1949-) 이다. 이 진용의 작가들은 1세대 산문가가 개척해 놓은 예술적 성과를 비판적으로 받아들이면서 여성의 신분과 문학의 판도를 창조적으로 고쳐 썼다. 그녀들 각자가 모두 모더니즘적 사유를 받아들인 것은 아니지만 작품에서 적어도 모더니즘적 분위기는 느낄 수 있다.

모더니즘은 일찍이 문화상의 첫 '횡적 이식'이라 칭해졌다. 애국주의와 민족주의의 입장이 특히 선명한 작가에게 있어 횡적 이식은 식민문화의 침략임에 분명했다. 1950년대 이래 타이완에 침투한 미국의 원조문화는 분명 식민문화 침략의 또 다른 모습이었다. 그러나 문학사조를 정치적 측면에서 평가해서는 안 된다. 문학사조란 인문적 측면에서 발생한

▶ 鍾玲(《文訊》 제공)

것이기 때문에 작가의 창조적 사유에서부터 관찰해야 한다. 남성작가라 하더라도 모더니티 풍조의 충격을 받자 자각적으로 언어에 대해 고민하게 됐다.

1963년《왼손의 뮤즈左手的繆思》를 출판할 때 위광중余光中은 스스로에게 끊임없이 다음과 같이 물은 바 있다. "창조적인 산문은 이미 현대인의 심리생활로 들어선 게 아닐까? 우리에게 '현대 산문'은 존재하는가? 우리의 산문은 충분한 탄성과 밀도를 지녔을까? 우리 산문가들은 지극히 정밀하고 순수하게 문장을 구성하고 일반적이지 않은 독특한 언어를 갈고 닦았는가? 가장 중요한 사실로, 우리 산문가들은 〈뒷모습背影〉과 〈연못의 달빛荷塘月色〉2)으로 대표되는 작은 세계 속에 파란을 일으켰는가, 그리고 새롭고도 수준 높은 풍격을 펼쳐내고 있는가?"[51] 위광중은 5·4의 그림자를 벗어나려 노력했음이 분명했다. 그것은 1960년대 모든 타이완 작가가 마주한 과제이기도 했다. 파란을 일으킨 타이완 신세대 작가들은 언어 제련에 있어서도 엄격한 자기 요구를 제기했다. 이 같은 요구에 있어 위광중은 또 다음과 같이 제기한 바 있다. "……나는 중국의 문자를 압축하고, 다듬고, 늘리고, 날카롭게 갈아, 그것을 뜯어 분해하고 다시 한데 합치고, 이러 저러 접어서, 그것의 속도, 밀도 그리고 탄성을 시험하고자 한다. 변화무쌍한 문장 속에서 중국 문자는 오케스트라의 교향곡이 되고 지휘자인 작가는 마치 오케스트라의 지휘봉과도 같은 붓을 한 번 휘둘러 온갖 반응을 일으키게 하는 것이 나의 이상이다. 린위탕과 그 외 작가들의 산문이 단조로우면서도 경직된 구법 속에서 얼마나 괴이하고도 처량하게 팔일무八佾舞3)를 추고 있는지를 중국의 현대 산문가들이 본

---

2) 중국 현대 산문의 대가인 주쯔칭朱自淸의 대표적 산문 작품.
3) 八佾舞는 천자의 제향에서 추던 춤으로, 가로 세로 8열로 총 64명이 췄으며, 문덕을 기리는 文舞와 무공을 기리는 武舞로 이루어져 있다. 孔子는《論語》에서 대부의 집에서 천자의 제향에 쓰이는 팔일무를 행한 것을 꾸짖었으나, 본고에서는 형식이 틀에 박힌 춤의 예로 들고 있다.

다면 일찍이 산문에 혁명이 필요했음을 깨닫게 될 것이다."[52] 문학사에 존재했던 소설 혁명과 신시 혁명처럼 위광중은 산문 혁명을 주장했다. 그의 주장은 동시기 현대 작가의 내면에 존재하던 우울과 근심을 반영한 것이라 할 수 있다. 그들은 더 이상 5·4 이래의 백화문 세력의 지배를 받아들일 수가 없었다. 백화문에도 새로운 변화가 요구된 것이다.

▶ 白萩(《文訊》 제공)

시인인 바이추白萩 역시 이 시기 언어의 위기에 대한 경각심을 가지고 있었다. 1969년 시집《천공상징天空象徵》[53]을 출판할 때 그가 한 다음과 같은 말은 위광중의 주장을 떠올리게 한다. "우리는 우리의 언어를 검토해야만 합니다. 우리가 생각하고 표현할 때 사용하는 언어를 경각심을 가지고 응시하고 해부해야 합니다. 우리는 여러 방법으로 언어를 비틀고, 두드리고, 잡아당기고, 누르고, 부수어 우리가 생각하고 표현하는 데 필요한 언어가 그 어떤 강도도 견딜 수 있게 해야 합니다." 이 시기 작가들은 공통적으로 5·4의 영향력으로부터 재빨리 벗어나고자 했다. 이런 측면에서 보자면 '횡적 이식'의 모습으로 타이완에 들어온 모더니즘은 어떤 의미에서는 산문가들에게 영혼의 해방을 가져다준 것이라 할 수 있다. 그것은 권위에 대한 저항이자 전통에 대한 배반이었으며 게다가 문화적인 비판이었다. 남성작가가 열심히 기존 서사에 반기를 들던 시기에 여성 산문에도 큰 변화가 나타난다. 그녀들은 구체적인 이론 주장도 심각한 언어 검토도 하지 않았지만 서사라는 실제 행동으로 모든 것을 표현했다. 이들 새로운 여성작가 중 중요한 변화를 보여주는 대표적인 작가로 장샤오펑을 들 수 있다. 1960년대 후반기에 출판한 그녀의 산문집 《카펫의 귀퉁이地毯的那一端》(1966),[54] 《너에게, 잉잉給你, 瑩瑩》(1967),[55] 《수향석愁鄉石》(1971)[56]은 문단에서의 그녀의 지위를 확고하게 다져줬다. 이 산문 작가는 다음과 같이 대담하게 글을 썼다. "파란 하늘이 빛나는, 이런 봄날에는. 이런 봄날에는, 작은 나뭇잎도 다들 색을 빛낸다. 세계가, 갑자기 환해진다." 그녀의 작품은 이 한 줄처럼, 리듬과 운율, 상상에 있어 독자에게 놀라움과 즐거움을 선사한다. 문자의 속도는 조절될 수 있으며, 언어의 색조 역시 칠해질 수 있다. 장샤오펑의 창작 실천을 통해 위광중이 주장한 산문 혁명이 영향력을 획득하게 된다.

1960년대에 창작을 시작한 장샤오펑은 산문의 온갖 기교를 극한까지 추구할 수 있었다. 그녀의 필명으로는 샤오펑, 쌍커桑科, 커포可匣 등이 있다. 둥우東吳 대학 중문과를 졸업했다. 그녀의 산문서사는 매우 폭 넓으며 작품수도 많다. 여성 산문의 모더니즘적 변화는 장샤오펑을 기점으로 한다고 해도 과언이 아니다. 그녀는 거대한 풍조를 일으킨 대가임에 분명했다. 중요한 산문집으로는 《검은 비단黑紗》(1975),[57] 《다시 생긴 인연再生緣》(1982),[58] 《저 있어요我在》(1984),[59] 《너의 아름다운 유역에서從你美麗的流域》(1988),[60] 《이 커피 온도가 딱 좋아這杯咖啡的溫度剛好》(1996),[61] 《너의 아름다운 옆모습你的側影好美》(1997)[62] 등이 있다. 그녀는 《쌍커가 하고 싶은 말桑科有話要說》(1980),[63] 《유머 53호幽默五十三號》(1982)[64]와 같은 유머러스한 산문을 쓸 줄 알았고, 《마음을 치다心擊》(1983)[65]와 같은 기록성 산문도 쓸 줄 알았다. 탐색할 가치가 있는 갖가지 제재를 다루었기 때문에 그녀는 산문가 가운데 가장 작품량이 풍부했다. 그녀의 산문에 대해 위광중은 '규수의 분위기'가 없고 대신 '줄지 않는 왕성한 영웅적 분위기'가 있다고 평가한 적 있다. 비록 여전히 남성의 심미적 표준으로 예술의 수준을 판단하고 있는 비평이긴 하지만, 장샤오펑의 산문이 중국 언어의 속도와 탄성 그리고 밀도를 시험하고 있음을 보여주기도 한다. 그녀는 새로운 문장 구성에 용감했으며 언어를 비트는 데 대담했다. 그렇게 함으로써 산문의 볼거리를 풍부하게 만들었다. 상상과 감각이 이전과 달라지면 언어 문자도 갱신하게 된다. 그러니 새로운 사고를 어떻게 진부한 언어로 표현할 수 있겠는가? 장샤오펑은 풍부하고도 민감한 상상으로 부단히 문자의 쇄신을 추구했다. 그녀는 '초현실주의'(왕원싱王文興의 말)적 기교를 사용할 줄 알았으며 메타meta 기법도 알고 있었다. 《전당시全唐詩》의 당시 한 수에 상상을 물들여 그녀는 〈당나라의 가장 어린 여성 시인唐代

▶ 張曉風

最幼小的女詩人〉을 썼다. 장샤오펑의 중요한 점은 '규수의 분위기'를 버렸다는 데 있기보다는 여성의 특성을 보존하면서도 남성의 영웅적인 분위기 역시 흡수했다는 데 있다. 그녀의 시는 여성의 시야를 넓힌 동시에 남성의 한계도 초월했다.

장샤오펑 세대의 산문가 중에는 지성적 사유를 드러낸 작가가 적지 않다. 자오원의 경우, 인생의 철리와 정서의 흐름을 긴밀하게 결합시키는 데 뛰어났다. 또 다른 작가인 황비돤의 경우 냉담하고 준엄한 언어로 명석한 관찰을 지속해 나갔는데 가장 엄중하게 비판하는 경우에도 타당한 온정을 보여주고 있다. 리리는 정을 줄 곳에서는 정을 주고 정을 끊을 곳에서는 정을 끊을 줄 알았다. 이들의 지성적인 글쓰기는 사실 모더니즘적 사유의 중요한 특징이다. 여성 산문가는 사회를 냉정하게 조감할 때도 위압적인 태도를 취하지 않고 사실과 포용으로 사물을 대했다. 이들 중 주의할 만한 작가로는 일찍이 잊힌 장링링과 리란이 있다. 장링링은 1970년대 초기에 타이완을 떠나기 전, 3권의 산문집인 《보라빛 파도紫浪》(1963),[66] 《듣다, 저 고요를 듣다聽,聽那寂靜》(1970),[67] 《거문고 듣는 밤琴夜》(1971)[68]을 썼다. 그밖에도 《거닐며 시 읊조리던 시절行吟的時光》이 있는데 출간예고만 있을 뿐 출판되진 않았다. 이 예술문화 기자는 동적인 신체를 포착하여 춤과 같은 경쾌함을 문자로 연출하는 데 뛰어났다. 그녀는 또한 음악처럼 흐르는 소리를 포착하여 산문이 공기 속에 떠다니는 것처럼 표현하는 데도 뛰어났다. 일필휘지로 그녀는 훌륭한 표현을 재빨리 산문으로 완성하여 그 다음날 신문에 발표했다. 그러나 타이완을 떠났다는 이유로 국내 독자들에게 잘 알려지지 않았다. 오랫동안 창작을 놓았던 리란은 두 권의 산문집 《중국에서의 밤在中國的夜》(1972)[69]과 《청춘은 바로 이렇지青春就是這樣》(1974)[70]를 완성했다. 색깔과 분위기에 특히 민감해서 그녀의 글을 읽으면 늘 시각적이고 후각적인 감각을 얻게 되어 기이한 즉물감sense of immediacy을 느낄 수 있다.

그러나 이 시기의 중요한 변화는 아마도 여성 산문의 모성적 특징이 점차 여성적 특징으로 대체됐다는 사실일 것이다. 그것은 여성작가의 모성이 약해졌음을 의미하는 게 아니라, 여성작가가 어떻게 자신을 새롭게 정의내리고 명명할 것인가를 의식하기 시작했음을 의미한다. 이전의 산문 속에 표현된 모성은 대부분 가부장 문화에 의해 정해진 것이라 할 수 있다. 어머니의 역할이란 전통 규범에 의해 빚어진 것으로, 여성 주체를 대표할 필요는 없었다. 여성의식이 갓 깨어난 후, 산문 속의 어머니는 여성작가의 자아의 모습이자 자아의 표현이 된다. 그것의 가장 구체적인 예가 바로 린원웨이다. 그녀의 따뜻하고 부드러운 풍격은 결코 전통의 '유약함'으로 해석할 수 없는 것이었다. 사회와 인간의 문제에 개입할 때 개인적 의지를 펼쳐 보이는 그녀의 따뜻함과 부드러움은 오만불손함에까지 이르지 않았다. 그녀의 배려는 담담한 모성을 띠고 있으며 문자에는 색다른 온화함이 스며있다. 그것은 류징쮀안과 시무룽의 산문에서도 찾아진다. 과거의 여성적 글쓰기가 지니던 섬세함을 버리지 않고서도 그녀들은 감정을 표현할 때 특유의 자신감으로 가득 차있다. 시무룽의 상상력은 종종 현실과 훌륭하게 결합된다. 그리하여 몽골이라는 고향에 대한 동경을 쓸 때에도 그녀의 시선은 끊임없이 타이완의 사회 현상으로 향하고 있다. 객관적이지만 멀리 떨어지지 않는, 따뜻하지만 정을 남발하지 않는 것이 그녀 산문의 중요한 특성을 이루고 있다.

차오유팡과 장원의 산문은 1960년대 타이완 여성작가들 가운데 보기 드문 독자적 행보의 글쓰기를 보여준다. 차오유팡은 육체와 정욕을 용감하게 언급한 소수의 여성작가 중 한 명으로, 모더니즘 가운데서도 독특한 경우라 할 수 있다. 장원은 정즈政治대학 중문과를 졸업하고 1981년 7권의 산문집을 냈다. 《저미집低眉集》,[71]《백 스무 명의 여인一白二十個女人》,[72]《백 스무 명의 남자一白二十個男人》,[73]《마음에는 지난날의 빗방울이 떨어지고心頭是滴著昔日的雨點》,[74]《집 떠난 뒤離家以後》,[75]《좁은 마음小心眼》,[76]《항구의 밤비港都夜雨》[77]가 그것들이다. 1992년에는 3권의 산문집, 《그리워, 사랑해我想念,我愛》,[78]《만나도 괜찮아相見也無事》,[79] 《이전의 달빛從前月光》[80]을 출판

했다. 장원이 쓴《비둘기집遲鴿小築》(1968)[81]은 산문과 소설의 합본으로 60년대 도시 타이베이를 묘사하지만 특유의 몽환적인 분위기가 읽힌다. 그녀는 신비한 필치로 여성의 내면 깊이 들어갔을 뿐만 아니라 도시의 근심을 그려내기도 했다. 그녀의 여성의식은 산문서사의 새로운 방향을 열어줬다고 할 수 있다.

1960,70년대에 모더니즘과 접촉한 여성작가들에게서는 공통적으

▶ 張愛玲,《流言》(舊香居 제공)

로 매우 경이로운 현상이 보이는데, 그것은 장아이링張愛玲의 유령이 곳곳에서 나타나고 있다는 점이다. 오랜 기간 동안 타이완 소설의 전승 속에는 '장아이링풍張腔'이라는 말이 존재해왔다. 왕더웨이王德威의 주장에 따르자면 장아이링풍의 계보에는 바이셴융白先勇, 스수칭施叔靑, 주톈원朱天文, 주톈신朱天心, 딩야민丁亞民, 장샤오윈蔣曉雲, 쑤웨이전蘇偉貞, 위안충충袁瓊瓊, 린위이林裕翼 등[82]이 포함된다. 이 같은 주장이 제기되자 작가의 영향에 대해 많은 이들이 생각하기 시작했다. 하지만 장아이링풍은 결코 소설에서 홀로 나타난 현상이 아니었다. 여성 산문에 있어 장아이링이 준 영향은 상상 이상으로 광범위했다. 장아이링의 산문집《유언流言》[83]이 타이완 여성 산문에 미친 영향은 그녀의 단편 소설집《전기傳奇》[84]에 못지않았다. 사람들에게서 떨어짐으로써 비롯되는 속세와 연을 끊은 듯한 맑고 조용함 그리고 처량한 솜씨는 소설에서만 보이는 것은 아닐 터이다. 산문에서 표현하는 냉담·소외·암투·조롱 또한 인성의 암울한 면을 드러냈다. 서서히 여성의식을 인식하게 된 타이완 산문가가 장아이링 작품이 전달하는 메시지에 주목하지 않는 것은 불가능했다.

가장 먼저 산문에서 장아이링을 거론한 이는 아마도 리란일 것이다. 그녀의 언어는 색깔, 소리, 분위기 표현에 있어 매우 명료했다. 장아이링풍의 영향을 받은 게 아니라면 적어도 장아이링의 정서와 운치를 매우 좋아했을 것으로 보인다. 그녀는 다음과 같은 상황에서 장아이링의 소설을 읽었다고 말한 바 있다. "단풍나무 아래의 흰 의자에 앉아 (그녀의 소설을) 펼쳐 보면, 낯익은 이들, 미야오징米堯晶, 둔펑敦鳳, 바이류쑤白流蘇, 거웨이룽葛薇龍, 녜촨칭聶傳慶이 한명씩 앞으로 걸어 나와 내 몸을 스쳐지나간다."[85] 리란의 착각은 여기에 그치지 않는다. 그녀는 버스에서 내리는 전바오振保와 두바오篤保도 보고 유령으로 귀환하는 차오치차오曹七巧도 본다. 이처럼 오싹한 귀기를 느끼게 하는 독서의 경지야말로 리란이 장아이링의 광팬이었음을 보여준다. 또 다른 산문의 난초 묘사는 장아이링 다시 쓰기라 할 수 있을 정도다. "제대로 피지 못한 난초는, 특히 지저분하게 시들어 더럽기 짝이 없는 상태가 되면 마치 빨지 않은 재킷 같기도 하고 백발의 궁녀 같기도 하다."[86] 이러한 문장법과 감각은 장아이링풍의 복제본과 다름이 없었다. 이 글에서는 장아이링풍이 산문에서 준 영향과 충격이 타이완 여성작가가 모더니즘적으로 변화하도록 추동했다는 사실을 특별히 지적하고자 한다. 1960년대에 모더니즘은 원래 다중적 경로를 거쳐 타이완에 전파됐다. 지셴紀弦의 모더니즘파現代派, 샤지안夏濟安의 《문학잡지文學雜誌》, 창세기시사創世記詩社, 푸른별시사는 모두 모더니즘을 타이완으로 들여온 중요한 거점이었다. 그런데 장아이링만은 오직 그녀의 개인 작품의 전파를 통해 광범위한 영향을 주었다. 문학사의 측면에서 이 같은 현상을 중요하지 않다고 할 수 없다.

장아이링 수용의 흔적은 기타 여성 산문에서도 찾을 수 있다. 훙쑤리가 쓴 〈인도인印度人〉이라는 산문에는 그녀가 알고 있는 인도인을 장아이링의 〈경성지련傾城之戀〉과 비교하면서 다음과 같이 말한 부분이 있다. "장아이링은 당시 너무 어려 인도인을 제대로 알지 못했다."[87] 장아이링풍의 작품에 익숙했던 훙쑤리는 그녀로부터 영향을 받았다는 사실을 드러내는 데 개의치 않았다. "어느 날, 세계에 한 바탕 큰 혼란이 생기면, 문명은 무너지고 옥석이 함께 불타버려, 다시 태고의 혼돈으로 돌아갈 것"[88]이라는 표현은 곧 〈경성지련〉의 복제였다.

훙쑤리와 동갑인 리리 역시 〈40년 전의 달四十年前月亮〉을 썼는데 장아이링다운 제목이었다. 이 산문은 장아이링이 세상을 떠난 지 4년이 지난 뒤 리리가 그 고독했던 작가의 옛집을 찾아 샌프란시스코로 간 사실을 기록하고 있다. 장아이링 파의 감상적 분위기를 쓰기 위해 리리는 다음과 같은 필치로 고인을 추모한다. "우리는 아마도 40년 전의 달을 더 이상 볼 수 없을 것이다. 40년 전에 샌프란시스코의 달은 그 길을, 그 방을, 그 사람을 비췄으리라……"[89] 장아이링풍의 어투로 장아이링을 기림으로써 산문 작가는 그 전기傳奇 작가에 대한 미련과 애석함을 맘껏 드러내었다.

그러나 장아이링의 유혼이 산문의 피와 살로 파고 들어왔음을 가장 잘 표현한 이로는 다이원차이戴文采만한 이가 없다. 장아이링에 대한 그녀의 숭배는 장아이링의 이웃이 되는 지경에까지 이른다. 스토커와도 같은 눈빛으로 장아이링의 일거수일투족을 주의하던 다이원차이는 그녀를 처음 본 순간에 대해 다음과 같이 말하고 있다. "나는 마침내 장아이링을 보았다. 그 순간 온몸에 경련이 이는 것만 같았다." 그녀는 장아이링의 걸음을 바짝 뒤쫓았을 뿐 아니라 어떻게 장아이링풍을 모방했는지도 다음과 같이 인정했다. "사실 수많은 이전의 잃어버린 글은 그녀를 보고 싶어 하는 타는 듯한 갈망과 그녀의 말에 대한 모방으로 가득했다."[90] 그녀는 자신의 글 사이사이에서 종종 드러날 듯 말 듯한 장아이링의 영혼을 찾을 수 있다고 인정한다. 이러한 귀기는 리란과 비교해도 전혀 손색이 없다. 예를 들어 "몽상과 현실의 가운데를 인간세상이 막고 있다"는 표현의 경우, 장아이링의 〈갱의기更衣記〉에서 나온 것이 분명했다. 그녀는 이후 다시 산문 한 편을 써서 자신이 장아이링의 아파트에 갔던 경험을 서술하며 다음과 같이 탄식한다. "장아이링은 스스로 피었다 스스로 지는, 부드럽고 아름다운 절대적인 미를 가진 한 송이 꽃이 아니었다." "그녀는 한 마리 사자, 홀로 절정에 다다른 사자였다."[91]

왕더웨이는 장아이링파 소설에 위안충충을 포함시킨다. 그녀 역시 산문에서 장아이링풍의 문장을 썼다. 그녀는 타이베이의 두견화를 묘사하며 다음과 같이 말한다. "아이들 낙원의 두견화가 나에게 준 인상은 대단히 지저분하다. 흐물흐물 핀 모습이 곳곳에 무더기를 이루고 있는데 시들어 고개 떨군 게 봉두난발한 것 같으며 꽃받침은 축 늘어진 채 완전 퍼져있었다."[92] 그 같은 영향은 당연히 위안충충에 그치지 않았다. 장랑張讓의 초기 산문인 〈추위가 다한 해寒盡之年〉,[93] 〈세속의 먼지를 털어내고 밝은 눈으로世事逐塵照眼明〉[94]는 모두 장아이링풍을 보여준다. 장랑은 매우 심각하게 다음과 같이 말한 바 있다. "그녀(장아이링)는 우리 세대 창작자들이 벗어날 수 없는 귀신의 장난과도 같다. 그녀의 언어는 너무도 매력적이어서 솔직히 말하자면 독을 지닌 것 같다."[95] 모더니즘을 추구하면서 그리고 여성의식의 각성을 겪으면서, 장아이링풍에 중독된 타이완의 여성 산문은 남성 산문과 전혀 다른 길을 걸어갔다. 그녀들은 서사 공간에서 육체에 숨겨진 민감함, 부서지기 쉬움 그리고 슬픔을 매우 섬세하게 써냈다. 설령 장아이링풍에 기대어 표현했다 하더라도 그녀들은 섬세한 감각을 너무도 잘 표현했기 때문에, 여성 산문이 구축한 미학은 더 이상 남성의 잣대로 가볍게 잴 수 없었다. 여성의 모더니즘은 남성의 모더니즘과 완전히 달랐다. 남성이 언어의 개조에 전력을 기울일 때, 여성은 탐색된 적 없는 잠재의식 속의 감각을 이미 더욱 깊게 파고들고 있었다.

저자 주석

[1] 張秀亞, 《水上琴聲》(彰化: 樂天, 1956).

[2] 張秀亞, 《愛的又一日》(台北: 光復, 1987).

[3] 張秀亞, 〈夜正年輕〉

[4] 蓉子(王蓉芷), 《靑鳥集》(台北: 中興文學, 1953).

[5] 蓉子, 《七月的南方》(台北: 藍星詩社, 1961).

[6] 蓉子, 《蓉子詩抄》(台北: 藍星詩社, 1965).

[7] 蓉子, 《維納麗沙組曲》(台北: 純文學, 1969).

[8] 蓉子, 《橫的與豎琴的响午》(台北: 三民, 1974).

[9] 蓉子, 《天堂鳥》(台北: 道聲, 1977).

[10] 蓉子, 《雪是我的童年》(台北: 環球書社, 1978).

[11] 蓉子, 《這一站不到神話》(台北: 大地, 1986).

[12] 蓉子, 《只要我們有根》(台北: 文經社, 1989).

[13] 蓉子, 《千曲之聲: 蓉子詩作精選》(台北: 文史哲, 1995).

[14] 蓉子, 《黑海上的晨曦》(台北: 九歌, 1997).

[15] 蓉子, 〈我的粧鏡是一隻弓背的貓〉,

[16] 同前註.

[17] 林泠, 《林泠詩集》(台北: 洪範, 1982).

[18] 林泠, 〈微悟-爲一個賭徒而寫〉, 《林泠詩集》

[19] 林泠, 〈送行〉, 《林泠詩集》.

[20] 林泠, 〈雪地上〉, 《林泠詩集》

[21] 敻虹, 《金踊》(台北: 純文學, 1968).

[22] 敻虹, 《敻虹詩集》(台北: 大地, 1974).

[23] 敻虹, 《紅珊瑚》(台北: 大地, 1983).

[24] 敻虹, 《愛結》(台北: 大地, 1991).

[25] 敻虹, 《觀音菩薩摩訶薩》(台北: 大地, 1997).

[26] 敻虹, 〈如果用火想〉, 《金踊》(台北: 大地, 1968).

[27] 敻虹, 〈蝶踊〉, 《金踊》.

[28] 敻虹, 〈我已經走向你了〉, 《金踊》.

[29] 敻虹, 〈詩末〉, 《紅珊瑚》(台北: 大地, 1983).

[30] 艾雯, 《青春篇》(台北: 啓文, 1951).

[31] 艾雯, 《漁港書簡》(高雄: 大業, 1966).

[32] 艾雯, 《生活小品: 主婦隨筆》(台北: 國華, 1955).

[33] 艾雯, 《曇花開的晚上》(台中: 光啓, 1962).

[34] 艾雯, 《浮生散記》(台北: 水芙蓉, 1975).

[35] 艾雯, 《不沉的小舟》(台北: 水芙蓉, 1975).

[36] 艾雯, 《倚風樓書簡》(台北: 水芙蓉, 1984).

[37] 艾雯, 《綴網集》(台北: 大地, 1986).

[38] 張秀亞, 《三色菫》(台北: 重光文藝, 1952).

[39] 張秀亞, 《牧羊女》(台北: 虹橋, 1953).

[40] 張秀亞, 《凡妮的手冊》(高雄: 大業, 1956).

[41] 張秀亞, 《湖上》(台中: 光啓, 1957).

[42] 張秀亞, 〈創造散文的新風格〉, 《人生小景》(台北: 水芙蓉, 1978).

[43] 琦君, 《琦君小品》(台北: 三民, 1966).

[44] 琦君, 《紅紗燈》(台北: 三民, 1969).

[45] 琦君, 《煙愁》(台中: 光啓, 1963).

[46] 琦君, 《三更有夢書當枕》(台北: 爾雅, 1975).

[47] 琦君, 《燈景舊情懷》(台北: 洪範, 1983).

[48] 琦君, 《淚珠與珍珠》(台北: 九歌, 1989).

[49] 琦君, 《母親的書》(台北: 洪範, 1996).

[50] 琦君, 《永是有情人》(台北: 九歌, 1998).

[51] 余光中, 《左手的繆思》(台北: 文星, 1963), p.172.

[52] 余光中, 《逍遙遊》(台北: 大林, 1970), p.208.

[53] 白萩, 《天空象徵》(台北: 田園, 1969).

[54] 張曉風, 《地毯的那一端》(台北: 文星, 1966).

[55] 張曉風, 《給你, 瑩瑩》(台北: 臺灣商務, 1967).

[56] 張曉風, 《愁鄉石》(台北: 晨鐘, 1971).

[57] 張曉風, 《黑紗》(台北: 宇宙光, 1975).

[58] 張曉風, 《再生緣》(台北: 爾雅, 1982).

[59] 張曉風, 《我在》(台北: 爾雅, 1984).

[60] 張曉風, 《從你美麗的流域》(台北: 爾雅, 1988).

[61] 張曉風, 《這杯咖啡的溫度剛好》(台北: 九歌, 1996).

[62] 張曉風, 《你的側影好美》(台北: 九歌, 1997).

[63] 張曉風, 《桑科有話要說》(台北: 時報, 1980).

[64] 張曉風, 《幽默五十三號》(台北: 九歌, 1982).

[65] 張曉風, 《心繫》(台北: 百科, 1983).

[66] 張菱舲, 《紫浪》(台北: 文星, 1963).

[67] 張菱舲, 《聽, 聽那寂靜》(台北: 阿波羅, 1970).

[68] 張菱舲, 《琴夜》(台北: 阿波羅, 1971).

[69] 李藍, 《在中國的夜》(台北: 晨鐘, 1972).

[70] 李藍, 《青春就是這樣》(台北: 華欣, 1974).

[71] 蔣芸, 《低眉集》(台北: 遠景, 1981).

[72] 蔣芸, 《一白二十個女人》(台北: 遠景, 1981).

[73] 蔣芸, 《一白二十個男人》(台北: 遠景, 1981).

[74] 蔣芸, 《心頭還滴著昔日的雨點》(台北: 遠景, 1981).

[75] 蔣芸, 《離家以後》(台北: 遠景, 1981).

[76] 蔣芸, 《小心眼》(台北: 遠景, 1981).

[77] 蔣芸, 《港都夜雨》(台北: 遠景, 1981).

[78] 蔣芸, 《我想念, 我愛》(台北: 遠景, 1992).

[79] 蔣芸, 《相見也無事》(台北: 遠景, 1992).

[80] 蔣芸, 《從前月光》(台北: 遠景, 1992).

[81] 蔣芸, 《遲鴿小築》(台北: 仙人掌, 1968).

[82] 王德威, 〈張愛玲成了祖師奶奶〉, 《小說中國: 晚清到當代的中文小說》(台北: 麥

田, 1993), pp.337-341.

[83] 張愛玲,《流言》(台北: 皇冠, 1968).

[84] 張愛玲,《傳奇》(上海: 山河圖書, 1946).

[85] 李藍,〈某種感覺〉,《青春就是這樣》, pp.24-30.

[86] 李藍,〈我們看花去〉,《青春就是這樣》, pp.3-8.

[87] 洪素麗,〈印度人〉,《浮草》(台北: 洪範, 1983), pp.69-71.

[88] 洪素麗,〈浮草〉,《浮草》, p.146.

[89] 李黎,〈四十年前月亮〉,《玫瑰蕾的名字》(台北: 聯合文學, 2000), p.135.

[90] 戴文采,〈《女人啊!女人》篇首自序〉,《女人啊!女人》(台北: 圓神, 1989).

[91] 戴文采,〈涼月隨筆〉,《我最深愛的人》(台北: 九歌, 2001), p.162.

[92] 袁瓊瓊,〈花之聲〉,《紅塵心事》(台北: 爾雅, 1981), p.65.

[93] 張讓,〈寒盡之年〉,《黨風吹過想像的平原》(台北: 爾雅, 1991).

[94] 張讓,〈世事逐塵照眼明〉,《黨風吹過想像的平原》.

[95] 王開平,〈在知性高塔堆化石積木—訪作家張讓〉,《聯合報‧讀書人》, 1998. 3.16
참조.

제 18 장
타이완 향토문학운동의 각성과 재출발*

타이완 향토문학운동이 1970년대 전체 문단을 뒤흔들어 놓았을 때는 국제 정세로 인해 타이완 사회가 가혹한 도전에 처한 위기의 시대였다. 거시적 환경의 변화는 타이완 지식인들에게 국가의 운명과 역사의 방향을 진지하게 고민할 것을 요구했다. 70년대 이전에 '중국을 대표하는' 타이완이라는 지위는 허구이고 가상이었다. 그러나 고맙게도 미국과 소련이 만든 전 세계적인 냉전 체제 덕에 이러한 허구적인 정치 구조는 타이완에서 오랜 시간 지배력을 유지할 수 있었다. 1970년 댜오위타이釣魚臺 사건이 발발했고, 1971년 타이완은 국제연합(UN)에서 퇴출되었으며, 1972년에는 미국과 중국이 〈상하이 공보上海公報〉[1]에 서명했다. 이러한 것들은 모두 타이완에서 중국 체제의 합법성을 부단히 위협했다. 중원의 문화를 방향으로 삼은 계엄 통치가 균열되고 이완되자 사회내부에 잠복해 있던 타이완 본토 문화의 힘이 정치적 틈을 뚫고 거세게 분출되기 시작했다.

마지막 미국의 원조 물자가 1970년 타이완에 도착했는데, 이것이 종말의 시작이었다. 미국은 해외 원조의 막대한 부담을 덜기 위해, 그리고 군비경쟁이 가져 온 위기를 타개하기 위해 전 지구적 군사 전략을 변경하

---

* 이 장은 이현복이 번역하였다.

기로 결정했다. 대화로 대결을 대신하는 전략을 취함으로써 점차 자본주의와 사회주의 양대 진영 간의 긴장 관계를 해빙 단계로 몰아가고자 했던 것이다. 반공을 사명으로 생각했던 국민당 정부는 새로운 시대가 도래했다는 사실을 깨닫지 못하고 있는 게 분명했다. 그들은 '대륙에 반격하자反攻大陸'는 구호로 통치의 정당성을 공고화하고 있었고, 1950년대에 형성된 문예 정책을 여전히 시행하고 있었다. 그러나 타이완 지식인들은 객관적 정세가 곧 극심한 변화를 맞이할 것이라는 것을 예측하고 있었다. 국제 환경의 변화에 직면해, 사회 내부에서는 차례로 개혁을 요구하는 목소리가 터져 나왔고, 갖가지 다양한 정치적 주장들이 이에 따라 선명하게 제시되고 있었다. 정치 방면에서, 타이완의 전후 역사상 처음으로 '당외黨外'라는 이름의 민주화 운동이 일어났고, 문화 방면에서는 타이완 본토 정신을 귀착점으로 하는 향토문학운동이 부상했다. 당외 민주 운동과 향토문학운동 두 방면이 발전함에 따라 역사의식의 심화가 수반되었다. 이 두 운동은 사상적 혈연에서 모두 일제 강점기 항일 운동과 연결될 수 있었다. 둘째, 이 두 운동은 모두 봉쇄적인 계엄 체제를 겨냥하여 진행된 항거이자 비판이었다. 셋째, 이 두 운동은 모두 신세대의 역량을 받아들였기 때문에, 전체 운동이 더욱 왕성하게 전개될 수 있었다. 어떤 시대도 70년대처럼, 신구세대가 이렇게 역사적으로 딱 들어맞게 교차한 적은 없었으며, 어떤 시대도 70년대처럼, 문학 운동과 민주 운동이 어깨를 나란히 하고 나아간 적은 없었다. 같은 사회적 의제에 관심을 가졌기에, 두 운동은 거리상 더욱 가까울 수 있었다. 한 때, 사상적으로 금기시되었던 중요한 의제들, 예를 들어 인권 문제, 생태 문제, 외자 문제, 젠더 문제, 이데올로기 문제들은 모두 문학 운동과 민주 운동 내에서 광범위하게 토론되었다.

그러나 두 운동의 힘이 커지면서, 정치적 입장이 다른 지식인들이 다채로운 깃발을 들어 올렸다. 민주 운동이 좌우로 나뉘고, 문학 운동이 통일과 독립으로 나뉜 시초가 1970년대였다. 타이완 문학의 본토화의 주춧

돌이 바로 이 시기에 놓였고, 문학의 분화도 이 시기에서 비롯되었다. 타이완 문학사의 발전에서 70년대는 완벽한 시기였다. 자본주의로 전환되었고, 공업 생산은 증가했으며, 농업 사회는 사라져 갔다. 타이완 문학은 포스트 내전과 포스트 냉전 시기로 나아가고 있었고, 작가의 창작 기교와 심미 원칙도 자아 조정과 자아 반성의 단계에 이르렀다.

　해협 양안의 내전 구조라는 측면에서 보면, 중국 정부는 광적이면서 봉쇄적인 문화대혁명의 소용돌이 속에 있었고, 타이완은 경공업 경제에서 가공 수출 경제로 넘어가던 과도기에 처해 있었다. 쌍방의 긴장 관계는 여전했지만, 두 가지 생산 방식과 생산 모델은 이로써 그 경계선이 더욱 명확해 졌다. 확실히, 양안의 사회 성격은 1960년대에서 70년대로 넘어가면서 완전히 상반된 모습을 띠게 되었고, 군사상 투쟁은 정치, 경제, 문화적 경쟁으로 바뀌었기에, 내전 구조 또한 이에 따라 변하기 시작했다. 전 지구적 규모의 냉전 구조에서 미국은 사회주의 진영에 대한 봉쇄 정책을 바꾸어, 대화와 담판으로 군사적 긴장을 완화하려 시도했고, 평화적 변화 전략을 통해 공산국가에 자본주의를 삼투시키고자 했다. 때문에 내전과 냉전의 두 층위에서 보았을 때, 반공항소反共抗俄의 구호는 이미 더 이상 타이완 지식인들을 설득할 수 없게 되었다. 게다가 연이은 외교적 실패로 타이완 작가들은 더 이상 정치 정세의 대 전환을 좌시할 수 없게 되었다. 정치적 위기와 개혁의 계기로 가득했던 70년대, 타이완 문학의 새로운 사유와 새로운 기상은 상당히 단단한 모습으로 시작되었던 것이다.

《타이완 문예台灣文藝》: 일제 강점기와 전후 세대의 계승

　1960년대가 모더니즘 미학의 추구와 개인 내면세계의 발굴에 집중한 모더니즘문학 시기라고 한다면 1970년대는 리얼리즘과 사회 반영을 중시하는 향토문학 시기라고 할 수 있다. 이것은 1960년대에 향토문학이 아

직 탄생하지 않았다는 말은 아니며, 또한 1970년대에 이미 모더니즘문학
이 사라져 버렸다는 말도 아니다. 왜냐하면, 60년대 모더니즘은 성숙 단
계로 접어들었고, 향토문학은 막 얼굴을 내밀기 시작했기 때문이다. 마찬
가지로 70년대 향토문학이 활짝 피어난 것과 함께, 모더니즘이 노골적으
로 혹은 은근하게 스며들어 확장되었기 때문이기도 하다. 결국 문학 사
조와 예술 미학의 불균등 발전으로 인해 각각의 시대에는 그 시대의 주
류 문학이 문학계를 주도하기 마련이다.

　이렇게 본다면 향토문학은 결코 1970년대에 들어서서야 탄생한 것이
아니었다. 50년대 중리허鍾理和는 가오슝高雄 메이눙美濃 커자인客家의 생
활을 묘사하면서 이미 이후의 향토문학의 전범을 만들었다. 그와 같은 시
기 《문우통신文友通訊》에 참여했던 천훠취안陳火泉, 리룽춘李榮春, 스추이
펑施翠峰, 중자오정鍾肇政, 랴오칭슈廖淸秀, 쉬빙청徐炳成 등도 계속해서 중
국어를 배우려 노력했다. 그 가운데 바로 중자오정, 리룽춘, 랴오칭슈 등
이 이후 향토문학의 창시자가 되었다. 60년대 중기 모더니즘 작가들이 부

지런히 잠재의식을 개발하고 있
을 때, 일군의 타이완 본토 작가들
도 묵묵히 회맹을 맺고 나름의 풍
기를 빚어내고 있었던 것이다.

　1964년 4월 1일《아시아의 고아
亞細亞的孤兒》로 문단에서 지위를
다졌던 우줘류吳濁流는 정식으로
《타이완 문예》를 창간했는데, 이
를 기획하고 창간하기 전 두 차례
에 걸쳐 일제강점기 작가와 전후
세대 작가를 초청하여 각각 좌담
회를 개최했다. 그의 의도는 분명
했다. 끊어져 버린 타이완 문학이

▶ 吳三連(《文訊》 제공)

제대로 이어지기를 희망했던 것이다. 1차에 초청을 받은 일제강점기 작가는 린포수林佛樹, 린헝다오林衡道, 천이쑹陳逸松, 왕스랑王詩琅이었다. 이밖에 당시 성공가도를 달리고 있던 우싼롄吳三連, 주자오양朱昭陽, 구웨이푸辜偉甫와 같은 기업가들도 초청 인사에 이름을 올렸다. 2차 초청 작가는 전후 세대 작가들이었는데, 1960년대 점차 두각을 나타내고 있었다. 중자오정, 천잉전陳映真, 바이추白萩, 쉐바이구薛柏谷, 린중룽林鐘隆, 중톄민鍾鐵民 등이 이에 포함되었고, 언어 횡단 세대跨越語言一代의 작가인 천첸우陳千武, 장옌쉰張彦勳 도 있었다.

우줘류의 고민의 흔적이 여기서 드러난다. 고생대前行代의 왕스랑, 중생대의 천첸우, 신생대의 중톄민은 모두 《타이완 문예》의 깃발 아래 동맹을 맺고, 타이완 문학의 계승이라는 뜻을 전하려 했다. 이러한 전략과 우줘류의 역사의식은 밀접한 관련이 있다. 그는 일제강점기 문학의 전통이 단절되는 것을 원하지도 않았고, 당시 권력의 문예 정책상의 간섭을 받고 싶어 하지도 않았다. 그가 《타이완 문예》를 간행물의 이름으로 한 까닭은, 1934년 타이완 문예 연맹의 미완의 역사적 사명을 계승하기 위해서였으며[2], 타이완 문학의 고유한 특수성과 자주성을 강조하기 위해서였다. 정보 요원들은 유형무형의 다양한 방식으로 간행물 활동에 위협을 가했지만, 우줘류는 《타이완 문예》라는 이름을 포기하지 않고 지켜나갔다.

일제강점기 《타이완 문예》 계승의 시도라는 측면에서, 우줘류의 간행물 창간에는 모종의 문화 의식

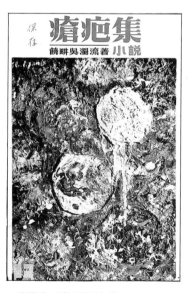

▶ 吳濁流, 《瘡疤集》(上卷)

이 숨어 있다. 1963년 그는 《《부스럼瘡疤集》》(상권) 자서)[3]에서 그 뜻을 전하고 있다. 그는 일제강점기 작가들이 이 때 마침 '(이런저런 부족으로 인한 – 역자)공백기'에 처해 '허탈감'에 빠져 있던 때였다고 생각했다. 그는 전후 문단에 다음과 같은 강한 불만을 갖고 있었다.

> 그들은 지금 여전히 프랑스 아니면 러시아를 흉내 낼 뿐이고, 독일 아니면 영국을 따라 할 뿐이다. 그래서 버터 맛에 절어 모두 자신의 문학적 영혼을 망각하고 있다. 이 때문에 위대한 문학작품은 언감생심이 되고야 말았다. 그들은 프랑스를 따라 하지만 프랑스인의 지성이라고는 갖추고 있지 않다. 러시아를 흉내 내지만, 러시아인들의 끝까지 파고 드는 깊이는 배우지를 않았다. 독일을 본떠 보지만, 독일인의 심오하고 환상적인 신비함은 어디에도 없다. 영국을 좇아 보기는 하지만 영국인들의 전아한 현실성은 간 데 없다. 그래서 그들이 모방할 수 있는 것이라고는 수법과 형식 등속일 뿐이다.

우줘류는 심도 있는 관찰을 통해 이미 문단의 일부 적폐를 밝혀냈다. 이는 곧 프랑스의 상징주의, 러시아의 리얼리즘, 독일의 실존주의, 영국의 낭만주의를 말하는 것으로, 이것들은 타이완 문학의 진실과 타이완 사회의 현실을 개괄하기에는 부족했다. 그는 《타이완 문예》에 〈타이완 문예의 사명을 말하다漫談台灣文藝的使命〉[4]를 발표하고 "······지금 우리는 타이완의 특수한 환경 아래에서 분투하고 있고, 그 문학 역시 이러한 환경에서 고민하고 있다. 만약 이런 특수한 환경을 인정하지 않는다면, 생명력 있는 작품을 빚어 낼 도리는 없다. 또 작품들은 모두 텅 비어 버릴 것이고, 거짓이 될 것이다. 어떻게 한다 하더라도, 문학의 가치를 이야기 할 수 없을 것이고,······"라고 말했다. 그는 여기서 타이완의 역사적 조건을 강조하면서 타이완의 사회 현실에 관심을 기울였던 것이다. 이뿐 아니라, 그는 정치가 문학 활동에 개입하는 현실을 강한 어조로 비판했다. 《타이완 문예》46기(1975.1.)에서 그는 소위 문예 정책을 과감하게 비판했다. 〈문학에 관한 소견들對文學的管見之一二〉[5]에서는 자신의 문학적 입장을 이렇게 밝히고 있다. "문학은 문학이다. 절대적인 자유의 경지에 이르러야 좋은 작품이 탄생할 수 있다. 아첨은 문학이 아니다. 구호 역시 문학이 아니다. 문학은 예술이다. 이를 가져다 무슨 도구로 쓸 수는 없는 노릇이다. 일본처럼 상업적 도구로 삼는다고 무슨 성취를 얻을 수 있는 것도 아니다. 태평양전쟁 이전처럼 정치적 도구로 삼아서도 아니 된다." 무릇 이 모두는 그가 《타이완 문예》를 창간한 태도와 식견을 보여 준다. 그는 문학의 장원을 제공해서, 젊은 세대 작가들이 밭을 갈고 씨를 심기를 바랐고, 그래서 그 향기가 지속되기를 바랐던 것이다.

이러한 이념이 주도하는 가운데,《타이완 문예》는 창간 후 두 가지 중요한 영향을 끼쳤다. 첫째 타이완 본토 작가들이 창작 실력을 지속적으로 뽐낼 수 있게 되었고, 둘째 사실주의 미학이 높은 평가를 받게 되었다. 이것은 이후 《타이완 문예》의 노선과 기조가 일치했다. 우줘류는 이 노선이 지속될 수 있도록, 특별히 "우줘류 문학상吳濁流文學獎"을 마련했다. 그는 〈내가 문학상을 설립한 동기와 바람我設文學獎的動機和期望〉(1969)[6]에서 다음과 같이 전하고 있다. "우리의 고유한 문학이 근대화되어야 한다는 것은 두 말할 필요 없는 사실이다. 그러나 근대화가 서구화를 의미하지는 않는다. 일본화 또한 아니다. 소위 현대화라는 것은 고유한 문학의 장점과 그 특징을 이어 받는 것이지, 서구나 일본의 문학으로 대체하는 것일 수는 없다. 그것은 자주적이고 자립적이어야 하는 것이다." 자주와 자립이라는 목표를 추구하는 것은 이후 향토문학운동의 주요한 정신과도 딱 들어맞았다. "우줘류 문학상 관리위원회"의 주임 위원은 우줘류 문학정신을 가장 적극적으로 따랐던 중자오정이 맡았고, 위원들에는 랴오칭슈, 정환鄭煥, 장옌쉰, 예스타오葉石濤 등 10여 명의 작가가 이름을 올렸다.

우줘류의 관용적 태도와 민주정신을 가장 잘 보여주는 것으로는 그가 따로 마련한 신시상新詩獎과 한시상漢詩獎이 있었다. 그는 수많은 동시대 작가들보다 앞서 모더니즘시가 퇴보하면서 나타난 병폐를 경고하고 비판했다. 그는 1971년 〈중국의 시를 재론하다 - 시혼이여 깨어나라!再論中國的詩-詩魂醒吧!〉[기를 통해 1970년대 초기 신시 논쟁의 서막을 열었다. 이 글에서 그는 벌써 당시 나타나던 이상 현상을 다루었다. 시인의 이론이 종종 창작 자체를 압도하는 현상이 나타났던 것이다. 그는 "원래 시는 자신의 우주관, 인생관, 혹은 일상생활의 감회에서 솔직하게 표현되어 나오는 것이지 시 이론에서 나오는 것이 아니다. 시론은 시 작품에서 나오는 것이기 때문에 시의 이론이 극성할수록 시는 부진하게 되는 법이다. 시사詩史가 이를 증명한다. 신운설神韻說과 성령설性靈說이 성행하던 시대에 산생된 시는 당시唐詩에 한참을 미치지 못했다"라고 말했다. 그는 신시가 생명력을 가지려면, 모방을 거부해야 하고, 언어를 개조해야 하고, 시야를 넓혀야 한다고 생각했다. 이러한 주장들은 모두 본토 시인에 초점을 맞춘 것이었다. 비록 신시 비평의 태도가 매우 엄격했지만, 그는 신시상을 만들어 전체 시의 시도와 실험을 고무시켰다. 우줘류가 만든 문학상, 신시상, 한시상은 타이완 본토 문학의 부활에 있어 일종의 격려였다. 그 금액은 많지 않았지만 상징성은 매우 컸다.

모더니즘이 주도하는 시대에 《타이완 문예》는 결코 널리 주목받지는 못했지만, 본토 작가가 결집한 총본영이었다. 활동을 재개한 일제강점기 작가들이 계속해서 이 간행물에 작품을 실었다. 이에는 장원환張文環, 양쿠이楊逵, 황더스黃得時, 왕스랑, 룽잉쭝龍瑛宗, 우잉타오吳瀛濤, 린헝다오, 우융푸巫永福 등이 있었다. 태평양전쟁 시기 등단했던 작가들은 뒤에 '언어 횡단 세대'로 불렸는데, 그들 역시 《타이완 문예》에 다수의 글을 게재했다.《문우통신》의 중자오정, 장옌쉰, 원신文心, 랴오칭슈 등이 있었고 예스타오, 황링즈黃靈芝, 린중룽, 천첸우 등도 있었다. 중국어 글쓰기에 능했던 신세대 작가들도 이 시기 앞다퉈 출현했는데, 정칭원鄭清文, 리차오李喬, 린쭝위안林宗源, 쉬다란許達然, 둥팡바이東方白, 추슈즈邱秀芷, 치덩성七等生, 중톄민, 황춘밍黃春明, 장량쩌張良澤, 황쥐안黃娟, 류징쥐안劉靜娟, 웨이완즈魏畹枝 같은 이들이 그들이었다. 전후 첫 출생 세대戰後初生로 린루이밍(林瑞明, 린판林梵), 홍싱푸洪醒夫, 평루이진彭瑞金, 가오톈성高天生, 쑹쩌라이宋澤萊, 우진파吳錦發 등도 이 간행물에 걸작들을 발표했다. 1970년대 향토문학운동이 발발하기 전,《타이완 문예》가 발행되는 과정에서 그 싹이 벌써 보인 것이었다.

《타이완 문예》에 집결한 이 작가들은 대다수가 두 가지 주제를 다루는 데 집중했다. 하나는 역사적 기억을 재건하는 것이고, 또 하나는 현실 사회를 반영하는 것이었다. 두 주제는 1970년대 향토문학 작품의 중요한 특징이었다. 모더니즘의 잠재의식 개발과 개인적 욕망의 발굴과는 대조적으로,《타이완 문예》가 중시한 것은 외재 사물의 묘사였다. 특히 향토의 경물과 인물에 관심을 집중했다. 때문에 많은 작가들의 사유는 본토화보다는 현지화에 가까웠다. 황춘밍의 이란宜蘭, 정칭원의 신좡新莊, 중자오정의 타오위안桃園, 리차오의 먀오리苗栗, 중톄민의 메이눙美濃은 모두 이 시기 문학 창작에 완전히 새로이 열린 공간이었다. 모더니즘문학의 시대가 작가들이 방랑하는 시기였다면, 향토문학의 시대는 작가가 회귀한 때였다.《타이완 문예》가 회귀의 통로가 되었다는 것은 의심할 여지 없는 사실이다. 그러나 아마도 각 작가들이 돌아오는 방식은 달랐을 것이고, 민족 혹은 가족의 기억의 구조도 달랐을 것이다. 《타이완 문예》는 문화적 정체성이라는 의제가 문단의 초점이 될 것이라는 것을 분명히 예고하고 있었다. 우줘류는 1976년 10월7일 사망했다. 향년 78세였다. 서거 한 달 전에도 그는 중자오정에게 서신을 보내 《타이완 문예》제53기(1976.10)의 내

▶ 張良澤(《文訊》 제공)

용을 가지고 토론했다. 이 간행물에 그의 마지막 생명을 바친 것이었다. 이후, 중자오정(제54기부터 제79기까지[1971-1982]), 천융싱陳永興(제80기부터 제100기[1983-1986]), 리민융李敏勇(제101기부터 제120기까지[1986-1990]), 린원친林文欽(제121기부터 제140기까지[1990-1993]), 리차오(제141기부터 제152기까지 [1994- 1995])가 바통을 이어 주편을 맡았다. 그들은 우줘류가 마무리 짓지 못한 유업을 이어받아 향토문학운동의 영토를 더욱 넓혔다. 우줘류의 만년작《무화과無花果》와《타이완 개나리台灣連翹》도《타이완 문예》에 연재되었다. 우줘류가 없었다면 향토문학운동의 출발도 늦었을 것이다. 그는 세대교체의 임무를 완수했고, 타이완 문학의 주체를 다시 세우는 초보적인 작업을 마무리했다.

중자오정: 타이완 역사소설의 창건과 계획

《타이완 문예》가 던진 가장 큰 충격은 문화적 정체성 문제가 문학 발전의 일정표에 올랐다는 것이다. 이 잡지의 중요 작가 중자오정과 예스타오는 본토문학이 부활하면서 사상 방면에서도 크게 변화했다. 문단에서 "남에는 중자오정이요 북에는 예스타오南鍾北葉"라 불렸으니, 두 작가는 가히 향토문학 창시기의 쌍벽이었다. 이것은 이보다 앞서 타이완에 향토문학의 뿌리가 없었다는 말이 아니라, 전후에 향토문학이 흥성하는 데 이 둘의 역할이 막대했다는 말이다. 향토문학은 1930년대 싹이 텄는데, 이는 일본 자본주의, 제국주의, 그리고 현대화 등이 확장되는 상황에서 만들어진 문학적 응답이었다. 그리고 이것은 향토문학이 타이완 문학사에서 보여준 특수한 의미이기도 하다. 일본 식민 체제가 권력의 의지로 타이완 사회의 역사적 조건과 생산 방식을 개조하려고 하던 때, 타이완 작가들은 향토문학을 진흥하자는 주장으로 이에 대응했다. 향토문학을 수립함으로써 타이완 작가들은 한편에서는 일본 식민 세력 통치의 본질을 폭로하는 한편, 타이완의 문화적 주체를 지켜 내려고 하였다. 때문에 일제강점기 향토문학은 리얼리즘 수법으로 타이완의 객관적 현실을 반영했는데, 특히 농민과 노동자의 생활을 주제로 한 작품들이 그러했다. 이처럼 타이완의 특색과 성격으로 충만한 문학 전통은 40년대 태평양전쟁이 일어나면서 1차로 중단되었다가, 50년대 반공 문예 정책 시기를 맞아 다시 한 번 단절되었다. 이로 인해 우줘류가 60년대 중기 특수하면서도 자주적인 타이완 문학을 제창했을 때는 30년대 향토문학과는 이미 30여 년의 시간적 거리를 갖게 되었던 것이다.

중자오정과 예스타오의 문학적 커리어는 결코 《타이완 문예》의 창간에서 시작된 것이 아니었다. 중자오정의 최초의 소설은 1951년 발표되었다. 그는 1962년 대하소설 《탁류 삼부곡濁流三部曲》을 창작했을 때, 우줘류와 알게 되었다. 소설의 이름과 우줘류의 이름이 같아서, 두 사람 간의 교제는 시간 문제였을 뿐이다. 예스타오는 문학 생애를 태평양 전쟁 때 시작했고, 이어 전후 1945년부터 1949년 사이에 활약했었다. 얼마 후 사상범으로 투옥되어 문학 활동은 결국 중단되고 말았다. 예스타오의 부활은 근 20여 년 간 중국어를 배운 후에야 이루어졌다. 그가 다시 문단에 얼굴을 비쳤을 때, 마침 《타이완 문예》가 출판되었다. 중자오정의 장편 역사소설과 예스타오의 본토 문학 이론은 이후 1970년대의 향토문학의 발전에 깊은 영향을 주었다. 두 동갑내기 작가의 역사적 의미는 타이완 문학 연구가 점차 발전해가면서 더욱 분명히 드러났다.

중자오정(1925-)은 타오위안

▶ 鍾肇政《文訊》 제공

룽탄龍潭 사람으로, 룽탄공학교龍潭公學校, 단장중학교淡江中學, 장화청년
사범학교彰化青年師範學校를 차례로 마쳤다. 1978년 은퇴하기 전까지, 그
는 줄곧 열정적인 초등학교 선생님으로 살았다. 그는 보기 드문 초등학
교 교사 창작자이지만, 아마도 타이완 작가 가운데서는 가장 많은 작품
량을 가진 작가라고 할 수 있을 것이다. 그보다 먼저 타이완에서 장편소
설을 시도했던 동년배 작가들은 매우 드물었다. 우줘류의《아시아의 고
아》와 중리허의《카사야마 농장笠山農場》정도가 전부였다. 중자오정이
등장하였기에, 이후 많은 작가들이 장편소설 창작에 용감히 뛰어들 수
있게 되었다. 특히 대하소설 방면에서 그러했다. 이 방면이 개척됨으로써
일제 강점기 단편소설 창작에만 집중되었던 현상이 바뀔 수 있었다. 단
편소설에서는 중자오정의 양식은 다소 한계가 있었다. 그는 1960년대에
는 단편소설 창작에 의식적으로 모더니즘 기교를 적용했지만, 성공을 거
두지는 못했다. 초기 단편소설집《윤회輪迴》(1967)[8],《다두산 풍경大肚山
風景》(1968)[9],《중원절의 구도中元的構圖》(1964)[10]는 모두 압축된 편폭에
방대한 이야기를 담고 있다. 그는 언어를 정련하는 데도 능하지 못했고,
리듬을 명쾌하게 만드는 데도 서툴렀다. 그는 완만한 언어를 편애했고
우회적인 사유에 빠져들었다. 때문에 그의 단편소설 대다수는 장편소설
창작의 초석이 되었다. 그의 단편소설의 기교는《중자오정 자선집鍾肇政

▶ 鍾肇政,《台灣人三部曲》

自選集》(1979)[11]과 《중자오정 걸작선鍾肇政傑作選》(1979)[12]에서 실체를 볼 수 있다. 그 외 작품들로는 《석양殘照》(1963)[13], 《링탄에 어린 한靈潭恨》(1974)[14], 《다룽둥의 오열大龍峒的嗚咽》(1974)[15] 등이 있다.

그의 예술적 성취는 대하소설의 선염 기법에서 확연히 드러난다. 가족사라는 먹을 입혀 전체 타이완인들의 운명으로 번져나가게 했던 것이다. 중자오정이 타이완 문단에서 인정을 받은 것은 분명 두 거작, 곧 《탁류 삼부곡》(1979)[16]과 《타이완인 삼부곡台灣人三部曲》(1980)[17]때문이었다. 전자는 자전 소설이고 후자는 가족사 소설이다. 두 작품은 모두 타이완의 역사적 기억을 구축하였다. 당시 문예 정책에서 강조한 반공 수복의 구호와 비교했을 때, 타이완인의 자전체와 가족사의 역사적 기억의 재건은 분명 정부의 기대와는 완전히 상반된 것이었다. 강력한 문화 통제 아래에서, 타이완의 언어, 기억, 역사는 주변화될 수밖에 없었다. 관이 정책적으로 중원 문화만을 유일한 정치적 정체성으로 삼으면서, 중자오정의 역사적 글쓰기는 확연한 저항의 의미를 띠게 되었던 것이다. 그는 창작 과정에서 결코 의식적으로 관의 역사교육을 뒤엎지는 않았다. 그러나, 이 두 작품이 전파됨으로써 새로운 민족의 상상이 시작되었다. 즉 중자오정이 소설에서 묘사한 역사적 경험은 결국 관방의 교육에서는 볼 수 없던 것이었다. 그의 작품을 읽음으로써 독자들은 원래 타이완의 대지에서 일어났던 역사적 사실이 권력자들에게 인정받지 못했다는 것을 깨닫게 되었다.

중자오정이 각화한 것은 아마도 역사적 현실reality은 아닐 것이다. 그러나 소설을 가로지르는 정감과 기억은 역사적 진실truth에 속하는 것이다. 그의 소설은 억눌렸던 수많은 일본 식민의 경험을 풀어 놓는다. 이민족 통치하에서 감내했던 고민, 수치, 손해 따위가 핍진하게 이야기 속에서 펼쳐졌다. 이 때문에, 작품은 완전히 사실에 기초하지도 않았고, 심지어는 허구가 스며들어 있기도 하지만, 그 안에 담긴 그의 목소리에는 강인함과 자신감이 충만했다. 폐쇄적인 계엄 시기라는 것을 고려하면, 중자

오정의 역사소설의 문화적 의미는 더 확연히 드러난다.《탁류 삼부곡》은
《탁류濁流》(1961)),《강산만리江山萬里》(1962),《떠가는 구름流雲》(1964) 세
편으로 구성되어 있다. 기본적으로 이 세 편은 대하소설이라는 이름에는
맞지 않다. 그저 자전소설을 장편화한 것뿐이다. 소위 대하소설이라고 하
는 것은 영웅적 주인공을 중심으로 하여 시대의 부침과 곡절을 돋보이게
하는 것이다. 적어도 소설에서의 시간은 여러 다른 역사적 단계를 뛰어
넘어 주인공이 어떻게 그의 시대에 호응하고 맞서는지를 보여줘야 한다.
《탁류 삼부곡》은 그렇지 않았다. 이 작품은 태평양 전쟁과 황민화 운동
이 전개되었던 최후 3년에만 집중한다. 소설의 주인공 루즈룽陸志龍은 자
신에 대한 열등감이 있고 겁이 많은 지식인이다. 사랑에 있어서도 좀체
결단력과 자신감을 보이지 못한 그였으니, 시대의 파도에 뛰어들고 간여
할 리는 없었다. 이렇게 위축된 청년은 뒤숭숭한 시국에서 자라나면서
역사적 전변기의 풍운에 자주적으로 뛰어들지 못했고, 자연히 적극적이
고 진취적인 모습을 보이지 못했다. 루즈룽의 개성은 우줘류의《아시아
의 고아》의 후타이밍胡太明을 닮아, 시대의 고독자이자 역사의 방관자였
다. 논자들은 늘 루즈룽의 유약함에 깊은 유감을 느끼고는 한다. 그러나
이러한 인물은 역사적 전변기에 처한 전형적인 타이완인의 모습이지 않
는가? 그들은 분하고 답답함에 속을 끓이지만, 실제로는 심각한 행동미
수증行動未遂症을 앓고 있다. 중자오정은 매우 세밀하고 꼼꼼한 필치로
전쟁 시기 타이완 청년의 방황과 불안, 머뭇거림과 분투를 그려냈는데,
만약 그 자신이 그러한 역사의 안개 속을 헤집고 나오지 않았다면, 결코
이와 같은 깊이 있는 이해를 보여주지는 못했을 것이다.《탁류 삼부곡》
의 성공은 열등한 지식인이 어떻게 일본인으로서의 정체성에 난처함을
느끼게 되었는지, 그리고 역사적 전변기에 어떻게 새로운 정체성을 모색
했는지를 정확하게 파악했다는 점에 있었다. 그러한 정체성에 대한 환멸
과 재생은 전쟁 중과 전쟁 후 지식인을 사상적, 정신적으로 난도질하는
것이었다. 그 전체 과정은 그렇게 느리게 전개되었고, 그렇게 고통스러웠

으며, 게다가 어떻게 피할 길이 없었다. 만약 중자오정이 달리 전형적 영웅을 만들어 시대의 도전에 용감히 대처하고 정치 운동에 참여했다면, 그리고 민족의 정체성에 있어서도 고민을 하지 않고, 소설도 그러한 기조로 창작했다면, 독자들은 결코 전쟁 기간 지식인의 정신적인 고통을 이해할 수 없었을 것이다. 중자오정은 민족의 신화를 창조해 내는 지름길을 취하지 않았고 도리어 거친 현실에서 루즈룽으로 하여금 갖가지 시험에 처하게끔 하였다. 소설 주인공은 정서적으로 취약하고 감정적으로 위축되어야 진정한 인성을 갖추었다고 할 수 있다. 이러한 반反영웅적인 형상을 만들어 냄으로써 더욱 역사적 진실에 다가갈 수 있었던 것이다.

상호 비교해 보면, 《타이완인 삼부곡》의 구조는 《탁류 삼부곡》만큼 긴밀하지도 완벽하지도 않다. 고유한 역사소설 창작 기교에 바탕을 두고, 중자오정은 개인적 삶의 경험을 전체 타이완인의 역사적 경험으로 넓히고자 했다. 그는 자전체 글쓰기를 버리고 가족 형식의 역사 구조에 기탁했다. 책 전체의 기세와 짜임새는 대하소설의 구조에 비교적 알맞았다. 《타이완인 삼부곡》은 루陸 씨 집안 3대를 중심으로 하고 있는데, 작품 속 시간은 마침 일본 통치 시기의 시작과 끝과 일치했다. 한 가족사의 유전을 통해, 중자오정은 의식적으로 식민지 전체의 역사를 농축적으로 그려 냈다. 역사적 기억의 구조는 종종 문화 주체를 재건하는 데 있어 하나의 중요한 요소로 작용한다. 타이완 역사와 타이완 문학이 계엄 체제의 탄압을 받고 있을 때, 이 소설은 의식적으로 사상적 금기에 도전하지는 않았지만, 적어도 타이완인의 '역사적 무의식'과 '정치적 무의식'을 상당한 정도로는 발굴해 내었다. 억눌렸던 욕망과 기억을 다시 개발하는 것은 어느 정도에서는 모더니스트 작가와 유사하다. 그러나 모더니스트들은 비교적 개인의 내재적 정서의 유동에 치우쳐 있었고, 향토문학 작가들은 가족 혹은 민족의 집단적 기억과 외재적 현실에 집중했다.

그러나 《타이완인 삼부곡》은 결코 한 번에 쓰인 작품은 아니었다. 중자오정은 우선 1964년 제1부 《타락沈淪》의 집필을 시작해, 1966년 출판했다. 그 후 1973년 제3부《차톈산의 노래揷天山之歌》를 완성하고 마지막으로 1976년이 되어서야 제2부《창명행滄溟行》을 출판했다. 10년 세월을 쓰며 기획한 대하소설이니, 그 인내력과 의지를 높이 살만하다. 이 3부작은 의도적으로 역사시의 형식으로 구성되었다. 작품 속 루 씨 가문 3대의 역사적 경험은 일제강점기 타이완인이 겪었던 식민지 삶의 축소판이라고 할 수 있다.

《타락》은 타이완인의 이민 개척사와 향토 방위사로서, 시간적 배경은 1895년 청일 전쟁 전후였다. 소설의 중심인물은 신하이信海 할아범을 중심으로 세 축으로 발전해 간다. 그 안에는 남녀 간의 애정도 담겨 있고 시대의 변화도 들어있다. 작품은 한 가족이 어떻게 만들어지고, 이 가족이 어떻게 타이완의 대지에 애착을 갖게 되는지에 초점이 맞춰져 있다. 그는 가족사와 향토사를 교차시켜, 타이완 이주민이 뿌리를 내리는 과정에서의 고난과 끈기를 그려냈다.

제2부《창명행》은 루웨이둥陸維棟, 루웨이량陸維梁 형제를 중심으로, 1920년대 정치 운동의 맹아기와 확대기 근대 타이완의 항일사의 궤적을 밟아 갔다. 작품에서는 수많은 역사적 사실과 인물이 등장하는데, 이 때문에 이야기는 허구와 사실의 경계를 넘나든다. 이러한 글쓰기 방식은 당시 역사 서사에 담긴 뜻이 무엇인지를 보여준다. 이야기 속 연애담은 루웨이량이 일본 여자 마스자키 후미코松崎文子와 타이완 여자 왕옌즈王燕之 사이에서 머뭇거리며 갈등하는 내용인데, 이는 타이완인은 결국 향토를 선택하고 끌어안을 것이라는 것을 은유적으로 표현한 것이다. 그러나 그 가운데 구체적인 정치 인물을 끼어 넣은 것이 도리어 소설 전체의 허구성과 설득력을 약화시키는 결과를 초래하기도 했다.

제3부《차톈산의 노래》는 1940년대 태평양 전쟁(1941-1945) 시기만을 배경으로 하고 있다. 루즈샹陸志驤의 도주와 일경 카츠라기桂木의 추포가 작품의 중심 플롯이다. 작품은 일본 식민 세력의 와해가 임박한 시기에 오히려 타이완인에 대한 감시와 통제가 더 가혹해진 상황을 짚어 냈다.

카츠라기의 끈질긴 추격과 루즈샹의 끝없는 도주는 식민지 사회에서 강자와 약자의 모습을 선명한 대비로 보여주고 있다. 논자들은 루즈샹의 도주는 병적으로 과장되었다고 하기도 했지만, 그러나 그렇게 묘사해야지만 식민주의를 가장 강력하게 규탄할 수 있었다. 루즈샹이 체포된 바로 그 순간은 일본이 항복을 선언한 시간이었다. 이것은 일본인들이 타이완인을 얼마나 약탈하고 모욕을 주었는지를 더욱 더 잘 보여주었다. 식민 체제는 최후의 단계에 접어 들어서도 조금도 느슨해지지 않았다. 예술적 성취에서 《차톈산의 노래》는 《창명행》보다 수준이 높았다. 중자오정은 결국은 전쟁 시기에 성장한 이였다. 그는 그 생기를 잃은 시기의 타이완인의 심층의 심리 구조를 가장 잘 체득한 이였다.

대하소설을 창작하던 시기, 중자오정은 문단 활동에도 결코 소홀하지 않았다. 1964년 이후 그는 적극적으로 우줘류를 도와 《타이완 문예》를 편집했다. 두 사람 사이의 왕래와 협력은 둘 간의 서신을 통해 구체적인 모습을 엿볼 수 있다. 이 시기의 중요 사료는 이후 첸홍댜오錢鴻釣가 편집하고 황위옌黃玉燕이 번역한 《우줘류가 중자오정에게 보낸 서간吳濁流致鍾肇政書簡》(2000)[18]에 잘 드러나 있다. 우리는 그가 1965년 '타이완 광복 12주년'이 되었을 때, 문단잡지사文壇雜誌社를 통해 《본성 작가 작품 선집本省籍作家作品選集》[19] 열 집을 편집했다는 것, 그리고 거기에는 168명의 소설가와 시인들의 작품을 수록했다는 것에 더 주목할 필요가 있다. 경력이 많든, 경력이 일천하든 타이완 본성인 작가라면 누구의 작품이든지 이 선집에 수록되었다. 중리허, 천휘취안, 양쿠이, 린헝다오, 우줘류, 쉬빙청(원신文心), 랴오칭슈, 정환, 장옌쉰, 린중룽, 정칭원, 장량쩌 등은 제1집에서 제3집까지 나뉘어 편집되었고, 모더니즘 작가 지지季季, 린화이민林懷民, 황춘밍, 천뤄시陳若曦, 어우양쯔歐陽子, 치덩성과 향토 사실주의 작가 리차오, 중톄민, 황쥐안, 추수뉘(邱淑女, 추슈즈邱秀芷), 류징쥐안, 리두궁李篤恭, 위아쉰余阿勳, 천헝자陳恆嘉, 펑쥐즈馮菊枝 등은 제4집에서 제9집에 걸쳐 수록되었다. 이것은 아마도 처음으로 타이완 본성 작가들을 가장 정제된 모습으로 그 전체를 보여준 작업이었으며, 처음으로 전후에 중문으로 쓰인 문학 작품을 전체적으로 검수한 작업이라고 볼 수 있을 것이다.

중자오정은 동시에 아기사자출판사幼獅出版社에서 《타이완 성 청년 문학 총서台灣省青年文學叢書》[20] 총 20책을 편집해, 작가 열 명의 소설을 담았다. 이에는 정환, 정칭원, 리차오, 중례민, 천톈란陳天嵐, 황쥐안, 웨이완즈, 류징쥐안, 류무사劉慕沙, 뤼메이다이呂梅黛 등이 포함되었는데, 이들의 작품을 모아서 출판한 것으로는 최초였다. 이 두 총서 시리즈는 타이완 향토문학운동의 중요한 출발점이었다. 이후 1970년대 두각을 나타낸 작가들은 모두 이 두 총서에서 그 단초를 찾아볼 수 있다.

중자오정이 향토문학운동의 거장이 된 것은 물론 그가 왕성한 창작력을 갖추었기 때문이기도 하지만, 또한 그가 문학 활동에 대한 높은 참여의식을 갖고 있었기 때문이기도 했다. 그의 역사소설과 자전소설에는 《마헤이포 풍운馬黑坡風雲》(1973)[21], 《팔각탑 아래에서八角塔下》(1975)[22], 《봄바람을 기다리며望春風》(1977)[23], 《마리커 만 영웅전馬利科灣英雄傳》[24], 《고산 모음곡高山組曲》(제1부 《천중조川中鳥》, 제2부 《전화戰火》[1985] 포함)[25], 《베이난 평원卑南平原》(1987)[26], 《노도怒濤》(1993)[27]가 있다. 그는 오만했기에 오히려 풍부한 문학적 상상을 보일 수 있었고, 동세대 작가들의 질시를 견뎌 낼 수 있었다. 그의 대하소설은 정신면에 있어서는 우줘류의 《아시아의 고아》의 연장이라고 할 수 있었다. 그러나 창작 규모와 기교에서는 우줘류

▶ 丘秀芷(《文訊》 제공)

를 넘어섰고 후배 세대인 리차오와 둥팡바이에게 깊은 영향을 끼쳤다. 문학사에서 그의 지위는 반석과 같았다.

예스타오: 본토 문학 이론의 구축

예스타오가 걸어 온 문학의 길은 타이완 지식인이 일본어로 글을 쓰던 시기에서 중국어로 창작하는 때로 넘어오는 과정에서 겪어야 했던 고뇌와 아픔을 가장 잘 보여준다. 선배인 우줘류는 시종 일본어로 창작했고, 동년배인 중자오정은 중국어로만 창작했지만, 그는 달랐다. 예스타오는 전후 초기(1945-1949)에 일찍부터 활약을 하고 있었고, 이때 많은 일본어 소설과 평론을 발표했었다. 또 마침 이 시기에 그는 사회주의 간행물과 서적을 접하고는 사상적으로 좌경화된 모습을 보이기도 했다. 타이난의 지주 계급 출신이었던 예스타오는 신시기가 도래함에 장밋빛 이상을 동경하기도 했지만, 끝내 현실에서 생산적 활동에 뛰어드는 용기를 보여주지는 못했다. 그의 성격은 중자오정의《탁류 삼부곡》의 주인공 마냥 위축되어 있었다. 그러나 어떤 정치적 이념도 실천으로 옮겨보지 못했던 이 좌익 청년은 갑자기 1950년대 사상범으로 3년 간 (1951.9-1954.9) 옥고를 치르게 되었다. 이 시기 고통의 경험은 이후 회상록《한 타이완 늙은 작가의 50년대一個台灣老朽作家的五○年代》[28]와 자전소설《타이완 남자 젠아타오台灣男子簡阿淘》[29]에 담겼다.

▶ 葉石濤(《文訊》 제공)

전후 가장 먼저 '타이완 향토문학'을 주장했던 작가를 들라고 한다면 당연히 예스타오라 해야 한다. 그가 1965년 《문성文星》에 〈타이완의 향토문학台灣的鄕土文學〉을 발표했을 때는, 일본이 항복한 지 20년이 지난 해였다. 나중에 그는 자전 산문집 《아름답지 않은 여정不完美的旅程》(1993)[30]에 다음과 같은 기억을 실었다. "1965년 마흔 한 살이 되었을 때부터 예순 여덟이 된 지금까지, 나는 내 모든 피와 정신을 자주적이고 독립적인 타이완 문학을 세우는 운동에 바쳐 왔다." 이 증언은 〈타이완의 향토문학〉이 갖는 중요성을 충분히 말해 주고 있다. 그는 이 글에서 자신의 문학 사관과 정치 이념을 하나도 남김없이 보여주었다. 이 글이 나왔을 때 이미 그의 역사의식과 타이완 의식은 깊어져 있었다. 그는 글에서 타이완 문학을 대략적으로 라이허頼和에서 뤼허뤄呂赫若에 이르는 '전전파戰前派', 천훠취안, 왕창슝王昶雄 등의 '전중파戰中派', 중리허와 중자오정 이래의 '전후파戰後派'로 3분기하였다. 이 글은 비록 편폭은 짧았지만, 복잡다단한 문화적 의의로 가득했다. 첫째, 그는 관변 문예 정책이 받드는 중국적인 형상 말고도 사회 현실에 부합하는 타이완의 형상을 만들어 냈다. 둘째, 그는 단절된 타이완 문학의 전승을 위해 역사와 얽힌 관계를 다시 구축하고, 전후 타이완 문학이 결코 1945년 국민 정부의 타이완 접수로부터 시작된 것이 아님을 증명하였다. 셋째가 가장 중요한데, 그는 특히 타이완 문학이 자주적 성격을 갖고 있으며, 어떤 강압적인 문화도 제멋대로 이를 해석하거나 재편할 수 없다는 것을 보여주었다. 넷째, 이러한 신념을 바탕으로 그는 마음에 깊이 감춰 뒀던 바람을 꺼내 보였다. "나는 하늘이 내게 주신 이 능력으로 타이완 본성인 작가의 생애와 작품을 체계적으로 정리하여 향토문학사를 써 낼 수 있기를 갈망한다."

그는 타이완 문학사를 쓰겠다 맹세하면서 평론을 시작하였다. 이 시기, 그는 소설을 창작하는 한편으로, 적극적으로 신문, 잡지에 서평을 게재했다. 단편 소설 창작의 성과는 《후루 골목의 춘몽葫蘆巷春夢》(1968)[31], 《뤄쌍룽과 네 여인羅桑榮和四個女人》(1969)[32], 《갠 날과 진 날晴天和陰天》(196

9)[33], 《앵무와 하프鸚鵡和豎琴》(1973)[34]에 모았다. 평론 방면에서도 그는 《예스타오 평론집葉石濤評論集》(1968)[35]과 《타이완 향토작가론집台灣鄕土 作家論集》(1979)[36]과 같은 풍성한 수확을 남겼다. 그의 소설은 낭만주의 경향과 모더니즘 기교를 함께 담고 있었지만, 문학 평론의 사유는 이와 는 완전히 다르게 확연히 리얼리즘적이었다. 이렇게 모순적이면서도 조 화로운 두 갈래의 미학은 예스타오가 겪었던 계엄시기의 내면의 충돌을 암시적으로 보여주었다. 즉, 타이완 문학의 발전 방향을 두고, 그는 리얼 리즘에 큰 기대를 걸면서도 내면 깊은 곳에서는 개인의 철저한 자유와 해방을 향한 강렬한 욕망을 남몰래 추구했던 것이다. 특히 그의 단편소 설은 곳곳이 성적 환상과 성적 갈증에 물들어 있었는데, 이것은 자신의 잠재의식의 자아를 발굴하는 과정에서 그가 어떤 고민을 안고 있었는지 를 증명하는 것이기도 했다.

그러나 문학 평론에서 그가 주의를 기울였던 방향을 본다면, 그는 줄 곧 역사를 쓴다는 결심에서 벗어나지 않았다. 1960년대 향토문학과 타이 완 의식을 각성하는 과정에서 역사적 기억을 재건하는 것은 관건적인 과 제였다. 중자오정은 문 학 창작을 빌려서, 예 스타오는 문학 평론을 통해서 역사 쓰기를 실 천했다. 두 사람이 걸 어간 길은 달랐지만, 계엄 문화 아래에서 새 로운 사상의 공간을 열 었다는 점에서는 같았 다. 예스타오가 계속해 서 써 내려간 〈우줘류 론吳濁流論〉, 〈중자오정

▶ 葉石濤,《羅桑榮和四個女人》 ▶ 葉石濤,《葫蘆巷春夢》

론鍾肇政論〉, 〈린하이인론林海音論〉, 〈지지론季季論〉 등은 모두 개별 작가의 창작을 중심에 두고 있지만, 각 문장은 모두 그의 역사관과 미학적 해석을 드러내고 있다. 이러한 글들은 대부분 가벼운 에세이 식이었는데, 이후 구축된 타이완 문학사의 초석이 되었다.

마르크스주의의 훈련을 받은 예스타오는 타이완 문학사 구축이라는 문제를 모색할 때, 종종 타이완 문학의 사회적 성질과 물질적 토대를 중시했다. 그와 공상적 마르크스주의자들 사이에서 가장 큰 차이점은 그가 결코 타이완 문학의 주체가 갖고 있던 내함에서 벗어난 적이 없다는 것이다. 때문에, 1977년 발표한 논문 〈타이완 향토문학사 도론台灣鄉土文學史導論〉[37]에서 상당히 분명한 어조로 타이완 문학의 역사적 좌표를 그려낼 수 있었다. 즉, 타이완 작가의 탄생은 일정한 시간과 공간이 있기에 가능했다는 것이다. 공간 의식이라는 측면에서 그는 '타이완 향토문학이 반영하는 것은 반드시 "반제·반봉건"의 공통된 경험과 온갖 고난을 겪으며 길을 내고 자연과 박투했던 공통된 기억이어야지, 결코 통치자의 의식을 좇아 쓴, 광대한 인민의 바람을 배반한 그 어떤 작품이어서는 안

▶ 葉石濤, 《台灣鄉土作家論集》

▶ 葉石濤, 《晴天和陰天》

된다'라고 주장했다. 그가 받드는 문학은 타이완의 대지에서 강권과 대결하고 대자연과 박투하는 비판 문학이었다. 타이완이라는 주체를 벗어나면 타이완 문학은 존재할 수 없다는 것이다. 시간 의식의 측면에서 그는 타이완 문학의 발생이 네덜란드와 정화鄭和 이래 삼백여 년의 식민의 경험과 밀접한 관계가 있다고 생각했다. 관변의 역사관은 아편전쟁을 기점으로 하는 중국근대사든 혹은 메이지 유신을 기점으로 하는 일본근대사든 모두 타이완문학의 역사적 경험을 개괄할 수 없다. 이 두 중요한 축 위에서 그의 문학사관은 성숙에 이를 수 있었다.

예스타오가 《타이완문학사강台灣文學史綱》을 쓰기 시작한 1984년은 처음 결심한 후로 근 20년이 지난 시점이었다. 이 책은 좌익 사관을 토대로, 리얼리즘을 심미 원칙으로 하여 일제강점기 이래의 문학을 조감하고 있다. 서문에서 그 동기가 잘 드러난다. "나는 타이완문학사의 주요한 윤곽을 그려낼 수 있기를 바랐다. 그 목적은 타이완 문학이 역사적으로 유동하면서 어떻게 그 자신의 강렬한 자주적 바람을 발전시켜 왔는지를, 그리고 그 자신의 독특한 타이완성을 주조해 냈는지를 천명하는 것에 있었다."[38] 그는 또 "일제강점기부터 현재까지 타이완 지식인들은 모두 한마음으로 타이완 문학사의 등장을 갈망해왔다. 그럼으로써 이 상심의 땅에서 살아가는 타이완 민중의 피로 점철된 고난의 현실을 기록하기를, 특히 타이완 민중의 마음을 기록할 수 있기를 바랐다. 또한, 상세하고 사실적인 기록을 통해 민족의 역사적 내면 활동의 기록을 보존하기를 바랐다"[39]

▶ 葉石濤, 《台灣文學史綱》

고 말했다. 그가 역사를 쓸 때 가졌던 엄숙한 심정이 이 짧은 문장에 오롯이 드러나 있다. 타이완 문학의 자주성을 지켜 내고 역사 기록의 민족성을 세우는 것, 그것이 바로 그가 추구했던 목표였다.

《타이완문학사강》은 총 7장으로 구성되어 있는데, 제1장부터 순서대로 제목을 보면 〈전통 구문학의 이식傳統舊文學的移植〉, 〈타이완 신문학운동의 전개台灣新文學運動的展開〉, 〈40년대 타이완 문학─눈물로 뿌린 씨는 환호 속에 거둘지니四〇年代的台灣文學─流淚撒種的, 必歡呼收割〉, 〈50년대 타이완 문학─이상주의의 좌절과 몰락五〇年代的台灣文學─理想主義的挫折和頹廢〉, 〈60년대 타이완 문학─무근과 추방六〇年代的台灣文學─無根與放逐〉, 〈70년대 타이완 문학─향토인가? 인성인가?七〇年代的台灣文學─鄉土乎? 人性乎?〉, 〈80년대 타이완 문학─더 자유롭고, 더 관용적이고, 다원화된 길을 향해八〇年代的台灣文學─邁向更自由, 寬容、多元化的途徑〉였다. 각 장의 구조는 정치적 발전과 경제적 배경을 서술의 출발점으로 삼고, 이어 작가의 생평과 작품을 논함으로써 서사 전략적으로는 좌익적 사유에 완전히 부합한다. 그의 시대 분기 방식은 각 10년을 하나의 역사적 단계로 보는 것이었기 때문에 일부 부정적인 평가를 받았다. 그러나 타이완 문학사 서술의 주춧돌을 놓은 이로서, 포스트구조주의와 신역사주의 사조가 아직 긍정적인 영향을 만들어 내지 못하던 때에, 그가 역사를 서술하기 위해 기울였던 마음과 겪었을 고통, 그리고 당시 시대적 한계는 족히 이해할 수 있다. 이 문학사는 1987년 계엄 해제 전야에 출간되었으니, 마침맞게도 계엄 시기 문학 사유를 대표할 수 있었다. 《타이완문학사강》이 세상에 모습을 보였을 때, 국민당 정부가 견지해 왔던 문예 정책은 이미 회복할 수 없는 지경에 이르렀다. 이 문학사는 분명 웅변적인 역사의 증언이었고, 정치권력이 문학에 간섭하는 시대가 끝났음을 선고한 것이었다.

예스타오가 본토론本土論의 발언자가 될 수 있었던 까닭은 주로 당대 문학 작품, 특히 동년배와 신시대의 문학 작품을 읽는 데 게을리 하지 않았기 때문이었다. 그는 문단의 생태와 동태를 잘 알고 있었고 여러 사조의 발전도 잘 파악하고 있었다. 리얼리즘이 타이완 문학의 주류라는 생각을 견지하고는 있었지만, 여러 문학적 실험과 혁신을 거부한 적이 없었다. 그는 폭넓은 포용력과 드넓은 시야를 가지고 있었다. 그는 시대의 변화를 따라서 부단히 문학 지식을 쌓아 갔고, 글쓰기를 조금도 게을리 하지 않았다. 70세 후반에 접어 들어서도 여전히 문학 비평을 자신의 업으로 삼았었다. 그의 평론집으로는 《땅이 없다면, 어찌 문학이 있

▶ 葉石濤, 《走向台灣文學》

겠는가沒有土地, 哪有文學》(1985)[40], 《소설필기小說筆記》(1983)[41], 《타이완 문학을 향해走向台灣文學》(1990)[42], 《타이완 문학의 비정台灣文學的悲情》(1990)[43], 《타이완 문학의 곤경台灣文學的困境》(1992)[44], 《타이완 문학 전망展望台灣文學》(1994)[45], 《타이완 문학 입문台灣文學入門》(1997)[46] 등이 있다.

1989년 예스타오의 자전체 소설 《붉은 구두紅鞋子》[47]가 행정원 신문국의 금정상金鼎獎을 수상했는데, 이러한 사실은 주목받지 못했다. 그러나 이것은 한 시대의 전환을 상징했다. 왜냐하면, 이 소설은 국민당의 백색테러가 자행되던 시기 삶의 실상을 보여주었음에도, 관변으로부터 인정을 받았기 때문이었다. 이것은 계엄 해제 후의 타이완 사회에서 사상 공간이 확장되었다는 것을 말해 주었다. 〈서序〉에서 예스타오는 오랜 시간 눌러 두어야 했던 속내를 쏟아 내었다.

이 두 이질적인 교육(편자 주: 일본의 황민화 교육과 국민당의 당화 교

육)은 폭력으로 일부 민중의 정신을 통제할 수는 있었지만, 전체 타이완 사회에서는 기껏해야 도구적 효용성만 의미가 있을 뿐이었다. 타이완 민중은 취학과 취직의 방편으로 이러한 교육을 받아들였다. 타이완 사회의 모든 '가정'에서는 전통 생활 방식을 유지해 왔고 이로 인해 타이완 민중은 어린 시절부터 뿌리 깊은 '타이완은 공동 운명체'라는 관념을 이어 왔던 것이다. 이러한 전승은 일제 강점기뿐 아니라 광복 후에도 줄곧 관변 교육과는 배치되었고, 타이완 민중 사이에서 "타이완은 타이완인의 타이완이다"라는 공통된 의식을 만들어 냈다. 설사 타이완인 중 대부분이 한족계 이민이라 하더라도, 그리고 그들의 사상 문화가 중국 대륙에서 연원했다 하더라도 타이완과 타이완인이 삼백여 년의 역사 속에서 갖게 된 공통의 기억과 이 땅의 풍토에 적합한 공통의 모습을 바꿀 수는 없었다.

《붉은 구두》시리즈는 전후 반공 정책의 남용과 오용을 비판했다. 이 작품의 서언은 한 걸음 더 나아가 국민 정부와 일본 식민 정부를 나란히 놓고, 성격이 다른 이 두 정권이 본질적으로 식민 통치라는 공통점을 갖

▶ 葉石濤,《展望台灣文學》

▶ 葉石濤,《台灣文學的困境》

고 있음을 폭로했다. 예스타오는 "타이완은 타이완인의 타이완이다"라는 신념으로 장기간 지속된 중화민족주의의 당화 교육에 대항했다. 이처럼 강력하게 타이완의식을 드러내는 태도는 예스타오의 글에서는 일찍이 보기 힘든 것이었다.

상술한 대로 예스타오는 전후 타이완 문단에 처음 등단했을 때에는 현실에서 벗어난 낭만주의의 길을 걸어갔다. 겉으로 보기에 이것은 중화민족주의에 굴복하는 것처럼 보였다. 그러나 내면적으로는 이러한 민족주의적 정서에 대해 부정적인 태도를 견지했다. 타이완 사회에서 계엄이 해제되자 그 때서야 그는 개인의 역사 기억을 재건하는 작업에 힘을 쏟을 수 있었고 허와 실이 갈마든 자전적 회고록 연작을 통해 1940년대와 50년대 사이의 역사적 현실 상황 속으로 돌아갈 수 있었던 것이다. 이러한 단계에 이르자, 그의 문학 이론과 문학 창작은 마침내 하나로 합쳐질 수 있었다. 이른 나이부터 문학 작가였던 예스타오는 자전적 작품을 통해 힘겹게 주체 재건이라는 목표를 이룰 수 있었던 것이다.

주체의 재건을 이루기 위해 그는 1990년대 이후 두 종의 연작 소설에 집중했는데, 하나는 '구안순辜安順'을 주인공으로 한 40년대 역사허구소설이고 하나는 '젠아타오簡阿淘'를 주인공으로 구성한 50년대 정치소설이었다. 이 두 시리즈의 스토리에 관해 예스타오는 그 나름의 해석을 내놓았다. "소설의 주인공은 구안순이다. 구안순은 내가 아니다. 그는 40년대, 즉 태평양 전쟁의 발발에서 종전에 이르는 시간까지의 타이완인의 표본

▶ 葉石濤,《異族的婚禮》

으로서 《붉은 구두》의 시대와는 다른 모습을 보여 준다. 《붉은 구두》는 백색테러가 넘쳐나던 50년대를 묘사했다. 나는 젠아타오를 그 시대의 주인공으로 삼았다. 젠아타오는 나를 쓴 것이 아니다. 당신도 알고 있듯이 나는 자전 소설을 쓰지 않는다. 구안순은 내가 아니다. 그것은 수많은 사람이 구차하게 안녕을 구걸하던 시대였고, 소설은 그 시대의 모습을 포착했을 뿐이다."

《붉은 구두》, 《타이완 남자 젠아타오》에서 《이족의 혼례異族的婚禮》[48]까지 그는 끊임없이 자기 자신을 상처의 시대로 끌고 돌아갔다. 이는 두 가지 목적을 이루기 위한 것으로 보인다. 하나는 식민지배자의 민족 담론에 맞서는 것이고, 하나는 탈식민을 통해 개인적 주체의 재건에 이르는 것이다. 식민지배자의 민족 담론에 대항하는 데 있어서, 예스타오는 국가 기제를 통해 확산되는 민족주의의 선전의 힘이 비할 데 없이 강력하다는 것을 통절히 인식하고 있었다. 관변 교육에서 교재를 채웠던 것은 대서사 텍스트였다. 이러한 대서사는 종종 국가의 고난과 중대한 역사적 사건의 묘사에 치중했다. 그러한 서사 방식은 지나치게 거대했기 때문에 인민의 자잘하고 지엽적인 일들은 쉽게 누락되었다. 중대한 역사적 사건의 기록 앞에 인민은 보잘 것 없는 존재가 되어 버렸고 합당한 존중을 받지 못했다. 개인의 기억을 담은 자전적 서사는 국부적이고 미미한 부분을 꼼꼼히 다루었고 반복적인 서술은 기억을 망각에서 구해냈다. 개인을 중복해서 서술함으로써 관변의 대서사에 존재하는 수많은 틈을 비집고 들어갈 수 있었다. 예스타오는 구안순 연작을 통해 태평양 전쟁 기간 타이완 인민이 멸시 받던 삶의 실상을 가지고 이러한 틈을 메울 수 있었다. 당시 민간의 삶과 태평양 전쟁 사이에는 엄청난 간극이 있었다. 둘은 완전히 다른 일이었다. 구안순의 스토리의 배치는 마침맞게 이러한 태평양 전쟁의 거짓과 기망을 폭로했던 것이다.

탈식민화라는 전략의 측면에서 볼 때, 기억의 재건은 통치자가 이렇게 구축한 통제 수단을 폭로하는 것이었다. 젠아타오 시리즈의 스토리는

1950년대 백색테러 시기의 사상 검열, 범죄 조작, 체포 투옥 과정을 매우 차분한 문체로 다시쓰기한 것이었다. 강도 높게 금기시 되던 정치적 흑막이 결국 독자의 눈앞에 명명백백히 폭로됐다. 이러한 기억 다시쓰기는 사실 일종의 액막이였다. 강권의 진면목을 인식함으로써 장기간 누적되어 온 내면의 그늘을 극복할 수 있었고, 그리하여 통제되고 감금된 정신을 석방시킬 수 있었다.

《삿갓笠》시사로의 결집: 모더니즘에서 리얼리즘으로

《타이완 문예》는 1964년 성립되어 《삿갓》시사의 결집을 촉발했다. 사단 발기인 중 한 명인 우잉타오는 천첸우, 바이추, 자오톈이趙天儀 등과 함께 회합했을 때, 다음과 같이 의미심장한 발언을 했다. "《타이완 문예》가 출간되었는데, 종합 문예지로서 이를 축하할 가치가 있다고 생각합니다. 그러나, 우리는 순수한 시 간행물 한 권을 더 출간해야겠습니다. 타이완인 자신의 시 간행물이 없다면 어떻게 독특하면서도 완전한 타이완 문예를 수립했다 할 수 있겠습니까?" 1964년 6월 그들은 자신들의 시 간행물을 《삿갓》이라 이름 짓고 정식 출판함으로써 타이완 신시사新詩史에 있어 중요한 한 페이지를 열었다. 처음 창작자에는 1세대로 우잉타오(1916-1971), 잔빙詹冰(1921-2004), 천첸우(환푸桓夫, 1922-2012), 린헝타이林亨泰(1924-), 진롄錦連(1928-2013)이 있고 2세대로는 자

▶ 趙天儀《文訊》제공)

오톈이(1935-), 바이추(1937-), 황허성黃荷生(1938-), 두궈칭杜國淸(1941-)이 함께 했다. 그들의 공통된 특징은 식민지 역사의 경험을 가지고 있다는 것과 일본어를 모어처럼 습득했다는 것이다. 이후 그들은 스스로를 '언어 횡단 1세대跨越語言的一代'라고 칭했으니, 이는 곧 이중적인 문화 배경의 난점과 이를 극복하려는 자신들의 상황을 고백한 것이었다. 《삿갓》시사 의 1세대는 역사의 그림자와 정체성의 고민을 짊어지면서도, 용감히 시 대의 도전에 맞서고 더 나아가 사회 현실에 개입함으로써, 실로 전후 타 이완 문학사에 귀중한 거울을 남겼다할 것이다. 이 거울에 비친 모습을 통해 후인들은 식민지 지식인의 왜곡된 정신과 마음을 읽어낼 수 있었으 며, 이와 함께 시행에 침적된 깊은 고통과 발버둥을 살펴볼 수 있었다.

삿갓의 깃발 아래 모인 이들은 전쟁의 그림자에서 벗어나려 발버둥쳤 던 시인들이었다. 그들은 타이완을 위해 가장 침울하고 가장 가슴 아프 게 울었지만, 반대로 결코 무너지지 않는 1세대의 의지를 드러내기도 했 다. 그들과 대륙 출신 시인들 사이의 가장 큰 차이는 언어 사용과 역사의

▶《笠詩刊》第8期(李志銘 제공)

▶《笠》第1期

식 두 가지 측면에서 드러난다. 언어 사용에 있어 삿갓시사의 1세대 시인들은 푸른별시사藍星詩社 혹은 창세기시사創世紀詩社의 성원들과는 달리 완숙한 중국어로 사고하였고 유창한 중국어로 글을 지었다. 식민지 경험 때문에 그들은 언어적으로 손상되어 장애를 가지고 있었다. 그들은 중국어로 창작할 때, 수시로 일본어로 사고하고는 했다. 때문에 그들의 시행과 시론에는 왕왕 언어적 혼종성hybridity이 짙게 나타났다. 이러한 언어적 교잡으로 인해 그들은 정확하게 중국어를 운용하는 데 상대적으로 어려움을 겪었다. 때문에 그들은 시를 쓸 때면 언어 자체에는 결코 주의하지 않고 언어 뒤에 숨어 있는 감각과 욕망에 집중했다. 발기인의 하나였던 천첸우는 1981년 삿갓시사 좌담회 석상에서 이렇게 말했다. "《삿갓》이 추구하는 것은 시의 언어가 아니라, 원시 언어를 추구함으로써 새로운 시의 언어를 창조하는 것이다. 중국의 문자는 표의문자라 사람들은 문자의 원뜻에 매몰되어 그 진심眞情을 창조하는 데 실패하고 만다. 그래서 《삿갓》의 동인들은 적극적으로 이러한 타성에서 벗어나 진지하게 원시적 언어를 추구하려 한다." 소위 '원시적 언어'는 기표signifier가 아닌 문자가 지시하는 최초의 뜻, 기의signified이다. 문자 언어 자체는 의미를 만들지 못하고 가장 원시적인 감각만이 의미의 궁극적인 귀속체가 된다. 천첸우와 《삿갓》의 성원들이 추구한 것은 언어적 장애를 초월하여 내재적인 감각을 직접적으로 지시하는 것이다. 이러한 내재적 감각은 그들의 역사의식에도 파급된다.

역사의식에 있어서도 그들은 대륙 출신 시인들과 확연히 다른 모습을 보여주었다. 푸른별시사와 창세기시사의 성원들에게 식민지 경험은 완전히 낯선 것이었다. 그러나 삿갓 시인들에게 식민지 사회를 관통하는 기억은 고통이었다. 삿갓 시인들은 수많은 식민지의 상흔, 특히 전쟁 전부터 내려 온 옛 상처들을 묘사했다. 여기서 말한 전쟁은 대륙 시인들에게는 8년 전쟁(1937-1945)이고 삿갓 시인들에게는 태평양 전쟁(1941-1945)이었다. 항전의 기억이 있는 대륙 출신 시인들은 피 침략자인 자신들의 위치를 분명히 알고 있었다. 그들의 적은 곧 일본인이었다. 그러나 강제로 태평양 전쟁에 참전해야 했던 삿갓 시인들은 전장에 투입되어 일본군과 함께 작전에 참여하면서 공교롭게도 남양인과 연합군을 적으로 삼아야 했다. 그들은 타의로 전쟁에 말려들었기 때문에 누가 정확히 적인지를 알 수 없었고, 누구를 위한 전쟁인지를 알 수 없었다. 이로 인해 역사적 기억이라는 면에서 보았을 때, 대륙 출신 시인들은 결코 삿갓 시인들의 착종되고 복잡한 경험을 함께 나눌 수 없었다. 그들이 전쟁을 접했을 때, 대륙 출신 시인들은 늘 분노와 대결을 목소리로 내었던 반면, 삿갓 시인들은 비애와 사세부득의 정서를 드러냈다. 전자는 적극적인 비판이라고 할 것이고 후자는 소극적 항의라 할 것이다.

삿갓 집단은 언어와 기억의 특수성을 표현하는 것을 자신들의 스타일로 지향했다. 구체적으로 말해, 그들은 그들이 짊어져야 하는 역사의 짐이 얼마나 무거운지를 알았기 때문에, 시를 쓸 때면 더욱 더 치밀하게 현실에 집중했다. 이것은 그들이 결코 모더니즘 미학을 추구하지 않았다는 말이 아니다. 오히려 그들은 모더니즘 기교를 융합해 빚어내면서도 현실 사회를 꼼꼼히 살피는 것을 게을리 하지 않았다는 것이다. 그들은 사실 정신寫實精神을 재건하는 데 힘쓰면서도 모더니즘 운용을 포기하지 않았다. 이것은 그들이 각성을 했기 때문인데, 이 각성은 현실에 간여하느라 예술적 원칙과 미학적 기율을 희생해서는 안 된다는 생각이었다. 그들은 작품에서 사회의 어둠을 폭로하는 것을 게을리 하지 않았으니, 곧 역사적 경험이 남긴 그늘을 다른 방법으로 반영한 것이었다. 그들은 역사가 다시 한 번 반복될까를 두려워했기 때문에 현실에서 정국의 변화에 특별한 관심을 기울이지 않을 수 없었다. 더 정확하게 말해, 전후 세계의 도래는 결코 그들에게 어떠한 해방감도 주지 못했던 것이다. 그들은 계엄이 야기한 문화적 심연에 놓여 식민체제가 결코 와해되지 않았음을 뼈저리게 느끼고 있었다. 그들의 노래에 서린 비애는 그들이 역사의 재연과 반복을 체득했다는 명확한 증거였다.

《삿갓》의 총체적인 정신은 중자오정, 예스타오와 함께 응당 동일한 시대적 기조로 분류해야 할 것이다. 그러나 삿갓 시인들은 집단의 의지를 발휘하는 데 상대적으로 능했다. 그들은 서로 영향을 주면서 천천히 강력한 본토 의식을 확립해 갔다. 사단을 창립한 초반에는 이 집단이 근 40여 년의 세월을 유지할 것이라고는 누구도 예상치 못했었다. 사단을 형성한 시간이 오랜 만큼, 그들의 성격과 풍격 또한 분명했다. 타이완에서 어떤 문학 조직도 그들만큼 장수하지는 못했다. 지나온 시간의 폭만큼, 세대의 전승 또한 유장했다. 《삿갓》은 타이완 사회가 계엄에서 해방에 이르는 과도기를 목격했고, 자본주의가 세계화의 단계에까지 나아간 전환을 목도했다. 동시에 문학 방면에서도 모더니즘을 넘어 향토적 리얼리즘으로 나아갔다가, 다시 포스트모더니즘에 이르는 곡절과 변화를 경험했다. 외재적 환경의 부침과 동란이 이루어지는 가운데서도 《삿갓》의 본토 정신은 한결 같았다. 삿갓 집단이 향토문학운동의 또 다른 본산이 될 수 있었던 것은 결코 우연이 아니었다.

사단을 만든 시인들은 처음 출발할 때는 모더니즘에 의지했다. 하여, 삿갓 집단은 시작 단계에서는 본토주의니 타이완 의식이니 하는 것을 표방하지 않았다. 《삿갓》은 시대의 진화에 따라 점차 본토정신을 강조하는 쪽으로 기울어졌던 것이다. 이 진화는 극히 완만하게 이루어졌는데, 그 배후에는 다양하고 복잡한 문화적 요소가 숨어 있었다. 예를 들어 1970년대 초기의 모더니즘시 논쟁이나 1977년의 향토문학논쟁에서 《삿갓》은 주도적인 역할을 하지 않았다. 그런데 80년대에 이르자 《삿갓》의 본토의식은 시대의 격동 아래에서 선명해졌다. 이러한 전환의 궤적은 타이완 사회 발전의 맥락에서 보았을 때는 결코 의외의 현상이 아니었다.

모더니즘과 리얼리즘 정신을 함께 추구했던 것은 이후 삿갓 집단에 가입한 다른 시인들에게서도 분명하게 나타난 현상이었다. 이 시인들에는 천슈시陳秀喜(1921-1991), 장옌쉰(1925-1995), 두판팡거杜潘芳格(1927-2016), 뤄랑羅浪(1927-), 황성후이黃勝輝(1931-), 예디葉笛(1931-2006), 린쭝위안(1935-),

페이마非馬(1936-), 리쿠이셴李魁賢(1937-), 옌상岩上(1938-), 스훙拾虹(1945-2008), 우샤후이吳夏暉(1947-), 리민융(1947-), 천밍타이陳明台(1948-), 정중밍鄭炯明(1948-), 천훙썬陳鴻森(1950-) 등이 있다. 이들보다 약간 늦게 가입한 시인 중 중요 인물들로는 우융푸(1913-2008), 쉬다란(1940-), 천쿤룬陳坤崙(1952-), 쩡구이하이曾貴海(1946-), 리위팡利玉芳(1952-), 장쯔더江自得(1948-), 장충원張瓊文(1949-) 등이 있다.

▶ 陳秀喜와 책표지

전후세대 시인들 리민융, 스훙, 정중밍, 천밍타이, 쩡구이하이, 장쯔더, 리위팡, 장충원 등은 차례대로 삿갓 집단에 가입했는데, 시간이 지남에 따라 삿갓 시사의 중견으로 자리 잡아갔다. 그들은 전쟁 세대 시인들의 슬픔과 상처를 이어받으면서 전후 지식인의 비판정신을 이끌어 나갔다. 이 세대와 앞 세대의 가장 큰 차이점은 정치 담론에 대한 과감한 개입이었다. 전후 세대는 은유와 전유 같은 기교를 사용하는 데 능해서, 이를 통해 정부의 통치 기제를 풍자하고 조롱하고는 했다. 그들은 현실 생활에 깊게 개입하면서도, 자주 상징 수법에 호소했다. 그러나 상상력 발휘라는 측면에서는 푸른별시사와 창세기시사의 시인들과는 확연한 차이를 보였다. 위광중余光中, 뤄먼羅門, 예웨이롄葉維廉, 야셴瘂弦, 뤄푸洛夫, 양무楊牧 등은 제대로 마음을 먹고 장시를 빚어냈는데, 짧은 것은 50행, 긴 것은 100행 이상이나 되었다. 이러한 대작은 삿갓 시인에게서는 쉽게 볼 수 없는 것이었다. 천첸우, 바이추는 장시를 조금 쓰기도 했지만,

전후 세대 작가의 작품 대다수는 단시 위주였다. 그들은 찰나의 순간에 타오르는 불꽃같은 단시로 기지와 총명함을 뽐냈다. 그러나 짜임새나 기개를 논한다면, 선배 시인들과 어깨를 나란히 하기에는 아직 부족했다.

80년대에 들어선 후 삿갓 집단은 시국의 변화에 따라, 특히 정권의 성격이 본토화 됨에 따라, 중요한 영역에서 점차 발언권을 넓혀 갈 수 있었다. 매체의 발표나 수상 기록에서 어떠한 사단도 그들과 어깨를 나란히 할 수 없었다. 억압이 사라진 개방 사회에서 삿갓 집단의 저항적 성격은 사단 창립 초기부터 이미 분명한 퇴색의 징후가 보였었다. 계급적으로 점차 중산층의 성격이 두드러져 갔던 삿갓 집단은 시의 전위 정신과 실험 정신에 있어서 세기 전환기에 접어든 신시대로부터 엄중한 도전을 받게 되었다.

정치적 잠재의식을 캐내다

《삿갓》집단 1세대들은 모두 모더니즘의 세례를 입었다. 발기인 중 한 명인 우잉타오(1916-1971)가 대표적이다. 그는 타이베이 인으로 타이베이상업학교台北商業學校를 졸업하고 타이완연초주류공판국台灣省菸酒公賣局 타이베이 지점에서 일하면서 일본어 간행물《중문주보中文週報》의 총편집을 맡았다. 출간 작품으로는《생활 시집 生活詩集》(1953)[49],《잉타오 시집 瀛濤詩集》(1958)[50],《명상 시집瞑想 詩集》(1965)[51],《우잉타오 시집吳

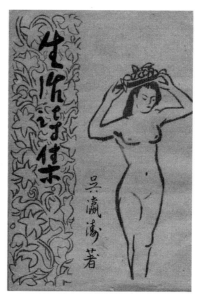

▶ 吳瀛濤,《生活詩集》(李志銘 제공)

瀛濤詩集》(1970)[52] 등이 있다. 그는 타이완의 언어와 문화 사료 수집에 적극적이었는데, 이를 모아서 《타이완 민속台灣民俗》(1970)[53]과 《타이완 속담台灣諺語》(1975)[54]을 발간했다. 전후 정치적 숙청기에 시 쓰기는 그의 몽상이 깃들 수 있는 둥지 같은 것이었다. 그의 시에는 비애와 허무가 가득했다. 시에 이렇게 자신의 상황을 토로하기도 했다. "따분히도 제목 잃은 추상화가 같이 있고/ 공연히 죽음의 신상과 함께 한다(〈비애 2장悲哀二章〉(1962))". 이처럼 비관적인 시인은 그 시대의 실의를 반영하고 있다. 그러나 1972년 세상을 떠나기 전, 〈하늘의 부활天空的復活〉을 발표해 독자들의 영혼을 흔들어 놓았다. 이 작품은 폐암 수술 후 완성했는데, 강렬한 재생의 희망과 생존의 의지가 담겨 있다.

  개복된 가슴은
  맑은 하늘이다.
  일찍이 새들이 스쳐갔고, 또 앞으로도 스쳐갈 눈부신 세계이다.

▶詹冰(《文訊》 제공)

세 번째 행은 특히 생동감이 넘친다. 이 짧은 시구에 살고자 하는 마음과 이어질 생애를 향한 동경이 함께 있다. '새'는 고도의 은유로서 자유의 상징이자 이상의 승화이다. 개복된 가슴은 푸른 하늘이 되고, 눈부신 세계가 되면서, 그의 활달한 마음을 표현하고 있다.

또 한 명의 발기인이었던 잔빙은 전후 '은방울회銀鈴會'의 간행물《조류潮流》에서 이미 자신의 모더니즘적 재능을 뽐냈었다. 잔빙은 본명 잔이촨詹益川으로 먀오리苗栗 출신이다. 타이중 일중台中一中과 일본 메이지약학전문학교明治藥專를 졸업했고, 《녹혈구綠血球》(1965)[55], 《실험실實驗室》(1986)[56], 《잔빙시선집詹冰詩選集》(1993)[57], 《잔빙시전집詹冰詩全集》(2001)[58] 등을 출간했다. 〈잔빙의 시관詹冰詩觀〉에서 우리는 시의 현대성에 대한 그의 태도를 가장 잘 읽어낼 수 있다. "시인이 작은 새처럼 자기 마음대로 자연스레 넘쳐나는 정서를 빌려 노래하던 시절은 이미 가고 없다. 현대 시인은 정서를 해체하고 분석한 후에, 새로운 질서와 형태로 시를 구성하고, 독특한 세계를 창조해야 한다." 그의 〈추억의 노래追憶之歌〉는 언외지의言外之意가 있는 독특한 애정시로서, 매우 신비롭다.

조상님네여, 결국에는 그녀가 있어서 비로소 조상님 그대가 있으신 것이오, 비로소 기도를 바칠 수 있는 것이오
비로소 감은을 할 수 있는 것이오. 조상님네여, 그러허니, 우리 영원히 다시 만납시다, 그려.

흔적 없이 그는 정인을 조상신의 위치로 가져다 놓았다. 이렇게 애정을 존숭하는 것은 성스러움과 고결함을 암시한다. 성스럽고 고결한 경지는 결코 속된 우상을 가지고는 이를 수 없다. 잔빙은 삶 후반을 동시童詩 창작에 쏟아 부었다.

삿갓 집단의 지도자격인 천첸우는 시사의 중요한 버팀목이었다. 본명은 천우타이陳武台이고 필명은 환푸였다. 난터우南投에서 태어났지만 본적은 타이중에 두었다. 타이중 일중을 졸업하고 타이중

▶ 陳千武《文訊》 제공

문화센터台中文化中心 주임과 문영관文英館 관장을 역임했으며, 시, 소설, 번역 등의 작업에 종사했다. 그의 시는 전후 세대의 삿갓시인들에 상당한 영향을 끼쳤다. 그의 영향은 두 갈래로 나눌 수 있는데 첫 번째는 식민지 경험과 태평양 전쟁의 기억으로 이는 문학적 사고의 주축이 되었다. 그의 시는 고도의 역사의식과 우울한 기질을 전해주고 있는데, 이러한 정서가 삿갓의 젊은 세대에게도 만연했다. 둘째는 정치적 비판에 전력을 기울인 것인데, 특히 권력의 농단과 간섭에 불만을 가지고, 이를 시에서 은근하게 풍자했다. 시 창작을 통해 억압된 욕망을 전달함으로써 삿갓 시인들의 서사 전략에 깊이 있는 영감을 주었다.

역사의 기억이라는 영역에서 그는 자전체소설 《여성 납치범獵女犯》 (1984)[59]을 발표했다. 이 작품에서 그는 타이완 '지원병'이 남양에서 벌인 전투를 묘사했다. 이 소설은 단편 에피소드들로 구성되어 있는데, 그 전체가 합쳐져 하나의 완전한 서사로 구축되어 있다. 타이완 지식인은 일본 식민지배자들의 강압으로 낯선 땅에서 연합군과 기이한 전쟁을 벌였다. 그는 복잡하고 곤혹스러운 상황을 배치하여 역사의 진실과 슬픔을 증언하고 있다. 소설 주인공은 전장에 뛰어 들었지만, 식민지배자가 말하던 제국의 영광도 나눌 수 없었고 누가 적이고 누가 아인지를 알 수도 없었다. 시대의 틈바구니에서 그는 전시의 개인의 애정, 환상, 향수, 문화적 정체성 따위를 꼼꼼하게 찾아냈다. 이러한 경험은 투박한 중화민족주의라는 말로는 결코 개괄할 수도 편집할 수도 없었다. 또한 이러한 경험이 있었기 때문에 천첸우는 전후 계엄 체제를 두려워했고 경계했던 것이다.

천첸우가 이러한 잔혹한 역사의 기억을 써내려갈 수 있었던 것은 그가 식민지 지식인으로서 근심을 경험했기 때문이었다. 그는 역사가 되풀이 될 수 있다는 두려움을 안고 있었다. 이 근심은 1964년 시 〈전서구信鴿〉 에 담겨 있다. 그는 자신의 요행이랄 수 있는 생존을 적었고, 일찍이 맛보았던 죽음의 경험을 기록했다. 그의 죽음은 그의 불사不死였고, 나아가 그의 불안이었다. 그는 운명의 불확정성을 후대인에게 전할 책임이 있었다. 마지막 4행이 이를 노래한다.

> 나의 죽음을, 나는 가지고 돌아올 것을 잊고는
> 남양의 군도에 유일한 나의 죽음을 묻어 놓았다
> 내 어느 날인가는, 반드시 전서구마냥
> 남방의 소식 약간을 가지고 날아올 것이다

　'죽음'이 가리키는 것은 죽음의 경험, 기억, 생명이지만, 그것들은 또한 지울 수 없는 모욕이자, 피해이자, 고통이었다. 그는 결국 스스로 자신의 약속을 실현하기로 마음먹었던 것이고, 그래서 남양의 기억을 캐내어 시로 빚고 소설로 지어, 거부할 수 없는 삿갓 집단의 목소리로 만들었던 것이다. 이러한 역사의 부름을 받아, 그도 폐쇄적인 정치 현실에 초점을 맞추었다. 이러한 면에서 그는 내용에 곡절을 더하고 암시하는 수법으로 민간에서 추앙받는 '마조媽祖'에 새로운 이미지를 부여했다. 마조는 성스럽고 정결한 이미지를 갖고 있는, 구원의 우상이었다. 천첸우는 신에게 바치는 부복을 통해 당시 권력을 점유하고 있던 국민당 정부를 비유했다. 《마조의 전족媽祖的纏足》(1974)[60]은 언어적으로 전혀 정련되지 않은 데다가, 시의 전체적인 구조 또한 모음곡으로 구성되어 개별 시들 사이의 연계가 긴밀하지 못했다. 그러나 그는 독일 미학 개념에서 유래한 '신즉물주의新即物主義, Neue Sachlichkeit적인 기교, 즉 감각과 객관사물의 표현을 강조했다. 언어의 정련이 다소 거칠다는 느낌이 있지만, 천첸우는 이 시집을 통해 심오하면서도 정교한 비판을 보여주었다. 시집의 맨 마지막 시〈내 경솔함을 용서해 주오恕我冒昧〉에서 그는 내면에 숨어있던 강렬한 비판을 분출했다.

> 경솔한 말입니다만
> 신, 당신께서는 당신의 신전
> 그곳을

젊은 처자에게 내주셔야만 하겠소이다.

　재밌게도, 천첸우처럼 통치자를 여성화陰性化, feminization하는 수법은 일반적인 비판에서는 쉽게 볼 수 없는 방법이다. 전통적 사유에서 권력자들은 왕왕 남성적陽性的인 모습으로 나타나는 반면에 피통치자나 피식민인들은 여성화되거나 공동화空洞化되고, 강자의 상상과 욕망으로 보충된다. 천첸우는 이러한 고정된 사고를 뒤엎고 통치자를 정적인 신상으로 비유했다. 그의 전복 방식은 매우 참신했다. 자신은 주체의 위치로 돌려놓고, 권력을 가진 지배자는 해석되기를 기다리는 객체로 전락시켰다. 이와 같은 주객전도는 비판의 힘을 배가시켰다. 삿갓 집단 시인 가운데서 바이추와 정중밍도 모두 여성화 수법을 시험해 보았지만, 처음 그 선례를 남긴 이는 천첸우였다.

　《마조의 전족》에 앞서, 천첸우는 《밀림시초密林詩抄》(1963)[61], 《불면하는 눈不眠的眼》(1965)[62], 《산사슴 野鹿》(1969)[63]《부이 시고 剖伊詩稿》(1974)[64]를 펴냈다. 이후에도 그는 창작 활동을 멈추지 않았고 《안전도安全島》(1986)[65], 《사랑의 책갈피愛的書籤》(1988)[66], 《동방의 무지개東方的彩虹》(1989)[67], 《시 쓰는 게 무슨 소용이 있을까寫詩有什麼用》(1990)[68], 《천첸우 작품선집陳千武作品選集》(1990)[69], 《기도: 시와 족보禱告: 詩與族譜》(1993)[70], 《습취일시문집拾翠逸詩文集》(2001)[71], 《천첸우 정선 시집陳千武精選詩集》(2001)[72] 등으로 결과를 모았다. 시평과 시론으로는《현대시 해설現代詩淺說》(1979)[73], 《타이완 신시론집台灣新詩論集》(1997)[74], 《시의 계시詩的啟示》(1997),[75] 《시문학 산론詩文學散論》(1997)[76] 등이 있다.

　삿갓 집단의 또 다른 주요 지도자로는 린헝타이가 있다. 그는 창작과 논술 방면에서 많은 결과를 냈다고는 할 수 없지만, 기민한 시적 사고와 견실한 논술 등으로 삿갓 집단에서도 주목할 만한 위치에 있었으며, 전체 시단에서도 가벼이 지나칠 수 있는 사람이 아니었다. 그는 장화彰化 출신이며, 사범대학 교육학과를 졸업한 후 장화공고彰化高工, 건국공업전문학교建國工專, 타이중상업전문학교台中商專에서 교편을 잡았다. 전후 초기에는 '은방울회'에 참여해 문단에서 두각을 나타냈다. 1956년에는 지셴이 조직한 모더니즘파에 참가했으니, 그들은 초기 소수에 불과하던 순수 모더니즘 시인들이었다. 그는 시집으로 《영혼의 첫 울음靈魂的産聲》(1949)[77], 《긴 인후長的咽喉》(1955)[78], 《린헝타이 시집林亨泰詩集》(1984)[79], 《손톱자국抓痕集》(1986)[80], 《건너지 못하는 역사跨不過的歷史》(1990)[81]를 출판했다. 주요 시론으로는 《모더니즘시의 기본 정신 : 진지성을 논하다現代詩的基本精神 : 論真摯性》(1986)[82], 《모더니즘시의 기원找尋現代詩的原點》(1994)[83] 등이 있다. 그의 예술적 성취는 뤼싱창呂興昌이 편집한 《린헝타이 전집林亨泰全集》(1998)[84] 총 10권에 집대성되어 있다.

'신즉물주의'가 삿갓 집단의 미학 원칙이라고 한다면, 린헝타이는 결코 완전히 그 길을 따른 이라고 볼 수는 없다. 그러나 그는 부지런히 정치적 잠재의식을 드러내려 시도했다. 삿갓 집단 참여 전에 그는 고도의 모더니즘화 단계를 거쳤다. 그는 시에서 추상적 사유를 추구하는 것을 몹시 즐겼다. 이것은 그가 언어의 새로운 질을 제거했던 것에서 명확히 드러난다. 그는 지나치게 많은 형용사에 호소하지도 않았고, 세밀한 묘사에도 빠져들지 않았다. 더군다나 과잉된 정서를 쏟아내지도 않았다. 그는 충실하면서도 적극적으로 자신이 말한 '주지主知의 우위성'을 실천했고, 이 목표를 이루기 위해 시어를 정치하고 명징하게 다듬고 최대한 간결하게 다루었다. 린헝타이의 시관은 잔빙의 말에 거의 근접했다. 잔빙은 "나의 시법詩法은 '계산'이

▶ 陳千武, 《現代詩淺設》(舊香居 제공)

다. 나는 심상의 신선도를 계산한다. 언어의 중량을 계산한다. 시감詩感의 농도를 계산한다. 조형의 효율을 계산한다. 그리고 질서의 완미함을 계산한다"라고 말했다. 그러나, 잔빙은 실천에서는 자신의 시관에 다소 미치지 못했다. 린헝타이는 정확히 바로 이 문제를 해결했던 것이다. 많은 논쟁을 불러일으킨 〈풍경No.2風景No.2〉가 가장 좋은 증거이다.

```
방풍림          의
너머는     여전하다
방풍림          의
너머는     여전하다
그러나, 바다       및 파도가  열을  진다
그러나, 바다       및 파도가  열을  진다
```

질서의 미와 음색의 미가 어우러져 흠잡을 데가 없다. 잔빙이 말한 신선도, 중량, 농도, 효율이 완벽하게 구현되어 있다. 그 가운데 정서의 불순물은 담겨 있지 않는 게, 시를 어지럽히는 모든 불리한 요소들은 걸러져 가라앉고, 순수한 시각만이 떠오르는 것만 같다. 그는 1964년《창세기創世紀》에 〈작품1作品第一〉에서 〈작품50作品第五十〉까지 총 50수를 발표했는데, 온전히 지성에 바치는 송가였다. 시행의 연결은 결코 정감의 연장에 의지하지 않고, 내재적 논리의 변증과 진화에 의존한다. 이러한 순수시의 실험에는 대담한 전위 정신이 서려 있다. 본토 시인 가운데 그를 능가하는 이는 없다.

그러나 삿갓 집단에 참여한 후, 린헝타이의 시풍에는 점진적인 변화가 나타난다. 그는 집권자들을 강하게 비판하기 시작했고, 동시기 삿갓 집단의 다른 시인들처럼, 과감하게 내면의 정치적 무의식을 캐냈고, 억눌려 있던 사유를 밖으로 드러냈다. 그의 비판의식은 〈더러워진 얼굴弄髒了的臉〉에서 가장 또렷하게 볼 수 있다. 1972년에 쓰인 이 시는 1971년 강제로 연합국에서 탈퇴하게 된 정치적 사건에 대한 반응이었다. 가장 침통하고, 가장 비분어린 내면의 충격을 표출할 때조차, 그는 아무렇게나 끓어오르는 감정을 자제하는 것을 잊지 않았다.

> 당신, 얼굴은 한낮의 작업으로 더러워졌다고 말했던가요?
> 틀렸어요, 이래 말해야지요. 간밤 잘 때 그렇게 더러워졌다고.
> 왜냐면, 사람들은 아침에 일어나면, 다른 일은 아무 것도 하지 않고,
> 서둘러 세숫대야 앞으로 가거든요.
>
> 당연하지요. 사람들이 하릴없이 서둘러 세수하는 것은,
> 그 민낯을 들키기 두렵기 때문만이 아니라,
> 그 기나긴 지난밤에
> 자기만 편안히 잠들 수 있었기 때문이거든요—그게 어찌 부끄럽지 않겠어요?
>
> 그 한밤에, 세계는 모습이 바뀌고, 그 모든 것이 바뀌어요.
> 오늘 아침, 창틀에는 어제보다 많은 먼지가 쌓여 있잖겠어요?
> 내일로 가는 길은, 또 도처가 무너져 평탄을 잃지 않았겠어요?
> 이 모든 것이, 숙면에 취한 동안 벌어진 일이 아니고 무엇이겠어요?

‘세수’하는 동작을 빌려, 권력자들이 죄를 ‘씻어 내려는’ 행태를 보여주었다. 그 조롱이 너무도 신랄하고 날카롭다. ‘숙면’은 세계의 변화를 전혀 자각하지 못하는 것을 강하게 풍자하는 말이다. 1971년의 역사적 현장으로 돌아가 보면, 독자들은 당시 타이완 지식인들의 각성과 반성을 상상해낼 수 있을 것이다. 이 시는 역사의 증언이면서 권력을 농단하는 자들에게 던진 거울이었다. ‘내일로 가는 길’에 있는 타이완 사회가 더 많은 곤란과 좌절을 만난 까닭은 오로지 통치자의 어리숙함과 무능함 때문이었다. 시에서 예언한 것은 이후 타이완 사회가 하나하나 넘어서야 하는 고비였다. 린헝타이는 단시短詩에 뛰어났고, 언어 사용을 절제했기 때문에, 거대한 구조의 시를 짓지는 못했다. 이런 스타일은 다른 삿갓 시인들

에게도 영향을 미쳤다.

삿갓 시인 중 진롄은 일본어로 사고하는 데 익숙한 이였다. 그 또한 장화 출신으로 타이완철도강습소台灣鐵道講習所 중등과와 전신과電信科를 졸업하고 이후 줄곧 타이완철도국台灣鐵路局에서 일하다, 장화역 전보관리원으로 퇴직했다. 시집 《향수鄉愁》(1956)[85], 《진롄 시집錦連詩集》(1986)[86], 《진롄 작품집錦連作品集》(1993)[87]을 펴냈다. 이보다 더 기념비적인 작품은 《야경꾼 도마뱀붙이, 1952-1957: 진롄 시집守夜的壁虎, 一九五二至一九五七: 錦連詩集》(2002)[88]이다. 이 시집의 원고는 철도국 전보지의 뒷면에 일본어로 적어두었었는데, 1959년 일어난 8.7 수재로 원고 대부분이 소실되었다. 현존 작품은 모두 재난 후에 찾아 낸 것을 베껴 쓴 것으로 근 반세기 후에야 중국어로 출판되었다.

시집 〈자서自序〉에서 진롄은 "나는 죽 서민의 현실 세계의 한 구석에 웅크리고 앉아, 어쩔 수 없다는 외침과 사랑과 한이 교차하는 소식을 보내서는, 수십 수백 킬로 바깥의 수신기를 떨게 했다. 그 헤아릴 수 없는 어마어마한 부호들은 시공을 넘어 흩어졌고, 이제 그림자도 없이, 자취도 없이 사라져 버리고 말았다. 만일 무슨 메아리라도 돌아온다면, 아마도 이 시편이 아닐까"라고 말하고 있다. 이것은 전후 평범한 지식인의 마음의 기록이며, 창백하고 쓸쓸한 시대에 만들어 낸 비밀번호였다. 먼 곳으로부터의 소식을 접하면 '역사의 거대한 변화 가운데 있는 세상사의 백태와 기쁨과 슬픔이 교차하는 인생'을 엿볼 수 있고, '근심과 슬픔이 어린, 곤혹스러운 청춘을 소모할 수 있다'. 삿갓 집단의 주요한 특징은 삶 가운데서 시적 정취를 캐내는 것인데, 이러한 특징을 구축하는 데 진롄은 큰 공헌을 했던 것이다. 서민의 정감과 백성의 애락을 우리는 그의 시에서 또렷이 볼 수 있다. 이러한 평범함과 수수함은 〈도마뱀붙이〉에서 정확하게 볼 수 있다.

　　밤의 평온을 지키랴

눈알조차 굴리는 일 없는 도마뱀붙이는
투명한 위장胃臟으로
벽에 붙은 커다란 괘종에 귀를 기울인다

공기조차 잠이 고픈 한밤
나는 또 홀로이 깨어
인생의 적막을 지키고 앉았다……

이 비유와 대구는 너무도 소박하다. 도마뱀붙이壁虎와 고독孤獨의 파수
꾼, 벽에 걸린 괘종과 적막한 인생 등에서 기이한 것은 없어 보인다. 중
요한 것은 두 이미지를 연결하는 그의 연상이다. 예민한 관찰과 깨달음
은 왕왕 평범한 연상 가운데서 돋보이는, 새로운 의경新意을 만들어 보이
고는 한다. 한편 〈시란……詩就是……〉은 전적으로 직관에 호소함으로써,
시가 탄생하는 순간 느끼게 되는 쾌감을 보여주고 있다.

탐조등이 번뜩이면
최초의 진동이 그 먼 곳에서 전해오고
진동은 가속되어서는
샘이 솟듯 분출된다

그는 결코 시가 소위 영감에서 나온다고는 생각하지 않았다. 대신 시
는 신비한 약동에서 나오기에 어떠한 힘도 이를 막을 수 없는 것이라고
생각했다. 시는 빚어져 나오면, '거칠 것 없는 선율蠻橫無章的一種旋律'이
되어 버린다. 그것은 비이성의 산물이며, 정의내릴 수 없는 환영이다. 그
는 직관에 의지하고, 삶에 기댔으며, 순수한 경험을 빌렸으니, 이것이 곧
'신즉물주의'이다. 진롄의 작품에는 1950년대의 〈마조의 순시媽祖出巡〉와
〈마조 탄신媽祖誕辰〉, 1960년대의 〈마조송馬祖頌〉, 총 세 편의 마조 관련
시가 있다. 천첸우의 시집 《마조의 전족》과 마찬가지로 그는 신과 같은
지고무상의 권위를 은밀히 풍자하고, 맹목적인 권위 숭배를 비판했다. 그

는 맹목적인 추수에 극도의 불만을 표했다.

> 내 발은 행렬의 뒤를 바투 좇지만
> 내 맘은 반대쪽으로 미래를 기대한다

또 〈마조송〉 1연 3행에서는 이렇게 읊고 있다.

> 이 마조의 얼굴은
> 고뇌에 흙빛으로 반들하다
> (앉은지 너무 오래더라)

4연 마지막 3행은 이렇다.

> 짐짓 냉담한 체하는
> 마조의 낯색은 근심만 가득이다
> (앉은 채 마비가 되었더라)

권위를 신격화하는 하는 것과 여성화하는 것은 삿갓 시인들의 보편적인 수법이다. 천첸우는 이처럼 비유하였고, 진롄도 그러했다. 이것은 그들이 권위주의 체제 하에서 강요받았던 심적 감금을 더 이상은 참을 수 없다는 것을 말해 주며, 권력의 족쇄 때문에 취할 수 있는 저항이란 극히 제한적이라는 것을 말해 준다. 시인의 저항을 통해 그들과 권력이 갈라섰음이 드러났다.

1세대 삿갓 시인들은 20세기 깊게 침전된, 근심과 아픔을 노래한 가수였다. 식민지 시기와 계엄 시기를 넘어, 상이한 정권의 고도의 권력 지배를 감내해야 했기에, 그들은 너무나도 간절히 해방을 욕망했던 것이다. 그처럼 폐쇄된 시대에, 무거운 역사의식을 짊어지자면, 절로 수천수만의 애가를 읊어대지 않을 수 없었다. 그러나 비애는 포기의 상징은 아니다.

그것은 진작의 동력이다. 1세대 삿갓 시인들은 끝내 굴복하지 않았고, 언어의 장애를 극복했으며, 사상의 주체를 지켜냈다. 그리하여 견인불발의 본토정신을 벼렸던 것이다. 1960년대 그들이 손을 맞잡고 출발하였을 때, 그에 발맞춰 향토문학운동도 시작되었다.

저자 주석

[1] 1972년 毛澤東과 미국 대통령 리차드 닉슨Richard M. Nickson이 공동 서명했다. 공보에서 중국은 특별히 자신들의 입장을 강조하여, 타이완 문제는 중미관계의 정상화를 가로막는 핵심적인 사안이며, '중화인민공화국'정부는 중국의 유일한 합법 정부인 점, 타이완은 중국의 지방 行省에 속하며 이미 중국에 귀속되었다는 점, 타이완 문제를 해결하는 것은 중국의 내정으로서 다른 나라는 이에 간섭할 수 없다는 점, 따라서 미국의 무장 병력과 군사시설은 반드시 타이완에서 철수해야 한다는 점, 중국 정부는 '중국은 중국, 타이완은 타이완一中一台', '하나의 중국, 두 개의 정부一個中國, 兩個政府', '두 개 중국兩個中國', '타이완 독립台灣獨立'과 같은 관념을 만들거나 '타이완은 지위를 확정하지 않았다台灣地位未定'와 같은 생각을 고취하는 어떠한 활동도 견결히 반대한다는 점을 명시했다. 미국은 '하나의 중국一個中國' 원칙만을 받아들이고, 이에 따라 점차 타이완에서 군사시설과 무장 병력을 철수했다.

[2] 《台灣文藝》는 1934년 黃純青, 巫永福 등이 창설한 台灣文藝聯盟에서 발행한 간행물이다. 吳濁流가 이를 이름으로 한 것은 그 시기 台灣文藝聯盟의 '타이완 문학은 타이완의 모든 진실한 노선에 발 딛고 있으며 타이완 사회, 역사와 함께 전진한다'라는 이념을 계승하겠다는 의미이다.

[3] 吳濁流, 《瘡疤集》(上卷), (台北: 集文, 1963)에 수록

[4] 吳濁流, 〈漫談台灣文藝的使命-答鄭穗影君的詢問〉, 《台灣文藝》1권44기, (1963.7.)

[5] 吳濁流, 〈漫談台灣文藝的使命一答鄭穗影君的詢問〉, 《台灣文藝》12권46기, (1975.1.)

[6] 吳濁流, 〈我設文學獎的動機和期望〉, 《台灣文藝》6권25기, (1969.10.)

[7] 吳濁流, 〈再論中國的詩-詩魂醒吧!〉, 《台灣文藝》8권30기, (1971.1.)

[8] 鍾肇政, 《輪迴》, (台北: 實踐, 1967)

[9] 鍾肇政, 《大肚山風景》, (台北: 台灣商務, 1968)

[10] 鍾肇政,《中元的構圖》, (台北: 康橋, 1964)

[11] 鍾肇政,《鍾肇政自選集》, (台北: 黎明文化, 1979)

[12] 鍾肇政,《鍾肇政傑作選》, (台北: 文華, 1979)

[13] 鍾肇政,《殘照》, (台北: 鴻文, 1963)

[14] 鍾肇政,《靈潭恨》, (台北: 皇冠, 1974)

[15] 鍾肇政,《大龍峒的嗚咽》, (台北: 皇冠, 1974)

[16] 鍾肇政,《濁流三部曲》, (台北: 遠景, 1979)

[17] 鍾肇政,《台灣人三部曲》, (台北: 遠景, 1980)

[18] 吳濁流 저, 錢鴻鈞 편, 黃玉燕 역,《吳濁流致鍾肇政書簡》, (台北: 九歌, 2000)

[19] 鍾肇政 편,《本省籍作家作品選集》, (台北: 文壇社, 1965)

[20] 鍾肇政,《台灣省青年文學叢書》, (台北: 幼獅, 1965)

[21] 鍾肇政,《馬黑坡風雲》, (台北: 台灣商務, 1973)

[22] 鍾肇政,《八角塔下》, (台北: 文壇社, 1975)

[23] 鍾肇政,《望春風》, (台北: 大漢, 1977)

[24] 鍾肇政,《馬利科灣英雄傳》, (台北: 照明, 1979)

[25] 鍾肇政,《高山組曲》, (台北: 蘭亭, 1985)

[26] 鍾肇政,《卑南平原》, (台北: 前衛, 1987)

[27] 鍾肇政,《怒濤》, (台北: 前衛, 1993)

[28] 葉石濤,《一個台灣老朽的作家的五〇年代》, (台北: 前衛, 1991)

[29] 葉石濤,《台灣男子簡阿淘》, (台北: 前衛, 1990)

[30] 葉石濤,《不完美的旅程》, (台北: 皇冠, 1993)

[31] 葉石濤,《葫蘆巷春夢》, (台北: 蘭開, 1968)

[32] 葉石濤,《羅桑榮和四個女人》, (台北: 林白, 1969)

[33] 葉石濤,《晴天和陰天》, (台北: 晚蟬, 1969)

[34] 葉石濤,《鸚鵡和豎琴》, (高雄: 三信, 1973)

[35] 葉石濤,《葉石濤評論集》, (台北: 蘭開, 1968)

[36] 葉石濤,《台灣鄉土作家論集》, (台北: 遠景, 1979)

[37] 葉石濤,〈台灣鄉土文學史導論〉,《夏湖》2권5기, (1977.5)

[38] 葉石濤,《台灣文學史綱》, (高雄: 文學界, 1978), p2.

[39] 앞의 주.

[40] 葉石濤,《沒有土地, 哪有文學》, (台北: 遠景, 1985)

[41] 葉石濤,《小說筆記》, (台北: 前衛, 1983)

[42] 葉石濤,《走向台灣文學》, (台北: 自立晚報社出版部, 1990)

[43] 葉石濤,《台灣文學的悲情》, (高雄: 派色文化, 1990)

[44] 葉石濤,《台灣文學的困境》, (高雄: 派色文化, 1992)

[45] 葉石濤,《展望台灣文學》, (台北: 九歌, 1994)

[46] 葉石濤,《台灣文學入門：台灣文學五十七問》, (高雄: 春暉, 1997)

[47] 葉石濤,《紅鞋子》, (台北: 自立晚報社出版部, 1989)

[48] 葉石濤,《異族的婚禮：葉石濤短篇小說集》, (台北: 皇冠, 1994)

[49] 吳瀛濤,《生活詩集》, (台北: 台灣英文, 1953)

[50] 吳瀛濤,《瀛濤詩集》, (台北: 展望詩社, 1958)

[51] 吳瀛濤,《暝想詩集》, (台北: 笠詩社, 1965)

[52] 吳瀛濤,《吳瀛濤詩集》, (台北: 笠詩社, 1970)

[53] 吳瀛濤,《台灣民俗》, (台北: 古亭書屋, 1970)

[54] 吳瀛濤,《台灣諺語》, (台北: 台灣英文, 1975)

[55] 詹冰,《綠血球》, (台中: 笠詩社, 1965)

[56] 詹冰,《實驗室》, (台中: 笠詩刊社, 1986)

[57] 詹冰,《詹冰詩選集》, (台中: 笠詩刊社, 1993)

[58] 詹冰,《詹冰詩全集》, (苗栗: 苗栗縣文化局, 2001)

[59] 陳千武,《獵女犯：台灣特別志願兵的回憶》, (台中: 熱點, 1984)

[60] 陳千武,《陳千武詩集：媽祖的纏足》, (台中: 笠詩刊社, 1974)

[61] 陳千武(桓夫),《密林詩抄》, (台北: 現代文學雜誌社, 1963)

[62] 陳千武(桓夫),《不眠的眼》, (台中: 笠詩社, 1965)

[63] 陳千武,《野鹿》, (台北: 田園, 1969)

[64] 陳千武,《剖伊詩稿：伊影集》, (台中: 笠詩刊社, 1974)

[65] 陳千武,《安全島》, (台北: 笠詩刊社, 1986)

[66] 陳千武,《愛的書籤：詩畫集》, (台北: 笠詩刊社, 1988)

[67] 陳千武、高橋久喜晴、金光林,《東方的彩虹：三人詩集》, (台北: 笠詩刊社, 1989)

[68] 陳千武,《寫詩有什麼用》, (台中: 笠詩刊社, 1990)

[69] 陳千武,《陳千武作品選集》, (台中: 台中縣立文化中心, 1990)

[70] 陳千武,《禱告：詩與族譜》, (台中: 笠詩刊社, 1993)

[71] 陳千武,《拾翠逸詩文集》, (南投: 南投縣立文化中心, 2001)

[72] 陳千武,《陳千武精選詩集》, (台北: 桂冠, 2001)

[73] 陳千武,《現代詩淺說》, (台中: 學人文化, 1979)

[74] 陳千武,《台灣新詩論集》, (高雄: 春暉, 1997)

[75] 陳千武,《詩的啟示稿：文學評論集》, (南投: 南投縣立文化中心, 1997)

[76] 陳千武, 《詩文學散論》, (台中: 台中市立文化中心, 1997)

[77] 林亨泰, 《靈魂の產聲》, (台中: 光文社, 1949)

[78] 林亨泰, 《長的咽喉》, (台中: 新光書店, 1955)

[79] 林亨泰, 《林亨泰詩集》, (台北: 時報, 1984)

[80] 林亨泰, 《抓痕集》, (台北: 笠詩刊社, 1986)

[81] 林亨泰, 《跨不過的歷史》, (台北: 尚書, 1990)

[82] 林亨泰, 《現代詩的基本精神：論真摯性》, (台中: 笠詩社, 1986)

[83] 林亨泰, 《找尋現代詩的原點》, (彰化: 彰化縣立文化中心, 1994)

[84] 呂興昌編, 《林亨泰全集》, (彰化: 彰化縣立文化中心, 1998)

[85] 錦連, 《鄉愁》, (彰化: 新生, 1956)

[86] 錦連, 《錦連詩集：挖掘》, (台北: 笠詩社刊, 1986)

[87] 錦連, 《錦連作品集》, (彰化: 彰化縣立文化中心, 1993)

[88] 錦連, 《守夜的壁虎：錦連詩集（一九五二至一九五七）》, (高雄: 春暉, 2002)

제19장
타이완 향토문학운동의 논쟁과 비판*

역사적으로 문학과 타이완 사회가 가장 가까워졌던 때는 일제강점기였던 1920년대와 1930년대였다. 이때 1세대 계몽운동가와 2세대 비판정신의 발언자가 나타났다. 그들은 자신이 처한 사회를 근심하였기에 문학표현에서 정치와 경제의 기복과 변화를 탐색하는 데 많은 주의를 기울였다. 당시 식민체제는 타이완 작가들의 제한된 비판을 용인할 수 있었지만, 30년대 말로 접어들면서 전쟁의 그림자가 코앞까지 다가오자, 권력자들은 문학과 예술이 자유롭게 입과 펜을 놀려대는 것을 더는 참을 수 없게 되었다. 타이완 작가들이 일본어로 창작할 것을 강요하고 한걸음 더 나아가 사상을 간섭하고 지도하려 들었다. 40년대 황민화 운동에서 50년대 반공문예정책 시행까지, 정치권력의 방해로 인해, 타이완 작가들은 결국 현실 사회와 상호작용할 수 있는 기회를 잃어버리고 말았다. 60년대 모더니즘운동이 일어난 후, 작가들은 내면세계를 탐색하고 발굴하는 데 집중했다. 천잉전陳映真, 황춘밍黃春明, 왕전허王禎和같은 소수 작가를 제외하고 문학과 사회의 대화는 매우 드문 일이었다. 50년대를 반공문학시기로 규정할 수 있다면, 글쓰기를 규범화하는 이 같은 배후에는 사실 거대한 중국의 영혼이 숨어 있다고 할 수 있다. 만약 60년대를 모던문학의

* 이 장은 이현복이 번역하였다.

시대로 정의한다면, 적지 않은 작가들은 아마도 내면에 심오한 개인의 영혼을 갖고 있었을 것이다. 그리고 70년대를 향토문학의 시기로 일컫는다면, 전체 창작 상의 개혁 이면에 타이완의 영혼이 너무나도 선명히 깃들어 있다고 볼 수 있을 것이다. 향토문학이 운동으로 정의되는 이유는 그것이 동태와 변화를 드러냈기 때문이다. 그것은 활발하게 타이완 사회·정치와 상호작용했을 뿐 아니라 꽤나 생동적으로 타이완의 주민, 삶, 언어와 상호작용했다.

　1970년대에 들어선 후, 타이완 사회가 국제적인 차원의 충격을 받고 전 세계적 냉전 체제가 해빙 무드에 휩싸이게 되자, 정치에는 거대한 지각 변동이 일어났다. 타이완에서 중국을 상징하는 것들은 도전받았고 동요했다. 바로 그 동요 속에서 타이완 작가들은 권력의 틈새를 비집고 사회와 연결될 수 있는 접점을 찾을 수 있었다. 이것은 한 시대의 종말의 시작이었다. 권력을 쥔 자들은 애써 쇠퇴하는 흐름을 되돌리고 본토화라는 정치 개혁을 시작하려 했지만, 작가들이 비판의 펜으로 정치와 사회에 참여하는 것을 막을 수 없었다. 거의 30여 년의 진공 상태를 통과한 후, 작가들은 비로소 다시 사회의 밑바닥으로 돌아가 장기간 숨죽이고 있던 대중의 목소리에 귀 기울일 수 있었다. 그들은 농촌으로 들어갔고, 공장으로 들어갔고, 마을로 들어갔다. 그리하여 오랫동안 은폐되어 있던 주변부 삶의 실상을 문학이라는 형식을 빌려 드러냈다. 역사적으로 너무도 소원하게 변했던 타이완의 형상이 이 시기만큼 선명하고 강렬했던 적은 없었다. 이 시기 작가들은 사전에 서로 교감을 나눈 적도 없었다. 그저 시대 전체가 작가들의 심미적 예술을 사회로 향하게 만들었던 것이다. 이러한 예술을 작가들 공동의 의지라고 보아도 지나치지 않을 것이다. 호호탕탕한 향토문학은 다시 한 번 타이완을 나아가야 할 방향으로 이끌었던 것이다.

향토문학의 갈래가 모여 운동이 되다

향토문학이 운동으로 발전한 것은 어떤 작가, 어떤 집단의 힘 때문만은 아니며, 단일한 사건이나 사회사건 때문만도 아니다. 대신, 전체 역사라는 대환경의 변화와 변천에서 비롯된 것이고, 그 다음으로는 각각이 모여 이루어진 거대한 문화적 충격에서 비롯된 것이다. 역사의 힘이 휩쓸고 지나간 자리에 새로운 시대의 정신이 피어났다. 그 정신의 틀 속에서 작가는 새로운 표현 방식을 찾아야 했다. 1970년대에 이르러 타이완 사회에는 완전히 새로운 사유 방식이 나타났다. 정치경제에서부터 사회문화에 이르기까지, 지식인은 다시 타이완을 바탕으로 삼아 세계를 새로이 볼 것을 요구받았다. 중대한 변화 속에서 작가의 글쓰기 전략도 이전과는 완전히 다른 조정이 이루어지게 되었다.

향토문학이 사회적으로 흥성하기 전에 전 지구적인 냉전 체제는 이미 완화될 징조가 보이기 시작했다. 소위 냉전체제는 전 지구적인 관점에서는 미국과 소련의 대립이었지만, 양안 해협에서 본다면 국민당과 공산당 간의 대치였다. 미국은 전후 30년 간 소련이 대표하는 공산 진영과의 각축을 지속해왔다. 이것은 자본주의 경제를 극도로 위협했고 또한 손실을 야기했다. 자본주의가 진일보한 발전을 이루기 위해서는 미국은 반드시 자신의 전 지구적 전략을 다시금 사고해야 했다. 1960년대 중반부터 대결에서 대화로 사유가 변화하는 조짐이 조심스레 형성되기 시작했다. 전략이 전환되면서 반공은 더 이상 주류 담론이 될 수 없었다. 이를 대신한 것은 화해의 분위기였다. 오직 화해라는 조건 아래에서만 자본주의는 현재를 돌파하여 확장될 수 있었다. 이를 가장 잘 보여주는 조짐은 초국적 기업이 세계 각국에 배치되기 시작한 것이었다. 세계화의 파도가 이 시기에 일기 시작했고, 이것은 제임슨Frederic Jameson이 말한 후기 자본주의 late capitalism[1]를 암시하는 것이었다.

미국이 전략을 전환하고 있을 때, 타이완은 여전히 국공 내전의 사유에 갇혀 있었고, 반복적으로 반공 담론에 호소하고 있었다. 그러나 경제 개혁은 조정되어야만 했다. 그 가운데서 가장 주목을 끄는 것은 가공수출지역 설립이었다. 이것은 미국의 경제 원조의 부담을 해결하기 위한 조치였는데, 이를 통해 타이완은 고도 자본주의 국가로 발전할 수 있었다. 다수의 초국적 기업을 유치하기 위한 조치였던, 이러한 정책을 통해 타이완은 정식으로 글로벌 경제 체제로 진입할 수 있었다. 정책의 전환에 따라 의무교육은 공식적으로 9년으로 연장됐고 이어 1968년에 국민중학교[1]가 설치되었다. 경제에서는 10대 건설이 시작되었으니, 타이완 최초의 고속도로가 바로 이 시기에 놓였다.

　　가공수출지역은 타이완 경제 발전을 위해 마련되었지만, 결과적으로는 순전히 경제적인 효과만 가져온 것은 아니었다. 그것이 정치, 경제, 사회 각 방면에 던진 충격 역시 경제 변화보다 덜하지 않았다. 지식인의 정신에도 중대한 전환이 이루어졌다. 타이완 문학에 새로운 시대정신이 도래하면서 이전과는 다른 추세가 형성되었다. 미국은 글로벌 자본주의의 발전에 힘을 쏟으면서, 공산주의 국가와 대화를 시도하기 위해 단호히 타이완에 대한 지지를 끊는 쪽을 택했다. 이로 인해 타이완이 경제는 현대화되면서도, 정치에서는 국제적인 고립에 처하게 될 것이라는 것은 충분히 예상이 되는 일이었다. 전후 문학사에서 장기간 잊혔던 타이완이 드디어 70년대 초기에 작가들의 사고에 또렷한 형상으로 등장하게 된 것이었다. 중국을 대표한다는 합법성이 의심받게 된다면, 타이완의 구체적인 정신과 내용은 또 무엇이 될 수 있을까?

　　타이완 문학은 거대 환경의 도전 속에서 중대한 전환을 맞이하고 있었고, 작가의 사고는 결국 타이완 전체의 운명에 초점을 맞출 수밖에 없게 되었다. 적어도 이 상이한 두 측면의 문제가 당시 지식인들로 하여금 답

---

1) 國中. 國民中學의 줄임말로, 우리나라의 중학교에 해당된다. 타이완 의무교육의 일부분이다.

을 찾아 움직이도록 만들었다. 첫째 경제 방면의 현대화가 도래했을 때, 타이완에서는 대량의 여성 노동력이 노동시장에 투입되었고, 초국적 기업은 기업대로 환경오염이라는 문제를 안게 되었다. 여성과 환경오염문제는 시대의 획을 긋는 중요한 의제이자, 작가가 처리하지 않을 수 없는 제재가 되었다. 둘째, 국제적인 고립이 현실이 되자, 타이완 정치도 현대화되어야 한다는 것은 더 이상 피할 수 없는 문제가 되었다. 필경 국가존망의 책임은 국민당 단독으로는 감당할 수 없는 문제가 되었던 것이다. 지식인들은 정치활동에 적극 개입해야 한다는 것을 뼈저리게 느끼지 않을 수 없었다. 계엄법이 여전히 힘을 발휘하던 상황에서 초보적인 단계였던 당외 민주 운동도 경제현대화와 같이 움직이기 시작했다.

1970년대 현대화와 민주화 운동은 동시에 문학 본토화에 중요한 반석이 되었다. 작가들은 농민, 노동자, 여성, 환경보호 등이 처한 위기를 의제로 삼아 글을 썼고, 동시에 외국 자본이 가져 온 불공평하고 정의롭지 않은 문화를 깊이 있게 탐색했다. 초국적 기업은 막대한 이윤을 위해 타이완에 온 것이었다. 그래서 불합리한 저임금을 개의치 않았고, 환경오염으로 지불해야 하는 대가도 괘념하지 않았으며, 타이완인들이 언론 자유를 누리지 못하는 문제에 상관할 생각이 없었다. 때문에 다국적 기업의 문제는 이미 순전한 경제의 문제가 아니라, 본질적으로 정치와 문화에 관련된 문제가 되었다. 향토문학은 탄생과 더불어, 외래 자본주의의 습격에 맞서, 민족주의 정서를 고양시켰고, 국내의 권위주의적 정권이 농민, 노동, 여성에 가한 억압과 착취를 비판함으로써, 정치적 발언권을 얻으려는 당외 민주운동을 강화시켰다.

당외 민주운동과 향토문학운동 양 방면에서 발전이 이루어졌다. 각자는 각자의 싸움을 전개하는 동시에 서로가 서로에게 도움이 되었다. 적어도 1975년을 전후해서 타이완 의식은 내용적으로 성숙했다. 바로 이 해에 미국은 인도차이나 반도에서 베트남전쟁을 끝냈고, 타이완에서는 장제스蔣介石가 서거했다. 전혀 관련 없을 것 같은 이 두 사건은 실은 하나의 역사적 단계가 끝나가고 있음을 알리는 것이었다. 베트남 전쟁의 패배로 인해 미국이 받치고 있던 전 지구적 냉전 체제는 신속히 해빙을 맞이하게 되었고, 장제스가 사망하면서, 국민당이 떠받치고 있던 국공내전 체제도 급속히 와해되었다. 이 관건적인 시기를 전후하여 타이완 내부에서는 두 가지 다른 노선이 나타났다. 1975년 당외 운동 진영이 창간한 《타이완 정론臺灣政論》이 하나이고, 1976년 좌익 사상을 대표하는 《하조夏潮》의 창간이 또 하나이다.

《타이완 정론》의 출현은 전후 타이완 국적의 지식인들이 어떻게 자신의 정치 이론을 제기하는지를 배우기 시작했음을 상징한다. 이 잡지는 이 시기에 단 5기만을 발행했지만, 국민당 일당의 거대한 권력을 뒤흔드는 비판을 제기했다. 이 정론지政論誌가 나오기 한참 전에 장쥔훙張俊宏과 쉬신량許信良은 1971년 합작으로 《타이완 사회력 분석台灣社會力分析》을 발간했다. 이 책은 소장파 지식인들이 타이완 사회를 얼마나 잘 꿰뚫어 보고 있는지를 상당히 구체적으로 보여주었다. 이 책은 일정 정도 마오

▶ 陳映真, 《第一件差事》(舊香居 제공)

▶ 陳映真, 《將軍族》(舊香居 제공)

쩌둥毛澤東의 〈중국 사회계급 분석中國社會階級的分析〉의 영향을 받았지만, 좌파적 사유 방식을 뚜렷하게 드러내지는 못했다. 그러나, 당외운동 초기를 훌륭히 설명함으로써, 당시 사회력에 대한 깊이 있는 관찰을 보여주기에는 충분했다.

《하조》 그룹의 탄생은 더더욱 주목해야 한다. 그것은 전후 이미 소실되었던 좌익 사유가 다시 한 번 되살아났음을 상징적으로 보여준다. 이를 대표한 이가 바로 1975년 특별사면으로 출소한 작가 천잉전이었다. 그는 1968년 수감되기 전에 타이완 모더니즘에 인상 깊은 비판을 가했다. 그리고 1976년 다시 강호로 돌아왔을 때 그는 두 손에 소설집《장군족將軍族》과《첫 번째 공무第一件差事》를 들고 있었다. 쉬난춘許南村을 필명으로, 두 작품의 서두에 실린 〈천잉전 시론試論陳映眞〉은 지식계와 문학계에 큰 파장을 불러 일으켰다. 그러나 더 많은 주목을 끈 것은 그와 쑤칭리蘇慶黎가 합작하여 《하조》를 창간한 일이었다. 쑤칭리의 부친 쑤신蘇新은 일제강점기 타이완 공산당의 지도자 중 한 명이었다. 때문에 사회비판과 문화비판을 표방한 이 잡지가 좌익사상을 소개하는 것은 당연한 수순이었다.

권위주의 체제의 그늘 아래에서도 좌익과 좌익 지식인들은 적어도 협력할 수 있는 공간을 보존하고 있었다. 《타이완 정론》이 발행되던 시기에는 이미 타이완의 역사적 기억을 발굴하는 작업이 시작되었고, 당외 민주운동의 역사의식도 강화되고 있었다. 1976년부터 1979년까지 발간된 《하조》 또한 역사적 기억을 발굴하는 작업을 전개했다. 그러나 《하조》는 랴오중카이廖仲愷, 주즈신朱執信, 추진秋瑾과 같은 국민당 좌파를 다수 소개하는 한편, 라이허賴和, 양쿠이楊逵, 우신룽吳新榮, 양화楊華, 왕바이위안王白淵, 장원환張文環의 사료를 다수 발굴했다는 점에서 차이를 보였다. 《타이완 정론》과 《하조》의 두 역사관은 이후 1977년 향토문학논쟁의 복선이 되었고, 1980년 초기의 타이완 문학 정명正名 논쟁의 도화선이 되었다.

좌우 양 노선은 발전 초에는 통일과 독립의 구분이 없었다. 쌍방은 모두 향토 회귀라는 중요한 내함을 강조했다. 적어도 권위주의 체제 앞에서는 그들은 손을 잡지 않을 수 없었다. 그러나 문학 창작의 실천에 있어, 그 두 노선이 표현하는 본토가 같다고 보기에는 다소 어려운 점이 있었다. 중자오정鍾肇政, 리차오李喬, 정칭원鄭清文이 위주인 향토문학작가들은 비교적 당외 민주운동에 치우치는 경향이 있었다. 천잉전을 대표로 하는 작가들이 생각하는 본토는 홍색 중국이었다. '본토'의 정의는 향토문학 논쟁 앞에서 더욱 분명해졌다. 예스타오葉石濤는 《하조》에 〈타이완 향토문학사 도론台灣鄉土文學史導論〉을 발표했는데, 여기서 보여준 그의 역사관은 모두 타이완 4백 년 역사가 주축이었으며, 명대 정성공鄭成功 이래 20세기까지 연면히 이어온 문학의 발전 역시 그 주축이었다. 이와 달리 천잉전은 《타이완 문예台灣文藝》의 〈향토문학의 맹점鄉土文學的盲點〉[2]에서 타이완 역사를 중국 근대사와 연결시키고 있다. 구체적으로 말해, 천잉전의 역사관은 1840년 아편전쟁을 기점으로, 즉 서구 제국주의 국가의 중국 침략을 출발점으로 삼아 타이완 향토문학의 토대를 해석한 것이었다. 양측의 역사관은 이처럼 큰 차이를 보임으로써, 이후 통일과 독립으로 나뉘는 원인이 되었다.

향토문학은 바로 각종 정치, 경제, 사회의 힘이 충돌하면서 발전한 운동이었다. 작가의 손에 들려진 펜은 이제 더 이상 평평한 종이위에서만 놀지 않았고, 한 걸음 나아가 당시 역사의 상황에 개입하고 있었다. 향토문학운동에 참여한 작가들은 부푼 가슴을 안고, 문학 작품을 빌려 시대의 풍조를 창조할 수 있기를 바랐다. 그들은 다른 어떤 시기에 비해서도 거대한 사회 참여 정신으로 충만해 있었다. 그들과 1960년대 모더니즘 작가와의 가장 큰 차이는 예술적인 추구에는 그렇게 열성적이지 않았지만, 정치적 현실에 대한 관심은 너무나 적극적이었다는 점이다. 이러한 문학운동의 기복과 부침은 정치운동의 북소리와 상응하였고, 그것이 만들어낸 판세와 기세는 1980년대까지 멈춤 없이 이어져 나갔다.

신세대시사新世代詩社와 신시 논쟁

사회에 대한 관심을 문학예술로 풀어내는 것은 장기간 정치적 억압을 받아온 작가에게는 확실히 힘겨운 도전이었다. 이와 같은 문학 형식의 표현은 현실의 어둠을 드러내는 것이기도 했고 가해질 사상 검열에 저항하는 것이기도 했다. 숭고미를 지향하는 문예 정책은 당연히 문학의 발전 방향이 바뀌는 것을 달가워할 리 없었다. 타이완에만 집중한다는 것은 중국 대륙의 중국어 언어 환경과는 거리를 두게 된다는 것을 의미했다. 타이완의 향토로 중국의 향토를 대체하면서, 작가들은 은연중 관변과는 다른 자리에 서게 된 것이다. 이 시기 문학 생산은 이러한 환경 속에서 그 자체의 장력을 풀어낸 것이었다. 문학사에서 새로운 사조와 새로운 글쓰기가 막 탄생하려고 할 때면, 왕왕 그 전조가 되는 논쟁이 나타나고는 한다. 논쟁은 분만의 징조였고, 문화의 산통이었다. 1972년에서 1973년 사이에 전개된 신시논쟁은 전형적인 산통이었다. 논쟁은 모더니즘의 공과에 대한 정리이자 향토문학운동의 발흥에 대한 암시였다. 이는 신구 세대 작가가 치르는 교전이었고, 글쓰기 전략이 이후 내면의 사유에서 현실에 대한 관심으로 전환되는 변혁이었다. 이 논쟁은 작가 사이의 자아 각성에서 비롯된 것이 아니라 외부의 정치적 힘이 가한 충격에서 초래된 것이었다. 외재적 충격의 하나는 타이완의 국제적 고립이었으며 다른 하나는 자본주의의 직선적인 발전이었다. 외재적 동요와 내면의 개조는 낡은 문학적 신앙을 믿을 수 없는 것으로 만들어 버렸다.

문학은 반드시 현실을 반영해야 했고, 예술은 반드시 사회로 돌아가야 했다. 이 단계에서 승격은 완전히 새로운 미학의 원칙이 되었다. 이것은 작가들이 당시 문예 정책을 향해 갖고 있던 불만을 보여주며, 모더니즘 운동을 더 이상 수용할 수 없었다는 것을 말해 준다. 전대미문의 풍운이 예비 되고 있었고, 현실에 관심을 가지고 있던 수많은 인사들은 모더니즘시의 형식과 내용에 더 이상 인내심을 보이지 않기 시작했다. 시행에

서 자구의 사용이 지나치게 정련되었고 농축되었으며, 상징수법으로는
사회의 기층으로 깊이 들어가기 어려웠다. 회삽한 자구는 비난의 대상이
되었고, 결국 사회와 지나치게 멀어지고 말았다는 비판을 받았다. 게다가
모더니즘시의 형식은 서구에서 온 것이었기에 제국주의 미학의 아류로
치부되었다. 본토와 서구, 현대와 전통은 이 시기 기름과 물이 되어 있었
다. 신시논쟁은 바로 이러한 결정적인 시기에 그 내면의 본질적인 의의
를 밖으로 표출했던 것이다. 나날이 심화되는 국제적 고립 속에서 타이
완 작가들은 어떻게 합당한 대응을 할 것인가, 어떠한 미학 형식을 빌려
공통의 위기감을 표현할 것인가, 이런 문제들이 논쟁의 과정에서 충분히
표출될 수 있었다.

　　신시 전승의 세대교체는 대략 1970년대에 시작되었다. 이때는 역사적
으로 타이완 사회 전체가 막 수많은 도전을 맞이하기 시작하던 단계였다.
소위 세대교체란 전후 출생한 시인들이 집결하기 시작했다는 것을 의미
하며, 앞 세대와는 다른 심미관을 내세우기 시작했다는 것을 말한다. 모
더니즘시 운동은 결코 느리다는 느낌을 주지는 않았다. 그러나 젊은 세대

▶ 王潤華(《文訊》 제공)　　　　　▶ 《龍族詩刊》第1期(李志銘 제공)

가 등장하면서, 자연적으로 문학 생태가 조정되었다. 1970년에서 1974년까지 시단에는 다섯 개의 시사가 탄생했으니, 용족시사龍族詩社, 주류시사主流詩社, 대지시사大地詩社, 후랑시사後浪詩社, 폭풍우시사暴風雨詩社가 그것이다. 이 시 단체들의 공통점은 성원 모두가 전쟁 경험이 없는 세대라는 것과 모두 당-국가 교육의 환경 하에서 문학 교육의 계몽을 받은 세대라는 것이다. 이 세대는 비록 성장 과정 중 반공 문학과 모더니즘 문학의 발전을 목도했지만, 그들이 독립된 사고를 할 수 있게 되었을 때, 타이완의 정치 환경은 이미 중대한 변화를 맞이하고 있었다. 타이완이 더는 중국을 대표할 수 있는 정당성을 가지고 있지 않다는 것을 깨닫게 되자, 어떻게 정신의 출로와 사상의 출로를 찾을 수 있을 것인가 하는 것이 그들의 삶에서 중요한 과제가 되어 버렸다. 그래서 문학의 요구에 대해 자연히 앞 세대 작가와는 선명한 단절을 보이게 되었던 것이다.《용족 시간龍族詩刊》(1971.3-1976.5)은 16기를 발간했다. 용족의 주요 성원은 린환장林煥彰, 징샹景翔, 린포얼林佛兒, 스산지施善繼, 차오린喬林, 신무辛牧, 천팡밍陳芳明, 샤오샤오蕭蕭, 황룽춘黃榮村, 쑤사오롄蘇紹連, 가오신장高信疆 등이 있다.《주류시간主流詩刊》(1971.7-1978.6)은 총 13기를 발행했고, 황진롄黃進蓮, 황수건黃樹根, 궁셴쭝龔顯宗, 더량德亮, 리난李男, 두원징杜文靖, 양쯔차오羊子喬, 왕젠좡王健壯이 주요 성원이었다.《대지 시간大地詩刊》(19772.9-1977.1)은 연속 19기를 발간했고 천후이화陳慧樺, 린펑슝林鋒雄, 리펑마오李豐楙, 샹링翔翎, 왕하오王浩, 왕룬화王潤華, 린위안林緣, 구톈훙古添洪 등이 주요 성원으로 활동했다.《후랑 시간後浪詩刊》(1972.9-1974.7)은 12기까지 발간한 후 다시《시인 계간詩人季刊》(1974.11-1984.8)으로 이름을 바꾸고 18기까지 발간을 이어갔다. 홍싱푸洪醒夫, 모위莫渝, 천이즈陳義芝, 쑤사오롄, 샤오샤오, 랴오모바이廖莫白, 우성吳晟은 이의 주요 멤버였다.《폭풍우 시간暴風雨詩刊》(1971.7-1983.7)은 도합 13기를 발간했고, 롄수이먀오連水淼, 사쑤이沙穗, 장쿤張堃 등이 주로 활약했다. 이러한 시 간행물들은 정간이나 폐간 시점은 달랐으나, 모두 1971년 한 해에 창간되었다. 이것은 이 해가 단절의 해였음을 말해 준다. 시를 바라보는 관점에서 각자의 생각은 달랐지만, 모두 시대의 충격을 짊어졌다는 데서는 한가지였다.

신세대는 탄생 후 서서히 한 시대의 심미적 취향을 드러내기 시작했다. 첫째, 이 세대는 모더니즘시의 미학에 더는 인내심을 보이지 않았다. 앞 세대는 모더니즘시에서 예술적 성취를 이루었지만, 그들이 글에서 보여 준 농축, 비약, 단절, 은유와 같은 기교는 타이완이 국제적으로 나날이 고립되던 사실과 연결되기가 쉽지 않았다. 특히 지식인들은 시대적 위기감에 사로잡혀 있었기 때문에, 순수 예술의 운용에 더는 매어있을 수 없었고 방향을 바꾸어 문학에 역사적 사명감을 요구했다. 구체적으로 말해, 시는 결코 정치精緻한 예술적 연출에 만족해서는 안 되며, 촉수를 뻗어 사회와 정치의 격렬한 변화를 탐색해야 한다고 생각했던 것이다. 예술의 창조 과정에서, 즉 객관 형식의 요구 하에서, 리얼리즘은 점차 모더니즘 미학을 대체해 갔다. 이렇게 상대적으로 공리성과 실용성을 갖춘 문학적 실천이 1970년대 타이완 문학의 기조를 형성했다. 둘째, 앞 세대와의 기억에서의 가장 큰 차이는 그들이 더는 정신의 세계에 갇혀 있지 않으려 했다는 것과 즉각적이고 분명하게 사회적 의제를 시행에 담아내려고 했던 것에서 찾을 수 있다. 이에는 노동문제, 농촌문제, 정치문제, 환경보호문제가 있었고, 심지어는 도농격차도 궁극적인 관심사가 되었다. 셋째, 신세대 시인들은 글을 쓸 때 외적인 화려함에 빠져들기보다는 투명하고 평이한 언어를 취하여 예술과 사회 사이를 넘나들고 싶어 했다. 그들은 소위 귀족적인 모습을 벗어던지고 매끄럽고 이해하기 쉬운 백화문을 택해, 독자 대중과 대화를 전개하고자 했다. 회삽하고 난해한 시풍은 이제는 문학 실천의 유일한 기준이 될 수 없었다. 신세대 시인들은 흉금을 열어 거세게 밀려오는 시대의 격랑에 맞서려 했다.

타이완의 이미지가 이처럼 분명한 모습으로 문학에 표출된 적은 없었다. 젊은 세대의 시인들이 여전히 중국에 관심을 나타내기는 했지만, 이미 전혀 새로운 문화적 정체성이 온양 중이라는 징후가 강하게 나타나고 있었다. 이뿐 아니라 신시의 기교가 드러내는 현실적인 취향도 기왕의 관변 문예 정책에 은근히 도전하고 있었다. 타이완에서 20년 간 실시되어 왔던 관변의 지도는, 확실히 젊은 세대 사이에서는 영향력을 잃고 있었던 것이다. 중원을 중심으로 하는 문학적 사고는 이 단계에 이르러 기로에 서게 되었다. 문학사의 발전은 예정된 방향으로 나아가지 않았으며, 종종 무의식적으로 본래의 길에서 벗어나기 일쑤였다. 신생 시 잡지들이 쏟아져 나오면서, 관변의 권위도 어느 틈엔가 그 정당성을 잃고 말았다. 세대교체에 대한 걱정이 이미 터져 나오기 시작했는데, 그 핵심적 사건은 1972년 《중국현대문학대계中國現代文學大系》[3]의 출판이었다. 뤄푸洛夫는 그 중 시권의 편집을 맡았는데, 서에서 다음과 같이 밝히고 있다. "우리는 약간 젊은 시인들이 선배 시인들에게 강한 반발심을 가지고 있다는 것을 알고 있었지만, 좀 아쉬운 것은, 그들이 반항을 하면서도 창작에 있어서는 많든 적든 선배 시인들의 영향을 벗어나지 못했다는 것이다. ……그러나, 사회의 성격과 모습이 급변하지 않고서는, 또 2-30년 세월이 지나간들, 시단은 새로운 세대의 출현을 맞이하기 쉽지 않을 것이다." 뤄푸의 이러한 발언은 결국 신세대 시인들의 불만을 자극했으니, 이는 곧 거대한 폭풍의 예고였다.

젊은 세대의 시관은 확실히 적극적으로 사회화와 세속화를 지향하고 있었다. 《용족 시선龍族詩選》[4]의 서언 〈새로운 세대의 새로운 정신新的一代新的精神〉에서는 이 시대, 이 땅의 중국적

▶ 龍族詩社編, 《龍族詩選》

풍격을 파악하고 언어에서 구어화와 기교의 단순화를 요구하여야 하며, 전통을 흡수하면서도 전통에 얽매여서는 안 된다는 점을 특히 강조했다. 《주류 시간》은 이보다 더 강경한 태도를 보였다. "우리는 선배 시인이 우리에게 무엇을 주었다는 것을 인정하지 않는다. 그들이 그들 이전 세대가 그들에게 준 것을 거부한 것과 같은 맥락이다. 이것이 곧 역사의 순환이다." 《대지 시간》의 천후이화는 분명한 어조로 "외래문화에서 빌려온 것을 중시해야 하지만, 그보다 더 주안점을 두어야 할 것은 중국 문화를 다시 평가하고 아울러 현실 생활이 우리에게 던지는 충격에 적극적인 관심을 기울여야 한다는 것이다"라고 말했다. 《후랑 시간》의 쑤사오롄은 신시는 종적인 계승자가 아닌 횡적인 산파여야 함을 강조했다. 상술한 주장에 따르면 이미 강력하고 거대한 욕망이 형성되었다는 것을 알 수 있다. 한편으로는 완전히 새로운 시학의 탄생을 촉진해야 하고 다른 한편으로는 타이완의 현실을 포용해야 한다는 것이다. 그들이 삶을 의지하고 있는 땅에 대해 그들은 이전 세대보다 더 큰 위기의식을 갖고 있었다.

이러한 개입과 간섭으로 인해 타이완은 구체적으로 느낄 수 있는 향토가 되었다.

그러나 향토와 현대는 서로 대립하는 두 종의 미학인 것인가? 이 문제는 신시논쟁으로부터 비롯되었고, 얼마 후 일어난 향토문학논쟁(1977)에서도 계속 논의가 이어졌으며, 1980년대 이후 수많은 학자(특히 본토파)들의 타이완 문학사 해석에 영향을 주었다. 오해가 일어나면서, 이후 무수히 많은 젊은 학자들은 목록에 있는 것은 전

▶ 陳慧樺(《文訊》 제공)

부 받아들였다. 역사의 현장으로 돌아간다면, 신시논쟁의 과정에서 이를 대표하는 두 인물을 만날 수 있다. 관제밍關傑明이 처음 불을 지폈고, 탕원 바오唐文標는 그 불씨를 온 들판으로 번지게 했다. 관제밍은 해외 화교로 서 1972년《중국시보·인간부간中國時報·人間副刊》에 먼저 〈중국모더니즘 시인의 곤경中國現代詩人的困境〉(1972.2.28-29), 〈중국모더니즘시의 환상中國 現代詩的幻境〉(1972.9.11-12)을 발표하고 이어 1973년 7월에는《용족 시간 평 론 특별호龍族詩刊評論專號》에 〈중국모더니즘시를 재론한다再論中國現代 詩〉를 발표했다. 이 세 편은 논쟁에서 전범典範이 되는 글이었다. 왜냐하 면, 그 자신이 타이완 모더니즘시의 극도의 난해함을 폭로한 최초의 독자 였기 때문이다. 관제밍은 아마도 타이완 모더니즘시의 충실한 독자는 아 니었을 것이다. 그러나 해외에서 예웨이롄葉維廉이 번역한《중국모더니즘 시선中國現代詩選》을 통해서, 최초로 타이완 모더니즘시의 부분적인 내용 과 모습을 접할 수 있었다. 당시 타이완에서 출판된 문학서적은 모두 '중 국'이라는 꼬리표를 달고 있었지만, 사실 그 안에 담긴 작품들은 모두 타 이완 작가들의 작품이었다. 관제밍이 놀랐던 것은 타이완 모더니즘시가 영문으로 번역된 다음에는 모두 전형적인 영시英詩가 되어버려서 중국의 풍격과 정신을 느낄 수 없게 된다는 점이었다. 그의 글은 너무도 진실했 고, 언어도 다른 이들이 사용하지 않았던 것이어서 당시 시단에 공전의 울림을 던져 주었다.

관제밍은 엘리엇Thomas S. Eliot과 예이츠William Butler Yeats 두 서구 모 더니즘시인의 선구적 시관을 인용하여 시는 가장 정치한 형식이면서 특 정한 민족과 사회의 특수한 모습을 가장 잘 표현한다고 말했다. 서구 모 더니즘시 운동의 이 두 개창자는 모두 현대와 전통 사이에 유기적인 연 관이 있다는 것을 강조했는데, 관제밍이 이 글을 쓴 의도도 모더니즘시 가 타이완의 현실에서 출발해야 하며, 시인은 조급하게 서구의 감각과 언어를 모방해서는 안 된다는 것을 밝히려는 데 있었다. 두 번째 문장에 서 그는 한 걸음 더 나아가 정처우위鄭愁予의 〈방죽 인상壩上印象〉, 팡신

方莘의 〈뜨거운 비熱雨〉, 뤄푸의 〈나의 야수我的獸〉를 비판했다. 이렇게 이름을 직접 거론하며 비판을 하니, 논쟁이 격화되는 것은 당연한 일이었다. 관제밍은 신랄한 비평을 통해 모더니즘시가 언어 문자적으로 변화가 이루어져야 할 뿐 아니라 시인의 정신에서 혁명이 일어나야 한다고 주장했다. 구체적으로 말해 그는 시인이 현실생활로 돌아갈 수 있기를 바랐고, 타이완 사회의 참된 모습을 이해해야 한다고 생각했다.

탕원뱌오는 〈죽어 버린 모더니즘시僵斃的現代詩〉, 〈시의 몰락詩的沒落〉, 〈어느 시대, 어느 지방, 어느 사람什麼時代什麼地方什麼人〉[5] 세 편의 글을 발표했다. 이 글들에서 그는 당시 모더니즘시의 예술적 성취를 전면부정하면서 비판했다. 탕원뱌오는 해외에서 댜오위타이 운동釣魚台運動에 참여했었기 때문에 국제 정세의 변화무쌍함을 잘 알고 있었고 타이완의 위급한 상황을 상당히 명확히 인식하고 있었다. 그의 모더니즘시에 대한 태도는 "시는 사회적인 효용이 있어야 하고, 반드시 대중에 복무해야 한다. 모더니즘시는 사회와 대중에게서 멀어졌기 때문에 모더니즘시는 이미 죽어 버렸다"[6]는 옌위안수顔元叔의 주장과 딱 들어맞았다. 그의 일련의 글들, 특히 〈썩어빠진 예술지상론腐爛的藝術至上論〉과 〈모두 현실 도피 중都是在逃避現實中〉 상하 두 편으로 나뉜 〈시의 몰락〉은 당시 주요 시인 한 명 한 명을 거명해 비판을 가하였다. 뤄푸, 위광중余光中, 양무楊牧, 저우멍뎨周夢蝶 등이 그의 유탄을 얻어맞았다.

이러한 문학 논쟁이 목표로 하는 것은 문학과 사회 사이의 경계를 명확히 하는 것이지, 모더니즘 운동의 성과를 부정하여 향토사적 예술의 의의를 밝히려고 하는 것은 결코 아니었다. 그러나 또 그렇다고만 할 수 없는 게, 모더니즘 미학과 그에 수반된 문학 비평을 강하게 회의한 것도 사실이었다. 타이완의 문학 비평의 출발로는 응당 1960년대 모더니즘 운동을 따라 출현한 신비평을 들어야 할 것이다. 샤지안夏濟安, 샤즈칭夏志清 형제는 신비평을 타이완에 소개하고 실천했다. 1956년 창간된《문학잡지文學雜誌》와 1960년 창간된《현대문학現代文學》을 통해 샤 씨 형제는 말과 행동으로 가르쳤을 뿐 아니라 타이완 작가와 시인들을 신비평의 실천으로 이끌었다. 신비평의 핵심 정신은 곧 문학을 독립적이고 자주적인 생명으로 간주하는 것이다. 각 작품은 당연히 작자의 삶의 경험 및 시대적 배경과 밀접하게 연관되지만, 작품을 분석하고 해석할 때, 정신을 지나치게 분산하여 문학의 사회성과 시대성을 분석하기보다는, 작품에 내재하는 논리 구조와 예술 효과에 집중할 필요가 있다. 문학을 문학으로 돌아가게 하고, 예술을 예술로 돌아가게 하는 것이 신비평이 타이완 문학에 던진 가장 큰 충격이었다. 이 충격으로 인해 비평은 이미 엄숙한 작업이 되었고 동시에 모더니즘 작가 스스로 언어의 정련과 꼼꼼한 독서를 중시하게 되었다. 시인 위광중, 예웨이렌, 뤄푸, 양무 등은 신비평 활동에 참여했을 뿐 아니라 신비평의 기준을 가지고 직접 창작 활동에 임했다. 소설가 왕원싱王文興, 바이셴융白先勇, 치덩성七等生 등은 신비평의 기율을 더욱 충실하게 따랐고 창작과 세독細讀 양 방면에서 풍성한 성과를 거두었다.

신비평이 아직 준비 중이던 시기에 터져 나온 신시논쟁은 커다란 좌절로 이어질 수밖에 없었다. 문학예술론은 문학효용론에 의해 회의됐는데, 이는 반공시기 문예 정책과 비교해 더 조급했고 더 절박했다. 타이완 모더니즘시의 발전이 탕원뱌오가 말했듯 전혀 맞지 않는 것인지, 모더니즘시가 그의 고발처럼 완전히 현실에서 벗어났는지 등의 문제들은 논쟁 기간 결코 깊이 있게 논의되지 않았다. 그러나 그의 문제제기가 당시 지식계와 문학계에 커다란 파문을 일으킨 것은 분명했다. 모던과 현실은 확연히 나눌 수 있는 두 개념으로 간주되었다. 모던이 현실을 벗어났다고 할 때의 현실은 생활로의 접근을 의미했다. 논쟁의 규모가 순식간에 확대되자, 이를 추수하는 이들이 셀 수 없을 정도로 증가했다. 현실생활을 반영하지 않고 타이완 사회로부터 거리를 두었다는 것은 모더니즘시에 대한 최대의 비판이었다.

1950년 중기 이래 모더니즘운동을 돌아보면 맹아기에서 성숙기까지 모

▶《創世記詩刊》(舊香居 제공)

두 현대시사現代詩社, 푸른별시사藍星詩社, 창세기시사創世記詩社, 세 개의 시사가 이를 이끌었다는 것을 알 수 있다. 각 성원들은 모두 전업 시인이 아니었고, 현실에서 각자 직업과 일을 가지고 있었다. 그들은 아마도 고상한 일을 하는 이도 있었을 것이고 천박한 일을 하는 이도 있었을 것이다. 그러나 어떤 일을 하든 그들은 사회의 변화에 민감했다는 점에서는 같았다. 자잘한 생활 속에서 그들은 시간을 짜내어 시적 정취를 탐닉했다. 이 때문에 시인은 생명의 구조를 가장 잘 보여줄 수 있었던 것이다. 시 예술이 현실을 벗어났는지의 여부를 검열하는 것은 권력자가 백성의 생각에서 충성을 시험하는 것과 다르지 않았다. 탕원뱌오와 지지자들의 시에 대한 요구가 그처럼 극단적이었다. 아마도 그것은 시에 대한 순수한 심미의식에서 나오지 않고, 정치 정세로부터 견인되었기 때문일 것이다. 그들은 위기의 시대에 격렬히 반응했던 것이고, 이것은 곧 시대의 정신을 반영한 것이었다. 인문적 관심에서 이를 본다면, 쉽게 이해할 수 있다. 그러나 모든 시인들이 똑같은 심정을 품고 또 똑같이 작품에 담아야 한다는 요구는 분명 너무도 극단적이었다.

논쟁이 끝나고 30여 년이 흐른 뒤에야, 이를 새로이 회고할 수 있는 여유를 가질 수 있었다. 신시논쟁의 의미는 아마도 모더니즘시 운동의 틀을 가지고는 고찰할 수 없고 전체 문학의 기능으로까지 확대해서 보아야 할 것이다. 필경 논쟁이 전개되던 당시에는 왕원싱王文興의《집안의 변고家變》, 어우양쯔歐陽子의《가을 잎秋葉》그리고 장아이링張愛玲과 중리허鍾理和의 소설도 함께 논의되었다. 논쟁 전체가 일으킨 파란은 이미 신시라는 의제를 넘어섰다. 그 가운데 최대의 핵심 문제는 이미 모더니즘과 리얼리즘의 추세와 구분을 향해 있었다. 작가는 현실과의 결합과 분리를 심미적 방법으로 취했는데, 이것은 물론 그 시대의 정치적 분위기에 호응하는 것이었다. 왕원싱, 어우양쯔, 장아이링 등이 집중 포화를 받은 이유는 너무도 분명했다. 그들의 작품에는 모두 똑같이 모더니즘적 색채가 강했고, 소설의 주제는 내면세계의 배덕背德, 역륜逆倫, 난륜亂倫 등 부정적인 것이었기 때문이다. 이렇게 개인의 정욕, 상상, 기억에 편향된 글쓰기는 위기의 시대의 높은 도덕적 기준의 검열을 통과할 수 없었다. 중리허의 문학은 긍정적인 평가를 받았는데, 그가 1950년대 타이완 농촌사회의 빈곤한 생활 속에서 인성의 존엄함을 그려내어 전체 시대의 곤경과 진실을 위한 분투를 소설에 담았기 때문이었다.

논쟁의 와중에 다음과 같은 심미 기준이 수립되었다. 모더니즘은 개인적이고 내재적이며 탈현실적이다. 리얼리즘은 사회적이고 외재적이며 현실 반영적이다. 이것은 모더니즘을 비판하는 사회효용론자들이 견지하는 신앙이면서 문학의 우열을 살피는 척도였다. 그러나 이 척도는 정말로 정확한가? 아니면 더 실제적으로 말해, 문학은 진정 현실을 반영할 수 있는가? 문학이 현실을 반영할 수 있다면, 현실을 많이 다루어야 현실적이라고 할 수 있는가? 모든 문학이 현실을 반영한다면, 과연 사회에는 어떤 도움을 줄 수 있는가? 이러한 문제들에 구체적인 답을 내린 후에야 신시 논쟁에서 제기된 사회효용론이 성립될 수 있었다. 문학 독자는 각 시대에 모두 소수에 속했다. 그들은 시를 읽고 소설을 읽을 때, 절대로 효용론적 관점에서 읽지 않는다. 독자는 문학 작품을 선택할 때 기능을 우선시하지 않는다. 문학 작품이 독자를 끌어당길 수 있는 까닭은 내용 자체에 풍부한 예술 효과가 있기 때문이다. 문학의 아름다움은 사람에 따라 달라진다. 마찬가지로 문학의 효용 또한 사람마다 다르다. 리얼리즘 작품이 진정으로 독자를 감동시키는 것은 결코 작자와 현실의 결합 때문이 아니라 작자가 예술적 미를 창조했기 때문이다. 탕원뱌오는 모더니즘시를 비판할 때, 전형적인 리얼리즘시를 거론하지 않았다. 왜 그랬을까? 그는 끊임없이 이백李白과 두보杜甫의 시관을 언급했지만, 5·4 이후의 신시전통에 대해서는 논하지 않았다. 마치 리얼리즘은 고전 시인을 통해서만 완성될 수 있다고 보는 것 같았다. 이러한 논증 방식은 사실 영락없이 탈현실적이었다.

모더니즘 시인의 미학은 아마도 개인의 내면적 경험에서 찾을 수 있을 것이다. 표면적으로, 내면의 사유 활동과 객관 현실 세계는 단절되어 있다. 그러나 어떠한 현대 시인이라도 사회를 구성하는 성원임에는 틀림이 없다. 개인의 고독과 고민을 표하더라도, 심지어 사적이고 은밀한 정욕을 상상하는 데 탐닉한다하더라도, 정서적 파동과 외재적 현실은 모두 얼기설기 얽혀 서로를 움직이게 한다. 한 시인의 고민은 절대로 개인적인 것은 아니며 한 시대, 한 사회의 축소판으로 간주해야 한다. 왕원싱의《집안의 변고》와 어우양쯔의《가을 잎》, 뤄푸의《석실의 죽음石室之死亡》, 위광중의《고타악敲打樂》은 모두 용속한 리얼리즘이 아니다. 오히려 가장 심오하고 진실된 감각으로 시대 전체의 고된 현실과 곡절을 재현했다. 오늘 다시 그의 작품을 읽어보면 지금까지 유전된 당시의 소리, 색채, 온도, 기미가 오히려 상당한 리얼리티를 갖고 있다는 것을 알게 된다. 그들의 문학이 시대의 격류가 훑고 지나갔음에도 망각되지 않았던 것은 리얼리즘의 사회효용론으로부터 세례를 받은 까닭이 아니라 모더니즘의 예술 기교에 의탁했기 때문이었다.

1970년대 타이완 문학을 토론하는 이유는 모더니즘과 리얼리즘이 왜 갈라졌는지를 다시 인식하기 위해서이고 모더니즘이 왜 오명을 뒤집어쓰게 되었는가를 더 심도 있게 이해하기 위해서이다. 작품의 정신적 면모를 새로이 드러내어 그 위에 얹혀 있던 정치적 해석과 이데올로기의 짐을 벗어버려야지 문학사의 진상은 하나하나 드러날 수 있다. 관제밍과 탕원뱌오가 당초 모더니즘시를 비판한 것은 관심에서이거나 의분에서였다. 이는 사실 그들이 위기의 시대에 품었던 근심과 초조함을 드러내는

데 안성맞춤이기도 했다. 이제 모든 분노는 이미 사라져 버렸다. 문학의 진면목이 이제야 회복될 수 있게 된 것이다.

신시논쟁의 연장 : 《가을 잎》과 《집안의 변고》 비판

향토문학과 모더니즘은 필연적으로 대립하는가? 달리 말해, 향토문학은 필연적으로 리얼리즘에 속하는가? 이 두 문제가 제기된 것은 1970년대부터였다. 그 긴장의 시대에 수많은 심미 원칙들 하나하나가 도전받았다. 시대 전체가 동요하면서 문학은 근심이라는 의제로 돌아섰다. 신시논쟁 과정에서 모더니즘이 비판을 받게 된 것은 당연한 수순이었다.

전후 모더니즘의 기원은 미국의 대외 원조 문화와 불가분의 관계였다. 당시의 시대적 배경 아래에서 타이완 문학의 급격한 현대화가 이루어질 수 있었다. 모더니즘운동은 미국적인 요소가 있었지만, 그것을 제국주의와 동일하게 취급할 수는 없으며, 오늘날에는 이를 더 분명하게 정리할 필요가 있다. 그러나 1970년대의 상황으로 돌아가 본다면, 국가가 위기에 처했다고 느끼는 상황에서 지식인은 심미 원칙을 결코 순전히 예술의 문제로만 인식할 수는 없었다. 그들은 그것을 정치적 의제의 범주로 논의해야 했다. 문학예술이 이데올로기 대결에 얽혀들어 가는 것은 피할 수 없는 현실이었다. 제국주의와 민족주의 사이에서, 모더니즘과 리얼리즘 사이에서 문학의 지위는 끊임없이 흔들렸다.

비판적인 분위기가 심화된다는 것은 문학 진영 내부에 갈등이 있다는 것을 말해 준다. 모더니즘을 비판할 때 민족주의자는 단순히 문학만을 토론하지는 않았다. 그들의 가장 예리한 창끝은 사실 미 제국주의를 향하고 있었다. 이러한 전략은 당연히 타이완 문학의 불행이기도 했다. 그러나 역사의 맥락에서 보았을 때는 불행 중 다행이라고 할 수 있다. 1970년대 초 신시논쟁과 얼마 후 일어난 향토문학논쟁은 적어도 그 단계의 임무는 이미 완수했었다. 그것은 억압받는 타이완을 역사의 표면 위로 끌어올리는 것이었다. 이러한 논쟁들이 없었다면, 타이완 문학은 아마도 더 긴 시간을 지나서야 인정받을 수 있었을 것이고, 비판의 세례가 없었다면, 망각된 타이완이 주목을 받는 일도 없었을 것이다. 향토문학운동은 이후 통일과 분리라는 두 노선으로 나뉘기는 했지만, 타이완 문학을 바르게 부르고正名, 이를 확인한 것은 그야말로 불후의 공적이라고 할 것이다.

타이완 문학이 이미 성숙의 단계에 들어선 21세기에 1970년대를 돌아보려면 역사가 남긴 다음과 같은 문제를 처리해야만 한다. 즉, 모더니즘은 제국주의와 같은 것인가?

이 문제를 해결하기 위해, 더는 민족주의적 정서를 유용할 필요는 없다. 모더니즘을 예술의 영역으로 돌린다면 더 분명하게 역사의 진면목을 볼 수 있다. 모더니즘을 버리고서는 타이완 문학을 평가할 수 없다. 모더니즘이 가져온 창작 기교, 심미 원칙, 언어 개조 덕분에 타이완 문학은 확실히 예술 운용에 있어 중대한 전환을 이룰 수 있었다. 모더니즘의 충격이 없었다면, 타이완 작가들은 아마도 5·4의 그늘 아래에 머물러 있을 것이고, 여전히 '내 손은 내가 말한 것을 적는다我手寫我口'라는 백화문에 의지하고 있을 것이며, 기승전결의 전통 사유 구조를 따르고 있을 것이다. 모더니즘 작가들은 문학의 풍경을 바꾸어 놓았고, 그로 인해 예술의 심도와 수준이 모두 향상되었다. 서구 미학의 영향을 받기는 했지만, 타이완 작가는 자신의 창작 능력에 기대 전혀 다른 세계를 열어젖혔다. 무릇 창작을 통해 탄생한 문학을 제국주의 지배를 받은 것으로 간주해서는 안 된다. 창작 능력은 사실 문화 주체가 구성하는 구체적인 표현이다. 타이완 모더니즘 문학의 의의가 바로 여기에 있다.

어우양쯔의 《가을 잎》과 왕원싱의 《집안의 변고》가 1973년 집중 포화를 받은 일은 타이완 문학사에서 중대한 사건이었다. 이 두 사람은 모두 《현대문학》지의 창간인이었으며, 1960년대 모더니즘운동의 맹장이자 신비평의 실천자였다. 그들은 매우 신중하게 소설 언어를 빚어냈다. 특히 문자를 '간결히 다듬으라精省'는' 요구에 응하기 위해서, 왕원싱은 '가렴

주구橫征暴斂'라고 말할 수준까지 언어를 깎고 또 깎았다. 그들이 제공한 범례는 서구 모더니즘의 흔적이 담겨 있었지만 소설 내용과 형식에서는 이후 타이완 문학이 가져 본 적 없는 상상을 보여 주었다.

《가을 잎》은 '문학총간文學叢刊'에 편입되어, 1967년 처음 출간되었다. 당시 원 제목은 《긴 머리 그 소녀邢長頭髮的女孩》였다. 이 작품집의 가장 이른 판본은 어떠한 공격도 받지 않았다. 1971년 어우양쯔는 자구를 수정하고 제목을 《가을 잎》으로 바꾸어 천중출판사晨鐘出版社를 통해 출판했다. 신비평의 신봉자로서 어우양쯔는 이미 완성된 작품을 포기하지 않고 다시 정리하여 언어를 더욱 정련하고 간소화했다. 천중출판사 판본의 〈작가의 변〉에서 어우양쯔는 수정한 '태반이 언어 및 처리 방식과 구조'라고 말했다. 소설을 고쳐 쓴 목적은 언어를 더욱 유창하고 간결하게 정련하여, 불순한 것은 제하고 알갱이만 남기기 위해서였다.

《가을 잎》이 다시 출판되었을 때, 타이완은 마침 국제 사회에서 엄혹한 도전에 직면해 있었다. 민족주의 정서는 거대 환경의 도전 아래에서 갑작스럽게 고조되었고, 지식인들은 제국주의의 멸시에 크게 분노하고 있었지만, 적당한 해결책을 찾지 못하고 있었다. 이미 십여 년을 발전해 온 모더니즘운동은 마침내 속죄양으로 전락하고 말았다. 신시논쟁의 봉화가 활활 타오르던 1973년 8월《문계文季》제1기가 정식으로 출간되었다. 창간호에서 양대 특집란이 큰 주목을 받았다. 하나는 탕원뱌오가 쓴 〈시의 몰락詩的沒落〉이고 다른 하나는 탕원뱌오, 허신何欣, 웨이톈충尉天驄, 왕훙즈王紘之 등의 글 네 편으로 구성된 〈당대 중국 작가 고찰―어우양쯔當代中國作家的考察―歐陽子〉였다. 전자는 모더니즘시에 초점을 맞추었고, 후자는 어우양쯔의 현대소설에 화력을 집중했다.《긴 머리 그 소녀》는 막 출간되었을 때는 공격 받지 않았지만, 6년이 지나서 개정판이 나왔을 때에야 광범위한 비판을 받았는데, 이는 흔한 일은 아니었다.

어우양쯔의 소설의 가장 선명한 주제는 여성의 정욕과 근친상간의 금기였다. 변태적인 사랑과 근친상간의 스토리 속에서 인성을 탐색하는 것이 작자의 주요한 관심사였다. 애정과 감각기관의 실험은 인성을 검증하는 가장 손쉬운 수단이다. 이것은 상당히 전형적인 모더니즘적 글쓰기로, 이를 통해 내면의 억압된 감각과 상상이 발굴된다.《가을 잎》에서 사람들이 가장 의아하게 생각하는 것은 깊은 곳에 숨어서 세차게 흐르는 무의식의 세계를 드러내는 것이었다. 체내에 잠재되어 있는 인성은 미약한 감정이 드러나는 순간에서야 발견될 수 있다. 어우양쯔의 소설은 인간과 인간 사이에 존재하는, 이해하기 어려운 관계를 밝혀내며, 짧은 편폭이나마 감정 깊은 곳에 있는 의미를 모두 풀어내고 있다. 〈샤오난의 일기小南日記〉의 아들이 어머니를 사랑하는 경향, 〈마지막 교시最後一節課〉의 교사와 동성 제자와의 사랑에 대한 암시, 〈깨달음覺醒〉의 아들을 사랑하는 어머니의 관계, 〈황혼이 가까울 때近黃昏時〉의 어머니를 사랑하는 아들이라는 플롯, 〈가을 잎〉의 의붓엄마와 의붓아들의 한층 기이한 연애상 등, 폐쇄적인 시대에 이들 단편소설은 이러한 도덕의 금기에 도전했다.

인간은 원래 결핍되어 있으면서도 복잡한 존재로서 절대 전통적인 윤리와 도덕으로 개괄할 수는 없다. 모더니즘의 심미는 본래 측정할 수 없이 깊은 인성의 세계를 드러내는 것이다. 배덕, 타락, 사악, 몰락 같은 인간의 이면의 모습은 이야기하길 피하는 것이지만 도리어 허구를 통해 인생의 참모습을 드러낼 수 있다. 어우양쯔가 고심한 것은 차라리 인성을 더욱 진실하게 드러내는 것이었다. 무의식의 세계의 신비한 베일을 걷어 올려야만 구원을 위한 구체적인 행동에 나설 수 있는 법이다.

▶ 尉天驄(《文訊》 제공)

이 소설을 집중 공격했던 《문계》는 기본적으로 리얼리즘과 민족주의에서 출발했다. 허신은 작품 속 인물은 "모두 사상과 개성이 부족해서 마치 부평초와 같고, 이야기는 모두 힘이 없다. 이야기를 밀고 가는 거침없는 파도 같은 힘에서조차 오히려 기세등등한 현실감을 찾을 수 없다"고 말했다. 왕훙주王紘久(필명 왕퉈王拓)는 소설 속의 난륜 관계가 그르다고 생각했다. "중국은 오랜 동안 '효'의 전통을 굳게 지켜왔다. '효'를 가장 중요한 가치로 여기는 사회에서 이러한 난륜은 희석될 가능성이 높고 그래서 수면 아래로 은폐되기 쉽다." 또 어우양쯔에 관해서는 "삶의 경험이 부족해 생명에 대한 이해와 흥미가 지나치게 좁은 감이 있다. 사회 현실과 이러한 문화 환경 아래에서의 보편적 문제에 대한 감수성도 예민하지 않다"는 평을 남겼다.

'반反윤리'나 '서구 자본주의로부터의 영향' 따위를 들어 모더니즘 소설을 비판하는 것은 전혀 문학예술적인 비판이 아니다. 민족주의는 모더니즘을 수용할 수 없다거나, 리얼리즘과 모더니즘은 대립하는 미학이라거나 하는 주장은 이러한 비판 분위기 속에서 산생된 것이다. 모더니즘을 현실에서 탈각시키고, 심지어는 민족주의를 거스르는 것으로 보는 것은 바로 이 같은 위기의 시대에 만들어진 문학적 주장이었던 것이다. 이 주장은 이후 향토문학논쟁에서 더욱 확대되고 고양되었다. 여성이었던 어우양쯔는 용감하게도 인성의 진실을 보여줄 예술적 기교를 추구했지만, 결국은 민족주의의 파고에 휩쓸리고야 말았다.

분노한 민족주의적 정서는 당시 갓 출판된 왕원싱의 《집안의 변고》에서도 표출되었다. 어우양쯔가 어머니의 이미지를 반복적으로 보여주는 데 힘을 쓴 반면, 왕원싱은 아버지의 이미지를 새로이 창조했다. 《집안의 변고》는 부자간의 충돌을 그려냈다. 작품에서 아버지는 끝내 집안을 떠나고 만다. 전통 문학에서라면, 여성과 아들은 모두 순종적인 인물로 그려지며, 모두 본분을 지켜야 한다는 요구를 받는 가운데 이와 관련된 미덕을 보여준다. 이렇게 개인을 억압하여 부권을 성취하고야 마는, 존숭 받는 지위는 대대손손 윤리도덕의 이름으로 칭송받아왔다. 만약 작가가 억압당하는 데 불쾌함과 불만을 표출한다면, 그는 부덕한 이가 되고 만다.

왕원싱은 억압된 정서를 캐내는 데 정말 일가견이 있었다. 그의 기교는 모더니즘적이었지만, 그 이야기는 리얼리즘보다 더 현실적이었다. 작품은 두 방향으로 진행되는데, 하나는 아버지가 집을 떠난 후 아들이 아버지를 찾는 과정이고, 다른 하나는 아들의 성장사다. 아들은 아버지를 숭배하다가 증오하게 되고, 그로 인해 부자는 자질구레한 일상에서 끊임없이 충돌한다. '아비 찾기尋父'는 외피일 뿐, 그 아래에서 '아비에 대한 증오憎父, 혹은 아비 죽이기弑父'로 발전해 갔던 것이다.

이 작품의 문장 리듬은 매우 완만했다. 거의 정지 상태에 가까운 이동 촬영기법처럼 가정생활의 작은 일 하나하나를 전부 담아내고 있다. 사랑과 증오는 하루아침에 만들어지는 것이 아니다. 물 한 방울 한 방울이 바윗돌을 깨듯이 밤낮으로 쌓이고 쌓여 사람을 갉아먹고 만다. 왕원싱이 기울인 정성은 시를 빚는 것과 같았다. 단어를 고를 때면 그 빛깔, 그 온도, 그 무게를 세심히 헤아렸다. 필치도 극히 신중해서 의경의 암시와 플롯의 전환에 잘못이 있을까 두려워했다.

공을 들여 완만한 리듬을 만든 이유는 삶의 작은 편린까지도 포착하기 위해서였고, 더불어 내면 정서의 미세한 파동까지도 잡아내기 위해서였다. 모더니스트들은 왕왕 언어의 실험자로 간주된다. 실험은 당연히 시행착오를 포함하며, 또한 미완성을 내포한다. 그러나 모더니스트로서 왕원싱의 언어는 실험이 아니라 실천이었다. 곡절이 있는 내면세계에 이르고자 한다면, 기복이 있는 정서와 감각을 그려야 한다. 그는 의도적으로 언어문자가 현실에 육박하도록 만들었다. 이것은 그 자신이 말했던 "작가의 성공과 실패는 모두 언어에 달렸다"[7]와 다르지 않았다. 이런 신념에 어긋나지 않게 그는 일분일초도 허투루 쓰는 법 없이 언어문자의 운용에 공을 기울였다.

어우양쯔가 민족주의자들로부터 비판을 받았던 것과 마찬가지로 왕원성도 당연히 현실과 동떨어지고 윤리를 거스른다는 비판을 받았다. 민족주의 진영은 다수의 문장을 통해 비판을 가했지만, 사실 그 비판의 언어와 사상은 빈곤했다. 그들은 똑같은 정서, 똑같은 이념, 똑같은 기준을 이리저리 반복하기만 했다. 문학이 하나의 척도만으로 평가될 수 있다고 한다면 응당 담겨야 할 예술적 의의는 잃고 말 것이다. 모더니즘소설은 개체와 개체 사이의 차이를 추구했고 심리의 깊이와 넓이를 헤아렸다. 인성에 미치는 모든 것은 필연적으로 사회에 속한 것이었다. 왕원싱은 "나는《집안의 변고》의 사회적 의의가 그렇게 중요하다고는 여기지 않는다. 그보다는 이 작품이 어떤 시대에도 일어날 수 있는 문제를 논하고 있다고 생각한다.《집안의 변고》가 가지고 있는 그 자신만의 사회적 의식을 분명하게 쓰기만 한다면, 다른 국가 어디에 가져가도 이해될 수 있을 것이다[8]라고 말했다. 이것은 1977년 우첸청吳潛誠의 방문을 받았을 때, 왕원싱이 답한 것이었다. 이런 발언이 나온 당시에 향토문학논쟁도 막 정점을 찍고 있었다.

《집안의 변고》는 모더니즘운동의 중요한 기념비로서 타이완문학사에서 끊임없이 논의되는 경전이다. 1970년대 정치적 격류는 노도와 같은 힘으로 이 작품에 충격을 주었지만, 끝내 쓸어가지는 못했다.《집안의 변고》가 역사에 살아남은 사실은 이 작품이 중량과 건실함을 가지고 있다는 증명이었다. 이 소설은 결코 윤리도덕을 전복한 것이 아니었다. 이 작품이 진정으로 도전한 것은 윤리도덕의 가면 아래에 숨어 있는 즐겁지도 아름답지도 않은 가정이었다. 문학이 밝은 면만을 주제로 삼는다면 인생의 진실은 도리어 은폐되고 말 것이다. 인생의 추악한 모습을 드러낼 때라야 승화의 힘과 구원의 길을 찾을 수 있을 것이다.

기세등등했던 신시논쟁으로 인해 민족주의 정서가 부단히 고조되었다. 그 가운데《가을 잎》과《집안의 변고》도 비판과 폄하를 피할 수는 없었다. 모더니스트들은 이제껏 제대로 인정을 받은 적이 없었다. 1970년대가 그러했고, 80년대는 더욱 그러했다. 특히 본토의식이 나타난 후 타이완 민족주의는 중화민족주의의 자리를 앗아 버렸고 끊임없이 다양한 방식으로 모더니즘운동을 배척하고 비판했다. 그러나 정서는 심미와 같을 수는 없다. 주의 역시 예술일 수 없는 법이다. 민족주의가 퇴조하면서 예술정신은 마침내 그 모습을 드러내고야 말았다.

사과와 장미: 제국주의 비판

미국의 원조 문화가 타이완 사회에 던진 충격이 무엇인지는 1970년대 문학 작품에서 그 단서를 찾을 수 있다. 전후 타이완 역사는 재정비와 반성의 단계로 들어섰고, 이 시기에 바로 그 단서가 나타났던 것이다. 전 세계적 냉전체제가 해빙무드로 접어들던 1960년대 말에 이미 그 흔적이 보인다. 자본주의 발전이 난관에 봉착하자 이를 해결하기 위해 미국은 정치 전략의 전환을 결정한다. 미국은 대결을 대화로 대체하고 소련이나 중국 등 공산 진영과 화해하기 시작했다. 이러한 전략 조정의 구체적인 결과는 1970년 타이완을 국제연합에서 퇴출시킨 것으로 나타났다. 결국 미국의 원조 물자도 이 해가 마지막이었다. 국제 사회에서 타이완은 나날이 고립무원의 상태로 빠져들었다. 타이완 국내에서는 가공수출지역이 계속해서 건설되었다. 미국은 정치적으로는 타이완에 거리를 두었지만 경제적으로는 투자를 강화한 것이 이 시기를 설명하는 팩트이다. 이러한 정경 분리 전략은 결코 타이완의 정치적 존엄을 존중하지는 않지만 경제적 이익을 위해서는 타이완과 밀접한 관계를 유지할 것이라는 미국의 생각을 말해 주었다.

타이완문학은 바로 이와 같은 전환점에 서서 중대한 변화를 맞이하게 되었다. 문학이 사회심리의 가장 적절한 표현이라고 한다면, 문학은 미국의 원조 문화의 조정에 완전히 무감각할 수는 없었다. 제일 먼저 미국의 원조 문화에 비판을 가한 작가가 바로 황춘밍과 왕전허였다. 황춘밍은 이란宜蘭, 왕전허는 화롄花蓮 출신으로 두 곳 모두 외진 주변지역이었다.

이런 지역에서 미국 원조 문화의 영향은 상대적으로 적었다. 황춘밍과 왕전허는 등단했을 때, 모두 모더니즘으로부터 세례를 받았다. 그들은 도시에서 살아가면서도 자신들의 고향을 바라보고 있었다. 두 사람 모두 소인물을 소설의 주인공으로 창조했고 자질구레한 민간의 삶을 아름다운 이야기로 바꾸었다. 그러나 소인물들의 가치도 만만치 않았다. 미국의 원조 문화와 자본주의가 모두 그들의 몸을 짓누르고 있었던 것이다. 작은 것으로 큰 것과 싸우는 서사전략은 두 소설가의 비범함을 보여준다. 도시에서 시골 인물을 그려내는 경우 종종 변증법적인 효과가 수반되고는 한다. 소인물은 중산층이 보지 못하는 것을 볼 수 있으며, 당연히 도시 주민이 놓치는 도시의 풍경을 볼 수도 있다. 마찬가지로, 미국의 원조 문화를 대할 때도 주변부의 시선으로 봄으로써 지식인에게는 익숙하지만 소인물에게는 낯선 가치관을 더욱 잘 발견할 수 있다.

황춘밍은 1972년 12월28일에서 31일까지 《중국시보·인간부간》에 〈사과의 맛蘋果的滋味〉을, 왕전허는 1983년 《문학계간文學季刊》2기에 〈샤오린 타이베이 상경기小林來台北〉를 발표했는데, 이 두 작품은 실로 타이완 문학의 중대한 돌파구였다고 할 만했다. 이들 작품이 등장하기에 앞서 타이완에서는 소설을 빌려 권위주의적 정치 체제를 비판하고 일본 식민 통치를 꾸짖는 문학 전통이 자리 잡혀 있었다. 그럼에도 불구하고 미국 문화의 타이완 지배라는 의제를 다루려 시도했던 작가들은 거의 없었다. 이 두 작품이 발표되었을 때 인도차이나 반도에서는 여전히 베트남 전쟁이 격렬히 전개되고 있었고, 타이완은 여전히 미군의 열성적인 후방 기지 노릇을 하고 있었다. 〈사과의 맛〉은 제국주의식의 인도주의를 묘사했고 〈샤오린 타이베이 상경기〉는 타이완 지식인의 서양 숭배를 묘사했다. 두 소설은 모두 사회적으로 주목받지 못하는 인물小人物들이 느끼는 감정을 전함으로써 미국의 원조 문화가 타이완에 남긴 거대한 그림자를 보여주었다.

황춘밍은 〈사과의 맛〉을 쓰기 전에 이미 상당히 경전적인 소설 몇 편을 발표했었다. 〈칭판공 이야기青番公故事〉, 〈물에 빠져 죽은 늙은 고양이 溺死一隻老貓〉, 〈징羅〉, 〈샌드위치 맨兒子的大玩偶〉[2] 등은 대부분 시골 마을이 현대화되는 과정에서 만나게 되는 일들을 묘사했다. 도시에서의 자본주의 발달은 편벽한 시골에 영향을 미치게 된다. 이 소설들은 사실 일종의 이별을 고하는 손 인사 같은 것으로서, 순박하고 선량하며 쉽게 만

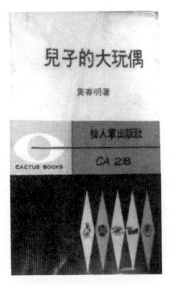

▶ 黃春明, 《兒子的大玩偶》

족하는 시대가 곧 과거가 돼버릴 것임을 보여주는 작품이었다. 그런데 실제로 그러했다. 황춘밍은 자본주의가 스며든 시골 마을의 역사적 기억을 분명하게 기록으로 남겼다. 전통과 현대의 교체, 보수와 변화의 교차, 시골과 도시의 만남은 모두 생동하는 서사 속에서 그 실체를 온전히 드러내고 있다.

시골에서의 생활에 안분 자족하는 소인물들은 자본주의가 어떻게 타이완에 침투해 들어왔는지를 전혀 이해할 수 없었다. 또 타이완 사회가 왜 미국의 원조 문화를 숭배하게 되었는지를 해석할 수도 없었다. 하나의 사회문화심리

가 만들어지려면 정치 선전이나 교육 체계만으로는 부족하다. 그것은 세세하고 자질구레한 일상의 삶이 하나하나 쌓여감으로써만 가능한 것이다. 이제 강대국의 문화는 타이완에 들어오면 더 이상 무력에 호소하지 않는다. 대신 영화, 문학, 예술, 상품 등 다양한 형식을 이용하여 개인의 청각, 시각, 미각 등에 스며든다. 사람들은 감각으로부터 특정한 문화적 분위기와 영향을 받아들이게 되는 것이다. 완만하고 점진적인 과정을 거

---

2) 侯孝賢이 같은 제목의 영화를 발표했고, 한국에서는 '샌드위치 맨'으로 소개되었다.

쳐 은연중 감화시킴으로써 사유 방식과 가치관을 바꾸며, 아울러 더 나아가 개인의 내밀한 무의식의 세계에도 삼투한다. 사람들의 내면에서 미국이 들어간 모든 것은 행복과 아름다움과 위대함의 동의어가 되었다.

〈사과의 맛〉이 바로 그런 이야기였다. 소설 속 미국인은 어찌 위대한 자에서 그칠 것인가? 그들은 구원자이자, 연민을 품는 자이자, 시은자이다. 시골에서 타이베이로 이주한 노동자 아파阿發는 쥐꼬리만한 월급에 기대 도시의 무허가 판잣집에서 겨우 생활을 이어간다. 이 불행한 아파는 아침에 일하러 가는 도중에 우연히 미국인의 차에 받히고 만다. 이어서 미국인의 지위는 곧바로 행운의 신으로 상승된다. 그 미국인은 교통사고를 당한 노동자와 그의 아내를 불쌍히 여기고 자상하게 돌봐준다. 소설의 리듬은 안정적이면서도 명쾌하며, 시간에 맞게 적절히 희극적인 요소가 배어 있다. 또 아이러니를 통해 슬픔과 자극을 드러내었다.

아파는 더는 선량한 노동자가 아니다. 그는 급격하게 미국 숭배의 구체적인 상징으로 전환된다. 이러한 노동자는 일평생 머나먼 미국과 어떻게도 엮일 일은 없었다. 그런데 역사의 오해가 이 불길한 날에 그에게 일어났다. 다친 몸으로 순백의 청결한 미국 병원에 누워 있을 때, 그는 그만 자신의 영혼이 천당에 있다는 착각을 하고 만다. 작품 속 열성적인 타이완 경찰은 시종일관 중개인 노릇을 한다. 그는 사고를 일으킨 미국인이 부상을 당한 아파와 대화할 수 있도록 돕는다. 이야기 전체에서 경찰은 미국인의 대변인 혹은 대리인처럼, 가해자의 마음을 너무나 잘 이해하고 있다. 이를 가장 잘 보여주는 것이 경찰이 아파에게 위로를 하는 장면이다. "이번에 당신 운이 좋은 거예요. 미국 차에 치였으니 망정이지 다른 차에 치였으면 지금쯤 아마도 길가에서 멍석에 덮여 있을 거라고요." 자동차 사고에는 원래 행운과 불행이 공존한다. 그리고 그에 따라 결과도 천당과 지옥으로 나뉜다. 다행스럽게도 아파에게는 전화위복이 일어났다. 훌륭한 수준의 배상을 보장받았을 뿐 아니라 온 가족이 배불리 먹을 수 있게까지 되었고, 벙어리 딸은 미국으로 공부하러 갈 수 있게 되었다. 이렇게 천국과도 같은 대우는 당시 많은 타이완인들이 몽매에 바라마지 않던 소원이었다. 당연히 두 다리가 부러진 아파는 오히려 감격의 눈물을 흘리며 경찰에게 말한다. "감사합니다! 감사합니다! 죄송합니다, 죄송합니다……"

타이완 역사의 운명적인 비극은 아파에게서 희극적으로 표현되었다. 전도시비顚倒是非가 역으로 전도중생顚倒衆生이 되면서 소설의 풍자는 최고조에 이르게 된다. 미국인, 대리인, 타이완인의 권력 구조에서의 위계는 여기에 이르러 너무도 명확해진다. 천국에 이른 아파는 침대 옆에서 미국 사과를 먹고 있는 아내를 보면서 그 행복의 맛이 가슴 깊은 곳까지 전해짐을 느낀다. 처음에는 미국인이 잘못을 저지른 것 같았지만 결과적으로는 옳은 일을 한 셈이 되었고, 타이완인은 불행하게도 다쳤지만 행복한 결말을 맞이하게 된다. 천하에 이처럼 완전하고 흠잡을 데 없는 코미디가 어디 있겠는가? 1950년대에 이미 상연이 되었던 이 같은 희극이 21세기 오늘날에도 속편으로 계속해서 상연되고 있다. 황춘밍은 사과의 은유를 통해 미국의 원조 문화를 상당히 생동감 있게 비유하였다. 흡사, 유혹처럼 보이고 먹으면 곧 죄를 짓게 되는 성경 속 이야기처럼, 타이완 사회가 강권을 마주하게 되었을 때 갖게 되는, 애정과 증오가 교차하는 복잡한 심리를 잘 보여주었다.

황춘밍과 거의 동시에 창작을 시작했던 왕전허는 가장 먼저 《현대문학》에 단편소설을 발표하고 1966년 《문학계간》에 가입했다. 1970년대 이후 왕전허는 지식인을 조롱의 대상으로 삼기 시작했는데, 비판정신은 황춘밍에 조금도 뒤처지지 않았다. 초기에 소인물을 묘사할 때, 황춘밍은 상대적으로 계급의식이 있어서 농민과 노동자의 생활환경을 동정적으로 그렸다. 그런데 왕전허는 인성의 문제에 치우쳐 소인물의 허황됨과 비천함을 상층 인물에 대비시켰다. 특히 지식인의 거짓과 오만이 그러했다. 세상의 비평가들은 왕전허가 소인물을 묘사하는 데 지나치게 몰인정하다고 비판했는데, 이것은 그에 대한 오독이라고 할 수 있다. 그는 사실

소인물을 조롱하려던 것이 아니었다. 그는 사람이 아무 것도 가진 것이 없을 때, 삶을 지속할 수 있는 어떤 수단이든 반드시 취해야 한다는 것을 보이려 했던 것이다. 〈혼수로 받은 수레嫁粧一牛車〉에서 완파萬發는 곤궁에 빠진 농민이었다. 살기 위해 그는 아내가 다른 이와 잠자리를 갖는 것조차 눈을 감아버림으로써 편안하고 안정된 삶을 꾀하기까지 하는 이였다. 이렇게 인격을 팔아 삶을 도모하는 방식은 지식인이 생명을 팔아 위로 올라가려는 짓거리와 다를 것이 없었다. 상층인물의 외피를 벗겨내 그들의 신분과 존엄과 지위를 뺏어버린다면, 그 사람의 인격과 기상이 완파보다 고명하다고는 할 수 없다는 것을 알게 된다.

왕전허는 소설 속표지에 헨리 제임스Henry James의 말을 인용했다. "생명의 문제에는 슈베르트조차도 할 말이 없을 때가 있다……" 이것 역시 왕전허 소설에서 볼 수 있는 가장 멋진 해석이었다. 인생에서 가장 어려울 때는 어떤 말이나 글로도 쉽게 표현할 수 없다. 그는 〈샤오린 타이베이 상경기〉에서 화롄花蓮 사람 샤오린이 항공사에서 청소부로 일하면서 목격하게 된 고급 지식인 군상의 다양한 인격을 묘사했다. 미국의 원조 문화로 인해 서양을 숭상하는 풍조는 지식인들까지 점령해 버렸다. 샤오린은 상류 사회의 군상이 사실은 영락없는 꼴불견이라는 것을 알게 되다. 회사 안에서는 온통 미국 영어만 쓰고 달러와 미국 영주권만이 유일한 관심사였다. 그러나 시골에서 온 청년 샤오린은 소박한 타이완 어에 익숙했고 늘 고향의 부모님만 걱정했다. 회사에서 샤오린은 그야말로 각양각색의 양복을 입은 기이한 짐승들의 본모습을 보여주는 조요경照妖鏡[3]이었다. 신분상승을 위하여 심지어는 해외로 빠져나가기 위해 지식인들은 평범한 사람들의 질곡과 고통에는 눈을 감았으며 인간 세태에는 관심을 두지 않았다. 샤오린이 나타남으로써 미국의 원조 문화가 존중받는 그 실상이 대비되어 보이게 된다. 그는 철저히 서양화된 환경 속에서 살

---

3) 위장한 요괴의 본모습을 보여주는 거울을 말한다.

아가는 지식인의 무정함과 몰인정에 경악하면서도, 분노 뒤에서 말없이 그저 속으로만 도움이라고는 되지 않는 고함을 칠뿐이었다. '니미……이 시벌 것들! 이 빌어먹을 놈들!'

〈샤오린 타이베이 상경기〉는 서곡일 뿐이었다. 왕전허는 1980년대 또 한 번 이러한 상황을 배경으로 《미인도美人圖》와 《장미여, 장미여, 너를 사랑해玫瑰玫瑰我愛你》(이하 《장미》)두 편의 소설을 발표한다. 전자의 '미인'은 상류층 화인華人과 가짜 양놈假洋鬼子을 가리키고 후자의 '장미'는 미국을 암시한다. 근 10여 년을 지나며 쌓인 왕전허의 미국의 원조 문화에 대한 전면적인 비판이 폭발한 것이었다. 《미인도》는 지식인이 서양을 숭상하고 그에 아첨하는 추태를 풍자하고 있으며 《장미》는 미국의 원조 문화가 이미 그의 고향 화롄도 더럽히고 있음을 비판하고 있다. 두 작품을 함께 살펴보면 왕전허의 가슴에서 용솟음치던, 미국의 원조 문화에 대한 강렬한 반항심이 두 작품에 마침맞게 드러나고 있음을 보게 된다.

미국을 장미로 은유했기 때문에, 사람들은 이를 뼈 속 깊이 느낄 수 있었다. 《장미》는 베트남 전쟁을 배경으로 하고 있다. 전장에 있던 미군이 타이완으로 휴가를 나오면서 타이완에서는 사회적인 소동이 일어나게 된다. '장미'는 당시 가장 공포스러웠던 매독을 암시한다. 그래서 '사이공 장미'라고도 불린다. 위대한 미국을 안으려 한다면, 동시에 위대한 매독을 무조건 받아들여야만 했다.. 이러한 역사의 무대에 처한 지식인들의 역할은 너무도 중요하다. 왕전허의 다른 소설에서는 종종 이야기 속 상황이 경계가 불분명하여 무엇이라 단정하기가 어려운 경우가 보인다. 《장미》에서도 이와 똑같은 문제가 등장한다. 도대체 지식인은 나라를 망치는 족속인가, 구하는 족속인가? 왕전허는 말한다. "지식인이 현대 사회에서 어떤 역할을 하고 있는가는 내 소설이 논하려는 것이 아니다. 나는 그저 그들의 '중간자'적인 취향에 흥미를 느끼고 주의를 기울여 보는 것일 뿐이다."[9] 여기서 중간자라는 명명은 지식인의 동요하는 성격에 그가 가장 큰 호기심을 느끼고 있다는 것을 보여준다. 지식인은 태평성대에서든 위기의 시대에서든 충분히 활약할 수 있다.

《장미》에서 미군이 타이완으로 오고 싶어 했던 이유는 낙원을 찾기 위해서였다. 왕전허는 가오슝高雄과 타이베이 두 대도시를 피해 고심 끝에 술집이라고는 없는 화롄을 배경으로 선택했다. 외국어문학과를 졸업한 둥쓰원董斯文은 자신의 수완을 발휘해 화롄이라는 작은 도시에 있는 지방 찻집을 글로벌한 술집으로 탈바꿈시킨다. 그는 미군을 위한 낙원을 만들어 냄으로써 친선외교의 사명을 완수할 수 있었고, 화롄에 술집을 열어 달러벌이의 목적도 이룰 수 있었다. 이면의 목적을 실현하는 것은 지식인의 중간적 위치를 가장 잘 보여준다. 소설 속 둥쓰원이 구국과 구민救民의 뜻에 헌신한 것은 개과천선과 품격도야라는 시대의 모범을 구현한 것이었다.

1970년대의 예술 표현 방면에 있어 황춘밍과 왕전허의 성과는 문학 기교에만 있지 않았다. 우리는 그들의 비판 정신에 더 주목할 필요가 있다. 소인물에 대한 그들의 해석은 각자 달랐지만 타이완 역사에서 돌이켜 보기 쉽지 않은 고통의 기억을 담아냈다는 점에서는 같았다. 타이완 문학사에서 그들은 향토문학운동의 경전적 작가로 인식되고 있다. 그러나 황춘밍과 왕전허는 결코 스스로를 향토작가로 제한하지 않았다. 특히 향토가 일종의 유행이나 풍조가 되어버리면서 그들이 인식하고 있던 향토와는 거리가 나날이 멀어져 갔다. 향토가 본토의식과 불가분의 관계가 되자 향토는 더 이상 순수한 향토가 아니라 정치적 입장에 대한 심판이 되었고 이데올로기를 검증하는 수단이 되기까지 했다. 향토가 이렇게 이질화되면서 황춘밍과 왕전허에게 향토는 낯선 공간이 되고 말았다. 온 세상이 들끓던 시대, 그들은 의연히 방향을 전환해 시끄럽고 거짓된 향토와 맞설 수 있었다.

1977년 : 향토문학논쟁의 폭발

향토문학논쟁이 없었다면 이후 타이완 의식이 만들어지는 일은 없었을 것이다. 또 타이완 의식을 주장하지 않았다면 타이완 문학의 본토화운동은 발전하지 못했을 것이다. 타이완 의식과 본토화운동은 향토문학논쟁 후 한걸음씩 성숙해갔다. 그런데, 이러한 사조는 결코 문학의 층위에서 머물지 않고 1980년대 당외운동黨外運動4)과 창당운동組黨運動에도 큰 충격을 주었으며 이로 인해 타이완 민주정치는 돌파구를 마련하고 발전해 나가게 되었다.

당시 논쟁에 참여한 이들은 이후 논쟁이 어떤 방향으로 발전할지를 전혀 예측하지 못했다. 그러나 역사의 진전은 개인의 주관적 의지만으로 바뀌지는 않는다. 논쟁에서 주목할 작가는 천잉전, 예스타오, 펑거彭歌 셋이다. 그들 각자는 이후 확연한 차이를 보이는 세 노선인 좌익중화민족주의, 우익중화민족주의, 좌익타이완민족주의를 각각 대표한다. 이 세 작가의 사유 방식에 집중한다면 논쟁 전체의 주요 의식을 대체로 파악할 수 있다.

논쟁 전체에 걸쳐 서로 대립한 세력은 좌익중화민족주의와 우익중화민족주의였다. 예스타오는 거의 단기필마로 타이완 의식의 기치를 들고 논쟁에 참여했다. 향토문학의 주류 작가로 받아들여지는 중자오정, 정칭원, 리차오는 이 논쟁에 참여하지 않았다. 1980년대 이후 본토파 작가를 자임했던 이들도 정면에서 발언하지 않았다. 본토문학의 분위기가 성숙한 후에야 진영에 가입한 작가들은 정작 논쟁에는 많은 비판을 가했다.

향토문학논쟁은 결코 특정한 작가들의 모의로 터져 나온 것이 아니라, 에너지가 쌓이고 쌓여 폭발한 것이었다. 그러나 문장이 발표된 순서를 따라가 보면 천잉전이 가장 먼저 국민당의 관변적 입장을 자극한 것을

---

4) 타이완에서 민진당이 창당되기 전 비 국민당 인사들이 유사 정당 형식으로 전개한 정치운동이다.

알 수 있다. 그는 1975년 9월 단편소설집 《장군족》과 《첫 번째 공무》를 발표하고 쉬난춘이라는 이름으로 〈천잉전 시론〉을 썼다. 이 글은 낭만적 감정과 냉정한 사유를 함께 담고 있었다. 또한 매우 날카로운 필체로 좌파적 관점에서 타이완 사회를 분석하였는데, 전에 없던 수준을 보여주었다. 그러면서도 글에는 지식인은 반드시 실천으로 타이완 사회에 개입해야 한다는 강한 암시를 담고 있었다. 이 글에 가장 먼저 반응한 이는 국민당 인사가 아닌 타이완 문학사를 자신의 사명으로 삼고 있던 예스타오였다. 그는 우선 1977년 5월 〈타이완 향토문학사 도론〉을 내놓았다. 이 글은 가장 먼저 '타이완 중심주의以台灣爲中心'와 '타이완 의식'을 제기하였고, 여러 관점에 있어 천잉전과 대립했다. 곧 이어 6월, 천잉전은 〈향토문학의 맹점鄕土文學的盲點〉으로 응답한다. 여기서 천잉전과 예스타오는 초보적으로 각자의 향토문학을 분명하게 정의함으로써 머지않은 장래에 일어날 논쟁의 기조를 제시했다.

1970년대에 들어선 후에도 모더니즘운동은 여전히 지속되었다. 그러나 완전히 새로운 문학적 사고가 이전과는 전혀 다른 길로 나아가고 있었다. 예스타오와 천잉전 2인의 주장은 민족주의적 입장에서 확실히 큰 차이가 있었다. 그러나 문학이 현실을 반영해야 한다는 이념에서만큼은 같은 생각을 갖고 있었다. 모더니즘이 내면의 발굴과 내밀한 감각을 강조했던 것과 판이하게 이 둘은 문학이 사회에 당연히 개입해야 한다고 생각했다. 좌파적 사유 방식에 근거하여 그들은 사회 저층에 있는 농민과 노동자에 깊은 관심을 보였다. 그들의 두 문장을 합쳐 놓고 보면, 국민당이 장기간 견지해 온 문예정책과 확연히 모순되는 시야를 발견할 수 있다.

관변의 문학적 입장과 민간의 문학적 입장이 끝내 정식으로 충돌하게 된다면 객관적 조건으로부터 영향을 받게 된다. 논쟁에 앞서 문학, 예술, 음악 각 방면에서는 이미 향토로 돌아가려는 조짐이 보였었다. 《하조》는 일제 강점기 타이완 작가를 소개하는 데 힘을 기울였고, 《수사자 미술雄獅美術》과 《예술가藝術家》는 약속이나 한듯이 소인화가素人畫家[5] 홍퉁洪通

을 추숭했다.《한성漢聲》의 영문판은 지방 전통 민속을 대규모로 소개했으며, 황춘밍과 왕전허는《문학계간》에 타이완 사회를 비판하고 풍자하는 소설을 발표했다. 타이완 문단에는 일순 향토의 기상이 일어났으니, 1960년대 서구 문학 조류를 소개하던 추세와는 완전히 상반된 모습이었다. 갖가지 지방 문화의 에너지가 분출되었는데, 이것은 당연히 타이완이 국제사회에서 처한 위기로부터 영향을 받은 것이었다. 문학의 풍조도 일변하여 관변의 문예정책이 개입할 여지가 사라졌다.

논쟁의 첫 불꽃은 1976년 4월《선인장仙人掌》제1권제2호에서 일었다. 이 호에는 한꺼번에 다섯 편의 글이 실렸는데 왕퉈王拓의 〈향토문학이 아니다, 리얼리즘문학이다是現實主義文學, 不是鄉土文學〉, 웨이톈충의 〈누가 무슨 노래를 부르는가什麼人唱什麼歌〉, 장쉰蔣勳의 〈일어나 더 큰 도전을 받아라起來接受更大的挑戰〉는 향토문학의 입장을 대표하고 주시닝朱西甯의 〈어디로 돌아가는가? 어떻게 돌아가는가?回歸何處?如何回歸?〉와 인정슝銀正雄의 〈무덤 어느 곳에선가 전해오는 소리墳地裡哪來的鐘聲〉 두 편은 향토문학을 비판하고 있다. 왕퉈, 웨이톈충, 장쉰은 문학이 지식인의 상상의 세계에 문을 닫고 머물 수는 없으며 문을 열고 사회의 현실로 나아가야한다고 주장했다. 주시닝은 향토문학작가들의 중원에 대한 충성도에 질문을 던졌고 인정슝은 향토작가들이 지나치게 많은 원한을 전달하려 한다고 생각했다. 두 상반된 관점은 어렴풋하게나마 어느 정도 긴장된 정서를 보여 준다.

논쟁 전체는 열기가 오르면서 육박전의 단계로 진입하기 시작했고, 1977년 7월 드디어 본격적인 싸움이 벌어진다. 천잉전은《하조》에 〈타이완 화단에 30년 만에 도래한 봄날台灣畫界三十年來的初春〉을,《선인장》에는 〈문학은 사회에서 와 사회를 반영한다文學來自社會反映社會〉를 발표하였다.

---

5) 스승 없이 자신의 힘으로 터득한 화가를 말한다. 스승이 없을 뿐 아니라 학교, 화파 등에도 구애받지 않는다.

전자는 셰리파謝里法의《일제강점기 타이완 미술운동사日據時代台灣美術運動史》의 서문이고 후자는 그보다 앞선〈천잉전을 논함試論陳映眞〉의 관점을 논한 것이다. 같은 시기 웨이톈충은《부녀잡지婦女雜誌》에〈죽음과 속죄死亡與救贖〉를 써서 천잉전이 문학 방면에서 재출발한 것을 긍정적으로 평가했다. 이 글들은 모두 리얼리즘에 근거하여 모더니즘을 강도 높게 비판했다. 그러나 천잉전과 웨이톈충 사이에는 분명한 차이가 있었다. 천잉전은 좌익중화민족주의를 지지하는 쪽으로 기울어 있었고, 웨이톈충은 리얼리즘적 좌익의 관점에서 문학의 내용을 관찰했다. 향토문학 진영을 대표하는 관점은 이 시점에 이르러 거의 마련되었던 것으로 보인다.

7월15일부터 시작해 펑거는《연합보聯合報》의〈삼삼초三三草〉전용란에 연속해서〈'칼 가라사대' 무리들'卡爾說'之類〉,〈온유돈후溫柔敦厚〉,〈보루 내부堡壘內部〉,〈푸쓰녠 '나태'론傅斯年論'懶'〉,〈편향을 경계하다對偏向的警覺〉,〈통일전선의 주와 종統戰的主與從〉,〈아군은 해하고 적은 이롭게 하지 말라勿爲親痛仇快〉등과 같은 화력 충만한 비평문을 게재했다. 펑거의 일련의 글은 천잉전이 대거 마르크스주의의 문장을

▶《仙人掌》第1卷第2號

인용하기 시작하면서 정치적 입장에서 이미 분명하게 중공으로 기울었다고 주장했다. 그러나 화력을 완전히 쏟아 부은 글은 8월17일 정식으로 발간된〈인성을 논하지 않는다면 어떻게 문학일 수 있겠는가?不談人性, 何有文學〉였다. 이 글은 구체적으로 천잉전, 왕퉈, 웨이톈충 3인의 문학적 태도를 겨냥하였다. 글의 전체적 초점은 대부분 천잉전을 향했다.

〈천잉전을 논함〉에서는 "도시 소시민의 사회적 삶의 몰락은 산업사회의 자본 축적의 유동성이 증가하는 국가, 특히 개발도상국에서는 거의 숙명과도 같은 법칙이다"라고 말했다. 당시 사상 검열 아래에서 천잉전의 이러한 말은 상당히 함축적이었다. 사실 그가 하려는 말은 자본주의 사회의 자본 축적 과정에서 지식인은 몰락할 수밖에 없다는 것이었다. 이러한 주장을 두고 펑거는 고심 끝에 두 가지 견해를 제시하였다. 첫째, "천(잉전) 선생이 말하지 않았거나 혹은 몰랐던 것은, 이 소위 숙명의 법칙이 사실은 공산당의 계급론에만 존재하는 것이라는 점이다. 이러한 관점은 역사 발전 뿐 아니라 현실 삶에서의 어떤 법칙도 포괄할 수 없다." 둘째, "천 선생은 개인의 가치와 의의를 완전히 부정하면서, 개인의 부침과 성패를 일률적으로 '계급구조'에 귀속시키고 개인적 상황을 보편적 사회현상으로 규정했다. 이 때문에 지식인의 상황을 그렇게 비참하고, 암담하고, 절망적으로 그려내고, 사회의 여러 방면에 대한 지식인의 공헌을 지워버렸다……".

펑거의 반공적 입장은 매우 확고하고 분명했다. 그는 노골적으로 천잉전의 사유방식이 공산당의 계급론을 모방한 것이라고 비판했다. 〈인성을 논하지 않는다면 어떻게 문학일 수 있겠는가?〉에서 천잉전에 대한 비판은 사실 〈'칼 가라사대' 무리들〉에 호응한 것이었다. 소위 칼은 칼 마르크스를 줄여 말한 것이다. 펑거는 천잉전이 글에서 마르크스와 마오쩌둥 이론을 상당히 많이 차용했다는 것을 이미 간파하고 있었다. 그는 〈'칼 가라사대' 무리들〉에서 "'마오毛'를 숨긴 마오가 고약을 가져다 우리가 사는 이곳에서 판다면, 소수의 천진하고 열정적이며 공산당에 대해 아무런 이해도 없는 젊은이들을 속일 수는 있겠지만, 공산당에게 수천 가지 수만 가지 화를 입은 사람들을 속일 수 있을까?"라고 말했다.

지금과 같은 계엄 후의 사회에서 보면 펑거의 근심을 이해하기 쉽지 않다. 그러나 당시의 역사적 환경으로 돌아가 본다면 그의 언사들에서 드러나는 긴장의 까닭을 찾아낼 수 있다. 향토문학운동은 중국이 정식으로 국제연합에 가입하게 되면서 타이완이 국제적 고립의 위기에 빠져들기 시작한 후에 일어났다. 문화대혁명이 1976년 끝난 후에도 타이완 사회는 여전히 대륙 중국에 대한 정치적 투쟁의 그림자에서 벗어나지 못하고 있었다. 그래서 사회주의 이론이 문학이라는 외투를 입고서 타이완에 들어왔을 때, 장기간 반공 정책을 유지하고 있던 국민당은 그에 대한 공포를 느끼지 않을 수 없었던 것이다. 논쟁은 바로 이러한 배경 하에서 최고조로 달아올랐다.

펑거의 일련의 글에 이어 위광중의 〈늑대가 나타났다狼來了〉가 8월20일 《연합보·연합부간聯合報·聯合副刊》에 발표되었다. 이 글은 마오쩌둥의 〈옌안문예좌담회 상의 연설在延安文藝座談會上的講話〉를 인용하여 천잉전의 문학 주장이 '노농병 문예工農兵文藝'를 제창하는 것이라고 비판했다. 펑거와 달리, 위광중은 천잉전의 입장이 실제로는 마오쩌둥의 옌안문예연설의 정신에 부합한다고 직접적으로 비판했다. 마오쩌둥과 노농병 문예라는 말은 타이완 사회에서는 정치적으로 민감한 문제였기 때문에, 〈늑대가 나타났다〉는 국민당의 관변적 입장으로 받아들여졌다.

쉬푸관徐復觀은 〈타이베이 '향토문학' 논쟁 비평評台北有關'鄉土文學'之爭〉에서 위광중을 통렬히 비판했다. 그는 위광중의 글은 모자를 쓰고 있다고 말했다. "이 이가 젊은이들에게 씌우고 있는 것은 아마도 평범한 모자가 아니라 무협영화에나 나오는 혈적자血滴子[6]일 것이다. 혈적자를 사람의 머리로 던지면 머리가 땅에 떨어진다." 쉬푸관은 〈늑대가 나타났다〉의 마지막 말을 겨냥해 매우 엄중한 비판을 가했다. "진실을 말할 때가 이제 도래했다. 늑대를 보지 않았는데도 '늑대가 나타났다'라 말하는 것은 스스로 소란을 일으키는 것이다. 늑대를 보고도 '늑대가 나타났다'라 말하지 않는 것은 겁쟁이의 행동이다. 문제는 모자에 있지 않고 머리에 있다. 모자를 머리와 합치는 것은 '모자를 쓴다戴帽子'라고 하지 않고

---

6) 청대 만들어졌다는 전설의 병기. 실제로 본 사람은 없다고 한다.

머리를 움켜쥐다抓頭라고 한다. 큰 소리로 '모자를 썼다'라고 떠들기 전에, '노농병문예 공작자'들은 먼저 자신의 머리를 검사해 보는 것이 좋을 것이다."

향토문학논쟁이 이처럼 만개하면서 사람들은 저마다 분명한 목소리를 내었다. 국민당의 관변적 입장을 대표하는 작가들은 앞다퉈 향토문학을 비판했다. 향토문학을 변호하는 작가들도 계속해서 《하조》와 《중화잡지 中華雜誌》를 통해 이를 응원했다. 그러나 중요한 논점은 사실 이미 다 제기된 상태였다. 논쟁에서 가장 많은 논쟁을 불러일으킨 것은 위광중의 글이었다. 많은 이들이 그가 향토문학을 반대한다고 여겼다. 당시로 돌아가보면 그는 당시 천잉전의 친공적인 관점을 비판하고 있었던 것이지 그의 글자 하나 문장 하나 그 어느 것도 향토문학을 언급하지 않았다는 것을 알게 된다. 위광중은 천잉전과 평생 일면식도 없는 사이였으며, 문단에서 어떤 교류를 한 적도 없었다. 당시 홍콩중문대학에서 교편을 잡고 있던 그는 끊임없이 좌파학생들로부터 공격을 받았던 반면 천잉전은 모더니즘문학을 검토할 때면 종종 모더니즘문학 작가들이 매판이고, 노예성을 가지고 있으며 맹목적으로 외국을 숭상한다고 비판했다. 위광중은 바다 건너 펑거의 일련의 글을 읽은 후 의분에 차서는 천잉전을 공개적으로 비판했다.

천잉전은 논쟁의 시말을 회상하면서 위광중이 편지를 써서 왕성王昇에게 밀고한 일과 그 소식의 발원이 고故 정쉐자鄭學稼 교수라는 것을 고심 끝에 폭로했다. 죽은 자는 말이 없는 법이라, 천잉전은 더욱더 이를 활용하여 일부러 역사적 사실을 만들어 내려했다. 〈늑대가 나타났다〉는 분명 좋은 문장은 아니다. 특히 '머리를 움켜쥔다'라는 어휘를 선택한 일은 당시 지식인에게는 상당히 큰 상처를 주었다. 그러나 역사적 사실을 회고할 때 절대 개인의 은원을 투영해서는 안 된다. 위광중이 머리를 움켜쥐라 북돋운 것은 잘못된 것이지만, 천잉전이 위광중이 밀고한 일을 의도를 가지고 고발한 것도 맞장구칠 수는 없는 일이었다. 30년이 지난 지금, 천잉전이 중공의 사회주의에 경도되었었는가, 마르크스주의를 인용했었는가, 마오쩌둥 사상을 지지했었는가와 같은 문제들은 이제는 자명한 사실이 되었다. 이제 논쟁과 관련된 갖가지 비판은 가라앉아야 할 시간이다.

관변의 입장을 대표하는 사료는 1977년 1월 펑핀광彭品光이 주편한 《당면한 문학 문제를 총 비판하라當前文學問題總批判》에 수록되었다. 향토문학 진영을 대표하는 주요 문장은 1978년 4월 웨이톈충이 주편한 《향토문학 토론집鄕土文學討論集》에 담겼다. 논쟁 후 주의할 만한 전문서 두 편이 출간되었는데, 이는 다시 읽어볼 필요가 있다. 첫째는 펑거 평론집 《인성을 논하지 않는다면 어떻게 문학일 수 있겠는가?》(1978.9)이고, 둘째는 예스타오 평론집 《토지가 없다면 어찌 문학이 있을 수 있겠는가?沒有 土地, 哪有文學》(1985.4)이다. 펑거는 이후 미국에 체류하고 있었고, 예스타오는 계속해서 타이완 문단에서의 발언권을 위해 글을 썼다.

향토문학논쟁이 없었다면 예스타오는 타이완 의식을 구축하자는 주장을 펴지 않았을 것이고, 1987년 《타이완문학사강台灣文學史綱》을 완성할 수 없었을 것이다. 논쟁의 세례를 받은 덕에 타이완문학의 이론과 연구는 환골탈태할 수 있었다. 향토파로 자처한 작가들은 논쟁이 전개되는 와중에는 발언권을 얻지 못했다. 그들은 본토화 운동이 일어나면서 비로소 스스로를 그렇게 명명할 수 있었고, 자신의 위치를 정할 수 있었다. 논쟁 중 주목을 받지 못했던 예스타오는 꾸준히 발언권을 얻으려 노력했고, 1990년대에 이르러 마침내 꽃을 피울 수 있었다. 이러한 역사의 발전은 당시 논쟁의

▶ 尉天驄主編, 《鄕土文學討論集》

참여자들의 처음 생각과는 다른 결말이었다.

지지季季의 의의: 향토와 현대의 결합

▶ 季季(《文訊》제공)

향토문학의 파도 속에서 주목해야 할 작가가 바로 지지이다. 지지는 1970년대 풍요와 비애의 10년을 보냈다. 그는 문학 창작에서는 풍성한 수확을 거두었지만, 결혼 생활에서는 슬픔과 아픔을 겪어야 했다. 문학상의 성과는 생각지도 않았던 결혼 생활의 고통으로 갈음해야만 했다. 1970년대로 시야를 넓혀보면 오직 지지만이 그 가운데 있던 씁쓸함을 이해할 수 있었다. 타이완 역사에서 보면 그 10년은 확실히 불멸의 전환기였다. 당외 민주운동과 향토문학운동이 동시 발전하면서 전체 사회는 마침내 정신적인 출구를 찾을 수 있었다. 정치와 문학 두 방면의 비판이 없었다면 타이완이 권위주의적 체제를 벗어나는 것이 늦어졌을지도 모른다는 것은 아마도 역사적인 쟁점일 것이다. 그러나 대 역사의 개조가 결코 소 역사의 운명을 뒤집을 필요는 없다. 도도하게 흐르는 거대한 시대의 조류를 마주해서 지지는 어떻게 부침을 거듭했던 자신의 신세를 풀어내야 했을까?

타이완 사회에 거대한 시대적 변화가 일어나던 때, 지지의 결혼 생활도 예상치 못한 변화를 맞이하고 있었다. 1965년 지지가 타이베이 문단에 등단했을 때 이미 나이가 두 배는 많은 작가 양웨이楊蔚와 결혼한 상태였다. 조숙한 사랑, 일찍 끝이 나버린 결혼은 그녀의 생명에 커다란 상처를 주었다. 양웨이는 젊은 시절 정치범이었고 출옥 후 계속해서 정보국의 프락치 노릇을 하고 있었다. 지지는 배우자가 복잡한 일에 얽혀 있다는 것을 전혀 알지 못했다. 1968년 천잉전은 '민주타이완연맹民主台灣聯盟' 사건으로 체포되었는데 숨은 밀고자가 바로 양웨이였다. 윈린雲林 시골에서 상경한 어린 여성은 너무도 짧은 시간에 인성의 어둠과 잔혹함을 목도하고 말았다. 생명이 나락으로 떨어진 상태에서 지지는 두 아이를 돌보면서 소설 창작에 투신했다.[10]

지지는 다산 작가로 엄청난 창작량을 자랑했다. 그는 감정이 산산조각 부서져 버린 상황에서 작품들을 길어 올렸다. 《17세屬於十七歲的》(1966), 《누가 최후의 장미인가誰是最後的玫瑰》(1968), 《토우와 개泥人與狗》(1969), 《이향의 죽음異鄕之死》(1970), 《나는 울지 않아我不要哭》(1970) 등이 빛나는 그의 작품들이다. 이 소설들이 가정 폭력, 기망, 협박 등 잔인한 형벌과도 같은 생활 가운데서 벼려졌다는 것을 사람들은 이해하지 못했다. 작품은 방황하는 영혼을 담아냈고, 그 가운데 수많은 독백들은 불완전한 애정과 생명의 절망을 암시하고 있었다. 소설의 색조는 삶의 현실을 직접적으로 반영하지 않지만, 이야기 속에 숨어 있는 정서와 슬픔은 곧 지지의 그 시절 삶의 풍경과 같았다.

1971년 이후 그는 사람들의 주목을 끈 소설들을 계속해서 써내려갔다. 《달의 뒷면月亮的背面》(1973), 《나의 이야기我的故事》(1975), 《지지 자선집季季自選集》(1976), 《나비춤蝶舞》(1976), 《옥팔찌를 집다拾玉鐲》(1976), 《누가 생명을 우스갯소리로 삼는가?誰開生命的玩笑》(1978), 《떫은 과일澀果》(1979) 등이 있었고, 산문으로 《밤노래夜歌》(1976)가 있었다.

1976년은 창작의 절정기였다. 이 해 그는 소설 3권과 산문 1권을 펴냈다. 바로 이 해 타이완 향토문학논쟁의 서막이 올랐다. 논쟁이 벌어지던 전장 바깥이 지지 문학의 세계였다. 문학사 연구자들은 향토문학의 발전 과정을 논할 때면 여성작가를 시선 바깥에 두고는 했다. 지지는 시대의 풍조를 쫓지 않고 자신의 심미와 신념을 고수했다. 그러나 지지를 포함한 수많은 여성작가들이 모두 애정어린 시선으로 자신들의 고향을 보았다는 것을 잊어서는 안된다. 지지는 소설에서 고향 원린의 이미지를 부단히 보여주었고, 동시기 스수칭施叔靑은 해외에서 향토 색채가 짙은《창만 아주머니의 하루常滿姨的一日》를 썼으며, 리앙李昻은《인간 세상人間世》의 시기에 접어들면서 〈루강 이야기鹿港故事〉 시리즈를 펴냈다.

역사는 종종 해석의 대상이 되고는 하는데 문학사 역시 예외가 아니다. 결코 갑자기 하루아침에 1970년대를 향토문학시대라고 명명한 것은 아니었다. 적어도, 왕퉈가 논쟁이 발발한 후에야 변명하듯이 〈향토문학이 아니다, 리얼리즘문학이다〉[11]를 발표한 것은 사실이었다. 이것은 '향토문학'이라는 말이 점진적으로 확립되었다는 것을 말해준다. 이러한 이해는 여성작가의 위치를 설명하는 데 도움을 준다. 여성작가들은 향토문학의 소용돌이에 휘말리지는 않았지만 그들의 소설이 현실을 지향했다는 것은 의심의 여지가 없었다. 이러한 역사의 해석을 읽다 보면 자연스레 의문이 일게 된다. 향토는 누구의 향토인가? 향토는 원래 남성적인가?

지지를 다시 읽어보면 문학 이론 속의 사조와 주의를 그의 창작에 적용하는 것이 어렵다는 것을 알 수 있다. 그러나 1970년대에 진입하기 전, 지지의 소설은 확실히 현대라는 가위에 짓눌려 있는 것 같았다. 지지는 정서의 흐름을 장악하고 독백과 대화를 교차하면서 소설 속 인물의 좌절과 슬픔을 그려내는 데 능했다. 초기 작품 〈감각이 없는 것은 무슨 감각인가沒有感覺是什麽感覺〉,〈17세〉,〈토우와 개〉를 통해 우리는 지지의 언어에 담긴 풍부한 연상과 복잡한 정서를 가려낼 수 있으며, 그 풍격이 1960년대 모더니즘의 기교와 상당히 가깝다는 것을 알 수 있다. 그러나 1970년을 보낸 후 지지는 현실을 제재로 주목하기 시작했고, 사회의 정치적·경제적 변화를 소설 서사에 은근하게 담아내기 시작했다. 이것은 지지가 시대의 풍조를 따랐다는 말은 아니다. 다만 지지의 생활환경이 급격하게 변했다는 점에 주목해야 한다. 결혼 생활에서 감정적인 좌절을 맞본 후 고향의 아버지에게 가슴 깊은 곳에서 양심의 가책을 느끼게 되었고 성장기 고향에서 느꼈던 인정을 그리워하게 되었다. 지지는 결코 목적의식적으로 향토소설을 창작하려 한 것이 아니었다. 차라리 그녀의 문학 생산이 70년대 향토 풍격을 더욱 성장시켰다고 해석하는 편이 나을 것이다.

《옥팔찌를 집다》는 당시 주목 받은 작품집으로 지지가 내면 독백과 결별한 후 창작한 중요 작품들이 담겼다. 시간적 배경은 1976년 고속도로가 개통된 후 타이완 사회에서 도시와 농촌의 격차가 더욱 심해져 가던 시기였다. 도시화, 현대화, 자본주의화가 이루어진 사회에는 도대체 어떠한 가치상의 변화가 일어난 것일까? 여성의 시선에서 보면, 표제작 〈옥팔찌를 집다〉는 가장 슬픈 작품으로서 구시대가 곧 사라지고 신사회가 탄생하려고 하는 시점에서 내뱉은 탄식이었다. 여성의 신분이 가족 내에서 주변이라는 것을 보여주는 한편, 이익을 따지게 된功利化 여성이 구식 가족을 향해 벌이는 앙갚음을 각화했다. 지지는 형용하기 어려운 추모 정서를 과장해서 전해 주었다. 또한 선량하면서 진실한 문화가 끝내 고향에서 자리를 잃고, 시시콜콜한 것까지 계산하고 따지는 자본주의사회가 갑작스레 도래한 모습을 그렸다. 이것은 단순한 소설이 아닌, 타이완의 역사적 전환 과정의 증언이자, 신구세대가 교차하는 시기 인성의 전환을 담아낸 사실의 기록이었다.

《나비춤》 역시 과도기 타이완 사회의 세속을 그려 보이며, 전통 가치에 안녕을 고했다. 특히 표제작 〈나비춤〉은 맞선을 그렸는데, 제목 자체가 중매의 성사를 암시하고 있다. 라이춘來春의 운명은 결국 전통 부권父權의 희생물이 될 수밖에 없다. 라이춘은 1970년대 타이완이라 하더라도 여전히 자주적인 발언권을 가질 수 없었던 것이다.

지지는 페미니스트는 아니지만 여성적인 감각과 여성적인 시선으로 1970년대 사실소설寫實小說의 또 다른 길을 열었다고 할 수 있다. 남성 작가들이 비판과 저항을 강조하는 데 기울어져 있던 당시에 여성의 지위가 주류 향토문학운동에서 이미 사라져버렸거나 잊혔다는 것에 누구도 주의를 기울이지 않았다. 지지는 구시대에 눈을 돌리거나 신 사회를 조망하면서 슬픔과 탄식을 깊이 있게 담아내었다. 그녀는 결코 떼를 쓰듯이 서술하지 않았으며 젠더와 사회 계층을 비판하고 배격하는 데 진력했다. 그녀의 소설은 아마도 타이완 출신 작가로는 가장 많이 외성인外省人의 형상을 다룬 이의 작품일 것이다. 지지는 정을 아꼈던 작가로서 자신의 처지나 사회를 결코 원망하지 않았다. 문학 작품 속에서 그녀는 젠더와 사회집단을 강조하는 데 힘쓰지 않았으며, 오직 인간의 가치만을 중시했다.

맹렬하게 들끓었던 1970년대는 지지의 인생을 거의 집어 삼켜버리고 말았다. 그러나 그녀는 물러서지도 가볍게 포기하지도 않았다. 70년대를 지나자 지지는 침묵했다. 다시 20년이 지나 새로운 세기에 접어들었을 때, 그녀는 자신의 생명의 자리를 찾으려 했다. 2006년 지지는 《걸어가는 나무行走的樹》를 완성하고 표지에 다음과 같은 선언을 남겼다. "상처와 제대로 이별했다!"

1970년대 타이완 소설의 선성

1970년대 소설이 향토문학으로 분류된 까닭은 주되게는 이 시기 작품과 당시 사회 현실 간에 밀접한 대화가 오갔기 때문이다. 이 시기 타이완 소설가의 사고는 60년대 모더니스트와는 확연히 달랐다. 현대소설이 내면을 보는 미학적 표현이라고 한다면, 향토소설은 바깥을 보려는 미학적 태도라고 할 수 있다. 내면을 본다는 말은 내면에 잠재된 의식의 흐름을 찾아내는 것이다. 바깥을 본다함은 작가가 외재적 현실을 긴밀하게 관찰한다는 것을 의미한다. 언어적으로 모더니스트들은 문자의 농축을 강조하지만 향토소설은 문자를 자유롭게 풀어놓고 비교적 평이한 서술로 표현한다. 현대소설이 개인 자아의식의 반성이라면 향토소설은 역사의식의 표현이며 사회문화에 대한 강렬한 비판이다. 이것은 타이완이 70년대 국제외교 상 좌절을 맞게 되면서 작가의 시대적 위기감을 자극했기 때문이었다. 이 시기 타이완의 가공수출무역지구가 곳곳에 설립되어 초국적 기업이 계속해서 타이완에 진출하게 되었다. 그래서 근대화운동과 자본주의 발전은 타이완 섬 전체의 역사적 면모를 바꿔 놓기 시작했다. 자연생태적으로는 환경오염이 나날이 심화되었고 경제 구조적으로는 농민, 노동자, 여성들이 모두 하층의 봉급생활자로 전락하였다. 타이완 내외 각 방면에서 극심한 변화가 일어났고 있었다. 순박한 농업문화는 서서히 하나하나 사라져 갔고, 이어 효율을 중시하고 이윤을 따지며 공리를 숭배하는 자본주의 사회가 나타났다. 도시 문화만이 독보적 발전을 이루면서 무수한 농촌의 자식들이 고향을 등졌으니, 그 이유는 오직 안정적인 직업을 얻기 위함이었다. 바로 이러한 환경과 시대의 흐름 속에서 향토문학이 나타난 것이다. 이 같은 문학 생태의 탄생은 한편으로는 점차 사라

▶ 李喬, 《山女 : 蕃仔林故事集》(舊香居 제공)　　▶ 李喬(《文訊》 제공)

져가는 순박한 풍속에 대한 강한 향수를 보여주는 것이며 다른 한편으로는 머지않은 장래에 도래할 공업문화에 대한 걱정과 의심을 말해주는 것이었다.

이 시기 향토작가 중 가장 많이 언급된 이는 리차오(1941-)였다. 그는 먀오리현苗栗縣 다후향大湖鄉 판즈린蕃仔林 사람이었다. 그의 이야기의 원형이 바로 판즈린이었다. 그는 1970년 출판된 단편소설집《산녀: 판즈린 이야기집山女: 蕃仔林故事集》에 열두 편의 소설을 담았는데, 모두 그의 어린 날 추억의 축소판이었다. 하늘이 인간 세계에 가할 수 있는 가장 고통스러운 시험이란 시험은 모두 그가 살던 마을에 던져진 것만 같았다. 그 어린 날의 공간은 이후 성장한 그의 영혼과 인격 구조에 커다란 영향을 끼쳤다. 리차오는 뒤에 자신의 단편소설을 대상으로 〈어지러웠던 20년繽紛二十年〉을 썼다. 어린 시절 그는 타이야 족泰雅族 사람을 만나기도 하고 창산인長山人을 만나기도 했는데, 이들은 나중에 소설 속 주인공으로 각화된다. 고향에서의 경험은 그에게는 마르지 않는 문학의 화수분이었다. 그 가운데 그가 가장 그리워한 이는 어머니였다. 어머니의 사랑을 문학에서 빼버린다면, 그의 소설은 이야기적으로 빈곤해지고 만다. 그는 소설은 사회 대중을 위해 쓰는 것이며 비참함과 고통을 하소연할 길 없는 약자를 위해 입을 여는 것이라고 주장했다. 그는 종종 정치 현실의 변화에 밀착해 단편소설의 이야기를 구상하고, 이것을 '정치소설'이라고 불렀다. 그는 특히 문학이 정치를 다루지 않는다면 가짜라고 강조했는데, 이는 또한 그가 창작에 임할 때 품었던 내면의 걱정을 반영하는 것이기도 했다. 1980년대의 타이완을 생각하면, 각 소설은 모두 현실 환경을 강렬하게 암시하고 있다. 정치적 현실에 더 다가서기 위해 그는 리얼리즘의 주류를 벗어나 모더니즘과 포스트모더니즘의 기교를 선택하기도 했다. 1980년대 쓴 〈소설小說〉, 〈흥롱孼龍〉, 〈사태死胎〉에서 그는 과감하게 메타기법을 시험했다. 그의 문학적 풍격의 변화는 사실 타이완 사회가 맞이한 전환의 축도였다. 리차오에게 정치소설은 아마도 당시의 그의 복잡한 심경을 담아내기에는 부족했을 것이다. 때문에 그는《타이완인의 추악한 얼굴台灣人的醜陋面》(1988),《타이완 운동의 문화적 곤경과 전기台灣運動的 文化困局與轉機》(1989),《타이완 문화의 형성台灣文化造型》(1992),《타이완 문학의 형성台灣文學造型》(1992) 등 네 편의 문화평론을 집필하지 않을 수 없었다. 그의 사고는 국가에 대한 자비심으로 충만했지만, 타이완 문화의 앞날에 대해서는 비관적인 정서를 그대로 드러냈다. 그의 영혼 깊은 곳에서 타이완은 하늘의 저주를 받았고 타이완 섬민들은 이 저주와 함께 살고 죽을 이들이었다. 이것은 그의 문학 창작의 기조였다.

리차오의 장편소설은 종종 가족 이야기와 동족 집단의 이야기를 주축으로 삼고 있다. 특히 그의 아버지는 항일 운동에 깊이 연루되었었다. 애초에 선천적인 반골기질이 그의 피 속에 흐르고 있었던 것이다. 그는 부친의 영향을 거의 말한 적이 없었지만, 나중에 창작한 대하소설에서는 끝내 부친을 전형적인 인물로서 역사의 무대에 올렸다. 리차오는 단편소설에 능했다. 그 가운데 논쟁의 대상이었던 작품은《황홀한 세계恍惚的世界》(1974),《쓰라림의 기록心酸記》(1980), 《밀고자密告者》(1985),《다 함께 춤을共舞》(1985) 등이 있다. 그의 단편소설이 이룬 예술적 성취를 이해하려면 2000년 출판된《리차오단편소설정선집李喬短篇小說精選集》[12]과《리차오단편소설전집李喬短篇小說全集》[13]을 살펴보면 된다. 그 속에 그의 인격과 풍격이 잘 드러난다. 리차오는 "작가는 막 창작을 시작했을 때, 온통 자신의

▶ 李喬,《台灣人的醜陋面》(舊香居 제공)

고향과 어린 시절만을 이야기 하고, 그 다음에 가서 현실 생활을 반영하게 되고, 마지막에 가서야 관념을 응결시킬 수 있다"라고 말했다. 자신의 말처럼 《외등孤燈》(1980)[14], 《한야寒夜》(1980)[15], 《황촌荒村》(1981)[16]이 수록된 대하소설 《한야삼부곡寒夜三部曲》은 역사의 한가운데를 관통하면서 현실의 도영倒影이 되었으니, 전술한 문학의 3단계론이 이 작품에서 완전하게 표출되었다. 만일 《정천무한 : 백사신전情天無恨 : 白蛇新傳》(1983), 《란차이샤의 봄藍彩霞的春天》(1985) 등의 장편소설과 함께 보면 그의 비판 정신을 읽어낼 수 있다. 《한야삼부곡》은 청 말에서 태평양전쟁 말기까지를 다룬 역사소설이다. 커자인客家人은 어떻게 척박한 토지에서 곡창을 일궈낸 것인가? 일개 이민 가족이 어떻게 역사의 유구한 흐름 속에서 자손을 번성시켰는가? 식민지 지식인의 운명은 어떻게 역경의 역사에서 주체의 가치를 세울 수 있었는가? 타이완인의 운명은 어떻게 고도孤島 타이완과 단단히 결합되었는가? 이러한 문제들이 이 소설의 복잡다단한 이야기를 관통하고 있다. 어떤 의미에서 그는 상당히 웅장한 역사적 사건을 창출해 낸 것이었다. 이야기의 결말에서는 남양 전투에 징집되었다가 부상당한 타이완 병사를 통해 거대한 대양이 가로막고 있음에도 그가 어떻게 고향을 찾을 수 있는지를 보여주었다. 그가 정확하게 고향을 향하면 신기하게도 등불이 보였고, 방향이 틀리면 그 빛은 사라져 버리고 말았다. 이는 상당히 감동적인 결말이었다. 그 등은 정확하게 타이완의 역사의 방향과

▶ 李喬, 《共舞》(舊香居 제공)

일치했던 것이다. 거침없는 역사의
조류는 끝내 북반구의 섬 타이완을
삼켜버릴 수는 없었다.

　1970년 주목받은 작가로는 단편
소설의 고수 정칭원(鄭淸文1932-)이 있다.
당시 그는 《캠퍼스의 야자수校園裡
的椰子樹》(1970)와 《거대한 그림자龐
大的影子》(1976, 후에 《현대 영웅現代英
雄》으로 개명) 두 작품집을 내보였다.
그의 글은 그의 행동 스타일과 일치
했다. 조용하고 내향적이며 그 속을

▶ 鄭淸文(《文訊》 제공)

알 수 없었다. 그는 문학 사조와 풍조를 따른 적이 없으며 다른 주의와
기교를 시험한 적도 없다. 모든 이야기들은 당시 사회 환경과의 끊임없
는 대화였다. 본토문학이 주류의 위치를 점했을 때도 그는 여전히 침묵
하면서 고생이 될 수 있는 입장을 고집했다. 계엄이 해제된 후 타이완
사회가 포스트모던사회로 불리울 때도 그는 그 가운데로 들어가지 않았
다. 그의 소설이 리얼리즘적이라고 하더라도 또 그렇게까지 규정할 필요
도 없었다. 그의 작품의 가장 중요한 특색은 여전히 개인과 인성의 관찰
이었다. 그는 《현대 영웅》 자서에서 "인간은 아마도 두 종류로 나눌 수
있을 것이다. 자리를 차지하려 다투는 이와 자신의 차례가 오기를 기다
리는 이. 나는 이렇게 경계가 분명한 것을 본 적이 없다. 나는 사람의 장
엄함과 존귀함을 보게 되면 감동하고 감격한다"[17]라 말했다. 이것은 그
의 미학 풍격을 말해주는 것이니, 그는 본분을 지키려 했으며, 침묵하면
서 기다리는 사람을 존경했던 것이다. 그는 내면에 명암과 선악을 판단
하는 척도를 가지고 있었고, 이것은 곧 그의 창작 기준이 되었다. 세상에
이름이 알려지지 않은 이에 주목하였기에, 그의 소설 인물들은 왕왕 어
렴풋하면서 평범했고, 특별히 두드러지지도 않았다. 그의 관점은 역대의

영웅사관과는 분명한 차이를 보였다. 전통 역사가들은 늘 인류 역사는 소수의 영웅과 소수의 중요 사건으로 구성된다라고 말한다. 이러한 영웅들은 인격적으로 완전무결하거나 신체적으로 기골이 장대했다. 그들은 거의 역사 발전의 방향 그 자체처럼 보였고 각종 사상과 법률 속 도덕규범 그 자체로 보였다. 정칭원의 창작 미학은 이러한 영웅사관과는 극과 극이었다. 인성이라는 바다에서 부침하는 보잘 것 없는 소인물은 정칭원의 마음에서는 영웅이었다. 그는 수십 년 세월 동안 이러한 인물들의 언행과 모습을 그려냈으니, 그것은 어떤 주장을 강력하게 토로하기 위한 것이었다. 즉, 소위 영웅은 생필품과 인간 세상의 일상생활에서 태어난 이들이라는 것이다. 전통적인 대서사의 사관에서 그의 미학적 관점은 영웅 숭배에 대한 반기였다.

가장 많은 논쟁을 불러일으켰던 〈쪽발이의 개三脚馬〉와 〈앞잡이報馬仔〉는 반反영웅주의적 필치로 역사에서 잊힌 인물을 그리고 있다. 식민 통치 시대 일본 경찰과 끄나풀 노릇을 했던 소인물은 시대가 변화하면서 전후에 증오의 대상이 돼버린다. 역사는 상당히 조롱조이다. 화려했던 장년 시기 그는 고향의 모든 것을 멸시했지만, 영락한 말년에 이르러서는 고향을 멀리 떠나 고독의 쓴맛을 질리도록 맛보아야 했다. 이 몰락한 노인은 비극의 제조자가 아니라 역사가 남긴 쓰디쓴 결과를 감내해야 하는 이였다. 똑같은 비극이 〈앞잡이〉에서도 일어난다. 이 작품은 반어, 해학의 수법을 사용하여 연출되었다. 타이완 사회가 식민지의 역사적 경험에서 벗어났지만 사람들은 여전히 지배와 피지배의 악몽 속에서 살아갔다. 일본 식민권력의 앞잡이였던 주인공은 전쟁이 끝나고 수십 년이 지나도 여전히 그 보잘 것 없는 권력의 맛을 버리지 못한다. 노인의 비극(혹은 희극)은 그가 거울 미로를 만들어 스스로를 그 안에 가두고는 끝없이 이어진 거울상에서 빠져나오지 못한다는 것이다.

그의 소설 작품은 대략 두 축으로 종합할 수 있다. 하나는 '현대 영웅' 시리즈이고 다른 하나는 '주전의 변천滄桑舊鎖' 시리즈이다. 전자는 역사의 변모를 강조하는 반면 후자는 시간의 원형에 집중한다. 주전은 정칭원 문학의 고향으로서 모든 인간의 선악이 이 작은 마을에서 출발해 퍼져나갔다. 그는 자신의 고향을 이상과 환멸이 뒤섞이는 곳으로 바라본다. 소설에서 주전은 모성이 충만한 곳이다. 탕아들은 누구나 자신들의 모체로 돌아가고 싶어 한다. 주전은 또한 인성을 검사하는 장소이기도 해서 어두운 성격을 가지고 있는 이들을 타향으로 떠나게 하거나 몰래 돌아오게 만든다. 〈문지방門檻〉과 〈고향으로 돌아오다故里人歸〉의 글쓰기 방식은 그의 반 영웅적 풍격을 증명해주고 있다. 그는 〈막내아들厖子〉, 〈마지막 신사最後的紳士〉, 〈옛 길舊路〉, 〈아웃사이더局外人〉, 〈위장掩飾體〉, 〈거대한 그림자〉 등과 같은 소설에서 전적으로 인성의 탐색에만 집중했다. 그의 언어는 마치 수술칼처럼 냉정하고 냉혹해, 이것이 끄집어 낸 내면세계는 외재적 현실보다 더 복잡하고 변화무쌍했다. 그는 오즈 야스지로小津安二郎의 정적인 카메라를 좋아했지만, 그러면서도 역사적 장면에서 쉽게 놓치게 되는 인간 삶의 천태만상을 포착했다. 1998년 출판된《정칭원단편소설전집鄭淸文短篇小說全集》(전7권)은 그의 소설 예술의 전모를 보여준다. 그의 언어와 문장 전체는 너무나도 평담하지만 인성이라는 빙산의 일각을 종종 보여준다. 그의 평담함은 담백해서 아무 맛도 없다는 것이 아니라 어두운 인성에 태연자약하다는 의미이다. 일단 그의 세계로 들어서면 거대한 존재가 수평선 아래 숨어 있다는 것을 알게 된다.

저자 주석

[1] Frederic Jameson, *Postmodernism, or The Cultural Logic of Late Capitalism*(Durham: Duke University Press, 1991)
[2] 陳映真, 〈鄕土文學的盲點〉,《台灣文藝》革新2期, (1977.6)
[3] 中國現代文學大系編輯委員會編輯,《中國現代文學大系》(輯1-4: 小說), (台北: 巨人, 1972)

中國現代文學大系編輯委員會編輯,《中國現代文學大系》(輯5-6: 散文), (台北: 巨人, 1972)

中國現代文學大系編輯委員會編輯,《中國現代文學大系》(輯7-8: 詩), (台北: 巨人, 1972)

[4] 龍族詩社編,《龍族詩選》, (台北: 白林, 1973)

[5] 唐文標,〈僵斃的現代詩〉,《中外文學》2권3기, (1973.8) ;〈詩的沒落一香港台灣新詩的歷史批判〉,《文季》創刊號, (1973.8) ;〈什麼時代什麼地方什麼人一論傳統詩與現代詩〉,《龍族詩刊》9호, (1973.7)

[6] 顏元叔,〈唐文標事件〉,《中外文學》2권5기, (1973.10)

[7] 王文興,〈《家變》新版序〉,《家變》, (台北: 洪範, 1978), p2.

[8] 康來新 편,《王文興的心靈世界》, (台北: 雅歌, 1990), p67.

[9] 丘彥明,〈把歡笑撒滿人間一訪小說家王禎和〉, 王禎和,《玫瑰玫瑰我愛你》, (台北: 洪範, 1994), p258.

[10] 구체적 내용은 季季,《行走的樹 : 向傷痕告別》, (台北縣中和市: INK印刻, 2006)

[11] 王拓,〈是現實主義文學, 不是鄉土文學〉,《仙人掌》2기, (1977.4.1)

[12] 李喬,《李喬短篇小說精選集》, (台北: 聯經, 2000).

[13] 李喬,《李喬短篇小說全集》, (苗栗: 苗栗縣立文化中心, 1999).

[14] 李喬,《孤燈》, (台北: 遠景, 1980).

[15] 李喬,《寒夜》, (台北: 遠景, 1980).

[16] 李喬,《荒村》, (台北: 遠景, 1981).

[17] 鄭淸文,《現代英雄》, (台北: 爾雅, 1976)

제 **20** 장
1970년대 타이완문학의 확장과 변화*

    1970년대가 타이완 향토문학운동시기로 규정된 것은 당연히 전체 정치, 경제, 사회적 조건의 변화와 밀접한 관계가 있다. 향토문학과 리얼리즘寫實主義을 하나로 엮은 것은 이후의 역사적 해석이었다. 결국 향토와 사실의 내용과 정의는 결코 완전하게 정해진 것은 아니었다. 모더니즘 작가들의 우수작들은 70년대가 되어서야 차례차례 모습을 드러냈다. 바이셴융白先勇, 왕원싱王文興, 치덩성七等生, 왕전허王禎和, 황춘밍黃春明은 모두 이 시기에 잊히지 않을 소설들을 선보였다. 위광중余光中, 뤄푸洛夫, 양무楊牧의 예술 표현도 이 시기에 성숙을 이루었다. 구체적으로, 향토문학운동이 전성기를 구가하던 시기에 모더니즘운동의 불길도 상당한 열기를 내뿜고 있었다. 이 시기를 향토문학의 시기로 명명한 까닭은 다른 것이 아니라 타이완의식과 타이완 정체성이 처음으로 수면 위로 떠올랐기 때문이었고, 때마침 당외민주운동黨外民主運動이 전개되기 시작했기 때문이었다. 그래서 이 시기는 이것저것이 마구 섞여 있는 형국이었다. 역사가 만들어진 후 연역해 낸 해석이 반드시 전체 역사의 진상을 개괄할 필요는 없다. 이 단계에서 신세대 작가들도 문단에 등장했다. 그들의 가치관과 사유방식은 전쟁 시기의 경험을 갖고 있는 세대들과는 확연히

---

* 이 장은 이현복이 번역하였다.

달랐다. 그들이 목도한 타이완은 생기발랄한 사회로서 지난 세대가 품고 있던 슬픈 추억 속의 사회와는 크게 달랐다. 지난 세대가 보았던 것은 역사였고, 새로운 세대가 증언하는 것은 현실이었다. 둘의 다른 관점이 각자의 다른 문학적 내용을 결정했다.

　이전 세대 작가들은 타이완에서 태어났든 대륙에서 왔든, 모두 무거운 역사의 짐을 짊어졌다. 외성인 작가의 사고 깊은 곳에는 돌아갈 수 없는 고향이 있었다. 본성인 작가들의 감정의 심처에는 고통 받은 고향이 존재하고 있었다. 문학사에서는 전자를 '고신문학孤臣文學'[1])로 정의했고, 후자를 '고아문학孤兒文學'이라 정의했으니 거의 사실에 부합한다 할 수 있다. 기본적으로 두 문학적 경향은 모두 유랑의 의미가 강했다. 외성인 작가들은 자신의 고향으로 돌아갈 수 없고, 본성작가들은 자신의 고향을 찾을 수 없다. 이러한 정신적 표류는 타이완 전후 초기 20여 년 간의 문학적 주조였다. 1970년대 부상한 신세대 작가들은 능숙하게 백화문을 다룰 수 있었기 때문에 본성과 외성을 구분할 수 없었다. 그들은 온전한 국민교육을 받아 학력과 지식에서도 우열을 가릴 수 없었다. 그들이 마주한 사회현실에서는 자본주의가 계속해서 왕성히 발전하고 있었기에 그들은 사회주의 사조와는 거리를 두게 되었다. 그들은 약자인 농민과 노동자에 관심을 가졌지만, 이들을 좌파로 분류하기에는 무리가 있다. 대신 지식인의 양심의 각성, 설명하기 어려운 양심의 가책, 사회 변화를 향한 적극적인 관심 등의 발로로 보아야 할 것이다. 현실에 개입하는 것을 리얼리즘과 반드시 동일시할 필요는 없으며, 기형적인 경제 발전을 비판하는 것을 사회주의와 한 가지로 볼 필요는 없다. 때문에 소위 향토문학의 굴기는 사실 고신문학과 고아문학과의 결별이라고 보아야 한다. 신세대 작가들은 공동의 공간을 마주하게 되면서 문학 형식을 빌려 그것을 묘사하고, 품어 보고 이어서 개조해 보려 했던 것이다.

---

1) 버림받은 신하의 문학을 말한다.

타이완 사회의 본토화 운동은 향토문학에서만 출발할 수는 없었다. 관방 역시 상당히 중요하고 의미 있는 역할을 담당했었다. 타이완 공보부台灣省政府新聞處는 1956년부터 《성 정부 문예 총서省政府文藝叢書》를 발간하였는데, 본성인과 외성인 작가들에 요청하여 타이완 농촌을 주제로 한약 70여 편의 소설 작품을 이에 담았다. 작가진으로 보나 스토리로 보나 어떤 민간단체도 이와 견줄 수는 없었다. 이렇게 방대한 문학 생산력에는 당연히 문화 및 정치적 함의가 깊게 담겨 있다. 분명히 말하지만 타이완의식의 형성과 향토문학의 온양은 다양한 힘이 축적된 결과였다. 1970년대가 향토문학시기로 규정된 것 역시 타이완 공보부가 영향을 미쳤기 때문이었다. 애초에 이 총서의 발간 자체가 정부에서 나온 발상이었다. 정치적 힘을 빌려 작가들을 모아보자는 생각이었던 것인데, 총 15년간 지속되다가 1980년에야 발간이 중단되었다. 이 작업이 담고 있는 의미는 결코 낮게 볼 수 없다. 많은 작가들이 요청을 받고 총서 시리즈로 작품을 출간했는데, 그 안에는 타이완 사회의 변천, 토지개혁과 농업현대화, 주요 교통 건설, 도시와 지방 건설, 국민 교육 관련 문제, 원주민 생활 문제 등 다양한 의제가 담겼다.[1]

이 총서에서 우리는 중화민국이 아직 연합국의 지위를 부정당하지 않았으며, 타이완의 국제사회에서의 지위도 상당히 안정적이라는 사실을 주목할 필요가 있다. 당시 국민당은 이미 어떻게 문학형식을 빌려 타이완사회의 내용을 반영할 것인가하는 문제를 인식하고 있었다. 이 기간 모더니즘운동이 일어났고 본성인 작가들도 점차 문단에 등장했다. 역사적으로 홀대 받던 타이완은 관방의 정책에 따라 일약 중요한 문학 주제로 올라섰다. 본성인 작가의 초기 향토소설 전부가 이 총서에 수록되었다. 중자오정鍾肇政의 《대수로大圳》(1966), 린중룽林鍾隆의 《리화의 혼사梨花的婚事》(1969), 정환성鄭煥生의 《바셴가의 봄春滿八仙街》(1970), 정칭원鄭淸文의 《협곡峽地》(1970), 리차오李喬의 《산원련山園戀》(1971), 중톄민鍾鐵民의 《비온 후雨後》(1972), 유쩡후이尤增輝의 《룽전의 봄榕鎭春醒》(1977), 리차오

의《푸르른 교목青青校樹》(1978) 등이 있다. 향토소설의 뿌리를 추적해 가
다보면 이 총서의 존재를 지나칠 수 없다. 타이완의식은 선명한 문화적
정체성으로서, 아주 작은 문화적 경험이 쌓여 만들어지기 시작했다. 그리
고 그것은 역사적 환경과 정치적 조건이 성숙했을 때, 그 도저한 흐름에
거스를 길이 없는 거대한 물결이 되고 말았던 것이다. 이 때문에 향토문
학이 일어난 시기를 1970년대로 단정할 수는 없는 것이다.

타이완 의식 역시 본성인만이 만들어 낸 것이라고는 말할 수 없다. 외
성인 작가 역시 이러한 요청을 받아 성 정부 문예 총서의 편찬에 참여했
었다. 의식과 무의식 사이에서 그들의 문학 사유 또한 점차 타이완의 정
서意象를 드러내었던 것이다. 당시 지명도가 있던 작가들의 작품은 질적
으로나 양적으로나 본성인 작가들과 비교해 더 풍부하고 다양했다. 모런
墨人의《가족사진合家歡》(1966), 장수한張漱菡의《무지개長虹》(1965), 난궈南
郭의 《소생하는 대지春回大地》(1966), 가오양高陽의 《행복한 가정愛巢》

▶ 李喬, 《山園戀》(李志銘 제공)

▶ 鍾肇政, 《大圳》(李志銘 제공)

(1965), 장구이姜貴의 《백금 해안
白金海岸》(1966), 중레이鍾雷의 《샤
오전의 춘효小鎮春曉》(1966), 양녠
츠楊念慈의 《개천에서 용나다犁
牛之子》(1967), 루커장盧克彰의 《햇
살 가득陽光普照》(1967), 톈위안田
原의 《이주기遷居記》(1967) 등이
총서에 실렸다. 그들은 문단에서
본성인 작가보다 더 주목을 받던
위치에 있었다. 두 이질적인 집
단이 이 총서로 모여들었고, 그
때문에 이 총서는 타이완의식의
형성에 큰 바탕이 될 수 있었다.
  1945년 전후 탄생한 베이비붐

▶ 鍾鐵民, 《雨後》(舊香居 제공)

세대는 그들이 처한 역사적 조건과 정치적 환경에 극도로 불만을 가지고
있었고, 교과서를 통해 전파되던 중국 상상에 대해서도 열정을 잃어버린
상태였다. 이는 중대한 문화 전환기였다. 국족의 기억이든 가족의 전통이
든 모두 구두 전달이나 전파로 이어져 내려오는 것이었다. 자본주의의
힘은 그들을 적나라한 현실로 끌어내었고 타이완의 향토는 문학 창작에
서 궁극적인 관심의 대상이 되었다. 본성인 작가는 농촌을 묘사하고 외
성의 후예들은 군인 가족 동네眷村[2]를 그림으로써 신세대의 문학적 풍경
을 구성해냈다. 그 속에는 이상도 있고 환멸도 있었지만, 타이완이라는
작은 섬에 굳게 뿌리를 내려야 한다는 것은 그들 공통의 역사적 방향이
되었다. 쑹쩌라이宋澤萊, 우진파吳錦發, 홍싱푸洪醒夫, 리앙李昂이 묘사한

---

2) 본래는 주둔군의 보호를 받는 이주지를 말한다. 대륙에서 건너온 외성인들의 다수
  가 군인이었고, 이들이 모여 정착지를 이룬 곳을 지칭한다.

농촌 소읍과 장다춘張大春, 주톈원朱天文, 주톈신朱天心, 쑤웨이전蘇偉貞, 위안충충袁瓊瓊이 그려낸 군인 가족 동네의 생활은 그 모습은 다르지만 결단코 타이완의 것이었다.

쑹쩌라이 소설 예술의 성취

과감한 필치를 견지했던 쑹쩌라이는 1970년대 등단 이후 결코 물러서 는 모습을 보인 적이 없었다. 수차례 병약했던 어린 시절을 회상하거나 정신적으로 퇴폐한 모습을 보이기도 했지만 그것 때문에 장기간 지켜 왔 던 창작 역량을 버리지는 않았다. 전후 세대 소설가에 속했던 쑹쩌라이 는 각기 다른 역사적 단계에서 일어난 정치적 파동을 비켜간 적이 없었 다. 그의 사상과 글쓰기는 거의 하나로 융합된 것 같았고, 그의 신념이 곧 그의 풍격이 되었다. 1970년대 등장한 작가들 가운데 꿋꿋이 실천을 이어갔던 작가는 드물었다.

▶ 宋澤萊, 《打牛湳村》

〈소 치는 난춘打牛湳村〉이 문단 에 모습을 드러낸 후 그의 소설은 잠시라도 타이완 사회에서 벗어난 적이 없었다. 당시 착취로 파괴되 어 가는 농촌의 진상을 과감하게 보여준 젊은 작가들은 너무나 소 수였다. 쑹쩌라이는 1980년대가 되 기 전에 벌써 《소 치는 난춘 시리 즈打牛湳村系列》, 《초롱꽃이 피면等 待燈籠花開時》, 《봉래산 이야기蓬萊 誌異》와 같은 걸작을 내놓았다. 그 는 창작의 주축을 리얼리즘, 낭만 주의, 자연주의 셋으로 나눴지만 타이완 사회를 어떻게 표현하느냐 하는 데 대한 관심은 한가지였다. 기교나 예술상의 정의는 그가 세상으로 나아가는 것에 방해가 될 수 없었다. 만약 쑹쩌라이가 타이완의식의 중요한 기수라고 한다면 1979년 이전에 글쓰기를 통해 이미 자신의 사상적 내용을 계획했다고 말하는 것이 더 정확할 것이다. 동세대 작가들과 비교해 그의 소설 풍격에는 실제 그의 정신과 의지가 관철되어 있다.

현실에 간여할 때면, 그는 문장에 늘 인도주의적인 종교적 감흥을 숨겨 두었다. 끝없는 속죄와 가없는 어둠이 그의 소설 속에서 끊임없이 긴장을 이루고 있었다. 내재적인 변론이 다양한 형식과 이야기를 통해 그의 문장 안에서 부단히 터져 나왔다. 특히 1980년대 이후 이런 경향은 더욱 심화되었다. 전 세대에 걸쳐 가치관에 커다란 변화가 일어나, 외재적 현실의 중대한 사건들과 완전히 밀접한 관계를 맺게 되었다. 메이리다오사건美麗島事件3)이 발발하자 쑹쩌라이는 더 이상 자신의 전투적이고 비판적인 성격을 숨기지 않았다. 그러나 그 혼자만 이렇게 전향을 한 것은 아니었다. 1950년 전후로 출생한 그의 세대 모두가, 타이완 안이든 밖이든, 모두 메이리다오사건이 가져온 역사적 충격을 받아들였고, 작가 모두가 슬픔과 분노로 인해 사상적으로 극심

▶ 宋澤萊, 《紅樓舊事》

---

3) 1979년 잡지 《美麗島》(아름다운 섬, 곧 타이완)가 高雄에서 주최한 시위에서 시위대와 경찰이 충돌, 주최자가 투옥된 사건이다. 타이완의 민주화에 큰 영향을 미친 사건으로 타이완이 의회민주주의로 나아가는 데 중요한 역할을 했다.

한 변화를 겪었다.

쑹쩌라이의 비평은 문장의 예술적 분석에만 그치지 않는다. 그는 인권이라는 보편적 가치를 가지고 문학을 검토했다. 이러한 비평 전략은 사건 발생 후 드러나는 정신적 트라우마 뿐 아니라 포스트 타이완문학을 지향하며 나타난 신세대를 겨냥한 것이었다. 그의 행동은 결코 고립되지 않았으며, 메이리다오운동이 표상하는 인권 정신을 지속하는 데 초점을 맞추고 있었다. 그는 각별한 고심 끝에 전향을 했다고 할 수 있다. 자신이 허약한 체질이라고 말했던 쑹쩌라이는 1980년대로 접어들자 과거의 우중충함을 걷어버리고, 당시에는 벌써 숨이 멎어가던 타이완 문학에 전대미문의 비판을 가했다.

그가 문단에 발표한 《누가 쑹쩌라이를 두려워 하는가?: 인권문학론집 誰怕宋澤萊?: 人權文學論集》[2]은 웅변적이었다. 수록 논문들은 일시에, 극히 신중한 태도를 유지하던 선배 작가들을 놀라게 하고 말았다. 예스타오葉石濤, 천첸우陳千武, 천잉전陳映眞, 치덩성, 양무 등, 그의 붓끝은 거칠 것 없이 이들의 문학적 신념을 휩쓸고 지나갔다. 1980년대에 조금씩 시대를 점해갔던 양대 문학 조류가 모두 그의 비판의 대상에 포함되었다. 쑹쩌라이는 좌파도 우파도 아니었다. 대신 그는 인권파였다. 그에게 문학의 문학다움이란 이데올로기의 짐을 짊어지는 것이 아니라 작가가 인도적 정신을 가지고 자신이 처한 사회를 볼 수 있는가에서 찾을 수 있는 것이었다. 문학이 트라우마를 직면하지도 못하고, 트라우마를 치료하지도 못하면서 이데올로기와 정치적 입장에서 떠돌고 머뭇거리기만 한다면, 구원의 힘을 가질 리는 만무하다.

당시 마침 타이완문학사를 쓰고 있던 예스타오는 쑹쩌라이의 글에서는 '노약자 문학老弱文學'으로 비판받았다. 문학은 영원히 인성의 암흑과 사회의 암흑을 폭로하는 데만 머물 수는 없다. 만약 문학이 자기 생명의 심층을 반성하지 않는다면, 절망의 나락으로 떨어질 것이다. 그는 분명히 밝히고 있다. "나는 작가가 되기 위해서는 자기 자신을 반성할 줄 알아야

하고, 자신의 한계에 겸허할 줄 알아야 하며, 타인의 슬픔에 동감하고 세상의 생로병사에 가슴 아파해야 하며, 무한한 자유를 갈망하고 만물에 애정을 가져야 하며, 세계의 불평등에 분노해야 한다고 생각한다." 이것은 쑹쩌라이가 처음으로 자신과 독자에게 던진 종교적 감회였다. 바로 이러한 정서가 있었기 때문에, 그는 예스타오의 문학적 신념에 구원의 힘이 결핍되어 있다고 볼 수밖에 없었던 것이다. 뿐만 아니라 천잉전이 타이완의 민주화운동을 '민주적 자산계급'의 것이라 간단히 평한 것에 대해서도 쑹쩌라이는 불만을 드러냈다. 민주화 운동의 목표가 인권의 가치를 높이는 것이라면 천잉전의 수수방관적 태도와 허위적인 계급의식은 정신적인 잠꼬대에 불과한 것이었다.

쑹쩌라이는 이후 지속해서 신앙을 추구하게 된다. 그것은 그의 강렬한 비판 정신에서 비롯된 것이었다. 그의 21세기 소설 서사 전략을 이해하려면 1980년대 초기에 일어난 단절을 살펴보지 않을 수 없다. 자신의 비판 모델을 만들어 낸 이후 그는 시, 소설, 평론에서 타이완 사회를 다루지 않은 적이 없었다. 시집《포르모사 송가福爾摩莎頌歌》[3]를 기점으로 그는 타이완어로 창작하기 시작했다. 이는 그가 이 시집이 그를 '타이완 정감의 중심 지대'로 이끌었다고 말한 것과 딱 들어맞았다. 그의 문학 동력은 이로써 도약하게 되었고 사회에 대한 관심은 끝없이 확장되었다. 1985년 완성한《폐허가 된 타이완廢墟台灣》[4]은 거의 타이완 판《일본침몰》4)이었다. 이 작품은 현재까지도 타이완에서 유일한 반핵소설이다. 작품은 타이완 인의 경제적 탐욕을 폭로하고 타이완 인들이 타이완의 대지에 상처를 주고 있음을 경고하고 있다. 거의 SF소설로 볼 수 있는 이 작품에서 우리는 쑹쩌라이의 문학적 상상력과 타이완의 미래에 대한 위기감을 발견할 수 있다. 또한 우리는 그의 타이완 의식이 더는 용속한 정치 영역에

---

4) 일본 SF작가 小松左京의 소설로 1964년부터 1973년까지 연재되었다. 1973년에 영화로도 제작되었고, 2006년에 리메이크되었다.

만 머물지 않고 개인의 신념 방면에서도 돌파구를 찾음으로써 문학이 전체 역사의 운명으로까지 확장되었다는 점에 주목할 필요가 있다.

그런데, 1980년대 이후 쑹쩌라이는 타이완 문단에 다시금 비할 데 없는 충격을 던져주었다. 그는 불교에 빠져들게 되고 이것은 그의 문학적 경험과 사상적 실천에 영향을 미치게 된다. 쑹쩌라이처럼 종교적 신앙을 견지하면서 문학 창작을 여전히 놓지 않은 작가를 찾아보기는 쉽지 않다. 《신과 문학적 경험神與文學體驗》,《귀의의 기쁨隨喜》뿐 아니라 논쟁을 촉발했던 《배반당한 부처被背叛的佛陀》와 같이 종교적 관심을 표출한 작품들은 모두 그가 불교에 완전히 몰두했음을 증명해주고 있다. 불학은 사람의 마음을 세속에서 벗어나게 한다. 그러나, 그는 실천을 할 때면, 타이완의 현실에서 벗어나지 않았다. 그는 출세간의 태도로 원시 불교에 관해 대화할 때도 타이완 사회로 향한 관심을 결코 버린 적이 없다. 그의 종교적 정서는 분명한 국적을 드러내고 있다. 타이완의식으로 가득 한 종교관은 그가 견지했던 문학적 구원관이 더욱 강화되어 갔다는 증거였다.

불교에 정통했던 이 작가는 1992년 생각지도 못한 곤경에 처하고 말았다. 자신은 지고무상의 아라한의 경지에까지 이를 수 있었지만, 가정생활의 부담만큼은 어떻게 할 수 없었다. 이러한 세속적 질곡은 그의 진정한 승화를 방해했고, '육체적 병변'을 야기하고 말았다. 그는 자신이 한 차례 신장결석을 앓았고 위산으로 심각한 고통을 겪어야 했다는 것을 인정했었다. 그는 10여 년 간 좇았던 불교를 버리고, 1993년 기독교의 '성령의 실체가 강림함'을 느끼게 되었다. 불교작가에서 기독교작가로의 전환은 타이완문학사에서는 전무후무한 예로 오직 그만이 그러했다. 그러나 정신과 사상에서 회통한 작가인 그에게는 어쩌면 이는 기이한 경험은 아니었을 것이다. 이와 같은 오묘한 전환을 이루지 못했다면 쑹쩌라이는 《핏빛 박쥐가 내려 온 도시血色蝙蝠降臨的城市》[5]를 쓰지 못했을 것이다. 20여 만자에 이르는 이 소설은 가히 그의 문학 경험의 집대성이라 부를 만했다. 그는 검은 돈이 얽힌 타이완의 정치를 작품 전체의 주제로 삼아, 선거전을 중심으로 사회 하층의 탐욕과 욕망을 직접 탐색하고 있다. 소설의 문체에는 모더니즘, 리얼리즘, 환상과 탐정 등 다양한 서사 기교가 녹아 있다. 이것은 쑹쩌라이의 문학적 특징으로서 다른 어떤 작가도 이를 쉽게 모방하거나 대체할 수 없었다.

이와 같은 이해를 바탕으로 보았을 때, 쑹쩌라이의 2010년도 작 장편소설 《하늘에서 드리운 족자天上卷軸》[6]는 상당한 기대감을 갖게 한다. 1부 〈흐릿한 꽃내음迷離花香〉에서 우리는 신계와 속세를 넘나드는 그의 풍격을 엿볼 수 있다. 이 소설은 현재도 집필 중이며, 현재까지 발표된 6만 자는 본 작품이 기세와 구조면에서 방대한 이야기가 될 것임을 예고하고 있다.

전체 이야기는 이중서사의 방식으로 전개된다. 2004년 선거로 민진당 집권綠色執政이 지속되는 것이 한 축이고, 국민당진영藍色陣營의 아제阿傑라는 인물이 본성인 정권의 흥기를 받아들이지 못하고 연락이 끊긴 지 오래인 꿈속의 여인 아쯔阿紫를 찾기 시작하는 이야기가 또 다른 한 축이다. 이 소설의 구조는 워낙 방대해서 6만 자까지 완성된 시점에서도, 아제는 신의 흔적과도 같은 꽃내음을 따라 아쯔를 찾으려 하지만 그 흔적조차 아직 발견하지 못하고 있다. 찾는 과정에서 아제는 반복적으로 민진당 집권에 대한 혐오감을 드러내며, 하늘에서 벼락이라도 맞은 듯이 수차례 자신이 기독교도임을 부정하기까지 한다. 이 작품은 21세기 타이완 정치를 가장 잘 묘사하고 있으면서, 현재 타이완 지식청년들의 이념적 혼란을 가장 잘 반영하고 있다. 그는 서사하는 과정에서 기적을 묘사하는 것을 금기시하지 않는다. 그러나 환상소설의 기법에만 매몰되지 않고 소박한 리얼리즘적 수법으로 돌아온다.

소설이 아직 미완이기 때문에 섣불리 억측할 수는 없다. 1970년대에 이미 완성된 모습으로 출발했던 그는 소설적 기교에서 변화무쌍한 모습을 보이고 있으며, 창작을 하면서 평론에도 손을 대고 있다. 사람들이 쑹쩌라이에 끌리는 것도, 쑹쩌라이를 싫어하는 것도 모두 그가 다양한 문체로 정치에 간섭하고 사회에 간섭하기 때문이며, 또 셀 수 없이 많은 논쟁을 일으키기 때문이다. 그는 종교적으로 불교에서 기독교로 전향하고 경이로운 문학적 커리어를 쌓아갔으며, 종교적 관심에서 구원과 속죄의 길을 찾았는데, 그러한 과정에서도 문학이 가지고 있어야 할 예술적 힘을 희생시키지 않았다. 이것은 쑹쩌라이가 쑹쩌라이가 되는 최대의 매력이라고 할 것이다.

전후 세대 본성인 작가의 본토 서사

양칭추楊靑矗(1940-)는 역사적으로 다소 난감한 위치에 있다. 전쟁 전에 태어났지만 1969년이 되어서야 첫 소설 〈방안의 남자在室男〉를 발표했다. 이 작품이 세상에 나왔을 때 타이완 사회는 마침 농업경제에서 산업경제로 전환이 이루어지고 있었고, 도시화가 막 성숙을 시작하고 있었다. 〈방안의 남자〉가 문단의 주목을 받은 이유는 도시 하층민의 감정을 담아냈기 때문이었다. 작품은 재봉 기술을 배우는 남주인공 '보조개'와 술집

▶ 楊靑矗(《文訊》 제공)

여자 다무짜이大目仔의 연상연하커플의 사랑을 다루는 상당히 통속적인 이야기이다. 그러나 양칭추는 처음으로 도시 구석의 남녀 사이에서 벌어진 희롱과 유괴의 이야기를 보여주었다. 소설에서 남자는 시골에서 도시로 와 재봉을 배우지만 여자는 집안을 먹여 살리기 위해 몸을 팔아야만 한다. 타이완 현대화 과정에 고향을 등진 이야기들은 셀 수 없이 많다. 그 이야기들의 주인공들은 그저 쥐꼬리만한 수입을 얻어 어려운 가정에 보탬

이 되려는 생각뿐이었다. 역사적 전환기에 일어난 이러한 이야기들은 타이완 사회가 어떻게 자본주의적 발전의 길로 나아가고 있는지를 극명하게 보여준다. 보조개가 있는 학생은 결국 술집 여자에게 유괴당하는데, 커다란 돈봉투를 받게 된다. 이것은 타이완 전통사회에 만연하던 '어린 아이의 이를 먹어 눈을 보한다吃幼齒補眼睛'는 이상한 미신의 현대적 해석이라고 할 수 있다. 소설은 정욕의 유혹, 현대화 과정에서의 전통의 상실, 사회 하층에서의 생명의 존엄의 상실, 주야간 고된 노동으로 축적되는 타이완의 부 등을 핍진하게 묘사하고 있다.

양칭추는 이시기《방안의 남자》(1971),《공장 노동자工廠人》(1975),《공장 여자들: 공장 노동자 제2권工廠女兒圈: 工廠人第二卷》(1978),《공장 연기 아래서: 공장 노동자 제3권廠煙下: 工廠人第三卷》(1978)과 같이 타이완 사회를 다루는 작품들을 썼다. 이 작품들은 타이완 남부 가공수출단지의 고통스러운 삶을 단편소설의 형식으로 생동감 있게 다루고 있다. 그는 옛 사회를 깊은 동정심을 가지고 돌아보면서 타이완 자본주의의 앞날에 대해서는 비관적인 시선으로 보고 있다. 그의 걱정은 언표 밖으로 넘쳐난다. 이는 그가 왜 이후 메이리다오 잡지 그룹에 가입하고 1979년 메이리다오 사건이 일어났을 때 체포되어 4년 형을 받게 되었는지 그 까닭을 설명해 준다. 그 자신이 가장 적절한 역사의 증거였다. 작가로서 그가 정치 운동에 개입한 것이었다. 향토문학운동과 풀뿌리 민주운동은 나란히 진행되어 왔는데, 그가 이 두 운동의 가장 적절한 결합의 구현체가 되었던 것이다. 출옥 후 그는 문학 창작을 계속 이어가 장편소설《마음의 표지心標》(1978),《연운몽連雲夢》(1978),《여기업가女企業家》(1990),《메이리다오 행진곡美麗島進行曲》(2009) 등의 작품을 선보였다. 그의 정치 개혁에 대한 이상과 환멸, 타이완 사회에 대한 동경과 실망이 이 작품들에 녹아들어 있다.

중례민(1941-2011)은 가오슝高雄 메이눙美農 사람으로, 부친이 타이완 저명 작가 중리허鍾理和이다. 전란 중 베이징에서 태어났다. 어린 시절 사고로 넘어지면서 척추를 다쳤는데, 중리허 부부가 경제적으로 어려운 때라 제때에 치료를 받지 못해 장애를 안은 채 살아가게 된다. 이 일 때문에 중리허는 죄책감을 지우지 못하고 살아간다. 그러나 중톄민은 이에 굴하지 않고 강철 같이 단단한 의지로 비참하고 고통스러운 삶 속에서도 문학의 길을 걸어갔다. 중톄민은 아버지의 유언을 어기고 중리허의 원고를 온전히 보존했을 뿐 아니라 더 나아가 그 자신은 의연히, 아버지가 허락하지 않았던 작가의 생애를 선택했다. 메이눙에서 고등학교 교사를 하면서 줄곧 사회에 왕성한 관심을 가졌으며, 자신의 정치적 입장을 숨기려 하지 않고, 인권 존중을 적극적으로 실천했다. 그는 힘겹게 '중리허 기념관'을 운영하면서도, 메이눙 저수지 반대 운동을 전개했으니, 그의 문학과 삶은 긴밀하게 결합되어 있었다고 할 수 있다.

오랜 기간 농촌에 정주했던 중톄민은 두 다리로는 흙을 딛고 서서 머리로는 환경 생태를 중시했다. 그래서 한평생 그의 소설과 산문의 배경은 전부 메이눙의 작은 마을이었다. 그가 주목을 받게 된 첫 번째 소설

▶ 鍾鐵民(《文訊》 제공)

〈요크셔의 황혼約克夏的黃昏〉에는 그의 풍자적이고 유머러스한 특징이 잘 드러나 있다. 이야기는 요크셔 종 돼지의 눈으로 경제 전환기의 농촌의 삶을 차분하게 살피고 있다. 자본주의의 부상과 도시문화의 팽창으로 농촌사회는 몰락으로 치닫게 되었다. 1960년대 말 완성된 이 소설은 농민이 타이완 경제 성장의 희생물이 되는 원인과 과정을 정확하게 그려냈다. 작품의 이러한 비판적 힘은 향토문학 정신의 든든한 버팀목이었다. 그는 이밖에 《돌 틈에 핀 꽃石罅中的小花》

(1965),《담배밭菸田》(1968),《비온 후雨後》(1972),《위중승의 봄余忠雄的春天》(1980),《요크셔의 황혼》(1993),《삼백공 전기三伯公傳奇》(2001),《산에 깃들다山城棲地》(2001),《전원일기鄕居手記》(2002)와 같은 작품을 남겼다. 그는 언어 사용에 신중해서 가치관, 도덕적 비판 등을 정확한 어휘로 표현했다. 그는 감정을 마구잡이로 표출하는 법이 없었으며, 감상적이지도 않았다. 얼마나 어려운 도전이든지 그는 남다른 신심을 가지고 부딪쳐 나갔다. 산간의 온갖 짐승, 새, 벌레조차도 그는 손바닥을 보듯이 훤히 알고 있었다. 중례민의 산문은 매우 자연적이어서 이론이나 지식을 끌어들이지 않아도 대자연환경에 대한 그의 숭배와 존경을 충분히 보여줄 수 있었다. 특히 마지막 산문집 두 편은 매우 훌륭한 문학이면서 비분으로 가득한 환경보호운동사였다.

왕퉈王拓(1944-) 역시 메이리다오 사건의 피해자였다. 그와 양칭추는 1970년대를 상징하는 인물로서 정치운동과 문학 활동 사이를 넘나들었다. 향토문학운동 초기 그는 웨이톈충尉天驄이 주편한《문계文季》에 가담하여 장아이링張愛玲과 어우양쯔歐陽子의 소설에 여러 차례 비판을 가했고, 그 후에는 서서히 당외운동으로 활동을 넓혀갔다. 그의 평론집《장아이링과 쑹장張愛玲與宋江》(1976)과《저잣거리 이야기街巷鼓聲》(1977)는 향토문학논

▶ 王拓(《文訊》 제공)

쟁을 주도한 글이었다. 가장 광범위하게 논란을 불러일으킨 소설은《진수이 아줌마金水嬸》(1976)[기였다. 그는 지룽基隆 바더우쯔八斗子 항구를 배경으로 고통 속에서도 이를 꿋꿋이 이겨내는 전통적인 여성을 묘사했다.

진수이 아줌마의 아들들은 모두 도시에서 성공을 얻으려 한다. 반면 외롭고 가난한 엄마는 매일 어촌에서 화장품 행상을 하며 쥐꼬리만한 돈을 벌면서도 자신을 버리다시피한 자식들을 원망하지 않는다. 그런데, 도시에서 투자에 실패한 아들은 가장 큰 좌절감을 맛보던 순간에 결국은 잊어버리고 있던 어머니를 떠올린다. 그들이 어촌에 돌아온 목적은 어머니를 봉양하려는 것이 아니었다. 그들은 어머니가 피땀으로 저축한 돈을 가로채려는 속셈이었던 것이다. 진수이 아줌마의 금전적 도움으로 자식들은 또다시 도시로 모험을 하러 떠나고, 그들의 어머니는 외진 어촌에 남아 고독한 삶을 이어간다.

그는 인물 형상을 그려내는 데 탁월하고 이야기의 리듬을 구성하는 데 치밀해서 향토문학운동의 대표적 작가가 될 수 있었다. 이후 그는 《그대어서 오세요望君早歸》(1977)를 썼고, 메이리다오 사건으로 형기를 마치고 출감한 후 《타이베이, 타이베이!台北, 台北!》(1985)와 《뉴두항 이야기牛肚

▶ 洪醒夫, 《黑面慶仔》

▶ 王拓, 《金水嬸》(舊香居 제공)

港的故事》(1986)를 발표했다. 그는 이야기에 강렬한 인도주의의 색을 입혔고 사상적으로 사회주의적 경향을 보였다. 그러나 이후 그는 민진당의 선거에 뛰어들어 입법위원5)이 되면서 문단에서 모습을 감추었다.

향토문학 작가 중 역사의식이 가장 강했던 작가는 홍싱푸(1949-1982)였다. 그는 선배 작가 정칭원을 너무도 존경해서 정칭원의 단순하면서도 매끄러운 문장을 광적으로 좋아했고 진실하면서도 풍부한 생명을 자신이 짊어져야 할 짐으로 받아들였다. 홍싱푸는 자신이 성실하면서 소박한 땅의 이야기를 그려낼 수 있기를 바랐다. 자동차 사고가 아니었다면 그의 작품은 쑹쩌라이와 같은 반열에 올랐을 것이다. 그는 장르적으로 소설, 산문, 현대시를 넘나들었다. 그는 1970년대 초 후랑시사後浪詩社에 참여했다. 그가 공식적으로 명성을 얻은 작품은 1977년 연합보 소설상聯合報小說獎을 받은 〈검은 얼굴 칭짜이黑面慶仔〉[8]였다. 당시 타이완 전역에서 향토문학논쟁 타오르고 있었는데, 그 자신은 소설 창작에 몰두해 있었다. 그는 "나는 평범한 문체로 소설을 써서 아내, 자식들, 또 그 아래의 자손들에게 보여주고 싶었고, 그들이 우리가 어디에서 왔는지를 잊지 않기를 바랐다. 미래가 찬란하든 암담하든 (과거를 : 역자) 잊어서는 안 된다"(《《검은 얼굴 칭짜이》자서《黑面慶仔》自序》)라고 썼다. 그는 소설을 소중한 역사적 기억으로 여겼기 때문에 이전 세대 작가의 생산력을 흡수하여 이후에 전통을 무궁하게 발전시켜 나가기를 바랐다.

단편소설 〈연극이 끝난 후散戱〉는 가장 많은 논쟁을 불러일으켰다. 그는 이 작품을 통해 위산거짜이시6)극단玉山歌仔戱團의 몰락의 과정을 추적하고 있다. 작품에서는 무대 위의 진향련秦香蓮과 무대 아래 사회문화의 타락을 동시에 묘사함으로써 전통과 현대의 결합을 보여주었다. 현대화

---

5) 한국의 국회의원
6) 민요와 山歌가 발달하여 만들어진 타이완 전통극의 일종.

운동이 도도히 밀려오는 과정에서 수많은 전통의 기억과 예술은 사라질 수밖에 없었다. 그의 소설은 기실 이별을 고하는 손인사라고 할 수 있다. 만류하려고 하지만 결국은 손을 흔들며 떠날 수밖에 없는 것이다. 〈연극이 끝난 후〉에는 코믹한 플롯이 삽입되어 있는데 오히려 그 가운데서 억누를 수 없는 슬픔이 자연스럽게 흘러나온다. 홍싱푸의 글은 타이완 농업사회의 만가로서, 그 안에 담긴 인정과 물정은 시적인 상징이면서 동시에 비장한 교향곡이었다. 그밖에 그의 작품으로는 《시정 전기市井傳奇》(1981), 《시골사람田庄人》(1982), 《그리운 징소리懷念那聲鑼》(1983)가 있고, 황우중黃武忠과 롼메이후이阮美慧 주편의 《홍싱푸전집洪醒夫全集》 전9책(2001)도 있다.

둥녠東年(1950-)은 타이베이공전台北工專을 졸업하고 아이오와대학교 국제창작프로그램International Wrinting Program에서 연구했다. 그의 산문은 타이완의 생활에 얽힌 추억과 감정을 묘사했고 소설은 예민한 감각으로

▶ 小野, 《蛹之生》

▶ 小野(《文訊》 제공)

타이완 현대사회 속 인간의 처지와 문제를 탐색했다. 특히 환경의 빠른 변화에 따른 농촌의 급격한 변화에 깊은 관심을 보였다. 그는 타이완 해양문학의 선구자 중 하나일 뿐 아니라 주요 향토문학작가였다. 이후 그는 불교에 접근하여 소설에 불학 사상을 담아내었다. 또한 그는 소설을 통해 타이완 역사를 서술하는 데 독보적이었다. 단편소설로는 〈비 내리는 마을落雨的小鎭〉(1977), 〈큰불大火〉(1979), 〈작년 겨울去年冬天〉(1983)이, 장편소설로는 《태평양3호의 실종失蹤的太平洋三號》(1985), 《모범시민模範市民》(1988), 《첫 여행初旅》(1993), 《지장보살본원사地藏菩薩本願寺》(1994), 《싯다르타의 능력과 원시 교의希達多的本事及原始敎義》(1996), 《안녕 포르모사再會福爾摩莎》(1998), 《사랑의 향연愛的饗宴》(2000)이 있고 산문집으로 《포르모사에게 보내는 편지給福爾摩莎寫信》(2005)가 있다.

샤오예小野(1951-)는 본명 리위안李遠으로 상당히 출중한 작가이다. 사범대학 생물학과 졸업생이라는 이력과 달리 문학 창작에 재기를 보였다. 첫 작품 《번데기의 생蛹之生》(1975)은 중앙일보에 연재될 당시에 이미 주목을 받았고, 책으로 출간되자마자 출판시장에서 선풍을 불러 일으켰다. 이 책이 환영을 받았던 까닭은 1970년대 청년들의 방황과 갈망을 담아냈기 때문이었다. 전환의 시대에 장징궈蔣經國가 대대적으로 추진한 본토화 정책을 담아내는 한편 민간에서 전개된 당외운동의 부상을 그려냈다. 이러한 정치적 격동기에 수많은 청년들은 강한 가정과 국가를 동일시하면서家國之思 시대 전체를 고민했다. 그는 이 소설에 당시 청년들이 마주한 문제를 담아내는 한편 내면의 감정을 모아 쏟아냈다. 샤오예의 글에는 극적인 효과가 강해서 언어 구사를 통해 소설 인물의 성격과 표정을 매우 잘 포착했다. 대학 캠퍼스 생활을 배경으로 한 세대의 우정, 애정, 격정을 그려냈다. 책에서 '번데기'의 탄생은 한 세대가 역사의 무대에 등장할 것임을 암시하고 있다.

신생대 소설가로서 샤오예는 당시 청년들의 심리와 가치관을 손바닥을 보듯 훤히 알고 있었다. 그는 자신의 생생한 언어로 일부 사람들이 정치에 흥미를 갖기 시작하고, 정치에 참여하는 과정에서 명리를 얻기를 희망한 것을 묘사했다. 젊은이들의 영혼의 비상과 추락을 생동감 있게 그렸다는 데 더 큰 의미를 줄 수 있다.《시험관의 거미試管蜘蛛》(1976),《연기가 오르는 우물生煙井》(1977),《고요한 바다寧靜海》(1979),《봉살封殺》(1979)과 같은 이후의 소설과 산문은 1970년대의 정신을 생동감 있게 전하고 있다. 그는 독자가 활기찬 생명력을 느낄 수 있도록 했기 때문에 신문 부간들은 그의 거의 모든 작품들을 싣기 원했다. 때문에 최단 시간 내에 문단에서 확고한 지위를 얻을 수 있었다. 이 재기 충만한 작가는 일반적인 문학 장르 뿐 아니라 시나리오에도 능했다. 80년대에 들어서면서 그는 다수의 소설을 유명한 극본으로 바꾸었다.《책마입림策馬入林》(1984),《마리를 사랑해我愛瑪麗》(1984),《테러리스트恐怖份子》(1986),《우리는 이렇게 자랐다我們都是這樣長大的》(1986),《짙푸른 바다海水正藍》(1988) 같은 작품들이 그렇다. 이어서《타이완의 생명력은 어디에 있는가尋找台灣生命力》(1989)시리즈 제1부《잠들어 있는 대지大地驚蟄》, 제2부《강에서 찾은 희망順著河流找希望》, 제3부《숲 깊은 곳에서尋找黑暗森林的心》, 제4부

▶ 小野,《試管蜘蛛》

《해조와 충적평원海潮與沖積平原》을 선보였다. 영상 작품뿐 아니라 각색한 대본도 모두 사람의 심금을 울렸다. 그 가운데서 각기 다른 집단과 다른 세대의 역사적 경험과 생태 환경을 기록했기에, 그러한 작품들의 문화적 역량은 결국 타이완에 생명력을 불어 넣을 수 있었다. 계엄이 해제 된 이후 우리는 그것을 볼 수 있었다. 작품들은 타이완 전체 사회가 새로운 시대로 접어들 것이라 예견했고, 때문에 관중과 독자들은 타이완의 미래에서

희망을 보았던 것이다.

　우녠전吳念眞(1952-)은 루이팡瑞芳 출신이었다. 그는 자신을 다추컹大粗坑의 아이로 자처했다. 향수는 그의 문학적 자산이었다. 조그만 광산마을의 풍토와 인정이 없었다면, 그의 소설은 없었을 것이다. 글에서든 무대에서든 인물의 원형들은 모두 자신의 고향과 얽혀 있었다. 그의 소설은 1970년대 향토문학운동 시기에 쏟아져 나왔지만, 문장의 매력은 동세대 작가들과는 완전히 그 결을 달리했다. 그것은 활력과 감동으로 충만했으며 풍부한 희극적 효과를 갖추었다. 그의 거의 모든 소설 작품이 영화나 연극으로 각색되었는데, 그렇게 될 수 있던 가장 중요한 관건은 바로 그가 인물의 표정과 모습을 생생히 포착할 수 있었기 때문이었고, 과장된 묘사가 있었음에도 실제에 알맞았기 때문이었다. 그는 타이완 사회를 비관적으로 바라보면서도 문학 예술적 표현에서는 그 자신에 내재한 폭발력을 보여주었다. 단편소설에서 그는 사회 하층 인물이 잊히거나 결국 버려지게 되는 현실을 묘사했다. 우녠전은 그 하층민들에게서 약동하는 생기를 찾아냈다. 그가 만일 소설 창작의 길을 계속 갔다면, 향토문학의 판도를 더욱 넓혔을 것임은 분명하다. 그러나 그는 희극과 영화로 방향을 바꾸었고 결국은 문학을 상회하는 영향과 조예를 보여주었다. 《봄을 움켜쥐다抓住一個春天》(1977), 《변방을 울리는 가을 기러기邊秋一雁聲》(1978), 《특별한 하루特別的一天》(1988), 《둬쌍: 우녠전 시나리오多桑 : 吳念眞電影劇本》(1994), 《《태평·천국》을 찾아서尋找《太平·天國》》(1996), 《반짇고리針線盒》(1999), 《타이완의 실상·타이완의 구석을 찾다台灣念眞情之尋找台灣角落》(1997), 《타이완의 실상·이 곳, 이 사람들台灣念眞情之這些地方這些人》(1998), 《타이베이 오지상: 우녠전 대 E세대台北歐吉桑: 吳念眞V.S.E世代》(2000), 《타이완의 주인台灣頭家》(2001), 《타이완의 실상台灣念眞情》(2002), 《여덟 살의 홀로서기八歲一個人去旅行》(2003), 《그네; 그네 날다鞦韆; 鞦韆飛起來》(2005), 《이런 사람, 저런 일들這些人, 那些事》(2010) 등과 같은 작품들이 있다.

▶ 吳念眞(黃力智攝影, 《文訊》 제공)

중옌하오鍾延豪(1953-1985)는 타이완 문학의 중진 중자오정의 아들이다. 타이완 문단에서 활약한 시간은 3,4년밖에 되지 않지만, 타이완 향토문학가 중 처음으로 외성인 노병의 이야기를 다루었다. 주요 작품에는 《화시가에서華西街上》(1979), 《진파이푸金排附》(1980)가 있다. 그는 깊은 통찰력으로 기녀, 포주, 노병, 행상 등 사회 하층의 고독한 군상을 면밀히 관찰하여, 대 시대 속 소인물을 동정적으로 각색하였다. 또한 난리에 고통받고 절망에 빠진 중생의 모습을 부조浮彫했다. 중옌하오는 향토를 강조하지 않으며, 인간 본위의 정신으로 주류사회에서 철저히 망각된 집단을 탐색했다. 기실 이 망각된 소인물들이야말로 타이완의 생명력의 일환이었다. 그들은 주변화되면서 시대로부터 갖은 모욕과 피해만을 받아야만 했다. 그러나 그의 작품 속 인물들이 감내해야 했던 역사의 무게를 통해서 우리는 이 국가家國가 진보를 위해 치러야할 피눈물의 대가가 무엇이었는지를 알 수 있었던 것이다.

우진파(1954-)는 1980년대 초기에 이르러서야 타이완 문단에 모습을 보였다. 그의 소설은 향토작가의 작품 중 청춘 계몽의 과정을 가장 잘 묘사한 작품이었다. 그의 성장 스토리는 사실 타이완의 사회경제적 변화와 거의 궤를 같이 했다. 그는 자아비판에도 거침없었을 뿐 아니라 정치비판에도 무서운 것이 없었다. 그러나 그의 문장의 최대 장점은 과도한 비분과 정서를 걸러낸 것이었다. 자기 단속적이며 자기반성적인 서사 기교로, 그는 동시대 작가들보다 자신의 예술정신을 더 잘 드러낼 수 있었다. 타이완 문화의 주체성을 굳게 지켜내려고 하면서도 원주민 문학에도 깊은 관심을 보여주었다. 그가 펴낸 원주민문학선집 《비정한 산림: 타이완 산지 소설선非情的山林: 台灣山地小說選》(1987)에는 민난인閩南人, 커자인客家人, 외성인, 고산족 등 아홉 명 작가의 작품이 실렸다. 이는 타이완 문단에서는 처음 있는 시도였다. 그는 평지 작가 중자오정의 〈곰 잡는 사람獵熊的人〉과 부눙布農족 작가 야거雅各의 〈최후의 사냥꾼最後的獵人〉을 면밀히 비교하여, 비원주민들이 수렵 문화를 묘사하는 경우 결코 원주민 삶을 세세하게 묘사할 수 없음을 보여주었다. 또 후타이리胡台麗가 쓴 〈우펑의 죽음吳鳳之死〉을 집중적으로 검토하여, 멋지고 감동적인 우펑의 이야기가 사실 허구라는 것을 폭로했다. 우펑의 죽음은 오랜 시간 한족 교과서에서는 정의로운 행위로 묘사되어 왔지만, 아리산阿里山 부락에서는 적대시되어 왔다. 이 이야기는 일본 식민 통치자들의 총칼이 만든 신화로서 전후에도 사라지지 않고 사회에서 유전되었던 것이다. 이 소설은 우펑의 죽음의 진상을 밝히면서 허구적인 민족영웅이 작자의 내면에서 영원한 죽음을 맞이하게 되는 과정을 보여주었다.

우진파의 소설 기교에는 강렬한 인도주의가 담겨있었고 기본적인 인권관이 녹아 있었다. 그는 정욕의 분출과 인성의 명암을 날카로운 필치로 그려냈다. 그의 글에는 민족의 정체성 문제도 숨어 있었다. 그의 단편 소설 〈매국叛國〉은 타이완 역사에서 민감한 의제를 끄집어내어 타이완 사회의 극히 모순적이고 복잡한 일면을 드러냈다. 그는 사실적 수법을 활용하여 삶을 핍진하게 다루었으며 이를 통해 정치한 예술 세계를 제련해 냈다. 그러나 때로는 적절한 모더니즘 수법, 예를 들어 환상 수법을 활용하여 성동격서와 같은 효과를 자아냈다. 그는 다작 작가로서 생산량이 엄청났지만, 진정한 문학적 성취는 단편소설에서 찾을 수 있다. 주요 작품으로는 《매사냥放鷹》(1980), 《침묵하는 강靜黙的河川》(1982), 《제비 우는 거리燕鳴的街道》(1985), 《남성 상실消失的男性》(1986), 《청춘다실青春茶室》(1988), 《추국秋菊》(1990), 《유사의 갱流沙之坑》(1997) 등이 있다.

향토문학운동 중 시와 산문

▶ 王鼎鈞

1970년대는 리얼리즘을 중심으로 하는 향토문학의 시기로 받아들여지고 있지만, 결코 모든 작가들이 같은 방향을 향한 것은 아니었다. 모더니즘운동의 중요 작가들도 이 시기가 되어서야 타이완문학사에서 고전으로 취급받는 작품들을 내기 시작했던 것이다. 이에는 바이셴융의 《타이베이 사람들台北人》, 왕원싱의 《집안의 변고家變》, 황춘밍의 《사과의 맛蘋果的滋味》과 《사요나라·짜이젠莎喲娜啦·再見》과 같은 작품을 들 수 있다. 산문 작가들에게도 회자될 만한 수많은 작품이 쏟아져 나왔다. 왕딩쥔王鼎鈞(1925-)은 60년대부터 이미 《시비講理》(1964), 《인생관찰人生觀察》(1965), 《장단조長短調》(1965)와 같은 논쟁적 작품들을 발표했다. 그러나 그의 산문이 널리 알려진 것은 《개방적 인생開放的人生》(1975)에서부터였다. 이 작품은 타이완 사회가 개방으로 나아갈 것이라는 것을 강하게 암시했다. 작품에서 그는 민주운동의 싹이 트고 있음을, 향토문학운동이 막 일어날 것임을, 그리고 사회의 풍조가 폐쇄적인 시대와는 달라질 것임을 동경하고 기대하고 있다. 이후, 그의 글쓰기는 더 이상 시대의 제한을 받지 않았고, 거의 매 작품마다 독자들의 주목을 받았다.

그는 다양한 가치관과 관념을 받아들이는 포용성을 보였다. 또한 역사와 현실에 대해서는 관조와 대조의 방법을 취했다. 그는 일찍이 백색테러로부터 상처 입은 지식인이었지만 난리와 억압에 대한 원한과 분노를 쌓아 두지는 않았다. 또한 정치적 무게와 사회적 배제를 감내하면서도 인생을 명확히 꿰뚫어보았다. 그의 산문은 넉넉한 그릇과 같았다. 세간의 다양한 격조와 정조가 한 데 담겨서 문학적인 미감과 질감으로 전환되었다. 그는 어떠한 유파도 숭상하지 않았으며 문장의 자구 하나하나 모두 그 자신이 직접 창조한 것이었다. 서정과 설리를 자유자재로 운용하면서도 질서정연했다. 글을 다 읽고 나면 그에게 설득되지 않을 수 없었다. 문체는 때로는 소설 같으면서도 때로는 고도로 농축된 것이 시의가 묻어났다. 대략 50여 년의 문학 생애 동안 약 40여 편의 작품을 써냈으니, 이처럼 후회 없게 진력했기에 그의 문학적 추구는 사람들을 감동시킬 수 있었다. 특히 근래에 이러한 경향은 더 강해졌다. 《어제의 구름昨天的雲》(1982), 《분노한 소년怒目少年》(1995), 《탈출기關山奪路》(2005), 《문학 강호文學江湖》(2009)와 같은 자전적 소설은 성장기부터 타이완에서의 유랑을 거쳐 타향으로 떠나기까지 모든 평면적 기억들을 세세히 묘사함으로써 표박하는 인생을 입체적으로 구현하고 있다. 그의 모든 작품이 다 대표작이라고 할 수 있지만 그 가운데 고르라면 다음과 같은 작품들을 들 수 있을 것이다. 《인생 시금석人生試金石》(1975), 《깨진 유리碎琉璃》(1978), 《문학의 씨앗文學種籽》(1982), 《의식의 흐름意識流》(1985), 《소용돌이치는 좌심방左心房漩渦》(1988), 《천수포접千手捕蝶》(1999), 《백사장의 모래알滄海幾顆珠》(2000), 《풍우음청風雨陰晴》(2000)이 그것이다.

정퉈우張拓蕪(1928-)은 천뎬沈甸이라는 필명으로 시집 《5월 사냥五月狩》(1962)을 발간했고, 1970년대에 접어들면서는 산문으로 방향으로 바꾸었다. 그 첫 번째 작품이 《장기 이야기代馬輸卒手記》(1976)이다. 당시에 그는 이미 중풍에 걸려 불편한 몸이었지만 이처럼 감동적인 문집을 펴냈다. 작품에 담긴 글자 하나하나가 모두 피눈물과 생명을 대가로 건져낸 것이었다. 거대한 시대에 희생된 병사는 아마도 사회의 주변인이나 역사의 찌꺼기 같은 대접을 받기 마련이다. 그러나 그는 결코 경솔하게 포기한 적이 없었다. 용감하게 붓을 들어 아득한 고향과 실망스러운 운명을 조준하여, 유랑의 곡절을 그려냈다. 그가 남긴 문장을 통해 독자들은 일찍이 보지 못했던 세계를 볼 수 있었다. 그곳에서 사람들은 손해를 입기도 하고, 모욕을 당하기도 하며 사기를 당하기도 한다. 그런 경험이 그의 문장을 더욱 깔끔하게 만들었다. 문학은 구원이 되어 침몰하는 생명을 건져 올렸다. 전쟁 시기부터 국공내전을 지나 타이완에 몸을 기탁하기까지 삶의 여정은 아마도 외성인들이라면 피할 수 없는 길이었을 것이다. 그러나 장퉈우는 자신이 목도하고 경험한 생과 사, 그리고 민족의 충돌을 담아 조금은 다른 유랑기를 써냈다.

장퉈우는 〈완남에서의 유격 생활皖南遊擊生活〉에서 유격대에서의 경험을 그렸다. 그는 타이완 병 하나와 조선인高麗棒子 하나를 포로로 사로잡는다. "그 조선인은 중국어를 하지 못했다. 그가 일본어를 하면 그 타이완 사람이 사투리가 섞인 중국어로 통역을 했고, 그렇게 중간 과정을 지나서야 말뜻을 이해할 수 있었다. 그들은 강제로 끌려왔다는 것이다. 그들은 자신들은 일본의 앞잡이가 아니며 국민당重慶政府으로 귀순하려 했다는 것을 재삼재사 밝혔다." 전장에서의 우연한 만남은 사실 거대한 역사적 사건의 축소판이다. 참전한 병사들은 서로 다른 민족이었지만 총칼로 서로를 마주해야 했다. 전쟁은 그들이 일으킨 것이 아닌데도, 그들은 제국주의의 희생양이 되어야 했다. 어쩌면 그의 붓끝에서 이러한 사실이 얼렁뚱땅 넘어가는 것처럼 보일 수도 있다. 그러나 사람들은 그를 통해 인성의 가장 잔혹한 일면을 보게 된다. 이러한 필법은 그의 작품 속에서는 수도 없이 나타난다. 독자들은 그의 붓을 따라 수천수만 리 길을 유랑하고 격랑이 있는 해협을 넘나든다. 그리고 끝에 가서 그들이 고향에 돌아갈 수 없다는 것을 알게 된다. 그의 이러한 기억록에는 《장기 이야기 속집代馬輸卒續記》(1978), 《장기 이야기 여담代馬輸卒餘記》(1978), 《장기 이야기 추기代馬輸卒補記》(1979), 《장기 이야기 외전代馬輸卒外記》(1981)들이 있다. 이러한 그의 글들에는 진실과 울림이 있었다. 그렇기 때문에 그는 결코 가벼이 지나칠 수 있는 작가가 아니었다. 얼마 후 그는 또다시 독자들로 하여금 끊임없이 반성하게 하는 산문들을 발표했다. 《한담집左殘閒

話》[7](1983), 《고난의 세월坎坷歲月》(1983), 《향수坐對一山愁》(1983), 《도화원桃花源》(1988), 《어찌 두 글자만 감격적일소냐何祇感激二字》(1998), 《황무지 개간 병사 전기墾拓荒蕪的大兵傳奇》(2004)가 그것들이다.

인디隱地(1937-)는 본명이 커칭화柯靑華이다. 그의 삶 자체가 전기傳奇적이다. 다른 외성인들의 타이완 이주 경험과 마찬가지로 그의 삶에 대한 기억의 대부분은 피난이었다. 타이완에서 자라는 과정에서 그는 떠돌이의 고통을 철두철미하게 느꼈다. 정치공작간부학교政工幹校 졸업 후 1973년 《서평과 서목書評書目》 주편을 맡았고, 1975년에는 이아출판사爾雅出版社를 창립했다. 초기에는 소설에서 출발해

▶ 隱地(《文訊》 제공)

《우산 위, 우산 아래傘上傘下》(1963)와 《환상의 남자幻想的男子》(원제 《천 개의 세계一千個世界》, 1966) 같은 작품을 발표했다. 그가 타이완 문단에 남긴 가장 큰 공헌은 바로 1968년 시작한 '올해의 소설선年度小說選' 발간이었다. 이 작업은 1998년 구가출판사九歌出版社가 넘겨받을 때까지 무려 31년 간 지속되었다. 때문에 이 선집은 타이완 문학의 보고가 될 수 있었다. 1982년에는 '올해의 시선年度詩選'을 시작해 8년간을 이어갔고, 이 또한 타이완 시단의 귀한 사료가 되었다. 1970년대부터 산문을 쓰기 시작해, 잡문, 수필, 소품, 유기, 자전, 일기, 찰기札記 등 다양한 산문을 두루 썼다. 그의 작품은 도시에서의 개인적 삶과 여행의 경험을 담고 있으며, 타이

---

7) 左殘은 그의 필명이다.

완에 뿌리를 내린 후 외성 지식인이 가난한 시기를 지나서 안정된 단계로 접어드는 과정을 보여주었다. 또한 타이완 사회의 변화와 자본주의가 충격을 던진 후 나타난 도시 문화를 기록했다.

인디는 매우 성실히 자신의 삶과 생명을 마주했다. 특히 중년에 들어선 후 시간의 흐름에 민감한 반응을 보였고, 육체적 욕망과 감각을 과감하게 드러냈다. 그는 출판인이었기 때문에 광범위하게 작가와 작품을 접할 수 있었고, 이로 인해 수많은 기억 속에서 중요한 사건을 펼쳐 보일 수 있었다. 그는 《나의 책이름은 책이다我的書名就叫書》(1978), 《작가와 책 이야기作家與書的故事》(1985), 《출판 심사出版心事》(1994), 《책을 낸 후부터……自從有了書以後……》(2003), 《회고回頭》(2009)와 같은, 다수의 산문을 통해 책과 작가에 얽힌, 알려지지 않은 문단의 이야기를 전했다. 그의 문장은 평이함 속에 유려함이 있어서, 실망과 절망에 빠졌을 때 읽는다면 독자들은 어떤 생명력을 느낄 수 있었다. 그는 책과 작가를 이야기함으로써 사실 타이완 문학을 전진시키는 동력을 이야기했던 것이고, 부단히 이어지는 동경을 전해주었던 것이다. 인디의 작품 중 가장 높게 평가 받은 것은 자전적 작품인 《전성기漲潮日》(2000)이다. 이는 개인의 마음의 기록일 뿐 아니라 전쟁 세대의 고통스런 성장의 경험록이다. 그의 부모 간의 다툼은 시대 전체의 축소판이었다. 또 그것은 그가 역사 속에서 부침하게 되는 원인이었다. 그는 아버지의 양복과 자신의 가죽점퍼를 통해 불황을 맞아 생기가 사라진 타이완 경제를 훌륭하게 그려냈다. 그러나 그는 결코 사회 주변부에서 생명의 방식을 열어보겠다는 몽상을 포기한 적이 없었다. 《커피를 즐기는 사람愛喝咖啡的人》(1992), 《전환의 시대飜轉的年代》(1993), 《나의 종교, 나의 사당我的宗敎我的廟》(2001), 《몸이라는 배身體一艘船》(2005), 《나의 눈我的眼睛》(2008) 등의 산문집들은 중년에 들어 선 후 그의 세계관과 가치관을 반영하고 있다. 1992년 이후 그는 시를 쓰기 시작했다. 시의 간결한 문체는 그의 생명을 되살렸고 문학에 대한 기대감 또한 상승시켰다. 그의 시에는 유머, 기지, 자조가 있었기 때문에, 한 영혼이 도시에서 경험하게 되는 기복 있는 삶을 가장 잘 보여 주었다. 그의 시집으로는 《프랑스 식 나체 수면法式裸睡》(1995), 《하루 동안의 연극一天裡的戲碼》(1996), 《생명의 광야生命曠野》(2000), 《시를 파는 가게詩歌舖》(2002) 등이 있다.

향토문학운동이 전개되던 중에는 논술이 예술성보다 높게 평가되었기 때문에, 주목 받은 산문가들이 실제로는 그렇게 많지 않았다. 그 가운데 가장 주목을 받은 산문가로는 쉬다란許達然(1940-)이 있다. 오랜 기간 외국에서 생활하면서 미국 노스웨스턴대학Northwester University에서 은퇴한 후 타이완으로 돌아와 둥하이대학東海大學 역사과에 명예교수講座教授로 초빙되었다. 그는 학술계에서 타이완 역사 연구로 명망을 얻었으면서도, 한편으로는 독특한 풍격을 갖춘 산문가로도 일가를 이루었다. 《눈물을 머금은 미소含淚的微笑》(1961), 《원방遠方》(1965), 《흙土》(1979) 《구토吐》(1984), 《물가水邊》(1984), 《인도人行道》(1985), 《동정의 이해同情的理解》(1991) 등의 7편의 산문을 통해 문화적 정체성, 환경보호, 인성과 윤리, 강한 향수 등을 두루 다루었다. 1960년대 창작에서는 개인의 내밀한 세계의 독백을 벗어나지 않고, 모더니즘적인 스타일을 견지했다. 문장은 거침이 없었고 풍격은 온화하면서 법도가 있었다. 1970년대에 접어들면서 문풍이 일변하여 문법을 타파하면서 정태적인 문장에 향토의 느낌을 삼투시켰다. 또 한편으로는 순수하게 향토만을 그리지 않고, 냉정하고 방관적인 관찰자로서 타이완의 사회, 정치, 경제적 변화를 조망했다. 그는 언어의 발음상의 변화를 이용하여 다양한 동의어와 중의어를 창조하면서 차가운 조소와 신랄한 풍자를 던졌다. 그의 창작은 기본적으로 반反 산문 혹은 반反 예술에 속했다. 구체적으로 말해, 그는 미감을 좇지 않았으며, 소위 화려함이나 지나친 아름다움艶麗을 자신의 작품에서 철저히 배격하였다. 산문의 리듬은 때로는 난삽하여 읽기 어려웠는데, 방언이나 속어를 쓰는 것을 전혀 개의치 않아서 난잡한 느낌을 주기도 했다.

쉬다란에게서 찾을 수 있는 가장 큰 의미는 그가 조용한 혁명을 행했다는 점이다. 그는 모더니즘운동 이래 전개되어 왔던 문체의 정교화와 개인화 현상과는 완전히 다른 길을 모색했다. 예를 들어 〈비雨〉의 음운 효과를 보면 "몽롱몽롱하게, 비로 젖어드니, 비가 시가된 것 같네朦朦朧朧, 雨一濕, 雨似乎也變詩了"[8] 같은 시구는 매우 산문적이면서도 문자유희 같은 모습을 보인다. 그가 악비岳飛를 노래한 시구를 보자. "팔천 리 길을 지나면서도, 그는 비에 젖은 적은 없다네. 젖은 머리로는 하늘을 찌를 수 없을까 두려워, 만강홍을 읊을 때는, 그저 난간에 기대 누런 땅이나 보면서 비가 들기를 기다렸을 뿐이라네八千里路雲和月後也不說他淋雨, 簡直怕怒髮一濕就沖不上冠, 唱滿江紅時只憑欄看滿地黃等雨歇"[9] 그는 송사宋詞를 철저히 해체하여 오독과 중의적 효과를 만들어 냈다. 이러한 의식적인 파괴는 사실 원전의 내용을 확장하기 위한 것이었다. 그는 지식인의 모습을 버리고 사회 밑바닥의 농민, 노동자, 소시민을 관찰했다. 그러나 그는 결코 향토문학에 참여하지는 않았다. 그는 다양한 모순어법을 구사했다. 즉, 문어와 구어 혼용, 고금 병치, 남방과 북방의 언어 병용, 구어와 신어 겸용을 활용함으로써 태초의 순수함과 순박함으로 돌아간 것 같았다. 그러나 그 이면에서는 포스트모던의 효과를 구현하기도 했다. 이것은 타이완 산문에서는 이상하면서도 독특한 일이었다. 그는 문학적으로 독자의 구미에 아첨하려 하지 않았다. 대신 고요한 산과 같아서 지음들만 다가오는 것을 허락했을 뿐이다.

우성吳晟(1944-)은 1970년대 말에 혜성처럼 등장했다. 시와 산문을 함

---

8) 濕과 詩는 중국어 발음이 같고, '雨一濕'에서 '一濕'는 '습하게 변하다', '雨似乎也 變詩了'에서 '變詩了'는 '시로 변하다'의 뜻이 있어, 두 어구는 자수와 구조에서는 다른 문장이지만 발음과 의미적으로는 서로 통한다.

9) 岳飛의 滿江紅 원문은 다음과 같다 怒髮衝冠, 憑欄處, 瀟瀟雨歇。/抬望眼, 仰天長嘯, 壯懷激烈。/三十功名塵與土, 八千里路雲和月。/莫等閑, 白了少年頭, 空悲切。//靖康恥, 猶未雪 ; 臣子恨, 何時滅？/駕長車, 踏破賀蘭山缺。/壯志飢餐胡虜肉, 笑談渴飲匈奴血。/待從頭, 收拾舊山河, 朝天闕!

께 창작했는데, 그 안에 흙냄새가 짙게 배어 있었다. 그는 고향의 뿌리를 그러잡고 놓지 않았다. 그 자신 "착실하고, 중후하며, 박대한 흙의 이미지, 꾸미지 않는 농민의 모습, 자신을 대할 때, 남을 대할 때, 일을 대할 때, 어느 때나 나타나는 돈후한 품성 등등을 나는 시종 동경하고 앙모해왔다"고 말했었다. 이는 그의 필생의 문학적 풍격을 잘 말해준다. 그의 주요 작품으로는 시집《표요飄搖裡》(1966),《고향 인상吾鄉印象》(1976),《흙泥土》(1979),《아이에게 건넨 말向孩子說》(1985), 산문집《농촌 아낙 農婦》(1982),《점원店仔頭》(1985),《후회 없이無悔》(1992),《차라리 잊을걸不如相忘》(1994),《쥐수이강 수필筆記濁水溪》(2002) 등이 있다. 사람들이 가장 많이 거론했던 산문집은《농촌 아낙》이었다. 이 산문집은 그 자신의 어머니를 다루고 있지만, 실제로 이 어머니는 타이완 농촌 사회의 모든 어머니의 형상으로 보아야 할 것이다. 그는 전통 가치를 보존하고 윤리 관념을 준수하는 등, 문화의 전승을 매우 중시했다. 어머니는 '배우지 못한

▶ 吳晟,《吾鄉印象)

▶ 吳晟과 책표지

무식자'였지만 삶의 지식이 깊고 풍부했으며 생명력이 충만했다. 허다한 학문들은 그저 지식의 연역물에 불과했지만, 어머니는 일상생활에서 몸으로 실천하는 이였던 것이다. 그의 문학 정신은 분명 타이완 전통사회의 최후의 거점이었다.

왕하오王灝(1946-)는 일찍이 '대지시사大地詩社'에 참여했다가 대학 졸업 후에 고향 푸리埔里로 돌아갔다. 중요 산문집으로는 《다푸청 이야기大埔城記事》(1989), 《한 떨기 마음一葉心情》(1989), 시집으로는 《시정 풍경市井圖》(1993), 시 평론집으로는 《탐색집探索集》(2002)이 있다. 문단에서 그렇게 주목을 끌지는 못했는데, 그것은 그의 독단적인 스타일 때문이었다. 이는 그의 글에 오롯이 담겨 있다. 글 쓰는 속도가 매우 느리지만, 대신 글이 응축되었기 때문에, 그 깊이를 가벼이 볼 수는 없다. "살아가는 것도 내 고집대로이고 글을 쓰는 것도 내 식대로였다"라는 그 자신의 말대로, 그가 주의를 기울인 고향 마을의 자질구레한 삶은 사람을 끌어들이는 흡인력을 가지고 있었다. 차 우리기, 저수지, 버려진 공장, 매미소리, 들판, 간판, 전통극 관람, 대청, 만화尫仔冊는 이미 잃은 지 오래된 기억이었지만, 그의 산문에서 다시 살아났다. 그는 독자들에게 평온했던 전통의 시절, 순박한 시골의 이야기, 민간의 인정과 의리를 보여주면서, 글자 하나, 어구 하나에 따뜻함을 담아 전해 주었다. 그는 회고가 아닌 진실을 써 내려갔다. 그가 담아낸 진실은 외딴 산간에 생생히 남아 있었던 것이다.

장쉰蔣勳(1947-)은 산문으로 타이완 문단에 이름을 알렸다. 그의 서정적 작품이나 예술에 관한 논술은

▶ 蔣勳

정교한 문장으로 쌓아올린 금자탑이었다. 미술을 전공한 까닭에 역사와 사회를 바라볼 때, 왕왕 그만의 혜안을 가지고 일반인들은 생각지도 못한 미적 요소를 찾아내 전해주었다. 그는 소설을 쓰기도 했지만, 아름다움에서는 산문을 따라올 수 없다. 문체가 시에 가까우면서도, 시를 넘어서서 심오한 정신의 시각과 촉각을 보여주었다. 불학을 빌려 개인의 탐욕과 부처에 보내는 희사喜捨를 함께 다루었다. 이는 세속의 현실에 다가서면서도 세간의 용속함과는 거리를 두려는 마음이었다. 행간 어디에서나 퍼져 나오는 아우라로 독자들은 미의 존재를 갑작스레 발견하는 경험을 하게 된다. 발리 섬을 소재로 한 〈꽃의 섬花的島嶼〉을 보자. "꽃떨기에 안겨 있는 섬, 꽃은 사랑이고, 꽃은 축복이고, 꽃은 기쁨이고, 또한 꽃은 조용한 애수이고" 그는 또한 글 쓰는 이의 운명을 말하기도 했다. 〈숙명宿命〉에서 그는 미지의 미래에 대한 두려움을 전하고 있다. "그는 미래를 보았고, 운명의 종극을 보았고, 어린아이로 변하여 다른 세상에서 유전하는 스승을 보았다. 날카로운 송곳을 쥐고는 악을 쓰고 우는 것이 자신의 전생의 삶 하나하나를 송곳으로 찌르는 것 같았다." 그는 어구를 반복하는 것을 마다하지 않았는데, 그것은 풀어내기 어려운 감각을 더 정확하게 전하려는 의도에서였다. 이러한 유전에는 율동과 리듬이 있어서 차근차근 설명하면서 독자들을 다른 경계로 이끌어 간다. 사랑을 쓸 때면 다양한 톤의 서정을 사용하여, 버리려고 하지만 버리지 못하고, 잊으려 하지만 잊지 못하는 심정을 우는 듯 호소하는 듯 전하고 있다. 그러나 그는 결코 추상적인 정서에 의지하지 않고 구체적인 육체의 감각을 담아냈다. "나는 복사뼈에서 발가락 끝까지 미세하게 움직였다. 나는 아랫배부터 샅까지 체온이 도는 것을 느꼈다. 마치 항만의 물이 빠져 나가지 않고 그 안에서 맴도는 것과 같았다. 전신을 미세하게 데우는 힘이 그곳에서부터 서서히 등을 따라 위로 올라와 허리 양 옆을 지나 견갑골까지 이르렀다."(〈육신의 각성肉身覺醒〉) 이것은 일종의 기공법이라고 할 만하다. 그는 그것을 빌려 떨쳐 버릴 수 없는 감정이 낯빛과 냄새에까지 영향을 미치는 상황을 묘사함으로써 인간으로서는 어쩔 수 없는 '진실眞'을 담아 냈다. 그의 산문으로는 《우연한 만남萍水相逢》(1985), 《너그러움·산大度· 山》(1987), 《오늘밤 어디서 술을 깰 것인가?今宵酒醒何處》(1990), 《인간과 땅 人與地》(1995), 《섬의 독백島嶼獨白》(1997), 《환희와 찬탄歡喜讚嘆》(1999), 《오 로지 여한 없는 봄을 위하여只爲一次無憾的春天》(2005)가 있고, 소설로는 《고독한 까닭에因爲孤獨的緣故》(1993), 《Ly's M에게寫給Ly's M》(2000)가 있 으며, 예술론으로는 《청년예술가에게 보내는 편지給靑年藝術家的信》(2004), 《수첩: 남조의 세월手帖: 南朝歲月》(2010)이 있다.

1970년대 타이완 시단을 살펴보다 보면 이 시기에 과도적 색채가 강하 다는 것을 알 수 있다. 모더니즘운동이 전개되고 난 바로 직후라 적지 않은 시인들이 그 미학적 영향을 받아, 회삽한 시풍에 갈피를 잡지 못하 면서도 다소 이를 편애하는 기운이 있었다. 때문에 이 시기에는 모더니 즘운동의 잔해가 보이면서도 언어의 틀을 벗어나 비교적 평이한 언어로 시적 정취를 운용하려는 모습도 보였다. 장춰張錯(1943-)는 그 가장 좋은 예이다. 본명은 장전아오張振翱이고 필명으로 아오아오翱翱를 사용했었

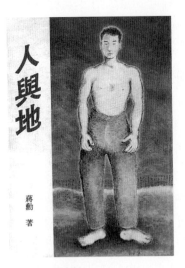

▶ 蔣勳, 《人與地》

다. 미국 시애틀의 워싱턴대학교University of Washington에서 수학했고 시 인 펑즈馮至를 주제로 박사논문을 썼 다. 펑즈는 독일 시인 릴케Rainer Ma- ria Rilke의 영향을 받았기 때문에, 소 네트 형식(14행시 형식)에 빠져있었 다. 장춰는 펑즈를 연구했기 때문에 그 역시 릴케의 미학을 찾아내면서 소네트 창작에 빠져들었다. 정밀한 미감을 숭앙하면서도 의식적으로 농 축적인 시어를 해방시켰으며, 서정시 에 능했다. 《과도過渡》(1965), 《죽음의

촉각死亡的觸覺》(1967),《새가 짓다鳥叫》(1970),《낙양의 풀洛城草》(1979),《잘 못된 소네트錯誤十四行》(1981),《쌍옥환에 깃든 원雙玉環怨》(1984),《떠돌이 飄泊者》(1986),《춘야무성春夜無聲》(1988),《빈랑꽃檳榔花》(1990),《노련한 남 자滄桑男子》(1994),《가루눈細雪》(1996),《유랑 지도流浪地圖》(2001),《유랑자 의 노래浪遊者之歌》(2004),《영물시詠物》(2008),《연지초: 장취시집連枝草: 張 錯詩集》(2011)등 다수의 시집을 발표했다.

시집 이름에서부터 해외에서 장취의 떠돌이로서의 삶이 어떠했는지를 알 수 있다. 당시 그는 중국어 글쓰기를 고집했는데, 이는 그가 고전을 여전히 동경하고 있었으며, 타이완 사회를 그리워하고 있었다는 것을 말 해준다. 그의 시가 자리한 곳은 정情이었다. 그의 서정시에는 애정, 우정, 고향에 대한 정이 순환적으로 행간을 채우고 있었다. 또한 그는 펑즈로 부터 받은 영향에서도 벗어나지 못하고 있었다.《노련한 남자》의 속표지 에서는 아예 "펑즈에게"라고 밝히고 있기까지 하다. 1980년대에 접어든 이후 그의 서정적 풍격이 침전되면서 그가 지나온 도시는 모두 그의 시 에 흔적을 남기게 되었다. 해외에서 40여 년을 떠돈 끝에 그는 주요 서정 시인이 되어 있었다. 〈약속을 지키다踐約〉를 보자. "앞으로 나는 더는 정 으로 시를 짓기가 두렵소 / 온 세상이 내 시를 퇴고할 것이기에 / 게다가 우리 둘 만나고 헤어진 사정事情은 / 두루두루 증명하기까지 한다오 / 우 리 둘의 사정私情을 인정해야만 천하의 개 같은 연놈들의 공분을 가라앉 힐 수 있다는 것을 말이우다." 그는 또 천잉沈櫻과 양쭝다이梁宗岱의 애정 사를 〈원의 뿌리怨藕〉에 담고 있다. "이때부터 더럽게 질척이는 너에게 묶여서는 / 여전히 1923년의 질척이는 시구와 씨름하고 있다 / 원래 내 일 생의 천당이 / 너로 인해 반생의 지옥이 되었다" 장취는 떠돌이의 정을 쓴 것이지만, 시에서 기탁할 것이 있기 때문에, 영원한 표박은 영원한 귀 향이기도 했던 것이다.

1970년대 타이완 신세대 시인 중 상대적으로 주목을 받은 이들이《삿 갓 시간笠詩刊》의 성원인 리민융李敏勇(1947-), 장쯔더江自得(1948-), 정중밍鄭炯明(1948-) 등이었다. 그들은 전형적인 전후 세대로서 피난의 경험은 없었지만 2·28사건과 백색 테러의 그림자 아래에서 계엄시대 전체를 지나왔다. 그들의 시풍은 사회 현실과 밀접한 관계가 있었다. 언어는 상당히 투명해 이해하기 쉬우면서도 강한 저항의식이 숨어 있었다. 리민융이 출판한 시집은 《구름의 언어雲的語言》(1969), 《암실暗房》(1986), 《진혼가鎭魂歌》(1990), 《야생의 사고野生思考》(1990)[10], 《계엄 풍경戒嚴風景》(1990), 《기울어진 섬傾斜的島》(1993), 《마음의 소나타心的奏鳴曲》(1999)등이 있다. 가장 많이 가송되는 시는 〈유물遺物〉이다. "전장에서 보내 온 그대의 손수건이 / 판결문 같은 그대의 손수건이 / 나의 청춘을 침식하기 시작한 그대의 손수건이 / 산사태가 되어 나를 묻고야 말았습니다" 시에서 중복되는 운율과 이미지는 죽음의 강림과 애정의 종말을 뜻한다. 마지막 연은 이렇다. "창백한 / 그대의 유물은 / 내 쪼그라든 젖가슴에 / 봉인되었습니다." 이 시구의 유물은 망부한 여인에게는 쓸데없는 물건이다. 그 흰 손수건은 이 청상과부에게는 수절을 명하는 판결문 같은 것이다. 그녀는 헛되이 젖가슴이 쪼그라들어 늙기만을 기다려야 했다. 리민융은 백화문에 능숙해서 '- 의的'를 많이 사용했다. '的'을 많이 쓰면 읽을 때 중언부언하는 듯한 느낌이 있지만, 반대로 이미지가 끝없이 이어지는 느낌도 있다. 〈암실〉은 전체 4연으로 구성되어 있다. "이 세계는 / 밝은 사상을 두려워한다", "모든 절규는 / 가로 막혔다", "진리는 / 상반된 형식으로 존재하나니", "빛 한 줄기만으로도 / 모든 것은 파괴되고 말 것이다" 이처럼 짧은 8행에 교묘하게 타이완의 역사적 환경을 부각하고 있다. 겉으로 보기에는 사진현상의 과정을 묘사하지만, 실제로는 고압적인 정치만이 존재하는 암흑의 공간을 묘사한다. 이처럼 폐쇄적인 사회는 빛 한 줄기조차도 허용하지 않는다. 빛을 허용한다면 밀폐된 세계는 망가지고 말 것이다. 리민융은 31년 이상 시를 써왔다. 그는 소묘에는 능했지만 세밀한 묘사에는 약했으며 웅

---

10) 陳芳明의 원본에는 野生思改로 되어 있는데, 오기로 보인다.

장한 기개의 서사시나 장시를 써 본 적이 없다. 결국 빛은 한 번 번뜩이면 순간 일었다 순간 사라지고 말 뿐이다. 일본 하이쿠식의 정취가 유한한 틀 속에 깊이 있는 역사적 감각을 숨기고 있었다.

《삿갓 시간》의 시인 중 장쯔더도 주목할 만하다. 그는 근래 장편서사시 창작에 집중해 왔다. 그의 시들이 꼭 서사시인 것은 아니지만 기백만큼은 강했다. 그의 시집은《그날, 나는 가만히 그대의 상처를 어루만졌다那天, 我輕輕觸著了妳的傷口》(1990),《고향의 태양故鄉的太陽》(1992),《청진기의 말단으로부터從聽診器的那端》(1996), 《상처입은 노래那一支受傷的歌》(2003),《NK에게 보내는 십행 시給NK的十行詩》(2005),《요원한 비애: 장쯔더시집遙遠的悲哀: 江自得詩集》(2006),《달빛이 내리다: 장쯔더시집月亮緩緩下降: 江自得詩集》(2009),《Ilha Formosa: 장쯔더시집Ilha Formosa: 江自得詩集》(2010) 등이 있다. 의사로서 청진기를 통해 병든 몸의 생리적 상태를 검사하면서 병질이 깊이 침투한 사회에서 전해오는 구원의 요청에 귀를 기울였다. 동년배 시인 중에서도 타이완 역사의식이 강했던 그는 유행하던 포스트모더니즘 문화를 좇지 않았다. 그래서 그의 작품에서는 세간을 떠들썩하게 하던 '탈중심화去中心化', '주체의 죽음主體消亡', '역사의 텍스트화歷史文本化'과 같은 말들을 볼 수 없다. 그는 사회의 유행과는 길을 달리하여 포스트식민주의의 입장에 섰다. 언어 또한 매우 평이하면서도 찰나의 순간을 포착하는 데 능했다. 그의 시적 기교는《요원한 비애: 장쯔더시집》[9]에서 발전을 이루었다. 그는 1924년 치경사건治警事件. 治安警察法違反檢舉事件, 1930년 우서사건霧社事件, 1947년 2·28사건二二八事件, 1950년대 백색 테러 등의 역사에 기억을 집중했다. 이 네 사건은 역사적으로는 단절되어 있지만 공통된 사유로 봉합되어 있었다. 그 연결선은 곧 권력의 폭압에 맞선 약자들의 저항이었다. 전쟁 전이든 후이든 이러한 저항이 시간과 공간 때문에 전이되거나 소실되는 일은 없었다. 오히려 그것은 끊임없이 누적되고야 만다. 그는 장웨이수이蔣渭水의 〈옥중일기獄中日記〉를 바탕으로 소네트 15수를 지었다. 구성이 엄격하고 리듬이 안정되어 있으며 식민지 시기 지식인의 정신을 다시 한 번 생동적으로 부활시키고 있다. 장쯔더는 이 역사의 거대한 구조를 토대로 《Ilha Formosa: 장쯔더시집》[10]을 지어 시디그賽德克 족의 저항운동을 담아냈다. 행간에서 은은히 전해지는 비분에 독자들은 감동하게 된다. 그의 시는 웨이더성魏德聖의 영화 《시디그·바레賽德克·巴萊》에서 낭송되기도 했다.

▶ 鄭炯明(《文訊》 제공)

정중밍(1948-) 역시 의사이자 시인으로 오랫동안 지방의 문화운동에 참여했다. 그는 《문학계文學界》[11]와 《문학 타이완文學台灣》[12]을 주관했는데, 이 잡지들은 모두 계간으로 본토 문학의 주요 기지로 기능했다. 시풍은 질박하면서 성실했고, 권력자의 반대편에 서서 어떠한 권력의 지배와 통제에도 장기간에 걸쳐 저항했다. 그는 늘 가장 비천한 자의 시선으로 상층을 바라보면서 사회의 구조를 투시했다. 그는 최하층에 자리하고 있었기 때문에 불공평한 사회 제도를 잘 드러낼 수 있었다. 〈거지乞丐〉는 반어법으로 냉담한 사회를 그려냈다. 시는 총 4연으로 구성되었다. "내가 어두운 골목을 걸어갈 땐 / 누구도 눈길조차 주지 않더라고", "내가 반짝이는 태양 아래에 웅크리고 있어도 / 누구도 눈길조차 주지 않더라고", "내가 공원 벤치에 앉아 있어도 / 누구도 눈길조차 주지 않더라고", "근데 내가 가게 앞에 죽어 나자빠지니까 / 사람들이 북적이데". 생전 사람들의 돌봄을 받지 못하다가 죽음을 맞아서야 군중의 시선을 받게 된다. 이와 같은 희극적인 연출은 냉담하고 몰인정한 사회 현실을 폭로하는 데 맞춤이었다. 시 전체는 가장 단

순한 언어로 채워져 있지만, 그것
이 던지는 조롱을 견디기 쉽지 않
다. 그의 시집은《귀로歸途》(1971),
《비극적 상상悲劇的想像》(1976),《고
구마의 노래蕃薯之歌》(1981),《최후
의 연가最後的戀歌》(1986)가 있다.

뤄칭羅靑(1948-)은 1970년대 시
인 가운데서 언어의 창조에 민감
한 시인이었다. 그는 모더니즘 전
통을 답습하면서도 긴장감 있는
자구의 단련을 포기했다. 한편으
로는 리얼리즘의 홍기를 몸소 보
여주면서도 느슨하고 평이한 언어

▶ 鄭炯明,《蕃薯之歌》(李志銘 제공)

를 중복시키는 것을 싫어했다. 그는 다양한 시관詩觀을 보여주었는데, 미
국 모더니즘시풍에서 영감과 영향을 받았으면서도 시행은 자신의 개인
적 사고에서 출발하고 있다. 그의 시집에는《수박 먹는 방법吃西瓜的方法》
(1972),《선저우 호협전神州豪俠傳》(1975),《도둑체포기捉賊記》(1977),《숨은
예술가隱形藝術家》(1978),《벼의 노래水稻之歌》(1981),《UFO가 온다不明飛行
物來了》(1984),《시학을 녹화하다錄影詩學》(1988)가 있다. 그는 허무 가운데
서 실존을 찾았고, 복제 속에서 독특함을 지켜냈다. 첫 번째 시집《수박
먹는 방법》[13]을 펴내자마자 선배 시인 위광중으로부터 '신 모더니즘시
의 기점'이라는 찬사를 받았다. 수박을 먹는다는 말은 사실 달을 감상하
는 것을 말한다. 계절에 따라 달의 위치와 모양은 다르 듯이 달이 차고
기우는 가운데 그 개인의 시 기교 또한 둥글게 차올랐던 것이다. 그는
대자연의 현상을 통해 인생의 철리를 담아냄으로써 모더니즘시 전통이
완성되는 데 훌륭한 가교가 되었다. 1980년대 이후 그는 가장 먼저 타이
완 사회가 포스트모던 상태로 접어들었다고 선언했다.[14] 이는 수많은

비평가들의 반박을 불러일으켰지만, 자본주의문화에 대한 그의 민감성을 잘 보여주는 것이었다. 《시학을 녹화하다》[15]는 기계의 눈이 사람의 육안보다 예민함을 강조했다. 카메라는 동작을 슬로우모션으로 잡을 수도 있고, 중복할 수도, 변환할 수도, 줌인과 줌아웃할 수도 있으며 배경음악을 첨부하고 자막을 넣을 수도 있다. 카메라 언어는 시인의 예민한 눈을 대신하여 숨어있는 사물을 발견할 수 있을 뿐 아니라 그 안의 속사정을 관찰할 수 있기까지 하다. 이러한 카메라 촬영식의 기법은 이전의 시인들은 깨닫지 못하던 것이었다. 이렇게 현실과 접촉하는 방법은 혁명적이었다. 〈즉시 한 쪽 눈을 감아주세요請立刻閉上一隻眼睛〉에서는 그의 유머와 조롱을 엿볼 수 있다. 그는 정성을 기울여, 대도시 타이베이의 인간군상 가운데서 보잘 것 없는 차와 보잘 것 없는 사람, 보잘 것 없는 동물을 만들어 냈다. 시의 마지막 3연을 보자. "남몰래 / 나는 보잘 것 없는 그들을 / 대단한 타이베이에 던져 넣었습니다", "라이트는 켜지지만 시동은 걸린 적 없는 차 / 길을 갈 수는 있지만 말하기를 원치 않는 사람 / 또 그림자는 없지만 / 새소리를 배워버린 아르마딜로", "만약 타이베이에서 / 그들을 / 보고 / 만나고 / 듣는다면 / 즉시 한 쪽 눈을 감고 / 미소를 보내주세요." 소란스러운 도시에 정물을 하나 넣고 뺀다고 누가 알아보는 것도 아니다. 굳어서 움직이지 못하는 차와 인물이 있다면, 이는 분명 시인이 공을 들여 배치한 것이리라. 본래의 질서를 파괴하고 기존의 사물을 더하는 것은 오직 시인의 손으로만 가능한 것이다. 뤄칭은 시평과 산문 서사에도 힘썼지만 수묵화에도 능했다. 그래서 그의 작품은 늘 투시시점으로 그려져 있다. 그를 모던과 포스트모던의 중개자로 부른다면 이는 그를 정확히 표현한 것이다.

잔처詹澈(1954-)는 본명 잔차오리詹朝立로, 공인된 농민시인이다. 그와 우성은 똑같이 농민의 입장에서 문학 창작에 종사했다. 잔처는 운동권작가로서 언어문자의 표현에만 만족하지 않고 농민운동에 뛰어들었다. 2002년 천수이볜陳水扁이 집권했을 때, 그는 '농민과 공생'운동을 일으켜,

22만여 농민이 참가한 시위를 이끌어냈다. 이 시위는 전후 최대 규모의 농민저항으로서, 그 자체가 농촌 출신의 총통에게는 가장 강력한 풍자가 되었다. 1980년대 초, 잔처는 잡지 《춘풍春風》을 창간했다. 그는 현실사회와 결합할 것을 강조했지만, 시 기교를 운용하는 데 다소 고집스러운 면이 있었다. 그의 풍격은 이 점에서 우성과 확연한 차이를 보였다. 주요 작품으로는 시집 《토지여, 일어나 말하라土地, 請站起來說話》(1983), 《손의 역사手的歷史》(1986), 《수박 오두막 시집西瓜寮詩集》(1998), 《파도와 하류의 대오海浪與河流的隊伍》(2003), 산문집 《바다의 울음海哭的聲音》(2004)이 있다. 그의 미학은 사회주의적 경향을 띠고 있어 선명한 계급적 입장을 보인다. 그러나 그의 예술적 성취가 위광중과 주톈신에게서 인정을 받았다는 점은 그가 결코 가벼이 시의 질감을 희생하지 않았다는 것을 증명해 준다. 시 속에 상징과 은유의 기법을 감추고 있는 것은, 그가 모더니즘적으로도 깊이가 상당했음을 말해 준다. 자본주의가 부단한 발전을 이루었던 타이완에서 그가 치켜들었던 깃발은 상당한 주목을 받았다. 포스트모던 사회에서도 저항과 비판의 정신을 견지한 것은 매우 드문 일이었다.

1970년대 주시닝朱西甯, 후란청胡蘭成과 삼삼집간三三集刊

1970년대 문학적 맥락에 가까이 다가가 본다면 당시 신문잡지들의 현실에 대한 관심이 높아졌던 것이 사실이지만, 모더니즘 작가의 작품 생산력 역시 줄어들지 않았다는 것을 볼 수 있다. 왕원싱, 치덩성, 왕전허, 바이셴융, 위광중, 양무 등의 가장 우수한 작품들이 모두 이 시기에 차례차례 완성되었다. 막 두각을 보이기 시작한 여성작가 스수칭施叔靑, 리앙, 위안충충, 쑤웨이전 또한 약속이나 한 듯이 1980년대 문학적 발전을 예고하고 있었다. 그들의 작품 풍격은 70년대 말에 서서히 형성되기 시작했다. 그러나 이것들보다 더 의미가 있는 사건은 1977년 삼삼집간의 탄생 선언이었다. 이 그룹의 젊은 세대는 향토문학논쟁의 포연을 뚫고 나타나

▶ 朱西甯(《文訊》 제공)

문학 생태에 극적인 변화를 가져왔다.

문학평론가 류사오밍劉紹銘은 이후 '향토파가 아니면 장아이링파와 후란청파非鄕土即張胡'라는 말로 1970년대 타이완 문학 현상을 개괄했다. 말뜻인즉 당시 타이완 문단의 판도는 향토문학파와 장아이링파 작가들로 양분되었다는 말이다. 장아이링풍張腔 작가는 즉 장아이링 문학의 후계자들로 삼삼집간의 중요 성원인 주시닝, 주톈원, 주톈신이 포함된다. 이것은 류사오밍의 예리한 관찰의 결과이지만 반드시 역사적 사실에 부합하는 것은 아니다. 주 씨 문학의 풍격은 장아이링에서 시작해 후란청으로 끝난다. 그래서 그들이 들고 나왔던 삼삼집간에 결국은 후란청의 기운이 나타나는 것은 어쩔 수 없었다. 후란청과 장아아링의 영향이 반 씩 남아 있던 것이다. 때문에 70년대 타이완 문단의 참모습을 정확히 개괄하는 말은, 역사적 사실에 맞게 '향토파가 아니면 장아이링파와 후란청파'라고 해야 할 것이다.

만약 '향토파가 아니면 장아이링파와 후란청파'라는 말이 성립할 수 있다면, 소설가 주시닝은 여기서 매우 중요한 역할을 했다고 할 것이다. 1950년대부터 주시닝은 반공 작가 혹은 군중軍中 작가로 분류되었다. 그의 문학 작품을 면밀히 검토해 보면,《큰 횃불의 사랑大火炬的愛》[16],《바다제비海燕》[17]와 같은 초기 소설의 주제의식은 상대적으로 고향에 대한 그리움에 치우쳤고, 1960년대 이후에 '쇳물 시기鐵漿時期'로 들어서서는 북방 고향에 대한 기억이 타이완 모더니즘과 결합되었다. 자신의 문학적 근원을 두고 주시닝은 "루쉰魯迅은 소설의 상징 수법 방면에서 내게 막대한 영향을 끼쳤다. 기타 형상 파악과 인물 주조, 문채 운용 방면에서 중요한 영향을 끼친 이가 누군가라 한다면 아마도 장아이링일 것이다"라고 확인해 주었다. 그는 〈파란만장 28년—朝風月二十八年〉[18]에서 '장아이링은 내 소설을 계몽했다……'라고 특별히 강조하기도 했다. 그가 걸어온 문학의 길은 오로지 루쉰과 장아이링 사이에서 균형을 찾으려는 것이었다. 구체적으로 말해, 그는 루쉰의 향토의식 및 역사의식과 장아이링의 현대의식 및 세부의 미학을 자신의 소설 창작에 융합시키려 했다. 향토문학논쟁이 전개되는 동안 너무도 많은 논자들이 모더니즘과 향토문학을 대립적인 문학으로 간주했다. 이러한 논쟁을 향해 주시닝은 자신만의 관점을 제기했다. "소위 모더니즘문예와 향토문학문예는 지나치게 외적인 추구만을 탐닉하고, 창작세계를 지나치게 축소하였으며, 과도한 보수적 색채를 띠었다. 어쩌면, 태평천국이나 의화단으로 비유할 수도 있으니, 실로 유감이라 하겠다."[19] 쇳물 시기의 단편소설은 회구懷舊하기보다는 비판적 태도로 구 사회를 바라보았다. 주시닝이 루쉰의 상징수법의 영향을 받았다면 우리는 그의 향수소설懷鄕小說을 문화 향토라는 측면에서만 볼 수 없다. 우리는 더 나아가 그 가운데 드러나는 비판의 효과를 탐색해야 한다. 그 자신이 말했듯, "기본적인 태도에서 향토소설 또한 구시대에 대한 일종의 비판이자 파괴이며, 그래서 작품 내에서 태도는 회고懷古나 향수의 정서에서 비롯되지 않았다."[20]

그는 미학 사유를 당시의 관방 문예정책과 맞추려 한 적이 없었다. 그의 창작 기교는 필경은 모더니즘적 경향이 강했다. 단순한 명사로 그의 풍부한 작품을 개괄하기란 결코 쉽지 않은 일이다. 이것은 그 자신이 마주한 정치 환경과 비슷했다. 입이 있어도 말할 수가 없었던 것이다. 처음 타이완에 온 후 30년간 즉, 1949년에서 1979년까지 창작의 자유는 지독히도 제한적이었다. 그는 "반은 관제 때문이고 반은 양심 때문이었다"[21]라 자인했다. 그는 쑨리런孫立人 사건11)에 연루되어 밀고자의 모함으로 군사 시설에서 감시를 받게 되었다. 이 역시 그가 1962년 조기 전역한 이유였다. 주시닝의 모더니즘적 탐색은 이와 같이 어려운 환경에서 자신의 내면의 욕망과 기억을 찾아내는 과정이었다. 쇳물 시기 그의 기교는 모더니즘이었지만 제재는 상당히 리얼리즘적이었다. 특히 중국 북방의 구어를 많이 활용했는데, 이것은 그의 소설에 말로는 다할 수 없는 여운을 더해 주었다. 향토소설을 쓸 때 그의 백화문은 너무도 아름다웠다. 단편소설 〈물총새와 검은소小翠與大黑牛〉(1960)[22]는 생동적인 언어로 잠자리를 탐닉하는 젊은 신랑을 그렸다. "결혼한 지 한 달이 채 안 된 신랑이 잠자리 말고 또 뭐가 아쉽겠는가? 이렇게 사람을 미혹하는 계절에, 살구꽃은 막 시들고, 복사꽃은 사람을 녹이며, 봄바람은 젊은이를 나른하게 만들고, 또 얼굴을 붉히게 만든다. 나무가 이리도 푸르러지고, 풀이 이리도 푸르러질 때, 젊은이들이 하지 못해 안달인 것이 달리 무엇이 있겠는가?" 이처럼 비꼬는 듯한 묘사로 육체의 욕망은 생생하게 전달된다. 게다가 꽃이고, 나무고, 풀이고 하는 이런 단어들은 생기 충만의 상징이기도 하다. 그게 딱 꼬집어 음탕한 욕망을 말하는 것은 아니다. 주시닝의 이렇게 두서없이 보이는 말들은 매우 리얼리즘적이면서 또 매우 모더니즘적이었다.

초기 단편 작품 중 〈쇳물鐵漿〉[12][23]과 〈이리狼〉[13][24]는 이미 고전으로 인정받고 있다. 〈쇳물〉은 멍孟 씨 집안과 천沈 씨 집안 사이의 염전을 둘러싼 은원을 다루고 있다. 이야기가 진행되면서 전통 가족의 존엄과 지위가 이익과 금전으로 지탱된다는 것이 밝혀진다. 막대한 이익을 보장하

---

11) 중화민국 국방사령관까지 올랐던 그는 1955년 옛 부관이었던 郭廷亮이 쿠데타 음모 혐의로 체포되면서 군사 시설 내에 연금된다. 1988년이 되어서야 연금에서 해제된다.
12) 한글 번역본으로는 〈철 녹인 물〉(《꿈꾸는 타이베이》, 김상호 역, 한걸음 더, 2010)이 있다.
13) 한글 번역본으로는 《이리》(최말순 역, 지식을만드는지식, 2013)가 있다.

는 염전 경영권을 둘러싸고 멍 씨 집안은 이익을 독점하기 위해 목숨과 바꾸는 것도 마다하지 않는다. 이야기는 철도가 부설되는 시대를 배경으로 하고 있는데, 여기서 기차의 도래는 막을 길 없는 현대화를 은유한다. 이야기 중 가장 손에 땀을 쥐게 하는 장면은 멍 씨가 붉게 달아오른 쇳물을 마시고 끝내 경영권을 획득하는 장면이다. 쇳물을 삼키려는 순간 사람들은 최후의 비명을 듣는 것 같이 느낀다. 소설에는 이 장면이 다음과 같이 묘사되어 있다. "그 소리는 기차가 길게 울부짖는 것만 같았다. 높고 우렁차게, 그리고 길게 이어졌다." 그 날카로운 울부짖음이 터져나는 순간이 멍 씨가 쓰러지는 순간이었다. 역사의 기승전결, 시대의 기복과 곡절은 기차가 마을에 들어오는 이야기 속에 농축되었고 멍 씨가 소리를 지르며 쓰러지는 장면은 역사와 전통이 교차하는 골든 크로스였다.

1960년대에 접어든 후 주시닝의 문학 커리어는 소위 '신소설시기'로 접어든다. 이 시기 그는 소설 속 인물을 억압된 욕망에서 완전히 해방시켰을 뿐 아니라 언어문자의 단련에도 집중하였기 때문에 그의 소설 속 이야기는 도저히 거부할 수 없는 매력을 뿜어내고 있었다. 메타소설의 기교가 아직 개발되지 않던 때에 주시닝은 동시기 다른 작가들보다 과감히 서사 전략을 혁신하는 데 도전했다. 〈울음의 과정哭之過程〉[25]의 첫 단락을 보자. "난리 뒤의 평화라 치자—아니면 평화 뒤의 난리라 치든—, 어쨌든 이게 또 그렇게 분명한 게 아니다." 이러한 어법은 독자들에게는 시대가 들쭉날쭉하다는 느낌을 준다. 그러나 그는 이것에서 그치

▶ 朱西甯, 《鐵漿》

지 않고 바로 이어서 이렇게 주장했다. "그렇게 분명하게는 말할 수 없는 난리와 평화는 또 어떤 것이 먼저이고 어떤 것이 나중인지, 그리고 둘 사이의 경계선은 어디에 있는지 그런 것도 분명하게 말할 수 없다. 이것들은 우리 민족의 시간과 공간에 수채화 두 폭으로 문신되었다가 다시 한 데로 합쳐져서는, 그 실마리를 찾으려 찾으려 해도, 손 쓸 겨를도 없이 한 덩어리가 되어 버렸다." 그는 이렇게 자세히 묘사해서야 가까스로 자신의 시공이 도착되었음을 설파할 수 있었고 결국 색깔을 통해 추상적인 시간과 역사를 선명하고 생생하게 묘사할 수 있었다.

메타소설이 성행하기 전 주시닝은 단편소설 〈다리橋〉(1969)[26]를 썼다. 이는 당시 소설가 수창舒暢의 〈주문과 수술도符咒與手術刀〉[27]에 보내는

▶ 朱西甯, 《冶金者》(舊香居 제공)

대답으로서 변형된 이야기였다. 주시닝은 자신은 '소설로 소설을 비평'한 것이라 말했다. 일종의 형식을 창조한 것인데, 작품을 상하 두 난欄으로 나누고 각 난에서 이야기를 동시에 전개했다. 그 목적은 평면적인 문자 언어로는 해결하지 못하는 시간의 선후 문제를 극복하기 위한 것이었다. 윗난은 아버지와 딸의 대화이고 아랫난은 어머니와 아들의 대화이다. 이와 같은 실험적 기법에서 우리는 주시닝의 예술적 독창성을 알 수 있다. 같은 시기 발표했던 〈야금인冶金者〉14) 은 탐욕적이고 이기적이며 허위적인

---

14) 한글 번역본으로는 〈황금 제련사〉(《이리》, 최말순 역, 지식을만드는지식, 2013)가 있다.

인성을 보여주었다. 인성은 혼돈의 상태이기 때문에 이야기 안에서 수용되는 가치 또한 겉모습과 실제가 일치하지 않는다. 이야기의 마지막에는 세 가지 가능한 결말이 제시되었다. 이와 같은 대담한 실험으로 그와 동시대 다른 작가들과의 거리는 더 멀어졌다. 그는 과감하게 전위 정신을 발휘했고, 더 과감하게 언어를 정련했다. 그는 구법에서 서구화된 어구를 취해본 적이 없었다. 글쓰기 과정에서 문자 하나하나 그 아래 숨은 암시, 은유, 상징을 찾아내려 했다. 〈지금 몇 시?現在幾點鐘〉15)[28]에서는 다시 한 번 성욕을 억압당한 남자를 소재로 삼았는데, 전작보다 이를 더욱 철저하게 파헤쳤다. 내면의 초조함을 핍진하게 다루기 위해 그는 일부러 특별하다 느낄 정도로 어구를 장황하게 늘어놓았다. 이 때문에 독자는 읽을 때 반복적으로 고통을 느끼게 된다. 이 소설이 완성된 1969년에 타이완 여성은 마음속의 정욕을 거침없이 풀어놓고 있었지만, 반면에 남성들은 여전히 제자리에 머물러 있었다. 작품 속 마지막 대화가 특히 생동적이다. 남성 주인공이 "지금 몇 시지?"라고 묻자 여성 주인공이 답한다. "20세기 70년대……." 주시닝은 우회적이고 완곡하며 곡절이 있는 언어로 여성의 진중한 심리를 세밀하게 그려내는 한편으로 사회 전환기에 갖게 되는 남성의 불안과 동요를 담아냈다.

▶ 胡蘭成(朱天文 제공)

---

15) 한글 번역본으로는 〈지금은 몇 시?〉(《이리》, 최말순 역, 지식을만드는지식, 2013)가 있다.

주시닝은 1975년 겨울 원화대학文化大學에서 교편을 잡고 있던 후란청과 교유를 트게 되었다. 타이완 문단의 중요한 전환점이 바로 두 사람의 만남 속에서 의도치 않게 이루어졌다. 주시닝은 장아이링을 숭배했는데, 그 열정이 조금이라도 식은 적이 없었다. 장아이링의 전남편인 후란청이 원화대학에서 내쫓겼다는 말을 듣자 그는 처인 류무사劉慕沙와 딸 주톈신, 주톈원에게 같이 찾아가 보자고 했다. 그의 집안사람 모두가 후란청에게 관심을 기울인 까닭이 장아이링을 숭배했기 때문임은 분명하다. 당시 후란청의 《강산의 세월山河歲月》[29]은 타이완에서 출간과 동시에 문단의 신랄한 비판을 받았다. 이는 그가 왕징웨이汪精衛 정권에서 관료를 역임했던 일 때문이기도 했지만, 이 책에서 전쟁 시기 일본인에 대해 너무나 우호적인 태도를 보였기 때문이기도 했다. 전후 타이완 사회의 반일 정서는 (국민)당과 국가의 교육이 불을 지피면서 줄곧 확대일로를 걷고 있었다. 특히 1970년대 일본이 중국과 국교를 수립하자 타이완의 반일 감

▶《蝴蝶記》(《三三集刊》第1輯)

▶ 胡蘭成, 《今生今世》

정은 지속적으로 고조되었다. 역사적 원한과 현실의 정서가 교차하면서 산생된 문화적 상황 아래에서 후란청은 매우 난감한 처지에 놓이게 되었던 것이다. 주시닝이 도움의 손길을 내밀지 않았다면, 아마도 후란청은 이를 계기로 타이완과는 거리를 두고 어떠한 기억도 남기지 못했을 것이다. 그러나 그러면서도 그렇지 않은 면이 있었다. 그는 주시닝에게서 이웃으로 지내자는 요청을 받은 1976년 여름 그곳에서 《역경易經》을 강의한다. 주톈원은 당시 후란청의 《금생금세今生今世》[30]를 읽었는데, '구름이 드리우고 바다가 일어선다雲垂海立'라는 말로 가슴에 충만했던 독후의 감동을 형용했다. 이후 문학 창작 여정에서 주톈원은 재삼재사 1976년 여름의 기억을 떠올렸다. 그들의 사제 관계는 이 때 이루어졌고, 그의 신기에 가까운 문학적 재능은 이때부터 발휘되기 시작했던 것이다. 후란청은 일본으로 돌아간 후에도 주 씨 집안과는 긴밀한 연락을 유지했다. 주시닝과 후란청이 손을 맞잡고 지원하는 가운데 《삼삼집간》이 탄생했다. 《삼삼집간》은 1977년 3월3일 정식으로 발간되어 이후 총 28집이 출판되었다. 1981년 9월에는 《삼삼잡지三三雜誌》가 탄생해 12기까지 출간되었다. 당시 후란청은 이미 작고한 뒤였다. 그가 타이완에서 이루지 못한 문학의 뜻을 주톈원이 계승하여 전파시켰던 것이다.

후란청의 《강산의 세월》(1954)은 일본 망명 시기 완성한 것으로 중국 문화와 서구 문명의 상이함을 강조했다. 그는 서구 문명은 바빌론 시대에서 시작해 사기邪氣가 심해질 수밖에 없었고 이 때문에 지속적으로 파멸의 길로 나아가고

▶ 朱天文(朱天文 제공)

있다고 주장했다. 반면 서구 문명과 상대적으로 중국 문화는 선진先秦 시기에서 시작되었는데, 주周, 진한秦漢에서 청淸과 중화민국中華民國까지 생명력과 생산력이 민간에 풍부하게 잠재해 있다고 생각했다. 서구에서는 자본주의가 일어난 후 시민계급이 나타나고서야 민간에 문예가 만들어진 것과는 달리 중국은《시경詩經》이후 민간 문화가 줄곧 왕성한 발전을 이루어 왔다. 특히 그는〈보통 사람의 후난平人的瀟湘〉에서 "중국은 이처럼 활발하면서 웅대한 민간이 있어서 역대 왕조 이래 연따기採蓮, 뽕잎 따기採桑, 찻잎 따기採茶16)와 같은 문화가 형성되었고, 어디에서나 사람들은 민가를 불렀으며, 정월 대보름 등불놀이燈市나 봄 유람遊春을 즐길 수 있었다. 이런 것들은 서구 계급사회에서는 불가능한 것들이었다"라고 말했다. 이와 같은 서구 문명에 대한 심각한 편견이 만들어진 데는 특정한 역사적 조건이 있었다. 그의 입장은 마오쩌둥毛澤東이〈옌안 문예좌담회에서의 연설延安文藝座談講話〉17)에서 말한 농민문화와도 다를 뿐 아니라 장제스蔣介石가 강조한 민족주의와도 달랐다. 그의 주장은 전쟁 시기 왕징웨이 정권의 관점에 상응한다. 그의 주장 전체의 정신은 일본이 태평양 전쟁 시기 제창한 '근대의 초극'에 상당히 가깝다. 소위 '근대의 초극'[31]은 일본 제국이 그들이 일으킨 전쟁을 합리화하기 위한 것으로, 한편으로는 국내 민중을 설득하고, 다른 한편으로는 아시아 인민에게 선전하려고 한 것이었다. 그 주지는 서양의 근대문명은 신성한 동양의 문화를 더럽혔기 때문에, 영미 문화에 저항하기 위해 반드시 무력으로 전쟁을 선포해야 한다는 것이었다. 특히 1941년 진주만 기습 이후 영미에 저항하고 근대를 초극하자는 주장은 더욱 당위성을 획득하게 되었다. 이러한 사상적 기초 위에 일본은 우수한 고전문화로 돌아가고 서구 자본주의 문명에 저항해야 했다. 또한 중국은 일본 지식인의 지도하에 자신의 사

---

16) 모두 남방 중국의 전통 문화다.
17) 글의 원래 제목은〈在延安文藝座談會上的講話〉이다.

상 전통과 민간 문화로 돌아가야 했다. 이러한 역사적 배경을 이해하고 보면 후란청의 문장에서 표출된 사상적 맥락은 사실 근대초극론의 입장에 호응하는 것이었다. 서구의 근대문화를 초월하고 극복하자는 것은 틀림없이 대동아전쟁의 담론이었다. 이러한 근대초극론은 후란청이 만든 중국예악론中國禮樂論[32]과 거의 일맥상통했다. 회의에 참여했던 야스다 요주로保田與重郎[18)는 전후에도 후란청과 줄곧 긴밀한 우의를 유지했고, 사상 교류를 이어갔다. 이러한 역사적 맥락에서 보았을 때 책을 통해 서양 문명을 폄하하고 동양의 문화를 높게 평가한 후란청의 견해는 일본의 '근대초극'의 논조의 확장과 다르지 않았다. 수년 동안 후란청의 철학은 상당한 호기심을 불러일으켰다. 혹자는 그를 신유가에 포함시키기도 했으나 맞는 답이라고 보기는 어렵다. 시대의 틈에서 권력의 그늘 아래에서 후란청이 이러한 생명 철학을 발전시킨 것은 이해할 수 있는 여지가 있었다. 그의 예악론과 여인론[33]이 그처럼 고명한 것인가는 상당히 의심스러웠다. 그러나 이처럼 사상적으로는 그렇게 고명하지는 않더라도 걸출한 작가가 자랄 수 있도록 영감을 줄 수는 있었다. 후란청에게서 영감을 얻어 주톈원은 결국 상당히 훌륭한 예술 세계를 열어젖혔던 것이다. 심지어 장아이링과도 겨룰 수 있다는 믿음은 문학사에서 가장 감동적인 페이지의 하나로 볼 수 있을 것이다. 역사는 결국은 무의식 속에서 발생하는 법이다. '향토파가 아니면 장아이링파와 후란청파'라는 문학사의 장절은 이를 가장 잘 증명하고 있다.

후란청의 사유 모델은 중국 도통의 민활함을 강화하고 선종의 이지적이면서 취향적인 기지를 갖춘 것이었다. 그의 《강산의 세월》과 《금생금세》, 그리고 전쟁 중 산발적으로 쓴 문장(이후 천쯔산陳子善이 《난세문담亂世文談》[34]에 수록했다)들은 매우 선명하게 연속적인 흔적들을 남겼다.

---

18) 일본 낭만파로 일본 고전사상과 전통미를 탐색하고 일본 문화와 정신으로의 회귀를 주장한, 昭化시대를 대표하는 문인이자 보수의 뿌리이다.

그것은 동양 문명을 변호하면서 서양 현대문명은 신랄히 비판하는 것이다. 특히 1943년에서 1944년 사이 그의 문장은 부드럽고 완곡하게 민간의 생활을 감동적으로 묘사했고 생소한 언어로 서구 공업 문명의 추악함을 폭로했다. 중국 전통의 민간문화에 대해 후란청은 매우 특수한 의견을 보였다. 그것은 일본 침략자들은 이를 수 없는 세계였다. 그러나 후란청이 말한 생명력으로 충만한 민기民氣는 전쟁 시기에 가져다 놓으면, 도리어 근대초극론을 더욱 강화시키게 된다. 전쟁의 기억은 이미 먼 옛 이야기가 되었기 때문에 후란청의 문장을 전쟁이라는 맥락에서 분리해 내면 모호해지는 부분이 있다. 그래서 그 가운데에서 전쟁의 기운은 완전히 사라져 버리게 된다. 주 씨 부녀는 아마도 후란청 작품에 매혹되기는 했지만, 피비린내 나는 전장은 보지 못했던 것 같다. 후란청은 회고록《금생금세》에서 생애 중 끊임없이 전환되는 애정사를 전하고 있다. 그 중 〈민국 여자民國女子〉는 오롯이 그와 장아이링의 애정의 동맹만을 다루었다. 감정이 부유하는 가운데 동란의 시대 전체는 후경으로 저 멀리 물러나 버린다. 그가 애정의 홍수 속에서 부침하며 헤엄칠 때, 그 도도한 애정의 강은 수많은 비환과 이합의 이야기를 휩쓸어 가 버렸다. 이것은 참회록이 아니라 시대의 전환기에 책임을 피할 수 있는 출구 찾기였다. 그는 역사와 전쟁을 은폐하고 요행히 살아남은 생명에 합리적인 탈출구를 던져 주었다. 작품 전체를 통해 그는 거듭해서 천지간에는 오직 '친한親'자만이 있을 뿐 무슨 명목상의 큰 뜻이라는 것도 없고, 그리고 적절한 정의定義라는 것을 찾을 필요도 없다고 주장했다. 이러한 정의는 이후 주 씨 부녀가

▶ 朱天文, 《淡江記》(舊香居 제공)

창간한 삼삼집간으로 이어졌다.

삼삼집간 시기 후란청은 수많은 걸출한 작가들에 가르침을 주었다. 그러나 그 자신이 반드시 일류 서사자일 필요는 없었다. 그의 역사관과 문학관은 새로운 시대를 열기에는 부족했다. 정의를 내리지 않는 정의 속에서 신세대 작가들은 오히려 드넓은 상상의 공간을 찾아냈다. 그의 미학은 결코 언어의 기존 의미에 집착하지 않았다. 대신 언어는 무궁무진한 상상으로 채워지는 거대한 용기로 변했다. 그의 제자뻘 되는 이들 중에서는 주톈원이 처음으로 후란청학파를 열었다. 그의 문학 풍격은 1976년 중대한 전환을 맞게 된다. 이전까지 그의 소설은 장아이링의 어투가 강했었다. 심지어는 대담하게 장아이링 소설의 대화를 자신의 소설에 이식하기까지 했다. 이렇게 장아이링의 영혼에 근접하는 서사 전략은 환골탈태의 답습이면서 특정 부분만을 바꾸는 변조이기도 했다. 이후 그는 천천히 장아이링의 영향에서 벗어나 후란청의 어투와 문장으로 자신의 청춘의 미감을 새로 만들어갔다. 《단장 강의 기록淡江記》(1979)[35]부터 주톈원은 은근히 후란청의 언어 운용을 보여주기 시작했다. 후란청의 어휘는 마치 주톈원의 영혼에 스며든 것같이 주톈원의 소설에 부단히 출몰했다. 소위 상호텍스트互文 서사 방면에 있어서 주톈원은 아마도 1980년대 가장 주목해야 할 작가일 것이다. 여성의식이 점차 사회에서 힘을 얻어가는 상황에서 주톈원은 이와는 다른 방향으로 나아갔다. 후란청 미학은 그의 유일한 뮤즈였다. 주톈원은 《금생금세》의 언어 기교를 답습했다. 때로는 일부 어구를 잘라내서는 자신의 이야기 속에 끼워넣기도 했다. 전쟁 시기 후란청과 80년대 주톈원은 반세기의 거리가 있었지만, 기묘하게도 둘은 생각지도 못한 정신적 동맹을 이루었던 것이다.

삼삼집간이 사람들의 이목을 끈 까닭은 그들이 후란청의 '중국 예악' 사상을 적극적으로 선양했을 뿐 아니라, 1980년대 초기 모든 중요한 문학상을 독점하다시피 했기 때문이기도 했다. 이 그룹은 대략 5년 정도의 시간을 활약했지만, 그 영향은 근 20여 년 간 이어졌다. 장아이링과 후란

▶ 李磬(胡蘭成), 《禪是一枝花》

청 문학이 발산하는 매력은 21세기에 들어서도 여전히 회자되고 있다. 타이완 문단에서는 장아이링과 후란청의 풍격이 하나가 되다가도 서로 대립하기도 하는 기현상이 나타났다. 장아이링의 음울하고 처량한 감성과 후란청의 밝고 찬란한 느낌은 강렬한 대비를 이룬다. 지금까지도 장아이링파 작가와 후란청파 전승자들은 여전히 길항을 이루고 있는데, 그 역사적 기원은 1977년의 삼삼집간 이외에 다른 것을 생각할 수 없다.

후란청이 한간(漢奸19))이라는 것은 정치사에서는 거의 정론으로 굳어져 있다. 그는 왕징웨이 정부에 투신한 것을 결코 부정한 적은 없다. 그러나 그는 문장으로 회고를 했을 뿐이지 회한을 말한 적은 없었다. 그의 초기 중국문명론과 만년의 여인문명론은 논리적으로도 잘 연결되지 않는다. 둘을 연결하려면 무슨 철리의 도움을 받아야 할지도 모를 일이다. 그의 중국예악론은 전쟁 시기 만들어진 것이기 때문에 장제스가 제창한 유가사상에도 부합하지 않을 뿐 아니라 마오쩌둥이 찬양해마지 않던 민간문화와도 어울리지 않는다. 그러나 후란청의 행간에는 문득문득 유학적 전통과 농민 사상의 개념이 튀어 나와, 어떤 때는 이치에 맞으면서도, 어떤 때는 논리에 맞지 않는다. 또 때로는 웅변적 증언이면서 때로는 궤변적

---

19) 중국 현대사에서 왕징웨이 정부나 滿洲國 정부 등 일본의 괴뢰 정권에 복무한 매국노를 지칭한다.

핑계이기도 하다. 확실한 것은 그의 사유 방식을 채운 정치가 국민당에도 공산당에도 환영받지 못했다는 것이다. 그의 발언은 그 자신만의 세계에서 나온 것이었다.

그러나 1976년 후란청과 주씨 집안이 만나게 되면서 주시닝 부녀의 미학적 사유도 일대 전환기를 맞이할 수 있었고, 타이완의 문학적 생태에도 심도 깊은 변화가 이루어지게 되었다. 주톈원은 1990년대 이후 《세기말의 화려함世紀末的華麗》, 《꽃이 전생을 기억하다花憶前身》, 《황인수기荒人手記》[20], 《무녀의 말巫言》 등의 작품에서 후란청에 사의를 표하였다. 스스로 무당으로 자처하던 때 주톈원은 인간 세상에 도를 전할 뿐 아니라 하늘에도 불멸의 정을 전하고자 했던 것이다. 주톈원은 단 한 번만 장아이링으로부터 벗어나겠다 공개적으로 선언한 것도 아니었고, 또 단 한

▶ 1980년 朱天文(左)과 胡蘭成(右)이 일본 도쿄 공원에서 찍은 사진

20) 한국에는 2013년 김태성이 번역 출간한 《황인수기》(아시아)가 있다.

번만 후란청을 위해 복수에 나서려고 한 것도 아니었다. 시공을 두고, 세대를 달리하여 벌인 그들의 각축은 분명 타이완 문학에 지극히 광활한 상상의 공간을 열어 주었다. 주톈원의 문장 깊은 곳에는 장아이링에 가까운 구법이 있으면서도 후란청의 어세가 답습되고 있다. 이와 같이 전인에게서 벗어나지 못한 문체들이 교융하는 가운데 생기발랄하면서 가공할 영혼이 탄생될 수 있었다. 그는 장아이링과 후란청의 정화를 흡수하여 동시대 작가들은 피울 수 없던 신기한 꽃을 활짝 피웠다. 주톈원의 풍격에는 매력과 혐오가 공존하고 있었고, 때문에 그의 문장은 극도의 긴장감을 이루고 있었다. 후란청의 문장에서는 요염함과 방자함이 번뜩였다면, 주톈원의 작품은 반대로 안정되어 있었다.

저자 주석

[1] 郭澤寬, 《官方視角下的鄕土 : 省政文藝叢書硏究》, (高雄: 麗文文化, 2010), p38-40.

[2] 宋澤萊, 《誰怕宋澤萊?: 人權文學論集》, (台北: 前衛, 1986)

[3] 宋澤萊, 《福爾摩莎頌歌》, (台北: 草根, 2002)

[4] 宋澤萊, 《廢墟台灣: A.C.2010的台灣》, (台北: 前衛, 1985)

[5] 宋澤萊, 《血色蝙蝠降臨的城市》, (台北: 草根, 1996)

[6] 宋澤萊, 《天上卷軸》, 《INK印刻文學生活誌》 7권3기, (2010.11), p33-95.

[7] 王紘久(王拓), 《金水嬸》, (台北: 香草山, 1976)

[8] 洪醒夫, 《黑面慶仔》, (台北: 爾雅, 1978)에 수록.

[9] 江自得, 《遙遠的悲哀: 江自得詩集》, (台北: 玉山社, 2006).

[10] 江自得, 《Ilha Formosa: 江自得詩集》, (台北: 玉山社, 2010).

[11] 《文學界》는 1982년 1월 高雄에서, 葉石濤를 대표로 한 남 타이완 문예계 인사들의 손으로 창간됐다.

[12] 《文學台灣》은 1991년 2월25일 高雄에서 창간됐다.

[13] 羅靑, 《吃西瓜的方法》, (台北: 幼獅, 1972).

[14] 羅靑, 《詩人之燈》, (台北: 五四書店, 1988), p237-75와 〈台灣地區的後現代狀況〉,

《什麼是後現代主義》, (台北: 五四, 1989)를 참조하라.

[15] 羅靑, 《錄影詩學》, (台北: 書林, 1988).

[16] 朱西甯, 《大火炬的愛》, (台北: 重光文藝, 1952)

[17] 朱西甯, 《海燕》, (台北: 國際文化學院, 1980)

[18] 朱西甯, 〈一朝風月二十八年〉, 《中國時報 · 人間副刊》, 1971.5.31.

[19] 朱西甯, 〈中國的禮樂香火─論中國政治文學〉, 《日月長新花長生刊》, (台北: 皇冠, 1978), p119: 후에 〈我們的政治文學在那裡〉로 제목을 바꾸어 鄕土出版社編輯部編選, 《民族文學的再出發》, (台北: 故鄕, 1979), p285-316에 수록했다.

[20] 蘇玄玄(曹又方), 〈朱西甯一一個精誠的文學開墾者〉, 《幼獅文藝》31권3기(1969. 9): 이후 張黙, 管管 주편, 《從眞摯出發 : 現代作家訪問記》, (台中: 普天, 1975), p72에도 수록되었다.

[21] 朱西甯, 〈被告辨白〉, 《中央日報 · 中央副刊》, 1991.4.12., 제1판.

[22] 朱西甯, 〈小翠與大黑牛〉, 《狼》, (高雄: 大業, 1963).

[23] 朱西甯, 〈鐵漿〉, 《現代文學》9期, (1961.7).

[24] 朱西甯, 〈狼〉, 《狼》, (高雄: 大業, 1963).

[25] 朱西甯, 〈哭之過程〉, 《冶金者》, (台北: 仙人掌, 1972).

[26] 朱西甯, 〈橋〉, 《冶金者》, (台北: 仙人掌, 1972).

[27] 舒暢, 〈符咒與手術刀〉.

[28] 朱西甯, 〈現在幾點鐘〉, 《現在幾點鐘》, (台北: 阿波羅, 1971).

[29] 胡蘭成, 《山河歲月》, (日本: 自費出版, 1954).

[30] 胡蘭成, 《今生今世》, (台北: 遠行, 1976).

[31] 竹內好 저, 孫歌 편, 李冬木, 趙京華, 孫歌 역, 《近代的超克》, (北京:生活 · 讀書 · 新知三聯, 2005)

[32] 胡蘭成, 《中國的禮樂風景》, (台北: 遠流, 1991).

[33] 胡蘭成, 〈女人論〉, 《中國文學史話》, (台北: 遠流, 1991).

[34] 胡蘭成著, 陳子善編, 《亂世文談》, (台北縣中和市: INK印刻文學, 2009)

[35] 朱天文, 《淡江記》, (台北: 三三書坊, 1979).

제**21**장
1980년대 주변에 놓이게 된 타이완 목소리의 굴기*

    타이완의 풀뿌리 민주운동이 메이리다오사건美麗島事件 때문에 좌절된 1979년은, 중화민국 체제가 국제사회에서 정식으로 고립된 해이다. 왜냐하면 연초에 워싱턴에서 베이징과 외교수립을 했다고 정식으로 선포했기 때문이다. 1950년대부터 이 시점까지 미국은 국민당이 중국을 대표한다는 합법성을 시종 지지해 왔는데, 대륙 중국과 공식적으로 외교를 수립한 것은 타이완에게 국제적 합법성을 상실했음을 선고하는 것이었다. 이것은 타이완 지식인들이 왜 그렇게 초조해하며 정치운동 항쟁에 호소할 수밖에 없었는가를 설명해 주기도 한다. 메이리다오사건이 발발하자, 모든 당외인사黨外人士[1] 중 주요 지도자들이 한 명씩 체포되어 장장 10년에 이르렀던 풀뿌리 민주운동이 즉각 위기에 빠지게 됐다. 그러나 주목할 만한

---

* 이 장은 고운선이 번역했다.

1) 2·28사건 이후 실시된 계엄령이 해제되기 전, 타이완에는 국민당을 제외하고 '민사당民社黨'과 '청년당靑年黨' 두 개의 당만 공식 정당으로 인정받았는데, 사실상 명목상의 정당일 뿐 야당의 역할을 전혀 할 수 없었기 때문에 '꽃병 정당'이라 불렸다. 이런 시기에 국민당의 권위체제와 독재에 반대하며 당을 만들지는 못했지만 상호 협력했던 무소속 정치인들을 '당외인사' 즉 '국민당 외부의 인사'라고 지칭했다.

사실은 당외인사들이 높은 담장 안에 갇혀 있었다는 것이 곧 민주운동이 지속적으로 발전할 수 없었음을 의미하지는 않는다는 점이다. 1980년에는 신주공업단지新竹工業園區[2])가 정식으로 설립되었고, 타이완 반도체산업이 세계경제체제로 편입되어 세계 전자산업에서 대단히 중요한 일환을 담당하게 됐다. 경제적 방면의 업그레이드는, 타이완 섬의 생산력이 정치적인 요소 또는 국제적인 요소로 인해 저지될 수 있는 것이 아님을 의미한다. 이것은 대단히 중요한 변화를 내포하고 있다. 타이완 중산계급이 경제가 성장함에 따라 안정적으로 탄생했기 때문이다. 중산계급의 형성은 타이완 역사가 하나의 새로운 단계로 들어섰음을 보여준다. 몇 가지 현상을 통해 중산계급이 대표하는 문화의 상징적 의의를 이해할 수 있다. 그들은 경제적 기적을 이룬 뒤 자연스럽게 정치 개혁이라는 염원도 배태할 수 있게 됐다. 자본주의가 한층 더 발전하려면, 중산계급에서 정치적 간섭이 적으면 적을수록 좋다는 바람을 가지고 경제를 자유롭게 번창시킬 수 있는 공간을 확보할 수 있어야 한다. 그러므로 1980년대 후반으로 넘어갈수록 타이완 사회의 구조에는 현저한 변화가 생겼다.

정치적으로 풀뿌리 운동을 계승한 신세대 역시 사회에 투신하기 시작했다. 이 세대는 전후에 출생한 세대에 속하는데, 그들이 받은 사상교육은 모두 국민당의 가치관념 하에서 완성된 것이었다. 하지만 그들이 국민당의 교육체제로부터 받아들인 현대 지식은 오히려 일종의 비판적인 역량을 형성했다. 그들은 당외黨外잡지를 창간하기 시작했고, 서구의 민주사상으로 보수적인 국민당 통치와 봉쇄에 도전했다. 정확하게 말하자면, 자유주의가 진정으로 개화하여 결실을 맺은 것이 바로 이 신세대의 행동에서 시작됐다는 것이다. 문학의 생태 전반이 변했다. 특히 양대 신문사의 문학상이 제정되자 중대한 변화가 생겼다. 1976년 《연합보聯合報》

---

2) 1977년부터 개발되기 시작하여 현재 614개의 공장과 64,000명의 근로자를 고용하고 있는 타이완 최대의 공업지대를 가리킨다.

와 1978년《중국시보中國時報》는 신세대 작가를 발굴하는 경쟁을 하기 시작했다. 문학상이 각축을 벌이면서, 1950년대에 태어난 작가들이 수상을 통해 문단에 등단했다. 이러한 변화는 새로운 세대가 대량으로 굴기하도록 자극했다. 그중에서 가장 중요한 것은 1977년《삼삼집간三三集刊》에서 배출한 작가들로, 이들의 수상기록은 제법 된다. 물론 미학적 사유나 문자 기교는 1980년대 신세대 작가가 등장하면서부터 새로워졌다고 할 수 있다. 이 세대는 정치 변화에 특히 민감했지만, 과거 작가들처럼 그렇게 긴장하며 진지하게 받아들이지 않고 오히려 초월한 듯한 태도를 가지고서 냉소와 뜨거운 풍자를 가했다. 마찬가지로 젠더 어젠다에 대해서도 윤리도덕이라는 짐을 짊어지지 않고, 상당히 직접적으로 신체의 정욕을 깊이 있게 탐색했다. 가장 달라진 점은 일찍부터 억눌려 있던 에스닉 문제처럼, 원주민 작가와 동성애 작가들 또한 사회 저변에서 전대미문의 신선한 언어를 표현하기 시작했다는 사실이다. 1980년대는 모든 문학 실천을 마무리하는 시기이자, 한편으로는 사상이 자유롭고 문자가 활발하게 풍격을 이루기 시작한 시기이다. 모든 합법적인 권력지배가 더 이상 합법이 아닌 시기가 됐다. 이러한 도전은 계엄문화를 유명무실하게 만들었다. 관방이 계엄 해제를 선포하기 전에 신세대 작가들은 이미 솔선하여 계엄을 해제하려 한 것이라고 할 수 있다.

본서는 식민 시기의 신문학운동을 발단으로 삼아 역사를 해석할 때 타이완인이 박해를 받았다는 관점으로 해석할 수밖에 없었다. 이것은 타이완문학이 식민지배자가 가져온 상처일 뿐임을 설명하고자 그런 것이 아니다. 강력한 근대화운동의 충격하에서 타이완 사회가 전에 없던 타이완 의식과 타이완 정체성을 응집했음을 설명하기 위한 것이다. 이러한 역사관에 따라 전후 국민정부가 타이완에 와서 접수한 정치·경제 상황을 살펴보면 일제강점기의 압박을 그대로 답습한 듯하여 타이완이 해방되었다고 볼 수 없었다. 전후 초기부터 1980년대까지의 문학 발전을 재식민 시기라고 개괄할 수 있는데, 격렬한 논쟁을 피할 수 없는 부분이다. 천잉전은 2000년에 이러한 재식민 역사관에 관해서 대단히 혹독하게 비판한 적 있다.[1] 하지만 역사적 사실을 통해 본서의 관점을 증명하자면, 일제 강점기 타이완 사회가 받았던 정치·경제·문화적 피지배가 사실 1949년 계엄령이 실시된 이후에도 권력지배 구조상 전혀 변하지 않은 상태로 계승되었다는 점을 들 수 있을 것이다. 국민당의 중앙집권식 권위체제는 일본총독부의 권력집중형과 닮은 점이 상당히 많은데, 형식적으로만 약간 조정·변경되었을 뿐이다. 예를 들어 중화민족주의를 가지고 야마토 민족주의를 대체했고, 공매제도를 가지고 전매제도를 대체했으며, 국어정책과 중국 백화문으로 일본어문을 대체했다. 반공정책에 관해 말하자면, 전후 시기가 식민시기보다 훨씬 더 잔혹했다고 할 수 있다. 꼬박 30년 동안 사상을 감시하고 검열한 제도는 일찍이 수많은 지식인으로 하여금 참혹한 대가를 치르게 했으며 이로 인해 문학 생산력 역시 제한을 받았다. 하지만 역사의 발전은 대단히 괴이하다고 할 수 있다. 국민정부가 타이완에서 점차 장기적으로 안정을 찾아가고 타이완 해협의 격리 상태 또한 차차 영구화되자, 그들의 식민지배는 모국이라는 뒷배를 잃게 되었다. 이것은 국민정부가 1970년대에 어찌하여 타이완 본토화 정책을 전개해야만 했던 이유를 설명해준다.

게다가 1970년대부터 타이완의 경제가 발전하여 점차 세계 경제 시스템으로 편입됨에 따라, 거대 자본주의를 다시는 권위체제의 주관적인 바람대로 제멋대로 통제할 수 없게 됐다. 국제경제에서 타이완의 경쟁력을 끌어올리기 위해 권위체제는 다소 유연한 조치를 취하지 않을 수 없었다. 예를 들어 국민이 외국 관광을 할 수 있도록 허용했으며, 자유무역 역시 타이완이 아시아에서 점차적으로 가시도를 높일 수 있게 해주었다. 자본주의가 가져온 충격은 타이완 섬에 개혁을 향한 염원을 상승시켰다. 경제가 고도로 발전하자 중산계급도 잉태될 수 있었다. 각종 징조가 나타나자 정치권력은 다시는 타이완 섬을 통제하는 특효약을 쓸 수 없었다. 농민·노동자 계급의 불만과 자본주의의 반격, 그리고 민주운동의 굴기는 결국 관방의 본토화 정책으로 하여금 사회적 본토화운동과 상호 공통점을 찾게 했다. 정치상의 중리(中壢)사건3)과 메이리다오사건, 문학상의 향토문학논쟁과 통일·독립논쟁은 때마침 타이완 역사가 상호충돌에서 차차 상호협상의 단계로 진입하기 시작했음을 보여준다. 그러므로 재식민 시기의 권위는 미약해지기 시작했다. 두말할 것 없이 1980년대가 사상적으로 더욱 자유로운 시대가 된 것은 바로 이러한 권위체제가 힘을 잃을 무렵이었으며, 각종 잠재된 문화적 역량이 끊임없이 그 틈에 침투하여 싹을 틔우고 튼튼해지기 시작했기 때문이었다. 집권자가 민주·개방을 선택하고, 사회 대중이 민주의 가치를 받아들였기 때문에 결과적으로 정변이나 혁명을 맞을 위기를 성공적으로 피했다고 할 수 있다. 쌍방이 약속은 하지 않았지만 같이 노력한 결과, 재식민 시기가 종결을 고하게 되었던 것이다. 계엄제도가 해제되었음을 선포하자, 타이완 사회는 당당하게 포스트식민 시대로 진입했다.

이른바 포스트식민사관이란 일종의 개방적인 역사적 태도를 가리킨다. 이것은 한편으로는 권력 지배하에서의 사회문화가 받은 상처를 검토하면서, 다른 한편으로는 문화유산의 열매를 어떻게 비판적으로 받아들일지 반성하는 것이기도 하다. 구체적으로 말하자면, 타이완 역사가 받은 상처와 수혜가 1980년대 이후 문화 생산력의 자양분이 되었고, 더욱 개방적이고 관용적인 입장에서 문화적 다양성과 문화적 차이를 용인하게 했다. 어떤 새로운 주체가 새롭게 만들어지기 시작하자 사회 내부의 에스닉·젠더·계급이 각자의 생존방식을 가질 수 있게 됐다. 공존하고 병존하는 문화가치가 타이완 사회의 주류 사상이 되었다. 획일성을 강요했던 문화적 내용이 점차 복잡하고 풍요로운 생산력으로 대체된 것이다. 타이

---

3) 1977년 타이완 지방정부 현시(縣市)의 수장을 뽑는 선거에서 국민당이 타오위안(桃園)현장(縣長)선거에서 가짜표를 투입하여 시민들의 가두시위를 초래했던 사건을 가리킨다. 타이완 선거 역사에서 정부의 부정선거 개입에 대한 시민들의 최초의 자발적 대규모 시위로 기억되고 있다.

완의식과 타이완 정체성은 완전히 새로운 의미를 가지게 됐고, 타이완 본토화는 더 이상 상처 받은 토박이 에스닉을 주요 쟁점으로 삼지 않게 됐다. 최고권력을 장악했던 사람들의 후예이자 가장 늦게 이민 온 에스닉의 후예이자 가장 많은 인구를 차지하는 푸라오福佬하카와 두 차례의 식민 지배를 받았던 원주민이 왕성한 문화 생산력으로 무엇이 본토화운 동인지를 새롭게 정의내렸다. 이러한 운동은 민주운동, 여성운동, 농민운동, 노동자운동, 동성애자운동, 원주민운동을 통해서 막을 수 없을 정도로 왕성하게 새로운 정체성을 응집시켰다. 썩을 대로 썩은 각종 쇼비니즘은 변화하는 역사 속에서 총총히 퇴조했다. 탈중심적 시대가 도래하자, 타이완 사회는 도대체 포스트식민에 속하는가 아니면 포스트모던에 속하는가 하는 문제가 학계에서 논쟁의 초점이 되었다. 역사의 궤적을 따라가 보면 두 가지 관점 모두 그 근거가 있다. 만약 포스트식민에 속한다고 본다면, 그것은 타이완 사회가 장기간 고도의 권력지배를 받았던 데에서 벗어나 다원적 사유가 잡다하게 병존하게 되었기 때문에 그렇다고 할 수 있다. 만약 포스트모던에 속한다고 한다면, 이것은 타이완 사회가 세계화의 조류에 말려들어 소비사회이자 통신사회가 되었기 때문이다. 명품에 대한 숭배, 미식에 대한 탐닉은 국외 어떠한 도시와도 다를 바 없다. 이러한 쟁점들은 포스트식민의 특징일 뿐 아니라 포스트모던한 현상이기도 하다.

타이완문학 정명正名론의 전개

타이완 사회는 1970년대 이후부터 전대미문의 경제 기적을 일으키기 시작했다. 이것은 가공 수출지역에서 염가로 대량의 노동자를 교환했기 때문이다. 경제 기적의 배후에는 타이완 사회가 치른 참담한 대가가 숨겨져 있다. 특히 글로벌 기업이 환경을 오염시켜 타이완 하천의 60% 이상을 심각하게 파괴했다. 법률 규범하에서 타이완 노동자는 노동조합을 조직할 수 없었다. 그래서 노사담판을 진행할 수 없었고 시위 항의도 할 수 없었다. 타이완은 세계 슈퍼공업국의 하청생산지역이 되었고, 미국과 일본의 투자자들이 아무 저항을 받지 않고 거침없이 쏟아져 들어왔다. 1980년 신주공업단지가 들어서자 타이완 경제는 계속 상승선을 탔다. 장 징궈蔣經國가 고취한 10대 건설은 이즈음에 이르러 차례로 완공됐다. 타이완에서 자본주의가 고도로 발전하는 것은 이미 필연적인 추세가 됐다.

한편 타이완문학의 생태계에서는 대량의 서구 문학이론이 중국어로 번역됐다. 푸코Michel Foucault를 포함해서 데리다Jacques Derrida, 롤랑 바르트Roland Barthes, 그리고 좌파에 속하는 마르쿠제Herbert Marcuse가 학계에서 거부감 없이 통용되기 시작했다. 타이완 문단은 두 가지 상황에 직면했는데, 하나는 서구 비판이론이 끊임없이 소개되었다는 것이고, 다른 하나는 자본주의가 지속적으로 고양되던 타이완 사회가 여전히 계엄 상태에 머물러 있다는 사실이었다. 두 개의 장력이 서로 작동하여 지식인과 작가들이 돌파구를 찾으려 했지만 찾을 수 없는 끼어있는 상태에 처하게 됐다. 하지만 자본주의가 발달하자 이러한 역사 단계에서 안정된 기반을 가진 중산계급도 탄생했다. 그들은 자신들의 창조 역량에 믿음을 가지고서 서구의 개방적 사회를 동경했다. 마음 깊은 곳에서 그들은 타이완의 위치와 출로를 초조하게 고민했는데, 이러한 의제는 1970년대에 풀뿌리 민주운동이 전반적으로 왕성할 무렵 우회적인 방식으로 탐색될 수 있었다. 1980년대로 들어선 이후에는 관련 의제에 관한 토론이 활발하게 전개되기 시작했다.

1981년 1월, 잔훙즈詹宏志는 〈두 개의 문학 영혼 — 연합보 소설상을 받은 작품 두 편을 평가하다兩種文學心靈: 評兩篇聯合報小說獎得獎作品〉[2]를 발표하여 자신의 우려를 깊이 있게 표현했다. 만약 언젠가 타이완문학이 중국문학사 속에 놓이게 된다면, 겨우 몇 백자로 설명되어, 결국에는 중국의 주변邊疆문학이 되지 않겠는가 하는 점을 '주변문학론'을 제기하여 타이완 작가들의 생각을 자극했고, 이것이 이후 이른바 '남북 분열'로 변

▶ 詹宏志(《文訊》 제공)

형됐다. 예스타오葉石濤를 필두로 하는 남부작가들은 타이완문학에 자주성과 본토성이 있으니 중국문학사에 기댈 필요가 없다고 강조한다. 천잉전陳映眞을 필두로 하는 북부작가들은 타이완문학이 중국문학과 제3세계 문학의 일환임을 강조한다. 소위 '남북 분열'이란, 1977년 향토문학논쟁이 끝나지 않고 연장된 것이라고 볼 수 있다. 하지만 이 단계에서는 사회적 조건이 아직 성숙되지 못했기 때문에 쌍방이 깊이 있는 토론을 진행할 수 없었다. 메이리다오사건을 겪은 뒤, 자본주의는 계속 기세가 올랐고, 타이완인의 역사적 시야와 사상 공론장이 넓게 확장되면서 민감한 정치 문제를 건드릴 수 있는 공간이 생겼다. 남북 분열이란, 한 마디로 말해서, 통일인가 독립인가를 고민하는 문제이다. 멀리 거슬러 올라가 보면 1970년대 해외에서 벌인 댜오위타이釣魚臺수호운동4)은 일찍부터 통일인가 독립인가 대립하는 분위기를 형성했고, 10년이라는 세월이 지나고 나서야 이러한 정치적으로 이원 대립적인 입장이 타이완 문단에 투사됐다. 문학본토론과 제3세계론은 각각 통일인가 독립인가 하는 두 개의 노선과 연결된다. 향토문학논쟁이 이미 다른 단계로 올라섰다는 것은 문학 해석이 이미 역사발전과 긴밀하게 결합하는 상태에 도달했음을 강하게 암시한다. 그리고 이러한 문학토론은 타이완 사회가 더욱 구체적인 사고 단계에 이르렀다는 사실도 암시해 준다.

4) 제15장 각주 7번을 참고하시오.

'주변문학론'을 기점으로, 타이완 본토 작가들은 각자의 생각을 제시하기 시작했다. 《타이완 문예台灣文藝》는 특별히 좌담회를 한번 개최했는데, 이때 참석한 리차오李喬와 쑹쩌라이宋澤萊는 각각 자신의 생각을 제기했다. 리차오는 "타이완문학은 현실을 주의 깊게 반영하고 다원사회의 갖가지 양상에 관심을 가짐으로써, 생활의 질이 지속적으로 향상되고 대중생활이 개선되기를 기대하는 성향이 있다. 다른 한편, 방황하는 심리를 가지고 있는 사람들을 치유하고, 현실에 직면하여 인생에 적극적으로 대처할 수 있는 영약을 얻고자 한다"라고 밝혔다. 쑹쩌라이는 타이완문학을 약소민족의 질곡에서 벗어나고자 분투하는 문학으로 볼 수 있으며, 또 제3세계 문학의 입장에 놓고 볼 수도 있다고 했다. 구체적으로 말하자면, 타이완문학의 본토성이 중국문학을 배척하지 않을 뿐 아니라, 제3세계 문학도 배척하지 않는다는 말이다. 상대적인 입장에 서서 천잉전은 "중국은 여타 제3세계 국가와 마찬가지로 심각한 국내외 문제에 직면해 있다. 이러한 국가에서 민중은 언제나 문학·예술로부터 각종 해답을 찾고자 하며, 각종 문제의 답안을 찾는다" 라고 했다. 그런 다음 그는 결론으로 도약하여, "현재의 타이완에서, 리얼리즘적이고 생활에 간여하는 정신은 여전히 우리 전체 중국문학의 주요한 전통이다" 라고 했다. 그의 발언은 '5·4이후의 대륙과 타이완', '4인방의 재난을 겪은 중국대륙', 그리고 '현재의 타이완' 모두를 같은 시간에 두고, 두 지역 역사 단계의 차이를 완전히 지운 것이다. 타이완이 고도로 자본주의화된 것에 대해 천잉전은 엄중하게 지적했다. "글로벌 기업이라는 거대하면서도 타이완에 심각한 영향을 끼친 존재는, 결코 화력 좋은 대포와 견고한 전함을 약소국가의 영토에 준 것이 아니다. 그것은 달콤한 방식 즉, '진보', '쾌적함', '풍요', '향락' …… 등과 같이 사람의 영혼을 마취시키는 소비주의 방식으로 우리 생활과 문화에 들어왔기 때문에 비판적인 지식이 좀 있어야지만 이것의 진상을 꿰뚫어 볼 수 있다." 통일이든 독립이든 쌍방의 사고방식은 여기에서부터 이미 상당히 다른 모습을 보여주며, 그 깊이의 정도가 향토문학논쟁의 범위를 훨씬 넘어선다고 할 수 있다.

통일파·독립파 쌍방의 변론이 더욱 격렬해진 것은 1983년 〈용의 후예龍的傳人〉를 부른 가수 허우더젠侯德健이 돌연 베이징으로 찾아간 무렵으로, 그의 행동은 타이완 문화예술계의 광범위한 주목을 받았다. 천잉전이 허우더젠의 행동을 변호해 주기 위해 고자세로 중국의식을 주장하자 당시 당외 잡지에서 폭발적으로 강하게 반응했다. 그중에서 가장 주목할 만한 것은 차이이민蔡義敏이 쓴 〈천잉전의 '중국결'에 대한 시론―'부친과 조부의 나라'가 어떻게 신생 세대의 피에 흘러들었는가?試論陳映眞的'中國結'―'父祖之國'如何奔流於新生的血液之中?〉(《전진前進》 제13기, 1983.6.25), 천수홍陳樹鴻이 쓴 〈타이완 의식―당외민주운동의 초석台灣意識―黨外民主運動的基石〉(《새 뿌리生根》 제12기, 1983.7.10)이다. 두 편의 글은 다음과 같이 반응했다. 만약 중국의식을 '자연스런 민족주의'라 할 수 있다면, 타이완에서 300여 년간 생성된 타이완의식을 어째서 자연스런 민족주의로 볼 수 없단 말인가? 천수홍은 타이완의식에 대해서 좀 더 구체적으로 해석했다. "1900-1904 사이에 도량형과 화폐제도가 통일됐고, 1923년 남북 종단도로가 완성됐는데, 이러한 조치는 섬 전체의 기업이 발전하도록 촉진했을 뿐 아니라 다른 한편으로는 타이완 사회와 경제활동이 총체화된 정도를 반영하고 있다. 총체화된 사회생활과 경제생활이 갖춰지면서 섬 전체적인 기쁨과 걱정, 공통된 타이완의식이 생겨나게 됐다." 당외 잡지에서의 열렬한 토론이 반향을 일으킬 때,《하조논단夏潮論壇》도 반박 특집을 냈다. 그중 두 편이 리잉李瀛의 〈글쓰기는 사상비평과 자아검토의 과정이다― 천잉전 방문寫作是一個思想批評和自我檢討的過程― 訪陳映眞〉(1권6기, 1983.7)과 천잉전의 〈장원야의 만남에서부터 이야기를 시작하다從江文也的遭遇談起〉(1권6기, 1983.7)이다. 두 편의 글을 통해 천잉전이 여전히 제3세계 관점으로 타이완과 중국의 의식을 논의하고 있음을 알 수 있다. 이것은 천잉전이 논쟁에 참여할 때의 전략이라고 할 수 있는데, 즉 모호한 제3세계 관점을 가지고 타이완과 중국이라는 두 사회를 하나로 망라한다. 타이완 역사의 진전 과정을 얘기하지 않고 회피하면서, 근대사의 관점으로 두 사회를 보는 것이다. 두 사회는 각자의 궤적과 사회 내용상에서 차이가 매우 심함에도 불구하고 말이다. 양자 간의 문화적 차이를 불분명하게 하는 가장 좋은 해석방식이 바로 제3세계의 틀을 사용하여 타이완과 중국을 모두 그 속에 집어넣는 것이었다.

이러한 변론을 기초로, 쑹둥양宋冬陽이 1984년《타이완 문예》[3]에 1편의 장문〈현 단계 타이완문학 본토화의 문제現階段台灣文學本土化的問題〉를 발표하여 특별히 다음과 같이 지적했다. "2·28 사건, 8·7홍수[5]부터 메이리다오사건을 거치면서 성장한 타이완 청년과 대약진, 문화대혁명, 탕산대지진 등의 세례를 받은 중국 청년이 어떻게 똑같은 정치의식을 공유할 수 있는가?" 쑹둥양은 특히 이 글에서 타이완 본토문학론과 제3세계 문학론이 사실은 서로 표리가 같은 내용이라서 결코 서로를 배척하지 않는다고 강조했다. 이 논쟁을 통해 거둔 가장 구체적인 성과는, 타이완 문학을 '타이완문학'으로 부르게 된 것으로, 더 이상 '타이완에 있는 중국문학'이라는 번잡한 호칭을 우회적으로 사용하지 않게 되었다는 점이다. 바로 그 해에 시단에서는 우성吳晟이 묶은《1983년 타이완 시선一九八三台灣詩選》[4]이 출판됐고, 리친안李勤岸은 시선을 소개하는 글에서 "1983년에는 현실에 대해 관심을 가지고 있는 시 창작이 지난날보다 훨씬 많아졌다. 깨어난 시인이 많아졌을 뿐 아니라 글쓰기에 대한 도덕적 용기 역시 증가했다고 할 수 있다. 올해 이미 '정치시'라는 문학용어를 제기한 사람들이 있고, 더욱이《타이완 문예》와《양광소집陽光小集》은 '정치시' 특집

---

5) 1959년 8월 7~9일에 타이완 중남부에서 발생한 대홍수를 가리킨다. 일본 남방지역에서 발생한 태풍이 북상하다 타이완 중남부 산맥에 가로 막혀, 산맥 서남부 지역 서부평원지대에 집중호우가 내렸다. 3일 연속 시간당 800~1200mm의 폭우가 내렸고 하루 강수량이 500mm가 넘는 지역이 15곳 이상이었다. 30여만 명의 수재민이 발생했고, 667명 사망, 408명 실종, 총37억 위안의 재산피해를 남겼다. 이것은 바로 한 해 전 총국민소득의 12%에 해당되는 액수였다.

을 제작하기도 했다" 라고 설명했다. 이러한 사실은 타이완의식 논쟁이 문단에 확실히 거대한 충격을 주었음을 보여준다. 타이완을 주체로 창작한 문학작품은 자신의 이름正名을 확보했으며, 그 역사적 전환기에 작가의 정치의식도 상대적으로 훨씬 향상되었던 것이다. 문학의 방향이 바뀌었다는 사실은 의심할 바 없이 타이완 사회가 바뀌었음을 설명해 준다. 만약 타이완의식과 정치의식이 점차 작가들 사이에서 만연하게 되었다고 한다면, 미학 사유 역시 바람에 구름이 일듯 자연스럽게 타이완을 귀속처로 여기게 되었을 것이다.

1983: 젠더 어젠다가 정식으로 등장한 해

타이완 문단이 전반적으로 통일과 독립이라는 다툼에 빠져있을 때 문학 생태는 이미 현저하게 변해 있었다. 1983년에 주목할 만한 소설 세 편이 등장했는데, 리앙李昂의 《남편 살해범殺夫》6)[5], 랴오후이잉廖輝英의 《돌아갈 수 없는 길不歸路》[6], 그리고 바이셴융白先勇의 《서자孽子》[7]가 바로 그것이다. 만약 이른바 페미니즘문학이라고 하는 것이 있다면, 리앙과 랴오후이잉이 각각 《연합보》에서 상을 받은 이 소설들이 바로 웅변적으로 등장한 페미니즘문학이라고 할 수 있을 것이다. 모더니즘 운동 시기에 어우양쯔歐陽子, 차오유팡曹又方, 우리화於梨華가 소설에서 여성의 신체를 다루기는 했지만, 항의하고 비판하는 태도는 결코 취하지 않았다. 그녀들은 농후한 여성의식을 가지고 있었지만, 여성의 정욕이 봉쇄당한 상태만 맴돌고 있었다. 그녀들 모두 동시에 신체 내부의 정욕이 동요하는 것을 묘사했지만, 고민하고 억압받아 좌절된 정서를 쏟아낼 공간은 찾지 못했다. 1983년에 이르러 리앙의 《남편 살해범》이 정식으로 출판된 이후에야 여성들에게 오랫동안 누적된 분노를 진정으로 느낄 수 있게 됐다.

---

6) 한글판은 노혜숙 옮김, 《살부: 도살꾼의 아내》(도서출판 시선, 1991) 참고.

《남편 살해범》을 쓰기 전에 리앙은 1970년대에 이미 시리즈 소설인
〈루강 이야기鹿城故事〉를 완성해서 소설집《인간 세상人間世》[8]에 수록한
바 있다. 나중에 루강 이야기가 〈남편 살해범〉과 함께 새롭게 편집되어
출판됐다. 그녀는 루강이라는 작은 마을에서 떠돌던 전설에 천착하여, 비
록 여성을 주인공으로 한 이야기이지만 여성 의식보다는 향토의식의 정
서가 풍부한 작품을 써냈다. 〈남편 살해범〉은 상하이에서 떠돌던 이야기
를 개작한 것으로 최초의 판본은 천딩산陳定山의 《춘신구문春申舊聞》에
등장한다. 이 책에는 잔저우詹周 씨가 남편을 살해한, 전쟁 시기 조계지
에서 발생한 사건에 관한 뉴스 보도 하나가 실려 있다. 법정에서 잔저우
씨는 남편의 오랜 학대를 견디지 못하고 결국 분노에 차서 남편을 살해
했다고 자백했다. 하지만 그녀의 자백은 법정에서 채택되지 않았다. 그녀
가 만약 재산을 탐내서 살인을 한 것이 아니라면 집밖에 정부情夫가 따로
있을 것이라고 인정됐기 때문이다. 사건 이후 항간에서는 이에 관한 얘
기가 끊이지 않았는데, 사회 전반적으로 모두 여자가 칼을 가지고 남편

▶ 李昂, 《殺夫》

▶ 李昂(《文訊》 제공)

을 살해한 것이 오랜 학대를 받았기 때문이 아니라 분명 말 못할 다른 속사정이 있기 때문이라고 생각했다. 당시 상하이에서 진정으로 잔저우 씨를 위해 변호한 여작가로는 쑤칭蘇青이 있는데, 수칭은 용감하게 잔저우 씨의 입장에 서서 사회의 여론 재판에 항의했다. 역사적으로 이미 밑바닥에 묻힌 지 오래된 이야기가 40여년의 세월이 흐른 뒤, 타이완 여성 작가 리앙과 만나서 다시 새롭게 피와 살을 가지고 마침내 사람들의 영혼을 뒤흔드는 소설로 승화된 것이다. 전후 타이완에서 민감하게 정욕을 건드렸던 소설은 거의 모두가 금서 조치됐다. 1963년 궈량후이郭良蕙의 《마음의 족쇄心鎖》[9], 1973년 어우양쯔의 《가을잎秋葉》이 남성 도덕과 민족주의에 둘러싸여 관방의 금서목록에 포함되었으니, 리앙의 이 작품이 상을 받았다는 것은 과거의 페미니즘문학이 자신의 누명을 벗게 된 것과 같음을 상징한다. 잔저우 씨의 이야기가 소설로 개작됐을 때, 시간과 장소는 정확하지 않지만, 루강 시리즈 이야기와 함께 배치됐기 때문에 결국 작은 마을의 전설에 속하는 것이라고 오해받았던 것이다. 이 소설은

▶ 郭良蕙, 《心鎖》

약한 여자 린스林市가 자기 어머니처럼 배고픈 문제를 해결하기 위해 육체를 대가로 치르는 비극에 관한 것이다. 이야기의 서두에서 어머니가 병사에게 강간을 당하게 되는데, 황망한 표정을 드러내지 않고 오히려 절실하게 주먹밥을 입안으로 밀어 넣는 장면이 등장한다. 이 장면은 쉽게 잊히지 않는 부분으로, 배고픔을 해결하기 위해서 자신의 몸을 음식과 교환할 수 있는 상황을 보여준다. 이 강간 장면은 전체 이야기에서 별도의 도입부에 해당되

는데, "배고파 죽는 것은 작은 사건이요, 정조를 잃는 것은 큰 사건"이라는 전통적 도덕담론을 강하게 반박하고 있는 것과 같다고 할 수 있다.

린스의 어머니가 병사에게 강간을 당하는 모티브는 두말 할 것 없이 여성의 운명의 축소판이다. 연약한 여자 린스는 가족들에 의해 강제로 백정 천장수이陳江水와 결혼을 하게 됐는데, 이것은 그녀 또한 자신의 어머니가 겪은 적 있는 비참한 운명을 그대로 반복하게 될 것임을 예고해 준다. 천장수이는 항상 식사 전에 린스에게 잔인한 성적 학대를 가했는데, 식사 한 끼와 교환하기 위해 여성은 육체가 받는 상처를 대가로 지불해야 했다. 그러므로 《남편 살해범》의 스토리는 린스가 짊어진 운명에서부터 비롯된다고 할 수 있다.

소설은 전반에 걸쳐 거대한 상징을 투사하고 있다. 천고 이래의 포악한 부권과 학대받은 여성들을 천장수이와 린스의 혼인관계 속에 녹여냈다. 이 소설에는 두 여성이 등장하는데, 하나는 성 학대를 심하게 받는 린스이고 다른 하나는 이웃 할머니 아왕관阿罔官이다. 전자에는 리앙 자신의 정욕관이 주입되어 있고, 후자에는 전통에 대한 리앙의 비판적인 관점이 은연중에 드러난다. 아왕관은 겉으로는 린스를 도와주지만 실은 뼛속까지 일을 그르치는 데 뛰어난 인물이다. 소설의 스토리는 전통적으로 여성의 정욕이 금기시된 이유가 바로 아왕관과 같이 보수적인 사상을 수호하는 인물이 있었기 때문임을 강렬하게 암시하고 있다. 린스는 전통의 족쇄를 벗어던지려 하지만 출구를 찾을 수 없다. 소설의 클라이맥스에서, 린스는 천장수이에게 이끌려 도살장에서 돼지를 도살하는 과정을 참관하게 된다. 이렇게 벌벌 떨릴 정도로 놀라운 유혈이 낭자한 장면은, 린스가 감당할 수 있는 것이 아니었다. 더군다나 온기가 남아있는 돼지 새끼의 창자를 강제로 움켜쥐게 됐을 때 린스는 결국 혼절해 버리고 이때부터 정신분열 상태에 빠지게 된다. 모더니즘식의 악몽, 망상, 환영이 연약한 어린 여성의 무의식 세계로 들어온 것이다. 이렇게 정신 이상이 최고조에 이른 상황에서 남편을 죽이는 것 외에는 다른 길이라곤 있을 수 없었다.

상을 받은 리앙의 이 작품은 확실히 타이완 문단에 지대한 충격을 가져 왔다. 그녀 이전에도 수많은 여성작가들이 정욕 어젠다를 가지고 충격을 가하고자 했지만, 스토리의 마지막 부분에서 중대한 전환이 등장하면서 모호한 방식으로 마무리되는 편이었다. 《남편 살해범》 이야기는 처음부터 끝까지 곳곳에서 사람의 시선을 끌어당기며 클라이맥스가 거듭 발생하여, 마치 가벼운 배가 첩첩 산중을 단번에 통과하는 듯한 리듬을 느끼게 한다.

남편을 살해하는 것이 이 소설의 유일한 주제는 아니다. 소설 속의 각종 내용과 경위는, 여성이 어째서 정신이상에 이르게 되었는가에 대한 이러저러한 해석을 할 수 있게 한다. 그의 문체는 과장되었을 뿐 아니라 합리적이기도 해서 역사적으로 불평등했던 남녀 관계를 천장수이와 린스라는 두 인물에 전부 농축시켜 두었다. 그중에는 사실도 있고 상징도 있으며, 무의식을 캐낸 것도 있다. 이 이야기가 등장한 1980년대의 타이

▶ 廖輝英, 《油麻菜籽》

▶ 廖輝英(《文訊》 제공)

완은, 늦은 것도 아니고 시대를 앞선 것도 아닌, 타이완 계엄문화가 해제되고자 했지만 아직 해제되지 못한 딱 그 시기의 역사적 단계를 설명해준다. 리앙은 그 전에 《혼성합창混聲合唱》과 《인간세상》을 발표한 적 있는데, 적지 않은 논의를 일으켰다. 《남편 살해범》은 그녀의 창작 생애에서 최고 전성기의 작품으로, 이후 그녀가 쓴 《어두운 밤暗夜》(1985), 《미로의 정원迷園》(1991), 《베이강의 향로는 누구나 꽂는다北香港爐人人揷》(1997), 《자전적 소설自傳的小說》(2000)은 여전히 1980년대 초기의 분위기를 답습하고 있다. 비록 소설의 주제는 타이완 자본주의가 변함에 따라 다양해졌지만, 글의 기교와 남녀 간의 성 권력을 둘러싼 긴장 관계는 예전 그대로 그녀가 반복해서 탐색하고 있는 부분이다.

마찬가지로 1983년 상을 받은 랴오후이잉은 《돌아갈 수 없는 길》에서, 타이완 사회가 경제 기적을 달성한 후에 문화적 진동을 겪었음을 대단히 정확하게 지적했다. 바로 한 해 전에 그녀는 《중국시보》에서 〈뒤웅박 팔자油麻菜籽〉라는 단편소설로 상을 받았다. 이 작품은 어떤 여자 아이가 결혼을 앞둔 전날 밤에 자기 어머니가 살아온 세월을 회고하는 내용으로 이뤄져 있다. 소설 속에서 어머니의 형상은 거의 전후 타이완 여성의 축소판이라고 할 수 있다. 소녀의 어머니는 고등교육을 받았지만 마지막까지 현모양처라는 숙명에서 벗어날 수 없었으며 남편의 사업을 도우면서 아이들의 성장까지 돌봐야 했다. 여인의 운명은 뒤웅박油麻菜籽처럼 영원히 헤어 나올 기회를 잃어버렸다. 주목을 받기 시작한 랴오후이잉이 《돌아갈 수 없는 길》을 써내자 또 문단은 평가하기 바빴다. 이것은 제3자의 입장에서 세상의 혼인을 거짓과 기만으로 바라본 첫 번째 소설이라고 할 수 있다. 타이완 경제가 폭발적으로 성장함에 따라 중소기업을 운영하여 집안을 일으키고자 한 남성이 여분의 재산으로 종종 혼외 관계를 유지했다. 이 소설의 여주인공 리원얼李芸兒은 순수한 여자였지만 상처를 받아 점차 수법이 노련한 강한 여자가 된다. 처음에는 성에 대한 호기심으로 유혹당하고 사기당하고 이용당했지만, 마지막에는 고생해서 벌어들인 돈으로 남성을 도와주는 인물로 변한다. 그러나 다시 또 기만을 당해서 홀로 사랑의 쓴 열매를 감당하게 된다. 처음에는 꿈과 같은 사랑을 나누었지만, 통탄스런 능욕과 상처를 받은 뒤 폐허가 된 삶을 마주해야 했던 것이다. 이 소설이 상을 받을 수 있었던 이유는 전환기 타이완 사회에서의 여성의 운명에 대해 구체적으로 세밀하게 묘사했기 때문이다. 전반적인 스토리는 사실 일종의 대중소설과 같은 형식으로서, 그 시대 많은 여성들이 사랑이라는 매력에 미혹되어 최후에는 결국 돌아갈 수 없는 길을 선택한다는 내용이다.

리앙과 랴오후이잉 소설의 등장은, 여성의식이 활발하게 굴기할 것을 예고하는 것과 같았다. 타이완문학은, 무의식을 탐색하고 억압받고 있는 내심 깊은 곳을 탐색하는 모더니즘을 거쳐서, 여성작가가 어두운 역사 속에 깊이 봉쇄되어 있던 여성의 신체와 만나는 방향으로 발전했다. 그것은 전통문화가 억압을 통해 만들어 놓은 왜곡된 형상으로, 문자기교를 모색하고 단련하는 것을 통해서도 이렇게 감금된 영혼을 해방시킬 방법은 거의 없었다. 모더니즘 미학은 여성의식을 일깨워줄 수만 있었을 뿐, 신체 내부에 갇혀 있는 정욕이 출구를 찾을 수 있게 해주지는 못했다. 모더니즘에서 다루는 악몽은 강렬한 호소력을 가지고 심지어 오만한 남성체체에 대해서 은밀하게 비판하기도 했다. 하지만 여성의식이 페미니즘으로 발전하도록 하지는 못했다. 만약 객관적인 사회현실이 상응하는 조건을 갖추지 못했다면, 모더니즘 여성 작가들은 정적인 이야기를 호소하는 데 탐닉하

▶ 白先勇(許培鴻 촬영, 白先勇 제공)

고 완곡한 글에만 호소할 수 있었을 뿐이었을 것이다. 어우양쯔는 이후 여성소설의 선구라고 할 수 있지만, 그녀는 여전히 모더니스트이지 페미니스트는 아니었다. 1980년대로 들어선 뒤에야 경제발전이라는 충격이 산처럼 움직이지 않던 남성중심론도 동요하게 했다. 이러한 역사적 단계에서 여성들은 지식권과 경제권을 동시에 얻었고, 모더니즘 진영이 마련해둔 기초 위에서 다시 한번 더 내심세계에 감금되어 있던 여성의 신체를 불러냈다. 사회 전반의 조건이 조금씩 변할 즈음, 암암리에 쏟아져 나온 여성의 정욕 문제가 결국 싹을 틔우게 된다. 리앙과 랴오후이잉 소설 속의 여성은 여전히 약자의 위치에서 벗어나지 못했지만, 터무니없는 남성문화를 꿰뚫어 볼 능력은 이미 가지고 있었으며, 더 나아가 쇼비니즘의 폐해를 거부할 수 있었다. 이야기 속의 여성은 자신의 가치관념을 표현하거나 행동을 통해 주체를 보호했으며, 남성의 이기심과 만행을 폭로하고, 다시는 전통적인 운명론을 받아들이지 않았으며, 자아의 목소리를 인내하면서 억압하지도 않았다. 이후의 수많은 여성작가들은 이것을 바탕으로 견지해가면서 끊임없이 새로운 국면을 개척했다.

동성애 어젠다는 바이셴융 문학 생애에서 일찍부터 드러날 듯 말 듯한 주제였다. 그의 초기 소설 〈월몽月夢〉, 〈청춘青春〉, 〈쓸쓸한 열입곱 살寂寞的十七歲〉과 같은 것은 1960-1961년에 완성됐는데, 금기가 충만한 동성애 이야기를 이미 다루기 시작했다. 《타이베이 사람들臺北人》 시리즈이면서 동성애 어젠다를 다룬 〈하늘 가득 빛나는 별들滿天裡亮晶晶的星星〉과 〈고련화

▶ 白先勇, 《孽子》(《文訊》 제공)

孤戀花〉7)는 1969-1970년에 완성됐다. 《서자孽子》의 초고는 1971년에 시작하여 1981년에 완성됐고, 정식 출판된 해는 1983년이다. 그 폐쇄적인 시대에 바이셴융은 용감하게 청춘과 남성 신체에 대해 연연하는 심정을 표현했다. 〈월몽〉 같은 소설에서는 나이 든 화가가 해변에서 미소년의 나체를 그리는 대목이 등장한다. 그 속에 표현된 강렬한 성에 관한 암시와 성폭력은 이미 이후 장편소설의 원형을 묵시적으로 보여준다. 그는 과감하게 생동하는 표현을 사용하여 신체 감각기관의 각종 청각, 촉각과 후각을 그려냈다. 그의 남성 신체에 대한 경의와 예찬은 고뇌하는 타이완 사회에서 확실히 사람들의 시선을 끌었다. 그가 〈하늘 가득 빛나는 별들〉을 썼을 때, 타이베이공원新公園8)에서의 '제춘교祭春敎'9) 동성 생활은 이미 예고된 것으로, 미래에 그의 동성애 서사가 발전하게 될 방향이었다. 당시의 타이완 문단에서 바이셴융의 글은 사람들이 모르는 어두운 세상을 폭로한 것이었다.

《서자》는 1983년에 정식으로 세상에 등장했는데, 장기간 유가예교를 준수해온 타이완 사회가 혼비백산할 정도의 반응을 끌어냈다. 이 소설은

---

7) 두 작품의 한글본은 허세욱 옮김, 《대북사람들》(중앙일보사, 1989) 참고.
8) 타이베이시 중심에 위치한 타이베이공원은 일반적으로 '신공원'이라 불린다. 항간에서 남성동성애자들이 모이는 장소라고 알려져 있다. 하지만 이곳은 대대로 국가 이데올로기를 상징적으로 전시하는 공간이었다. 일제강점기에는 공원 안에 대 운동장이 있어서, 기를 게양하는 예식을 거행하거나 각종 전람회를 개최했으며 황민화운동을 실시하던 전쟁기에는 각종 의식을 진행한 중요한 장소였다. 이후 국민당이 집권한 뒤부터 공원 곳곳에 중국 북방식 정자를 만들어 고전식 정원의 느낌을 주고자 했고, 쑨중산·정성공 등과 같은 장엄하고 엄숙한 민족선열을 기념하는 조각상을 세웠다고 한다. 이러한 장소에 밤마다 몰래 남성동성애자들이 모여 자신들의 세상을 영위한다는 것은 전통과 규범에 도전한다는 의미가 강하다고 할 수 있다. 타이베이공원은 현재 2·28 평화공원으로 바뀌었다.
9) 작품 내용에 근거하면, 타이완 원주민들은 첫 봄비가 내릴 때 젊은 남자들이 벌거벗고 빗속으로 뛰어들어 봄이 오는 것을 반기는 '제춘무祭春舞'를 춘다고 한다. 그래서 별이 뜨는 밤에 신공원에 몰려드는 남성동성애자들을 '제춘교' 무리라고 부른다.

당시의 민족주의와 당-국가체제의 윤리규범에 도전한 것이다. 이 소설이 배태하고 있는 문화적 충격은 순전히 소설이라는 말로 정의하여 개괄할 수 없을 정도이다. 이야기의 첫 페이지에서, 연로하신 부친이 아들이 동성애자인 것을 알게 됐을 때, 하늘이 무너지는 듯한 분노와 슬픔을 표현하는 장면을 볼 수 있다. 아버지는 총을 휘두르며 핏발이 가득한 눈을 부릅뜨고 아들을 향해 "짐승이야! 짐승!" 하고 고함치며 그를 쫓아낸다. 부자가 절연하는 이 대목은 동성애자를 유가전통의 맥락에 놓는 것이자 사회 전반의 대척점에 두는 것이기도 하다. 이것은 바이셴융의 필체가 주는 긴장감으로, 한 가정의 내부적 충돌을 통해서 그간의 역사가 공유해온 억압을 빗대어 표현한 것이다. 일찍이 부친의 기대를 받고 있었던 걸출한 아들이 하룻밤 사이에 갑자기 아버지의 눈에 '하찮은 것', '인간이 아닌 금수'가 되어 불초할 뿐 아니라 불효를 하게 된다. 이야기 속의 아버지 형상은 의심할 바 없이 유가도덕의 화신이다. 아버지는 동양 역사의 무게를 대표하는 듯 꾸짖고 심판하며, '후사가 없는' 동성애자를 무겁게 짓누른다. 이 장면은 타이완문학에서 하나의 고전이다. 분노한 아버지는 전통 역사의 마지막 투영자이고, 쫓겨난 그의 아들은 그 길고 긴 역사를 부수고자 하는 새로운 시대를 상징한다. 완전히 다른 곳으로 향하는 두 줄기 역사의 강이 이때부터 흐름을 바꾸게 된다.

역사의 과정 속에서, 사회의 맥락 속에서, 확실한 자리를 찾을 수 없었던 동성애자들은 여태까지 표류하는 모습으로 물결을 따라 부침을 거듭했다. 동성애자의 방랑은 거의 '다른' 나라를 떠다니는 것처럼, 즉 이성애자의 나라에서는 모든 권력과 신체가 철저하게 질책당하고 배척당해온 것이다. 《서자》의 배경은 타이베이시 신공원을 무대로 하고 있는데, 세상천지가 이처럼 거대함에도 불구하고 한 무리의 청춘들은 아주 작은 공간에서만, 더욱이 어두운 밤에만 드나들 수 있었다. 그들은 서로를 마치 가족처럼 '아버지와 아들', '형과 아우'라 부르면서 어떤 왕국을 이룬 듯했다. 그것은 이성애 중심의 가족제도를 모방한 것으로, 이 같은 항렬 시스

템 속에는 일종의 부권체제가 은밀하게 존재하고 있다. 이러한 모방은 유가적 윤리관계는 아니지만, 기존의 가정구조를 활용해서 그들의 동성애 성향을 숨길 수 있는 장점이 있다. 서사 속에서 요괴·변태와 같은 각종 악명화된 호칭은 너무 자주 등장해서 눈길도 끌지 못할 정도다. 여기에는 소설의 제목인 <서자>처럼 바이셴융의 서사전략이 분명하게 드러나 있다. 오직 남다른 용기를 가지고 악명을 받아들일 수 있어야지만 부정적인 가치로 명명된 것들을 뒤집을 수 있다는 뜻이다. 《서자》는 나중에 동명의 TV극으로 개편되어 2003년에 방영됐는데, 타이완사회에 거대한 충격을 일으켰다. 오랜 시간 동성애에 대해 편견을 가지고 있었던 시청자들은 심리적으로 한 차례 전율이 이는 교육을 받았고, 이것은 그들에게 동성애 문화에 대해 완전히 새로운 시각을 가지게 해주었다. 이 소설과 TV극은 두말할 것도 없이 역사의 갑문을 열어젖혀, 아주 오래된 정서에 깊이 갇혀 있었던 보수적인 영혼을 석방시켰다.

바이셴융이 주조해낸 동성애 문학은 확실히 타이완 사회의 심미 관념을 이전보다 크게 진일보 진전시켰다. 소설가로서 바이셴융은 문자기교를 제련하는 것을 목표로 삼지 않았다. 바이셴융은 글쓰기 외에 적어도 다음의 두 가지 측면에서 타이완 문화에 새로운 돌파구를 마련해주었다. 첫째, 바이셴융이 《타이베이 사람들》에 수록했던 〈유원경몽遊園驚夢〉은 일찍이 무대극으로 개편되었으며 무대극으로 연출하는 과정에서 곤곡崑曲 예술이 가미됐다는 점이다. 그래서 이것을 기초로 삼아 그는 곤곡부흥운동을 전개했고, 결국 《목단정牧丹亭》을 연출하게 됐다. 한 명의 현대소설가로서 고전예술의 전통에 경의를 표했을 뿐 아니라 소멸에 이른 전통기예를 소생시키는 기회를 마련했다는 사실이 중요하다. 그가 보여준 방식은 마치 현대와 고전이 여태까지 서로 충돌한 것이 아니라 오히려 정신적으로 연맹을 맺을 수 있음을 증명하는 것과 같았다. 이것은 타이완 모더니즘운동이 개척해낸 새로운 판도이다. 둘째, 《서자》를 완성한 뒤 바이셴융은 2002년에 산문집 《사이프러스 나무樹猶如此》[10]를 출판했는데,

책 속에서 같은 제목의 산문으로 자신의 평생의 연인을 추도했다. 세간의 사랑은 질병과 사망을 마주했을 때 그렇게 슬프고 또 그렇게 사람을 뒤흔든다. 이 작품에서 물불을 가리지 않고 연인을 위해 각종 약방문을 찾는 대목은 작가가 심혈을 기울여 서술했다고 개괄할 수 있다. 하지만 지성을 다했지만 결국 감천하지 못해서 결국 그는 자신의 연인이 죽는 것을 똑똑히 지켜보아야 했다. 이 산문집에 수록된 대부분의 글에서 작가는 에이즈 병에 대한 관심을 강하게 표현하고 있다. 바이셴융이라는 소설가는 정적인 평면적 서술에 머물러 있지 않고 사회운동이라는 구체적인 실천에까지 발을 들이게 됐다. 그의 행동은 모더니스트가 절대 현실 생활과 동떨어지는 것이 아님을, 스스로 돌아봐서 잘못이 없다면 천만인이 가로막아도 내 갈 길을 가겠다는 포부를 품고 있음을 재차 증명해줬다고 평가할 수 있다. 고전을 향하는 것, 그리고 현실을 향하는 것이 바로 바이셴융 미학이 가장 훌륭하게 보여주고 있는 메시지이다.

타이완 동성애문학 판도의 확장

동성애문학이 타이완 사회에 등장한 것은 주류인 부권가치가 미학을 받아들일 수 있는 폭이 어느 정도인지 테스트해 보는 것과 같았다. 유가사상을 주체로 하는 문화구조에서는 부친을 받들 뿐 아니라 이성애를 강조하는 담론이 우세했고, 사상적으로도 특히 선대를 계승·발전시킨다는 전통의 기치를 높이 받들었기 때문이다. 1980년대 이전의 성애情欲문학은 모더니즘의 상징기교를 통해서 은유적으로 표현될 수 있었을 뿐이었다. 동성애 어젠다를 다루는 작품은 더욱 우회적인 암시기법에 기대어 묘사해야 했다. 이 영역에서 오랜 기간 편견을 타파하기 위해 노력한 작가는 두말할 것 없이 바이셴융이 중요한 지표가 된다. 만약《타이베이 사람들》과《서자》가 잇달아 출판되지 않았다면, 동성애문학이 타이완 문단에서 대단한 붐을 일으킬 수 있었을 지의 여부는 아마도 장담할 수 없을

것이다. 젠더 담론과 성애 담론이 확장될 수 있었던 것도 사실은 민주정
치가 발전함에 따라 개혁개방이 도래했기 때문이다. 정치적 힘의 제약이
느슨해졌을 때 그 뒤에 숨어있던 이성애 가치도 차차 도전을 받게 됐다.
자본주의가 지속적으로 고조되면서 동성애 인구는 각 분야와 각 권력의
주요 부문에 등장할 수 있는 기회를 가지게 됐다. 봉쇄되어 있던 문화에
일단 균열이 생기자 억압받고 있던 다양한 상상력과 역량이 자연스럽게
문을 부수고 등장했다. 《서자》를 발단으로 다양한 동성애 담론도 연대하
여 서로 다른 문학형식을 통해 더욱 광활한 판도를 개척했다.

역사의 갑문을 열어젖힌 뒤, 동성애문학이 발전하는 속도는 부단히 빨
라졌다. 마썬馬森의 《밤놀이夜遊》(1984)와 천뤄시陳若曦의 《지혼식紙婚》
(1986)은 종전의 금지영역을 작가가 대담하게 탐색하기 시작한 작품이다.
1990년 이후 금지된 문은 더 이상 삼엄하지 않았다. 란위후藍玉湖의 《장미
형薔薇刑》(1990), 링옌凌煙의 《자신을
잃은 배우失聲畫眉》(1990), 차오리쥐안
曹麗娟의 《소녀의 춤童女之舞》(1990), 린
쥔잉林俊穎의 《누가 노래하고 있는가
是誰在唱歌》(1994), 추먀오진邱妙津의 《악
어수기鱷魚手記》(1994)10), 주톈원朱天文
의 《황인수기荒人手記》(1994)11), 훙링
洪凌의 《기이한 짐승을 해부하다肢解異
獸》(1995)와 《이단흡혈귀 열전異端吸血
鬼列傳》(1995), 천쉐陳雪의 《악녀의 고
백惡女書》(1995), 지다웨이紀大偉의 《막
膜》(1995)과 《감각세계感官世界》(1995),

▶ 凌煙(《文訊》 제공)

---

10) 이 작품의 한글판은 방철환 옮김, 《악어 노트》(움직씨, 2019) 참고.
11) 이 작품의 한글판은 김태성 옮김, 《황인수기》(도서출판 아시아, 2013) 참고.

두슈란杜修蘭의 《질서를 거스르다逆女》(1996), 우지원吳繼文의 《세기말 소년 애독서世紀末少年愛讀本》(1996), 우허舞鶴의 《17세의 바다十七歲之海》(1997)가 마치 거대한 물결처럼 도도하게 웅장하고 변화무쌍한 풍경을 이뤘다. 이 시대는 기억하지 않을 수 없는 시기이다. 미학원칙이 확립된 이후 다시는 퇴보하지 않았기 때문이다. 이러한 전문서들이 광대한 독서 시장을 개척했고 동성애 어젠다는 타이완 문화의 불가분한 일부가 됐다. 많은 작품들이 신문사가 주관하는 문학상을 받았으며 문학평론계로부터 긍정적인 평가를 받았다. 이것은 일종의 중요한 통과의례로서 동성애 작품을 현지화·합법화·시장화하게 만들었다. 더 이상 동성애 문제는 금기가 아니었고 필독서의 대열에 들어서게 됐다.

링옌의 《자신을 잃은 배우》[11]는 1990년 자립만보自立晚報의 백만百萬 문학상을 받았는데, 다중적인 문학적 의의를 가지고 있다. 향토문학이 점차 쇠퇴할 무렵, 이 소설은 타이완의 거쯔시歌仔戲[12]를 주제로 독자에게 타이완 민간문화에 대한 짙은 향수를 환기시켰다. 녹음 그룹, 스트립 춤, 그리고 공연을 위해 일정한 거주지 없이 유랑하는 것 등 이야기에 등장한 장면들은, 오래 전에 잊힌 농촌생활의 풍속을 상당히 생동적으로 그려냈다. 경극이 국극으로 취급되는 시대에도 거쯔시는 줄곧 예술의 영역에 들어오지 못했다. 따라서 링옌의 창작은 주류에 저항하는 의미를 내포하면서, 장기간 잊힌 민간예술이 정식으로 문학평론의 시야에 들어갈 수 있도록 만들었다. 무대에서 보여주는 서로 사랑하는 남녀의 모습은 원래 보수적인 이성애 문화규범에 영향을 받아 정착된 것으로, 남녀유별을 엄격하게 준수하기 위해 현실과 다르게 연출되었다. 링옌의 소설은 이와 반대로 여성과 여성의 사랑이라는 무대 뒤 현실의 사랑을 보여주며

---

12) 20세기 초 이란宜蘭지역에서 발흥한 타이완의 민간예술로, 대중들에게 익숙한 충효절의에 관한 이야기를 고전시나 민난어로 연출하는 무대 예술이다. 2009년 타이완의 중요한 전통문화예술로 지정됐다.

심지어 이를 둘러싼 삼각관계까지 견인해낸다. 이와 같이 신체를 통해
주류 가치에 충격을 준 묘사는 거대한 진동을 일으켰고 문학상을 통해
지지까지 받았기 때문에, 동성애 어젠다는 결국 먹구름을 헤치고 광명을
찾을 수 있게 됐다. 《자신을 잃은 배우》는 이후 다시 영화로 개편되었으
며 흥행성적은 좋지 않았지만 먼저 카드를 제시하는 바람에 금기된 화제
를 일찍 해방시켰다고 할 수 있다. 이 소설은 비록 많은 비판을 받으며
오명을 뒤집어썼지만, 이 역시 주류문화의 마지막 반격이었다고 할 수
있다.

《악어수기》[12]가 출판된 다음해에, 추먀오진은 파리에서 자살하면서
《몽마르트 유서蒙馬特遺書》(1996)[13]를 남겼다. 작가와 작품 모두 당시 타
이완 문단에서 중요한 사건으로 다뤄졌다. 왜냐하면 그녀의 애정표현이
대단히 장렬했을 뿐 아니라, 더 중요한 핵심은 그녀가 써낸 이야기가 상
당히 곡절이 많고 섬세하여 여성동성애자가 느끼는 애환이 잘 드러나 있
었기 때문이었다. 추먀오진은 소설의 뒤표지에서 "나는 모든 남자들이

▶ 邱妙津, 《津馬特遺書》

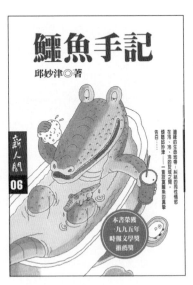

▶ 邱妙津, 《鱷魚手記》

평생 마음 깊은 곳에 여성에 대한 '원형'을 가지고 있으며, 그가 가장 사랑하는 사람 역시 바로 그러한 '원형'을 갖춘 여인이라는 것을 믿는다. 하지만 나는 여자임에도 불구하고 나의 깊은 곳에 여인에 관한 '원형'을 가지고 있다"라고 했다. 전반적인 스토리는 대학 4학년생의 성적性別 취향에 대한 추구과정이 주축을 이루고 있는데, 여주인공은 일찍이 남성과 연애를 시도했지만 전부 성공하지 못했다. 사실 자신은 여성에게 끌린다는 것을 스스로 깨닫기 전까지 그녀의 모든 고통이 여기에서 비롯되었기 때문이다. 이 과정에서 발버둥치고 자신을 혹독하게 다그치고 채찍질하며 자책하는 등 한 글자 한 글자마다 피눈물이 맺혀 있어서, 독자들은 그녀와 함께 기복을 느끼게 된다. 이 시대는 동성애자들이 커밍아웃하고자 마음먹더라도 감히 시도하지 못하던 때였다. 동성애소설이 모색을 반복하던 단계에 머물러 있었기 때문에, 사회와 대면하기 전에 반드시 먼저 자아를 대면해야 했다. 아직은 스스로가 그 경우를 거치지 못했기 때문에 창작을 통해 한 차례 맞닥뜨리면서 뼈에 새겨야 했다. 국가·사회·민족·전통의 의의는 도대체 무엇인가? 이러한 추상적인 부호는 주류 가치에 부합하지 않는 성적 취향을 이단으로 보는 것에 지나지 않으며, 그런 다음 그들을 배척하고 쫓아내어 '다른異' 세상에서 유랑하게 만들었다. 동성애자는 본래 순응자conformist가 아니라 사랑에 가장 진지하며 직분을 다하는 실천자이다. 이 소설은 1995년 시보문학時報文學의 추천상을 받았는데 추먀오진이 이미 세상과 작별한 뒤였다.

몸정치라는 혁명은 많은 작가들이 줄지어 등장하면서부터 전개되기 시작했는데, 금기를 더 이상 금기가 되지 않도록 하기 위해서였다. 이러한 혁명에 참여한 지다웨이는 주목을 받은 사람 중 하나이다. 그는 "정치적 계엄이 해제된 뒤에야 비로소 거리가 인민에게 돌아왔듯이, 몸에 대한 계엄이 해제되어야지만 자신에게 속할 수 있다"[14]라고 했다. 민주사회가 일종의 개방을 대표한다면 몸도 감금되지 않아야 한다. 동성애는 이 시기에 성적 취향 문제가 아니라 정치 어젠다에 속하게 됐다. 지다웨이 문학의 중요성은 그가 써낸 내적 충돌과 고통에 있는 것이 아니라, 적군이 성 밑까지 쳐들어왔을 때만큼 삼엄하게 긴장된 분위기를 그가 기지와 유머러스한 기법으로 완화시켰다는 데 있다. 거대한 이성애 전통에 직면할 때마다 지다웨이는 한 마디로 핵심을 찔러 긴장된 대치관계를 얼음이 녹듯 완화시켰다. 《감각세계》에 수록된 첫 번째 소설 〈인어의 희극 美人魚的喜劇〉은 과거를 바라보는 관점을 뒤집어 장난꾸러기 같은 필체로 동화 스토리를 개작한 것이다. "자세하게 보면, 섬 주변의 모래 위에 나신의 여자가 하나 앉아 있을 것이다. (하지만 만약 당신이 남색을 편애한다면, 당신의 눈길이 먼저 닿는 곳이 나신의 여자가 아니라 나신의 여성 곁에 누워있는 남자일 것이다.)"[15] 동성애자의 눈으로 이성애자가 주목하는 부분을 대체하게 되면, 이야기의 어조와 리듬을 모두 새롭게 조정해야 한다. 장난스러운 말투로 진지한 비판을 대체한 것이 지다웨이 서사전략의 극치라고 할 수 있다. 그는 이원론적으로 성을 구분하는 것에 제약을 받고 싶지 않아서, 신체는 유동적인 것이지 정체되어 불변하는 것이 아님을 강조했다. 지다웨이의 견해와 태도는 모든 것을 받아들이려는 포용력과 깊이를 가지고 있다. 그는 미국의 대형서점에서 색정문학과 로맨스소설이 함께 배치되어 있는 것을 보고서 다음과 같이 느꼈다고 한다. "다양한 종류의 책이 자연스럽게 교차하고 공존한다. 이러한 서적 배치는 한 줄기 강처럼 잡다한 광물질이 풍부하게 섞여서 다양한 색깔을 띠는 들판을 구불구불 흘러가는 것과 같다. 하천의 어떤 부분도 모두 강물의 일부분이다."[16] 지다웨이가 주장하는 바와 소설의 주제는 사리가 서로 통한다고 할 수 있다. 그는 '퀴어queer'라는 단어를 번역하여 박래품을 토착화시키고 동성애 / 남성애, 남 / 여, 남성동성애 / 여성동성애 사이의 경계선을 완전히 뜯어버리고자 했다. 경계선을 제거한 뒤 신체는 경계선을 넘나들 수 있게 되었으며 다시는 억압되어 감금당하지 않게 됐다. 그가 변장이나 공상과학 방식으로 작품을 쓰는 이유는 넘나들기 위해서이다. 그리고 이런 방식을 통해 결국에는 유쾌함을 확보한다. 《막》[17]이 바로 가장 좋은 증거라고 할 수 있는데, 그가 존중하는 미학은 덜어내는 것이 아니라 더하는 것이며, 그가 편애하는 전략은 제거하는 것이 아니라 병치하는 것으로, 그는 이원대립적 구조를 타파하고 다원적 요소가 공존하는 것을 창조해냈다. 지다웨이의 예술적 성취는 경전으로 인정받게 되었는데, 전위적인 정신을 가지고 있기 때문에 오늘날까지도 여전히 후방을 받쳐주는 가치를 지니고 있다.

천쉐는 1990년대에 등장한 작가이다. 첫 번째 소설 《악녀의 고백》(1995)부터 문단을 뒤흔들기 시작했는데 모든 동성애 작품이 그렇게 명명되듯 자아경멸에서 비롯된 작품이다. 이를 테면 바이셴융의 〈서자〉, 추먀오진의 〈악어수기〉, 홍링의 〈기이한 짐승을 해부하다〉, 우허의 〈구이얼鬼兒〉은 그들의 성적 취향이 일종의 질병 또는 정신질환, 심지어 죄악처럼 암시되어 있는 듯하다. 오명과 경멸을 용감하게 대면하는 것은 자기 인격의 가장 밑바닥에서부터 출발하여, 고정된 사회적 이미지와 그들을 향한 악의적인 유언비어를 철저하게 쇄신하고자 함을 의미하고 있는 듯하다. 천쉐의 소설은 바로 작가 자신의 인생사이자 가족사로서, 스토리는 물론 대부분 허구적인 내용이지만 적나라한 현실과 함께 연결시키고 있다. 〈이색적인 집異色之屋〉은 함께 하나의 가정을 이루고 있는 여성 무리가 주변 남성들의 호기심과 훔쳐보기를 일으킨다는 내용이다. 소설에서 말하는 '다름異'은 이단 또는 괴이함을 상징하고 있어서 주류 사회의 합법성에 어긋난다. 천쉐는 몽환적인 기법을 사용하는 데 뛰어나며 보통 사람들이 감히 건드리지 못하는 금지 구역을 탐색한다. 꿈과 환상의 영

▶ 紀大偉(《文訊》 제공)

역을 통해야만 진실한 감각에 이를 수 있다. 이 부분은 몇몇 비평가들이 어찌하여 그녀가 현실과 동떨어져 있다거나 현실 도피적이라고 지적하는가를 설명해 준다. 그러나 눈에 보이는 외재하는 객관적인 사물이 반드시 현실이어야 하는 것은 아니다. 어쩌면 그것 또한 권력이나 가설이 세워둔 것일지도 모르기 때문이다.

천쉐의 작품은《몽유1994夢遊一九九四》(1996)를 포함해서,《재즈 소녀를 사랑하게 되다愛上爵士樂女孩》(1998),《악마의 딸惡魔的女兒》(1999),《애정주점愛情酒店》(2002),《귀신같은 손鬼手》(2003),《낯선 사람을 사랑할 뿐只愛陌生人》(2003),《다리 위의 아이橋上的孩子》(2004),《천춘톈陳春天》(2005),《아는 사람이 없는 나無人知曉的我》(2006),《그녀가 자고 있을 때 그는 그녀를 가장 사랑한다她睡著時他最愛她》(2008),《부마자附魔者》(2009)가 있다. 천쉐의 기억은 항상 속된 서민사회로 돌아가서, 야시장의 포장마차에서 갖가지 인간 군상을 그려내기도 하고 불가능한 사건도 많이 발생하는 현실을 그려낸다. 소설에 등장하는 여자아이는 어려서부터 부친에게서 성 학대를 당하면서 자신의 몸속에 살고 있는 악마를 느끼게 되고, 겹겹이 쌓인 상처가 이 여자아이의 인생이 된다. 소설 속에서 강간을 당한 여자아이의 하체는 항상 축축한데, 이것은 이 여자아이로 하여금 두려움, 상처, 광란, 희열, 악몽, 변태, 고통이 어지럽게 뒤섞이게 만들고 이로 인해 이전 상처가 아물기도 전에 다시 새로운 상처가 생기게 만든다.《애정주점》에 등장하는 여자아이는 부랑자와 함께 태어나고 함께 죽음에 이르게 되는데, 마치

▶ 陳雪(《文訊》 제공)

부친과 같은 형상 속에서 보호를 받으려고 하는 듯하다. 《부마자》에는 천쉐의 모든 작품들의 줄거리와 인물이 함께 농축되어 있었다. 동성애와 이성애가 교차하고, 가학과 피학이 변증하고, 구원과 박해가 서로 위치를 바꾸고, 질서와 무질서의 리듬, 쫓겨남과 돌아옴의 긴장이 그녀의 작품을 다른 작가와 완전히 다르게 만든다. 처음 등단했을 때 그녀는 윤리를 어지럽히거나 윤리적이지 않거나 윤리를 거스르는 이야기로 사람들에게 할 말을 잃게 만들었다. 자전체와 몽환체가 교차하는 대화야말로 타이완 사회의 현실이라고 할 수 있다. 박래품인 문학이론 없이도 역사적인 굴곡과 암흑을 충분히 말할 수 있는 것이다. 그녀는 끊임없이 창작을 하고 있지만 종종 자기복제를 해서 결국 지금은 굳이 찾아서 읽고 싶지 않은 지경에 이르렀다.

동성애 문학에서는 항간에 유행하고 있는 에스닉 우언이나 민족주의를 볼 수 없다. 하지만 그들의 문학은 국가와 사회가 불가분한 하나의 고리를 이루고 있음을 보여준다. 1990년대에 공개적으로 여성동성애 작가로 등장한 적 있는 훙링은 《기이한 짐승을 해부하다》와 《이단흡혈귀열전》에서도 공상과학·신화·만화적인 요소 및 유행하는 다양한 문화를 잡다하게 섞어 넣어서, 정욕 유토피아를 묘사하는 데 공을 들였다. 작품 속에 등장하는 다양한 신분은, 남과 여, 중국인과 외국인, 지구인과 외계인, 동성애자 또는 이성애자 그리고 인간과 동물 사이의 경계선을 완전히 지워버린다. 이러한 서사전략은 전통문화 또는 주류사회에 대해 거리를 유지하는 태도를 취하여 개체를 완전히 해방시키려는 것이다. 판밍루 范銘如가 말한 바와 같이, "본세기, 심지어 창세 이래 만들고 준수해온 모든 정체성 정치를 해체하는 것이다. 강한 종자가 시간이 흐르면서 웃음거리로 전락하고, 잡종이야말로 가장 힘 있는 포스트모던 미덕이다."[18]

동성애문학의 굴기는 타이완 문학 상상의 범위를 더욱 넓게 확장시켜 정체성 정치나 이데올로기를 강조하는 독자로 하여금 영원히 찾아볼 수 없는 지평선을 보게 한다. 이러한 문학이 칭찬이나 긍정을 받을 수 있다고 장담할 수는 없지만, 글쓰기를 해내기만 한다면 존재를 증명하는 것과 같다고 볼 수 있다. 한발 더 나아가 동성애문학이 개척한 것이 무엇이냐고 한다면, 역사가 이제 다시는 처음으로 되돌아갈 수 없다는 사실을 보여준다는 것이다.

타이완 정치소설 굴기의 의의

시대가 변하기 시작할 무렵, 예전에 억압받았던 수많은 문학상상이 1980년대로 들어선 이후 순차적으로 발굴되기 시작했다. 만약 젠더소설이 자본주의가 발전함에 따라 해방되어 나왔다고 한다면, 당시 사회와 깊은 관계가 있는 정치적 어젠다도 이에 따라 자연스럽게 해방되었다고 할 수 있다. 1979년 황판黃凡은 〈라이쒀賴索〉에서 처음으로 국민당, 공산당, 타이완 독립과 같은 세 가지 정치입장을 소설 스토리 속에 병치했다. 계엄문화가 해제되기 이전에 이러한 정치 화제가 상당히 민감한 것이었

다는 사실은 의심할 바 없다. 타이완 미디어가 아직 개방 단계에 이르지 않았을 때, 국민당의 이데올로기는 역사의 주류가치였다고 할 수 있다. 그래서 문학 제재로서 통일·독립 어젠다를 다루는 것에 대해 공개적으로 토론할 여지가 없는 상황이었다. 소설가 황판이 금기 상태인 정치 이데올로기를 스토리로 써넣은 것은 정말이지 예리한 수술용 칼을 들고서 병들어 고름이 가득한 계엄체제를 사납게

▶ 黃凡(黃力智 촬영, 《文訊》 제공)

찌른 것과 같았다. 이 소설은 그 다음해에 《중국시보中國時報》의 추천상을 받았는데, 사상의 금지구역 깊은 곳에 봉쇄되어 있던 민감한 화제가 쇄도하여 분출될 것임을 때마침 보여주는 것이었다. 이 소설은 예술적으로는 성공을 거두지 못했지만, 정치적 맥락에 두고 읽으면 상징하는 바가 풍부하다. 결국 그해 겨울에 메이리다오사건이 터졌고, 타이완 의식과 타이완 독립 입장이 크게 타격을 받았다. 이듬해에 메이리다오사건을 재판할 때, 장징궈는 공개 재판을 하기로 결정했으며, 체포된 모든 인사들이 법정에서 변호를 받고 언론이 재판 과정을 대중미디어에 노출하도록 허락했다. 타이완 의식과 민주운동은 이 재판 과정에서 사회적·대중적인 지지를 받았다. 그들이 추구하고자 한 이상은 기본 인권을 확보하고 정치를 개혁하자는 것으로, 관방이 금지하는 반란활동과는 아무런 관계가 없었다. 바로 이러한 배경하에서 〈라이쒀〉는 광범위한 주목을 받았다. 이 작품이 상을 받은 것은 마치 이러한 시대 전반적인 변화의 분위기와 호응하고 있는 듯했다. 타이완에서 정치소설이 등장하기 시작할 무렵, 주목할 만한 사실은 해외에 살고 있던 장시궈張系國가 풍부한 정치적 상상을 가져오기 시작했다는 것이다. 장시궈의 소설에는 실제의 경험이 담겨 있는데 특히 댜오위타이를 수호하고자 하는 운동에 관한 묘사에 있어서는 창시자라고 할 수 있다.

장시궈(1944 -)는 타이완 소설가 중에서도 비범한 인물에 속한다. 타이완대학 전자기계과를 졸업하고 미국에서 초창기에 중국어 컴퓨터를 연구·개발한 사람에

▶ 張系國 《文訊》 제공)

속하는데, 사상이 날카롭고 관찰력에 깊이가 있다. 그가 목도한 타이완은 언제나 역사의 주변인이었다. 그의 글은 리듬이 유난히 강하고 인물 성격에 대한 묘사도 상당히 날카로워 1970년대에는 주요 해외작가로 상당한 주목을 받았다. 소설 창작에 종사할 뿐 아니라 문화 평론에도 일가견이 있었는데, 타이완 사회에 대한 관찰이 상당히 깊이 있을 뿐 아니라 해외 화인華人들의 생활에 대한 이해 역시 대단히 핍진하다고 볼 수 있다. 장시궈는 시대를 관찰할 때 역사적 국면에 제한받지 않았고 섬이라는 시야에 견제받지도 않았다. 소설가로서 그는 조감하는 위치에 서서 전체 판도를 장악했으며 세밀하게 분석했다. 1970년대에 타이완 정치·경제가 변할 무렵, 그는 〈방랑자의 영혼遊子魂〉이라는 단편소설 시리즈를 창작했는데, 나중에 모아서 《바나나배香蕉船》(1976)와 《불후자不朽者》(1983)로 묶어 냈다. 그중 해외 화인들의 서로 다른 운명과 결말을 쓴 소설들은 감동적이면서 흡인력이 있다. 〈바나나배〉에서 다룬 것은 선원이 생계를 위해 희망을 찾아 미국으로 가는 이야기이고, 〈붉은 아이紅孩兒〉에서는 댜오위타이 수호운동을 하는 지도자가 결국 독초라는 혹독한 비판을 받게 되는 이야기를 그려냈다. 〈내가 다니는 회사本公司〉에서는 미국인 사장을 위해서 일을 하는 화인을 보여주면서 자신의 귀속처를 찾지 못하는 것에 대해 다루었고, 〈피리笛〉에서는 원주민 여성이 처연한 고통을 겪게 되는 것에 관해 썼다. 각각의 슬픈 이야기를 통해 거대한 물결처럼 흘러가는 시대에 결국 개인의 운명은 멸망을 맞게 된다는 점을 보여준다. 장시궈가 쓴 것은 소설이지만 그의 작품에서는 억누르지 못한 시의가 흘러넘친다. 그가 출판한 작품은 《땅地》(1970)을 포함해서 《공자의 죽음孔子之死》(1978), 《피 목사 정전皮牧師正傳》(1978), 《장기왕棋王》(1978)[13], 《황허 강의 물黃河之水》(1979), 《고무 영혼橡皮靈魂》(1987)이 있다.

《어제의 분노昨日之怒》(1979)는 최초의 정치소설이라고 해도 과언이 아

---

13) 이 작품의 한글판은 고혜림 옮김, 《장기왕》(지만지출판사, 2011)을 참고하시오.

니다. 장시궈는 해외 댜오위타이 수호운동 과정에서 자신을 자칭 중간파에 속한다고 했지만, 통일파·독립파·타이완 혁신 보존파革新保臺派14)의 눈에는 그의 입장이 어느 파에서도 받아들일 수 없는 매우 난감한 것이었다. 이 애국운동은 결국 사람을 해치는 운동으로 전락하여 정치 세례를 받은 지식인들은 정치적 속죄를 받지 못했을 뿐 아니라 정신상의 구마를 달성하지도 못했다. 이 소설은 타이완 유학생이 격동하는 시대에 결국은 모두 쫓겨서 흩어지게 되고 역사의 홍수 속에 떠다니게 되는 것을 진실하게 기록하고 있다. 당시 각자 다른 정치적 입장에 서 있었기 때문에 대독초로 낙인찍힌 이 소설은, 시간이 흘러 여과되고 침전되자 거꾸로 해외 지식인들의 가장 진실한 마음의 역정을 대표하는 작품이 됐다. 온정에서 열정으로 다시 또 격정으로 타올랐지만 결국에는 오히려 국가기구에게 버림받았다고 정리할 수 있다. 공산당 정권紅色政權과 국민당 정권藍色政權 모두 이러한 인물들을 반기지 않았다. 장시궈의 문화평론에는 《우주여행天城之旅》(1977)을 포함해서 《영웅에게 눈물은 있지만 소매를 적시지 않는다英雄有淚不輕彈》(1984), 《미래여, 기다려다오讓未來等一等吧》(1984)가 있으며, 공상과학소설로는 《성운조곡星雲組曲》(1980)과 《야상곡夜曲》(1985), 그리고 핑루平路와의 공저 《간첩으로 체포된 사람捕諜人》(1992)이 있다.

〈라이쒸〉를 바탕으로 황판은 1983년에 장편소설 《상심한 도시傷心城》[19]를 출판했다. 이 작품이 발표됐을 때 타이완 사회는 이미 후기자본주의 시대로 진입하여 점차 글로벌 네트워크로 편입되는 시기였다. 중산계급은 이 단계에서 나날이 공고해져 정치적 발언권을 곧 가질 수 있을 무렵이었지만 타이완 미래의 방향에 대해서는 오히려 망연함을 느꼈다.

---

14) 장제스 사후 장징궈가 정권을 잡은 뒤 나온 주장으로, 타이완 엘리트가 직접 정치에 참여하되 권위주의 체제를 유지하며, 대륙 중국과는 일국양체제를 유지하자는 입장이다.

황판은 이 장편소설에서 다음과 같은 해석을 제시했다. "《상심한 도시》는 강렬한 은유와 상징을 갖춘 작품으로서 타이완 30년 세월의 축소판이라 할 수 있는데, 주인공 예신葉欣과 판시화范錫華는 타이완인의 망망함과 분투를 상징한다. 그리고 《상심한 도시》에서 묘사한 내가 30년 동안 거주한 도시 — 타이베이는 통신전파가 발달한 곳으로, 이곳에 거주하고 있는 타이베이 사람들 역시 세계적인 현대인이 될 수 있을 것이다. 내가 생각하기에 대도시의 주민들은 피차간 거리가 서로 가깝고, 생활 방식도 비슷하며, 똑같이 TV·자동차를 가지고 있고, 똑같이 직업 스트레스에 시달리고 있으며, 초조함도 있고, 정치 및 각종 사회문제를 안고 있으므로, 당연히 그들의 이데올로기도 비슷할 것이다. 이러한 점에서 착안하여 내 붓 아래의 인물들은 세계적으로도 대표성을 띤다고 할 수 있다." 여기에서 말하는 주민들이란 바로 타이완 중산계층을 가리킨다. 소설 주인공 두 명 중 하나인 판시화는 이상을 가지고 있는 타이완 독립 운동파로서 타국에서 미국 공민이 되기를 선서한 인물이고, 다른 하나인 예신은 특정한 정치적 주장 없이 타이완에 남아서 관심이 있는 것이라곤 돈과 여자로, 관능적인 즐거움에 탐닉하는 전형적인 세계 공민이다. 이 소설은 암담한 비관적인 색채로 가득 차 있는데, 도시에서 살아가고 있는 사람들은 돈을 제외하고 그 밖의 사물에는 거의 아무런 관심이 없다. 다소 이상을 가지고 있는 사람이라 하더라도 사형을 선고받게 된다. 정확하게 말하자면, 《상심한 도시》는 사회 전환기에 권위가 약해지고 개방은 아직 확정되지 않은 상황에서 설사 경제가 계속 발전하고 있다지만 정치개혁이 모호한 것에 대한 심리적 상태가 오래도록 지속되고 있는 정황을 직시하고 있다. 황판은 줄곧 포스트모더니즘 소설가로 자리매김 되는데, 그 후에도 잇달아 《천국의 문天國之門》(1983), 《반대자反對者》(1984), 《자비의 맛慈悲的滋味》(1984), 《상제들: 인류 대재난 후上帝們: 人類浩劫後》(1985), 《만나 댄스교실曼娜舞蹈敎室》(1987)을 출판했다. 모두 포스트모더니즘적 기교가 발휘된 대표작들이다. 이 작품들은 황판의 창작력이 가장 왕성한 시

기에 발표된 것으로, 황판은 1990년
대로 접어든 후에는 잠시 은둔하기
시작했다.

만약 1983년이 젠더 어젠다가 등
장한 해라고 한다면, 같은 해에 정
치 어젠다도 마찬가지로 소설가의
주요한 관심거리가 되었다고 할 수
있다. 천잉전陳映眞은 바로 이 해에
의론을 불러일으키는 〈산길山路〉[20]
을 발표했다. 1950년대 백색테러 시
대의 정치범이 항의하는 목소리를
낸 대표작으로서, 천잉전의 좌익 입
장이 소설 형태를 통해서 선명하게

▶ 陳映眞, 《山路》

드러나 있다. 1982년에 타이완 최후의 정치범들이 마지막으로 석방되었
는데, 어떤 사람은 장장 25년의 세월 동안 갇혀 있어서 사회에 큰 충격을
줬다. 오랜 세월이 흘러 백색테러에 대한 기억은 망각의 세계로 침몰하
는 듯했다. 그래서 정치문제로 화끈거리던 상처가 무뎌질 무렵, 정치범이
출옥하자 다시 그 상처가 욱신거린 셈이었다. 천잉전이 쓴 〈산길〉은 장
장 사반세기에 이르는 세월 동안 옥살이를 한 정치범의 비참한 운명에
대한 반응이라 할 수 있다. 창백한 역사의 황량함 속에서 천잉전은 절망
에 가까운 슬픈 사랑을 정성껏 주입시켜, 사랑에의 봉헌을 통해 백색태
러를 겪은 피해자를 신성한 제단에 바치고자 했다. 백색테러에 관한 스
토리 속에서 천잉전이 형상화한 인물들은 모두 영웅적인 인격을 가지고
있다. 가장 영혼을 울리는 인물로 〈산길〉의 여주인공 차이첸후이蔡千惠
만한 사람이 없다. 좌익 비판적인 스토리를 형상화하고자 했음에도 천잉
전은 여전히 자신의 초기 낭만적 이상주의 색채에서 벗어나지 않았다.
소설의 중심은 좌파 당원이 감옥에서 어떤 육체적 학대를 겪거나 사상개조를 당한 점에 있지 않으며, 오히려 여성의 신체를 통해서 장렬한 시대를 드러내 보이고 있다. 작중 인물 중 당국에 체포당해 종신토록 감금된 황전바이黃貞柏는 차이첸후이의 약혼자이며, 그녀가 숭배하는 조직의 지도자인 리궈쿤李國坤은 총살형에 처해진다. 이 스토리 중에서 가장 뛰어난 부분은 차이첸후이가 리궈쿤의 약혼녀로 자처하며 스스로 리 씨 집에 들어가 연로한 모친과 어린 남동생을 극진히 돌보는 대목에 있다. 차이첸후이는 자신의 고된 노동을 통해 리 씨네 생활환경이 개선될 수 있도록 한다. 이러한 속죄식의 행동은 황전바이의 부재를 보충하기 위해서도 아니고, 리궈쿤의 유지遺志를 완성하기 위한 것도 아닌, 차이첸후이 본인의 좌익 신앙을 실천하기 위한 것이었다. 그녀는 황전바이가 오랜 감금 생활 후에 석방된다는 소식을 듣고서 육신 자체가 급격하게 붕궤되더니 식음을 전폐하기 시작한 뒤로 결국에는 말라서 죽음에 이르게 된다.

차이첸후이의 죽음은 과거 천잉전 초기 소설 속에서의 죽음처럼 단지 애정사건으로 인한 것이 아닌, 실현할 수 없는 위대한 공산주의 이상을 위해 죽은 것이다. 차이첸후이의 행위는 아마도 왕더웨이王德威가 말한 것처럼 다음과 같이 해석할 수 있을 것이다. "완만하지만 결연한 태도로 죽음에 이른 것은 것은 극단적으로 터무니없는 (여자) 영웅의 태도를 완성시킨 것으로, 천잉전이 〈산길〉을 빌어 억압받은 자신의 기억을 토로하고, 지난 세월과 지난 일들이 여기에 이르러 바람과 함께 사라졌음을 보여주는 듯하다. 만약 공산주의에 시간표가 있다면, 〈산길〉 이야기는 놓치거나 잘못 처리된 시간 / 역사의 희비극일 것이다."[21] 당연히 이렇게 해석할 수 있기도 하지만 한 걸음 더 연장시킬 수도 있다. 천잉전 소설의 비판 장력은 이러한 차원에서 남김없이 발휘된다. 기교적인 측면에서 볼 때, 이야기의 줄거리는 지나치게 무리한 점이 있기도 하고, 문자 예술적 측면에서 다소 제련될 필요가 있으며, 소설 마지막 부분에도 대단히 교조적인 요소가 붙어있다. 하지만 1980년대는 상당히 관대하게 소설의 편폭을 수용하던 시기였다. 그가 최선을 다해 좌익 역사를 중건할 때 가장 우선적인 가상의 적은 당연히 타이완 내부에서 상승세를 타고 있는 타이완 독립운동이었다. 좌경화된 통일左統 이념을 견지하는 천잉전의 태도는 자연스레 타이완 독립의 역량을 희석시키는 것에 해당된다. 그러나 천잉전이 가장 걱정했던 것은 타이완에 포스트모더니즘이 도래한 것과 중국 사회주의 노선이 방향을 바꾼 것이었다. 차이첸후이의 죽음은 결코 텅 빈 신앙을 위한 것이 아니었으며 갈수록 구체화되는 답안을 위한 것이었다고 볼 수 있다. 1950년대 피해자의 희생은 결국 다음 세대의 풍요로움으로 전환됐다. 만약 차이첸후이가 바로 천잉전의 화신이라고 한다면, 그의 최후의 정신적 지주가 무너지는 계기는 아마도 중국 사회주의도 결국에는 자본주의의 길을 향해 걸어가게 되었다는 사실일 것이다. 좌경화된 통일의 지도자인 천잉전에게는 이 순간이 역사의 수수께끼가 곧 해결될 바로 그 시기에 서 있는 것과 같았을 것이다. 일단 중국혁명이 타락하게 된다면, 혁명정신을 신봉하는 사람의 정신과 육체가 천천히 말라서 죽음에 이를 것이라는 운명이 정해져 있는 것과 같지 않겠는가? 천잉전의 백색테러 시리즈 소설은 1990년대 말기에 다시 국공내전 시기 타이완인들이 진퇴양난의 곤경에 처했던 상황으로 확대되었고, 이후 모두 《충효공원忠孝公園》[22]15)에 수록됐다.

천잉전의 좌경화통일 입장과 대비되는 예스타오 역시 같은 시기에 백색테러에 관한 기억을 시리즈로 써냈다. 예스타오를 대표하는 이데올로기는 당시 당외운동이 표방한 타이완 입장이다. 천잉전과 마찬가지로 1950년대를 회고하면서 예스타오는 총 세 권의 주요 작품집을 완성했는데, 《붉은 신발紅鞋子》을 포함해서 《타이완 남자 젠아타오臺灣男子簡阿淘》

15) 같은 제목의 단행본이 한글판(주재희 옮김, 《충효공원》, 문학과지성사, 2011)으로 출판되어 있지만, 천팡밍이 서지를 잘못 표기한 것으로 보인다. 2001년 타이완 洪範出版社에서 출판한 천잉전의 소설집 중 《忠孝公園-陳映眞小說6》에는 이 작품이 수록되어 있지 않다. 오히려 《鈴璫花-陳映眞小說5》(洪範出版社, 2001)에 〈山路〉가 수록되어 있으니 주의하기 바란다.

와 《노후한 어느 타이완 작가의 1950년대一個臺灣老朽作家的五〇年代》가 있다. 그가 드러낸 역사관은 정확하게 천잉전과 차이가 있다. 1950년대 초기에 예스타오는 사상 문제로 옥살이를 했다. 그와 천잉전은 정치범 신분으로 역사적 기억을 중건하고자 했지만, 형상화한 인물들은 각자 치우친 바가 있었다. 이러한 기억 정치는 자연스레 역사 해석권 다툼으로 이어진다. 예스타오의 관점에 근거하면, 전후 초기 타이완 지식인들의 중국 공산당을 향한 동경은 2·28사건의 충격과 좌절로 인한 것이었다고 할 수 있다. 예스타오가 말한 바와 같이, 2·28사건 이후 수많은 사람들이 정신적인 출로를 찾고 있었고 지식인들 사이에서 많은 차이가 존재했다. "자유주의자와 좌익인사에서부터 극우파임을 자각하고 있는 자 모두 포함된다. 이 사람들은 사실 동상이몽을 하며 타이완의 미래에 대해서 각자 다른 구상을 하고 있었다." 예스타오 자신은 결코 진정한 마르크스주의자가 아니었지만 순수하게 이른바 자산계급 자유주의자도 아니었다. 하지만 그는 중산계급 입장에 서서 사회적 약자들을 동정했다. 이러한 이

▶ 葉石濤, 《一個台灣老朽作家的五十年代》　　▶ 葉石濤, 《台灣男子簡阿淘》

데올로기는 일제강점기 항일 지식인들에게서도 종종 찾아볼 수 있다. 예스타오는 자신의 분명한 정치적 입장을 표현하기를 두려워했다. 사상적으로도 모호한 그의 성향은 그와 동시대를 산 동년배들과 크게 다르지 않았다. 태도상 흔들렸고, 심각한 행동 결정장애에 걸려 있었다고 할 수 있다. 그가 추구했던 타이완인의 타이완 또한 구체적으로 실천할 수 없었으며 대부분 공상에 빠져있었다. 《타이완 남자 젠아타오》에는 행동능력이 부족한 전형적인 지식인이 등장하는데, 그는 무고를 받아서 결국 재판을 받고 체포당하게 된다. 위축되고 나약해지는 소설 속 인물에는 소설가 자신이 평생 보수적인 성격을 띤 것이 그대로 반영되어 있다. 그러한 숭고한 이상은 오직 정적인 사유 속에서만 격동하고 불타오르고 있으며, 격동하는 역사의 홍수 속에서 마지막까지 침묵하며 들리지 않는다. 예스타오의 백색테러에 대한 기억은 기본적으로 대단히 성실하고 충실하게 반영웅적인 인격을 통해 묘사되어 있다. 이러한 인격을 통해서 타

▶ 藍博洲, 《幌馬車之歌》

▶ 藍博洲(《文訊》 제공)

이완 사회가 험악한 상황에 놓여 있었던 1950년대를 어떻게 지나왔는지 해석할 수 있을 것이다.

1960년 먀오리苗栗 출신의 란보저우藍博洲는 천잉전의 직계 제자라고 할 수 있다. 그는 푸런輔仁대학 역사학과를 졸업하고, 1987년 천잉전의 《인간잡지人間雜誌》에 참여하며 르포르타주(보도문학)에 투신하기 시작했다. 란보저우는 투옥 경험이 있는 정치범을 대규모로 인터뷰하기 시작하면서 한편으로는 구술 역사를 정리하고, 다른 한편으로는 있음직한 이야기, 소설로 발전시켰다. 란보저우는 역사적 사실과 소설을 매끄럽게 결합시켜내는 데 뛰어나 특이한 매력을 발산했다. 그의 첫 번째 작품인《흔들리는 마차의 노래幌馬車之歌》(1991)[23]는 백색테러 시대 때의 타이완 청년 다섯 명에 관해 다루고 있다. 중하오둥鍾浩東을 포함해서, 추롄추邱連球, 린루웨이林如堉, 궈슈충郭琇琮과 젠궈셴簡國賢 이들의 운명은 각자 달랐지만 모두 독재시대의 피해자들이다. 그가 기술한 역사는 정치적으로 수난을 당한 자들을 영웅적 인물로 승격시켜 이상적일 뿐 아니라 행동으로 실천하는 데 용감한 형상을 하고 있어서 예스타오와 완전히 상반된다. 전후 초기 타이완 좌익운동에 대한 기억을 정립하는 문제는 계엄 전 역사서술권과 해석권 다툼에 충분하게 반영되어 있다. 이 문제는 이미 여러 신들의 전쟁터가 되었으며, 각종 다른 이데올로기가 논쟁과 교전을 통해 역사의 장에서 자신들의 입지를 다투고 있다. 이러한 현상은 의심할 바 없이 상당히 포스트식민적인 것으로, 사회의 가장 밑바닥에 억압되어 있던 정치적 기억을 꿈틀거리게 만들었다. 일단 독재체재가 느슨해지자 억압되어 있던 것이 그 틈을 뚫고 나왔다. 란보저우가 백색테러 시기 피해자들의 인격을 최대한 끌어올리고자 한 것은, 통일파의 발언권을 강화시키고 좌익 역사를 재구성하여 타이완 역사와 중국 근대사를 연결시키기 위해서였다. 그의 이러한 심사숙고는 보편적인 주목을 받았다. 그가 쏟은 정력은 타이완 의식을 주장하는 사람들을 훨씬 넘어선다. 곧이어 출판한 르포르타주《가라앉은 시신·유랑·2·28沈屍·流亡·二二八》(1991)과《연기처럼 사라진 타이완 역사와 타이완인을 찾아서尋訪被煙滅的臺灣史與臺灣人》(1994)는 통일파가 좌익 역사에 대한 기억을 회복하고자 하는 노력을 충분히 보여준다. 하지만 과도하게 작가의 주관적 입장이 들어가 있어서 오히려 역사적 인물로 하여금 주체성을 잃게 한다. 그 중 피해자가 공산당에 가입했는지의 여부와 사회주의 사상을 추구하는 바가 부족하지 않은지를 지나치게 강조하는 것이 가장 큰 특징이라고 할 수 있다. 더군다나 각종 이데올로기가 막 분분하게 일어날 무렵 독재체제가 흔들리며 무너질 조짐이 더욱 뚜렷해졌기 때문에, 검열 제도만으로 이렇게 분출되는 역사복원歷史造像운동을 다시는 막을 수 없게 됐다.

그럼에도 불구하고 당시의 몇몇 정치소설 중 스밍정施明正의《타이완의 사랑과 죽음島上愛與死》을 포함해서 리차오李喬의《란차이샤의 봄藍彩霞的春天》이 검열을 받아 금서가 됐다. 리차오의 소설은 기녀의 비극적인 운명에 강렬한 정치색채를 투영하고 있다. 란차이샤藍彩霞는 아버지 때문에 유곽에 팔려 유객과 정객들에게 수치스런 희롱을 당한다. 마치 타이

▶ 施明正,《島上愛與死》

▶ 施明正

완이 청나라에게 버림받고 또 식민 정권에게 약탈당한 것을 강렬하게 암시하고 있는 듯하다. 만약 비참한 운명의 순환고리에서 벗어나고자 한다면, 가장 단호한 방법은 부친과 얽혀있는 관계를 끊어버리는 것이다. 이야기 속의 성에 관한 적나라한 묘사는 리차오가 소설에서 가장 과감하고 대담하게 묘사한 부분일 것이다. 스밍정의 소설집은 자신의 계엄문화에 대한 비판정신을 충분하게 담고 있다. 옥살이를 한 적 있기 때문에 스밍정은 정치범의 신분으로 감옥 생활의 실제 현실을 그려냈다고 할 수 있다. 그중에서 〈죽음을 갈망하는 자渴死者〉와 〈오줌을 먹는 자喝尿者〉에서는 생명이 절망에 이르렀을 때의 고통과 좌절을 노골적으로 그려냈다고 할 수 있다. 그러므로 이러한 작품들을 전형적인 감옥 문학이라고 지칭해도 지나치지 않을 것이다. 스밍정이 보여주고자 한 것은, 백색테러 시대가 양산한 인성의 비틀림과 상처가 보통 사람은 생각해낼 수 없는 이르렀다는 점이다. 그가 독재체제에 강하게 저항하고자 했음은 두말할 필요 없을 것이다. 두 작품이 금서가 된 것을 보면, 계엄문화가 멀리 에둘러서 다시 온 것이 아닌가 생각할 수 있을 것이다. 하지만 어쨌든 간에 사상 검열을 진행한 것은 인증을 위한 것이었을 뿐 독재체제는 역사에서 곧 폐기되었고, 이때부터 다시 돌아오지 않았다.

원주민 의식의 각성과 문학

1980년대 이후 원주민 의식이 대량으로 각성됐다. 그들은 한족漢人들의 당외민주운동에 개입하는가 하면 한어漢語를 빌어서 문학상상을 표현하기 시작했는데, 결국 천천히 우회적으로 그들의 발언권을 구축할 수 있게 됐다. 원주민 문학이 등장하자 타이완 문학은 자신의 생태를 바꿨을 뿐 아니라 모든 문화 쇼비니스트로 하여금 그간 타이완 사회의 권력구조가 균형을 잃고 있었음을 반성하게 했다. 그들은 타이완의 역사 구조가 세 개의 주축 — 원주민, 한족 이민자 그리고 외래 식민지배자로 이

뤄져있었음을 분명히 자각하게 됐다. 하지만 이렇게 나누는 방식은 원주민에게 매우 불공평하다. 왜냐하면 모든 역사 기록에서 원주민의 언어와 문화는 결코 중시된 적 없기 때문이다. '원주민 문학'이라는 말은 이때까지 타이완문학사 서술에서 등장한 적 없다. 부족들의 역사·문화와 그 문학상상이 타이완 역사에서 여태껏 명명된 적 없다는 말이다. 1980년대 전반의 복권운동을 거치면서, 무수한 항쟁과 시위를 통해 비로소 천천히 한족사회의 승인을 받게 됐다. 오늘날에 이르러 '원주민'이라는 말은 중화민국 헌법에 들어가 있을 뿐 아니라 문학 판도에 있어서도 상당히 뚜렷한 위치를 차지하고 있다. 한족사회가 식민과 피식민의 권력 관계에 관해 논쟁하고 있을 때, 원주민의 역사적 지위는 사실상 논쟁의 범위에 포함되어 있지 않았다. 문자기록이 없기 때문에 원주민의 문학은 구전과 전승에 기대야 했는데, 이로 인해서 권력 지배자의 주의를 끌기가 대단히 어려웠다.

청대 이래 강하게 실시된 소수민족 관리撫番 정책하에서, 원주민의 토지와 문화는 끊임없이 겸병되고 침식당했다. 만약 문화가 와해되는 위기를 겪었다고 한다면, 그것은 일본 식민체제와 전후의 권위체제가 확립되기 전이었다. 일본이 타이완을 강점한 후, 자본주의를 섬으로 가져왔으며 나아가 깊은 산에 살고 있는 원주민 부락에까지 영향을 끼쳤다. 특히 타이완총독부가 실시한 소수민족 5개년 계획은 원주민들의 수렵활동과 제사의식을 완전히 금지시켰다. 부락민들의 무장 저항을 해제하기 위해 타이완총독부에서는 '정략결혼'을 실시하여 일본 경찰과 부락 여성들의 통혼을 부추겼다. 식민지배자 자신들의 이익을 위해 정서적으로 관계를 맺는 한편 밀착감시를 한 것이었는데, 심지어 부눙布農족을 이용해서 타이야泰雅족을 단속하는 이이제이以夷制夷 방식까지 사용했다. 이러한 식민권력은 원주민들 사이의 교감을 심각하게 훼손시켰고, 부락 고유의 전통문화도 심하게 파괴했다. 특히 1930년대에 우서霧社사건16)이 발생한 뒤, 타이야족은 부락 전체가 거주지를 옮겨야 하는 운명을 겪었을 뿐 아니라 식민지배자는 더욱 거리낌 없이 원시 산림자원을 약탈했다. 황민화정책이 실시된 1940년대 이후에는 부락사회의 가치 관념에 더욱 혼란이 가중되어 그들 고유의 문화 아이덴티티가 분해되고 단절되도록 만들었다. 타이완에 거주했던 일본작가 나카무라 치헤이中村地平와 니시카와 미츠루西川滿는 적지 않은 원주민 소설을 창작했다. 하지만 스토리 속의 이미지는 완전히 일본인들이 상상해낸 것으로, 영락없는 동방주의식의 서사전략이었다고 할 수 있다.

전후에 국민정부가 타이완에 들어서서도 여전히 일본인이 남겨 놓은 한족·원주민 격리 정책을 고수했는데, 원주민을 산에 거주하는 부족과 평지에 거주하는 부족 두 가지로 구분하여 통치·관리에 용이하게 했다. 이뿐만 아니라 일제강점기 총독부가 가상으로 만들어낸 우펑吳鳳 이야기[17]를 새로운 판본으로 고쳐 쓴 뒤 초등학교 교과서에 수록하여, 원주

---

16) 1930년 10월 27일 우서지역에서 발생한 원주민들의 항일사건을 가리킨다. 일제강점기에 우서 지역의 원주민들은 건축 및 보수공사와 같은 각종 노역에 동원됐는데, 과중한 노역과 경찰의 핍박이 가중되어 불만이 높아졌다. 게다가 일본 식민정부는 원활한 통치를 위해 일본인과 원주민과의 결혼을 장려했지만, 법률적으로 인정받지 못해 결혼 후에도 일본인 배우자가 배신하는 일이 잦았다. 이에 마혁파사馬赫坡社의 추장 모우나 루도莫那·魯道가 주도하여 연합운동회가 열리는 날 일본인을 습격했다. 원주민 연합은 일시적인 승리를 거두는 듯했으나, 일본에서 파견한 증원부대에 의해 6개 원주민 부락의 600여 명이 모두 몰살당했다. 타이완은 2001년 이후 20위안 동전에 모우나 루도를 새겨 추모하고 있다.

17) 타이완 원주민과 같은 폴리네시안계 원주민들 사이에는 '머리사냥'이라고 하는 풍습이 있었다고 한다. 제사 때 제물로 바치거나 성인식의 일종으로 행해졌다고 하는데, 일본을 비롯한 식민지를 개척한 유럽 국가에서는 이것을 야만적인 악습이라고 규정하고 근대문명을 주입하여 폐지하고자 했다. 1914년 타이완에서 간행된《공학교용 국민독본》권11 제24과 〈우펑〉에는 다음과 같은 이야기가 실려 있다. 아리산에 살고 있는 원주민과의 통역을 담당했던(일설에는 한족 관료였다고 함) 우펑이 사람 머리를 바쳐 제사 지내는 악습을 고치기 위해, 1년에 하나씩 사용해왔던 40여 개의 사람머리가 소진되자 머리사냥을 하기로 한 날, '빨간 모자를 쓰고 빨간 옷을 입고 지나가는 사람'을 사냥하자고 약속한 뒤, 자신이 이런 차림으로 나가 스스로를 희생한다. 뒤늦게 이 사실을 알게 된 부족민들이 이후 다시는 머리사냥을 하지 않게

민의 문화와 전통을 심각하게 왜곡했으며 한족 쇼비니즘이 더욱 오만하게 팽배하도록 만들었다. 계획적으로 산지정책을 실시한 뒤, 모든 원주민 아동들은 국민교육을 받아야 했으며, 중국의 역사 기억과 중화민족주의를 주입받아 삼민주의에 포섭됐다. 뿐만 아니라 1970년대 이후부터 원주민 공예와 춤은 국제 관광의 범위에 포함되어 공업화된 타이완 사회의 특정 문화산업으로 전락했다. 자본주의가 고도로 성장함에 따라 공업 생산력을 증가시키기 위해, 산학협력의 이름으로 중학교를 졸업한 원주민 학생들을 즉시 서쪽 평원의 공장으로 보내어 생산 대열에 합류시켰다. 원주민의 인구 구조는 이때부터 크게 변했다. 일자리를 찾기 위해 부지기수의 원주민 인구가 도시로 유입되어, 남성들은 거칠고 험한 하층 작업을 담당했고, 여성들은 팔려 와서 홍등가에서 윤락생활을 해야 했다. 고유의 산지 역시 경제정책상의 개발이라는 명분하에서 끊임없이 한족에게 약탈당하고 병탄됐다. 하지만 1970년대 전반에 걸쳐 경제 기적이 일어나는 과정에서 원주민들이 지불한 피와 땀과 눈물은 구체적으로 기록된 바가 없다. 쑨다촨孫大川이 말한 바와 같이, "성씨를 양도하고 모어母語 능력을 상실했으며, 전통 제례의식이 폐지되고 문화풍속이 유실됐으며 사회제도가 와해된 데다가 도시화 이후 '금전 논리'에 유혹됐다. 게다가 외래 종교가 개입하자 1970년대 이후의 타이완 원주민들은 자신들의 에스닉 아이덴티티의 명맥과 문화 상징을 거의 잃어버려, '내적 자아'가 완전히 붕괴됐다"[24]고 할 수 있다. 공업화가 시동을 걸 무렵 당외민주운

되었다는 이야기인데, 타이완총독부의 관료이자 인류학자로서 타이완 원주민을 본격적으로 현지 조사했던 이노 카노리伊能嘉矩의 연구에 의하면, 이때 이미 원주민들이 '머리사냥'을 하는 것을 본 적도 없으며 사냥했다는 소문을 들어본 적도 없다고 한다. 비록 식민 관료였지만 이노 카노리는 자국 학술지에 '폴리네시안계 원주민이 야만적'이라는 견해가 잘못된 정보가 아닌가 하는 연구결과를 게재하기도 했다. 국민정부는 이 이야기를 조금 수정하여 유가의 '살신성인殺身成仁'을 실천한 것이라는 해설을 붙여 교과서에 수록했다.

동이 차츰 굴기하기 시작했다. 도시에서 일하던 원주민 중 약간 의식을 깨친 자도 당외운동의 대열에 가입했다. 여성, 농민, 노동자, 외성인과 같은 사람들이 인권과 존엄을 쟁취하기 위해서 분분히 당외운동의 일원이 되었다고 볼 수 있다. 원주민운동과 당외운동의 결연은 처음에는 아마도 아름다운 착오였겠지만, 원주민 복권운동에 있어서는 오히려 많은 암시와 계발을 가져다주었다. 원주민 문학은 바로 이러한 정치·경제·사회·문화적 각종 역량이 충격을 일으키는 과정에서 탄생됐다.

1987년 계엄해제 전후, 교과서에서 우펑 이야기가 삭제된 것이 복권운동의 계기가 됐다. 이 어젠다는 중앙연구원 소속 민족학자 후타이리胡台麗의 소설〈우펑의 죽음吳鳳之死〉[25]이 계기가 되어 폭발했다. 스토리상의 '죽음'은 두 가지 의미를 대표한다. 하나는 신화 속 우펑의 희생을 해체하여 이 이야기가 전혀 사실적 근거가 없다는 점이고, 다른 하나는 국민교육 자체에 한족 쇼비니즘적 성격을 가진 허구가 내포되어 있음을 폭로하는 것이었다. 원주민 문학은 바로 이러한 문화 해체 과정 속에서 그들 자신에게 속하는 문학상상을 구축하기 시작했다. 타이완 사회는 원주민들이 한어로 쓴 문학창작물을 인지하기 시작했다. 각각의 부족어에서 출발하여 이른바 표준 중국어國語에 도달하기까지 중간에 번역의 단계를 넘어야 했다. 한어가 원주민들의 예술적 상상을 충분히 정확하게 담아낼 수 있는지의 여부는 확실히 퇴고를 할 필요가 있었다. 가장 먼저 주목을 받았던 것은 부눙족의 토파스 타마피마拓跋斯·塔瑪批瑪, Topas Tamapima (중국식 이름은 톈야거田雅各)이다. 1983년으로 거슬러 올라가 그가 쓴〈마지막 사냥꾼最後的獵人〉을 살펴보도록 하자. 이야기의 주인공 비야르比雅日는 탄식을 금할 수 없었다. "… 다시 몇 년이 지나니 산림 곳곳에서는 사람 소리, 차 소리만 가득하고, 동물들은 큰 재앙을 당해 흔적도 없이 멸종됐으니, 이제부터 사냥꾼은 이 부락에서 사라질 것이다." 그가 부락에 닥친 황혼의 위기를 처음으로 한어로 표현해내자 타이완 사회에 강렬한 진동을 일으켰다. 저서로는〈마지막 사냥꾼〉(1987),《연인과 기녀情

人與妓女》(1992),《란위 의료봉사기蘭嶼行醫記》(1998)가 있다. 어찌 부눙족에 게만 이러한 위기가 닥쳤겠는가? 모든 부락의 지식 청년들, 파이완排灣의 루소라먼 아러路索拉滿·阿勒, Lusolamen Ale(중국식 이름은 후더푸胡德夫)를 포함해서 다우達悟의 왕룽지王榮基, 타이야의 와단娃丹, 베이난卑南의 쑨 다찬, 쩌우족鄒族의 푸중청浦忠成 모두 고도의 위기의식을 표현했으며, 동 시에 용감하게 한어를 빌어서 그 고유의 뛰어난 전통을 보여주었다.

파이완족의 모나넝莫那能이 출판한 시집《아름다운 벼이삭美麗的稻 穗》[26]은 가장 광범위하게 토론을 야기했던 작품이라고 할 수 있다. 점점 눈이 멀어가는 상황이었기 때문에 그는 용접공 일을 그만두고 도시에서 안마하는 일에 종사하게 됐다. 이 시집은 그가 구술한 것을 몇몇 한족 작가들이 협력하여 수정하고 윤색을 한 것이다. 비록 원작자가 창작한 시집은 아니지만 슬프고 분노로 가득 찬 심정을 담고 있다. 그가 도시에 남아 일을 하는 것은 어둡고 좁은 골목黑巷으로 흘러 들어간 여동생을 찾기 위해서다. 그들은 부락에서 멀리 떠나와 고향의 정과는 많이 소외 되어 있지만, 결코 이러한 이유로 남매간의 정이 끊어지지는 않았다. 행 간에는 도시 골목길 사이사이를 빈번하게 들락거리는 고독한 그림자가 투사되어 있는 듯하다. 분주하면서도 맹목적인 그러한 깨달음의 과정은 자본주의의 몰인정과 무관심을 반영하고 있을 뿐 아니라 한족 사회의 잔 혹함과 오만함도 암시하고 있다. 그의 시 중에서 가장 많은 의론을 끌어 낸 것은 〈종소리가 울릴 무렵 — 수난을 겪는 산지 출신 동기童妓 자매들 鐘聲響起時 — 給受難的山地雛妓姊妹們〉로, 가장 많은 주목을 받았다.

> 교회의 종소리가 울릴 때
> 어머니, 아시는지요?
> 호르몬 주사는 소녀의 어린 시절을 앞당겨 끝내버렸죠.
> 학교의 종소리가 울릴 때
> 아버지, 아시는지요?

경호원의 주먹은 이미 소녀의 웃음소리를 막아버렸죠.

팔려간 육체는 여동생 운명의 축소판이자 고층 건물의 그림자 아래에서 어린 기녀가 감당해야 하는 일이기도 하다. 아주 짧은 시구에서 거대하고 무거운 권력과 중압감을 담아내고 있다. 이 시집이 전달해주는 거대한 진실은, 이러한 현실이 권력을 장악한 자들의 정책 때문에 비롯된 것이 아니라 모든 한족이 공범 구조 속에 있기 때문이라는 사실이다. 이런 사회에서 원주민들이 자신의 운명에서 벗어나고자 한다면, 아마도 죽음밖에는 선택할 수 있는 것이 없을 것이다. 그러므로 이 시는 대대로 누적된 성토가 한 명의 맹인 시인의 부드러운 시구를 통해서 흘러나온 결과물이라고 볼 수 있을 것이다. 이와 비슷한 작품으로 타이야족 시인 와리스 노칸瓦歷斯·諾幹, Walis Nokan의 시집《부족민을 그리워하며想念族人》[27]가 원주민의 비통한 심정을 잘 전달해 준다고 할 수 있다. 원주민은 본래 이 타이완 섬의 최초의 거주자들이지만 자본주의가 입힌 상처로 인해 집을 잃고 섬 사방으로 떠돌게 됐다. 그가 1987년에 쓴 〈다퉁에서在大同〉에는 어린 기녀의 입을 빌어 다음과 같은 구절이 수록되어 있다.

화시華西 거리의 차고 그늘진 방 한구석에서
우연히, 나는 또 고향을 떠올렸네.
도박과 술에 찌든 어머니,
가파른 절벽에서 죽은 아버지, 황폐해진 전원
그리고 아직 공부해야 할 나이의 동생들

부족은 다르지만 그들이 겪은 비슷한 운명은 원주민 시인의 공통된 주제라고 볼 수 있다. 와리스 노칸은 창작력이 풍부한 작가이다. 그는 한어 능력이 대단히 뛰어날 뿐 아니라 예술적 성취와 비판 역량까지 뛰어나 한족 작가를 넘어선다고 평가할 수 있다. 주목을 받은 작품으로는《선글라스를 쓴 날다람쥐戴墨鏡的飛鼠》(1997)를 포함해서《원주민의 눈番人之

眼》[18](1999), 《이노 카노리 재답사(伊能再踏査)》(1999)가 있다. 그의 역사의식
은 상당히 깊고 풍부하다. 일제강점기와 전후의 식민사를 잘 알고 있을
뿐 아니라 원주민의 인권과 문화 전망에 상당한 관심을 가지고 있다. 작
품 양산 능력이 유난히 왕성하여 그는 이미 원주민의 중요한 대변인이
됐다. 그가 다루는 제재는 결코 타이야족에 그치지 않으며, 글을 통해서
항상 떠돌고 있는 원주민들의 숙명을 잘 보여준다. 그는 역사적 기억을
구축하는 데에도 적극적으로 투신하고 있으며, 식민 역사의 간섭에도 저

▶ 夏曼・藍波安, 《海浪的記憶》

▶ 夏曼・藍波安(潘小俠 촬영)

18) 한자 '番' 또는 '蕃'은 중국 역사에서 한족이 아닌 다른 민족을 지칭할 때 사용되었
   는데, 청조淸朝 때 중국 대륙에서 타이완으로 건너온 한족 이민자들이 기록한 문헌
   에서도 이 용어를 찾아볼 수 있다. 오늘날 원주민을 '番'이라 지칭하는 것은 마치
   흑인을 '니그로Negro'라고 지칭했을 때처럼 '미개한 오랑캐'라는 경멸하는 뉘앙스
   를 담고 있기 때문에 논란을 일으킬 수 있다. 글자대로 해석하자면 '오랑캐'라고
   해야 하지만, 와리스 노칸의 문맥에서는 원주민의 시각에서 원주민들의 지난한
   세월을 돌이켜보고 있기 때문에 여기에서는 중립적이면서 공식적인 용어인 '원주
   민'으로 해석했음을 밝혀둔다.

항하고 있다. 시와 산문이라는 두 종류의 글쓰기에 동시에 종사하고 있으며 활동력 역시 대단히 활발하기 때문에 타이완 독서시장이 원주민 문학에 주의를 기울이지 않을 수 없게 만든다.

주목을 받은 또 다른 작가로는 란위蘭嶼에서 온 시아만 라퐁안夏曼·藍波安, Syaman Rapongan이 있다. 시아만 라퐁안은 와리스 노칸과 마찬가지로 타이완 사회에서 교편을 잡은 적이 있지만 원주민 의식을 깨달은 뒤 귀향했다. 이렇게 돌아온 원주민 지식인은 보통 자신의 부락에서조차 그들이 한족 사회에서 생존해 나갈 수 없었기 때문에 부락으로 다시 돌아올 수밖에 없었다고 자주 오해를 받는다. 이처럼 앞뒤로 적의 공격을 받는 듯한 곤란한 처지는 원주민 의식의 진퇴양난 상태를 잘 보여준다고 할 수 있다. 하지만 시아만 라퐁안은 과감하게 고유의 생활방식을 회복했으며 자신의 글쓰기 작업도 포기한 적 없다. 그의 작품《바다이완의 신화八代灣的神話》(1992),《차가운 바다 깊은 정冷海情深》19)(1997),《검은 날개黑色的翅膀》(1999)는 타이완 문단에서 좋은 평가를 받았다. 부락으로 귀향하는 운동은 원주민 의식을 고취시킬 뿐 아니라 오명을 씻어버리는 것이었다. 한족화 교육을 받은 지식 청년들은 자신의 문화주체에 대해서 다시는 어떤 열등감을 갖지 않았다. 그들은 역사적으로 받은 상처에 대해서 더 이상 슬픈 단계에 머물러 있지 않다. 만약 원주민이 새로운 문학예술을 창조해내지 못했다면, 슬픈 감정이 그들을 침몰시켰을지도 모를 일이다. 하지만 그들이 자신의 상상력을 충분히 발휘하게

▶ 利格拉樂·阿𡠌(利格拉樂·阿𡠌 제공)

---

19) 한글판은《바다의 순례자》(이주노 옮김, 어문학사, 2013)를 참고하시오.

되었다면 상처받고 버림받은 영혼은 극복되었다고 嫀烏 할 수 있을 것이다. 시아만 라퐁안이 원주민 복권운동 와중에 보여준 생산력은 대단히 뛰어난 것들 중 하나였다. 그가 부지불식간에 글쓰기에 투신한 이유는 사실 발언의 판도를 확장하기 위해서였다. 그의 산문이 좋은 평가를 받게 된 것은 원주민의 특이한 화법을 운용하여 쓸쓸한 매력을 발산했기 때문이다. 오랫동안 전송되어온《검은 날개》[28]에는 신비하고 기묘한 다우족 신화가 상당히 녹아들어 있다. 매일 밤 별이 뜬 하늘이 한족에게는 일상적인 것에 불과하겠지만, 다우족에게는 각종 신의 말씀으로 충만하게 다가온다. 태풍이 올 것이라는 예고일 뿐만 아니라 날치가 돌아오는 것을 예견하는 것이기도 하다. 그는 글을 쓸 때 모어 발음 표기와 한어 번역문을 병치하여 상당히 아름답게 두 언어 사이를 넘나든다. 그가 한어를 운용할 때의 글자와 단어 사용법은 다우족 문화를 유지·보호하는 한편, 한족 패권을 비판하는 것이기도 하다. 그중에서도 소박하지만 대의를 얘기하는 방식은 이른바 타이완 본토화가 쓰고 있는 가면을 상당히 예리하게 들추어 보여준다. 시아만 라퐁안은 여태껏 한어로 글을 쓴 행동으로 좋은 평가를 받은 것이 아니었기 때문에 자부심을 느끼고 있다. 어떤 좌담회에서 그는 공개적으로 "현재 나의 에스닉 세계에서는 시아만 라퐁안에 대해서 얘기할 때, 만새기를 아주 잘 잡으며, 잠수해서 물고기를 잡는 고수라고도 한다"라고 한 적 있다. 물 밑바닥에서 눈을 부릅뜨고 악령을 알아보는 이 작가는 진실로 타이완 문학의 예술적 사상을 앞으로 크게 한 걸음 더 전진하게 했다고 할 수 있다.

리그라브 아우利格拉樂·阿塢, Liglav A-wu는 문단에서 광범위하게 언급되는 작가들 중 하나로, 작품을 통해 원주민 의식과 여성의식, 이 두 가지 각성을 보여준다. 그녀의 아버지는 외성인 출신 노병老兵이고 어머니는 파이만족이다. 1988년 와리스 노칸과 결혼했고, 1990년에 두 사람이 함께《사냥꾼 문화 잡지獵人文化雜誌》를 창간했다. 부락의 친구들이 그녀를 외성인으로 바라볼 때, 그녀 자신은 오히려 원주민 의식을 더 강렬하게 느꼈다. 초창기에 부부 두 사람은 인권운동에 투신했는데, 특히 원주민 사형수 탕잉선湯英伸[20]을 위한 활동을 하기도 했다. 당시의 인권운동은 결국 성공하지 못했지만, 그녀는 그때 자신의 문화적 위치를 분명하게 인식하게 됐다. 리그라브 아우는 사회문제에 관심이 많았기 때문에

▶ 李格拉樂·阿女烏, 《誰來穿我織的美麗衣裳》

자연스레 원주민운동과 여성운동의 대변인이 됐다. 그녀는 《내가 짠 아름다운 옷을 누가 입는가誰來穿我織的美麗衣裳》(1996), 《붉은 입술의 VuVu — 아우의 초기 답사 사색필기紅嘴巴的VuVu—阿女烏初期踏查追尋的思考筆記》(1997), 《무리단 — 부락의 친필서신穆莉淡Mulidan—部落手札》(1998) 3권의 산문집을 출판했다. 그녀는 놀랍고도 아픈 곳을 찌르는 표현으로 주변 에스닉의 타이완 역사를 써냈다고 할 수 있다. 특히 〈선조를 잊어버린 아

20) 1986년초 경제적으로 어려움을 겪는 가족을 위해 아리산에 있는 고향을 떠나 타이베이로 온 탕잉선은 신문에 난 음식점의 공고를 보고 지원을 했으나 중간에 직업소개소가 사기를 쳐서 결국 타이베이에 있는 작은 세탁소에 취직하게 됐다. 하지만 소개비 3천 5백위안을 빚지고, 세탁소 주인에게 신분증까지 압류당한 상태에서 근무시간을 초과하는 노동을 강요당했다. 일을 시작한 지 아흐레가 되던 날, 술을 마신 탕잉선이 주인과 다투다 주인 부부와 2살 된 딸아이까지 세 명을 살해하게 됐다. 범행 후 탕잉선이 경찰서로 찾아가 자수했지만 재판에서 사형을 선고받았다. 이후 탕잉선의 국선변호사가 현재 타이완 사회에서 원주민이 처해 있는 곤경에 대해 변호하면서 전반적으로 대대적인 동정론이 일기도 했지만, 탕잉선이 자신의 살인죄를 참회하며 재판 결과를 담담히 수용하여 결국 사형이 집행되었다.

이祖靈遺忘的孩子〉[29]는 외성인 출신 부친과 파이완족 모친의 결혼생활을 깊이 있게 묘사한 작품이다. 방대한 중국 근대사가 약소한 타이완 원주민 역사와 서로 결합했을 때 발생한 가치 충돌은 그처럼 떨림이 심하고 받아들이기 어려운 것이었다. 두 개의 에스닉 간의 모순 사이에 끼어서, 작가는 상생상극의 문화 그림자 아래에서 성장했다. 그녀가 자신의 아버지가 대륙에 있을 때 이미 결혼한 적 있음을 알아냈을 때 어머니의 인생이 다시 주변화됨을 상상할 수 있었을 것이다. 아우의 타이완 문화에 대한 아이덴티티는 어머니가 겪은 수난의 기억을 오롯이 계승한 것이라고 할 수 있다. 그녀의 혈통은 결코 중국현대사와 들어맞지 않았으며, 타이완 식민사와 연결되는 것도 아니었으니, 그녀의 동요하는 혈통은 사실 부락 산맥에서 뻗어 나온 가지라고 할 수 있다. 이렇게 깊이 새겨진 아픔을 담은 언어는 외부 식민지배자의 기만과 억압에 호소하고 있는 것이 아니라 타이완 내부에서 받은 식민 상처를 막아내고 있다고 볼 수 있다.

원주민 작가 중에서 쑨다촨은 원주민 복권운동의 전 과정에 참여한 실천자이다. 1996년 행정원에 원주민위원회가 설립됐을 때, 그는 첫 번째 정무부주위원이 됐고, 2008년에 다시 내각에 초청되어 주위원이 됐다. 쑨다촨은 둥우東吳대학 철학과에서 교편을 잡았고, 둥화東華대학 민족발전연구소 소장이었으며, 현재는 정즈政治대학 타이완문학연구소 교수로 재직하고 있다. 학계에서 보편적으로 존경을 받고 있다. 쑨다촨의 저서로는 《오랫동안 생각해온 것들久久酒一次》(1991)을 포함해서 《산과 바다: 타이완 원주민의 영혼 모사山海世界: 臺灣原住民心靈世界的摹寫》(2000), 《끼어있는 에스닉 바로 세우기: 타이완 원주민의 언어, 문화와 정치夾縫中的族群建構: 臺灣原住民的語言, 文化與政治》(2000), 그리고 《바리와커스, 시대를 넘어 전해오는 부락의 음표: 베이난족의 음악영혼BaLiwakes, 跨時代傳唱的部落音符: 卑南族音樂靈魂陸森寶》(2007)이 있다. 그가 사용하는 한어 백화문은 원주민 작가 중에서 가장 숙련이 잘 되었다고 할 수 있다. 그가 받은 학술훈련을 통해 한족의 권력구조가 터무니없고 교활함을 충분히 투시해낸다. 1980년대 이래의 통일·독립 논쟁에 대해서 또는 식민과 포스트식민 논쟁에 대해서, 그는 항상 조감하는 위치에서 냉정하게 바라본다. 한족들이 끊임없이 혈관을 열어서 식민 상처에 대해 호소할 때마다 그는 차가운 시선으로 방관자적 위치에 서 있는 것을 선택한다. 그의 글을 통해서, 식민사는 한족 이민사를 관통하기만 할뿐 원주민의 문화는 완전히 잊어버렸음을 가슴 깊이 느낄 수 있다. 한족이 식민 경험을 할 동안 원주민도 많은 것을 겪어왔음을 그는 자각하고 있다. 하지만 한족 피해자는 강력한 한족패권이 원주민 부족을 압도하고 있음을 항상 잊어버리며, 수많은 학자들은 이것을 보고도 못 본 체하니, 외부에서 비롯된 식민 이외에 원주민들은 또 다른 내부적 식민을 받고 있다고 할 수 있다. 그가 〈어머니의 역사·역사의 어머니母親的歷史·歷史的母親〉라는 산문을 썼을 때, 모친의 형상은 정말이지 타이완 부족 문화를 구체적이고 자세하게 보여준 것이라고 할 수 있다. 그들은 이른바 '국어'라는 것을 통해 끊임없이 갱신 대상이 되어 문화 패권의 세례를 수차례 거쳤다. 그래서 원주민의 원래 언어는 현재 전승되지 않는다. 쑨다찬은 시종일관 타이완 문화란 결코 어떤 본질적인 존재가 있는 것이 아니며 시간적으로 변화하는 과정 속에서 천천히 구축된 것이라고 인식하고 있다. 그의 문화구축론은 타이완 본토운동의 본질론을 훨씬 넘어선다. 구축이라는 관점을 가지고 있기 때문에 그는 타이완 섬의 각 에스닉의 문화와 그 생성 및 진화에 대해서 충분히 관용적인 태도를 취하고 있다. 그가 원주민의 문학전통을 보호하는 행동을 하고 있음은 구체적으로 두 개의 편집 작업, 즉 중영대조판 《타이완 원주민의 신화와 전설臺灣原住民的神話與傳說》 10권十冊(2002)[30] 그리고 《타이완 원주민족의 한어문학선집臺灣原住民族漢語文學選集》 7권七冊(2003)을 통해 증명할 수 있다. 이러한 서적들을 나열하자면 원주민 문학이라는 성벽을 이룰 수 있을 정도이다. 쑨다찬이 다음과 같이 말했듯이 말이다. "타이완 원주민들의 한어문학의 의의와 가치는 어디에 있는가? 이것은 한어를 사용했기 때문에 자신들의 주체성을 상실한 것일까?

근래 십 몇 년간의 실천 경험을 통해 보자면, 한어를 사용함으로써 원주민어가 표현할 수 있는 어떤 독특한 미감을 경감시키기도 했지만, 거꾸로 원주민 각 부족들 사이 그리고 한족과 대화를 하고 소통을 하는 데 있어서는 공통 언어를 창조했다고 할 수 있다. 원주민으로 하여금 말을 하게 했을 뿐 아니라 원주민이 한 말이 일종의 공적이고 객관적인 존재와 대상이 되게 했으니, 따라서 주체성은 더 이상 이데올로기상의 구호가 아니라 구체적인 역량을 이루게 되었으며, 원주민들의 주체 세계를 부단히 강화하고 형성시켰다고 할 수 있을 것이다."[31]

원주민 문학 창작에 종사하는 작가로는 쩌우족鄒族 출신 류우샹메이劉武香梅도 포함시킬 수 있는데,《친애하는 Ak' I, 화내지 말아요親愛的Ak' I, 請您不要生氣》(2003)를 썼다. 루카이魯凱족 아우비니 카드레센간奧威尼·卡露斯, Auvini Kadresengan은 중국어 이름이 추진스邱金士인데,《루카이족 전통 동요魯凱族傳統童謠》(1993),《구름표범의 계승자雲豹的傳人》(1996),《들백합의 노래: 루카이족의 생명 예찬野百合之歌: 魯凱族的生命禮讚》(2001)을 썼다. 후스루만 바바霍斯陸曼·伐伐, Husluman Vava(1958-2007)는 부눙족으로 《위산의 생명 정령: 부눙족의 구전신화고사玉山的生命精靈: 布農族口傳神話故事》(1997),《우리가 조상에게 제사지내던 시절那年我們祭拜祖靈》(1997),《탄생의식生之祭》(1999),《얼굴 문신: 부눙족의 위산 정령 소설黥面: 布農族玉山精靈小說》(2001), 그리고 장편소설《위산의 영혼玉山魂》(2006)을 썼다. 타이야족인 톈민중田敏忠, Yubas Naogih은《천구 부락의 노래天狗部落之歌》(1995),《적나라한 산맥赤裸山脈》(1999),《기나긴 세월을 보낸 사이야 부족地老天荒薩衣亞》

▶ 孫大川(《文訊》 제공)

(2002)을 썼다. 리무이 아지里幕伊·阿紀도 타이야족인데 《초야에 울린 피리소리山野笛聲》(2001)를 썼다. 이스마하산 부쿤伊斯瑪哈單·卜袞, Ismahasan Bukun은 부눙족으로 부눙어로 쓴 시집 《야자나무와 달그림자山棕月影》(1999)가 있다. 원주민 작가들 중에서 지금 막 이름을 알리고 있는 신성들도 많은데, 책으로는 출판되지 않았다. 그중에서 가장 주목할 만한 신성으로는 둥수밍董恕明이 있는데 《구름과 나무의 대화雲與樹的對話》(1997)를 썼다. 그녀의 논의는 부단히 중시되고 있는데, 베이난족 출신으로 한족문화에도 익숙할 뿐 아니라 원주민 문학도 잘 이해하고 있다. 그녀가 기대되는 이유는 미래에 언어 사이를 넘나드는 중요한 작가가 될 가능성이 있기 때문이다.

산문 창작과 생태적 글쓰기自然書寫[21])예술

1980년대의 산문 창작은 1970년대 이래의 사회에 대한 관심을 계승하는 한편, 문자 기교 역시 점차 자유로워졌다. 모더니즘의 문자 단련 기술과 비교해 볼 때 신세대 산문가들은 다소 정확한 객관 현실을 묘사하는 데 집중했다. 정확하게 말하자면, 이 시기의 산문 글쓰기는 문자의 상징 기법을 계승했을 뿐 아니라 향토문학운동의 리얼리즘 기교도 확장시켰다. 앞 세대부터 누적되어 온 문자의 깊이와 성취도가 신세대 작가들에게 계승됐다고 할 수 있다. 그중에서 가장 큰 특징은 이들이 현실에 관심을 가질 뿐 아니라 예술적 운용에도 주의를 기울였다는 점이다.

추쿤량邱坤良(1949-)은 뒤늦게 등장한 산문가이다. 그는 젊은 시절에 타이완 희극 연구에 종사하여 학술계에서 주목을 받았다. 초기에 쓴 르포르

---

21) '생태적 글쓰기'는 자연과학·자연사·문화사를 윤리학과 결합한 글쓰기 방식으로 '자연'을 작품의 소재로만 삼는 기존의 글쓰기 방식과 달리, 알도 레오폴드Aldo Leopold의 '대지윤리'와 같이 생태계 전체를 사유대상으로 놓고 인류문명의 발전 속도와 환경파괴 현상을 반추해보자는 태도를 반영하고 있다.

타주에 가까운 작품으로는《민간 희곡에 관한 잡다한 기록民間戲曲散記》과《현대사회의 민속문예現代社會的民俗曲藝》가 있는데, 여기에서 자신의 문자기교를 이미 선보인 바 있다. 대학 사회에서 그는《중국 희극의 의식 관념中國戲劇的儀式觀》,《일본 통치기 타이완의 희극 연구日治時期臺灣戲劇之研究》,《타이완 극장과 문화의 변천臺灣劇場與文化變遷》을 출판했고, 학계에서 발언권을 상당히 공고하게 다졌다. 그가 쓴 회고 산문《난팡아오 대극장의 흥망사南方澳大戲院

▶ 邱坤良(《文訊》 제공)

興亡史》(1999)는 문단을 흔들다시피 했다. 그가 써내자마자 광범위한 독자의 주의를 끌었기 때문이다. 이란宜蘭에서 태어난 그는, 어촌과 항구가 모여 있는 난팡아오에서 성장한 이야기를 통해 유머러스하고 재미있는 필체로 어린 시절에 보고 들은 희귀한 것들을 담아냈다. 그는 서민문화의 다채로움과 심오함을 생동감 있게 펼쳐 보이며 민간 정서에 내포되어 있는 우여곡절과 비밀도 그려냈다. 그는 희곡적인 기법으로 멀리 외딴 곳에 있는 어촌과 항구의 특이한 인문지리 환경을 짚어냈으며 기교적으로도 대학에서의 연구 성과를 심금을 울리는 상상에 녹여냈다. 추쿤량의 산문은 민간에서 유행하는 가무단 문화를 언급하면서도 때때로 글자를 광범위하게 사용하여 곧 소멸하게 될 기억을 증폭시켰으며, 스트립 댄스脫衣舞 및 공연장牛肉場[22]) 뒤편의 가슴 아픈 이야기에 관해 대담하게 말하기

---

22) 민간사회의 유랑극단은 TV에 출연하는 것 이외에 각종 쇼 공연장을 돌아다니며

도 하여 오랫동안 묻혀 있던 따뜻한 정감을 느끼게 했다. 한 교수가 열혈 남아의 화신이 되어 시골에서 전해오는 전대미문의 이야기를 대단히 유창하게 쏟아내는 것이다. 도도하게 끊이지 않는 그의 이야기를 읽어보면, 그가 자신의 신분을 완전히 내려놓고 대학이라는 울타리를 뛰어 넘어 1950-60년대 경제개발 전의 타이완으로 깊이 파고들고자 했음을 알 수 있다. 상처받은 장면에서는 눈물과 콧물이 흐르게 하고, 관심을 끄는 장면에서는 배꼽을 잡고 박장대소하게 만든다. 추쿤량의 역량은 바로 이러한 점에서 최고조에 이른다. 그의 작품에는《도로·유격馬路·游擊》(2003),《춤추는 남녀: 나의 행복한 학교跳舞男女: 我的幸福學校》(2007)도 있다.

아성阿盛(1950-)의 본명은 양민성楊敏盛이고, 타이난 신잉新營 사람이다. 주요 대표작으로는《탕산 노래를 부르다唱起唐山謠》(1981),《양면을 칠 수 있는 북兩面鼓》(1984),《지수이시 강을 지나行過急水溪》(1984),《고단한 세상살이綠袖紅塵》(1985),《안단테처럼如歌的行板》(1986),《산문 아성散文阿盛》(1986),《목마황 시절春秋痲黃》(1986),《봄바람은 글을 알지 못하는데春風不識字》(1989),《수재의 집, 새벽 북소리秀才樓五更鼓》(1991),《배가 지나간 자리에는 흔적이 남는다船過水有痕》(1993),《병어 소년형銀鯧少年兄》(1999),《열차와 논火車與稻田》(2000)이 있다. 그의 산문은 전형적인 성장 스토리와 계몽 과정을 보여주는데 타이완 역사와 사회 전환기의 기록이기도 하다. 이처럼 현실밀착형 창작은 간혹 심미 원칙을 희생시키고 객관적인 환경으로 나아갈 수 있다. 아성은 글을 쓸 때, 현실과 예술 사이의 경계선에 대해서 상당히 경각심을 가지고 있었기 때문에 자신의 글쓰기가 최고 수준에 이르도록 노력하여 때로는 낭독도 할 수 있을 정도에 이르렀다. 시골 출신인 아성은 고향의 토지를 묘사할 때, 여태껏 가족의 전통과

공연을 했는데, 내용상 반드시 야하거나 색정적인 것이 포함되어 있지 않더라도 댄서들이 춤을 추다 신체가 노출되는 것을 보고 '적나라하다有肉' → '신체를 노출한다露肉'라고 표현하여 '공연장'이 타이완어인 '牛肉場'으로 정착되었다고 한다.

역사 인식을 잊은 적이 없다. 그가 추구하는 방향은 순수하게 서정에 호소한다기보다 소품문과 잡문 사이를 빈번하게 오가며 자신의 관심사를 표현한다. 심지어 어떤 작품들은 서사에 가까워, 때로 독자로 하여금 단편소설을 읽고 있는 듯한 느낌이 들게 한다. 인물의 성격을 장악하고 표정과 심정을 탐색하는 데 있어서 그는 꼭 적확한 지점에서 일부러 주저하기도 한다. 산문 형식에 특별히 집착하지 않았기 때문에 오히려 개방적이고 다원적인 시도를 했다고 평가할 수 있다.

아성의 작품 중에서 가장 주목할 만한 작품들은 1980년대 중기에 완성되었다. 타이완 사회가 개방하려고 했지만 개방되지 못한 시기를 회고한 작품으로, 계엄체제가 종결될 바로 그 무렵에 창작됐다. 그는 이 시기에 대해서 사회가 질서를 잃고 혼란한 상황이었음을 보여주며, 또한 타이완 경제가 글로벌화 하는 파도를 맞이해야 하는 때가 도래했음을 보여준다. 그가 다룬 인물들은 대부분 사회 주변에 위치해 있다. 특히 도시 사회의 윤락 여성들, 바 걸Bar girl과 윤락녀妓女의 신상에 관해 상당히 예리한 필치로 자본주의의 잔혹함과 무정함을 간파해냈다. 그의 문체는 서정적이기도 하지만 대부분 의론적이다. 우성吳晟이 농촌 문화를 쓴 것과 달리, 아성은 도시를 묘사하는 데 집중하고 있다. 행간 사이에서 그는 아주 알맞게 방언과 속어를 새겨 넣고 있어서, 전반적인 서사 전략상 모험적인 걸음을 내딛지 않은 적이 없다고 할 수 있다. 자구에 얽매여 내용이 빈약한 것도 아니고, 화려한 수사를 사용하지도 않고 오직 진심으로만 독자를

▶ 林文義(《文訊》 제공)

감화시키는 특징이 있다. 아성의 글은 한 세대 지식인의 마음의 기록이
자 타이완 사회가 포스트모던 사회로 들어서기 전의 마지막 회고라고 할
수 있다.

린원이林文義(1953-)는 타이완 문단에서 산문 장르를 고수한 작가라고
할 수 있다. 40년간 서정산문을 창작하는 데 집중했다. 린원이의 풍격은
그가 타이베이라는 도시를 떠나 머나먼 지역을 여행하는 데 탐닉했다는
점에서 아성과 크게 차이가 난다.

이것은 일종의 계획적인 유랑이라고 할 수 있지만, 자아추방이라고 하
기에는 부족한 바가 있다. 린원이의 글은 읽어보면 대단히 온화하지만
굳건한 의지를 내포하고 있다. 그는 사회 조류를 거슬러 정치라는 사나
운 파도에 떠밀려 정주하게 됐지만, 오히려 자발적으로 자신을 향해 눈
길을 돌려 산문 형식을 발전시키는 데 전력을 다했다고 할 수 있다. 문학
이라는 세계는 린원이가 쌓아올린 견고한 보루이다. 그는 이 보루 위에
앉아서 급격하게 변하는 터무니없는 상황을 냉정하게 관찰해냈다. 매 시
기마다 거울을 가지고 정치 분위기의 이름과 흐름을 비추고 있는 듯하
다. 부드러움은 일종의 서사전략으로, 가끔 감정이 과해질 때도 있지만
내적 분노와 억울함을 충분히 응집시키고 있다고 할 수 있다.

또한 린원이는 복잡한 정서를 여과기로 깨끗이 걸러내기도 한다. 그의
초기 산문은 강렬한 애상을 띠고 있는 반면, 최근 작품은 강한 비판성을
담고 있다. 그 스스로는 양무楊牧에게 크게 영향을 받았다고 밝혔지만,
풍격상 그는 양무보다 훨씬 용감하게 세속에 개입하고 있다.

1980년대 격동의 기복을 거친 뒤 린원이는 타이완 현실에 대해 짙은
비관의식을 가지게 되었는데,《적막한 뱃길寂靜的航道》(1985)에서부터 점
차 인도주의에 관심을 표현하기 시작했다. 린원이의 작품에 등장하는 인
물은 원주민을 포함해서 유흥업소 여성들 그리고 퇴역 군인들이다. 역사
의식이 매우 강했기 때문에 결국 린원이는 잠시 정치활동을 하기도 했는
데, 이 시기의 경험이 중요한 이유는, 그가 민주운동 내부의 어둠과 타락

을 목격했기 때문이다. 그는 얼른 정치 활동에서 빠져나와 장기간 외국을 돌아다녔지만, 타국의 항구에 앉아서도 그가 멀리 바라본 방향은 여전히 타이완을 조준하고 있었다.《변경에서의 편지邊境之書》(2010)는 이전보다 훨씬 더 무거운 우수를 담고 있는데, 그가 받은 정치 생활에서의 상처를 시리즈 산문으로 쓴 것이다. 린원이는 꿈을 꾸며 살아가는 작가이지만 시대의 격류와 암담한 풍조에 대해서 꼼꼼한 관찰을 견지하고 있다. '변경'은 말하고 싶지만 하지 못하는 상황에 처해 있으면서 추방당한 것을 상징하기도 하고, 동시에 귀환을 상징하여 이상과 환멸이라는 양극단을 배회하고 있음을 암시하는 용어이다. 가치를 추구함에 있어서 이러한 내적 길항 양상은 이 세대가 폐쇄적인 시대에서 개방 단계로 향하고자 하는 마음이 있음을 아주 잘 표현해 주고 있다. 자신의 상처를 어떻게 해야 치료할 수 있는지 알고 있으며, 또한 심란한 정서를 어떻게 해야 가라앉힐 수 있는지도 분명히 알고 있음을 보여주고 있다. 그는 중국이라는 무거운 짐을 지지 않고, 포스트모던 글쓰기와 같은 경박함도 없이, 메이리다오사건을 겪으며 이미 환골탈태하여 새로운 세기의 산문 영역에서 중요한 걸음을 내딛었다고 할 수 있다.

탕눠唐諾(1958-)의 본명은 셰차이쥔謝材俊으로,《문자 이야기文字的故事》23)(2001)로 세상에 이름을 알린 대기만성 작가이다. 그는 가장 오래된 갑골문에서 한족 조상들이 창조한 문자의 우수함과 지혜를 발견했기 때문에, 모든 문자는 사용되지 않는다면 천천히 소멸될 것이라고 생각했다. 탕눠는 오랜 문자를 새롭고 깊이 있게 고찰했는데, 그가 발굴하고 재해석한 덕분에 침묵하고 있던 문자들이 다시 제 뜻을 찾고 밝게 빛을 발했다. 꾸준히 읽어보면 탕눠의 독특한 방식을 알아볼 수 있는데《독자시대讀者時代》(2003)에 이르러서야 세상에 알려져 문단의 주목을 받게 됐다.

---

23) 한글판은 김태성 옮김,《한자의 탄생: 사라진 암호에서 21세기의 도형문까지 처음 만나는 문자 이야기》(김영사, 2015)를 참고하시오.

그는 책이란 한 권 한 권씩 읽어나가야 한다고 강조했다. 이것은 오직 빠르게, 조금만 늘어져도 그냥 지나쳐버리는 포스트모던 독자를 일갈한 말이라고 할 수 있다. 읽지 않으면 예술은 존재할 수 없고 읽지 않으면 문학비평은 지속될 수 없다. 그가 말하는 독자시대란, 실은 독자의 지위를 이미 작가와 같은 높이까지 끌어올린 것을 가리킨다. 작가가 자기 작품의 마지막 해석자가 아니라는 이 말은 모두 익숙하게 들어본 원칙일 것이다. 하지만 독서의 진실한 의의를 깨달을 수 있는 사람은 많지 않다. 만약 1960년대의 신비평식으로 바꿔 표현하자면, 왕원싱王文興이 책이란 한 글자 한 글자 읽어야 한다고 한 것과 같은 말이다. 드넓고 방대한 문학 생애에 직면하여 탕눠의 관점이야말로 새로운 시대를 실천하는 것일 수 있다. 그의 문자 밀도는 상당히 높은 편인데, 작품에 대해 논의할 때마다 자신도 모르게 방대한 자료를 인용하여 그의 글을 읽으면 책 한 권을 소개한 것을 읽은 데 그치지 않고 그가 부단히 독서를 파생시켜 독자

▶ 唐諾, 《在咖啡館遇見14個作家》

▶ 唐諾(焦正德 촬영)

들이 본서 외의 작가를 알게 만든다.《독서 이야기閱讀的故事》[24](2005)에서 그가 제공한 많은 사례는 독자로 하여금 작품 자체에 다가가는 방법을 알려준다. 그 자신도 대량의 번역 작품을 읽으며 개인의 인품과 평가를 제련해낸다.《커피숍에서 우연히 마주친 14명의 작가在咖啡館遇見14個作家》(2010)에서 탕눠는 설득의 방식으로 독자를 외국 작가의 문학세계로 이끈다. 헤밍웨이Hemingway, 콘래드Conrad, 체호프Chekhov, 보들레르Baudelaire, 나보코프nabokov, 포크너Faulkner, 보르헤스Borges, 그레이엄 그린Greene, 움베르트 에코Umberto Eco 등 그는 뛰어난 안내자가 되어 독자와 함께 아름다운 풍경과 이국적인 정서를 발견할 수 있도록 이끈다. 탕눠는 만연체를 사용하는 데 뛰어난데 복잡한 어젠다를 더욱 분명하게 이해할 수 있도록 하기 위함이다. 그의 독서법은 결코 표준적인 독서법이라고는 할 수 없다. 많은 오독을 하기도 하지만 이 점이 바로 그가 사람을 끌어들이는 매력이다. 문자라는 부호가 뿜어내는 다의성을 통해서 변화무쌍한 효과를 자아내며, 심지어 훌륭하게 해석한 바가 너무나 많아서 다 헤아릴 수 없을 정도이다.

왕하오웨이王浩威(1960-)는 타이완의 저명한 심리학자이다. 그의 글은 깔끔하여 가장 복잡한 어젠다를 분명하게 정리해 내는 특징이 있다. 그가 써내고자 하는

▶ 王浩威(《文訊》 제공)

---

24) 한글판은 김태성, 김영화 옮김,《마르케스의 서재에서: 우리가 독서에 대하여 생각했지만 미처 말하지 못한 것들》(글항아리, 2017) 참고.

방향은 서정산문도 아니고 정치의론도 아닌 문화비판이다. 그는 의사라는 관점에서 타이완 사회의 가정문제를 바라보고 있다. 왕하오웨는 완곡한 어조로 1980년대 타이완의 경제가 변한 뒤 남성들이 직면하게 된 문제에 대해서 다루고 있다. 농업 사회에서 가부장제는 견고하여 전혀 흔들림이 없었지만, 자본주의가 고도로 발달한 이후 남성의 권력은 이제 더 이상 세상 전반을 장악할 수 없게 됐다. 여성들이 자주적으로 자립할 수 있는 시기가 되자 지식권과 경제권이 점차 여성에게로 이동하게 되었고, 이에 남성은 역사적으로 한 번도 겪은 적 없는 심리적인 좌절과 실패에 직면하게 됐다. 왕하오웨이가 가장 주목받은 작품으로는《타이완 남성台灣查甫人》[25](1998)이 있는데, 타이완 남성의 언어와 성장을 각각 탐색했을 뿐 아니라 여성과의 경쟁과 결혼의 위기를 다루고 있다. 왕하오웨이가 분석한 사회현상은 다른 작가보다 훨씬 더 깊이가 있다. 특히 저술 마지막에 쓴 후기〈좋은 남성을 새롭게 정의하면?新好男人?〉에서는 남성의 역할이 변화하고 있음을 설명하고 있다. 이 글은 변화하는 세기를 훌륭하게 관찰해냈을 뿐 아니라 남성들이 직면하게 된 도전에 대해서도 다루고 있다. 남녀 간의 권력 위치가 변했다는 것은 새로운 시대가 도래하려고 한다는 것을 의미한다고 보고 있다. 왕하오웨이의 비판적인 시각은 역사에 근거를 마련해주고 현실을 검증해주는 것이기도 하다. 그의 주요 저서에는《타이완 문화의 주변 전투台灣文化的邊緣戰鬪》(1995)를 포함해서 《우울한 의사, 비상하고 싶다憂鬱的醫生, 想飛》(1998),《나의 청춘, 공사중: 타이완 소년 이야기我的靑春, 施工中: 台灣少年記事》(2009)가 있다. 왕하오웨이의 글은 전반적으로 건강한 사회를 구축하는 것을 지향하고 있으며 행간에 시의가 풍부하다고 평가할 수 있다.

양자오楊照(1963-)의 본명은 리밍쥔李明駿이다. 50대인 작가들 중 창작력이 가장 왕성한 작가라고 할 수 있다. 양자오는 소설, 산문, 문화평론을

---

25) 남성, 남자를 민난어로 '차푸查甫'라고 한다.

넘나든다. 양자오는 지식인으로서 지식의 범위를 확장하여 문학·역사·정치·경제·음악·예술을 횡단하며 이미 백과전서의 영역에 가까워졌다고 평가할 수 있다. 그의 전공은 역사이지만 사회현상에 포커스를 두고 글을 써내고 있다. 신문에 실리는 사건을 철저하게 분석하되 시사적인 사건과 역사적 상상력을 함께 녹여낼 수 있는 양자오 같은 작가는 많지 않다. 그는 소설을 창작할 때 메타픽션의 기법으로 역사적 기억을 자전체로 또는 가족사로

▶ 楊照(楊照 제공)

구축해내는 데 뛰어나다. 일종의 독백체를 통해 끊어짐 없이 도도하게 훌륭한 이야기를 엮어낸다. 양자오의 미완성 소설인《가족 앨범家族相簿》은 게재 도중 '라이허문학상賴和文學獎'을 받았다. 어떤 젊은 여성이 가족 앨범을 들춰보다가 이 여성의 입을 통해 위 세대의 곡절 많은 경험이 서술되는데, 이 유창한 독백을 통해 결국 타이완의 전반적인 역사 과정이 하나로 꿰어지게 된다. 그가 운용한 메타서사는 방대한 상상력을 충분히 보여주고 있다.《어두운 거리 깊은 밤暗巷迷夜》(1994)은 자매간의 대화를 통해서 오래 전에 은폐된 가족의 살인사건으로 거슬러 올라간다. 그의 소설은 타이완 역사와 유난히 긴밀한 관계를 유지하고 있다. 특히 식민 시기에 관한 빛바랜 기억과 감히 회상하기 쉽지 않은 2·28사건을 불식간에 작품 속에서 등장시키는 경향이 있다. 또 다른 소설《등 진 순간背過身的瞬間》(2006)은 그가 심혈을 기울인 소설로, 과거 100년의 시간 중 매해마다 하나의 스토리를 다루고 있다. 역사적 기억은 잡힐 듯하면 이내 사라지기 때문에 양자오는 순간 반짝이는 시간을 잡아내고자 한다. 전쟁

전부터 전후까지 등장하는 각종 인물들을 소설의 주인공으로 생각하면 된다. 이러한 서사 구조는 사학에 대한 믿음뿐만 아니라 예술적 기교면에서 독특한 경지에 있어야 한다. 역사와 문학을 결합시키는 것은 이미 양자오 소설의 중요한 특징이 되었다. 소설 작품으로는 《위대한 사랑大愛》(1991)을 포함해서 《미인紅顔》(1992), 《별들의 마지막 후예星星的末裔》(1994), 《과거 추억록往事追憶錄》(1994)이 있다.

그럼에도 불구하고 양자오의 문학적 매력은 산문 방면에서 찾아볼 수 있다. 이성과 감성을 겸하고 있기 때문에 독자에게 주는 충격이 그의 소설보다 훨씬 크다고 할 수 있다. 젊을 때부터 현재까지 훌륭하게 일가를 이뤘으며 그의 폭발력은 아직 다 소멸하지 않았다. 널리 읽히는《길 잃은 시迷路的詩》(1996)와 《시를 위해서爲了詩》(2002)는 문학 계몽의 과정을 다룬 작품이다. 특히 전자는 주톈신朱天心의 《격양가擊壤歌》와 함께 거론된다. 사랑에 대한 갈망, 예술에 대한 동경을 통해 어린 소년의 영혼이 성장할 때의 어수선함과 초조함을 상당히 생동감있게 전달하고 있다. 일정한 시간의 높이에 서서 왕자오는 참과 아름다움에 대한 감각을 조망하고자 한다. 시를 책의 제목으로 삼아서 정치한 영혼이 수련되고 제련되는 과정을 충분히 암시하고 있다. 호탕한 문자가 막을 수 없을 정도로 전개되지만 방대한 자구로 인해 정서의 과잉을 초래하지도 않는다. 양자오는 문학비평 방면에서도 주목을 받고 있다. 부지런하게 문학 신간을 읽으면서도 요령피우지 않고 문학사적 관점에서 경전작품을 평가하는 특징을 보여준다. 주요 저술로는 《문학의 본래 이미지文學的原像》(1995), 《문학, 사회와 역사 상상: 전후문학사론文學, 社會與歷史想像: 戰後文學史散論》(1995), 《꿈과 타다 남은 재: 전후문학사론2집夢與灰燼: 戰後文學史散論二集》(1998), 《안개와 그림: 전후 타이완문학사론霧與畵: 戰後臺灣文學史散論》(2010)이 있다. 이 책들은 현 단계의 타이완 문학 연구에 일정한 영향을 끼치고 있다.

양자오의 논리적 사고는 대단히 명확하여 단락과 단락 사이가 유기적으로 이어지며 강한 설득력을 가지고 있다. 서정적인 필체가 문화평론으로 발전해 나가며 그의 글은 상당히 안정된 위치를 확보해간다. 사회에 깊이 개입할 뿐 아니라 정치에도 간여하며 세기말에서 세기 초까지 강건한 하나의 줄기를 이룬다. 지식인인 양자오는 학술적인 지식을 제공하고자 하지 않는다. 그보다 중요한 것은 그가 저술 전에 반드시 광범위한 내용을 섭렵한다는 점이다. 따라서 다루고자 하는 어젠다에 관해서 항상 일정한 수준과 깊이를 유지하고 있으며 치명상을 가할 수 있는 발언을 한다. 이러한 차원에서 볼 때 양자오는 자신의 직분을 다 하고 있으며 충실하게 표현하고 있다고 평가할 수 있다. 그의 위치는 대단히 견고하여, 통속적인 이데올로기와 정치적 입장을 넘어서서 이 시대, 이 사회의 중요한 목소리라고 할 수 있을 정도이다. 주요 저작으로는《임계점에서의 사색臨界點上的思索》(1993),《당황하는 섬倉皇島嶼》(1996),《카페 먼데이 Cafe Monday》(1997),《지식인의 빛나는 황혼智識分子的炫麗黃昏》(1998),《이성적인 인간理性的人》(2009),《어떻게 하면 정직한 사람이 될 수 있는가如何做一個正直的人》(2010)가 있다.

　타이완 사회의 생활환경이 공업화되기 시작하자 1980년대 이래 생태적 글쓰기가 독실하게 발아하기 시작했다. 게다가 자본주의가 고도로 발전하면서 타락한 인성이 자연환경에까지 영향을 끼치게 되었다. 그래서 대자연이 부침을 겪는 과정에서 대지윤리 의식이라는 것이 인문 사유의 영역으로 진입하게 된 것이다. 경제발전과 환경보호는 점차 대립적인 형세를 이루게 됐다. 1970년대에 환경보호를 제창하기 시작했을 무렵,《하조夏潮》잡지는 기본적으로 사회주의 입장에서 출발하여 공업 오염이 사실은 미국 제국주의가 타이완을 침략한 하나의 증거라고 강조했다. 하지만 1980년대로 들어선 이후, 환경보호운동이 더욱 활발해지면서 더 이상 미국 자본주의를 비판의 대상으로 삼지 않고, 이러한 현실을 글로벌화 조류의 맥락에 놓고 생각하게 되었다. 1982년 한한韓韓과 마이궁馬以工이 함께 쓴《우리에게 지구는 하나뿐我們只有一個地球》에서부터 1987년 샤오신황蕭新煌이 쓴《우리에게 타이완은 하나뿐我們只有一個臺灣》에 이르기까지 아주 짧은 시간에 환경보호의식이 눈에 띠게 확립됐다고 할 수 있다. 환경보호의식이 팽창하던 상황하에서 타이완 작가들도 독특한 생태적 글쓰기를 발전시키기 시작했는데, 이것이 타이완 문학의 중요한 특색이라고 할 수 있다. 이른바 사회적 소수자에 관한 어젠다가 더 이상 여성·동성애·원주민·농민과 노동자·장애인을 중심으로 하지 않고 대지 전반의 생태 세계의 영원한 발전으로 확장된 것이다. 대지야말로 진정한 사회적 약자로서 그동안 지속적으로 개발되고 건설되고 버려지자 인류를 향해 토석붕괴土石流·홍수·풍해·가뭄으로 보답하고 있으니, 말없는 대지의 복수를 인류가 감당할 수 없게 되었다고 할 수 있다.

우리가 주목할 만한 사실은 생태적 글쓰기의 초기 단계에서 여성 작가들이 많은 작품을 써냈다는 점이다. 한한과 마이궁을 포함해서 신다이心岱, 장샤오펑張曉風, 홍쑤리洪素麗, 링푸凌拂, 샤오싸蕭颯, 위안충충袁瓊瓊, 랴오후이잉廖輝英, 쑤웨이전蘇偉貞은 산문과 소설 분야에서 환경보호에 관한 문제를 다룬 바 있다. 여성작가들은 공간의 변화에 경각심을 가지고 토지가 망가지는 것을 세밀하게 묘사해내면서 조용하게 감화시키는

▶ 陳冠學(《文訊》 제공)

과정을 통해 독자의 관심을 불러일으킨다. 이뿐만 아니라 각성한 타이완 본토의식과 권위체제가 민주화되는 과정에서 타이완의 토지에 대한 관심이 생태적 글쓰기가 중요한 글쓰기 방식이 될 수 있는 분위기를 가속화시켰다. 천관쉐陳冠學(1934-2011)가 쓴 《전원의 가을田園之秋》(1983)은 타이완 본토운동 전반에 걸쳐 중시된다. 천관쉐가 타이완 토지의 고요한 아름다움에 관해 썼기 때문만 아니라 그가 전원을 보호하는 전략으로 현존하

는 체제에 저항하며 무의식중에 문학에서의 환경보호 어젠다를 촉발시켰기 때문이다. 천관쉐는 환경보호운동에 적극 참여하는 방식으로 개입한 것이 아니라 삶의 욕망을 가장 밑바닥까지 내려놓는 방식으로 진행했다. 그는 세속적인 사회에서 물러섰으며 권력이 범람하는 정치 체제와도 분명하게 선을 그었다. 전원생활이야말로 천관쉐의 생명의 보루로서 풀한 포기 나무 한 그루가 그의 생활의 뿌리였다. 그는 세간의 화려함과 시끌벅적함을 포기했지만 그의 문학은 오히려 잊히지 않았다. 천관쉐의 작품으로는 《부녀의 대화父女對話》(1987), 《제삼자第三者》(1987), 《우울한 단상: 고독한 자의 수상록ABC전권藍色的斷想: 孤獨者隨想錄ABC全卷》(1994), 《자연을 인터뷰하다訪草》 제1권(1994), 《자연을 인터뷰하다訪草》 제2권(2005), 《천관쉐 수필: 꿈과 현실陳冠學隨筆: 夢與現實》(2008), 《천관쉐 수필: 현실과 꿈陳冠學隨筆: 現實與夢》(2008)이 있다. 그중에서 가장 많이 회자된 작품 역시 《전원의 가을》이다. 그밖에 다른 작가로는 멍둥리孟東籬(1937-2009)가 있다. 도시생활에 강한 염증을 느낀 그는 동쪽 해안에서 정주하기로 결심하고 《해변 초가집에서의 기록濱海茅屋札記》(1985)과 《들판의 백합野地百合》(1985)을 썼는데, 타이완 문학에 자연으로의 회귀라는 표본을 제공했다고 할 수 있다.

환경보호운동은 계엄이 해제될 무렵에 이르러 이미 사회운동과 분리할 수 없는 일부가 되었다. 민간에서 설립한 환경보호단체는 자본주의에 저항하는 의미를 가지고 있었으며 더 중요한 점은 자연보호를 타이완 정치 현실을 비판하는 반대운동 구조 속에 새겨 넣었

▶ 劉克襄《文訊》 제공)

다는 사실이다. 환경보호단체는 핵에너지 정책에 관심을 두고 핵폐기를 주장하며 정부가 타이완의 에너지 발전방향을 조정할 필요가 있음을 환기시켰다. 이러한 운동에 호응하여 환경보호 또한 타이완 문학의 영원한 주제가 되었다. 류커샹劉克襄(1957-)은 환경보호의식을 작품에 반영한 최초의 시인으로, 그의 시집으로는 《강 하류에서 놀다河下游》(1978), 《다람쥐 반비차오松鼠班比曹》(1983), 《길 잃은 새의 고향漂鳥的故鄕》(1984), 《처텐다오 섬에서在測天島》(1985), 《작은 날다람쥐의 시각小鼺鼠的看法》(1988)이 있다. 그는 시인 중에서도 타이완 대지에 대한 반성과 각성을 표현한 중요한 기수이다. 그는 구체적인 행동으로 지식인 내심에 있는 불안을 쇄신하였는데, 그가 취한 행동이란 대자연으로 들어가서 대지의 생태적 변화를 조용하게 관찰하는 것이었다. '버드맨鳥人'으로 불리는 류커샹은 언제나 홀로 들판이나 밀림에서 새를 관찰했다. 류커샹은 현실의 환경이 위기에 처해 있음을 밝혀냈을 뿐 아니라 과거 역사적으로 이 섬과 관계있는 기억에 대해서도 연모하는 마음을 표출했다. 류커샹의 산문 작품으로는 《여행 기록旅次札記》(1982), 《철새의 역참旅鳥的驛站》(1984), 《새가 향하는 세상을 따라서隨鳥走天涯》(1985), 《사라지고 있는 아열대消失中的亞熱帶》 (1986), 《황야의 마음荒野之心》(1986), 《포르모사를 횡단하다橫越福爾摩沙》 (1989), 《타이완 새에 관한 목각 기록臺灣鳥木刻紀實》(1990), 《자연 여행기自然旅情》(1992) 그리고 샤오뤼산小綠山 시리즈 산문(1995)이 있다. 류커샹의 답사와 여행은 문학예술이라는 보루를 완성하는 것으로, 토지에 대한 실제적인 감각이 없으면 진정만 미학을 제련할 수 없음을 보여준다고 할 수 있다. 그는 말라빠진 이론적 용어를 벗어나 평면적인 수치 조사를 버리고 진정한 대지에서의 생활을 문학적으로 변화시킨다. 만약 타이완에 이른바 생태적 글쓰기가 있다고 한다면, 류커샹이 구축한 중요한 위치는 결코 흔들리지 않을 것이다.

　　동시기 생태적 글쓰기를 실천한 중요한 작가로는 탐험가 쉬런슈徐仁修 (1946-)를 포함해 새를 연구하는 천황陳煌(1954-), 독수리를 연구하는 선전중沈振中(1954-)이 생태적 산문의 정신과 내용을 풍부하게 하고 있다고 할 수 있다. 그들의 르포르타주는 대지라는 현장을 떠난 적 없으며, 반드시 실제 관찰과 고찰을 거쳐 가장 거칠고 가장 위험한 황야와 산지에서 날것 그대로의 정보를 가져다준다. 그들이 남긴 표본은 리얼리즘보다 훨씬 더 핍진하며, 인도주의보다 훨씬 더 인도적이며, 인문학보다 훨씬 더 인류적이다. 생태적 글쓰기의 또 다른 형식은 역사 문헌에 기재된 것을 따라 현

▶ 楊南郡《文訊》 제공)

대에 다시 답사를 하는 방식이다. 이를 테면 마이궁이 쓴《옛 타이완을 찾아서尋找老臺灣》(1979)와《논밭 길을 몇 차례 답사하다幾番踏出阡陌路》(1985) 같은 경우, 대자연에 있는 역사 유적지로부터 타이완 사회에서 사라지고 있는 기억을 재건해낸다. 마이궁은 17세기 말 욱영하郁永河가 쓴《비해기유裨海紀遊》에 근거하여 옛 지명을 일일이 고증한 뒤 앞사람의 흔적을 따라 전 과정을 그대로 답사했는데, 이러한 실천은 소위 타이완 본토론자라고 하는 많은 사람들을 감동시켰다. 양난쥔楊南郡(1931-)은 일본인 인류학자가 남긴 책, 토리 류조鳥居龍藏의《타이완 탐험探險臺灣》(1996)과 이노 카노리伊能嘉矩의《핑푸족 답사여행平埔族調查旅行》(1996),《타이완 답사일기(상하권)臺灣踏查日記(上下冊)》(1996)을 번역했다. 그리고 이러한 역사 지식을 바탕으로 스스로 직접 기나긴 여행을 한 결과《달빛의 발자국을 찾아서尋訪月亮的脚印》(1996)와《타이완 백 년 전의 족적臺灣百年前的足跡》을 써내기도 했다. 왕자샹王家祥(1966-)은 중싱中興대학 산림과를 졸업했기 때문에 배운 바대로 자연 생태를 관찰하는 것을 충분히 실천할

수 있었다. 그는 특히 인간과 자연의 조화로운 관계를 강조하며 인문 분야에서의 대지윤리를 재건해야 한다고 주장했다. 왕자샹은 창작력이 풍부하여 생태적 글쓰기를 개발할 잠재력이 무궁하다고 할 수 있다. 그의 작품으로는 《문명으로서의 황야文明荒野》(1990), 《자연 기도자自然禱告者》(1992), 《라마타 싱싱Lamata Sing Sing과 라후 아리Lahu Ali에 관하여關於拉馬達仙仙與拉荷阿雷》(1995), 《난쟁이 수수께끼小矮人之迷》(1996), 《석호 다오펑 네이하이倒風內海》(1997)가 있다. 왕자샹은 역사와 고고학 문헌에 근거하여 소설을 써내고자 했다. 이것은 생태적 글쓰기를 변형시킨 형태이지만, 자연환경을 소설 형태로 전환시키는 과정에서 부자연스러워져 개인의 입장과 해석이 작품에 침투하기도 한다.

랴오홍지廖鴻基(1957-)는 원래 고기잡이를 업으로 한 사람이었으나 이후 환경보호운동에 참여하더니 고래류의 생태를 관찰하여 타이완 해양 문학을 개척한 인물로 인정받게 됐다. 그의 작품으로는 《화롄의 환경을 보호하자環保花蓮》(1995), 《바다를 탐구하는 사람討海人》(1996), 《고래의 삶, 고래의 세계鯨生鯨世》(1997), 《표류하는 감옥漂流監獄》(1998)이 있다. 랴오 홍지는 아름다운 필체로 고래가 바다를 이동하는 생활의 진면목을 가까이서 관찰한 결과를 써내기 때문에, 글이 유난히 생동감이 있다. 그는 "그들이 배 주변을 스치고 갈 때 나는 그들의 벨벳 같은 부드러움이 내 피부에 닿는 것을 느낄 수 있다. 바다의 청량함과 요동치는 물결도 함께 느낄 수 있다. 나는 마치 물속에서 놀고 있는 그들을 안은 듯한 기쁨을 느낄 수 있었다. 이것은 표면적으로는 차갑지만 내부적으로는 온기를 느낄 수 있는 접촉이었다"[32]라며 해양생물을 관찰하여 대자연에 경외심을 표현한다. 랴오홍지가 등장한 후 타이완 환경보호 문학의 영역이 더욱 확장되었다고 할 수 있다. 타이완은 결국 하나의 섬 나라로서 사방이 바다로 둘러싸여 있기 때문에 생태적 서사가 밀림과 하천의 생물에 국한될 수 없다. 광활한 해양의 생태를 보호하는 것이야말로 중요시되어야 할 것이다.

우밍이吳明益(1971-)는 소설과 생
태적 글쓰기를 넘나드는 신세대 작
가이다. 우밍이의 관점과 태도는 이
전 세대와 완전히 다르다고 할 수 있
다. 학술적 고증에 종사하면서 가장
많은 시간을 여행과 관찰에 투자했
다. 특히 나비의 생태에 관한 글쓰기
는 견줄 수 있는 사람이 없다고 해도
무방할 정도이다. 그의 작품으로는
《오늘은 공휴일本日公休》(1997)을 포
함해서《나비지迷蝶誌》(2000),《호랑이
할아버지虎爺》(2003),《나비가 다니는

▶ 吳明益(《文訊》 제공)

길蝶道》(2003),《글쓰기 해방으로서의 생태: 타이완 현대 생태적 글쓰기
탐색(1980-2002)以書寫解放自然: 臺灣現代自然書寫的探索(1980-2002)》(2004),《집
이 물가와 그렇게 가깝구나家離水邊那麼近》(2007),《잠자는 항로睡眠的航線》
(2007),《겹눈을 가진 인간複眼人》(2011)이 있다. 우밍이가 유명해진 첫 번
째 작품은《나비지》[33]로 나비의 미세한 생명으로부터 나무의 색깔과 바
람의 속도, 빛의 리듬, 물의 맛을 관찰해내는데, 가혹할 정도로 치밀하다.
모래 한 알에서 세상을 보듯 우밍이는 번데기 한 마리에서 우주를 관찰
해낸다고 할 수 있다. 최소형의 생명 세계를 통해서 독자로 하여금 아직
까지 보지 못한 타이완을 발견하게 한다. 이 젊은 작가는 간혹 도보로
여행하기도 하고 자전거를 타고 섬을 한 바퀴 돌기도 한다. 오직 그가
기대어 살아가고 있는 대지를 더 분명하게 인식하기 위해 하는 행동이라
고 할 수 있다. 우밍이는 대자연에서 인간의 문화人文와 수자원의 문화水
文를 관찰해 낸다. 보다 작고 연약한 생명체를 대면하면서 인간은 겸허함
을 배워야 한다고 생각하고 있는 것이다. 우밍이는 현재 나비를 주제로
타이완사를 써내고자 계획하고 있는데, 틀림없이 미래의 타이완 생태적

글쓰기 부문에서 중요한 발언을 하는 작가가 될 것이다.

저자 주석

[1] 관련 평론은 陳映眞, 〈以意識形態代替科學知識的災難: 批評陳芳明先生的〈臺灣新文學史的建構與分期〉〉, 《聯合文學》16卷9期(2000.7), 〈關於台灣'社會性質'的進一步討論: 答陳芳明先生〉, 《聯合文學》16卷11期(2000.9), 〈陳芳明歷史三階段論和台灣新文學史論可以休矣!: 結束爭論的話〉, 《聯合文學》17卷2期(2000.12)를 참고하시오.

[2] 詹宏志, 〈兩種文學心靈: 評兩篇聯合報小說獎得獎作品〉, 《書評書目》93期(1981.1). 이후 《兩種文學心靈》(台北: 皇冠, 1986)에 수록.

[3] 宋冬陽(陳芳明), 〈現階段臺灣文學本土化的問題〉, 《台灣文藝》86期(1984.1), pp. 10-40.

[4] 吳晟 主編, 《1983台灣詩選》(台北: 前衛, 1984).

[5] 李昂, 《殺夫:鹿城故事》(台北: 聯合報, 1983).

[6] 廖輝英, 《不歸路》(台北: 聯合報, 1983).

[7] 白先勇, 《孽子》(台北: 遠景, 1983).

[8] 施淑端(李昂), 《人間世》(台北: 大漢聯合報, 1977).

[9] 郭良蕙, 《心鎖》(高雄: 大業, 1962) 자세한 논쟁 과정은 余之良 編, 《心鎖之論戰》(台北: 五洲, 1963)을 참고하시오.

[10] 白先勇, 《樹猶如此》(台北: 聯合文學, 2002).

[11] 凌煙, 《失聲畫眉》(台北: 自立晚報社文化出版部, 1990).

[12] 邱妙津, 《鱷魚手記》(台北: 時報文化, 1994).

[13] 邱妙津, 《蒙馬特遺書》(台北: 聯合文學, 1994).

[14] 紀大偉, 《晚安巴比倫》(台北: 探索文化, 1998), p.264.

[15] 紀大偉, 〈美人魚的喜劇〉, 《感官世界》(台北: 聯合文學, 2011, 重印版), pp.14-15.

[16] 紀大偉, 〈情慾小說住在羅曼史隔壁〉, 《聯合報·聯合副刊》, 2005년 5월 1일.

[17] 紀大偉, 《膜》(台北: 聯經, 1996, 2011, 2版).

[18] 范銘如, 〈從强種到雜種: 女性小說一世紀〉, 《衆裏尋她: 台灣女性小說縱論》(台北: 麥田, 2002), p.231.

[19] 黃凡, 《傷心城》(台北: 自立晚報社文化出版部, 1983).

[20] 陳映眞, 〈山路〉, 《文系》3期(1983.8).

[21] 王德威, 〈三個饑餓的女人〉, 《如何現代, 怎樣文學? 十九,二十世紀中文小說新論》(台北; 麥田, 2008, 2版), p.240.

[22] 陳映眞, 《忠孝公園》(台北; 洪範, 2001).

[23] 藍博洲, 《幌馬車之歌》(台北: 時報文化, 1991).

[24] 孫大川, 《夾縫中的族群建構: 台灣原住民的言語, 文化與政治》(台北: 聯合文學, 2000), p.145.

[25] 胡臺麗, 〈吳鳳之死〉, 《台灣文藝》16號(1980.10).

[26] 莫那能, 《美麗的稻穗》(台中: 晨星, 1989).

[27] 瓦歷斯·尤幹(瓦歷斯·諾幹), 《想念族人》(台中: 晨星, 1994).

[28] 夏曼·藍波安, 《黑色的翅膀》(台中: 晨星, 1999).

[29] 利格拉樂·阿烏, 〈祖靈遺忘的孩子〉, 《誰來穿我織的美麗衣裳》(台中: 晨星, 1996).

[30] 孫大川·文魯彬(Robin J. Winkler), 《台灣原住民的神話與傳說》(台北: 新自然主義, 2002).

[31] 孫大川, 〈編序: 台灣原住民文學創世記〉, 《台灣原住民族漢語文學選集評論卷(上)》(台北: INK印刻, 2003), p.10.

[32] 廖鴻基, 《鯨生鯨世》(台中: 晨星, 1997), p.109.

[33] 吳明益, 《迷蝶誌》(台北: 麥田, 2000).

제22장
다성polyphony[1]: 타이완 문학의 다중주*

1980년대 포스트모던 시의 수확

타이완 문단의 묘한 현상 중의 하나가 1980년대 이후에 등장했다. 남성작가들은 모더니즘 시를 끊임없이 창작했고, 여성작가들은 산문 예술 방면에서 남성들이 대적하지 못할 정도로 성취를 이뤘다는 점이다. 이러한 현상은 신세대 문학이 농축된 언어를 추구하고 있음을 암시하고 있는 것으로, 남성들은 행을 나누는 예술에 뛰어나고 여성들은 펼쳐 놓는 기교를 선호한다는 사실을 보여준다. 그러나 남녀 모두 언어 자체가 가지고 있는 기존의 의미에서 적극 벗어나서 점차 문자를 일종의 부호로 생각하고 자유롭게 사용하는 추세이다. 그래서 고정된 의미를 느슨하게 한 뒤, 그 빈 공간을 완전히 개방해버린다. 설사 똑같은 단어를 사용한다 하

---

* 이 장은 고운선이 번역했다.

1) '폴리포니' 즉 '다성'이라는 용어는 미하일 바흐친이 도스토예프스키 소설에 관한 저작에서 사용하면서 일반화된 용어이다. 원래는 캐논, 대위법과 같이 여러 가지 멜로디가 각자 독립성을 유지하면서도 전체적으로 조화를 이루는 음악 형식을 가리킨다. 바흐친은 이러한 음악적 비유를 사용하여 전통적 소설형식처럼 저자가 작품 속에서 벌어지는 일을 다 알고 있고 작중 인물의 운명까지 미리 알고 결정하는 특권적 위치를 차지하지 않고, 등장인물과 동등한 입장에서 대화를 통해 상호작용하는 방식의 소설을 '다성적 소설'이라고 지칭했다.

더라도 기이하고 변화무쌍한 내용으로 채워넣을 수 있도록 말이다. 포스트모던 현상은 시와 산문 영역에서 가장 뚜렷하다. 그들은 문화유산 중에서 진부한 것은 버리고 좋은 것은 찾아내어 새로운 방향으로 발전시킬 수 있기를 바라지만, 사실 상당히 많은 시구가 이미 1960년대 모더니스트들에게서 충분히 개발된 상황이었다. 그들은 어떻게 하면 선배 시인들의 그림자에서 벗어나 무의식의 세계에서 깊이 발굴해 내는 것에 그치지 않고 언어상의 제약에서 벗어날 수 있을 것인지 고민해야 했다. 이 세대들은 항상 1949년을 역사의 단절 시기로 간주했다. 가장 눈에 띄는 예로 린야오더林燿德의 책 제목인 《1949 이후一九四九以後》(1986)만한 것이 없다.[1] 이 시기는 중국과 타이완이 격리되어 영구화하기 시작한 기점으로서 하나의 문학전통이 종점에 이르렀던 때였다. 비록 여전히 그 영향의 여운이 남아 있기는 했지만, 5·4전통이 나날이 쇠퇴해갔음은 부인할 수 없는 사실이기 때문이다. 뿐만 아니라 이 해에 태어난 세대가 독립적인 사고를 할 수 있는 시기가 되었을 때, 타이완 사회는 이미 계엄 시기의 폐쇄적인 문화를 완전히 종식시켰고, 정치적 금기가 없는 글로벌 시대가 도래하기 시작했다. 이들에게 역사적 짐은 그렇게 무겁지 않았으며 문학세계 또한 더욱 풍부하고 복잡해졌다. 게다가 정보 문화가 발달하여 시인과 사회 및 전 세계가 대단히 긴밀하게 연결됐다. 이러한 객관적 조건이 포스트모던 시에게 적합한 지반을 제공해줬음은 의심할 바 없다. 걸출한 시인들이 너무 많아서 셀 수 없을 지경인데, 당나라 전성기盛唐 같았던 1960년대와 비교하더라도 전혀 손색이 없다.

1949년 이후 출생한 세대가 정식으로 타이완 문단에 등장했을 때는, 대략 1970년대로 이때 그들은 처음으로 자신들의 작품을 발표했으며 1980년대에는 자신들의 풍격의 기반을 다졌다. 이들의 언어는 이전 세대와 확실히 차이가 났는데, 이것은 역사나 현실에 대한 초조함이나 억압받는다는 긴장을 겪지 않았기 때문이다. 1950년대부터 1970년대까지 활동했던 중요한 시인들은 대체로 강렬한 역사의식을 품고서 창작을 통해 국가에 대한 관심과 문화 아이덴티티, 전쟁의 그늘, 시대적 동란을 마치 유령처럼 시의 행간에서 풍부하게 표출했다. 대륙 호적을 가지고 있는 시인들은 절박하게 중국의식을 주조해냈고, 타이완 호적을 가지고 있는 시인들은 급박하게 타이완 의식을 강조했는데, 추구하는 정치 방향은 서로 달랐다 하더라도 긴장되는 심정은 언제나 그들의 언어 선택에 영향을 끼쳤다. 1980년대로 접어든 이후 신세대 시인들은 이러한 두 가지 의식을 융합하여 자신들의 상상에 녹여냈지만, 사실 수많은 역사적 사건이 발생한 지 이미 오래되었기 때문에 그들의 감정과는 직접적으로 이어지지 않았다. 그리고 1970년대를 거쳐 관방과 민간이 타이완 본토화운동을 진행하면서 소위 에스닉 어젠다는 타이완이라는 땅에 집중되었다. 자본주의로 인해 생활이 향상되고 도시문화가 발달하자 신세대들의 시관詩觀과 정서는 더욱 개인주의화되었다. 그리고 중국과의 분리 경험과 식민지를 겪으며 받은 피해 경험은 이미 윗세대의 기억에 속하게 됐다. 정감 내용에 변화가 생기기 시작하자 시의 언어 또한 완전히 새로운 표현을 찾을 필요가 있었다. 이들이 과감하게 실험할 수 있었던 것은 권위주의 체제가 이미 느슨해졌고, 포스트모던 문화가 점차 형성되었으며, 가장 선진적인 전달 방식도 생활의 일부분이 되었기 때문이다. 1980년대 초기에 등장한 캠코더와 팩스는 신세대의 상상을 이전 세대와 분명하게 선을 긋게 했다. 곧이어 등장한 컴퓨터, 인터넷, 핸드폰, 블로그blog, 심지어 21세기에 등장한 facebook까지 시인들의 사유 경계를 더욱 무한히 확장시켰다. 민주정치가 타이완 사회에서 더욱 성숙해지자 시인들이 표현할 수 있는 감각, 욕망, 기억은 대단히 풍부하고 정치하게 변하게 됐다. 이러한 서사 방식은 더 이상 이전 세대 시인들이 예견할 수 있는 차원이 아니었다. 한계가 없고 금기가 없는 유토피아적인 시 세계가 타이완에 강림했다고 할 수 있다.

신세대 인재가 개척한 것과 이것이 세상에 준 충격은 시의 형식을 완전히 해방시켰다. 논의할 만한 중요한 시인으로는 쑤사오롄蘇紹連(1949-)

을 꼽을 수 있는데, 초등학교 교사 출신으로 인터넷 시를 창작하는 데 뛰어나다. 젊었을 때 용족시사龍族詩社에 참여한 적 있으며 이후에 후랑시사後浪詩社, 시인계간詩人季刊, 시학계간詩學季刊을 창간하기도 했다. 중요한 작품으로는 《망망집茫茫集》(1978), 《동화만유: 쑤사오롄 시집童話遊行: 蘇紹連詩集》(1990), 《놀란 마음 산문시驚心散文詩》(1990), 《강가의 비애河悲》(1990), 《쌍둥이 달빛雙胞胎月亮》(1997), 《투명하거나 변형되거나隱形或者變形》(1997), 《오랜 숲을 지나穿過老樹林》(1998), 《백마를 이끌고我牽著一匹白馬》(1998), 《타이완 소도시의 아이台灣鄉鎮小孩》(2001), 《식물에도 정이 있다草木有情》(2005), 《짙은 안개大霧》(2007), 《산문시 고백서散文詩自白書》(2007), 《작은 사립 시 학교私立小詩院》(2009), 《쑤사오롄집蘇紹連集》(2010), 《쌍둥이 어릿광대의 외침孿生小丑的吶喊》(2011)이 있다. 확실히 쑤사오롄은 1960년대 모더니즘 운동과 관계가 깊다. 일찍이 뤄푸洛夫와 상친商禽에게 자주 경의를 표했으며 시를 통해 역사와 시대의 고통들을 전달했는데, 탕쥐안唐捐이 말한 대로 일종의 '고난의 시학'에 속한다고 할 수 있다.[2]

▶ 蘇紹連, 《孿生小丑的吶喊》

30여 년간 지속적으로 개척하여 쑤사오롄이 이룬 판도는 넓고도 깊다. 자신을 어릿광대에 빗대어 인생은 곡예단의 한 바탕 공연이라며 가면을 쓰고 즐거움을 타인에게 전달하고자 한다. 하지만 어릿광대인 자신에게는 왜곡되고 억압받은 상처가 깊이 박혀 있다. 쑤사오롄이 동시를 창작하려 할 때 때마침 어릿광대라는 신분을 찾아내어 시 예술로 표현할 수 있었다. 동심에 다가가서 영혼의 맑은 성질을 보호하고 이러한 영혼으로 추악한 세상을 대면했다. 초기에 그가 쓴 〈골목 연작深巷連作〉에는 그의 삶이 압축적으로 반영되어 있다. 그중에서 제16수 〈한 차례의 재난一場災難〉은 1980년대에 대해서 "또 한 바탕 재난이 닥쳐, 모든 색깔이 다 타버렸다 / 당신이 걸어 나오면 검은 세상이, 희뿌연 세상일 것이다 / 순식간에 나타났다 사라져서, 책 어디에 어떠한 형상도 남아있지 않을 것이다 / 지도 위에도 어떠한 노선이 남아 있지 않을 것이다"[3]라고 표현한 바 있다. 이것은 메이리다오사건美麗島 事件이 발생한 그 다음해에 창작된 것으로, 시인의 심리 역정에서 대단히 중요한 전환점이었다. 성장기에 추구했던 규범과 이상이 훼손되는 계기 가 된 사건으로, 이 시는 이것을 암시하고 있다. 그의 어릿광대 시학은 자아를 조롱하는 한편 사회를 조롱한다. 만약 역사, 정치, 사회를 어릿광 대화 시킬 수 있다면 그제서야 시인의 자아가 의탁할 곳을 찾을 수 있을 것이다. 그가 최근에 출판한 시집 《쌍둥이 어릿광대의 외침》은 두 개의 궤도로 함께 진행된다.[4] 한쪽은 국어로, 다른 한쪽은 타이완어로 작성한

두 개의 목소리는 모두 자아에 속 하지만, 동시에 자아의 아이덴티티 가 아니기도 하여, 한 세대의 모순 된 감각을 선명하게 보여주고 있 다. 그는 어릿광대의 눈으로 이 세 상을 주시하고 자기 세대를 관조하 고 있는데, 격정적인 목소리는 없 지만 그의 저항과 비판이 바로 이 를 통해 전달된다.

젠정전簡政珍(1950-)은 보기 드문 시 비평가이다. 종종 날카로운 눈 으로 당대의 시 작품을 꿰뚫어 본 다. 다른 사람이 보지 못하는 지점

▶ 簡政珍(《文訊》 제공)

에서 그는 사람을 끌어들이는 풍경을 발견할 뿐 아니라 그 자신도 시를 창작하기 때문에 동년배 시인들이 보지 못하는 것을 잘 간파해내어 작품의 뛰어난 부분과 결점을 집어낸다. 젠정전의 시집에는 《계절이 지난 뒤季節過後》(1988), 《지면상의 정세紙上風雲》(1988), 《폭죽 외면爆竹魮臉》(1990), 《역사의 소란歷史的騷昧》(1990), 《덧없는 인생 이야기浮生紀事》(1992), 《정감의 풍경意象風景》(1998), 《실락원失樂園》(2003), 《추방과 군침의 시대放逐與口水的年代》(2008)가 있다. 철학적으로 젠정전은 독일 철학자 하이데거Martin Heidegger의 영향을 많이 받아 인간 존재와 허무에 대해서 시를 통해 자신의 곤혹스러움과 회의감을 표현했다. 젠정전은 서정을 써내는 데 뛰어나지 않으며 지성적인 경향이 두드러지는 편인데, 세상을 관찰한 것에 관한 자신의 독특한 견해가 담겨있다. 〈지면상의 정세〉 첫 번째 단락에서 "모기 한 마리가 / 자신을 네모난 틀에 가두고 / 원고지의 칸 안에 몸을 바치네 / 손바닥을 내려치니, 피가 섞이어 / 만년필의 검은 잉크가 / 모색했던 글자를 / 모든 형체를 망가뜨리니 / 추도사를 통해 탈바꿈하네"[5]라고 했는데, '모기'의 중국어 발음과 '문자'의 중국어 발음이 '원쯔'로 동일한 것을 언어유희 방식으로 활용하여 특이한 미적 감각을 전달해 준다. 동적인 생명체와 정적인 부호를 함께 융합하여 변화를 이뤄낸 것이다. 이를 통해서 진정으로 생명이 있는 것은 모기인가 아니면 문자인가 하는 '존재'에 대한 강렬한 문제를 던진다. 젠정전은 현실 정치에 대해서는 일정한 거리를 유지하는 편인데, 그가 시집을 '추방'과 '군침'으로 명명한 것을 보면 상당히 암시적이라고 할 수 있다. 방대한 기지로 충만한 시구는 오히려 현실사회로부터 견제 받지 않기 때문이다. 그의 시평과 시론은 동년배 중에서도 대단히 뛰어나다고 평가할 수 있다. 젠정전의 평론집으로는 《언어와 문학의 공간語言與文學空間》(1989), 《시의 순간적 광희詩的瞬間狂喜》(1991), 《시심과 시학詩心與詩學》(1999), 《추방시학: 타이완 추방문학 초탐放逐詩學: 台灣放逐文學初探》(2003), 《타이완 현대시의 미학台灣現代詩美學》(2004)이 있다. 그가 작성한 예술 품평은 항상 변화무쌍한 효과를 자아내는데, 그는 자신이 비평할 때 써내는 문장에 대해 고도의 자신감을 가지고 있다. 그가 평가하기만 하면 바로 정론이 되기 때문이다. 젠정전은 문학이론을 사용하는 비평가를 좋아하지 않는데, 이에 관해서 상당히 명언에 해당되는 말을 한 적 있다. "이론을 원용하기 좋아하는 사람은 시에 담긴 인생에 대해서 느낌이 없다는 것인데, 이런 사람이 어떻게 철학적인 이론 속에서 섬세한 어조를 느낄 수 있겠는가?"[6] 예술이든 학문이든 모두 인생과 함께 하며 그 속에 인생이 녹아 있음을 말하고자 한 것이다. 이러한 젠정전의 견해는 타이완 문학 비평에 있어 진지한 경각심을 일깨워 준다고 할 수 있다.

바이링白靈(1951-)의 본명은 쫭쭈황莊祖煌으로, 신세대 시인 중에서 상당히 특이한 인물이다. 이공대학을 졸업했으며 독특한 시풍을 확립했다. 그는 대체로 장시라는 형식을 선호했다. 특히 〈대황허 강大黃河〉와 〈헤이허 강黑河〉 서사시와 같은 작품에서는 중국이 공산주의를 맞이하게 된 운명과 지식인에게 닥친 곡절을 다루고 있다. 1976년 베이징 천안문 광장 앞에서의 소동을 기념하기 위해 서사시적인 분위기를 갖추고, 방대하고 복잡한 구조를 선보여 쉽게 읽히지는 않는다. 그는 강렬한 시구를 통해 문화대혁명이 종결될 무렵의 정치를 다루면서 당과 국가를 향해 할 수 있는 최대한의 경멸을 표현했다. 역사의식이 풍부하기 때문에 전달하고자 하는 심정이 대단히 무겁다. 바이링은 기세를 펼쳐 보이는 것을 중시했으며 의식적으로 난잡한 문장은 피하고자 주의를 기울였다. 바이링

▶ 白靈(《文訊》 제공)

의 장시는 야셴瘂弦으로부터 호평을 받았는데, 성취한 바가 단순하지 않다. 하지만 바이링은 단시 형식도 활용하여 자신이 말한 '결정 추출법', '축골법縮骨法'2)을 몇 차례 시도해 보기도 했다. 그가 창작한 5행시는 상당히 사람들의 이목을 끈다. 그는 《타이완시학계간台灣詩學季刊》을 맡은 적도 있는데 문단에서 유행하는 새로운 시에 수여하는 상에 대해서도 비판한 바 있다. 주요 작품으로는 《후예後裔》(1979), 《대황허 강》(1986), 《국경에 필요한 구름은 없다沒有一朵雲需要國界》(1993), 《요괴의 능력妖怪的本事》(1997), 《타이베이는 날고 있다台北正在飛》(2003), 《사랑과 죽음의 간극愛與死的間隙》(2004), 《여인과 유리의 관계女人與玻璃的幾種關係》(2007), 《오행시와 친필원고五行詩及其手稿》(2010)가 있다.

▶ 陳義芝(《文訊》 제공)

천이즈陳義芝(1953-)는 끊임없이 자아를 개선하는 시인이다. 그의 시집으로는 《석양의 여운落日長煙》(1977), 《청색 적삼靑衫》(1978), 《신혼의 이별新婚別》(1989), 《잊을 수 없는 곳不能遺忘的遠方》(1993), 《요원한 노래: 천이즈 시선遙遠之歌: 陳義芝詩選(1972-1992)》(1993), 《불안정한 거주不安的居住》(1998), 《나의 어린 연인我年輕的戀人》(2002), 《변경邊界》(2009)이 있다. 초기에는 고전시의 영향을 많이 받았으나 고전과 현대적 정감意象을 융합

---

2) 무술에서 자신의 뼈를 압축시켜 평소에는 볼품없이 있다가 필요할 때마다 엄청나게 몸을 부풀려 적을 상대하는 것을 가리킨다.

시켜 발전시켰다. 천이즈는 원래 애정시의 고수라고 평가되었지만 사실 그는 결코 감정을 흘러넘치게 한 적 없으며 수렴과 절제를 대단히 잘 이해하고 있다. 세기가 교차하는 시기로 접어든 뒤에는 그의 시풍이 완전히 변했다. 인간의 정감에 대해서 깨달은 바가 있었으며, 다른 한편으로 인생의 무상함을 겪기도 했다. 특히 자신의 아들이 이국에서 갑작스레 사망하자 그의 심경에 커다란 변화가 생기게 됐다. 초기의 시풍은 맑고 투명하며 이미지가 간결했다. 〈슬픈 아비悲夫〉의 다섯 행을 보도록 하자. "달빛이 목덜미를 덮더니 / 희끗희끗한 머리카락을 따라 차갑게 아래로 향하네 / 차갑게 쏴아쏴아 / 화장대 거울 깊은 곳에서 얼굴을 건져 올리니 / 연꽃이라."[7] 똑같은 달빛이지만 서로 다른 시간이 결국 다른 거울상을 비춰낸다. 아주 짧은 편폭에서 시간이 흘러가는 비애를 느낄 수 있다. 최근 출판한 시집으로는 《변경》[8]이 있는데 천이즈가 쌓아올린 예술의 극치를 보여준다. 생명에 대한 태도는 물론, 감정을 처리함에 있어서도 전대미문의 초탈함을 보여준다. 앞으로 조금씩 나아가기만 한다면 경계를 넘을 수 있다고 보는 것이 그의 시관이다. 이러한 미학을 경계 시학[9]이라고 할 수도 있을 것이다. 50세로 접어든 그는 성숙한 계절의 분위기를 풍기는데, 풍요로운 시절에 발효시킨 색채를 보여주어 읽으면 가을 느낌이 들게 한다. 천이즈가 연인과의 헤어짐에 대해 쓴 〈친필원고手稿〉의 마지막 네 줄은 정말 절묘하다. "내가 미완성 원고를 남겨 / 당신에게 드리니 / 당신은 창문을 닫지 않고 두어 / 나에게 비를 내리는군요."[10] 이 구절은 연인들이 헤어지고 서로를 떠난 뒤에 다시는 뒤돌아보지 않는 단호한 풍경을 상상하게 한다. 그리고는 비바람을 견뎠지만 습한 공기가 창안으로 들어와서 방안 가득 서늘한 기운을 느끼게 하는 것이다. 불교 공부를 시작한 시인은 이후 천천히 승화의 단계로 진입할 것이다. 그의 시구는 1980년대 이래의 감성에 대해서 가장 아름답게 타이완식으로 해석했다고 할 수 있다.

두예渡也(1953-)의 본명은 천치유陳啓佑이다. 역사와 현실을 천착하는

데 뛰어나며 시공을 넘나들며 상상력을 발전시킨다. 고등학교 시절부터 시를 쓰기 시작하여 단시를 창작하는 데 재능이 있었으며, 농축된 언어와 결정화한 이미지를 사용하는 특징을 가지고 있다. 풍자로 가득한 그의 시구는 현실세계에 대해서 우회적으로 항의하고 있다. 중문과에서 훈련을 받았기 때문에 종종 고전적 이미지를 빌려 현대적인 감각을 날카롭게 표현한다. 그의 장시 〈왕유의 석유화학공업王維的石油化學工業〉은 보기 드문 걸작이다. 풍자 외에 서정적 형식에 호소하는 것에도 능숙하다. 또한 향수와 사랑에 대해서도 장기간 몰두했다. 두예는 의도하지 않았지만 각 시기마다 교육과 사회에서 목격되는 괴이한 현상에 대해서 비판을 하기도 했다. 회삽한 시풍에 고도의 반항심을 가지고 있었기 때문에 명확한 문자와 투명한 정감을 어떻게 운용할 것인가가 그의 시 예술에 있어서 중요한 관건 요소였다. 각각의 시에 특정 시기에 대한 그의 심정이 반영되어 있는데, 한 세대 지식인의 인상기라고 평가할 수 있을 것이다. 주요 작품으로는 《장갑과 사랑手套與愛》(1980), 《분노의 포도憤怒的葡萄》

(1983), 《최후의 만리장성最後的長城》(1988), 《뿌리 내리기落地生根》(1989), 《공성계空城計》(1990), 《정이 들다留情》(1993), 《가면面具》(1993), 《부정확한 파열不準破裂》(1994), 《말에 채찍을 가해 역사로 향하다我策馬奔進歷史》(1995), 《나는 여행가방我是一件行李》(1995), 《유랑 장미流浪玫瑰》(1999), 《위산을 공격하다攻玉山》(2006)가 있다.

양쩌楊澤(1954-)의 시집으로는 《장미학파의 탄생薔薇學派的誕生》(1977), 《국왕의 나라를 방불케 하

▶ 渡也(《文訊》 제공)

다彷彿在君父的城邦》(1980), 《인생은 살아갈 가치가 없는 것: 양쩌 시선 1977-1990人生不值得活的: 楊澤詩選 1977-1990》(1997)이 있다. 비록 창작량은 풍부하지 않지만 시단에서 널리 읽히고 있다. 젊은 시절의 양쩌는 낭만 주의자로서 정처우위鄭愁予, 양무楊牧와 같은 진수를 보여준다. 양쩌는 사 람들에게 잊히지 않는 많은 이미지를 남겼는데, 허구의 성모 마리아 또 는 꿈과 근심 등 사랑에 대한 끝없는 탐색을 보여준 바 있다. 그는 고전 적 이미지를 철저하게 현대화하여 전통의 질곡을 완전히 벗겨버린다. 〈어부·1977漁夫·1977〉은《초사楚辭》를 완전히 새롭게 변화시킨 작품으로 현대 도시의 환경오염을 다루고 있다. "나의 꿈은, 시인아, 내가 두려워하 는 것은 한 무리의 검은 독수리 떼가 그들의 부패하고 핏빛처럼 붉은 죽 음으로 도시의 수원을 오염시켰다는 것이다."[11] 만약 재능 있는 영혼이 기회를 만나지 못했다면, 아무리 고전적인 국가의 적을 차용했다 할지라 도 조롱거리로 전락하는 것을 막지 못했을 것이다. 양쩌의 또 다른 단시 〈서문행西門行〉에는 그의 기지와 비애가 충분하게 표현되어 있다. "부디

▶ 楊澤, 《彷彿在君父的城邦》(舊香居 제공)　　▶ 楊澤(《文訊》 제공)

당신의 문제를 나에게 묻지 마시오 / 나는 다만 전자 장난감 가게에서 / 한 명의 외로운 카레이서에 불과하니까."[12] 도시의 냉담함과 암담함을 통해 자아세계에만 갇혀 있는 세대를 아주 생생하게 보여준다. 양쩌는 화려함을 추구하지 않지만 독자에게 종종 풍부한 색채를 느끼게 해준다. 그는 여태껏 통속적인 것을 숭상한 적 없지만 가장 간결한 문자 속에 가장 모순된 감각을 집어넣는다. 만약에 소위 도시의 시라는 것이 있다고 한다면 양쩌야말로 중요한 시초라고 할 수 있을 것이다.

천리陳黎(1954-)는 시의 정취에서 대단히 풍부한 수확을 거둔 시인으로, 도도하게 끊이지 않는 그의 창작능력은 시대의 변화를 기록하고 있다. 심리 역정과 사회적 변천이 시에서 교차되고 있어서 독자에게 개인의 운명을 목도하게 하기도 하고 역사의 종적인 깊이를 느끼게 하기도 한다. 그의 주요 시집으로는 《사당 앞에서廟前》(1975), 《동물요람곡動物搖籃曲》(1980), 《어릿광대가 치른 연가小丑畢費的戀歌》(1990), 《어느 가정의 여

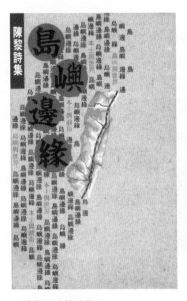

▶ 陳黎, 《島嶼邊緣》

▶ 陳黎(陳黎 제공)

정家庭之旅》(1993), 《섬의 가장자리島嶼邊緣》(1995), 《고양이가 거울을 비춰보다猫對鏡》(1999), 《가벼움 / 느림輕/慢》(2009), 《나 / 성我/城》(2011)이 있다. 그는 장난꾸러기가 된 것처럼 각종 문자 형상을 날조하고, 때로는 장난과 예술 사이의 경계선을 모호하게 만들어 오해와 착각을 불러일으킨다. 만약 화롄花蓮이라는 소도시가 없었다면 천리는 정교하고 다변적인 창작을 양산할 수 없었을 것이다. 섬 지역의 주변에 살고 있다고 자처하지만 시단에서는 발언의 중심에 서 있다고 할 수 있다. 그가 관심을 가지고 있는 의제는 상당히 광범위한데, 에스닉 간의 상호 어긋남, 원주민 역사의 전환, 애정 사건의 발생과 소멸, 현실 정치에 대한 야유 등을 그는 어린 아이 같은 태도로 끌어내고 있다. 천리는 때로 상당히 서정적인데 〈피리소리를 듣다聞笛〉를 예로 들어보자. "혼란한 꿈을 꾸다 마지막에 피리소리를 들었는데 / 나는 텅 빈 진짜 술그릇처럼 맑은 정신으로 / 그 연로한 연주자가 돌계단 가운데에 앉아 있는 것을 상상했다 / 샘물이 오늘밤 사당에서 솟아나길 기다리며."[13] 세월의 흐름에 취해서 시간을 따라 기억이 떠올라 사당 앞에서 들리는 피리소리가 좋은 시절이 지나간 쓸쓸함으로 대체된다. 천리는 바로 이러한 정취를 운용하는 데 뛰어나다. 즉 문자로 분위기를 형성하고, 구체적인 경치를 통해 추상적인 정서를 비춰낸다.

《어릿광대가 치른 연가》는 그의 시적 정취가 바뀌는 중요한 작품으로서, 인물과 사건, 에스닉과 역사가 시 속에 융화되는 것을 허용하기 시작한 기점이 되는 작품이다. 〈학생들 사이에서在學童當中〉라는 시는, 아일랜드 시인 예이츠Yeats가 일찍이 이러한 제목을 사용한 적 있고, 양무 역시 사용한 적 있다. 학창 시절에 대한 동경과 그 후 성장한 뒤의 실망이 단어 사이에서 흘러나온다. 그는 시 전체에 걸쳐서 무궁한 상상을 남겨 둔다. 이 시의 마지막 3행 "첫 번째 별이 그의 머리카락 사이로 미끄러져 / 오늘밤에 이르렀네— / 오늘밤 우리는 어린 시절 여관에 투숙할 것이다"[14]와 같이 그렇게 높이 떠 있던 별은 무궁한 이상을 상징하는데, 가장 좋은 꿈을 어린 시절에 꾸었음을 의미한다. 천리는 《섬의 가장자리》에서 문자 유희를 실험하기 시작했는데, 동음동의자를 이용하여 기이한 연상을 하게 한다. 이러한 기법은 언어를 부호로 삼아 장난을 치는 것으로 그는 언어를 상당히 능숙하게 가지고 놀면서도 표현을 탐닉하는 데에는 빠지지 않았다. 이때부터 천리는 시를 통해 역사와 정치에 간여하기 시작했다. 이를테면 사진 한 장에서부터 시간을 연장해내고 번역한 시로부터 타이완의 처지를 비춰낼 수 있게 됐다. 이러한 세대의 시인들 중에서 그는 남보다 용감했기 때문에 풍격 역시 하나로 고정되지 않고 다채롭다. 절망 속에서도 때때로 한 줄기 유머를 주입하여 설사 슬픈 시구라 하더라도 마지막에는 사람으로 하여금 미소 짓게 만드는 특징이 있다. 그러므로 1980년대 시인 중에서도 천리를 우뚝 선 인물로 보아도 무방하다.

샹양向陽의 본명은 린치양林淇瀁(1955-)으로 규율과 형식을 추구하는 시인이다. 샹양은 타이완어로 시를 쓰는 것에도 뛰어나 여러 곡의 가곡을 묶어내었는데 현재 널리 불리고 있다. 중요한 작품으로는 《은행의 바

▶ 向陽(《文訊》 제공)

람銀杏的仰望》(1977), 《씨앗 심기種籽》(1980), 《십행집十行集》(1984), 《토지의 노래: 샹양 방언시집土地的歌: 向陽方言詩集》(1985), 《세월歲月》(1985), 《사계四季》(1986), 《걱정心事》(1987), 《샹양 타이완어시선向陽臺語詩選》(2002), 《분란亂》(2005)이 있다. 일찍부터 성과를 거두기 시작했기 때문에 창작량 또한 상당히 풍부하다. 그의 작품은 토지, 절기, 가족, 아이덴티티와 아주 긴밀하게 결합되어 있다. 하지만 그를 향토 시인이라는 한 마디로 개

괄할 수 있는 것은 아니다. 시인 스스로가 예술과 통속 사이의 문제를 상당히 자각하고 있는 편이다. 창작할 때 주저한 듯 득의양양한 듯 상승과 하강의 리듬을 절묘하게 내포하고 있기 때문에 언제나 사람의 심금을 울린다. 이를 테면 〈서리가 내리다霜降〉 앞부분 다섯 행 "서리가, 북쪽에서 내려와, 남쪽을 향해 길을 덮으니 / 검은빛 철도를 따라서, 환영이 / 도시, 가난한 시골과 외진 땅에 어른거린다 / 횡단보도 앞에서 한 바퀴 빙 돌고는 / 돌아가는 길에 작은 가게의 간판을 포근하게 감싼다"[15]와 같은 기법으로 독자를 끌어들인다. 남국에 서리가 내리는 계절에 대해서 시인은 심혈을 기울여 떠다니는 얼음처럼 차가운 공기를 시골 가게의 간판과 함께 병치해 둔다. 사실과 허구 사이를 오가는 미학을 이루고 있다고 할 수 있다. 그가 편성한 타이완어 가곡은 종종 정치적 견해를 뒷받침하는 배경 음악으로 사용되었다. 이것은 시인이 전혀 예상하지 못했던 것이다. 그는 시 한 수를 창작할 때 전반적인 균형을 포기한 적 없으며, 분위기를 형성하는 것 또한 잊어버린 적 없다. 타이완어로 창작한 그의 시는 정확하게 표현하면서도 성과가 성공적인 편에 속해서 중국 백화시의 예술에 속한다고 할 수 있다.

뤄즈청羅智成(1955-)은 20살 때 시집 《화책畫冊》(1975)을 출판했지만, 그의 풍격은 《빛의 책光之書》(1979)에서 완성됐다고 할 수 있다. 이후 잇달아 《기울어진 책傾斜之書》(1982), 《땅에 떨어져도 소리 나지 않는 책擲地無聲書》(1989), 《검은색을 금에 새겨넣다黑色鑲金》(1999), 《몽중책방夢中書房》(2002), 《몽중정인夢中情

▶ 羅智成, 《畫冊》(舊香居 제공)

人》(2004),《몽중변우夢中邊郵》(2008)를 출판했다. 그가 구상한 짜임새는 대단히 방대하며 장시를 운용하는 데 뛰어난데 어떠한 힘으로도 막을 수 없을 정도이다. 그가 사용하는 문자는 대단히 현대적이지만 종종 역사로부터 시적 정서를 모색해 낸다. 간혹 시간적 경계를 뛰어넘어 우주와 태곳적 시절을 향해서 무궁무진한 상상력을 펼쳐 보이기도 한다. 별의 역사에서부터 환상적 시공간에 이르기까지 산하를 덮을 듯한 그의 야심을 모두 담고 있다. 그가 쓴 〈담에게 묻다·용問聘·龍〉 제15절을 보면, "나는 경계하고 있는 지혜로운 자 / 긴 뱀처럼 / 천 년 동안 환영처럼, 기세를 이어왔다 / 그는 우주에 또아리를 틀고서 / 천공을 지휘하고 있다 / 처음에는 우주가 그를 대적하고 있었지만 / 그는 종적을 감추었네 / 나 또한 경계심이 사라졌다." 이것은 신화를 동경하고 있음을 전형적으로 표현하고 있다. 용과 뱀 사이의 경계선은 대단히 모호하며, 신화 자체가 숭고한 의지를 의미하고 있기 때문에 평범한 인류가 따라잡을 수 있는 것이 아니다.

▶ 羅智成,《擲地無聲書》

▶ 羅智成,《光之書》

〈용을 좋아하는 엽공葉公好龍〉 이야기처럼 보이지 않을 때는 동경하다가 그것이 어떤 형체로 등장하면 두려워한다. 시인은 항상 어떤 감정이나 세상일을 정의할 수 없는 어떤 것에 기탁하여 시를 쓰기 때문에, 그의 시에 등장하는 수많은 연인들은 여태까지 존재하지 않았던 것처럼 느껴진다. 태곳적 세계가 실제와 동떨어져 있는 것처럼 정의내릴 수 없는 감각은 그의 시적 정취를 축적하고 있는 원천이 된다. 그는 죽음을 노래하고, 영원을 추구하며, 사랑을 품고 있는 낭만주의적 경향을 가지고 있다. 그리고 그는 독백 형식을 선택하여 자신의 내심에서 솟아나오는 시간 의식과 공간 의식을 표현해낸다. 시의 리듬에 있어서 짧은 구를 선택하여 음악성이 시의 행간에서 끊임없이 흘러나오게 한다. 그는 장시로 발전시킬 수 있을 정도로 충분한 상상력을 축적하고 있으며, 때로는 철학적 분위기가 풍부하고, 때로는 감성으로 충만해 있다. 그의 풍격은 기세가 충만하여 일반적인 애정시의 짜임새를 초월한다. 그는 '뤄파羅派 시학'을 창조하여 젊은 세대의 창작에 상당히 큰 영향력을 끼치고 있다.

자오퉁焦桐(1956-)의 본명은 예전푸葉振富이다. 도시생활의 냉담함에 대단히 민감한데, 초기의 작품들은 모두 현대 사회의 고독과 적막함을 탐색하고 있다. 샐러리맨들이 정해진 시간과 공간에서 동분서주하는 것에 관해서 시를 통해 상당히 깊이 있게 보여준다. 자오퉁보다 한 살 적은 시인 린위林彧 역시 같은 어젠다를 부단히 발굴하는 듯했지만 풍격은 서로 완전히 달랐다. 그러다가 1990년대에 자오퉁이 음식문학이라는 길을 개척하기 시작하더니 동세대 시인과 완전히 다른 길을 가게 됐다. 음식은 속된 생활 세계에 속하고, 시 예술은 고아한 정신세계에 속한다고 인식되는데, 그의 붓 아래에서 이 두 세계가 세련되게 결합되어 있다. 자오퉁의 시집 《양기를 기르는 완벽한 식단完全壯陽食譜》은 문단 전체를 뒤흔들었다. 요리책을 통해 일종의 원기회복을 기원하는 내용으로 '식욕·색욕이라는 본능'에 대해서 가장 훌륭한 해석을 했다고 평가받는다. 하지만 시를 깊이 있게 음미해 보면, 날카롭게 남성의 허약한 신경을 건드리고

있다. 이 시집에서 가장 절묘한 부분은 매 편의 시가 끝날 때마다 하나의
식단을 첨부해 뒀다는 점이다. 남성의 양기 위축에 대한 공포를 보여주
는 한편, 위로의 처방전을 제공하는 듯 유머스러우면서도 풍자적으로 표
현하고 있는데 시의 세계를 확장시켰다고 평가할 수 있다. 자오퉁은 이
시집 이후 음식문학의 판도를 개척하는 데 전심전력을 기울이고 있는데,
이 영역은 만약 자오퉁의 혁명적인 창조가 없었다고 한다면 아마 이후에
발전할 여지가 없었을 것이다. 예술과 학술 두 방면을 동시에 발전시키
고 있기 때문에 그가 공헌한 바가 적지 않으며 그 영향력이 후대까지 이
른다고 볼 수 있다. 그의 시와 산문 모두 활발한 리듬을 가지고 있는데,
특히 음식산문은 더 호평 받고 있다. 중요한 작품으로는 《고사리풀蕨草》
(1983), 《포효하는 도시咆哮都市》(1988), 《내가 해후한 송충이我邂逅了一條毛
毛蟲》(1989), 《불면곡失眠曲》(1993), 《양기를 기르는 완벽한 식단》(1999), 《청
춘의 표본靑春標本》(2003), 《어린 시절의 꿈童年的夢》(1993), 《마지막 무도장
最後的圓舞場》(1993), 《세계의 가장자리에서在世界的邊緣》(1995), 《영혼의 연
가(1)心靈戀歌(1)》(1997), 《영혼의 연가(2)心靈戀歌(2)》(1997), 《처마 밑 풍경屋
簷下的風景》(2003), 《나의 방사我的房事》(2008), 《타이완의 맛台灣味道》(2009),
《폭식 강호暴食江湖》(2009)가 있다.

  린위林彧(1957-)는 시집 《꿈에 가려는 여행夢要去旅行》(1984), 《독신일기
單身日記》(1986), 《사슴 계곡鹿之谷》(1987), 《연애놀이규칙戀愛遊戲規則》(1988)
을 출판한 전형적인 도시시인 중 하나로, 주로 현대인의 권태·실망·적막
함을 다룬다. 그는 대담하게 시인과 샐러리맨 사이의 모순에 대해 표현했
으며, 도시에 살고 있는 사람들이 관계에서 느끼는 소외감과 냉담함에 대
해서도 과감하게 묘사했다. 종종 자아를 조롱하는 시구로 인해 난감하기
도 하지만, 다른 사람을 조롱하는 것은 찾아볼 수 없다. 행과 행 사이의
연결 부분에서 내심 세계의 정서적 동요가 드러난다. 몇 편의 시는 오래
도록 음미할 만한데, 〈엄마, 당신도 조심하세요媽媽, 請您也保重〉와 〈클립
迴紋針〉 같은 시에서는 인성의 어두운 면을 통찰하고 있다. 하지만 린위가

도시시인이기만 한 것은 아니다. 높고 험한 산을 가진 대자연이야말로 그가 동경하는 곳이다. 그는 산으로 돌아가는 것을 선택하여 환경이 오염되고 인성이 타락한 도시문화에 대해서 최대한 저항을 표출할 것이다.

루한슈路寒袖(1958-)의 본명은 왕즈청王志誠으로 상당히 뒤늦게 명성을 얻은 시인이다. 시풍은 리얼리즘과 모더니즘 사이에 놓여 있으며, 리듬은 안정적이고 문자의 운용은 간결하여 때로 가요에 가깝다고 할 수 있다. 루한슈는 천수이볜陳水扁을 위해 대중들 사이에서 대단히 유행했던 경선 가요를 써 줬기 때문에 주목을 받게 됐다. 한 번은 타이베이 시장 선거 때 〈타이베이 새로운 고향臺北新故鄉〉과 〈봄날의 꽃송이春天個花蕊〉를, 또 한 번은 총통 선거 때 〈아름다운 꿈을 꾸니, 함께 하기를 바랍니다有夢最美, 希望相隨〉를 써 줬다. 선거 홍보곡은 그의 창작에서 가장 많은 부분을 차지한다고 할 수 있는데, 셰창팅謝長廷과 랴오융라이廖永來에게도 각각 선거 홍보곡을 써 준 바 있다. 그의 시는 기억을 더듬는 데 집중하고 있어서 행간에서 느껴지는 시간의 흐름이 광활하고 깊이 있는 느낌을 준다. 그중에서 장시 〈나의 아버지는 열차 기관사我的父親是火車司機〉는 가족의 가난했던 생활에 대해서 다루고 있는데, 철길을 인생의 기나긴 여정에 빗대어 묘사하고 있다. 중요한 작품으로는 《아침, 차가움早, 寒》(1991), 《꿈의 촬영기夢的攝影機》(1993), 《봄날의 꽃송이》(1995), 《나의 아버지는 열차 기관사》(1997), 《루한슈 타이완어 시선路寒袖臺語詩選》(2002)이 있다.

천커화陳克華(1961-)는 동세대 시인들 중에서도 인간의 신체에 대한 시로 유명하다. 그의 중요한 시집으로는 《고래를 탄 소년騎鯨少年》(1986), 《천체 이야기星球紀事》(1987), 《내가 주운 두개골 하나我撿到一顆頭顱》(1988), 《고독과의 무궁한 놀이與孤獨的無盡遊戲》(1993), 《생명이 꺾어 도는 지점에서我在生命轉彎的地方》(1993), 《머리를 베다欠砍頭詩》(1995), 《아름답고 심오한 아시아美麗深邃的亞細亞》(1997), 《낯선 사람을 사랑하지 마시오別愛陌生人》(1997), 《죽어서 운영하기 때문에 복잡한 시편因爲死亡而經營的

繁複詩篇》(1998)이 있다. 그는 과감하게 금기시되는 육체에 대해 다루며 글자를 사용함에 있어 전혀 거리낌이 없고, 자위·콘돔·정액·항문과 같은 단어를 끊임없이 작품속에서 등장시킨다. 천커화의 개방적인 시풍은 사실상 도덕의 허위의식을 비판하고 있다. 그는 시 전반에 걸쳐 육체와 정욕을 억압하는 것이야말로 부도덕임을 강조하고자 한다. 그는 눈물과 정액을 함께 거론하며 전자는 정서를 암시하고 후자는 정욕을 암시하지만, 똑같이 신체의 해방과 배설을 상징하고 있다고 본다. 그의 시풍은 포스트모던 사회의 지표로 간주되지만, 그는 가볍게 주체의 해체를 언급하지 않는다. 이와 반대로 주체에 대해서 강조하는 작품을 대량으로 창작했다. 평범한 사물 속에서 성적 적막함을 관찰해 내어 의외의 상상력을 대거 발휘했다. 이를 테면 〈변기馬桶〉와 같은 작품에서 "인류의 진화는 아직 완성되지 않았다. 그 증거로 / 변기 / 의 형태가 특이하게도 / 볼기짝 두 개를 허공에 오래도록 떠 있게 하니까." 또는 〈우산傘〉에서 "빗물을 배부르게 빨아들이고서 / 문에 걸려 잊혔다가, 왜소하게 / 흐물흐물하게 / 몽정한다"와 같은 식으로 말이다. 이와 같은 시구를 대단히 영리하게 운용하면서도 유머를 잃지 않아 마치 폐쇄된 공간에서 생활의 달콤한 맛을 찾고 있는 듯 표현해 낸다. 그의 또 다른 시 〈정거장 전언車站留言〉에서는 최소한의 편폭을 활용하여 가족이 사방으로 흩어지게 된 이야기를 풀어놓고 있어서, 풍자적인 한편 비할 데 없이 가슴 아픈 감성을 전달한

▶ 陳克華(《文訊》 제공)

다. 그래서 시인이 문자를 간결하게 사용하고 있음을 충분히 느낄 수 있다. 성과 현실 사이에서 문자와 자구를 대단히 정확하게 사용하고 있는데, 조금도 조심하는 바가 없기 때문에 색정시로 취급될 가능성이 농후한 편이기도 하다. 그럼에도 불구하고 위험 요소에 도전하고 용감하게 모험하는 그의 시도는 결과적으로 사람들을 즐겁게 해주는 예술적 효과를 발휘한다고 할 수 있다.

홍홍鴻鴻(1964-)은 국립예술대학 연극과를 졸업했다. 그는 일찍이 모더니즘 시 잡지 《현대시現代詩》의 주편을 맡은 바 있으며, 27세에는 양더창楊德昌의 영화 《고령가 소년 살인 사건牯嶺街少年殺人事件》에 참여하여 금마장金馬獎 극본상을 받았다. 영화와 무대용 편극, 그리고 감독 역할에 뛰어난 그는 작업과 관련해서 "…… 간혹 사람을 이해할 방법이 없다고 느껴질 때가 있다. 통상 나 역시 이해하기를 포기하는 편이지만, 간혹 이해할 필요가 있다고 느껴질 때면 시를 쓰게 된다"라고 밝힌 바 있다. 그의

▶ 陳克華, 《欠砍頭詩》

▶ 陳克華, 《與孤獨的無盡遊戲》

시에서는 희곡 장르와 같은 현장감이 상당히 느껴지는데, 문자 사이에서 공간과 시간을 등장시키고 실제 동작을 추상적인 사고에 배합시키기 때문에 독자들의 상상을 유발한다. 작품으로는 시집《어둠속의 음악暗黑中的音樂》(1990),《여행 중에 지난 번 여행을 추억하다在旅行中回憶上一次旅行》(1996),《나와 무관한 것與我無關的東西》(2001),《흙으로 제작한 폭탄土製炸彈》(2006),《여자아이 마리와 벽을 극복하는 소년女孩馬力與壁拔少年》(2009), 산문집으로는《갈 수 있는 집, 먹을 수 있는 배可行走的房子可吃的船》(1995),《한물 간 어린이의 낙원過氣兒童樂園》(2005), 소설집으로는《소설을 쓰는 물고기一尾寫小說的魚》(1996) 등이 있다.

쉬후이즈許悔之(1966-)는《햇빛 비치는 벌집陽光蜂房》(1990),《육신肉身》(1993),《부처는 필요없고, 나를 위해 눈물을 흘려줘我佛莫要, 爲我流淚》(1994),《고래가 바다를 갈망할 때當一隻鯨魚渴望海洋》(1997),《사슴의 슬픔有鹿哀愁》(2000), 그리고 유성 시집《잃어버린 하다遺失的哈達3)》(2006)가 있다. 초기의 시풍은 뤄푸洛夫의 영향을 많이 받았으며 받았으며, 진정으로 자신의 풍격을 써내기 시작한 것은 1994년에 발표한 시집부터이다. 부처와 나 사이에서 신성과 인성이 대결을 하는데, 표면적으로는 한 차례 깨달음을 거치지만 골육이 있는 신체는 여전히 집착에 빠져 있다. 인성의 상승과 하강이 느껴지는 부분이 이 작품에서 가장 아름다우며, 부처를 추구함으로써 육체가 타락했음을 분명히 깨닫게 된다. 인간의 신체를 다루는 시 중에서 이 시집의 위치는 대단히 중요하다고 할 수 있다.

1980년대 포스트모던 시인들이 발산한 빛은 눈부시게 찬란하다고 평가할 수 있다. 별이 사방에 총총히 빛나고 있는 밤하늘처럼 시인들마다 각자 선명한 자리를 하나씩 차지하고 있어서 다 헤아릴 수 없을 정도이다. 장지린張繼琳(1969-)과 차오니曹尼(1979-)는 이란宜蘭에서 와이쯔와이

---

3) 하다는 티베트족 또는 몽골족이 경의를 표하거나 축하의 뜻으로 사용하는 흰색, 황색, 남색의 비단 수건을 가리킨다.

시사歪仔歪詩社[4])를 결성하였는데, 창
작량이 대단히 풍부하여 상당한 주
목을 받고 있다. 세대 전반에 걸쳐
논의할 만한 시인들이 넘칠 정도로
많으며, 자신들의 시대를 위해 매우
광활한 세상을 창조하고 있다.

▶ 許悔之《《文訊》 제공)

포스트모던 소설의 등장

포스트모던 문학의 특징은 언어
의 진실성을 문제삼는 데 있다. 모든
주류 담론, 권력 전파, 정치 구호는
언어·문자에 의지해서 전달된다.
1980년에 들어선 이후 미디어와 지
식이 폭발하자 풍부한 수단을 제공했다. 특히 인터넷시대가 도래하자 가
상의 부호가 진실한 세계를 대거 침입했다. 이러한 현상은 '문자에 의지'
하거나 '눈으로 목격하는 진실'이라는 문화전통을 극렬하게 동요시켰다.
문자에 근거하고 사진을 증거로 삼는 것은 사실을 증명할 수 없을 뿐 아
니라 거꾸로 각종 허구와 모방이 난무하게 만들었다. 문자는 이제 더 이
상 진리 또는 사실의 담지체가 아니며 오히려 거짓말 또는 유언비어를
퍼뜨리는 도구가 됐다. 정치적 약속이 정객의 자산이 되었고, 역사적 기
억이 자아를 팽창시키는 편리한 도구가 됐다. 이제 엄연히 거대한 허구
의 시대가 도래한 것이다. 계엄 이후 정당이 난립하여 일당독재를 대체
하고, 다양한 미디어가 관방의 통제를 대체했다. 포스트모던의 대가 앤디

---

4) 와이쯔와이는 이란 지역에 있던 갈마란족噶瑪蘭族의 마을을 지칭하는 용어로, '담
   배'라는 뜻인데 다원에스닉문화를 문학세계에서 포용하고자 결성된 시단이다.

워홀Andy Warhol은 "모든 사람은 15분 만에 유명해질 수 있다"라고 했다. 이러한 시대가 확실히 타이완에 도래했다. 그래서 입신양명을 위해 할 수 있는 모든 수단을 시도해 볼 수 있게 됐다. 진실과 거짓 사이의 장력, 사실과 허구 사이의 줄다리기가 타이완에 사는 사람들의 민감한 신경을 시험하기 시작했다. 이러한 정치 환경은 타이완작가로 하여금 현실에 대해 회의를 하게 만들었다. 가상적인 것, 우스꽝스런 모방, 거짓말, 환상이 점차 타이완 소설의 관심의 대상이 됐다.

타이완작가들이 언어가 진실을 전달할 수 있는지의 여부에 대해 유보적인 태도를 취하기 시작한 것은 1980년대부터이다. 이것은 권위적인 체제가 동요하고 자본주의가 고도로 발전하는 시기와 거의 같이 전개됐다. '반공 수복'이라는 구호가 계엄 시기 전반을 관통했지만, 이처럼 엄숙하고 방대하게 유포됐던 정치적 약속이 구체적으로 실천된 적이 없다. 역사적으로 국가 기제가 거짓으로 제조한 것이었음이 증명되었고, 이를 의심하지 않고 성실하게 믿었던 사람들로 하여금 끊임없이 환멸을 느끼게 만들었다. 만약 국가의 언어가 이와 같다면, 일반적인 미디어가 전하는 정보는 문자든 영상이든 간에 더 이상 설득력이 없을 것이다. 타이완은 더 이상 중국을 대표하지 않게 됐고, 국가는 더 이상 신성한 상징이 아니며, 독재정치는 계속 도전을 받고 있으며, 역사적 진실은 무엇인지 여전히 의문으로 남아 있는 상태이다. 노병 귀향 운동이 시작되었다는 것은 전후의 정치적 신화가 해체된 것과 같다는 의미였다. 이것은 일종의 후광을 제거하는 과정으로, 민족주의와 이데올로기를 포함한 용속한 정치 신앙에 대해서 그동안 감히 묻지 못했던 것을 모독하는 행위이다. 이것은 한 시대가 끝났음을 알리는 것으로 문학의 정의 역시 새롭게 사고되는 단계에 이르렀음을 가리킨다. 1970년대를 풍미했던 리얼리즘이 1980년대로 접어들자 바로 포스트모더니즘 경향으로 대체됐다. 이것은 민족國族신화가 와해되자 연쇄적인 반응을 일으킨 것이라 할 수 있다.

1990년대로 들어선 이래 지나친 도덕·법률·전통적 금기가 하나씩 제거됐다. 문학은 완전히 개방된 공간이 되었는데, 이른바 개방이란 모든 어젠다를 받아들인다는 뜻이다. 그중에서 가장 멀리 가장 깊은 곳에 묻혀 있던 제재 즉, 성과 정욕이 부상했다. 모든 사람들은 자신의 신체와 평생 함께 살아가지만 자신의 생리구조나 성적 취향에 대해서 완전히 이해하지 못한 채 살아간다. 이는 신체와 감각이 여태껏 개인에게 속한 적이 없었기 때문이다. 도덕교육과 정치선전이 신체를 공공의 영역으로 만들었기 때문이다. 사랑과 욕망, 삶과 죽음, 희노애락은 상품이 마켓팅 전략에 따라 배치되듯 모두 장기간 국가 정체성이나 부권 사유에 의해서 배치된 경향이 강하다. 중국 의식이든 마침 막 깨어나고 있던 타이완 의식이든 관계없이 사실 모든 담론이 일종의 거대서사를 형성시키고 있었던 것이다. 담론들은 남성적이고陽剛 강인한 민족주의를 존중했는데, 모두 창조·대항·대결의 힘을 키우기 위한 것이었다. 그래서 1970년대 향토문학운동이 구름처럼 만기했을 때에도 신체의 감각은 여전히 은폐되어 있었다. 1980년대로 진입한 이후, 자본주의가 고도로 발전하고 에스닉·젠더·계급 사이의 간극을 넘어선 이후에야 새로운 미학이 비로소 구축되기 시작했다. 피부의 감각, 깊은 곳에 있는 욕망이 바로 이 시기에 자기자리인 신체로 돌아온 것이다. 육체로 국가에 대항하고 정욕으로 사회를 되비춰보는 것이 창작의 새로운 방향이 됐다. 장기간 억압받던 정욕이 항의하는 태도로 새롭게 문학의 영역으로 귀환한 것이다. 신체 서사는 일찍이 모더니스트들이 탐색을 시도해본 영역이지만 잔혹한 도덕적 심판을 받았다. 1980년대에 등장한 육체 해방은 사실 역사적으로는 뒤늦었다고 할 수 있다. 번역을 통해 많은 담론이 타이완으로 들어왔으며 작가들의 상상력에도 당연히 파란을 일으켰다. 예를 들면 푸코Foucault의 《감시와 처벌Discipline and Punish》, 《성의 역사History of Sexuality》는 서구 문화사에서의 성적 금기를 다루고 있다. 권력의 채찍과 처벌을 통해 성욕을 억압하는 것을 관습화하게 됐고 제2의 자연이 되었다는 것이다. 만약 성 어젠다를 개방시키자고 한다면 인식적 측면에서 재계몽이라 볼 수 있는데 이것은 정확한 표현이다. 성을 사악하고 더럽고 비천하며 패도霸道로 보는 것은 권위적 가치의 자장이 강하게 흐르고 있음을 증명하며, 피억압자들이 자신도 모르는 사이에 권력 지배자와 공모하고 있음을 가리킨다.

▶ 舞鶴(麥田出版公司 제공)

우허舞鶴의 본명은 천궈청陳國城 (1950-)으로 현재까지 발표한 작품으로는《습골拾骨》(1995),《시소설詩小說》(1995),《아방 카러우스를 생각하다思索阿邦·卡露斯》(1997), 《17세의 바다十七歲之海》(1997), 《여생餘生》(2000),《구이얼과 요괴鬼兒與阿妖》(2000),《비애悲傷》(2001),《우허단수이舞鶴淡水》(2002)가 있다. 너무 늦게 군복무를 했기 때문에 제대하고서 단수이라는 소도시에서 은거했는데, 이로 인해 향토문학논쟁의 불길이 연일 타오르고 있을 당시의 그는 이 연기를 비껴나 있었다. 그는 타이완 본토파는 아니지만 많은 동년배 작가들보다 훨씬 더 본토적이며, 리얼리스트는 아니지만 같은 세대 작가들보다 훨씬 더 사실적이며, 모더니스트는 더 더욱 아니지만 대단히 모더니즘적으로 표현한다. 우허의 풍격은 오롯이 그 자신에게 속한다고 할 수 있는데, 전형적인 타이완의 역사적 산물이지만 여태껏 어느 하나의 유형에 편입된 적 없다. 정욕을 탐색한 것은 그가 가장 끝까지 밀고나간 문제이다. 그가 색정에 관해서 대담하게 표현할 수 있었던 것은 시대와 사회가 이미 대단히 관용적으로 변했기 때문이다. 그의 태도는 곳곳에서 의문을 야기하는데, 이것은 그가 정치적으로 부정확함을 보여주기 때문이다. 그는 기이한 오이디푸스 콤플렉스를 가지고 있으며, 다양한 각도에서 역사를 바라보기도 하고, 국가폭력에 대해 대단히 저항적이며, 도덕세계를 전혀 개의치 않는다. 그는 육체의 자유를 추구하며, 항상 사회 밑바닥에 있는 주변인 또는 주류 사회에서 괴상한 사람으로 취급받거나 각종 이유로 소외되는 자들을 자세하게 관찰하고 스스로 소설 속 인물의 화신이 되기도 한다. 〈습골〉 속에는 경악할 만한 묘사가 있다. "나는 그녀의 풍성한 음모 사이에 숨어서 몰래 그녀의 금니를 입에 머금고는, 대퇴를 감고 있는 아래를 물어뜯으니, 사타구니 사이에서 폐수 습지 같은 살기가 피어올랐다", "그녀는 아이를 가져본 적 없는데, 오늘 내가 바로 육체관계 없이 낳은 자신의 아들처럼 느껴진다고 했다. 내가 배꼽으로 들어가려 한다고 하자, 그녀는 나만 들어가게 해주겠다고 했다."[16] 죽음의 기운이 얼마나 가까운지, 그러면서 살고자 하는 욕망 또한 얼마나 강렬한지. 오이디푸스 콤플렉스를 이렇게 생생하면서도 공포스럽게 묘사했으니, 이것은 일말의 시학도 없으며 사회적 도덕의 노선을 따라서는 얻을 수 없는 것이다. 오히려 정상적 사회를 벗어나는 망상은 허무하게 떠다니는 환상적 분위기로 들어서고 나서야 언어로 표현될 수 있을 것이다. 다분히 자의식적이면서도 다분히 몰아沒我적인 우허는 심혈을 기울여서 성과 정치 사이에서 도전을 하고 도발을 일으키는데 이를 통해 독특한 운치를 느낄 수 있다.

광인 우허는 때로 냉정하게 역사를 관찰하는 사람으로 변하여 우서霧社사건의 전설에 천착하여

▶ 舞鶴, 《拾骨》

푸리埔里 산지에서 거주하며 이를 고찰하기로 결정하고 그 결과 장편소설 《여생餘生》5)[17]을 써냈다. 논쟁거리로 충만한 이 소설은 일반적인 문장부호를 완전히 버리고, 명확하게 말할 수도 없고 분명하게 설명할 수도 없는 역사 이야기에 관해 처음부터 끝까지 문장부호 없이 서술되어 있다. 원주민들이 일본 식민지배자의 폭력하에서 멸종의 위기에 몰린 것, 그리고 그 사건 후에 또 다시 자신들의 땅에 속하지 않는 촨중다오川中島로 이주당하여 완전히 어떤 자주적인 의식이 없는 삶을 살아가고 있는 상황에 대해서 말이다. 이처럼 거세당하고 거세당한 역사는 일찌감치 잊혀질 수 있었다. 우허는 푸리 산지에 거주하던 시기에 이 사건의 전반적인 의미에 대해 다시 생각해보게 됐다. 소위 문명이란 것이 사실은 야만보다 훨씬 더 야만적이라고 말이다. 식민시기에 야마토민족은 폭력을 사용해서 타종족 전체를 소멸시키고자 했고, 전후에는 중화민족이 또 다시 폭력으로 모든 기억을 소멸시키고자 했다. 역사적으로 기억되지 않는다는 것이 사건이 이전에 발생하지 않았음을 의미하는 것인가? 만약 원주민 종족이 소멸되어 기억도 따라서 소멸되었다면 이것이야말로 잔인한 문명의 극치가 아닌가? 우허는 내심의 독백과 중얼거리는 혼잣말을 통해서 어지러운 글자들 사이에서 자신의 마음속에 있는 분노와 불만을 풀어냈다. 《여생》이 형식을 갖춘 소설이라고 할 수 있는지 검토를 하지만 그가 심혈을 기울여 중국어 글쓰기 방식을 거부하고자 한 것은 외부에서는 이해할 수 없는 원주민의 목소리를 전달하고자 함이 아니었을까? 그럼에도 불구하고 수난을 당한 원주민에게 우허의 이러한 표현방식은 받아들여질 수 있는 것일까? 소설의 구조와 전개방식 상에서 전통적인 서사학의 규율로부터 완전히 벗어난 것은 그의 중요한 서사 전략일 수 있으며, 모든 문화중심론으로부터 해방되려는 것이라고도 할 수 있다.

《구이얼과 요괴》[18]는 남녀를 구별하는 경계선을 파괴하는 신체에 관

---

5) 이 작품의 한글판은 문희정 옮김, 《여생》(지만지출판사, 2015)을 참고하시오.

한 소설로, 남녀로 성을 구분하는 이원론적 사유방식에서 벗어나고자 한 작품이다. 두 성을 대조하고 두 성별을 대조하고 대립시키는 것은 소설 창작에서 전통적인 관습인 듯하다. 만약 성에 대한 이원론적 사고에서 벗어나게 된다면 정욕을 묘사함에 있어서도 훨씬 풍부한 가능성을 찾을 수 있을 것이다. 우허는 '정치적 헤르마프로디테'[6]라고 자처하며 남성 중심적 신화를 까발리고자 한다. 정욕의 경계선을 돌파하기 위해서 그는

▶ 舞鶴, 《鬼兒與阿妖》

문자가 가지고 있는 고정적인 의미를 떼어내고 텅 비어있는 용기로 만든 다음, 수시로 새로운 상상을 주입한다. 만약 언어가 남녀 간 권력관계에 있어서 법칙으로 작용한다고 생각한다면, 이것을 돌파하고자 하는 의지를 가진 자라면 반드시 문자 부호를 어떻게 하면 전복할 수 있을 것인지 우선적으로 고려할 필요가 있을 것이다. 그가 만들어낸 '구이얼鬼兒'이라는 단어는, 외래어인 '퀴어Queer'와 구분하기 위한 것이다. 만약 '퀴어'가 반체제적이면서도 체제에 대한 승인을 암시하고 있다고 한다면, '구이얼'은 타이완 본토에 속한 명사이며, 체제 밖에서 존재하고자 하는 의지가 담긴 것으로 천지개벽에 이르고자 하는 정신이다. 앞서 《17세의 바다》에

---

6) 헤르메스와 아프로디테라는 두 개의 이름에서 각각 따라서 명명된 단어이다. 전설에 따르면 헤르메스와 아프로디테 둘 사이에서 생긴 아들이라고 한다. 이후에는 '자웅동체인'이라는 뜻으로, 남여의 신체적 특징을 모두 가지고 있는 사람을 가리키는 용어가 됐다. 현재 프랑스 루브르박물관에서 '헤르마프로디테'라는 조각상을 볼 수 있다.

수록된 편지글 〈동성애자의 비밀수기一位同性戀者的秘密手記〉에서 그는 이미 다음과 같은 문장을 쓴 적 있다. "당신 자신의 내부에 있는 여인을 해방시켜서, 스스로 남성과 셀 수 없을 만큼 관계를 맺게 하라. 체험하라, 자신을. 시작도 끝도 없는 데서 온 그 여인을."[19] 우허가 《구이얼과 요괴》를 쓸 당시에는 이미 이성애와 동성애라는 사고방식을 넘어섰기 때문에, 자신의 텍스트를 주변 중에서도 주변에 처하게 만들었다. 이것은 항간에 존재하고 있는 각종 가치 관념을 일괄 승인하지 않겠다는 것을 선포한 것과 같다. 우허는 현재 세기를 넘어서고자 하는 중요한 작가로, 그의 타이완 본토에 대한 정의는 전혀 본토의 규칙을 준수하지 않고 있다. 우허는 타이완의식을 주장하는 자들에게 이단이며, 중국의식을 강조하는 논자들에게도 이단이며, 심지어 글로벌화 풍조 속에서도 더 더욱 이단이다. 우허의 문학적 위치는 바로 이와 같이 독보적이다.

장다춘張大春(1957-)은 소설의 서사방식을 쇄신한 첫 번째 작가로, 역사·기억·사실·진리·지식·정치에도 용감하게 도전한 모험가이다. 사실

▶ 張大春(《文訊》 제공)

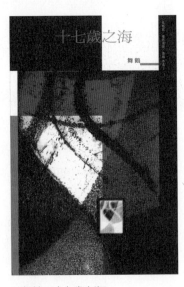

▶ 舞鶴, 《十七歲之海》

과 허구 사이에서 그리고 진실과 거짓 사이에서 그는 극도로 광활한 소설의 판도를 열었다. 그의 문학세계는 의식적으로 문자전통의 속박에서 벗어나고자 했으며 특히 주류 가치에 지배당하기를 거부했다. 현실사회에 고도의 불만을 표출한 것은 신문 미디어와 TV방송과 정치 인물이 모두 언어를 이용하여 근거 없는 사실을 과장한다는 사실을 증명하기 위해서였다. 이른바 언어란 것이 더 이상 진리를 담는 그릇이 아니라 권력이 타고 흐르는 일종의 파이프로 전락해버렸다는 것이다. 당대 사회의 모든 소통 방식이 진즉에 언어·문자의 숭고함과 신성함을 무너뜨려버렸음을 발견하자 그는 인간의 도리를 이용하여 인간에게 복수하는 일종의 이열치열 방식을 생각하지 않을 수 없었다. 장다춘은 받은 술잔에 답례술을 권하겠다는 독특한 방식으로 허구와 진실이 불분명한 소설 서사에 호소하기로 한 것이다. 바로 이 지점이 주목할 만한 점으로, 그는 가짜 지식 pseudo-knowledge을 심혈을 기울여 만들고 역사적 고증을 진행하여 정치를 해체하는 데 힘쓰고 기억을 집어넣어 재건했다. 그는 기호를 손바닥 안에서 가지고 놀면서 느슨해진 문자를 다시 생동적이고 핍진하게 만들었는데, 여태껏 이런 작가는 없었다. 소설을 그렇게 광범위한 판도까지 밀어붙인 것도 독자를 더 먼 경계까지 데려간 것도 오직 장다춘만이 할 수 있었다.

장다춘의 창작물은 대단히 풍부한데, 1980년 《닭의 깃털 그림鷄翎圖》[20]이 발표되자 문단에서 그의 입지는 바로 다져졌다. 모든 작가들이 그러하듯 자신의 생명 원천에서부터 창작하기 시작한 것은 그도 예외가 아닌데, 그의 소설을 통해 군인가족 동네眷村의 그림자를 자주 확인할 수 있다. 가장 많이 논의된 단편소설은 〈쓰시의 애국四喜憂國〉[21]으로 소시민의 당시 역사에 대한 몽상을 다루고 있다. 오래된 군인가족 동네에 살고 있는 노병은 성심성의껏 선대 총통 장제스蔣介石를 위해 '전국 국민 동포에게 알리는 글'을 쓰려고 한다. 꿈과 현실의 낙차가 소설 전반에 걸쳐 장력을 구성하고 있어 대단히 풍자적이면서도 우스꽝스러운데, 그 속에 슬픔과 연민을 내포하고 있다. 장다춘이 도달하고자 했던 차원은 평범한 리얼리즘이 아니었으며 유행하는 도시문학도 아니었다. 그는 소설 장르라는 경직된 개념을 타파하여 진실을 더욱 진실하게 표현하고자 애썼다. 향토문학이 쇠락하고 도시문학이 고개를 들 무렵, 장다춘은 대담하게 자신의 소설 세계를 분명하게 정의하고자 했다. 사실이 반드시 사실인 것은 아니며, 허구 역시 반드시 허구인 것은 아니다. 문자는 다만 일종의 재현 수단에 불과한 것으로 진리와의 거리는 아주 가깝기도 하고 그렇지 않기도 하다.

자신의 소설이 결국 포스트모던한 메타서사에 속하는가의 여부에 대해서 장다춘은 전혀 개의치 않았다. 그가 염두에 둔 것은 소설의 어조였다. 소설의 기법에 대해서 그가 일찌감치 깨달은 것은 생동하는 언어가 없으면 생생한 이야기도 없다는 사실이다. 작중인물들을 구체적으로 독자의 눈앞에 등장시키기 위한 최소한의 조건은 언어를 어떻게 연출하는

▶ 張大春, 《四喜憂國》

▶ 張大春, 《雞翎圖》

가에 달려 있다고 생각했다. 1980년대의 타이완 문학이 만약 한바탕 소리 없는 혁명을 겪었다고 한다면, 그것은 절대적으로 언어의 그물을 돌파하는 문제에 속해 있었다고 할 수 있다. 이 언어혁명에 헌신한 리더격의 인물들 중 하나가 장다춘이다. 기호는 역사의 감옥에 머물러 있을 수 없으며, 그것을 깨고 다시 구축하는 것이 바로 이 세대 소설가들의 임무였던 것이다. 장다춘은 작중인물의 말투를 꽉 움켜쥐고서 서사기교를 끌어올리는데 온 정신을 집중했다. 바로 그 스스로가 말한 것처럼 "그가 먼저 느꼈던 것은 하나의 스토리 속의 정감과 이 스토리를 엮어내는 말투 속의 정감이다. 자기 자신이 풍부한 스토리를 가지고 있는 사람으로서 성급하게 이야기를 풀어내고자 할 때 반드시 거목 하나가 있어야지만 그것을 끌어안고서 망망한 글자라는 바다 위를 떠다닐 수 있을 것이다. 이것이 바로 어조이다."[22]

이후 그의 모든 작품은 거짓과 허구에 도전하는 데에 집중되어 있다. 《아파트 안내公寓導遊》(1986)를 포함해서 《시간의 축時間軸》(1986), 《쓰시의 애국》(1988), 《즐거운 도적歡喜賊》(1989), 《대단한 거짓말쟁이大說謊家》(1989), 《병리변화病變》(1990), 《소년 다터우춘의 생활주기少年大頭春的生活週記》(1992), 《내 여동생我妹妹》(1993), 《상교에게 줄 편지를 쓸 사람이 없다沒人寫信給上校》(1994), 《거짓말 신도撒謊的信徒》(1996), 《개구쟁이野孩子》(1996), 《재능本事》(1998), 《구인 공고尋人啓事》(1999), 《도시 국가 폭력단城邦暴力團》(4권, 1999-2000), 《부친에게 귀기울이다聆聽父親》(2003), 《춘등공자春燈公子》(2005), 《전하양戰夏陽》(2006), 《알고 있는 몇 글자認得幾個字》(2007), 《부귀 동굴富貴窯》(2009)이 있다. 그가 보여주는 기세는 제어할 수 없을 만큼 도도해서 시간의 한계를 완전히 넘어선다. 그가 반복적으로 탐색하고자 한 것은 진리 속에 거짓을 새겨 넣고, 거짓 속에 진리를 숨겨두고서 최대의 관건은 믿느냐 믿지 않느냐만 달려 있을 뿐이라는 것이다. 여기에 이데올로기나 정치적 입장을 견지한다면 거짓이 곧 진리로 승격될 수 있음을 보여주고자 한다.

정치적 입장이나 손익을 따져 적을 대하면 진리는 모두 거짓으로 전락할 수 있다.《거짓말 신도》[23]를 예로 들자면, 이 소설은 제1차 총통 대선 때 완성됐다. 온 세상이 시끌벅적할 때 이 작품은 분명히 특정한 후보자를 겨냥해서 비판을 가했으며, 심지어 책 표지에 작가의 입장을 선명하게 표명하기도 했다. "《거짓말 신도》는 어떤 정객의 일신에 논쟁을 집중시켜 새겨 넣었다고 하기보다는 권력욕에 이끌린 비겁함·탐욕·오만과 무지한 인간의 약한 본성을 폭로했다고 말하는 편이 옳을 것이다. 권력이 그것을 가지거나 잃는 사람을 어떻게 굴복시키고 빌붙게 하며, 독단적으로 만들었다가 심지어 맹목적이게 만드는 것인가에 관해 탐구하고자 했다. 이것은 거짓이 내키지 않는 사람이라면 반드시 따져보아야 할 문제로, 오직 이렇게 따져 봐야지만 인민은 지도자를 초월할 수 있고 있고, 역사는 정치적 영향력에서 벗어날 수 있으며, 신도는 신과 거리를 유지할 수 있으며, 소설은 거짓말을 와해시킬 수 있다." 이 소설에서 신과 특무요원 사이의 경계를 모호하게 만드는 데 주의를 기울인 까닭은 권력

▶ 張大春,《撒謊的信徒》

의 가장 높은 곳까지 올라가서 거짓을 말하는 자의 진짜 인격에 대해 고찰해 보기 위해서였다. 이 작품에는 장난도 있고 풍자와 비판도 있어서, 기호 고유의 의미를 완전히 해방시킨다. 인간과 신이 대결하는 부분은 거짓말을 하는 자의 권력을 성공적으로 해체하지 못한 듯한데, 이 소설이 담고 있는 비판적인 내용에는 날카로움이 있지만 정확성은 다소 떨어져서 장다춘의 초기 서사전략과는 큰 낙차를 보이고 있다.

장다춘이 뒤이어 쓴 《재능》[24]과 《구인 공고》[25]에는 현실에 있음직한 이야기 이른바 진실에 관한 이야기가 대량으로 수록되어 있다. 장다춘은 당시 부상하고 있던 타이완의식 혹은 본토의식에 대해서, 그리고 이에 동반된 리얼리즘 미학에 대해서 상당히 회의적이었다. 좀 더 정확하게 말하자면, 그는 공산당의 좌파 민족주의, 국민당의 우파 민족주의, 그리고 민진당의 극우 민족주의 모두를 받아들일 수 없었다. 거짓말 속에서 진리를 탐색하고, 진리 속에서 거짓말을 폭로해 보인다. 이러한 사유방식으로 그는 인간과 신의 경계선을 무너뜨리기 시작했고, 심지어 인간과 귀신의 간극까지도 해체했다. 이러한 사고방식을 따라가면 역사와 기억은 대단히 믿지 못할 것으로 변하게 되고, 이에 근거한 모든 권력의 기초 역시 전반적으로 흔들리게 된다. 믿는 자는 믿고 믿지 않는 자는 항상 믿지 못하는 것, 이것은 인간의 심층에 자리하고 있는 강건함과 나약함을 철저하게 폭로하는 것이다. 장다춘의 글쓰기 작업은 타이완 소설 예술에서 이정표를 세운 것이다. 현재까지 장다춘을 따라잡을 동년배나 후배는 아직 나오지 않았다고 할 수 있다.

롼칭웨阮慶岳(1957-)는 대기만성 작가로, 그의 동년배들은 대부분 1970년대 말기 또는 1980년대 초에 두각을 나타내기 시작했지만, 그는 세기가 교차하는 시기가 되어서야 비로소 주목받게 됐다. 초기에 그는 건축과 문학이 서로 통하는 지점이 없다고 생각했지만 이후 건축, 영상, 소설은 미학을 통해 연결될 수 있음을 깨달았다. 문학 계몽의 시대에 그는 일찍이 프랑스 소설가 앙드레 지드Andre Gide와 타이완 작가 치덩성

▶ 阮慶岳(阮慶岳 제공)

七等生에 상당히 천착했다. 스타일은 물론 주제, 문자기교에서 다소 치덩성과 같은 번잡함과 우회적인 맛을 띠고 있었지만 색채는 비교적 밝았다고 할 수 있다. 치덩성은 사회현실과 일정한 거리를 유지했지만 롼칭웨는 용감하게 현실을 마주했다. 설령 두 사람 모두 독백체 작가에 속한다할지라도 롼칭웨의 작품은 타자의 개입을 허용한다. 롼칭웨의 최초의 단편소설집《일찍이 만족하다曾滿足》(1998)는 치덩성이 추천서를 써 주었는데 치덩성은 이 소설집의 대표 작품인 〈일찍이 만족하다〉를 특별히 아꼈다. 이 작품은 어떤 남자 아이가 성숙한 여인과 연애하는 과정에 이야기이다. 서로 좋아하지만 사랑을 표현하지 못하다가 타향인 미국에서 재회하게 되자 그제서야 두 사람은 인간의 실의와 슬픔을 처절하게 느끼게된다는 이야기이다. 치덩성은 "이 보잘 것 없는 신분의 여성은 타이완에서 생활할 때 고생을 많이 했는데, 새로운 세상에서 살면서 자신이 강하고 독립 자주적인 인간임을 인지하게 되었다. 그녀는 현실적이고 낭만적이지는 않았지만, 착하고 마음이 넓으며 스스로를 사랑하고 타인을 사랑했다"[26]라고 평가했다. 치덩성에게서 긍정적인 평가를 받는 것은 대단히 어려운 일로, 분명 그는 이 후배 작가가 추구한 영혼의 모험을 읽고난 뒤, 마치 자신의 초기 문학을 읽는 듯한 경험을 했을 것이다.

롼칭웨가 이후에 쓴 소설《아름다운 구름秀雲》(2007)은 모친 형상을 찾는 것에 관한 내용으로, 스스로가 밝힌 것처럼 이 작품은 "처음에 나의 어머니에 대한 억측에서부터 시작했지만 결국에는 남자들이 외로워서 밤에 우는 것에 관한 이야기"[27]라고 할 수 있다. 이 작품은 일찍이 치덩성이 쓴《늙은 부인老婦人》(1948)과 같이 모친에 대한 사랑을 강렬하게 표현하고 있는데, 거의 연모의 정서에 가깝다. 롼칭웨의 또 다른 소설집《훌쩍이는 성哭泣哭泣城》(2002)도 치덩성이 서문을 써줬는데, 작가가 "수치스러움을 품고 있음을 특별히 밝히고자 한 문학 서사 심리"[28]를 가지고 있다고 평가했다. 건축가 겸 소설가인 롼칭웨는 도농 간의 차이에 대한 자신의 심정을 은은하게 표현하고 있다. 그의 소설은 가족을 중심으로 사회가 변화하는 와중에 부단하게 쫓겨나야했던 운명에 관해서 다루고 있다. 포스트모던의 파도 속에서 롼칭웨는 과거의 모더니즘을 향해 빈번하게 인사를 건넨다. 세상은 이미 완전히 개방되었지만, 그는 고독한 내면을 통해 외부 세상을 관찰하는 데 뛰어났다.《린슈쯔 일가林秀子一家》(2003),《개선가凱旋高歌》(2004),《창인분록蒼人奔鹿》(2006) 이 3권을 합쳐서《둥후삼부곡東湖三部曲》이라 부르는데, 부친이 부재하는 가정에 관한 작품들이다. 전반적인 주제는 사랑과 신앙, 그리고 속죄를 둘러싸고 주변에 위치한 사람들에게서 생명의 진실을 볼 수 있다는 것이다. 롼칭웨는 남다른 용기를 가지고서 개인 신체의 비밀을 폭로하는 방식으로 이성애뿐 아니라 동성애에 관해서도 다뤘다. 현재까지 그에게 가해진 평론은 아직 부족한 편이지만, 그가 21세기의 중요한 작가임은 의심할 바 없다.《흰색 다리를 다시 보다重見白橋》(2002)를 포함해서《한 인간의 표류一人漂流》(2004),《사랑은 이름 없는 산愛是無名山》(2009)이 그의 주요 작품이다.

린쥔잉林俊穎(1960-)은 장화彰化 출신으로 정즈政治대학 중문과를 졸업한 뒤 뉴욕 시립대학 퀸즈 칼리지Queens College에서 대중미디어 석사 학위를 받았다. 그는 일찍이 신문사·방송국·광고회사에서 일했으며, 20년이 넘는 창작 기간 동안 주톈원朱天文, 주톈신朱天心이 주관하는 삼삼집간三三集刊의 만기 활동에도 참여했다. 소설집으로는《대서大暑》(1990),《누가 노래하고 있는가是誰在唱歌》(1994),《창세기를 불태우다焚燒創世記》(1997),《여름밤의 미소夏夜微笑》(2003),《장미 아수라玫瑰阿修羅》(2004),《착한 여인善女人》(2005),《경화원鏡花園》(2006)이 있고, 산문집으로는《먼 곳에서의 일출日出在遠方》(1997)이 있다. 2011년에 출판한 장편소설《남에게 말할 수 없는 향수我不可告人的鄉愁》에는 자신의 어린 시절과 어린 시절에 살았던 곳에 대해 다뤘는데, 당시 도회지 타이베이와 옛 향촌 더우진斗鎭을 사이에 두고 이중으로 오가며 스토리를 전개하면서 시간적 도약과 인간 군상의 폭을 보여줬다. 린쥔잉 소설의 언어 수사적 아름다움은 초기부터 이미 자신의 풍격을 이뤘다. 그의 글은 섬세하고 정교하며 우아하고 침착하여 작가의 문자에 대한 애정의 깊이를 충분히 음미할 수 있다.

장치장張啓彊(1961-)은 문단에서 상을 받은 베테랑이다. 그는 잃어버린 기억 특히 타이완 사회에서 잊힌 군인가족 동네에 대해서 쓰는 데 뛰어나다. 외성인 2세대로서 성장과정에서 많은 상처를 받았지만 역사와 사건이 모두 과거가 되었음을 알고 있기도 하다. 그러나 하나의 시대는 나름의 색깔과 분위기를 가질 수 있기 때문에, 세상에 알려지지 않은 많은 인물유형을 통해서 그려냈다. 〈사라진 공消失的球〉과 〈실종된 520失踪的五二〇〉에서는 외성인이 이미 타이완화된 현상을 보여주고 있는데, 그의 소설이 담아내고 있는 것은 그러한 진부한 기억이 읽히기만 한다면 끊임없이 새롭게 될 것이라는 점이다. 〈520〉이 다루고 있는 것은 1990년대에 발생한 가장 대규모의 농민운동으로, 타이베이에서 가두시위 도중 일어난 충돌 사건이다.[7] 이 작품에는 작가가 상상한 장렬함이 투사되어 있어서 독자로 하여금 마치 그 시절에 직접 참여한 듯한 느낌이 들게 한다. 가장 주목할 만한 상을 받은 작품집 《눈 먼 사회로 이끄는 것들導盲者》(1997)은 인간의 영혼과 신체의 결함에 대해 대단히 생동적으로 다루어, 소위 완전한 사회의 결함이 무엇인지에 대해 충분히 생각해보게 한다. 이 책의 표지에는 '국내 6대 문학상 수상 작품집'이라고 인쇄되어 있는데, 당시 그가 보편적으로 인정받는 지위에 있었음을 알 수 있다. 만약 장치장이 계속 작품을 써냈다면 전체 미학 판도가 분명 상당히 달라졌을 것이다. 하지만 안타깝게도 21세기로 들어선 이후 그는 점차 문단과 멀어졌다.

린야오더林燿德(1962-1996)의 본명은 린야오더林燿德이다. 그는 타이완

----

7) 520사건 또는 520농민운동이라고 불리는데, 정확하게는 1988년 5월 20일에 발생했다. 당시 집권하고 있던 리덩후이李登輝 정부가 외국산 농산품의 수입량과 종류를 대량 개방하겠다고 결정하자 이에 반대하는 농민들이 타이베이로 몰려와서 항의하기 시작했다. 5월 20일 오후에 경찰과 시위대가 한 차례 충돌했고, 다음날 새벽 헌병대가 투입되어 시위대를 해산시키고자 했다. 이 충돌로 인해 130여명이 체포되었고 96명이 이송되어 법원의 판결을 받았다.

문학사에서 방대한 작업을 한 작가로, 시·산문·소설·평론의 영역을 넘나들었다. 그가 발산한 생명의 열기는 전후 세대의 작가보다 한 수 위라고 할 수 있다. 짧은 10여 년의 문학 생애에서 그가 쓴 작품의 규모는 다른 작가라면 일생에 걸쳐 작업해야 할 정도다. 그는 동인 활동에도 적극적으로 참여했으며 선배와 동년배 작가들을 인터뷰하여 볼만한 역사 문헌을 남겼다. 린야오더가 남긴 원고는 오늘날까지 여전히 광범위하게 발굴

▶ 林燿德(林婷 제공)

되고 있어서 완전히 다 수합하지는 못한 실정이다. 그는 세대교체를 대표하는 동시에 새로운 국면을 개시한 대표적인 작가이기도 하기 때문에 전설이다. 린야오더라는 작가 자체가 사실 해결하지 못한 작업에 속할 정도이다. 세대교체에 대해 말하자면, 그는 최초로 선저우시사神州詩社의 원루이안溫瑞安을 따랐으며 그에게 존경에 가까운 태도를 유지했다. 같은 시기에 그는 삼삼집간에도 참여했다. 미학적 측면에 있어서는 의심할 바 없이 후란청胡蘭成에게 이끌렸다. 그러다가 시인 뤄칭羅靑의 포스트모더니즘 이론을 따랐다. 그가 마음에 두었던 도시문학론 또한 시인 뤄먼羅門과 밀접한 혈연관계가 있다. 시라는 영역은 그가 가장 먼저 발을 들인 예술 영역이었다고 자신 있게 말할 수 있다. 시에서부터 출발한 린야오더는 차차 다른 장르까지 섭렵했다. 작품을 읽어보면, 그가 중국성·타이완성·현대성·포스트 모더니즘성을 구축하고자 노력했음을 엿볼 수 있다. 그의 예술은 타이완 역사·문화의 종합체라고 할 수 있다. 생전에 논쟁을 일으켰고 사후에도 여전히 의론이 분분하다. 1980년대 이래의 문학

에 대해서 언급할 때, 그는 하나의 좌표일 뿐 아니라 상징이기도 하며, 하나의 재현이기도 하다.

다양한 예술적 관점에서 볼 때 린야오더는 모더니즘 운동의 유산을 계승했다고 할 수 있다. 그는 자신보다 앞서 존재했던 3대 시사 즉《창세기》,《푸른별》그리고《삿갓》시 잡지에 상당한 불만을 가지고 있었다. 하지만 부인할 수 없는 것은 불만을 가지고 있으면서도 린야오더 또한 모더니즘 시 전통을 이어받았다는 점이다. 그는 타이완문학사가 단절된 1949년 이후 태어난 세대임을 표방한다. 이러한 견해는 그의 시 평론집《1949이후一九四九以後》에 잘 드러나 있다. 그의 평론은 종횡무진하며 기상이 변화무쌍한데 중요한 저서로는《불안한 해역: 타이완 신세대 시인 탐색不安海域: 臺灣新世代詩人新探》(1988),《뤄먼론羅門論》(1991),《다시 조직된 별이 총총한 하늘重組的星空》(1991),《기대하는 시야: 린야오더 문학론 선期待的視野: 林燿德文學短論選》(1993),《세기말 현대시 논집世紀末現代詩論集》(1995),《민감지대: 소설의 참된 의식 탐색敏感地帶: 探索小說的意識眞象》

▶ 林燿德,《一座城市的身世》

▶ 林燿德,《時間龍》

(1996)을 포함시킬 수 있다. 이러한 저서들의 주요한 논점 중의 하나는 '신세대'라고 명명하는 것과 이에 대해 정의내리고 변호하는 것이다. 그는 중화민족주의를 강하게 비판하면서 이른바 타이완 의식론에 대해서도 저항했다. 그는 개방적인 입장을 취하면서, 중국성과 타이완성을 반드시 나눌 필요가 있는 것은 아니라고 생각했다. 이른바 신세대란 바로 이렇게 역사가 남겨놓은 주류 가치에서 벗어나려고 하는 사람들을 가리킨다. 한 세대가 탄생하면 전통에 균열이 일어날 것이고, 근대성에도 균열이 일어날 것이다. 이와 같은 단절과 변혁의 틈새 사이에서 신세대의 사유와 미학이 싹을 틔운다. 새로운 세대는 결코 전복을 위해 전복하는 것이 아니라, 새로운 질서와 전범을 세우고자 한다. 그는 소설 《시간용時間龍》에서 다음과 같이 말한 바 있다. "만약 하나의 별을 떠날 수 없다면, 그것의 전모를 볼 수 없을 것이다. 권력에 대한 꿈은 세대를 거듭하더라도 영원히 깨어나지 못할 것이다. 다음 세대의 권력은 화려하겠지만 영원히 이를 수 없을 것이다. 현실의 권력은 그림자는 크지만 본질은 나약하다."[29] 이것은 풍부한 의미를 내포하고 있는 일종의 고백으로, 전통에서 벗어나는 것이야말로 온전한 전통을 볼 수 있다는 말과 같다.

도시문학의 제창자로서 린야오더의 산문서사는 세 개의 문집으로 묶이지만, 수확한 바는 매우 풍부하다. 《어느 도시의 신세一座城市的身世》(1987)를 포함하여 《미궁과 부품迷宮零件》(1993), 《강철나비鋼鐵蝴蝶》(1997)가 있다. 이 문집은 그의 창작기교를 상당히 정확하게 보여준다. 마술적 리얼리즘에서 벗어났을 뿐 아니라, 초현실과 메타서사적 사유가 드러나며, 나아가 S.F. 리얼리즘 단계를 담아내고 있다. 그의 산문은 시처럼 농축적인 측면도 있고 소설처럼 진술하는 측면도 있는데, 각 장르로 정의내리는 것 자체가 불가능하다. 예를 들면 〈지도地圖〉에서 타이완 문화의 청사진에 대해 서술하면서, 살아가기 위해 의지해야 하는 섬에 대해서 다음과 같이 묘사했다. "타이완의 크기는 과장되어 확대된 경향이 큰데, 대륙의 동남쪽 끝에 단단하게 몸을 웅크리고 있으며, 그 위에는 아주 큰 등대가 있어서 전 세계로 빛을 비추는데, 동북쪽을 향한 한 줄기 빛은 언제나 홍색의 대륙을 정확하게 비추며 빛으로 물들인다."[30] 이 문구를 통해 그는 타이완에 대한 믿음을 감추고 있지만 저속한 정치용어를 사용하지 않는다는 것을 알 수 있다. 글 전체는 도약하듯 전개되며, 때로는 스크랩·카메라 무빙camera movement·콜라주collage 기법을 운용하여 넉넉한 상상의 공간을 제공하고 독자들이 개입할 수 있게 한다. 예를 들면 《미궁과 부품》에 수록된 〈물고기의 꿈魚夢〉에서, "나는 물고기이다. 물고기 무리에서 헤엄치다 보면 좌우 양측의 눈알에 360도의 세계가 비치는데, 이것은 인간이 체험할 수 없는 광활한 시야로, 주변에서 마주치는 바다 풍경이 말로 표현할 수 없을 정도로 핍진하고 입체적으로 나를 향해 에워싸며 다가온다."[31] 이처럼 허구와 사실이 서로 갈마드는 묘사 방식은 사실적이기도 하고 환상적이기도 하다. 물고기라는 형상은 사실 인류가 다양한 능력을 상실한 것을 빗댄 것이다. 세상에 대한 인간의 감각과 투시력이 공업문명이 고도로 발달한 후 오히려 차차 천부적인 본능을 상실하게 되었고 더 나아가 해양세계를 훼손하게 되었음을 말하기 위해 활용했다. 어떤 의미에서 그는 이탈로 칼비노Italo Calvino에게 계발 받았다고 할 수 있는데, 보이지 않는 도시에서 도시의 어떤 모습을 목격했다고 할 수 있다.

도시에 대한 감각을 핵심으로 삼아 린야오더는 이전 산문 장르가 아직 다루지 않은 세계를 개척했다. 이를테면 그는 정욕 문제를 다루면서 더 이상 남성이 주도하는 것이 아닌 여성에 의해 지배되는 것에 관해 얘기했다. 〈W의 화장W的化妝〉에서 여성 자신이 주체적 위치를 견지하며 "하지만 그녀는 감각이 억압받는 것이 대단히 한스러워서 W는 일종의 특정하면서도 자신을 굴욕스럽지 않게 하는 체위를 유지할 것이다." " …… W의 관념과 행위에 맡겨 일단 유행이라는 고속철도 레일 위에서 빨리 달리는 듯하다가 기회가 왔을 때 충실히 이행하고 있는 이 태도를 중심으로 모든 것을 놓을 것이다."[32] 그가 성애·폭력·죽음에 대해 쓴 것은 사실

시간에 대한 경각심을 표현하기 위해서였다. 적합한 단락에서 그는 과학기술 문명의 상상력을 활용하여 생명의 유한함과 무한함에 대해 묘사한다. 그가 관심을 가지고 있는 의제는 전쟁과 복수를 포함하고 있으며 아이덴티티와 소외에 대해서도 다루고 있다. 도시에 사는 사람들을 통해 인류의 미래를 볼 수 있다는 듯 말이다. 하지만 도시란 것이 얼마나 화려하고 찬란하든지 간에 결국에는 모두 폐허가 될 것이라고 본다. 〈떨림震撼〉

▶ 林燿德, 《鋼鐵蝴蝶》

이라는 산문에서는 현대건축의 웅장함에 대해 다루고 있다. "샴쌍둥이 같은 두 개의 빌딩이 막 완공되자 거대한 문명을 상징하게 되었는데, 마치 암흑색의 로켓 두 대가 밤하늘에 우뚝 서있는 듯, 등불도 없고 사람 그림자도 없다. 이집트의 스핑크스가 바로 이렇게 사막에 앉아 있는 것은 아닐까? 내가 입을 벌리고 위를 쳐다보니, 세월이 이미 너무 흘러서 마치나 자신이 천만 년 이후의 세계에 놓여 있는 듯, 오래된 문명의 신비로움을 그리워하면서도 그것의 강하고 거대함에 몸이 떨렸다."[33] 시끌벅적하던 세계가 세월의 황량함 속에서 결국 조용히 사라지는 것을 탄식하는 모습이 마치 장아이링張愛玲이 말한 쓸쓸한 몸짓과 같다.

린야오더의 시집은 해체적 경향이 강한 편인데,《은그릇에 눈을 담다銀碗盛雪》(1987)를 포함해서 《도시 단말기都市終端機》(1988),《당신은 나의 애수가 어찌된 일인지 이해할 수 없다妳不瞭解我的哀愁是怎樣一回事》(1988),《도시의 용마루都市之甍》(1989),《1990一九九〇》(1990),《내가 친애하는 것에 놀라지도 말고 자각할 필요도 없어不要驚動不要喚醒我所親愛》(1996)가 있다.

그는 모더니즘 시의 전통에 묶이는 것을 거절하고 '포스트 도시시학'을 창작하는 데 심혈을 기울였는데, 신세대의 미학을 창조하겠다는 믿음을 가지고 있었다고 할 수 있다. 그가 엮어낸 신세대 시선詩選과 신세대 소설대계가 그의 웅대한 뜻을 증명해준다. 린야오더 스스로는 도시문학에 대해 분석할 때 3단계로 구분하였다. 첫 번째는 상하이의 신감각파新感覺派이고, 두 번째는 지셴紀弦의 모더니즘파와 창세기의 후기모더니즘파 운동이며, 린야오더가 재차 강조한 1980년대 신세대 도시문학이 세 번째이다.[34] 이러한 자아 정위正位로부터 그가 발전시키고자 한 신세대 시학을 유추해볼 수 있다. "찾았다, 고심하고 있는 마왕을 / 부드러운 눈길로 마침내 / 이 섬의 탄환 같은 모든 도시에서 / 도시에서 흔들리고 있는 모든 서적 가판대에 / 서적 가판대의 신문 지면마다 찾았다 / 흠 잡을 데 없는 얼굴처럼 / 뉴스 사진 같은 그 얼굴을 / 대통령 취임식에서."[35] 포스트 도시시학이란 즉 포스트 계엄 미학으로서, 권력을 멸시하는 태도가 이 시에서 충분하게 드러나 있다. 일상생활에서 권력의 이동은, 백성들 사이에서 항상 투명하게 존재하고 있었던 마왕처럼 여태껏 눈에 보이지 않았다. 물론 이 시는 타이완의 정치권력 교체를 고도로 풍자한 것이다. 이 시가 등장한 뒤 한참 시간이 흐른 후에 장다춘이 쓴《거짓말 신도》가 호응했다. 린야오더는 단말기를 인격적인 존재에 비유했다. 예를 들면《은그릇에 눈을 담다》시집에 수록된 〈1 또는 0〉에서 "이처럼 숫자 지상의 시대에 / IC품절을 제외하고 / 우리는 종국에는 모든 진실에 대해서는 전혀 관심이 없게 될 것이다 / 고해상도의 화면이 인류의 상상과 감수성을 대체하고 / 백만 / 십억 / 한바탕 치른 전쟁에서의 전체 사망자가 / 어느 국가의 실업 인구가 / 편편한 CD기에 압축되어 / 중성으로 변하고 / 냉정해지고 / 절대적으로 추상적인 부호와 양식이 된다"라고 표현한 바 있다.[36] 부호가 고도의 의미를 가지게 되었으며, 컴퓨터가 이미 기술을 대체했다는 비판을 정말이지 냉혹한 컴퓨터의 시대를 통해 생동감 있게 표현했다고 할 수 있다. 이런 차원에서는 시간의 길이도 역사의 깊이도 의미 없으며, 인정의 차가움과 따스함은 더 더욱 의미 없을 것이다. 세상은 편편하면서도 텅 비어있고 황량하게 변했으며, 과학기술 문명이 이미 이 지구를 통치하고 있다. 그가 본 미래가 한 걸음 한 걸음씩 구체적으로 실현되고 있는 듯하다.

린야오더의 소설 창작량은 더욱 방대한데, 단편소설로는《악한 땅의 형상惡地形》(1988),《마음에 끼어든 욕망: 이중색상 소설欲望夾心: 雙色小小說》(1995, 천루시陳璐茜와 공저),《대동구大東區》(1995),《정상적이지 않은 일상非常的日常》(1999)이 있고 장편소설로는 《수수께끼를 푸는 사람解謎人》(1985, 황판黃凡과 공저)을 포함해서 《1947 고사백합一九四七高砂白合》(1990),《갠 날이 오듯이大日如來》(1991),《시간용》(1994)이 있다. 포스트모던 소설 창작에

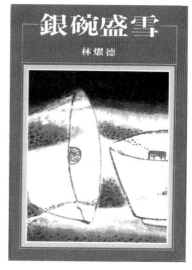

▶ 林燿德,《銀碗盛雪》

투신한 그는 무한한 상상력을 대량으로 발휘하여, 여러 가지 기법을 동시에 발휘하는가 하면 도처에서 아이디어를 생각해냈다. 이전 세대前行代와 신세대 모두 실험적인 기법을 시도했지만 린야오더가 더 영리하게 운용했다. 가장 뛰어난 소설로는《1947 고사백합》[37]만한 것이 없다. 그는 시간을 2·28사건 전야로 고정시켜 두고 상당히 강하고 힘 있게 문자의 향연을 펼쳐 보인다. 1990년대 초 2·28사건에 관한 진상발굴은 민진당이 집권할 수 있는 역사적 무기였는데, 본토파의 입장에서 볼 때 린야오더는 일종의 정치적 반대파를 대표하기도 하고 편파적인 역사서술을 바로잡는 편에 있기도 했다. 더 중요한 점은 이것이 일종의 정의를 추구하는 표본을 상징하고 있다는 것이다. 이 사건은 이렇게 진지하면서도 숭고하

여 타이완의식을 가장 단단하게 이루고 있는 기초이기도 하다. 하지만 이러한 역사기억의 재건 역시 거꾸로 다른 에스닉의 역사 기억을 은폐시킨다. 만약 기억이 문화패권으로 변한다면 그것은 또 다른 편파적 역사를 만들어내는 것과 같다. 린야오더는 이러한 경향에 상당한 경각심을 가지고서 심혈을 기울여 역사의 초점을 원주민의 신상에 옮겨두고, 마침 사건이 발생했을 때 서로 다른 에스닉, 서로 다른 지점에서 서로 다른 역사가 발생하고 있었음을 보여준다. 이것은 처음으로 신역사주의를 실천한 것으로 역사는 단선적이 것이 아니며 끊어지는 것도 아님을 강조해준다. 역사 속에는 아주 많은 틈새와 결함, 갈라짐이 있는데, 이 틈새를 적합하게 선택하여 파고 들어가게 되면 1947년의 의의가 완전히 달라지게 될 것이다. 암담한 역사적 시간에 각각의 에스닉은 모두 각자의 생활 방식과 기억의 통로를 가지고 있다. 이 소설은 바로 이러한 다양한 가능성을 보여주고 있기 때문에, 당연히 대단히 민감한 시도이기도 하지만 린야오더의 담력과 식견을 적나라하게 보여주기도 한다. 이른바 포스트모던 소설이 해체한다는 것이 무엇인지 그가 남김없이 모조리 보여줬다고 할 수 있다. 그는 역사 서사에서 특정 인물 혹은 에스닉에만 스포트라이트를 비추어 역사가 마치 소수의 사람들에 의해 만들어지는 것처럼 보이도록 신경을 썼다. 린야오더는 역사 현장의 모든 스포트라이트를 켜서 역사 무대 위의 모든 인물들이 빛을 발하고 같은 플랫폼에 설 수 있도록 고심해야 할 것

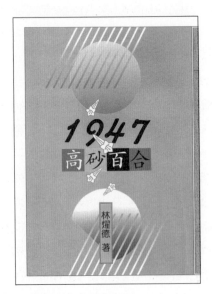

▶ 林燿德, 《1947高砂百合》

이다. 하지만 설사 린야오더의 도전이 논란을 일으킨다 하더라도 신세대 소설을 위해 무궁한 판도를 열었다고 평가할 수 있다.

1980년대 타이완으로 돌아온 해외문학

타이완 사회는 1980년대 개방적인 기류가 형성된 이후 해외에서 활동하던 많은 작가들이 좌파든 우파든, 통일파든 독립파든 관계없이 처음으로 문학이 계몽한 땅으로 돌아와 자신의 작품을 발표했다. 그들의 귀향은 타이완이 가장 폐쇄적이었던 시기에서 가장 개방적인 단계로 넘어갔음을 증명한다. 이처럼 작디작은 섬에서 문학에 관용적인 태도가 등장하게 되었고, 문학이나 예술에 속하는 어떠한 상상력이라도 허용하게 됐다. 문학 창작이 가장 기본적으로 갖춰야 할 조건은 정치권력이 쉽게 간섭할 수 없어야 한다는 것, 설사 국가정책과 어긋나는 시나 소설이라 하더라도 탄압받아서는 안 된다는 것이다. 타이완에서 젠더·계급·에스닉 어젠다를 다루는 작품들이 상당히 많아지자 해외에서 활동하던 작가들은 쫓겨나고 유배당한 생활이 이제 종결되었음을 재빨리 예견했다. 이러한 작가들은 1970년대 댜오위타이운동釣魚台運動이 일어난 뒤 각자 서로 다른 유토피아를 꿈꿨는데, 그중에서 좌파의 사유에 변화가 생겼다는 것이 가장 두드러진다. 국민당 외교정책의 부실함에 실망한 동시에 중화민국이라는 존재가 1971년 UN에 의해 부결되어 중화인민공화국이 합법적으로 중국을 대표하게 되자 멀리 이역에 있던 지식인들은 심한 정신적인 충격을 받았고, 이때부터 베이징 정권을 인식하기 시작했다. 타이완 출신 유학생들은 유년의 계몽 학습 단계에서 대중국이라는 가치관념을 주입받았다. 그래서 국민정부가 국제적으로 실리를 잃을 때마다 그들은 적극적으로 당시 대륙에서 마침 기세왕성하게 진행되고 있었던 문화대혁명에 관심을 가지게 됐다.

해외의 댜오위타이 수호운동은 최종적으로 세 분파로 나뉘게 되었다.

하나는 사회주의를 주장하는 통일파, 다른 하나는 타이완 독립운동을 지지하는 본토파, 나머지 하나는 '타이완을 혁신하고 보존하자革新保臺'는 기치를 내세운 통일도 독립도 아닌 국민당파이다. 이 세 분파가 대립하고 있는 형세는 타이완의 역사교육이 붕괴되었음을 의미한다. 지식인들이 일단 타이완을 떠나게 되면 내적으로 형성된 국가관념은 상당히 다양해졌다. 장기간 국민당의 교육을 받았음에도 공산당 진영을 바라볼 수 있었던 것은 소위 대중국이라는 관념이 현실 정치와 정확하게 맞물리지 못했음을 증명해준다. 당시 국민당의 권위 체제와 사상 교육은 통일파와 독립파 양쪽으로부터 강한 공격을 받았는데, 류다런劉大任과 궈쑹펀郭松棻을 통해 이 사실을 엿볼 수 있다.

두 사람 모두 사회주의를 고도로 동경하여 박사학위를 포기하는 선에서 그치지 않고 정치운동에 전념하였으며, 문혁의 기세가 사나운 시기에 중국사회를 방문하여 정식으로 국민당의 블랙리스트에 오르기도 했다. 문학사적 관점에서 볼 때 이것은 황당하면서도 괴이한 사상 검열 시기의 사건으로, 이데올로기 방면에서 국민당에 동조하지 않으면 바로 블랙리스트에 포함되었음을 알 수 있다. 이러한 사상범에는 우리화於梨華, 천뤄시陳若曦, 리리李黎와 리위李渝까지 포함되어 있다. 하지만 해외에서 떠돌던 작가들은 1980년대 이후 타이완 역사의 흐름이 바뀌고 있는 것을 느꼈고, 사회주의 조국에 대해 환멸을 가지게 됐다. 특히 문화대혁명의 내막이 폭로된 이후에야 문혁이 초래한 재난적 성격을 발견하고서 인도주의에 대한 관심이나 인권 관념을 가지고 있던 작가들은 정치권력이 초래한 인재人災를 결코 용납할 수 없었다. 중국공산당은 사회주의적 가치라는 측면에서 인류가 추구하는 정의·공평·진보·이성을 대표해야만 했다. 그러나 실제로는 인류의 지혜가 만들어낼 수 있는 가장 어둡고, 가장 타락했으며, 가장 나락에 빠진 사회주의체제를 보여주었다. 이에 비해 타이완은, 1980년대 이후 권위주의체제가 도전을 받았고, 자본주의는 가속화되었으며, 중산계급이 우뚝 자리를 잡았고, 민주화운동이 눈에 띄게 활발히 전개됐다. 일당독재를 일삼던 국민당은 결국 이러한 대세를 거스르지 못하고 민주화와 본토화를 받아들였고, 사상과 문화를 개방하여 타이완인들은 꿈을 이룰 발판을 마련할 수 있었다. 해외에서 활동하던 작가들의 문학작품이 점차 해금되자 그들의 최신 창작 역시 타이완에서 우선적으로 발표됐다. 타이완문학사에서도 이것은 아름다운 변화의 시기라고 할 수 있다. 해외 좌파의 문화 아이덴티티는 바로 이렇게 구체적인 행동으로 증명될 수 있다.

우리화(1931-)의 본적은 저장浙江으로 타이완대학 역사학과를 졸업했다. 그녀는 젊은 시절부터 소설을 발표했는데, 《야풍野風》에 처음으로 게재됐다. 1956년에 발표한 단편소설 〈양쯔강의 근심揚子江頭幾多愁〉으로 Samuel Goldwyn Creative Writing Award[8] 1등상을 받았으며 같은 해에 미국으로 갔는데 거기에서 결혼하게 됐다. 1962년 타이완으로 돌아와서 미국에서 거주하던 시기에 축적해둔 문학 자양분을 풀어놓기 시작했다. 1963년 첫 번째 장편 《꿈에 칭허로 돌아오다夢回青河》를 발표하자 문단의 주목을 받았다. 고종사촌 형제자매 사이를 둘러싼 삼각연애에 관한 이야기인데, 당시 뜨거운 화제가 됐다. 우리화는 이때부터 문단에서의 지위를 다진 뒤 계속해서 수많은 단편소설을 써냈는데, 《귀환歸》을 포함해서 《또 가을이네요也是秋天》, 《변화變》, 《눈 내린 땅 위의 별雪地上的星星》에 수록되어 있다. 아마도 우리화는 당시의 사회를 고민한 유일한 작가로서 여성이 도덕이라는 족쇄를 차고 있다는 점을 지속적으로 다뤘다. 여성의식이 전면적으로 흥기하기 전이었지만 그녀는 성 어젠다를 반복적으로 탐색하여 주목받는 중요한 목소리를 만들어냈다. 유학생 소설 《다시 종려나무를 보다又見棕櫚, 又見棕櫚》가 출판된 뒤[9] 광범위한 토론을 일으키

---

8) 1955년부터 골드윈 재단에서 캘리포니아대학 학생들을 대상으로 작가와 영화감독 부문에서 상과 상금을 수여해왔다. 프란시스 코폴라 감독도 이 상을 수상한 바 있다.
9) 이 작품의 한글판은 고혜림 옮김, 《다시 종려나무를 보다》(지만지출판사, 2014)를

며 독서붐이 일어났다. 그녀는 모더니스트도 아니고 리얼리스트도 아니었는데, 예민한 필체로 한 시대의 고민을 상세하게 그려냈다. 그녀의 백화문 기교는 상당히 뛰어나며 스토리는 유난히 사람들을 끌어당겼다. 이 소설은 남자 주인공인 머우톈레이牟天磊가 미국에서 타이완으로 돌아왔을 때 친척들에게 빽곡하게 둘러싸여 마치 금의환향한 듯 했지만, 사실 그의 내심 깊은 곳에는 뿌리를 잃고 방황하는 고독한 마음이 있음을 다룬다. 미국에서 유부녀와 정을 나누기도 했지만 마음속의 공허함이 사라지지 않자, 타이완으로 돌아와서는 옛 애인인 메이리眉立를 찾아 젊은 시절의 꿈을 찾고자 했다. 주인공이 겪은 두 차례의 실망을 통해 유학가기 전과 돌아온 후에도 의지할 곳을 잃은 곤혹감을 잘 보여주고 있다.

《다시 종려나무를 보다》는 1960년대 유학생 문학의 시초로, 타이완 대학생이 서양을 동경하는 심리를 그려내고 있으면서 다른 한편으로 타이완 사회의 폐쇄적인 상황을 보여주기도 한다. 전반적인 시대적 분위기와 정서는 고정되어 있지 않고 스토리가 전개됨에 따라 변화한다. 성 어젠다를 처리하는 그녀의 방식은 대담하고 과감하여 당시 검열제도의 경계에서 배회하고 있다. 여성의 신체에 대해 전혀 금기시하는 영역이 없고, 기법에 있어서는 이후 여성작가의 기교에도 전혀 뒤지지 않는다. 그녀는 페미니즘에 대해 단 한 마디도 하지 않았지만 신체에 대한 자주성을 추구하는 염원을 상당히 강렬하게 표현했다. 그러므로 그녀를 페미니즘의 선구로

▶ 於梨華, 《歸》(李志銘 제공)

참고하시오.

본다 하더라도 결코 지나치지 않을 것이다. 이어서 그녀는 시리즈로《불꽃燄》(1969),《하얀 망아지집白駒集》(1969),《회의장 이야기會場現形記》(1972),《시련考驗》(1974)을 발표하여, 재미 화인들의 고단한 생활을 대량으로 써 냈다. 1968년 미국의 대학에 중국현대문학 과정이 개설되자 그녀는 미국의 학술생활을 너무 잘 알고 있었기 때문에 학계의 기괴한 생태를 겨냥하여 그들의 이기적인 인성과 탐욕을 적나라하게 폭로했다.《시련》에서는 어떤 타이완 여성이 교수 남편의 밤낮 없는 연구를 견디지 못하고 족쇄를 벗고서 다시 학교로 돌아가 학업을 계속하여 자신의 진정한 생활을 추구하고자 하는 내용을 다루고 있다. 1975년에는 베이징의《인민일보人民日報》1면에 장문을 발표하여 중국사회의 진보를 칭송하고 미국의 타락한 자본주의를 비판했다. 문화대혁명이 고조될 무렵, 우리화의 전향은 타이완 문단을 뒤흔들었고, 미국의 화인사회까지 강타했다. 이때부터 그녀의 모든 작품은 타이완에서 금서 조치됐다. 이후 우리화는 홍콩에서 자신의 작품을 출판하기로 했는데,《푸씨네 자식들傅家的兒女們》(1978)을 포함해서 《시솽반나에 누가 있는가誰在西雙版納》(1978),《삼인행三人行》(1980),《그해 수이성에 온 것을 기억할 수 있어요記得當年來水城》(1980)가 그러하다. 1980년 이후에는 다시 타이완에서 출판되었는데,《어느 천사의 타락一個天使的沈淪》(1996),《병풍 뒤의 여인屛風後的女人》(1998),《떠남과 이별 사이에서在離去與道別之間》(2002),《몰락한 자 어디로 돌아갈 것인가飄零歸何處》(2008)가 있다.

천뤄시(1938-)는 1960년《현대문학》창간에 참여했다. 초기의 작품들에서는 예외 없이 농후한 모더니즘 풍격이 드러난다. 당시 가장 많이 논의되었던 작품은 단편소설〈회색 눈을 가진 검은 고양이灰眼黑猫〉인데 매우 전형적인 어두운 색채를 띠고 있어서 독자들이 속죄할 여력을 찾아볼 수 없을 정도이다. 이러한 색채는 당시의 바이셴융白先勇, 천잉전陳映眞, 왕전허王禎和와 나란히 할 정도인데, 비관적이면서 가라앉은 분위기를 잘 표현했다. 그녀의 초기 작품들은 모두《천뤄시 자선집陳若曦自選集》(1967)

에 수록되어 있다. 1966년 그녀와 남편이 베이징에 도착했을 때 중국에서
는 문화대혁명이 폭발했다. 그들은 중국 사회주의의 변화를 직접 보고
증인이 될 수 있다고 생각하여 역사의 현장에 남기로 했지만, 이로 인해
그녀는 자신의 인생에서 전대미문의 폭풍을 맞이하게 됐다. 모더니스트
가 사회주의자가 되는 이러한 전환은 내심에 강렬한 진동을 일으켰다.
이후 천뤄시는 7년간 직접 문혁이라는 혁명의 시대를 겪었고 평생 잊을
수 없는 재난 같은 방랑을 하게 됐다. 1973년 다행히 중국을 떠나 북미로
이주한 뒤에야 비로소 후반부 문학생애를 영위할 수 있었다. 그녀가 타
이완에서 발표한 첫 번째 단편소설집 《인 현장尹縣長》(1967)은 세련되고
상당히 숙련된 문자 기교를 보여주고 있을 뿐 아니라 제재적인 측면에서
문혁의 흑막에 대해서도 과감하게 보여주고 있다. 이 소설은 모더니즘
또는 리얼리즘과 같은 명사를 사용하여 개괄할 수 없다. 이것은 목숨과
선혈을 대가로 쓴 문학작품으로서 인격의 왜곡과 인성의 변형을 담고 있
기 때문에 지리멸렬한 모더니즘과 비교해 볼 때 훨씬 더 사람의 심금을
울리며, 비명을 지르는 리얼리즘과 비교해 볼 때 사람의 마음을 훨씬 더
아프게 한다.

▶ 陳若曦(《文訊》 제공)

천뤄시는 아마 최초로 '상흔문학'
을 쓴 작가일 것이다. 중국 작가들이
1980년대 이후에야 작품을 써낸 것과
비교해 보더라도 7년이나 더 빨랐다
고 할 수 있다. 천뤄시가 이 작품을
타이완에서 발표할 당시, 경비총사령
부의 감시를 받았으며, 심지어 공비
선전의 혐의까지 받았다. 그녀가 쓴
소설은 더 이상 소설이 아니었다. 허
구이기는 하지만 완전히 허구는 아
닌, 구구절절 피와 눈물이 어린 사실

에 속하는 것이었다. 천뤄시가 사용한 백묘白描기법10)과 투명한 백화는 간결하지 않은 부분이 없다. 예를 들어 〈숙직値夜〉에 등장하는 라오푸老傅는 전형적인 중국 지식인인데, 하방되어 농장에 배치된 뒤 다음과 같이 고백한다. "문혁 초기에 '네 가지 옛 폐단四舊'11)을 타파하자고 하여 나는 옛 서적을 전부 불태워버렸어. 이후 5·4신문학작가新作家의 것도 하나씩 쏟아 부었는데, 깨끗이 처리할 수 없어서 아예 유압 트롤리 한 대를 빌려 와서는 직접 그것을

▶ 陳若曦, 《突圍》

재활용 수거처로 끌고 가서 폐지로 팔았지. 한 근에 4푼分 주더라고. 그 이후부터 나는 《마오쩌둥 선집毛澤東選集》을 제외하고 책을 산 적이 없어."[38] 이 간결한 구어체는 잘 다듬어진 숙련된 표현이라고 할 수 있다. 어떠한 군더더기 없이 지나친 탄식도 없지만 한 지식인의 몰락과 굴종을 생동감있게 묘사했기 때문이다. 이 소설은 반지성적反智 사회주의체제가 혁명을 배반하고 인민을 배반하고 이상을 배반한 점을 정확하게 포착하고 있다. 당에 불복한 지식인은 혁명이라는 죄명으로 하방·개조·모욕을 받게 되고 종국에는 인격과 생명의 존엄을 박탈당하게 된다.

뒤이어 출판된 《노인老人》(1978)과 《귀환歸》(1978)은 천뤄시가 등단한 이래 이룬 최상의 작품으로, 단편이든 장편이든 대단한 반향을 일으켰다.

---

10) 수묵화에서 묵선만으로 그림을 그리면서 색을 칠하지 않는 것을 가리킨다.
11) 중국 문화대혁명 시기의 구호로 '네 가지 옛 폐단'은 낡은 사상, 낡은 문화, 낡은 풍속, 낡은 관습을 가리킨다.

그녀는 결코 반공을 위해 창작에 종사하지 않았다. 단지 사회주의를 실천하는 이상적인 국가가 여태껏 이 세상에서 탄생한 적이 없음을 증명하기 위해 창작했을 뿐이다. 1980년대로 들어서자 천뤄시는 문혁을 주제로 하는 창작을 끝내고, 초점을 해외에 거주하는 화인의 생활에 두었다. 그중 가장 많이 논의가 되었던 작품은 〈길목路口〉으로, 타이완의 민주운동에 관심을 가지기 시작한 작품이다. 하지만 그녀는 드러나 있는 것의 이면을 통해 해외의 타이완 독립운동을 다루어 의식적이든 무의식적이든 타이완 여성보다 훌륭한 중국 여성 형상을 그려냈다. 행간에서 그녀가 중국의 역사에 대단히 정통했음을 목격할 수 있지만, 타이완의 정치변화에 대해서는 문외한임을 알 수 있다. 분리주의에 대해 언급할 때마다 그녀는 친일적인 성인 남성의 형상을 스토리 속에서 활약하게 한다. 타이완 여성이 중국 여성을 조우할 때마다 그 태도와 몸짓이 너무나 비정상적으로 보인다. 1995년 타이완으로 돌아와 정착한 천뤄시는 이후 문학 창작력 역시 점차 쇠미해졌다.

류다런劉大任(1939-)은 타이완 모더니즘 운동의 중심인물이다. 《필회筆匯》, 《현대문학現代文學》, 《문학계간文學季刊》 활동에 참여한 적 있으며, 그의 첫 번째 저서 《붉은 땅의 인상紅土印象》(1970)은 바로 모더니즘 시기를 결산한 작품이다. 1970년 댜오위타이 수호운동이 폭발하자 류다런은 학위 과정을 포기하고 좌익 신봉자의 선봉에 섰다. 사회주의를 믿었기 때문에 '진리는 바로 바다의 저쪽에 있다'고 믿었다.[39] 그러나 대륙을 방문한 이후 문혁에 대해서 환멸을 느끼기 시작하더니 그가 생각했던 나라에 대한 이

▶ 劉大任(《文訊》 제공)

상이 이때부터 무너져 폐허가 됐다. 그는 진심으로 "1974년부터 1980년까지 6-7년의 시간은 내 일생 중에서 가장 고통스러운 시간이었다. 나는 댜오위타이 수호운동에 참여하는 많은 사람들에게 정치라는 소용돌이에 휘말리는 것은 이 사회를 개선할 수 없을 뿐만 아니라 자신도 소멸할 수 있다고 말해주고 싶다"[40]라고 한 바 있다. 1980년대 이후 류다런의 창작력이 폭발하여 잇달아 많은 작품을 발표했는데,《두견의 피맺힌 울음杜鵑啼血》(1984)을 포함해서《방랑하는 무리浮游群落》(1985),《신화의 나라를 떠나며走出神話國》(1986),《술빛같은 가을햇살秋陽似酒》(1986),《저녁바람 솔솔晚風習習》(1990),《신화의 파멸神話的破滅》(1992),《탈바꿈한 중국을 지나走過脫變的中國》(1993),《용감하면서 아름다운強悍而美麗》(1995),《금변어를 찾아서來去尋金邊魚》(1996),《꿈이 없는 시대無夢時代》(1996),《적도귀래赤道歸來》(1997),《석양이 깃발을 비추다落日照大旗》(1999)가 있다. 그의 소설과 산문은 성장·계몽 시기를 회고하는 한편, 해외에서의 댜오위타이 수호운동 시기를 반추하고 있어서, 타이완 사회가 개방된 이후 대단히 중요한 목소리를 냈다고 할 수 있다. 이것은 그가 이상을 추구하면서 천착했던 귀한 사유의 결과물이다. 그가 쓴 글자마다 역사적 인식이 배어 있어서 지식인의 참회록으로 볼 수도 있고, 타이완 민주정치의 거울로 삼을 수도 있다. 그의 소설 《저녁바람 솔솔》[41]은 개인의 심리역정을 선명하게 담고 있는데, 에스닉 기억과 가족 전통 사이에서 화해를 시도하고 있다. 부친이 대륙의

▶ 劉大任,《紅土印象》(舊香居 제공)

고향으로 돌아간 뒤의 환멸에 대해서 다루고 있으며 마지막에는 우울하게 마무리된다. 이러한 환멸과 류다런의 추구가 서로를 비춰 일종의 생명의 안식을 이루는 듯하다.

류다런은 2001년부터 《일주간壹周刊》에 전문 칼럼 〈뉴욕의 눈紐約眼〉을 개설하고 자전체 산문을 시리즈로 게재하고 있다. 청년 시절 타이완에서 모더니즘 운동에 참여한 것에서부터 작가 천잉전과 교류했던 것까지 상당히 꼼꼼하게 기록하고 있어서 1960년대의 창백함과 황량함이 지면을 통해 생생하게 전달된다. 뿐만 아니라 그는 타이완 정치·경제와 사회·문화까지 다루기 시작했는데, 관점이 날카로워 남다른 독자적인 시각을 보여준다. 그래서 작가의 몸은 해외에 체류하고 있지만 타이완 사회의 미세한 변화까지 대단히 철저하게 관찰하고 있음을 알 수 있다. 글에서 표출되는 작가의 비판 역량은 타이완 내부에 있는 지식인들에게 결코 뒤지지 않는다. 류다런의 백화문은 스스로가 자인하듯 초기에는 루쉰魯迅을 표본으로 삼았고 최근에는 저우쭤런周作人을 사사하여 최고의 경지에 이르렀다. 이를 통해서 류다런의 예술상의 변화가 인생을 대하는 태도의 변화와 관계있음을 알 수 있다. 그는 정치에 대단히 관심이 많지만 고뇌의 굴레에 휩싸여 있지는 않다. 이데올로기적 성향이 약화된 이후에는 세상을 폭넓게 바라보고 있다. 꽃과 물고기를 기르는 일을 다루면서부터 예전 좌파운동 시기의 긴장감 있는 정서와 완전히 달라졌다. 류다런은 타이완 문단에서 처음으로 스포츠문학을 운용한 작가 중 하나이기도 한데, 타이완 독자들에게 미국 체육계의 생태를 소개해 주기도 했다. 초연하고 느긋한 필체는 세속적이기도 하고 탈속적이기도 해서 사람을 황홀한 산문 세계로 이끈다. 새로운 세기에 들어서는 매년 정기적으로 산문 1권씩 출판했는데 이러한 안정된 리듬은 마치 그의 생명력이 왕성함을 반영하고 있는 듯하다. 최근 작품으로는 《뉴욕의 눈紐約眼》(2002)을 포함해서 《부질없는 바람空望》(2003), 《겨울 이야기冬之物語》(2004), 《월인만천月印萬川》(2005), 《원림의 안과 밖園林內外》(2006), 《오후 늦게 날이 개다

晚晴》(2007), 《귀링춘추果嶺春秋》(2007), 《근심과 즐거움憂樂》(2008)이 있는데, 독서 시장에서 눈에 띄는 위치를 차지하고 있다.

귀쑹펀(1938-2005)은 1960년대에 모더니즘 운동에도 참여한 바 있다. 당시 그는 존재주의와 사르트르 사상에 매우 심취한 조숙한 작가였다. 1966년 캘리포니아 버클리 대학에 유학하면서 비교문학을 전공했다. 1971년 댜오위타이운동이 폭발하자 귀쑹펀 역시 이상을 품고서 구름처럼 피어오르는 이 애국운동에 뛰어들었다. 꿈이 현실을 앞선 당시에 그는 용감하게 박사 학위과정을 포기했는데, 류다런이 간 길과 매우 비슷했다. 해외의 댜오위타이 수호운동에서 귀쑹펀은

▶ 郭松棻(舞鶴 제공)

중요한 이론적 지도자로서 마르크스주의의 변천에 정통했으며 문혁 중이었던 중국 대륙을 상당히 동경했다. 귀쑹펀은 해외의 좌파 잡지에도 수많은 이론을 게재했고 타이완 문학의 우열과 득실에 대해서도 반추했다. 귀쑹펀 역시 류다런과 마찬가지로 사회주의 중국을 방문한 이후 철저하게 환멸을 느꼈다. 하룻밤 사이에 문화 아이덴티티의 위기를 겪으며 고통에 빠지게 된 것이다.

한 명의 사회주의자로서 정신적으로는 마르크스주의에서 빠져나와 모더니스트로 전환했는데, 그 과도기의 과정은 진실로 기나긴 여정이었다. 자기 스스로 그 심정을 어찌할 수 없을 무렵 소설 창작에 투신하기 시작했는데, 텅 빈 망향의 정서를 채우기 위해서였다. 타이완이라는 역사적 현장을 떠난 지 오랜 세월이 흐르자 귀쑹펀은 고향의 현실을 탐색할 수

없었고, 마음에서 일어나는 요동과 분란을 문학에 호소하고서야 비로소 평정을 찾을 수 있었다. 그가 문학에 귀의한 것은 다시 청년 시절의 꿈으로 돌아가는 것을 의미했다. 1983년 궈쑹펀은 문학에서 다시 출발하여 소설 창작을 빌어 꿈의 세계로 돌아갔고 부단히 꿈에 대해 해부하기 시작했다. 이러한 세밀한 해부 작업은 결국 기억 속에서 건져내는 작업에 종사해야 하는 것이었다. 그는 끊임없이 일제강점기 말기와 전후 초기로 돌아갔다. 그때는 타이완 역사가 마침 수수께끼를 풀려고 했지만 답을 찾을 수 없었던 의심으로 가득했던 단계였다. 그가 반복적으로 탐색한 것은 타이완 지식인은 어떻게 역사의 갑문을 열어젖혔는가 하는 것이다. 이렇게 작디작은 섬이 일본의 영토가 되었고, 또 하룻밤 사이에 중국의 판도로 편입됐다. 이러한 갈마들이는 여태까지 이 섬에 사는 주민들의 동의를 거친 적이 없었다. 마치 바다에서 표류하고 있는 외로운 돛단배처럼 바람의 방향을 따라 파도를 헤치고 전진할 수 있을 뿐이었다. 궈쑹펀이 찾고자 했던 것은 타이완 역사의 방향으로, 외부에서 도전해오는

▶ 郭松棻, 《雙月記》

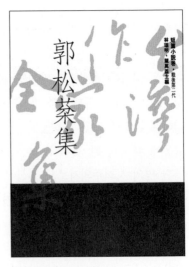

▶ 郭松棻, 《郭松棻集)

힘이 그처럼 강했지만 타이완 지식인들은 자아정위에 대한 강한 의지를 가지고 있었다는 사실이다. 그가 이후 발표한 소설은 20편이 되지 않지만 타이완 문단에서 끊이지 않는 논의를 야기시켰다. 2005년 세상에 작별을 고했을 때, 궈쑹펀은 이미 안정적이면서도 튼튼한 자리를 마련해 둔 상태였다.

궈쑹펀의 붓 아래에서 묘사된 지식인은 일종의 복잡한 인격을 가지고 있다고 할 수 있다. 일본문화에 대한 교양도 갖추고 있으면서 중국에 대한 동경심도 가지고 있으며, 타이완 식민경험의 잔재 역시 가지고 있는 인물이다. 때로는 제멋대로 날뛰다가 때로는 지나치게 조심스러워하며 뒷걸음치는가 하면, 거만하면서도 열등감을 가지고 있다. 이러한 성향을 가장 잘 보여주는 작품으로는 〈월인〉[42]만한 것이 없다. 정신적으로는 드넓고 높은 이상을 가지고 있으면서 육체적으로는 병균의 침입을 막아낼 수 없음에 관한 이야기이다. 작품 속의 남편은 아름다움을 추구하는 유미주의자이고 아내는 일본에게 교육받은 미덕을 고수하는 인물이다. 전쟁이 종식되었을 때 두 사람은 각자 이상적인 가정에 대한 이미지를 가지고 있었다. 병든 몸을 한 남편은 아름다운 사회주의 미래를 꿈꾸고 있다. 아내는 밤낮으로 남편을 돌보며 그가 건강해지면 함께 가장 평범한 행복을 이룰 수 있기를 바란다. 남편을 만류하기 위해서 아내는 알 수 없는 질투에 휩싸여 자기도 모르게 남편의 독서회 활동을 밀고하게 된다. 남편은 체포되어 재판을 받고 총살형에 처해지는데, 이때부터 행복은 급속도로

▶ 郭松棻, 《奔跑的母親》

수직낙하하여 아름답지만 슬픈 이야기만 남게 된다. 숭고함과 세속 사이에서 이상과 현실 사이에서 또는 삶과 죽음 사이에서 언제나 후자가 승리한다. 역사, 정치, 사랑은 출구를 찾은 듯하지만 항상 막다른 길에 이르게 되는데, 그의 소설에서는 타이완 사회의 숙명이 정확하게 포착되어 있다. 궈쑹펀은 생전에 적극 타이완으로 돌아가고자 했지만 중풍에 걸려 귀향길에 오르지 못했는데, 영원히 그의 한이 되었다. 그가 사망하기 전에 남긴 작품으로는 《궈쑹펀집郭松棻集》(1993)을 포함해서 《쌍월기雙月記》(2001), 《분주한 모친奔跑的母親》(2002)이 있다. 그는 많은 유고를 남겼다고 하는데, 만약 정리해낼 수 있다면 분명 다시 한 번 더 타이완 문단에 논쟁을 일으킬 수 있을 것이다.

리위(1944-2014)는 타이완대학 외국어문학과를 졸업하고 남편 궈쑹펀과 함께 캘리포니아 버클리대학에서 박사과정을 이수했으며, 중국예술과 고전문학에 심취했다. 하지만 1970년대 댜오위타이운동이 폭발하자 궈쑹펀과 함께 정치라는 거대한 물결에 투신했다. 운동 중 인성의 암흑을 목도

▶ 李渝(《文訊》 제공)

했으며 1974년 중국을 방문한 뒤에야 완전히 깨달을 수 있었다. 그녀가 가장 철저하게 깨달은 것은 문학과 예술은 정치를 포용할 수 있지만 정치는 결코 문학과 예술을 포용할 수 없다는 사실이었다. 이러한 심리역정은 정치운동 경험이 있는 지식인이라면 누구든 반박할 수 없는 진리일 것이다. 그녀의 문학 생애에서 중국 소설가 선충원沈從文, 프랑스 소설가 마르셀 푸르스트 Marcel Proust의 서사 스타일과 기교는 가장 큰 영향을 끼쳤다. 정치운

동에서 발을 뺀 뒤 그녀와 궈쑹펀은 같은 시기에 초기 모더니즘으로 관심을 돌렸다. 좌익운동에서 민중群衆이 사실은 일종의 텅 비어 있는 존재였다는 것은 역사적 사실이 증명해 준다. 사회주의가 꿈꾼 유토피아와 중국공산당이 세우고자 한 이상적인 국가는 인민대중을 제물로 삼지 않는 적이 없었다. 모더니즘은 작가의 예술적 개성을 잘 보여주고, 또한 정신적 특질에 있어서도 무의식적이고 사적인 비밀스런 세계에 숨겨져 있는 진실한 감각을 잘 보여준다. 문학에서 정욕은 정치적 의리보다 훨씬 강력한 힘을 가지고 있었다.

문학의 세계로 돌아온 리위는 머나먼 섬에 강렬한 향수를 품기 시작했다. 리위는 타이완 섬의 시끄러운 도시에서 성장하고 계몽의 과정을 거쳤다. 진지한 태도로 타이베이 남쪽의 원저우 거리溫州街를 되돌아보는 것은 일종의 경의를 표하는 의식이었다. 마치 궈쑹펀이 자신의 문화적 고향인 탈곡장에 대해 오매불망 그리워하던 감정을 기탁한 것처럼 말이다. 그녀와 남편이 동시에 소설을 창작하기 시작하자 타이베이 분지에 대한 두 개의 기억이 이때부터 굽이굽이 펼쳐지기 시작했다. 원저우 거리는 타이베이 중산층 지식인의 집산지이며 탈곡장은 중하층 서민생활의 기복을 상징한다. 이 두 개의 서로 다른 에스닉문화는 전혀 다른 삶의 처지를 보여준다. 중화민국사와 식민사가 어떻게 교차되었는지 이들 부부의 소설서사를 통해서 가장 잘 증명할 수 있다. 리위의 첫 번째 단편소설집《원저우 거리 이야기溫州街的故事》(1991)는 가세가 기울어 유랑하던 전쟁세대가 어떻게 타이완에 정착하게 되었는가에 관해 다루고 있다. 리위는 외성 출신 지식인이 타이완에서 실의에 빠졌다가 노련하고 침착해지는 정황에 대해 가감 없이 묘사하고 있다. 리위는 방랑하던 위 세대에게서 삶의 좌절과 실패, 진작, 연속성을 목격하고 자신의 왕성한 문학 창작력을 양성했다. 그녀의 두 번째 소설《응답하는 시골언덕應答的鄕岸》(1999)은 그녀의 초기와 최근의 단편작품을 모은 것으로 1965년부터 1996년 사이에 완성한 작품들이다. 이 작품들은 그녀의 고전에 대한 동경, 이

전 세대에 대한 감회, 타이완 섬에 대한 감성 등 해외로 추방된 자의 망향 심리를 상당히 정확하게 보여주고 있다. 그녀가 주조해낸 이미지들은 마치 빛바래어 누렇게 된 사진을 다시 인화한 것처럼 독자들에게 뚜렷하지만 무겁고 오래된 향수를 전달한다. 궈쑹펀이 병사한 뒤에도 그녀는 계속해서 왕성한 창작력으로 자신이 다시 시작한다는 사실을 알렸다. 이후의 작품으로는 《여름날의 망설임夏日踟躇》(2002)을 포함해서 《현명한 시대賢明時代》(2005), 장편소설 《황금원숭이 이야기金絲猿的故事》(2000), 《리위가 읽은 홍루몽拾花入夢記》(2011)이 있고, 예술 평론으로는 《에스닉 의식과 탁월한 풍격族群意識與卓越風格》, 《행동하는 예술가行動中的藝術家》가 있으며, 화가에 대한 평전 《런보녠: 청말의 시민화가任伯年: 淸末的市民畵家》가 있다.

리리(1948-)는 타이완대학 역사학과를 졸업하고 미국으로 건너 가 인디애나 주 퍼듀대학에서 정치학을 전공했다. 댜오위타이 수호운동에 리

▶ 李黎,《傾城》

리 역시 참여하여 정치 블랙리스트에 올랐는데, 첫 소설은 《서강월西江月》(1980)로 중국 베이징에서 출판됐다. 그녀의 정치신념은 앞서 기술한 몇몇 작가처럼 대단한 진동을 일으키지는 못했다. 그럼에도 결과적으로 리리는 타이완에서 소설과 산문을 발표하기로 했다. 창작량과 질적 측면에서 볼 때 그녀의 예술성취는 산문 방면에 있다고 할 수 있다. 댜오위타이를 수호했던 시기에 관해서 가장 잘 쓴 작품으로는 《이별 후別後》(1989)에 수록되어 있는 〈다 타버린 시절燃燒的年

代〉을 꼽을 수 있는데, 댜오위타이 수호운동을 할 당시의 친구 탕원뱌오唐文標를 기념하기 위한 작품이다. 표면적으로는 우정을 추억하고 있지만 실은 자신이 미쳐 날뛰던 젊은 시절을 기념하고 있다. 대부분의 몽상은 친구의 뼛가루와 함께 타이베이의 산다오쓰善導寺에 보관되어 있다. 정치의 씁쓸한 맛을 본 자만이 삶에서 가장 아름다웠던 시절이 어떠했는지 깨달을 수 있다. "산다오쓰에서 나오자 마음이 정말 슬펐지만 맑아지기도 했다. 마치 어지러운 근심과 걱정을 깨끗하게 모조리 씻어낸 것처럼 슬픈 감정이 깨끗하게 씻긴 듯 바뀌었다. 절 밖에는 타이베이 가을의 황혼이 드리워져 있고, 소란스러운 거리에는 수많은 사람, 사람들, 또 사람들이 있다. 문득 나는 살아있는 사람에게 친밀감이 들었다. 단지 그들과 내가 같다는 이유만으로 말이다. 그리고 그들이 이 땅 위에 살아 있다는 이유만으로 말이다."[43]

요동치는 운명을 그러한 바깥세상에서 한 차례 다 태워버린 뒤 리리는 다시 문학이라는 원점으로 돌아왔다. 산문 시리즈 중에서 가장 처연한 작품으로는 《슬픔을 담은 편지悲懷書簡》(1990)만한 것이 없다. 자신의 요절한 아들에 관한 작품으로 육친의 정이 끊어지는 고통을 겪고서야 인간의 극한을 알게 되었다는 내용이다. 그녀의 서사기교는 장아이링에 가까워 수련에 투자한 노력을 엿볼 수 있다. 그녀는 여행산문 몇 편을 출판하기도 했는데,《빨간 풍선을 찾아서尋找紅氣球》(2000),《장미 꽃봉오리의 이름玫瑰蕾的名字》(2000),《꽃처럼 버들처럼 흩날리는 장아이링浮花飛絮張愛玲》(2006)은 주목을 받았다. 소설집《마지막 야간열차最後夜車》(1986),《극락조화天堂鳥花》(1988) 역시 한 차례 광범위하게 논의된 바 있다.

해외에서 활동하다 1980년대에 타이완으로 돌아온 작가들은 정신적으로 모두 정치풍파의 충격을 겪었다. 그들의 문학이 타이완을 향해 돌아온 것은 개방된 사회의 문화적 포용력이 지난 어떤 시기보다 훨씬 넉넉했기 때문이다. 상술한 작가들은 자신들의 삶 속에서 중국문화라는 모체를 동경하기도 했고 사회주의 이상을 동경해 보기도 했지만, 최종적으로는 타이완을 표류하는 인생의 정박지로 선택했다. 돌아온 작가들 중 마썬馬森 (1932-)은 가장 주목받지 못한 작가이다. 마썬은 좌파운동에 참여한 적 없으며 문화대혁명에 대해서도 전혀 인지하지 못했다. 유럽에서 유학하던 시기에 1965년 당시 유학생들과 함께《유럽 잡지歐洲雜誌》를 창간하고 문학·예술·희곡·문화에 관해 다루었으며 타이완에서 발행했는데, 독서계에서 광범위한 영향을 끼친 바 있다. 1982년 타이완으로 돌아와서《연합문학聯合文學》총편집을 역임했다. 최근 30년 동안 창작량이 가장 풍부한 작가라고 할 수 있다. 마썬은 예술과 학술 영역을 넘나들면서 소설 창작에도 종사하고 산문 창작에도 일가견이 있었으며 희곡까지 연구했다. 그의 문학 평론은 남들과 다른 시각을 보여주기 때문에 독창적이라 할 수 있는데, 이데올로기나 정치적 입장에 근거하지 않고 대단히 초연하다. 마썬의 소설과 평론은 시간보다 공간감이 뛰어난 편으로, 그가 쓴 문학평론으로는《문화·사회·생활文化·社會·生活》(1986),《동양과 서양을 보다東西看》(1986),《누에고치 문화와 문화 돌파繭式文化與文化突破》(1990),《별이 빛나는 하늘燦爛的星空》(1997)이 있다. 이것은 고정된 공간에서 문학이나 문화의 가치와 우열에 대해 논한 것으로, 종적인 역사적 깊이는 없는 편이다. 그럼에도 그의 미학 관념은 강렬한 사회적 의식과 도덕의식을 가지고 있는데, 작가 자신의 인격 특질과 풍격의 진면목을 잘 보여주고 있다고 할 수 있다.

마썬의 문학작품 중 가장 많이 논의가 되었던 작품으로는 장편소설《밤나들이夜遊》(1984)만한 것이 없다. 타이완 여성 왕페이린汪佩琳이

▶ 馬森(《文訊》 제공)

캐나다에서 유학하는 내용의 작품이다. 일찍이 조신하고 보수적이었던 여성이 외국에서 살다가 영국인 교수를 우연히 만나 그와 결혼하게 됐는데, 안정된 생활을 영위하다 19살 캐나다 청년 마이크를 알게 되면서부터 그녀가 전에 없던 감정의 모험을 겪게 된다는 내용이다. 특히 그녀는 '열대화원'이 열리게 된 이후 정신적으로는 물론 육체적으로도 예상치 못한 자유를 경험하게 된다. 《밤나들이》에서 다루고 있는 경험은 동성애와 양성애를 넘나드는데, 마썬이 주조한 이 여성은 마치 작가가 만들어 낸 영혼의 눈으로 인성의 빛과 그림자를 투시하는 듯하다. 승화와 타락의 사이에서 팽팽한 긴장을 보여준다. 프랑스에서 유학한 마썬은 존재주의에 상당히 심취했다. 이 소설은 표면적으로 사랑의 깊이를 재고 있는 듯하지만, 뼛속 깊은 곳에서는 사실 생명의 의의를 찾고 있다. 이 작품에는 기본 스토리의 축을 벗어날 정도로 과도한 장문의 대화가 등장한다. 문학의 사회적 역할에 집착했지만 스토리가 돌파구를 찾을 수 없을 정도로 확장되어 나간다. 또 다른 소설로는 《병 속에서의 삶生活在瓶中》(1978), 《고독孤絕》(1979), 《베이징 이야기北京的故事》(1984), 《갈매기海鷗》(1984), 《M의 여정M的旅程》(1994)이 있다. 마썬은 학술적으로도 매우 광범위하게 섭렵하여 대학 커리큘럼에서 최초로 현대중국과 타이완 문학 과정을 개설하였는데, 이런 측면에서 새로운 풍조를 일으킨 선구자라고 할 수 있다.

▶ 馬森, 《夜遊》

둥팡바이東方白(1938-)의 본명은 린원더林文德이다. 장기간 캐나다에서 생활했으며 일찍이 1960년대 타이완 모더니즘운동에 참여했다. 바

이셴융과 함께 《현대문학》에 단편 소설을 발표했으며, 줄곧 헤밍웨이 Ernest Miller Hemingway의 글쓰기 방식을 흠모해왔기 때문에 매우 간결한 스타일이지만 오래 음미할 수 있도록 이야기의 깊이를 단련하는 데 집중했다. 그의 창작 방식은 정칭원鄭淸文의 요구사항에 상당히 가깝지만 문자를 운용함에 있어서는 비교적 정교하고 복잡하다. 해외에서 정치운동에 관심을 가지고 있었기 때문에 일찍부터 블랙리스트에 포함되어 있었다. 1980년대 이후 대하소설 《랑타오사浪淘沙》를 쓰기 시작해서 의식적으로 중자오정鍾肇政의 《타이완인 삼부곡臺灣人三部曲》과 리차오李喬의 《한야삼부곡寒夜三部曲》을 따라잡고자 했다. 그의 자술에 근거하면, 전체를 완성하는 데 대략 10년에 이르는 시간이 소비되었는데, 1980년 3월 16일에 집필하기 시작하여 1989년 10월 22일에 탈고했다고 한다. 중간에 수차례 정신적으로 무너졌으며 두통, 뒷목 통증, 척추통도 겪었다고 한다. 이 장편의 작품을 정신적 좌절 및 육체적 고통과 바꾼 것이라고 표현하더라도 과장이 아닐 정도이다.

《랑타오사》는 세 가족에 관한 이야기로 기점은 1895년 일본군대가 타이완을 점령하기 시작한 때부터 시작되며, 타이완 북부의 염전지대가 배경이다. 타이완 근대사의 서막을 전쟁으로 열어젖히고 20세기로 접어든 이후 식민지 사회에서 성장하기 시작한 지식인들은 모두 민족과 문화 아이덴티티라는 문제에 직면했음을 보여준다. 세 가족이 온몸으로 겪은 경험은 전혀 중첩되는 지점이 없다. 하지만 국가의 운명이 그들의 신상에 영향을 끼치는 점은 상당히 유사하다. 그중에서 가장 주목할 만한 부분

388 타이완 신문학사

은 최초의 타이완 여성의식을 보여준 실존인물 차이아신蔡阿信이야기로, 소설에서는 추야신丘雅信이라는 가명으로 등장한다. 이 작품에서 여성의 신체는 의심할 바 없이 타이완 토지를 상징하는데, 그녀는 주변화되어 구설수에 오르고 활동에 제한을 받았지만 장애로 충만한 시대적 조류 속에서 만인의 존경을 받는 세상을 구하는 의사가 됐다. 이 과정에 일제강점기 타이완 민주운동을 삽입하여 그녀의 눈을 통해 항일진영의 결성과 분열을 목격하게 한다. 이러한 지리멸렬한 과정은 사실 타이완 여성이 맞닥뜨렸던 숙명이기도 했다. 이후 전쟁이 종식되고 중화민국 시기로 접어들었지만 타이완은 여전히 또 한 차례 2·28사건을 겪어야 했다. 이 대하소설은 전반적으로 비극에서 시작해서 비극으로 끝난다. 둥팡바이가 창작과정에서 정신적·육체적으로 시험을 당한 것이 마치 자신이 실제로 역사적 시련을 겪은 듯 말이다. 그는 이 거대한 저작을 완성한 뒤 이어서 회고록《진실과 아름다움眞與美》7권을 써냈는데, 유년기부터 청년·중년·노년에 이르는 시간을 다뤘다. 그러므로 타이완작가들 중에서도 가장 긴 자전체 작품을 쓴 것이라고 할 수 있다. 여기에는 작가의 인적 교류, 문학 체험, 예술에 대한 동경, 그리고 자신이 읽은 서구문학에 관한 독서 필기가 거대한 파도와 같은 추억 속에 모두 녹아있다. 그래서 둥팡바이의 이 작품을 타이완문학사의 축소판으로 본다고 하더라도 지나치지 않다. 회고록을 쓰는 과정에서도 그는 《반고의 발자국盤古的脚印》(1982),《13지十三生肖》(1983),《과보의 발자국夸父的脚印》(1990),《OK외전OK歪傳》(1991),《타이완 문학 양지서台灣文學兩地書》(1993),《부자간의 정父子情》(1994),《자색고구마芋仔蕃薯》(1994),《신농의 발자국神農的脚印》(1995),《우아한 말과 글雅語雅文》(1995),《미혹된 밤迷夜》(1995),《위패 가마魂轎》(2002),《샤오과이의 세계小乖的世界》(2002),《아름다운 백합眞美的百合》(2004)을 출판했다. 창작력이 왕성하여 비견할 만한 사람이 없다. 그의 작품들은 완전히 타이완에 귀속되어 있다고 할 수 있는데, 심지어 《랑타오사》의 친필원고는 국가타이완문학관에 기증되어 있다. 그럼에도 그는 여전히 계속해서 방랑하기를 선택했기 때문에 그의 타이완에 대한 향수는 영원히 상징적으로 남아있다.

말레이시아 화인화문12)문학의 중국성과 대만성

타이완 문학의 영역에서 말레이시아 화인화문문학은 줄곧 반복적으로 논의되어 왔다. 타이완에서 활동하는 말레이시아 화인작가들이 이룬 문학예술과 문학담론은 무시할 수 없는 중요한 목소리이다. 말레이시아 화인작가들에게 영향을 끼친 문화 아이덴티티는 타이완 문단에서 하나의 문화적 위치를 차지하고 있다. 이것은 말레이시아 작가 자신의 문화 아이덴티티 및 타이완 문단에서 그들이 점유하는 문화적 위치에 영향을 주었다. 그들은 창작력이 왕성할 뿐 아니라 정치적 후각 또한 대단히 민감하다. 따라서 그들에게서 파생되어 나온 소설과 산문에는 강렬한 반성과 비판의식이 내포되어 있다. 용어 정의상에서 볼 때 말레이시아 화인문학은 말레이시아 화인세계에서 발전하여 등장한 화문문학이어야 한다. 현지 사회의 맥락에 놓고 살펴보자면, 두말할 필요 없이 이민과 유민遺民이라는 이중의 성격을 갖추고 있다. 말레이시아 정치구조에서 이민생활을 한다는 것은 일종의 주변적 성격을 띠며, 유민 정신 또한 중국문화와 직접적인 동일시가 되지 않아서 고통을 겪고 있기 때문에, 일종의 일방적

---

12) '화인華人, the ethnic Chinese'은 외국에 살고 있지만 중국 국적을 유지하고 있는 화교華僑, Oversea Chinese와 구분하기 위해 사용되고 있는 용어이다. 중국문화권에서 뻗어 나온 외국 거주 중국계 사람들을 가리키는 용어이지만, 화인들 중에는 거주하고 있는 현지에서 나고 자라서 중국어를 전혀 못하는 사람들, 중국 혈통을 조금이라도 보존하고 있지만 국적이 중국이 아닌 사람들, 현지인과 통혼한 혼혈인까지 포함되어 있어서, 화교보다 훨씬 광범위한 개념이다. '화문華文'은 비록 한자에 뿌리를 두고 있지만 중국 각 지역 방언의 영향을 받아 정착된 글말을 가리키기 때문에, 중화인민공화국의 공식언어인 '표준 중국어'와 구분하기 위해 입말은 '중국어'가 아닌 '화어'라고 지칭하고 글말은 '중국어'가 아니라 '화문'이라고 지칭한다.

인 아이덴티티를 강요당하고 있다고 할 수 있다. 말레이시아 화인작가들이 타이완에 와서 공부했다는 사실은 중국문화를 동경했음을 암시해 준다. 하지만 이들은 타이완 사회에서 생활하면서 차차 자신들이 상상했던 중국성과 격차가 크다는 점을 깨닫게 됐다. 이로 인한 두 번째 방랑이 타이완에서 발표되고 있는 말레이시아 화인문학의 특질을 이루고 있다. 그들이 찾고자 했던 중국성에 대해서는 아마도 정확하게 정의내릴 수 없을 것이다. 정신적으로 이상을 실현할 방법이 없었고, 이미 사라진 전형이기도 하기 때문이다. 따라서 중국문화에 대한 탐색과 동경은 말레이시아 화인문학에서 영원한 장력으로 변했다. 그중에서 몇몇 작가들이 스스로 '유랑流亡문학'이라고 칭한 것은 당연하게도 고도의 정치적 의미를 내포하고 있다. 그들은 타이완에서 심적으로 가정한 중국성을 찾을 수 없게 되자 자연스럽게 상실감과 실망감을 표출하게 됐다. 하지만 이것은 오로지 작가의 자아 아이덴티티에서 비롯된 것으로, 타이완문단은 말레이시아 화인문학이 등장하는 것을 결코 배척한 적 없으며 애초부터 타이완 문학에서 빠질 수 없는 일환으로 간주했다.

말레이시아 화인작가는 천다웨이陳大爲가 말한 것처럼 타이완에서 벌써 3세대까지 등장했다. 제1세대는 천후이화陳慧樺, 왕룬화王潤華, 단잉淡瑩, 린뤼林綠, 원루이안溫瑞安, 팡어전方娥眞을 꼽을 수 있다. 제2세대로는 상완쥔商晚筠, 리융핑李永平, 판위둥潘雨桐, 장구이싱張貴興이 있다. 제3세대로는 린싱첸林幸謙, 황진수黃錦樹, 중이윈鍾怡雯, 천다웨이陳大爲, 신진순辛金順

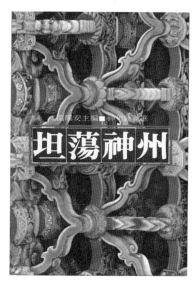

▶ 溫瑞安主編, 《坦蕩神州》

[44] 그리고 타이완에 유학한 적은 없지만 양대 신문사의 문학상을 받고 타이완에서 작품을 출판하고 있는 리쯔수黎紫書가 있다. 말레이시아 화인 문학이 타이완 문단에서 주목을 받은 것은 원루이안과 팡어전이 1975년에 결성한 선저우시사神州詩社에서 시작된다. 중국 전통을 동경했기 때문에 이 조직은 무술을 연마하는 집단 같았다. 원루이안은《거리낌 없는 선저우坦蕩神州》13)에서 "선저우시사는 호연지기를 배양하고, 민족정기를 고무시키며, 청년의 사기를 연마하는 모임이다"라고 했다.[45] 그가 숭상한 지식인 정신은 무협소설 속의 강호협객의 기세와 같았다. 그들의 상무尚武정신은 유가儒家정신과 결합된다는 점에서 의미가 있다. 특히 세상에 나아가는 행위를 강조하여 먼저 천하의 근심을 걱정하고 나중에 천하의 즐거움을 즐기자고 주장했다. 하지만 선저우시사는 황훈싱黃昏星, 저우칭샤오周淸嘯와 같은 사람이 참여하였음에도 불구하고 기본적으로 원루이안과 팡어전 두 사람이 지도자였다. 원루이안은 《장군의 명령將軍令》(1975), 《세상을 뒤덮은 용의 울음龍哭千里》(1977), 《흔적鑿痕》(1977), 《해질녘을 돌아보다回首暮雲遠》(1977), 《산하록山河錄》(1979), 《사람들天下人》(1979)을 출판했고, 팡어전은 시집 《미녀부娥眉賦》(1977) 1권을 출판했다. 이들이 후대 말레이시아 화인작가들과 가장 다른 점은 말레이시아 화인문단과는 거의 단절된 상태였

▶ 方娥眞, 《娥眉賦》

---

13) 선저우神州는 예부터 중국사람이 자신의 나라를 지칭할 때 사용하는 용어이다. 본 서에서는 '신주新竹'라는 지명과 구분하기 위해 '선저우'라고 통일해서 표기했음을 밝혀둔다.

다는 점이다. 선저우시사는 1970년대 때 중국이라는 깃발을 높이 들었기 때문에 시나 산문에서 형식상 고전적인 풍격을 보여주는데, 당시 반공사상과 모종의 결합을 이루고 있다. 그러다가 1980년대에는 공비선전물로 고발되어 반란의 혐의를 받고 체포당했다. 종국에 이 두 사람은 출국 조치되었고 이들이 남긴 작품은 오늘날 이미 전설이 됐다.

　1980년대 이후 말레이시아 화인작가들은 타이완의 중요한 문학상에서 호평을 받아 희소하지만 무시할 수 없는 문학적 성취를 이뤘다. 그들의 미학과 비평은 타이완 문학의 내용을 풍부하게 한다. 특히 작가 신분 겸 학술계 연구자를 겸하여 대학교에서도 존중되었다. 그들이 가지고 있는 발언권은 때로는 타이완 출신 작가보다 우세할 정도이다. 따라서 그들이 자처하는 주변적인 성격은 그들의 초연하면서도 객관적이며 일정한 거리를 유지하는 입장을 암시한다고 볼 수 있다. 말레이시아 화인작가 중에서 가장 많이 논의되었던 이로는 리융핑(1947-2017)만한 사람이 없다. 그는 영국령 보르네오Borneo 섬 사라왁Sarawak 쿠칭Kuching에서 태어났는데, 그의 부친은 1세대 이민자였다. 다작하는 리융핑은 중국성에 대해서 줄곧 긴장을 늦추지 않고 사고했다. 사라왁이 영국 식민지에 속했기 때문에 화교 신분으로는 현지 국민의 지위를 확립할 수 없었다. 조국인 한족 문화와 비교해 볼 때 남양南洋14)은 야만적인 황량한 지역에 속한다고 할 수 있다. 이러한 문화 지위상의 낙차는 그들로 하여금 중국의 문화전통을 향해 짙은 향수를 품게 했다. 그들은 중국문자에 상당히 천착했는데, 문학창작에

---

14) ‘남양’은 중국의 시각에서 봤을 때 중국의 남쪽 해양일대의 신비한 구역을 가리킨다. 오늘날 이 단어는 사용하는 사람의 의도에 따라 두 가지 의미를 내포하고 있다. 하나는 동남아시아 화인사회에서 무의식중에 중국을 중심으로 상징하거나 자신들이 문화적으로 복고적 성향을 띨 때 자신들의 거주지를 ‘남양’이라고 표현한다. 이와 반대로 자신들이 거주하고 있는 동남아시아의 말레이종족 중심주의에 저항을 표현할 때 의식적으로 이 용어를 사용하기도 한다. 같은 용어이지만 어떤 때는 중국 친화적 성향을 표현하기 위해서, 어떤 때는 중국이 아니라 거주지의 부당한 차별정책에 저항하기 위해 사용한다는 말이다.

투신한 것도 고도의 상징적 의미를 가진다고 할 수 있다. 그들은 마치 문화의 모태에 투신한 듯, 창작을 통해 정신적·심리적으로 안식을 얻을 수 있었다. 리융핑의 최초 작품인 《토인 숙모拉子婦》(1976)[15][46]는 타이완 학자들에게 호평을 받았다. 이것은 그의 문화 아이덴티티를 표현한 출발점이 되는 작품으로, 소설 속의 남양은 모어가 없는 땅이다. 말을 잃어버리고 뜻을 잃은 이중의 초조함 속에서 해외 화교들이 중국의 문화전통을 통해 어떻게 죄를 씻고자 하는가에 대해 쓴 것이다. 그 스스로가 "내가 동경했던 것은 문화적이고 정신적인 중국으로, 그것이 나의 고향이다"라고 말했듯 말이다.[47] 이러한 고향은 대단히 추상적이어서 타이완 사회와 동일시할 수 없다. 하지만 어쨌든 그는 타이완에서 대학 교육을 받았고 타이완의 모더니즘운동을 접했기 때문에, 중국성과 타이완 모더니즘의 미학을 결합시켰다. 타이완 문화 속에 보존되어 있는 번체자가 그에게 꼭 들어맞는 정신적 출구를 제공해 주었기 때문에 그의 글자 집착증과 모성에 대한 그리움이 하나로 결합될 수 있었다.

리융핑은 중국 문자의 순결함과 존엄을 보존하고자 《지링 연대기吉陵春秋》(1986)[48]를 썼는데 높은 평가를 받았다. 그는 중국 북방의 구어를 써내고자 노력했고 상상의 유토피아를 창조하고자 했다. 이야기 속에서 북방의 정서와 남양의 풍경을 교차시켜 지리적으로 정확한 지역을 특정할 수 없다. 바로 이렇게 상상력에 기댄 공간 속에서 그는 전통 중국에 대한 애증을 모두 집어넣었다. 소위 세상의 우여곡절이란 사실 지면상의 우여곡절로, 그는 두 손으로 하늘을 가리고 터무니없는 세상을 만들어냈

---

15) '라즈拉子'는 보르네오 원주민인 '다야크족Dayak'을 가리키는 속어이다. 보르네오 섬의 여러 이주민 중 하나로 정착하게 된 화인들이, 토착 원주민 문화를 자기 선조들의 중국문화보다 미개하다고 생각하여, 무시하고 비하하는 의미를 내포하고 있다. 19세기 말-20세기 초 중국사회에서는 동남아시아에 사는 사람들을 낮추어 부르는 말로 통상 '토인'을 사용한 바 있기 때문에 여기에서도 '원주민'이 아니라 '토인'으로 번역했다.

다. 오랜 세월 누적된 리융핑의 향수가 모두 한꺼번에 표출되어 있는 작품이다. 망향에 대한 갈증을 다 해소할 수 없었던 그는 이 소설을 통해 마음껏 표현하고자 했다고 볼 수 있다. 곧이어 다시 그는 보다 더 방대한 소설《해동청: 타이베이 우언海東靑: 臺北的一則寓言》(1992)[49]을 써냈다. 이 작품에 평생 가슴 속에 품어온 바를 쏟아냈고, 50년에 이르는 연모의 기억을 스토리 속에서 남김없이 발휘했다. 조금 있다《주링의 신선나라 유람기朱鴒漫遊仙境》(1998)[50]와《진눈깨비 부슬부슬 내리고: 보르네오에서의 어린 시절 이야기雨雪霏霏: 婆羅洲童年記事》(2002)[51]를 발표했는데 그의 성장 스토리 3부곡에 해당된다고 할 수 있다.

리융핑은 해소할 수 없는 연모의 정서를 또 다른 극단으로 전환하여 풀어냈는데, 아직 몸이 다 자라지 않은 여자아이 주링朱鴒 형상이 그러하다. 그의 글자 집착증은 소아 집착증으로 변하여 마치 가장 순결한 영혼을 마주하고서, 더럽기 짝이 없는 정욕을 표출하여 체내에 축적되어 벗어날 수 없었던 억압이나 환상을 쫓아낼 수 있게 된 듯했다. 어떤 의미에

▶ 李永平,《拉子婦》

▶ 李永平(李永平 제공)

서는 모친에게도 할 수 없었던 말을 거꾸로 악을 전혀 모르는 어린아이에게는 모조리 쏟아낼 수 있었다고 볼 수 있다. 모성에 대한 그리움과 아이를 향한 연모 사이의 변증법적 관계는 이 지점에서 균형을 얻고 화해하게 된다. 이것은 문화 고향에 대한 영원한 동경으로, '소돔Sodom' 탐험을 통해 내심 세계를 발굴해내고 있다. 그의 창작 경험을 참고하면 총 세 개의 공간을 묶어낼 수 있는데 보르네오, 타이베이 그리고 상상속의 중국이 그것이다. 자신의 역사적 기억이 불완전하기 때문에 리융핑은 종종 단절되고 빈 곳에 개인의 경험을 채워 넣고, 꿈을 꾸는 듯한 환상적 감각세계를 과장하여 보여준다. 그는 21세기에 완성한《대하의 끝에서大河盡頭》상권(2008)과 하권(2010)[52]에서 다시 자신을 원래의 출생지 보르네오로 데리고 간다. 상권에서는 카푸아스 강Kapuas river에 관해서 하권에서는 바두디반峇都帝坂 산에 관해 묘사하고 있는데, 자신의 어린 시절의 산하를 다시 찾아간 것이다. 작품 속의 주인공 15세 소년 융永과 38세의 기혼 여성 커스틴Kirsten은 매우 애매한 불륜 관계를 형성한다. 성에 대한

▶ 李永平,《大河盡頭(上卷 : 溯流)》　　　▶ 李永平,《海東靑》

환상은 리융핑 문학세계에서 핵심 기둥을 이루는데, 그의 신체가 부단히 성장했고, 그의 지식이 계속 누적되었음에도 항상 불만족스런 정욕에 탐닉한다. 타이완에 정착한 것에 만족하지 못하는 부류에 속하는 말레이시아 화인작가 리융핑은 종종 감정을 조절하지 못하고 재차 남양의 기억으로 돌아간다. 그 과정에서 그는 타이완에서 걱정 없이 생활한 경험을 절충하기도 하는데, 자신을 어떤 자리에 앉히는 것에 그가 어떻게 거부했던가와 상관없이 타이완 문학은 결과적으로 그를 받아들였으며 그에게 중요한 위치를 부여했다.

　다작을 하는 또 다른 말레이시아 화인작가로는 장구이싱(1956-)을 꼽을 수 있는데, 그의 고향은 보르네오 사라왁 연방 루통Lutong이다. 그는 소설에서 열대우림을 집중적으로 묘사하고 있으며 행간을 우울하고 습한 공기로 채우고 있다. 그의 기억은 끊임없이 생명의 고향을 향해 있는데, 출판된 소설집으로는 《엎드린 호랑이伏虎》(1980), 《커산의 아이들柯珊的兒女》(1988), 《사이렌의 노래賽蓮之歌》(1992), 《쉐리양 의사薛理陽大夫》

▶ 張貴興(陳文發 촬영, 張貴興 제공)

▶ 李永平, 《大河盡頭(下卷 : 山)》

(1994),《말썽장이 가족頑皮家族》(1996),《코끼리 떼群象》(1998),《원숭이 잔猴杯》(2000),《내가 그리워하는 잠자는 남국 공주我思念的長眠中的南國公主》(2001)가 있다. 모든 작품이 기억의 재건에 집중되어 있어서 고향이야말로 장구이싱 상상력의 보고인 듯하다.

《사이렌의 노래》는 그리스신화 속의 오디세우스 이야기에 나오는 요정 사이렌이 부드럽고 아름다운 노래로 바다를 항해하는 선원들을 유혹하여 그들이 돌아가는 것을 잊게 만든다는 전설에 바탕을 두고 있다. 이 소설은 고향을 그리워하는 것과 고향을 잊어버리는 것을 변증적으로 동시에 다루고 있다. 중간에 아동의 성 억압에 대해 묘사하는 부분이 있는데, 소년 레이언雷恩은 욕구를 풀 수 없게 되자 '소년 시절의 깊고 어두운 곳으로 자신을 유배'시켜버린다. 이것은 마치 모든 남성의 성장 스토리 같아서 두려움과 동경이 가득하다. 이러한 억압에 관한 묘사가 많은 것은 아마도 식민 시절에 대한 기억의 여파 때문일 것이다.

《코끼리 떼》[53]는 밀림 속에 버려진 상아 무더기에 관한 작품으로, 이

▶ 張貴興,《猴杯》

▶ 張貴興,《群象》

것은 영국 식민지가 남겨 놓은 무덤이자 화인 공산혁명군이 사냥당한 것에 관한 기억을 상징하기도 한다. 작품 속에 등장하는 코끼리를 사냥하는 모습은 부친과 중국을 찾아가는 것을 상징한다. 이러한 위대한 전통과 방대한 문화에 대한 숭배는 모두 일종의 환상으로 보일 수 있다. 불분명한 신분, 불행한 운명이야말로 억눌린 화인들의 내적 초조함을 고도로 암시하고 있는 것일 수 있다. 이야기 속에 말라야공산당 혁명조직과 혁명해방 이야기가 삽입되어 있어서 성욕해방의 과정을 그리고 있는 것 같기도 하다. 이 소설은 마치 프로이트 학파의 좌익이론가 마르쿠제Marcuse에 근거하여 잘 풀어낸 듯, 신체적 본능이 억압받는 것은 혁명적 행동에 호소할 용기가 없음을 상징하고 있기도 하다.

장구이싱은 각종 동물 형상으로 인간에게 내재되어 있는 동물적 본성을 그려내는 데 뛰어난 편인데, 호랑이를 포함해서 늑대·원숭이·코끼리 모두 인간의 밑바닥에 잠재되어 있다고 본다. 이것은 열대우림에서의 생존이 목숨 건 일이기 때문이다. 화인문명과 남양문명 사이에는 일종의 상호장력이라고 할 만한 것이 팽팽하게 존재하고 있으며, 식민과 이민 사이에서도 상당한 긴장감이 흐르고 있다. 장구이싱의 소설에는 너무 많은 약탈자가 등장하는데, 바로 이러한 복잡한 역사적 맥락 속에서 말레이시아 화인들의 신분은 항상 불안정하고 정착될 수 없음을 보여준다. 《내가 그리워하는 잠자는 남국 공주》[54]에서는 인간의 7가지 죄인, 교만함, 질투, 게으름, 탐욕, 흉악함, 육욕과 분노에 대해서 폭로했다.

▶ 張貴興, 《我思念的長眠中的南國公主》

천다웨이(1969-)는 시와 산문을 동시에 창작하고 있다. 학술적으로 그는 문혁 이후 중국 신시기문학에 관한 연구에 집중하고 있다. 특히 시 방면에 대한 탐색은 대단히 깊이가 있으며 연구의 외연을 확장시키는 측면이 있다. 그는 고전 중국에 당황하기도 하고 동경하기도 하는데, 시를 쓸 때는 의협심이 작용하고 산문을 쓸 때는 사모하는 감정을 표출하는 편이다. 그의 작품은 여러 차례 문학상을 받았으며 일찍부터 타이완 문단에서 주목을 받았다. 천다웨이는 한자에 대단히 탐닉하여 항상 자전의 부수에서부터 문자의 구조 및 그 내재된 아름다움을 깊이 있게 관찰해 낸다. 예를 들어 그가 쓴 〈목부 12획木部十二劃〉에서 가리키는 글자는 '나무 수樹'인데, 필획이 복잡한 이 글자에 염증을 느끼면서도 대자연의 일부인 나무는 대단히 애호하고 있음에 관해 기술했다. 특히 용수나무에 대해서 "잎이 바람에 나비처럼 나부끼자 문득 긴 수염이 기억을 뚫은 듯 나의 넋 잃은 명상을 일깨운다"라고 했다. 천다웨이는 이 외로운 글자 하나에서부터 방대하고 복잡한 연상을 펼쳐 보이며 자신의 고향까지 이어가기도 하고 자신의 성장까지 언급하기도 한다. 또 〈귀신 귀에서부터從鬼〉처럼 자전에서부터 꼼꼼하게 연상하기도 하는데, 이 작품에서 다른 것은 삶과 죽음에 관한 문제로, 의외로 생동감 있는 스토리가 등장하기도 한다. 천다웨이가 출판한 산문집으로는 《유동하는 신세流動的身世》(1999), 《마침표 뒤에句號後面》(2003), 《군웅들의 오후火鳳燎原的午後》(2007)가 있다.

천다웨이의 시에는 말레이시아의 고향에 대한 그리움이 담겨 있는 한편, 중국의 방대하고 훌륭한 전통에 대한 강렬한 향수가 담겨 있다. 가장 먼 변경에 서서 그의 영혼은 절절하게 고전문화에 경의를 표한다. 신분상의 위태로움과 모험은 그가 게으르지 않은 시인이 되도록 자극한다. 천다웨이는 장문의 시를 쓰는 데 뛰어나서 그의 시에서는 서사시적 경향이 역력하게 목격된다. 이를 테면 〈들판 이야기野故事〉가 그러하다. "정해진 길을 벗어난 야생마가 고개를 숙이고 옹정雍正의 핏방울, 려 씨呂氏

의 칼날에 숨는 이야기처럼 / 우리는 조용하게 뜻을 행하는 실루엣을 기억한다 / 손 수手 부와 칼 도刀 부는 이야기를 소 힘줄처럼 충분히 씹어서 음미하게 한다 / 우리는 그처럼 아직 주고 받은 적 없는 대화를 믿는다 / 아직 멋지게 묘사된 적 없는 동작을 / 영웅으로 살았지만 일찍이 언급된 적 없는 소년의 스토리를."[55] 천다웨이는 시의 행간에서 한자사전에 대한 미련을 자제하지 못하고 모두 표출하며, 부수에서부터 역사적 상상을 구성하여 주제가 매우 선명하다. 시집으로는 《치홍전서治洪前書》(1994), 《재홍문再鴻門》(1997), 《귀신 그림자의 나라盡是魅影的城國》(2001), 《라마야나 가까이靠近羅摩衍那》(2005)가 있다.

중이원(1969-)은 상당히 다작하는 산문 작가이다. 타이완에서 양대 신문사의 문학상을 받았으며 각종 대표적인 원고모집 대회에서 자주 수상했다. 그녀의 주요 산문 작품으로는 《하연河宴》(1995), 《쏟아지는 잠垂的睡眠》(1998), 《들은 바로는聽說》(2000), 《나와 내가 기른 우주我和我豢養的宇宙》(2002), 《부유하는 책방飄浮書房》(2005), 《원시적 반도野半島》(2007), 《이

▶ 陳大爲, 《盡是魅影的城國》

▶ 陳大爲(陳大爲 제공)

처럼 맑은 햇빛陽光如此明媚》(2008)이 있다. 중이원은 과감하게 글자 속에 잠재되어 있는 상상력을 발전시켜 문장과 어법에 완전히 자신의 인격과 개성을 적용하여 확장시켰다. 그녀는 열대의 남방을 떠난 자신이 타이완 문단의 중요한 창작자가 될 것이라고는 전혀 예견하지 못했다. 그녀는 원시적 반도野半島를 자신의 고향으로 그려내어 자신의 자유분방한 사고를 강렬하게 암시했다. 이처럼 과감하게 행동하고 용감하게 책임지는 감성은 정말이지 기존의 규범으로 구속할 수 있는 것이 아니었다. 그녀는 열대우림에 관한 기억 즉 그녀의 가족과 자신의 성장을 묘사하는 데 뛰어나다. 자신의 광적인 일생을 드러내는 데에 전혀 거리낌이 없다. 예를 들어 그녀는 〈북위 5도北緯五度〉에서 "발광의 요인은 중 씨 집안의 유전으로, 광둥성 남쪽에서 온 증조모가 아편을 피웠는데 그분은 본래 성격이 괴상하여 할아버지와 아버지 모두 어느 정도 그분에게 물려받았다. 나의 외종사촌은 청년 시절부터 '홍마오단紅毛丹'(정신병원)에 입원하여 현재까지 있으며, 지난번에 퇴원한 뒤 자신의 연로한 아버지를 호미로

▶ 鍾怡雯, 《野半島》

▶ 鍾怡雯(鍾怡雯 제공)

죽였다"라고 밝힌 바 있다.[56] 또한 그녀는 글에서 셋째 고모가 정신요양원에 입원한 적 있으며, 이종사촌 동생도 똑같이 정신병을 앓았다고 밝혔다. 둘째 고모는 30세 전후에 교통사고를 당했다가 50세에 우울한 생을 마감했다고 한다. 이와 같은 글쓰기는 여타 다른 작가들에게 있어서 대단히 사적인 기억이겠지만, 그녀는 매우 차분하게 글로 써낸다. 정신과 육체의 이중의 좌절이 그녀를 걸출한 문자 주조자로 단련시켜낸 것이다.

중이원의 산문은 매우 속도감이 있는데, 어떤 때는 그 열정에 독자가 타오르기도 하고, 어떤 때는 그 우울함에 전염되기도 한다. 이처럼 훌륭한 기복이 있는 리듬은 같은 또래 작가 중 견줄 수 있는 사람이 없을 정도이다. 중이원은 자신의 반항, 과격함, 과감함, 광증을 표현하기 위해서, 자신이 목격한 외재하는 사물을 모두 글자라는 그릇에 집어넣고, 분량이 제한적인 산문 속에서 독자들이 그녀의 내심에 흐르는 정서를 읽어내게 한다. 오랜 기간 고향을 떠나온 중이원은 자신의 글쓰기 입장에 대해서 가장 좋은 해석을 내린 바 있다. "거리두기는 창작자에게 좋은 것이며, 거리두기는 창작의 필요조건이다. 이전에 말레이시아에서 당연하게 생각했던 언어와 인종이 섞여 있는 세상이 지금은 모두 겹겹이 누적되어 있던 어두운 그림자를 깨고 상징적인 의미로 다가온다."[57] 이러한 견해는 브레히트Bertolt Brecht가 말한 "방랑은 가장 좋은 학교이다"와 같은 의미를 띠고 있다. 그러나 그녀는 결코 주변자로만 머물지 않고, 타이완 주류 사회에 녹아들어 아카데미에 진입했다. 문학 창작은 물론 학술 연구에 있어서도 상당히 주목할 만하다. 고향과 타향을 대하는 태도에 있어 때로는 상당히 신랄한 어조가 충만하기도 하지만 이 표면적인 글자 이면에는 따뜻하고 친근한 심정이 담겨있다. 고귀함과 비천함, 도덕적인 것과 비도덕적인 것, 신성함과 세속적인 것이 모두 동시에 그녀의 문맥 속에서 병치될 수 있다. 이러한 기이한 미학은 대단히 중국적이지만 또한 이국적인 정조가 충만하여 최종적으로 타이완에 속한다고 할 수 있다.

황진수(1967-)는 말레이시아 화문문학에서 가장 비판력을 갖춘 작가라

▶ 黃錦樹(《文訊》제공)

고 할 수 있다. 그는 주변이라는 위치에 서서 자신의 고향 남양을 고찰하고, 멀리 중국을 조망하며, 타이완 사회와 일정한 거리를 유지하는 태도를 가지고 있다. 그의 관점은 명확한 아이덴티티를 가지고 있는 모든 작가들에 대해서 도전적인데, 특히 주체와 주류를 강조하는 작가는 황진수의 붓 아래에서 모두 비판을 받았다. 그의 첫 번째 저서 《말레이시아 화인화문문학과 중국성馬華文學與中國性》(1998)에서 반복적으로 사색한 것은 말레이시아 화인문학을 어떻게 자리매김할 것인가 하는 문제였다. 그는 선저우시사의 원루이안을 중심으로 소위 중국성에 대한 정의와 내용을 부단히 발굴하고자 했다. 사실 타이완에서 중국성을 탐색하는 것은 종종 이래도 그만 저래도 그만이라는 모의 실험적인 의미가 있다. 고전 중국은 이미 소실됐고, 현대중국 또한 완전히 단절되었기 때문에, 중국에 대한 동경이 끊임없는 정신적 추구로 변하게 된다. 그는 소설을 쓸 때 조롱하는 수완을 다하는데, 때로는 풍자와 욕설에 가깝지만 기본적으로는 유동하는 역사 속에서 자리를 찾고자 한다. 그가 〈죽음을 슬퍼하다傷逝〉에서 말한 것처럼 말이다. "나는 나 자신이 갈수록 스스로를 억제할 수 없다고 느낀다. 단편을 다 쓴 뒤에도 여전히 계속해서 성장·파생·증식하고 있어서 이것을 내가 어떻게 할 수 없다."[58] 다시 말해서 스토리는 언제나 그의 상상력 속에서 끊임없이 부상하고 있지만 이러한 상상이 현실사회에서는 안식을 찾을 수 없음을 가리킨다. 그가 드러내는 불안감이야말로 각종 주류 가치가 받아들일 수 없는 존재이다. 그는 자신을 정의내릴 수 없을 뿐 아니라 다른 사람 역시 그를 정의할 수 없다. 이것이 가장 이상한 지점이다. 시간과 장소가 맞지 않는 그러한 처지는 황진수가 자나 깨나 생각하는 중요한 관심사이다.

황진수는 줄곧 주변인으로 자처한다. 중국의 주변일 뿐 아니라 남양의 주변이며 심지어 타이완에서도 주변에 있다. 하지만 이러한 위치에 있고자 하기 때문에 그는 각종 주류 가치의 흐름을 분명하게 볼 수 있다. 그리고 처음부터 중심론자에 대해 강하게 저항했다. 그의 소설로는 《꿈과 돼지와 여명夢與豬與黎明》(1994), 《칠흑 같은 어둠烏暗暝》(1997), 《섬으로 섬으로由島至島》(2001), 《흙과 불土與火》(2005)이 있는데, 대부분 고뇌하는 말들로 가득하다. 그는 《요재지이聊齋志異》를 새롭게 개작하여 갑골에서 우언을 찾기도 했다. 귀기가 사방에서 날뛰는 것을 통해 자신이 현실에 있으면서 또한 현실과 거리를 두고 있으며, 심지어 현실에서 빗나가 있으며 소외되어 있음을 설명하고자 했다. 행간에서 풍자적인 풍격과 조롱하는 풍격도 느낄 수 있는데, 최종적으로 비판이라는 목적에 이르기 위한 것이다. 그는 리융핑처럼 그렇게 중국의 한자를 대단히 존중하여 극도로

▶ 黃錦樹, 《烏暗暝》

▶ 黃錦樹, 《夢與豬與黎明》

아름답게 쓰고자 하지 않는다. 황진수가 추구하는 것은 '중국어 파괴'로, 때로는 심혈을 기울여 문장을 불분명하게 만들고, 이렇게도 저렇게도 해석할 수 있는 효과를 조성한다. 그러나 그는 결코 스스로를 악동으로 자처하고자 하지 않는다. 그보다는 의지가 굳건한 비평가 신분으로 문학과 학술을 넘나들고자 한다.

말레이시아 화인작가들은 천리 먼 길을 떠나 타이완에 와서 학업을 쌓고 이곳에서 정신상의 중국성을 찾아보려 했다. 그들은 학업을 마친 뒤 최종적으로 타이완 사회에서 안정된 직업을 찾았다. 특히 학계에서 중요시되고 존중받고 있다. 왕룬화(1941-), 천펑샹陳鵬翔(1942-), 리유청李有成(1948-), 장진중張錦忠(1956-), 린젠궈林建國(1946-), 황진수, 천다웨이, 중이원과 같이 몇몇 중요한 학자들은 학술계에서 매우 큰 영향력을 끼치는 발언권을 가지고 있다. 그들이 만들기 시작한 말레이시아 화인화문문학 담론은 이미 타이완 학술계에서 중요한 진지를 구축했다. 그들의 발언과 연구는 타이완 사회의 현실과 긴밀하게 연결되어 있다. 설사 그들의 입장이 주변적인 목소리에 속해 있다고 할지라도 이러한 담론은 동시에 두말할 것 없이 타이완성을 구축하고 있는 것이기도 하다. 구체적으로 말하자면, 말레이시아 화인화문문학과 그 담론을 1980년대 이후의 역사적 맥락에서 뽑아버린다면, 타이완 문학에는 분명 거대한 손실이 될 것이다.

저자 주석

[1] 林燿德, 《一九四九以後》(台北: 爾雅, 1986).
[2] 唐捐, 〈小丑主體的疼痛與呼喊〉, 蘇紹連의 《攣生小丑的吶喊》(台北: 爾雅, 2011) p.6에 수록.
[3] 蘇紹連, 《童話遊行》(台北: 尚書文化, 1990), p.129.
[4] 蘇紹連, 《攣生小丑的吶喊》(台北: 爾雅, 2011).
[5] 簡政珍, 《紙上風雲》(台北: 書林, 1988), pp.129-130.

[6] 簡政珍,〈詩是感覺的智慧〉,《詩心與詩學》(台北: 書林, 1999), p.12.

[7] 陳義芝,《落日長煙》(台中: 德馨, 1977), p.70.

[8] 陳義芝,《邊界》(台北: 九歌, 2009).

[9] 陳芳明,〈漂泊之風, 抵達之歌: 讀陳義芝詩集《邊界》〉,《楓香夜讀》(台北: 聯合文學, 2009), pp.58-70.

[10] 陳義芝,〈手稿〉,《邊界》, p.69.

[11] 楊澤,〈漁夫·1977〉은《薔薇學派的誕生》(台北: 洪範, 1977), p.140.

[12] 楊澤,〈西門行〉,《彷彿在君父的城邦》(台北: 時報文化, 1980), p.36.

[13] 陳黎,《動物搖籃曲》(台北: 東林, 1980).

[14] 陳黎,《小丑畢費的戀歌》(台北: 圓神, 1990).

[15] 向陽,〈霜降〉,《四季》(台北: 漢藝色研, 1986).

[16] 舞鶴,〈拾骨〉,《拾骨》(高雄: 春暉, 1995), p.89.

[17] 舞鶴,《餘生》(台北: 麥田, 2000).

[18] 舞鶴,《鬼兒與阿妖》(台北: 麥田, 2000).

[19] 舞鶴,〈一位同性戀者的秘密手記〉,《十七歲之海》(台北: 元尊文化, 1997), p.185.

[20] 張大春,《鷄翎圖》(台北: 時報文化, 1980).

[21] 張大春,〈四喜憂國〉,《四喜憂國》(台北: 遠流, 1988).

[22] 張大春,〈探影子找影子: 一則小說的腔調譜〉,《小說稗類》卷1(台北: 聯合文學, 1998), p.120.

[23] 張大春,《撒謊的信徒》(台北: 聯合文學, 1996).

[24] 張大春,《本事》(台北: 聯合文學, 1998).

[25] 張大春,《尋人啓事》(台北: 聯合文學, 1999).

[26] 七等生,〈誰是曾滿足: 阮慶岳小說的眞情結構〉,《曾滿足》(台北: 臺灣商務, 1998) 수록.

[27] 阮慶岳,〈後記: 聲聲啼杜鵑〉,《秀雲》(台北: 聯合文學, 2007), p.254.

[28] 七等生,〈認出純美清流: 阮慶岳的文學書寫情態〉,《哭泣哭泣城》(台北: 聯合文學, 2002), p.7.

[29] 林燿德,《時間龍》(台北: 時報文化, 1994), pp.70-71.

[30] 林燿德,〈地圖〉,《迷宮零件》(台北: 聯合文學, 1993), p.116.

[31] 林燿德,〈魚夢〉,《迷宮零件》(台北: 聯合文學, 1993), p.39.

[32] 林燿德,〈W的化妝〉,《中國時報·人間副刊》(1986.10.11.). 이후《一座城市的身世》(台北: 時報文化, 1987)에 수록.

[33] 林燿德,〈震撼〉,《鋼鐵蝴蝶》(台北: 聯合文學, 1997), p.119.

[34] 林燿德,〈以書寫肯定存有: 與簡政珍對話〉,《觀念對話》(台北: 漢光, 1989), p.182.

[35] 林燿德,〈魔王的臉〉,《1990》(台北: 尙書, 1990), pp.170-171.

[36] 林燿德,〈一或零〉,《銀碗盛雪》(台北: 洪範, 1987), pp.125-126.

[37] 林燿德,《一九四七高砂百合》(台北: 聯合問學, 1990).

[38] 陳若曦,〈值夜〉,《尹縣長》(台北: 遠景, 1976), p.57.

[39] 劉大任,〈不安的山〉,《無夢時代》(台北: 皇冠, 1996), p.79.

[40] 平路VS劉大任,〈釣運反思路〉, 楊澤 주편,《70年代: 理想繼續燃燒》(台北: 時報文化, 1994), p.150.

[41] 劉大任,《晚風習習》(台北: 洪範, 1990).

[42] 郭松棻,〈月印〉,《中國時報‧人間副刊》, 1984.7.21-30, 이후《雙月記》(台北: 草根, 2001)에 수록.

[43] 李黎,〈燃燒的年代〉,《別後》(台北: 允晨文化, 1989).

[44] 陳大爲,〈序: 鼎立〉, 陳大爲‧鍾怡雯‧胡金倫 주편,《赤道回聲: 馬華文學讀本二》(台北: 萬卷樓, 2004)수록, pp.5-6.

[45] 溫瑞安,〈跋: 十駁〉,溫瑞安主編,《坦蕩神州》(台北: 長河, 1978), p.320 수록.

[46] 李永平,《拉子婦》(台北: 華新, 1976).

[47] 陳瓊如,〈李永平: 從一個島到另一個島〉,《誠品好讀》272기 (2002.11).

[48] 李永平,《吉陵春秋》(台北: 洪範, 1986).

[49] 李永平,《海東靑: 臺北的一則寓言》(台北: 聯合文學, 1992).

[50] 李永平,《朱鴒漫遊仙境》(台北: 聯合文學, 1998).

[51] 李永平,《雨雪霏霏: 婆羅洲童年記事》(台北: 天下遠見, 2002).

[52] 李永平,《大河盡頭(上卷: 溯流)》(台北: 麥田, 2008),《大河盡頭(下卷: 山)》(台北: 麥田, 2010).

[53] 張貴興,《群象》(台北: 時報文化, 1998).

[54] 張貴興,《我思念的長眠中的南國公主》(台北: 麥田, 2001).

[55] 陳大爲,〈野故事〉,《盡是魅影的城國》(台北: 時報文化, 2001), p.29.

[56] 鍾怡雯,〈北緯五度〉,《野半島》(台北: 聯合文學, 2007), p.14.

[57] 鍾怡雯,〈北緯五度〉,《野半島》(台北: 聯合文學, 2007).

[58] 黃錦樹,〈傷逝〉,《夢與豬與黎明》(台北: 九歌, 1994), p.150.

제 23 장
타이완 여성 문학의 의의*

　1980년대에 이르러 전 타이완 사회는 고도로 발달한 자본주의 단계로 들어선다. 그 중 가장 충격적인 사실은 타이완 여성작가의 사유방식과 주체의식이 눈에 띄게 제고됐다는 것이다. 중산층 및 도시문화의 형성과 더불어 학술계 혹은 직장에서 타이완 여성지식인들은 여태껏 없었던 발언권을 갖게 됐으며, 이 같은 여성의 개입은 타이완 사회가 겪은 거대한 변화에 있어 가장 중요한 일환이 되었다. 남성 중심론이 세워온 당국체제와 민족주의가 동요할 무렵, 오랫동안 침묵해온 여성女性族群은 더 이상 계속해서 주변의 위치에 머무르고자 하지 않았다. 공공영역에서 여성이 활약하는 모습을 볼 수 있게 됐으며, 자선 공익활동에 참여하기도 했다. 또한 그 외에도 그녀들은 멸시로 가득한 민법친속편民法親屬篇[1] 조항에 불만을 표하기 시작했다. 적어도 90년대 하반기에 이르면 페미니스트의 투쟁으로 인해 타이완 여성의 상속권과 직장 존엄권은 모두 수정된다. 여성의식의 대두로 새로운 독서 시장 역시 형성되기 시작했다. 그녀

---

* 이 장은 성옥례가 번역하였다.

1) 1930년 12월 26일 공포, 1931년 5월 5일부터 시행된 법으로, 근대적 가족 관계인 이성의 결혼에 바탕한 가족 형성과 남성 중심의 친족관계 및 상속권을 대표적 내용으로 한다. 오늘날은 여성 상속권이 인정되는 한편, 2019년 동성결혼 역시 합법성을 획득한다.

들은 더 이상 충야오瓊瑤의 대중 소설만 탐닉하지는 않았으며 문학예술 감상에 있어 여성작가가 다원적인 주제를 다룰 것을 요구하였다.

타이완 문학사의 중대한 전환은 바로 이 시기에 이루어졌다. 만약 1960년대에 일어난 모더니즘 운동을 타이완 문학의 황금기로 본다면, 젊은 작가가 대거 출현하고 여성문학과 포스트모더니즘 문학이 함께 번성했던 1980년대는 문학사의 은색기銀色期로 봐야 한다고 생각한다. 1980년대에는 타이완의 사회·정치·경제에 위대한 공정이 이루어졌다. 권위 체제가 사라지고 민주 정치가 이루어져 타이완 역사는 아름다운 변화를 맞이하게 됐다. 객관적 현실의 격렬한 변동과 상응하여 문학 창작은 전에 없던 찬란한 장관을 이루었다. 이 시기의 작가는 계엄과 계엄해제라는 두 단계를 거치면서 역사란 돌이킬 수 없는 것임을 분명히 알게 됐다. 그들의 눈앞에는 끝없이 광활한 지평선이 펼쳐져있었다. 이 세대 작가들은 완성하지 못했던 모더니즘 운동의 목표를 계승하면서 완전히 새로운 문체와 기교도 추구하고자 했다. 여성 문학이 거침없이 앞으로 나아갔으며 포스트모더니즘 사유 역시 조금도 주저하지 않고 이 세대로 끼어들었다.

1980년대 이후의 문단을 돌이켜 보면, 소위 여성의 자각은 무시할 수 없는 것이었다. 이 시기의 역사 구조에서 그녀들의 이름을 떼버린다면 문단 전체는 기울어져버린다. 당연히 이 기간 동안에도 신세대 남성작가인 우허舞鶴, 장다춘張大春, 린야오더林燿德, 황판黃凡, 양자오楊照가 이전의 작가들이 이루지 못한 경지를 열어나가고 있었다. 세대교체는 역사의 불변하는 법칙이다. 가장 창백한 시기부터 가장 번화한 시대에 이르기까지 지속적으로 창작을 견지해나갈 수 있었던 작가는 지극히 드물었다. 시인인 위광중余光中, 뤄푸洛夫, 양무楊牧와 산문가인 장샤오펑張曉風, 소설가인 스수칭施叔靑 등의 경우, 창작의 원천이 마른 적이 없었으며 계속해서 형식과 기교의 변화를 추구해나갈 수 있었다. 이들 작가를 적당한 시대와 위치에 두는 것은 매우 어려운 일로, 그것 역시 타이완 문학사의 커다란 도전이라 할 수 있다. 그 중 스수칭은 성숙에 성숙을 거듭한 작가로, 그녀의 대하소설이 모두 완성된 이후에나 문학사에 있어 그녀의 예술적 면모를 분명히 밝힐 수 있을 것이다.

스수칭 소설의 역사 거작

스수칭의 타이완 삼부곡의 마지막 삼부인 《삼대三世人》가 드디어 2011년 탈고를 끝내고 세상에 모습을 드러내게 된다.[1] 장장 6년에 걸친 작업과 구상이 마침내 그녀를 또 다른 예술의 절정에 이르게 했다. 1960년대 창작을 시작했던 루강鹿港의 여성이 어느 날 타이완 문학사의 중요한 작가가 되리라고는 어느 누구도 예상치 못했다. 그녀의 창작기법과 언어예술, 정욕의 서사 그리고 역사적 상상은 그녀의 문학 활동에 있어 이미 중요한 부분이

▶ 施叔青(《文訊》 제공)

되었다. 오랫동안 언어운용에 심혈을 기울였기에 이미 그녀는 주목할 만한 풍격을 스스로 확립하고 있다. 이 풍격은 타이완 문학의 발전에 이바지했을 뿐만 아니라 타이완 섬의 여성작가로 하여금 화문 세계 및 나아가 아시아와 서구 세계의 주목을 끌게 했다. 그녀의 작품은 작은 것으로 큰 것을 치는 역방향의 서사를 대표한다. 그녀는 남성 패권의 전통에만 저항하지는 않았다. 사방에서 습격해오는 역사의 힘도 꺼려했다. 도도하고 맹렬하며 거대한 역사의 파도는 여성의 신분과 지위를 완전히 침몰시켰다. 여태껏 이름과 지위가 없던 나약한 여성은 물결 따라 표류하다가 결국에는 심연으로 침몰하도록 운명이 정해져 있었다. 한 자루의 붓만 들고 타이완 문단에 등장한 스수칭은 이 괴상한 역사의 방향을 바꿔 흐

르게 했다.

　아마도 그녀는 근래 3,40년 동안 가장 풍부한 서사 창작력을 보여준 이들 중 한명일 것이다. 무궁무진한 서사는 그녀의 생활이 그려내는 아주 광활한 판도를 보여준다. 그녀가 개척해낸 영역은 고향인 타이완 섬의 루강을 기점으로 삼아 북미의 뉴욕 항으로 뻗어나갔다가 결국엔 다시 몸을 틀어 동양의 홍콩으로 향하고 있다. 낯선 모든 항구와 아득히 먼 수역들은 아마도 떠돌던 한 여성의 사유를 받아들인 적이 있다는 사실을 알아차리지 못했을 것이다. 그러나 돌아다니며 여행하는 동안 스수칭은 항구마다 방대한 작품을 남기는 것을 잊지 않았다. 루강 시기 모더니즘 운동에서 출발했던 그녀는 당시 중요한 남성작가였던 바이셴융白先勇, 왕원싱王文興, 천잉전陳映眞, 황춘밍黃春明, 왕전허王禎和, 치덩성七等生과 나란히 이름이 거론된다. 탁월한 일가를 이룬 이들 남성작가들은 자신보다 어린 여성이 갑자기 자신들의 무리로 들어와 어깨를 나란히 하게 될 줄 예견하지 못했다. 이들 남성작가의 작품이 타이완 역사에 있어 중요한 경전이 되었을 때, 그녀가 완성한 소설 역시 뒤처지지 않고 경전적인 작품으로 인정받았다.

　스수칭의 문학적 도정은 모더니즘에서 출발한 것이 분명했다. 그러나 1980년대로 접어들면서 그녀는 페미니스트로 변신한다. 1990년대 이후에는 다시 역사 서사가로 승격된다. 이렇게 선명한 그녀의 발자취는 다른 여성작가와 분명하게 구별됐다. 그녀의 소설 서사에서 역사는 타이완 역사의 발전과 정확하게 들어맞았다. 모더니즘 소설이었을 당시 많은 경우 그녀는 모방자였다. 모더니즘이란 외래품이지 타이완 사회 내부에서 만들어진 것이 아니었기 때문이다. 스수칭의 초기 소설인《욥의 후예約伯的末裔》와《워낭소리 울리고牛鈴聲響》는 모더니즘적 기교를 혼합하면서 페미니즘의 사유도 녹여내고 있다. 미국에서 직수입된 모더니즘 미학은 몇몇 타이완 작가의 상상을 열어주었다. 모더니즘 미학의 세례로 타이완 작가는 마침내 내면의 억압된 감각과 상상을 어떻게 발굴하는지를 배울 수 있었다. 스수칭은 이 방면에 있어 상당히 뛰어난 작가였다. 그녀의 초기 작품에서 루강이라는 작은 마을은 여러 가지 죽음의 이미지로 가득했다. 관, 무덤, 귀신과 같은 여러 어두운 연상이 수시로 출현하여 한 소녀의 내면에 있는 악몽을 깨우고 있다. 이 같은 기법은 모더니즘의 모방에 가까웠다고 할 수 있다.[2]

모더니즘의 전파라는 측면에서 보자면 타이완은 수용자에 속했다. 그러므로 타이완 섬에서 활동한 모더니즘 작가는 영향을 받아들이는 역할을 담당해야 했다. 그럼에도 스수칭이 응시되고 해석되는 것에 결코 만족하지 않았다는 점은 주의할 만하다. 서구 미학의 흐름을 쫓아다니고 난 뒤, 그녀는 어떻게 자신의 주체를 변신시킬지를 알게 된다. 모더니즘의 저 깊은 곳에서부터 여성의 방어 능력이 분출하게 된 것이다. 내면세계를 탐색하면서 그녀는 억압당한 여성을 육체가 속박하고 있다는 사실을 불현듯 발견하게 된다. 1970년대 중기 이후에 나온 그녀의 자전적인 서사는 사실 구금된 여성의 신분을 의도적으로 석방시키기 위한 것이었다. 그녀는 더 이상 응시되거나 해석되는 여인이 아니었다. 이때부터 그녀는 어떻게 자아 들여다보기와 자아 해석을 시작할 것인지를 알게 되고 이후 여성의 운명과 관련된 길을 걸어가게 된다. 남성이 권력을 장악한 사회 속에서 여인의 신분이었던 그녀는 분명 주변화되고 멸시 당하는 경험을 겪어야 했을 것이다. 《유리기와琉璃瓦》와 《창만 아주머니의 하루常滿姨的一日》는 1976년에 동시에 출판됐다. 이 작품들은 여전히 모더니즘의 영향을 벗어나지 못한 것으로 보이지만 한 페미니스트의 탄생을 알렸음은 부정할 수 없는 사실이다.

그녀의 1980년대의 창작은 모두 홍콩에 머무를 때 완성됐다. 그녀의 소설은 타이완 문학이 타이완 섬이라는 틀에서 벗어나 새로운 경계 넘기 및 전파를 시도했음을 보여줬다는 데 의미가 있다. 그녀가 홍콩에서 완성한 작품으로는 세 권의 단편 소설집인 《수지의 원망愫細怨》(1984), 《사랑 떠보기情探》(1986), 《하찮은 운명의 사람韭菜命的人》(1988)과 장편 소설인 《빅토리아 클럽維多利亞俱樂部》2)(1993) 그리고 '홍콩 삼부곡' 시리즈인 《그녀의 이름은 나비她名叫胡蝶》3)(1993), 《온 산 가득 핀 자형화遍山洋紫荊》(1995), 《적막한 저택寂寞雲園》(1997)[3]이 있다. 16년간에 걸친 소설 구성으로 마침내 스수칭은 자기 예술 생명의 절정에 도달하게 됐으며 타이완 문학의 발전 역시 볼만한 성과를 거두게 됐다. 그녀 개인에게 있어 그것은 하나의 아름다운 뛰어넘기였다. 페미니즘 소설을 창작했던 펜으로 그녀는 역사 해석에도 관여했던 것이다. 앞의 세 편의 단편소설은 홍콩의 번화한 생활 속에서 존귀함과 방탕함 사이를 오가는 여성에 관해 쓴 작품들이다. 그녀는 매우 심오하고도 섬세하게 여인의 신체를 묘사함으로써 독자로 하여금 억압받는 자의 신체 정치를 엿보게 한다. 정욕의 절제와 해방은 더 이상 일방적으로 남성에 의해 결정되지 않게 됐으며 더 많은 자주권이 여성의 신체로 서서히 돌려지게 됐다. 스수칭이 빚어낸 이야기는 천년 동안 어두운 역사에 갇혔던 영혼을 해방시켰음이 분명했다. 육체는 피와 살로 이루어진 몸뚱이의 대명사에 그치지 않는다. 그녀의 펜 아래서 육체는 남성의 도덕이라는 높은 벽에 충격을 가하는 비판적인 역량이었다. 그녀가 그린 홍콩 여인은 모든 동양 여성의 원혼의 축소판이기도 했다. 역사상 언급된 적 없던 유령과 같은 존재가 더 이상 침묵하지 않고 소리를 내고자 했으며 그것은 곧 막강한 힘이 되었다.

《홍콩 삼부곡》은 한 타이완 여성의 역사관을 상당히 분명하게 정의하고 있다. 방대한 전통의 흐름 속에서 역사의 발언권과 해석권은 늘 남성이 장악해왔다. 남성이 써낸 역사는 대부분 남성의 평가기준과 심미원칙을 지니고 있어서 남성의 잣대에 부합하지 않는 것들은 역사로 진입할 기회를 빼앗겨왔다. 그것은 권력의 남용과 오용이었지만 여성에게는 거

---

2) 이 작품의 한글 번역본으로는 《빅토리아 클럽》(김양수 역, 한걸음더, 2010)이 있다.
3) 이 작품의 한글 번역본으로는 《그녀의 이름은 나비》(김혜준 역, 지식을만드는지식, 2014)가 있다.

역할 수 없는 계율이기도 했다. 기천년 동안의 역사 기록에서 여성이 근거 없이 사라지거나 심지어 흔적마저 말끔하게 닦인 까닭도 이 때문이었다. 왜 남성만이 역사를 편찬했던 것인가? 여성이 문득 이러한 의문을 가지고서 각성하게 되면서 그녀들은 역사 발언권도 갖게 되기를 기대했다. 역사 구축의 작업은 왜 여성의 손에 의해 장악될 수 없는 건가? 이로부터 자아를 자세히 살피는 페미니스트였던 스수칭은 입장과 판단력을 구비한 역사의 관찰자로 변신하게 된다. 방대한 홍콩의 사료를 읽으면서 그녀는 수많은 역사적으로 중요한 사건과 결정적인 순간 속에 여성의 그림자가 보이지 않는다는 사실을 분명하게 알게 된다. 그리하여 스수칭은 비어있는 그 부분에 여성의 상상을 불어넣으려 했다. 그녀는 홍콩을 위해 황더윈黃得雲이라 불리는 여성을 만들어 비장하고 위대한 역사 무대 위에 올렸다. 홍콩 근대사의 전체 노정을 새롭게 걸어간 이 허구의 인물은 끊임없이 팔려가는 역할을 맡음으로써 다시 한 번 역사를 재연해낸다.

홍콩은 동서 문화가 만나는 곳이자 해양과 내륙의 관문이기도 하며,

▶ 施叔青,《遍山洋紫荊》

▶ 施叔青,《她名叫蝴蝶》

전통과 현대가 교차하는 곳이자 역사 변화의 관건이 되는 지점이기도 하다. 경전에 이름이 보이지 않는 한 여성을 이 공간에 놓음으로써 광활한 역사를 배경으로 보잘 것 없는 여성의 삶을 적절하게 반영해낸다. 팔려 간 황더윈이 사회 밑바닥의 기녀가 되면서 그녀의 운명은 절망적 상태에 이르게 되고, 더 이상 물러설 곳 없는 황더윈은 배수진을 친 상태로 싸울 수밖에 없게 된다.

그녀의 삶에는 두 번의 중요한 연애 사건이 일어난다. 하나는 서양인 보좌관 스미스와의 연애였으며 다른 하나는 중국인 피고용인인 취야빙屈亞炳과의 연애로, 두 남자는 각각 서양과 동양의 남성문화를 대표한다. 상당히 결벽적인 스미스는 황더윈의 미색에 집착하여 한껏 가무와 여색에 빠져 지낼 때에도 백인이라는 자신의 존귀한 신분을 의식한다. 식민지와도 같은 여성의 몸은 잠시의 권력 지배를 위해 제공된 것일 뿐이다. 제국의 영광을 지키기 위해 의연하게 황더윈과 이별하면서 스미스는 그녀에게 많은 생활비를 남겨준다. 그녀는 이어서 스미스의 피고용인인 취야빙과 두 번째 연애를 하게 되는데 여성의 몸에 연연해하는 그의 모습은 백인과 다를 바가 없었다. 신분이 낮았지만 상류계층이 되고자 하는 야심을 가지고 있던 취야빙은 기녀라는 황더윈의 비천한 신분을 잊지 않는다. 타락과 승화 사이에서 몸부림치던 취야빙은 결국 황더윈을 팔아 버리는 쪽을 선택한다. 식민지의 남자는 서구 백인에게 부림당할 때에도 결국 자신의 인격은 잊지 않았던 것이다. 그리하여 그는 자신의 인격을 지키는 유일한 방식

▶ 施叔青, 《寂寞雲園》

으로 여성의 몸을 자기 구원의 수단으로 삼게 된다.

민족國族이 매혹적인 그림자를 드리운 가운데 육체는 전혀 의미를 갖지 못했다. 목소리가 없던 여성은 역사가 없는 것과 같았다. 남성의 기억 속에서 여성이 만일 공백에 속하는 존재라면 그녀들은 자신의 사고를 갖지 못하게 되는 것일까? 스수칭은 이러한 의문에 대해 제3부인 《적막한 저택》에서 용감하고 강단 있는 답을 내놓았다. 그것은 남성에게 기대어 여성이 해방을 얻는다는 것은 절대적으로 불가능하다는 사실이었다. 만약 작품 속의 여성들이 이전에 발생했던 비극을 순환하고 반복하고 있다면 이 삼부곡은 과거의 화본소설보다 뛰어나다고 할 수 없을 것이다. 황더원은 자신의 생명과 의지를 자아의 구원이라는 지난한 도전에 쏟아 붓는다. 그리하여 마침내 대가를 지불하고 자유를 얻어 전당포를 운영하는 데 성공하게 된다. 그녀의 손자는 이후 홍콩의 법관이 됨으로써 그녀의 신세는 완전히 달라지게 된다. 그녀의 삶은 운명이란 한 번 정해지면 바뀌지 않는 것이 아니라는 사실을 보여주었다. 스수칭 펜 아래에서 황더원은 더 이상 나약한 한 여성의 역사만을 의미하지 않았다. 그것은 구체적이면서 미시적인 홍콩의 역사이자 특히 근 백 년 동안 제국주의의 침략을 받았던 중국의 역사이기도 했다. 한 타이완 작가가 홍콩을 위해 만든 이 이야기는 홍콩 비평가들의 논의를 피하지 못했다. 스수칭의 홍콩은 그들이 잘 아는 홍콩이 아니라는 비판도 있는데, 만약 그런 식으로 삼부곡을 해석한다면 그녀의 창작 의도를 제대로 파악하지 못한 것이다. 홍콩은 하나의 장면이자 하나의 상상이자 빌려온 명사일 뿐, 구체적인 홍콩과 동일시할 수 없다. 홍콩이라는 무대에 출몰했던 황더원과 그녀의 피와 살로 이루어진 몸이 짊어져야했던 고통과 모욕, 상처와 핍박은 역사상의 진실에 속한다. 하지만 황더원이 목격한 재난은 인류 역사상 여성이 마주했던 모욕과 오명을 다 표현하기엔 여전히 부족했다.

홍콩 삼부곡이 완성된 해인 1997년, 홍콩의 주권은 영국의 손에서 베이징의 당권자에게로 건네졌다. 식민지의 운명은 이때부터 해방을 얻었을까? 만약 그것이 권력을 넘겼다는 증서의 역할에만 그친 것이라면 홍콩의 운명은 황더원의 운명과 다를 바가 없는 것이었다. 권력을 쥔 자의 자비와 동정에만 기대서는 참된 해방은 오지 않는다. 주권을 회복한 이후의 홍콩이 만약 자신의 역사관과 생명관을 세우지 못한다면 주권을 회복했다고 해서 가치선택과 언론의 자유를 제대로 누릴 수 있을까? 황더원 이야기가 지닌 미언대의는 오늘날까지도 끊임없이 홍콩 사회와 직,간접적인 대화를 전개하고 있다. 이러한 관점에서 보자면 홍콩 삼부곡은 근대사뿐만 아니라 당대사의 축소판이기도 하다. 스수칭은 사료들의 틈새를 바쁘게 드나들며 실제로 발생했던 역사적 사실에 대한 정면 싸움은 피해왔다. 그러나 신분도 지위도 없는 일개 여성인 그녀는 사실과 사실 사이의 공백으로 용감하게 뛰어들어, 온 세상에 도도한 남성 담론을 조감한다. 작은 것으로 큰 것을 공격하는 스수칭의 서사 전략은 이때부터 강한 설득력을 가지게 됐다.

　홍콩 삼부곡에서 시도했던 서술 공력을 기반으로, 그녀가 생존해왔던 땅의 이야기를 스수칭은 고향으로 돌아오는 여정 속에서 펼쳐나간다. 이후 차례대로 완성되는 '타이완 삼부곡' 속에서 그녀의 저항은 구체적으로 증명된다. 새로운 삼부곡은 《뤄진을 걸으며行過洛津》, 《바람 앞의 먼지風前塵埃》[4], 《삼대》로 이뤄져있다. 기세가 웅장한 짜임새로 그녀는 역사상 가장 멸시받고 경시당한 집단을 새롭게 구성해냈다. 300년이라는 짧은 시간 동안 타이완을 통치했던 각종 강권 및 제국은 다양한 종류의 언어와 문화를 타이완으로 가져왔다. 각 역사단계마다 타이완 역시 끊임없이 이민이라는 시대적 흐름을 받아들였으며 이민자들이 가져온 다양한 문화 전통을 수용하기도 했다. 홍콩과 마찬가지로 타이완 역시 식민지였다. 하지만 홍콩과 달리 타이완에서는 끊임없이 권력이 교체됐고 부단히 문화가 변화했다. 타이완의 역사가 짊어진 부담은 홍콩의 것보다 훨씬 무거웠다. 타이완에 들어온 이민자는 그곳에서 뿌리를 내리고 영원히 살아가기로 결정했다. 식민지배자는 힘에 부치는 상황이 되면 주저함 없이 정권을 다음의 식민지배자에게 넘기고서 뒤돌아보지도 않고 훌쩍 떠나 버렸다.

《뤄진을 걸으며》는 여전히 정욕으로 역사에 저항하는 방법을 통해 매우 놀라운 이야기를 전개하고 있다. 작품은 비정한 역사 가운데에 또 다른 비극적 무대를 세우고 있다. 타이완의 민간 고사인 천싼우냥陳三五娘[4]의 궤적을 따르며 스수칭의 펜은 풍요로우면서도 다원적인 서술을 탄생시켰다. 번화하던 루강이라는 항구가 어떻게 몰락해나가는지를 쓰면서 그녀는 근 백 년의 타이완 역사를 한 편의 극으로 연출해냈다. 그녀가 지적하고자 한 것은 모든 사료가 정말로 믿을 만한 기억인가였다. 이 소설은 의심의 여지없이 타이완의 남성사를 고쳐 쓴 것으로, 그녀는 작은 것으로 큰 것을 공격하는 서사 전략을 통해 다시금 아름다운 연출을 만

▶ 施叔靑, 《風前塵埃》

▶ 施叔靑, 《行過洛津》

---

4) 《려경기荔鏡記》로도 불리며 명대의 전기傳奇 작품이다. 중국의 차오저우潮州와 촨저우泉州의 민간 고사를 바탕으로 하며, 내용은 陳三(陳伯卿)과 五娘(黃碧琚)의 사연 많은 사랑이야기로 구성된다.

들어내고 있다.

　제2부인《바람 앞의 먼지》는 청말 민초晚淸의 역사 무대를 일제강점기로 옮기고, 서부의 한족漢人 역사를 동부의 원주민 역사로 바꾸고 있다. 시대와 집단은 다르지만 역사상 발언권이 없었던 인물을 위해 그녀는 일부러 다시 목소리를 낸다. 스수칭의 역사적 상상은 일본 제국과 피식민자 사이에 놓인 깊은 골을 가로지르면서 기운 넘치는 또 다른 역사 서술을 구축해낸다. 식민사·저항사·전쟁사를 녹여내면서 작품은 일제강점기의 완전하게 비워진 기억을 위해 색깔과 소리, 감정, 온도를 더해준다. 경계를 뛰어넘는 사랑을 완성할 방법은 전혀 없다. 하지만 소설 속 원주민의 피가 식민지배자 여성의 몸으로 흘러들어간다는 식의 변형 서사 방식을 통해 일본 제국의 신격과도 같은 지위는 평범한 사람의 것으로 변하고 원주민의 저항 정신은 비범한 사람의 것으로 승격된다. 스수칭은 그 어떤 역사도 진실한 기억을 대체할 수 없다는 사실을 질문하고자 했다. 역사가 그토록 많은 허구로 가득 차있다면 허구인 소설은 왜 역사에 개입할 수 없는 것인가? 허구와 허구가 함께 뒤섞이는 순간 비판의 역량은 정당하게 존재하게 된다.

▶ 施叔青,《三世人》

　제3부인《삼대》는 타이베이를 배경으로 하여 주인공인 일제강점기의 한 시漢詩 유민 스지성施寄生에 관해 쓴 이야기이다. 현대와 전통의 충돌을 암시하는 작품은 식민지배자와 피식민자의 마찰도 선명하게 그려내고 있다. 또한 남자와 여자의 만남과 헤어짐을 묘사할 뿐만 아니라 고아한 문화와 저속한 문화의 조우도 서술하고 있다. 스수칭은 끊음과 도약의 기법으로 일제강점기에서 2·28 사건까지의 역사

가 지닌 명明과 암暗을 모아서 연결하고자 노력했다. 그녀는 현대화의 조류 속에서 깨끗하게 씻겨나간, 이전에 존재했던 고전적이고 우아한 한시의 전통을 추모하려했다. 또한 타이완의 역사적 인물이 권력의 유혹으로 인해 어떻게 자신을 팔고서 인격적으로 타락하는지를 끈질기게 묻고자 했다. 이 소설은 왜곡된 역사가 형성되는 과정에서 식민지배자만을 일방적으로 질책할 수 없으며 피식민자 역시 함께 책임져야하는 공범이라는 사실을 지적하고 있다.

타이완 삼부곡을 완성할 무렵 스수칭의 역사관은 이미 그 모습을 분명하게 드러내고 있었다. 그녀는 여성에게 이상을 기탁했으며 남성에게는 무한한 기대를 걸었다. 역사의 거대한 공정은 결코 단일 성별 혹은 단일 에스닉에 의해 이루어질 수 없는 것이었기에, 그녀는 역사의 전면성과 전체성에 주의하고자 했다. 그렇다고 해서 권력을 쥔 자에 대한 풍자와 비판을 잊지는 않았다. 그녀는 역사의 피해자에게 더 많은 발언권을 주고자 했다. 역사적으로 탄압받아온 여성·원주민·동성애자와 피식민자를 다들 다시 무대에 올렸으며 각자의 역할을 재차 공연하게 했다. 오랫동안 주변화됐던 타이완이 마침내 그녀의 소설에서 목소리를 내게 된 것이다. 홍콩 삼부곡과 타이완 삼부곡을 함께 나란히 내놓음으로써, 스수칭의 변방에서의 전투는 역사상 전례 없던 장면을 펼쳐나갔으며, 이때에 이르러 역사의 해석에는 변화가 나타나게 된다.

두 삼부곡의 창작은 20년에 걸친 그녀의 삶을 소진시켰다. 40세부터 60세로 접어들기까지, 검은 머리가 백발이 될 때까지, 홍콩의 역사와 타이완의 역사를 위한 이야기를 만들고자 그녀가 지불한 대가는 짐작할 수가 없다. 그러나 그녀가 바꾼 역사의 기억과 문학예술은 가벼운 것이 아니었다. 스수칭의 문학이 내뿜는 기세와 매력은 이미 타이완 문학사에서 중요한 증언이 되었다.

타이완 여성 소설의 발전과 그 특징

타이완의 문학 생태가 바뀐 가운데, 양대 신문인《연합 부간聯合副刊》과《인간 부간人間副刊》에도 새로운 기풍이 일어나 여성작가들이 대량으로 소설과 산문을 발표하는 것이 허용된다. 계엄 해제 후 최초의 10년 동안 타이완의 정치, 경제 각 영역은 중대한 변혁을 겪었다. 이들 부간이 이끈 젠더라는 어젠다는 여성작가의 적극적인 참여를 불러왔으며, 타이완의 여성 문학의 출현은 다원적인 영향을 주었다. 먼저, 그것은 온갖 고난을 마다하지 않고 기존 남성문화의 패권에 도전했으며, 나아가 민족이라는 의제에 대해 깊은 의심을 표하기 시작했다. 수많은 여성작가들은 거대한 체제의 억압 속에서 자신의 몸을 출발점으로 삼았다. 여성의 드러나는 희노애락의 정서와 내면에서 요동치는 정욕이 해방되어야지 비로소 자주적인 감각이 세워진다. 1980년대에서 90년대로 넘어설 무렵, 국체國體에 자신의 신체身體를 내던져 부딪히는 장면이 잊기 힘든 여성의 풍경이 되었다. 이 시기 등장한 여성작가 중 많은 이들이 '삼삼집간三三集刊'과 밀접하게 연관된다는 사실은 의심할 여지가 없었다. 타이완 문단에 출현한 장아이링張愛玲파라 일컬어지는 작가인 장샤오윈蔣曉雲·샤오리홍蕭麗紅·쑤웨이전蘇偉貞·위안충충袁瓊瓊이 풍격에 있어 장아이링과 매우 촘촘하게 연결되어 있다고 왕더웨이가 지적한 바 있다.[5] 양대 부간으로부터 상을 받았던 그녀들은 오랫동안 묶여있던 여성의 욕망과 동경을 풀어주었다. 그녀들은 언어 운용에 있어서 결코 초기 모더니즘 여성작가에게 뒤지지 않았으며, 상상에 있어서 과감하고 대담했고 창작은 끊어지지 않고 이어졌다. 전체 독서 시장은 여성작가의 시야를 대대적으로 넓히도록 선동했다. 베스트셀러 순위가 세워지고 체인서점이 촘촘하게 분포하게 되면서, 또 문화산업과 소비문화가 지속적으로 발전하게 되면서, 마침내 도서 유통을 촉진하여 방대한 독자군이 탄생하게 되었다. 뿐만 아니라 타이완 여성작가의 작품이 대량으로 영화화되면서 그녀들의 예술적 성취는 영향력을 확대하게 됐다. 랴오후이잉廖輝英의 《뒤웅박 팔자油麻菜籽》, 《돌아갈 수 없는 길不歸路》과 주톈원朱天文의 《어린 시절 지난 일童年往事》, 《샤오비 이야기小畢的故事》, 《둥둥의 방학冬冬的假期》, 샤오리훙의 《물푸레나무 거리桂花巷》, 리앙李昂의 《남편 살해범殺夫》, 샤오싸蕭颯의 《작은 마을 의사의 사랑小鎭醫生的愛情》, 《내 아이 한성我兒漢生》, 《나는 이렇게 일생을 보냈다我這樣過了一生》는 모두 소설을 영화화한 것으로, 관중들로부터 더 많은 독자가 생겨났다. 소설과 영화의 결합은 문학 비평과 연구에도 새로운 영역을 만들어냈다. 그것은 순환하고 연쇄하는 관계로, 작품·영상·비평에 있어 시장을 형성하는 데 중요한 지주가 되었다. 이 같은 문화 생태 속에서 타이완 여성문학의 지위는 더욱 견고해졌다.

별무리처럼 무리지어 나타난 타이완 여성작가는 각각 독특한 풍격을 지니고 있었다. 그녀들은 개성이 뚜렷한 기교로 전체 문학의 경관을 넓고 깊게 변화시켰다. 그녀들이 대거 등장할 무렵, 뤼정후이呂正惠를 '규수작가'[6]로 표현했던 남성 비평가는 그녀들은 단지 낭만적 서정의 방식으로 사랑에 대한 소녀의 회상을 묘사할 뿐이라고 인식했다. 그 같은 평가는 여성작가가 발휘한 비판 정신에 전혀 부합하지 않았다. 또한 역사를 고쳐 쓰는 가운데 해방시켰던 그녀들의 능력을 완전히 평가절하한 것이었다. 1980년대에 멈추지 않고 세기말인 90년대로 들어서면서 이들 여성작가의 창작은 이미 정치와 역사를 건드리고 있었다. 그것은 결코 '규수'라는 단어로 개괄할 수 없는 것이었다. 1990년대에는 민진당의 득표율이 지속적으로 성장했고 국민당의 지지도는 급속히 하락했다. 그것은 하나의 끝맺음이 시작됐다는 것으로, 공공 영역에서 차지하는 여성 지식인들의 위상이 한껏 제고되도록 했다. 이 현상과 호응하여 여성작가는 더 이상 사랑이나 정욕에 한정된 주제에만 관심을 두지 않게 된다. 그녀들은 소설로 역사에 대한 해석을 부연하고자 했으며 이야기로 문화적 정체성을 새로 수립하고자 했다. 그녀들의 늠름한 자태는 더 이상 남성작가와 우열을 가릴 수 없게 된다.

'삼삼집간' 시절에 수많은 걸출한 작가를 이끌었던 후란청(胡蘭成)[5]이었지만 그 자신은 일류 작가가 아니었다. 그의 역사관과 문학관은 새로운 시대를 열기에는 결코 충분치 못했다. 정의되지 않은 정의 속에서 그는 오히려 신세대 작가들로 하여금 폭넓은 상상의 공간을 얻게 했다. 그의 미학은 언어가 지닌 기존 의미에 집착하지 않았다. 언어를 무궁무진한 상상을 끊임없이 담아낼 수 있는 커다란 그릇으로 변모시켰다. 그의 제자들 가운데 주톈원은 후란청 학파를 세우는 데 큰 역할을 한 첫 번째 인물로, 그녀의 문학 풍격은 1976년에 큰 변화를 거치게 된다. 그 이전에 그녀의 소설은 장아이링 소설 속 대화를 대담하게 자신의 소설 속에 그대로 이식할 정도로 장아이링의 분위기를 많이 지니고 있었다. 장아이링의 영혼에 접근하고자 했던 이러한 서사 전략은 환골탈태換骨奪胎의 답습이자 글의 일부를 바꿔치는 수법의 변주이기도 했다. 이후, 그녀는 서서히 장아이링의 영향을 벗어나 후란청 스타일의 언어로 자신의 청춘의 미감을 새롭게 만들어갔다. 《단장 강의 기록淡江記》(1979)에서부터 그녀의 소설에는 후란청식 단어선택과 언어사용이 끊임없이 암암리에 모습을 보이기 시작했다. 늙은 영혼과 젊은 소녀라는 두 종류의 문체가 서사 속에 한데 어우러져 나타났다. 후란청의 어휘는 영혼이 따라붙는 듯, 조금의 간극도 없이 주톈원의 소설에 출몰하게 된다. 만약 소위 상호텍스트적 서사라는 게 있다면 아마도 주톈원이 80년대 가장 주의할 만한 작가였을 것이다. 여성 의식이 점차 늘어나는 분위기 속에서 주톈원은 이를 거스르는 방향을 선택했다. 후란청의 미학이 그녀의 유일한 뮤즈가 된 것이다. 《금생금세今生今世》의 언어기교를 주톈원은 대담하게 답습했다. 때로는 몇몇 자구만 변화시켜 자신의 이야기 속으로 짜깁기하기도 했다.

---

5) 후란청(1906-1981)은 저장浙江 출신의 중국 작가로 《中華日報》의 총 주필을 역임했다. 전후에 매국노로 추궁당해 일본으로 가서 남은 생을 보낸다. 대표작으로 《今生今世》가 있다. 여성 편력이 심했던 그는 중국 현대 여성작가인 장아이링과 많은 나이 차이에도 불구하고 결혼하지만 이후 결별한다.

전쟁 시기 후란청과 1980년대 주톈원 사이에는 반세기가 가로 놓여있었음에도 불구하고 둘 사이에는 기묘한 정신적인 약속이 이루어지고 있다.

▶ 朱天文,《世紀末的華麗》

《무더운 여름의 도시炎夏之都》(1987)[7]에서 《세기말의 화려世紀末的華麗》6)(1990)[8]에 이르기까지 그 속에서 빚어진 사랑은 인간의 흔적을 씻어낸 듯 자간과 행간에 분위기와 색채가 충만해 있으며, 이야기는 또 다른 요원한 시간과 공간에서 발생하고 있는 것 같았다. 그녀가 묘사한 도시는 시끌벅적 소란스럽지만 청춘은 외려 또 다른 차원의 애정관 속에 격리되어있다. 이 같은 소외와 낯설게 하기는 모더니즘 기법과 매우 흡사한 것으로 보인다. 그러나 그녀가 탐닉한 것은 기법 자체가 아니라 자신이 추구하는 숭고한 세계였다. 바로 그곳에서 그녀와 후란청은 무궁무진한 대화를 나누고 있다. 아마도 그녀의 언어표현은 황진수黃錦樹가 말했던 대로 '무녀의 춤'[9]과 같은 것이라 할 수 있다. 그녀는 자나깨나 후란청이 동경한 '예악문명禮樂文明'의 구축을 생각했다. 그것은 세속적인 애정과 육욕 및 용속한 윤리 도덕을 초월하여 하나의 무성생식의 색정 유토피아에 도달하는 것을 의미한다. 주톈원의 《황인수기荒人手記》(1994)[10][7]의 경우, 동성애를 제재로 삼아 화려하지만 결실 없는 쾌락을 표현하고 있는데, 그것은 단지 후

---

6) 같은 제목의 단편소설 한글 번역본으로 〈세기말의 화려함〉(《꿈꾸는 타이베이》, 김상호 역, 한걸음 더, 2010)이 있다.

7) 이 작품의 한글 번역본으로는 《이반의 초상》(김은정 역, 시유시, 2001)과 《황인수기》(김태성 역, 아시아, 2013)가 있다.

란청이 반복적으로 강조했던 '이름 없는 지친無名的至親'을 묘사한 것에 불과했다. 소설 속의 인명인 라오老와 사오少는 사실 모두 후란청을 가리켰다. 이러한 서사기법은 후란청의《선은 일지화禪是一枝花》를 베낀 것이라 할 수 있다.[11] 이 책에서 말했던 형과 형수는 사실 모두 후란청 본인의 화신이었다. 주톈원은 이와 같은 전략을 고심하며 사용했다. 그녀 펜 아래서 만들어진 '복숭아나무 아래 사람들桃樹人家, 무더운 여름의 도시, 더 이상 에덴이 아니다伊甸不再, 꽃이 전생을 기억하다花憶前身'는 분명히 무언가를 가리키고 있지만 그 의미를 정확하게 정의내릴 수는 없다. 그녀가 완성한《황인수기》는 여태껏 동성애同志 문학으로 여겨졌다. 사실, 동성애로 해석되는 동지同志는 후란청이 말한 '무명의 큰 뜻無名的大志'이다. 주톈원은 '동지'라는 말을 빌려와 그들이 뜻을 함께 하고 지향하는 바가 같다는 것을 알렸는데, 이때 동성애 서사인 동지 서사는 이념을 담는 하나의 수단일 뿐이었다. 이 소설의 장르를 적당하게 분류하기란 쉽지 않다. 가짜 백과사전 같으면서 또 동성애 서사인 듯도 하지만 현실의 타이완 사회와 결합시키기란 매우 어렵다. 작품에서 전달하려는 주제는 사실 자꾸 후란청을 향해 가리키고 있다. 사제지간의 굳은 맹약金石之盟이 책에서 신분이 서로 다른 동성애자의 행동으로 증명된다. 이 소설이 완성되자 주톈원이 '슬픈 바람이 끝나버렸다悲願已了'고 공개 선언한 것은 조금도 이상하지 않았다.[12]

후란청의 영향을 받았다는 사제 간의 교류와 관련한 사실은《꽃이 전생을 기억하다》(1996) 전에 쓴〈후란청의 팔서를 기록하다記胡蘭成八書〉에 가장 잘 나타나 있다. 50,000여자로 이루어진 이 자술은

▶ 朱天文,《荒人手記》

장아이링이 어떻게 주시닝朱西甯과 서신 왕래를 끊었는지를 설명할 뿐 아니라 주씨가 어떻게 후란청과 교제하게 되었는지를 분명하게 해석하고 있다. 주씨 부녀의 전체 문풍의 변화 및 중국 문화에 대한 신앙의 새로운 수립이 장문 속에서 분명하게 설명되고 있다.《세기말의 화려》,《황인수기》그리고《무녀의 말巫言》(2007)[13]은 이어지는 삼부곡임이 분명하다. 소위 '무巫'라는 것은 신과 인간 사이에 놓인 신분으로, 그녀가 전달하는 메시지는 모두 하늘이 보여주는 것이다. 전체 소설 속에는 세속의 현실이 나타나고 있지만 은연중에 죽음의 신이 문자 사이에 숨어서 돌아다니고 있다. 그녀가 죽음과 용감하게 마주하고 있기 때문에 소설이 빚어내는 삶에 대한 욕망lust for life은 더욱 강렬하게 표현된다.〈어떻게 장아이링을 배반하고 도망쳤는가如何叛逃張愛玲〉라는 글에서 인정했듯, 후란청의 영향이 갈수록 커지고 있었다.

주톈신朱天心(1958-)은 삼삼집간에서 이름을 얻기 시작한 맹장으로, 타이완의 정치·사회·문화에 대해 주톈원보다 훨씬 민감했다. 그녀는 자신의 정치적 경향을 표현하는 데 용감했으며 자신의 신분과 정체성에 대해 깊이 고민했다. 그녀의 문학 작품은 사실 외성인 세대의 시대적 축소판에 있어 변치 않는 주제가 되었다. 그녀의 작품으로는《격양가擊壤歌》(1977),《방주에서의 나날方舟上的日子》(1977),《내가 젊었던 어제昨日當我年輕時》(1980),《끝내지 못하다未了》(1982),《타이완 대학 학생 관린의 일기台大學生關琳的日記─이후《세월이 흐르면 사물도 변한다時移事往》로 바꿈》(1984),《나는

▶ 朱天心(朱天心 제공)

기억해……我記得…》(1989), 《내 고향 형제들을 그리며想我眷村的兄弟們》
(1992), 《소설가의 정치 주기小說家的政治周記》(1994), 《나는 법을 배우는 멍
멍學飛的盟盟》(1994), 《고도古都》[8](1997), 《느린 여행자慢遊者》(2000), 《스물
두 살이 되기 전二十二歲之前》(2001), 《사냥꾼들獵人們》(2005), 《초여름 연꽃
시절의 사랑初夏荷花時期的愛情》(2010)이 있다. 젊은 시절부터 중년에 접어
들 때까지 그녀는 타이완의 가장 폐쇄적이던 시절부터 가장 개방적인 단
계에 이르기까지의 시간을 모두 완주했다. 사회의 저층에서 출발한 당외
黨外 운동이 어떻게 집권당으로 바뀌는지를 목도하였고, 타이완 의식이
어떻게 타이완 본토의 주류적 가치로 승격하는지도 직접 보았다. 순식간
에 급변하는 정치 영역은 그녀로 하여금 주변인의 고뇌를 매우 깊이 느
끼게 했다. 그녀의 모든 서사 전략은 정체성과 기억이라는 두 궤적을 따
라 진행됐다. 그녀는 타이완 사회의 특정 집단의 대변인이었으며, 특히

▶ 朱天心, 《方舟上的日子》(舊香居 제공)　　▶ 朱天心, 《擊壤歌》(舊香居 제공)

8) 이 작품의 한글 번역본으로는 《고도》(전남윤 역, 지식을만드는지식, 2012)가 있다.

권력의 오용과 남용에 대한 강한 비판가였다.

초기에 그녀는 《격양가》와 《방주에서의 나날》을 썼는데, 언어 속에 흘러 움직이는 영원하면서 꿋꿋한 감정은 동화나 신화처럼 순결하기 그지없었다. 교정의 담장과 고향이었던 군인 가족 동네眷村의 울타리는 외부적 요인으로 인한 모든 혼란과 번뇌를 막아주었다. 1980년대 이후, 타이완 사회에는 거대한 변화가 나타났다. 세계화의 조류가 물밀듯 들어왔으며 자본주의적 개조가 타이완에 강림했다. 중산계층이 무수히 생겨났고, 반대운동 역시 바야흐로 발전 중이었다. 전 세계의 질서는 더 이상 그녀 개인의 주관적 바람에 기대어 발전하지 않았으며, 실망과 환멸이 연이어 그녀의 마음에서 충돌했다. 《나는 기억해……》는 타이완에서 계엄이 해제된 이후인 권위 체제가 철저하게 전복되던 순간에 편집된 것으로, 그녀의 창작 풍격 역시 이때에 확립된다. 높아지는 타이완 의식이 쇠미해 가는 중국 의식을 조금씩 대신했으며 주류 담론 역시 바뀌기 시작했다. 타이완 역사와 타이완 문학이 중요한 학문이 될 무렵, 〈유달리 푸르던 그 시절那時天空特別藍〉을 그리워하던 주톈신의 내면 깊은 곳에는 근심걱정이 쌓이기 시작했다. 그녀가 써낸 매 편의 소설이 사람들의 시야를 넓혀주었던 것처럼, 당시 그녀는 반대운동反對運動[9]을 반대하는 입장임을 분명하게 밝혔다. 단편소설인 〈나는 기억해……〉는 사회운동 속에서 지식인의 입장이 전복되고 가치가 붕괴되는 것을 생동적으로 묘사했다. 〈십일담十日談〉은 정치의 소용돌이를 날카롭게 폭로하면서, 정의라는 낯짝을 지닌 지식인의 아우라를 벗겨냈다. 〈신당 19일新黨十九日〉은 주식시장의 장바구니족이던 가정주부가 어떻게 반대운동의 조류에 휩쓸려, 하룻밤 사이에 정치 비판가로 변하는지를 묘사하여 이를 신랄하게 조롱

---

9) 일반적으로 반대운동이란 당외인사들이 타이완의 정치적 현실을 비판한 일련의 행동을 일컫는 표현으로, 1986년 타이베이에서 결집한 당외인사들이 민주진보당을 결성한 것을 대표적 예로 들 수 있다.

했다. 〈열반佛滅〉은 바야흐로 정치적 이상을 잃어가는 어느 사회운동가가 신문사 엘리베이터에서 정인과 미친 듯이 사랑을 나누는 것을 보여줬다. 그것은 남녀의 격정만이 반대운동의 격렬함을 대신한다는 의미인 것 같았다. 전체 소설집이 빚어내는 기억은 사실 신성·정의·이상이라는 가면을 벗겨내기 위한 것이었다. 거리의 소란스런 장면은 진정한 기억이 아니며, 소설 속에 남겨진 장면이야말로 사람들이 잊기 힘든 기억이라는 것이다.

얼마 후 그녀가 완성하는 〈고향 동네 삼부곡眷村三部曲〉은《내 고향 형제들을 그리며》10),《고도》,《느린 여행자》를 말한다. 주톈신은 더 이상 기억의 재건에 만족하지 않고 더 나아가 문화 정체성에 도전했다. 그녀의 문학 세계에서 아버지는 왕과 같은 존재로, '하늘의 아버지天父'로 불

▶ 朱天心,《想我眷村的兄弟們》

▶ 朱天心,《昨日當我年輕時》(舊香居 제공)

10) 한글 번역본으로는 〈젠춘의 형제들을 생각하며〉(《꿈꾸는 타이베이》, 김상호 역, 한걸음 더, 2010)가 있다.

리든 아니면 '나라의 아버지國父'로 불리든 관계없이 신성하고 숭고한 모습을 지니고 있다. 그녀의 정체성은 영원히 아버지를 쫓고 있으며, 아버지의 죽음으로 역사도 함께 사라진다. 그녀는 '외성인 2세대'라는 호칭을 받아들일 수 없었다. 그들은 대륙에서 추방됐으며 타이완에서도 쫓겨났다. 그녀 스스로 다음과 같이 이러한 곤경을 언급한 적 있다. "국민당은 교묘하게 그들을 속여 이 섬에 오게 했는데 그로부터 40년이 지났다. 고향과 친척이 그리워서 돌아가려는 순간에야 겨우 살아남은 친족의 눈에 비친 자신이 원래 타이완 동포이며, 타이완인임을 깨닫게 됐다. 그래서 40년 동안 살아온 섬으로 다시 돌아오니 '너희들은 외성인이야'라고 걸 핏하면 지적한다.……"[14] 이 말은 그녀의 문학적 사유를 이해하는 데 있어 가장 적당한 해석이라 할 수 있다. 국민당·민진당·공산당의 역사관 속에서 그들은 마치 존재하지 않는 역사의 인물과 같았다. 이 사실이 왜 주톈신의 가장 아름다운 기억이 영원히 1987년의 계엄 해제 전에 머물러 있는지를 설명해준다. 아버지인 주시닝에 대한 그녀의 숭배는 주톈원의 후란청에 대한 잦은 경애와 같은 것이었다. 두 아버지의 형상은 그녀들의 창작 방향을 이끌어 주었는데, 《느린 여행자》에서 그녀는 다음과 같이 아버지를 추모하고 있다. "아버지의 부재로 인해 나는 비로소 아버지와 함께 했던 40년 동안 언제나 늘 말과 행동으로 그의 신앙·정감·가치관·사람을 대하는 처사, 심지어 생활의 사소함에 도전했다는 사실을 발견하게 됐다."[15] 주톈원이 후란청과 끊임없이 대화했던 것처럼 그녀도 아버지와 대화를 나누었다. 이것이야말로 그녀들의 진실한 감각이었다. 외면 너머의 저 세계에 존재하는 타이완 본토 정권·본토 문화·본토 문학이란 진실한 역사에 속하는 것이 아니었다. 그녀의 가장 아름다운 시간은 〈은하철도銀河鐵道〉에서 쓴 것과 같은 어린 시절에, 〈꿈결夢一途〉에서 기록한 것과 같은 꿈속에 , 〈오월의 푸른 달五月的藍色月亮〉의 환상과도 같은 국외에, 〈출항出航〉에서 만들어진 착각과 같은 고대에 놓여있었다. 지금 이 순간의 타이완에서는 진실한 행복을 가질 수 없었다.

주톈신은 문학은 복수의 무기라는 사실을 남김없이 보여주었다. 그녀의 사고와 관점은 매우 가혹할 수도 있었지만, 타이완 사회의 주류 가치로 하여금 부단히 수정하고 보충하도록 했다. 그녀의 작품은 독자로 하여금 다음과 같은 경각심을 갖게 한다. 즉 어떤 정치 담론이 권위 체제에 대항할 때는 단계적인 임무를 지닌다. 그것이 아무런 결말도 없는 홍수처럼 범람하여 섬의 다양한 에스닉, 성별, 계급이라는 구체적인 존재를 묻어버려서는 안된다고 말이다. 정치 담론이 모습을 바꾸어 또 다른 권위가 되는 것을 막기 위해서 주톈신의 문학은 일종의 방어 역할을 했다. 이러한 관점에서 주톈신 문학의 역사적 의의가 민주 사회에 받아들여져야 마땅하다고 생각한다.

삼삼집간에 등장한 여성작가 중 가장 많은 비평을 받은 이로 샤오리훙 (1950-)을 들 수 있다. 그녀는 자이嘉義 출신으로 자이 여중을 졸업했다. 그녀가 삼삼집간의 진용에 가입한 사실은 타이완 문학의 다양한 집단이 어우러졌음을 설명하는 데 적합하다. 그녀는 장아이링 문학의 영향을 받은 한편, 후란청과 주시닝의 중국 예악의 이데올로기를 따르기도 했다. 최초로 주목을 받았던 그녀의 중편소설 《냉금전지冷金箋》(1975)는 《홍루몽》의 영향을 많이 받은 작품으로, 남녀의 혼인은 하늘이 결정하여 안배한 것이라 강조하고 있다. 책에서는 "정만 있을 뿐, 인연이 없다면 결국 '다정하여 헛되이 한만 남는多情有餘恨' 결말로 끝나게 된다."라고 말한다. 전쟁과도 같은 사랑으로 인해 여성은 결국 겹겹이 상처뿐인 숙명으로 곤두박질치게 된다. 이후 삼삼집간에 참가하면서 그녀의 글은 일변하게 된다. 그녀는 《물푸레나무 골목》(1977)[16]으로 문단의 주목을 받기 시작했다. 향토문학 운동이 계속해서 거세질 무렵에 나타난 이 소설은 향토라는 개념에 구체적인 내용을 채워주는 것 같았다. 작품은 여주인공인 가오티훙高剔紅을 중심으로 하는 일대기로, 사실 근대 타이완의 변화하는 역사의 축소판이었다.

청말 민초에서 시작하여 1959년에 끝나는 이 이야기는 청대 이민기·

일제 강점의 식민시기·전후의 민국 시기를 가로지르고 있다. 이 시기에 타이완 사회는 아직 고도의 자본주의를 경험하지 못했고, 현대화 공정은 여전히 기초를 다지는 단계에 머물러있었다. 구체적으로 말하자면 여성의식이 아직 완전히 성숙하지 못한 시기였다고 할 수 있다. 여인의 일생으로 타이완 역사를 해석하겠다는 것을 최대의 기획으로 삼았던 이 작품은, 타이완 여성작가가 처음으로 소설로 역사에 간여했던 대

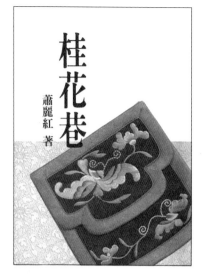

▶ 蕭麗紅, 《桂花巷》

표적인 예가 됐다. 샤오리훙은 중국 전통과 타이완 향토라는 두 가지의 가치를 성공적으로 융합함으로써 베스트셀러 작가가 될 수 있었다. 민족 정체성이 바뀌던 1970년대 무렵 이 소설은 중국 정체성을 지닌 독자의 관심뿐만 아니라 타이완 의식을 지닌 독자의 관심도 끌어들였다. 작품은 민속 생활의 세목에 대해 그녀가 상당히 핍진하게 묘사했다는 점에서 매력적이었다. 그녀는 이야기가 전개되는 가운데 타이완어 대화를 적절하게 집어넣어 유창한 중국 백화문과 선명한 대비와 균형을 이루게 했다. 가오티훙의 상생상극相生相克하는 운명은 그녀가 한 쌍의 크고 붉은 주사장碲砂掌의 손금을 지니고 있어 큰 재물운을 누리지만 단장斷掌의 손금 역시 있기에 남편을 잃을 운명을 암시한다는 데서 나타났다. 개방되려 하지만 아직 개방되지 못한 단계의 타이완 사회에서 이 같은 여성의 숙명관은 민족에 대한 우언이었음이 분명했다.

이후 여성작가들처럼 입장이 분명하지는 않지만, 전통적인 가부장적 시스템을 비판한 작품인 《물푸레나무 골목》은 여성 신체의 필사적인

노력과 탈주를 암시하기에 충분했다. 연합보 소설부문 1위를 차지한《천개의 강에 천개의 달이 비치네千江有水天江月》(1981)[17]11)는 타이완 전통사회의 민속 명절에 대해 매우 세밀하게 묘사하고 있는데 후란청의 중국예악적 사유가 상당히 많이 반영되어있다. 민간 사회의 묵계인 가는 정이 있으면 오는 정이 있다는 예의 형식은 오랜 문화가 되었다. 그것은 관용의 힘이며 상서로움과 화목함의 경지였다. 향토문학운동이 최고 수준에 도달했음을 보여주는 이 소설은 사실 여성의 주체의식이 소설 속에서 확립되기 시작했다는 점에서 더욱 중요하다. 여주인공 전관貞觀은 여전히 전통 혼인과 연애의 관념을 고수하는 인물로, 그녀의 형상은 곧 전통과 현대의 결합을 의미했다. 이 같은 소설의 형상은 향토문학 진영에서 인정을 받는 한편, 타이완 여성문학의 풍조 속에서 독자적인 유파를 형성하기도 했다. 고난 속에서 어떻게 자신의 의견을 굽히며 살아남을 것인가는 일정정도 전통적인 여성의 삶의 복제판이기도 했다. 《천개의 강에 천개의 달이 비치네》는 또한 중국의 문화 전통으로 돌아와, 어떻게 유불도儒佛道의 삼교 사이에서 화해와 공존을 얻어 안녕과 합리적 생활을 추구하는지를 표현하고 있다. 《바이수이 호수의 봄꿈白水湖春夢》[18]은 2·

▶ 蕭麗紅, 《千江有水千江月》

---

11)이 작품의 한글 번역본으로는 《천 개의 강에 천 개의 달이 비치네》(남옥희 역, 가람기획, 2001)이 있다.

28 사건을 요원한 배경으로 삼아서 세간의 타이완 본토운동에서 말하는 역사적 사건과 배치시켜, 고난이나 정치적 책임에 대해서는 전혀 언급하지 않은 채, 다만 어떻게 깨달음을 얻을 것인지 고난에서 벗어날 것인지만 얘기한다. 이러한 서사 전략은 역사의식이 더 이상 그처럼 강렬하지 않게 됐음을 의미했다. 그것은 탈중심적 사고가 아닌, 약간의 포스트모던한 의미를 지니고 있었다.

처음 산문을 발표했을 때, 위안충충(1950-)은 단어 구사와 문자사용에 있어 장아이링 파의 그림자를 꽤 지니고 있었다. 그러나 그녀는 현실 사회에 적극적으로 개입했다는 점에서 냉정하고 방관적인 태도를 유지했던 장아이링풍과 많이 달랐다. 화제를 모은 단편 소설〈자신의 하늘自己的天空〉은 일반적인 외도 이야기의 통속적인 공식에서 벗어난 것으로, 상처 입은 여성이 좌절을 겪은 이후에 철저하게 내면의 감각을 정리하고 자신의 길을 걸어간다는 이야기이다. 베스트셀러 작가로 보기는 어렵지만 그녀의 언어는 많은 환영을 받았으며 높이 인정되었다. 작품으로는《봄날 강의 배春水船》(1979),《자신의 하늘》(1981),《두 사람의 일兩個人的事》(1983),《창해상전滄桑》(1985),《차고도 따뜻한 계절又涼又暖的季節》(1986),《위안충충의 아주 짧은 단편袁瓊瓊極短篇》(1988),《이번 생의 인연今生緣》(1988),《사과가 미소 지을 거야蘋果會微笑》(1989),《애정의 풍진愛情風塵》(1990),《만인의 정부萬人情婦》(1997),《공포시대恐怖時代》(1998)가 있다. 그녀의 풍격은 전통 여성의 수난이라는 자태를 벗어나 있으며, 여성이 지닌 광기·어둠·죽음·노쇠를 대량으로

▶ 袁瓊瓊(《文訊》 제공)

다루고 있다. 이야기 속에 나오는, 결국 추방으로 끊임없이 향해가는 길이라는 것은 모더니즘적 의미를 지니고 있었다. 그녀는 이전에 인생철학에 대해 말한 적이 없어서 작품에서 성녀聖女와 신녀神女의 경계가 대단히 모호하게 보인다. 위안충충은 작품 구성에 뛰어나, 분위기를 무르익게 함으로써 세간의 상상에 전혀 기대지 않고서도 이야기를 써냈다. 인물과 배경을 이성의 범위 밖에 배치하고 윤리 도덕을 넘어서는 이야기를 전개하여, 작가가 마음대로 할 수 있는 세계를 빚어낸다. 거대한 핍박이나 위압과 대면한 나약한 여성은 강해질 수도 미칠 수도 있다. 시골 출신의 그녀는 《공포시대》를 쓸 무렵에는 이미 타이완 사회로 완전히 몸을 던지게 된다. 그녀가 허구로 만들어낸 이야기는 국가家國 정체성의 전략과는 완전히 다른 것이었다.

리앙(1952-)은 아마도 가장 논쟁적인 작가일 것이다. 그녀는 종종 신문 사건을 토대로 근사한 이야기를 예리하게 만들어내기도 하는데, 사건 자체가 화제가 되었기 때문에 소설화된 뒤에는 더욱 큰 현실의 충돌을 일으키기도 했다. 열여섯 살부터 창작을 시작한 리앙은 매우 어린 나이에 천부적 재능을 발휘했다. 그녀가 실제로 문단의 지위를 확보한 것은 1983년 발표한 《남편 살해범》12)부터이다. 그녀는 용감하게 난관을 뚫고 실험에 뛰어들어 《미로의 정원迷園》13)을 완성하게 되는데 이후 그녀의 지위는 더욱 공고해진다. 그녀의 작품으로는 《혼성합창混聲合唱》(1975), 《군상群像》(1976), 《인간 세상人間世》(1977), 《애정 시험愛情試驗》(1982), 《남편 살해범: 루강 이야기殺夫:鹿城故事》(1983), 《사랑과 죄: 대학 교정의 사랑과 성愛與罪:大學校園內的愛與性》(1984), 《그녀들의 눈물她們的眼淚》(1984), 《어둔 밤暗夜》(1985), 《꽃의 계절花季》(1985), 《부치지 못한 연애편지—封未寄的情

---

12) 이 작품의 한글 번역본으로는 《살부: 도살꾼의 아내》(노혜숙 역, 도서출판 시선, 1991)가 있다.
13) 이 작품의 한글 번역본으로는 《미로의 정원》(김양수 역, 은행나무, 2012)이 있다.

書》(1986),《외도外遇》(1985),《고양이와 애인貓咪與情人》(1987),《세월年華》(1988),《달콤한 생활甜美生活》(1991),《미로의 정원》(1991),《색이 금지된 어 둔 밤: 리앙의 성애 소설집禁色的暗夜:李昂情色小說集》(1999),《베이강의 향 로는 누구나 꽂는다: 정조대를 찬 마귀 시리즈北港香爐人人揷:戴貞操帶的魔 鬼系列》(1997),《먹보귀신愛吃鬼》(2002),《눈에 보이는 귀신看得見的鬼》[14] (2004),《화간미정花間迷情》(2005),《원앙춘선鴛鴦春膳》(2007),《칠대에 걸친 인연의 타이완 / 중국 애인七世因緣之台灣/中國情人》(2009)이 있다. 리앙은 여성작가 중 가장 열렬하게 타이완 역사에 관심을 가진 인물이다.《미로 의 정원》에서부터《자전적 소설自傳の小說》에 이르는 그녀의 작품은 근대 타이완 섬의 복잡한 운명과 밀접하게 연관된다. 그중 가장 큰 논쟁을 불 러일으켰으며〈정조대를 찬 마귀〉시리즈[15]의 이야기를 포함하는《베이 강의 향로는 누구나 꽂는다》[19]는 사실 당시 분위기가 모아지던 민주운 동을 겨냥하고 있음이 분명했다. 그녀는 타이완 사회가 민주를 획득하면 여성의 운명이 변화를 얻을 수 있는가를 강조하고 있다. 그러나 독자의 초점은 '베이강의 향로'가 특정 인물을 투영하고 있는 게 아닌가에 맞추 어졌으며, 그다지 뛰어나지 않았던 이야기로 하여금 작가의 원래 의도를 가리게 했다.

이어서 그녀가 창작한 셰쉐홍謝雪紅의 이야기는 역사가 어떻게 발전하 는지에는 오히려 관심이 없었다. 작품의 초점은 한 좌파 혁명운동의 지 도자를 통해 성性과 정치의 긴장 관계를 재차 고찰하는 데 있었다. 자전 과 소설은 서로 모순된 어법으로, 자전은 역사에 속하지만 소설은 허구 에 속한다. 작품은 역사의 인물을 사실의 맥락에서 뽑아내어 소설가의 붓 아래서 피와 살을 가진 여성으로 변화시켰다. 그녀 스스로《떠도는

---

14) 이 작품의 한글 번역본으로는《눈에 보이는 귀신》(김태성 역, 문학동네, 2011)이 있다.
15) 한글 번역본으로〈정조대를 찬 마귀〉(《흰 코 너구리》, 김양수 옮김, 한걸음더, 2009)가 있다.

여행자漂流之旅》(2000)에서 다음과 같이 강조한 바 있다. "서사는 또 얼마만큼의 진실을 기록해낼 수 있을까? 더구나 한 여인, 한 작가의 수중에서?"[20] 공간적 감각이 시간적 의식보다 중요한 것 같았다. 작가는 개인적인 모스크바 여행을 통해 역사 속에 떠돌고 있던 세쉐홍을 떠올렸다. 거대한 시공을 사이에 둔 채 이루어지는 대화는 기존의 역사 서사에 대한 여성작가의 실망을 더욱 잘 드러낼 수 있었다. 그녀의 소설은 종종 두 가지 목소리를 내는데 하나는 이야기의 주인공이고 하나는 작가 자신이다. 그녀는 남성의 역사 서사로부터 벗어나려고 했으며 그럼으로써 편집과 왜곡 그리고 희화화의 함정을 피할 수 있었다. 여성정치인이 민주운동에 투신하는 이야기를 쓸 때의 그녀는 역사상의 여성의 운명도 복제하고 있는 것만 같았다. 소위 민주 운동이란 사실은 놀랄만한 권력투쟁으로 가득 차있는 것이기도 하다. 그녀는 남성이 운동에 투신하는 이유가 필경 민주를 추구해서인지 아니면 권력을 노려서인지를 질문한다. 인성의 잔혹함과 처참함이 그녀의 붓 아래서 의심의 여지없이 폭로됐다. 만약 타이완 사회가 변화의 단계로 진입한다면 여성 역시 변화가 가능할 것인가? 현실 사회에서 여성이 몸 기댈 곳을 찾을 수 없기 때문에 리앙은 또 다른 귀신의 유토피아를 창조하고자 고심했다. 물귀신·먹보귀신·악마새끼魔神仔·여우귀신이 가리키는 공간은 동떨어진 채 부유하는 곳이다. 그녀는 소설 속에 하늘의 신과 땅의 신·민속·절기 등을 넣길 좋아했는데, 그것은 현대 시간의 속박을 전혀 받지 않는 것들로, 이들을 통해 그녀는 무궁무진한 상상을 얻을 수 있었다. 여신·여자요괴·여자귀신의 화신 등은 분명 민족 신화에서 벗어나는 것들이었다. 정욕은 정조보다 고상하며 육체는 국체國體보다 고귀하다. 그녀의 이 같은 서사 전략으로 인해 역사는 반드시 새롭게 정의 내려져야 했다.

핑루平路(1953-)는 역사서사와 역사전복에 용감했다. 만약 전통적인 역사서사가 모두 남성역사가의 수중에서 나온 것이라면, 그것이 펼쳐내는 가치 관념이나 도덕적 본보기는 모두가 남성 권력을 잣대로 재단한 것이

었다. 핑루는 이러한 편파적인 서
사방식에 대해 일찍부터 알고 있었
다. 그녀는 오랫동안 허구적 전략
으로 소위 사실이라는 것에 도전하
려는 입장을 견지해왔다. 그녀는
늘 권력을 장악한 남성에 대해 회
의적 태도를 보였다. 그녀의 작품
으로는《옥수수 밭에서의 죽음玉米
田之死》16)(1985),《춘거椿哥》(1986),《다
섯 통의 편지五印封緘》(1988),《홍진

▶ 平路(陳至凡 촬영, 平路 제공)

오주紅塵五注》(1989),《간첩으로 체
포된 사람捕諜人(장시궈張系國와 합작)》(1992),《걸어서 하늘 끝까지行道天
涯》17)(1995),《금서 계시록禁書啓示錄》(1997),《백세 서신百齡箋》(1998),《닝즈
온천凝脂溫泉》(2000),《언제 님은 오려나何日君再來》(2002),《동방의 동녘東
方之東》(2011)이 있다. 핑루가 처음 창작을 시작했을 때에는 여성으로서의
자각이 전혀 없었다. 예를 들어 그녀가 쓴《옥수수 밭에서의 죽음》은 남
성의 귀향 이야기를 쓴 것으로, 천원청陳文成 사건18)을 투영한 것으로 보
인다. 그녀가 장시궈와 합작한《간첩으로 체포된 사람》은 일부러 과학

---

16) 이 작품의 한글 번역본으로는《옥수수밭에서의 죽음》(고찬경 역, 지식을만드는지
　　식, 2014)이 있다.
17) 이 작품의 한글 번역본으로는《걸어서 하늘 끝까지》(김은희 역, 어문학사, 2013)가
　　있다.
18) 1981년 타이베이에서 발생한 사건으로, 미국 대학에서 근무하던 陳文成 교수가
　　전 가족의 타이완으로의 이주를 알아보러 왔다가 타이완 경비총부 사람들에게 끌
　　려가 다음날 타이베이 대학에서 시신으로 발견된 사건을 말한다. 국민당 당국은
　　자살이라 발표했으나 이에 의문을 제기한 가족과 미국의 조사 요구에 의해 이후
　　국민당은 해외에 거주하는 국민당 반대 인사가 타이완으로 방문하는 것을 허락하
　　게 된다. 사건은 여전히 미제 상태이지만 사건으로 인한 재외 반국민당 인사의
　　타이완 방문 허용은 계엄 시대였던 당시 타이완의 민주화에 큰 영향을 주었다.

환타지 소설로 만든 것이었다. 《걸어서 하늘 끝까지》[21]를 쓸 무렵에야 비로소 정식으로 여성의 신분이 등장하게 된다. 이 작품은 쑨중산孫中山과 쑹칭링宋慶齡의 사랑 이야기를 주축으로 삼아 중국 근대사의 발전 맥락을 고심하여 고쳐 쓴 것이다. 소설은 국가 지도자인 남성의 국가역사 담론과 감추어진 여성의 신체 감각이라는 두 이야기를 함께 서술하고 있다. 신해혁명이 중국의 몰락하는 운명을 개혁할 수 있었다 하더라도, 여성의 운명 개조에 있어서 쑨중산은 전혀 손을 쓸 수 없었다. 이 소설은 놀랍게도 위대한 인물의 신상에서 미세한 정욕을 읽어낸다. 민족 담론으로 인해 어린 여성은 까닭 모른 채 국모國母로 승격되고, 하룻밤 사이에 전체 민족의 정조가 그녀의 육체 위에 덧씌워지게 된다. 그녀는 반드시 민국을 위해 수절해야 했으며 나중에는 또 공산당을 위해 수절해야 했다. 그러나 그녀의 육체적 욕망은 단단히 채워진 도덕의 족쇄로부터 일찍부터 빠져나와 있었다. 이야기에서 여성의 유약함은 엄청난 힘을 발휘하고 있는데 이것이 바로 핑루 소설의 가장 감동적인 부분이다.

▶ 平路, 《行道天涯》

▶ 平路, 《玉米田之死》

그녀의 다른 소설인 《춘거》[22]는 1949년 타이완으로 도망쳐 온 한 청년을 묘사한 것으로, 청년의 삶은 경제적으로 불황이던 때부터 자본주의가 발달하기까지의 타이완의 발전 과정과 함께 성장하는 것처럼 표현된다. 작품에서 주의할 만한 점은 주인공 춘거가 이야기의 처음부터 끝까지, 단한마디 말도 없이 침묵하는 카메라처럼 외부 세계의 변화를 주시한다는 것이다. 핑루는 본분을 지키는 외성인이 어떻게 전체 사회의 개조에 투신하는지와 역사는 그를 위해 어떠한 기록도 남기지 않았다는 사실을 성공적으로 그려낸다. 그의 친한 벗들 가운데 부를 일구려던 자는 부를 일구고 나라를 떠나려던 자는 떠나버리는데 이것은 곧 전후 타이완 역사의 축소판이기도 했다. 목소리 없는 곳에서 나온 저항의 목소리는 그렇게 마음을 울렸다. 최신 소설인 《동방의 동녘》[23]은 한 타이완 여성이 중국에서 타이완 상인인 남편을 찾는 우여곡절의 과정을 쓰고 있다. 남편은 실종되었고 여성은 여관에서 무심결에 다른 의견을 지닌 한 청년을 떠맡게 된다. 이 한 쌍의 남녀는 실의 속에 서로에게서 온기를 취하지만 운명을 예측할 수 없는 나락으로 떨어진다. 핑루는 기백이 넘치고 스케일이 큰 역사 소설을 창작하는데 뛰어났다. 그녀는 종종 마치 염탐꾼처럼 역사의 비밀을 보아내고 이를 대담하게 폭로할 수 있었지만, 그것에 대한 정확한 답안은 불필요했다. 해결되지 않고 확정되지 않은 결말은 그녀가 잘하는 수법이었다.

샤오싸(1953-)는 아마도 같은 또래 중에서 펜으로 현실에 가장 많이 간여했던 여성작가일 것이다. 그녀의 문자는 감정의 거둠과 펼침에 있어 매우 정확했으며, 인물 성격의 묘사에 있어서도 섬세하고 자연스러웠다. 남편의 외도와 이혼을 겪으면서 전후기의 풍격에 큰 변화가 나타난다. 펜을 꺾기 전에는 아마도 창작량이 가장 많았던 작가 중 한명이었을 것이다. 그녀의 작품으로는 《두 번째 허니문二度蜜月》(1978), 《내 아이 한성我兒漢生》(1981), 《샤페이의 집霞飛之家》(1981), 《여몽령如夢令》(1981), 《사랑의 계절愛情的季節》(1983), 《한 여중생이 죽은 뒤死了一個國中女生之後》(1984),

《소년 아신少年阿辛》(1984),《동네 의사의 사랑小鎭醫生的愛情》(1984),《웨이량의 사랑唯良的愛》19)(1986),《앞으로 걸었다走過從前》(1987),《귀향찰기返鄕劄記》(1987),《남편에게서 벗어나는 방법如何擺脫丈夫的方法》(1989),《홀몸인 이후이單身意惠》(1993),《모두 기뻐하다皆大歡喜》(1996) 등이 있다. 그녀의 소설 속 남자는 모두 패배자로, 이들의 좌절과 패배는 장시궈가 다음과 같이 지적한 것처럼 여자에게도 상처를 준다. "나쁜 남자의 소외異化는 아마도 작가가 여전히 남자에게서 벗어나려 한다고 해석될 수 있다. 야수로 변하지 않는 남자는 아마도 아직은 구할 수 있지 않을까? 좀 더 깊이 들여다본다면 남자의 소외는 자본주의 사회 속에 보편적으로 존재하는 인간의 소외현상이라는 사실을 알 수 있다. 인간은 더 이상 인간이 아닌 소외된 괴물로 변했다."[24]

그녀는 성장 이야기를 구성하는 데 뛰어났다.《내 아이 한성》,《한 여중생이 죽은 뒤》,《소년 아신》은 모두 청소년의 계몽 과정을 쓴 것으로, 성의 계몽이든 지식의 계몽이든 이들 모두는 다양한 연령의 통과 의식을 의미했다. 그것은 현실과 커다란 차이를 가지고 있기 때문에 늘 삶 속에 사라지지 않는 상처를 남긴다. 특히 강한 현실감을 지녔던 그녀는 자본주의가 어떻게 타이완 사회를 개조하고 타이완인의 순박한 성격을 개조하는지를 보아낼 수 있었다. 그녀의 소설에는 동시기 청년이 겪는 성장

▶ 蘇偉貞(《文訊》 제공)

19) 이 작품의 한글 번역본으로는 《웨이량의 사랑》(김은희 역, 어문학사, 2011)이 있다.

의 경험이 압축되어 나타난다.《동네 의사의 사랑》[25]은 여성의 심리를 남성의 관점에서 거꾸로 써내려 시도하는데, 그녀는 행복한 가정의 허상을 잔인하게 깨뜨려 작은 동네를 통해 큰 사회를 보게 만든다. 후기의 작품에서 그녀는 이혼의 상처를 치료하려는 것처럼 보였다. 인물 연출이나 문자 기교를 막론하고 일정정도의 피로감을 드러내고 있다. 샤오리홍의 정절과 비교하자면 샤오싸 작품의 여성은 더없이 노련하고 침착하다고 할 수 있다.

장샤오윈(1954-)은 1980년대 초 샤즈칭夏志淸 교수의 눈에 들어 문학상을 탔다. 문단에 갓 등단했을 때 많은 관심을 받았다. 첫 번째 소설인《인연 따라隨緣》(1977)를 출판했을 때 문단으로부터 장아이링 문체가 재등장했다는 찬사를 받았다. 그녀는 장아이링풍의 냉혹함과 차가움을 지니지 않았음에도 세상의 능수능란한 처세술에 대해 조소와 조롱을 보이고 있다. 하지만 그녀는 장아이링의 대화 속에 있는 내면의 깊고 세밀한 변화를 써낼 수 없었다. 그녀에게는 장아이링파의 어투는 있었지만 장아이링파의 운치神韻는 없었던 것이다.《인연의 길因緣路》(1980)은 별다른 포부가 없는 여성들이 결혼을 인생 최고의 목표로 삼고 있는 모습을 그리고 있다. 판밍루范銘如가 다음과 같이 지적했듯, 그녀 작품의 여성은 늘 배우자 조건에 맞는 남성들을 찾기 위해 수시로 들락날락거린다. "'지아비를 찾으려는' 이 같은 구체적인 노력과 속물적인 태도는 당연히 5·4라는 낭만 시대의 이념과는 그 취지가 크게 달랐다."[26] 20년을 침묵한 뒤 그녀는 소설《도화정桃花井》(2011)[27]을 출판했다. 작품은 타이완 외성인 남자의 처지를 중심으로 하여, 간첩 혐의로 오랜 기간 구속되면서 가지게 된 고향으로 돌아가려는 그의 바람에 대해 쓰고 있다. 역사의 고아 및 기아의 경험과 마찬가지로 귀향의 과정에서 고향은 이미 기억 속의 기대와는 완전히 달라졌음을 보여준다. 고향으로 돌아가서 다시 결혼하는 것이야말로 그의 일생에 있어서 최후의 구원이자 속죄였다. 역사의 깊은 맛은 그처럼 쓰디쓴 것이었다.

쑤웨이전(1954-)은 장아이링파의 문학을 가장 깊이 있게 연구한 작가 중 한 명이다. 일찍부터 영향을 받았던 그녀는 이후 조금씩 자신의 틀을 만들어갔으며 결국 장아이링풍의 어법을 벗어나게 된다. 그녀의 작품 창작량은 매우 풍부하며, 1980년대부터 신세기까지 중요한 여성의 목소리를 대표한다. 작품으로는《홍안이 벌써 늙었네紅顔已老》(1981),《그와 잠깐의 동행陪他一段》(1983),《세간의 여자世間女子》(1983),《인연이 있다면 천리라도有緣千里》(1984),《옛 사랑舊愛》(1985),《낯선 사람陌路》(1986),《집을 떠나다離家出走》(1987),《유랑流離》(1989),《우리 사이我們之間》(1990),《퉁팡을 떠나며離開同方》(1990),《멈추지 않고 지나치다過站不停》(1991),《뜨거움의 절멸熱的絶滅》(1992),《침묵의 섬沈默之島》[20](1994),《꿈 이야기夢書》(1995),《봉쇄된 섬封閉的島嶼》(1996),《마술의 순간魔術時刻》(2002),《시간 대오時光隊伍》(2006)가 있다. 군인 신분이었기 때문에 초기에 소설을 쓸 때 그녀

▶ 蘇偉貞,《沉默之島》

작품 속 여성은 고도의 폐쇄성과 고독을 가지고 있었다. 그녀는 내면의 자아의 대화를 잘 묘사했는데 그것은 치유의 과정처럼 보인다. 군인 신분의 그녀는 부단히 떠나가고 부단히 헤어져야 했다. 그것은 공간 감각이라기보다는 그녀가 현실과 특정한 거리를 유지했음을 의미한다. 초기 산문인《세월의 소리歲月的聲音》(1984)는 장아이링풍을 꽤 띠고 있지만 장아이링식으로 현실에 개입하지는 않는다. 그녀를 장아이링파 작가로 분류하는 것은 아마도 오

---

20) 한글 번역본으로는 《침묵의 섬》(전남윤 역, 지식을만드는지식, 2015)이 있다.

해로 인한 것일 터이다. 사실 그녀는 장아이링파에 대한 전문가일 뿐, 소설의 풍격은 전적으로 그녀 자신의 것이었다. 작품 속에 대량으로 보이는 자백과 독백은 분명 내면세계를 파헤치는 모더니즘적 수법에 속하는 것이었다. 가끔은 지나친 객관적 이성으로 인해 오히려 내면 깊은 곳의 심오함과 어둠을 밖으로 드러내지 못하기도 했다.

1980년대 이후 타이완의 여성작가들은 다들 유토피아 서사의 경향을 드러낸다. 현실 밖의 동떨어진 다른 공간에서 자아의 자유로움을 허용했던 것이다. 쑤웨이전 역시 그러했다. 그녀가 구축한 봉쇄된 세계는 침묵의 섬·꿈 이야기 책·마술의 시간 혹은 스스로 말한 '떠남은 곧 버림' 등이었다. 떠남은 결코 해방을 얻지 못하고 오히려 또 다른 공간에 갇히는 것이었다. 위안충충과 달리 그녀는 잔혹한 현실에 개입하지 않고 냉정한 눈으로 자아를 조용히 관조한다. 그녀의 《침묵의 섬》[28]은 분신을 지닌 천멘晨勉에 대해 쓴 것으로, 한 명은 진실한 자아이고 한 명은 그녀 내면의 거울상이다. 비록 둘 다 생생하게 사랑을 마주하고 서로 다른 남자를 겪지만 결국 한 명은 아이를 낳는 것을 선택하고 한 명은 낙태를 선택한다. 두 가지의 선택은 서로 모순되면서 서로 공존한다는 관계를 시사한다. 겉으로 보기에 현실을 용감히 마주하고 있는 이 같은 유토피아적 서사는 사실 그녀가 거리를 유지할 것을 선택했음을 의미했다. 상대적으로 그녀의 산문은 소설처럼 대립과 소외가 많지 않다. 최근의 산문작품집인 《시간 대오》와 《책 대여점의 딸租書店的女兒》(2010)[29]은 모두 추모서에 속한다. 여기에서 그녀는 그녀 삶에서 가장 중요했던 두 명의 남성에 관해서 쓰고 있다. 전자는 남편의 죽음을, 후자는 아버지와의 멀어짐을 다룬다. 남편은 그녀 생활에 있어 가장 충실한 보호자였으며 아버지는 그녀의 성장에 있어 가장 좋은 후견인이었다. 그녀가 표현해내는 진심은 충만하면서도 내성적이고 소소하면서도 진실하다. 그들이 멀리 떠난 뒤에서야 비로소 진실한 기억이 떠오른다. 타이난台南에서의 성장기를 쓰면서 그녀는 시간의 빛남과 몽상의 선택이 가로세로로 나뉜 갈래길에서 자신을 찾으려 하지만 모두를 잃게 된다.

▶ 陳玉慧(陳玉慧 제공)

천위후이陳玉慧(1957-)의 첫 산문 《실화失火》(1987)는 삼삼서점三三書坊에서 출판했다. 그녀는 삼삼집간에서 최초의 문학 활동을 시작했다. 가장 주목받은, 소설과도 같은 산문《구혼광고徵婚啓事》(1992)는 남편감을 구하는 여성을 통해서 현대사회 남성의 각종 인격을 살피고 있다. 구혼에 응하는 각 대상들은 단독으로 단편소설을 만들 수 있을 것처럼 보인다. 이 같은 그녀의 용감한 실험은 꽤 인정을 받았다. 이 작품은 중국 감독에 의해 영화 《진심으로 대해非誠勿擾—If you are the one》로 개작되어 흥행에 성공한다. 그녀의 또 다른 산문《바이에른의 푸른빛巴伐利亞的藍光》(2002)은 유럽 대륙을 떠도는 타이완 여성의 감각을 깊이 있게 써낸 작품이다. 그 중 가장 감동적인 산문인 〈타이완에 보내는 편지給台灣的一封信〉는 부록의 형식으로 책에 수록되어 있는데 그녀는 반복해서 타이완의 이름은 무엇인가를 묻고 있다. 그녀가 떠나온 섬의 최초의 이름은 포르모사이며, 이후 마이위안埋冤[21]으로 불리다 다시 중화민국으로 불렸고, 중화 타이베이中華台北와 타이펑진마台澎金馬[22]라는 이름도 가지고 있었다. 편지의 끝에서 그녀는 그것을 타이완이라 부르기로 결정 내린다. 그녀의 소설 작품으로는 《심야에 짙푸른 도시를 걸었다深夜走過藍色的城市》(1994),《레레이—인칭펑 사건을 쫓던 여기

---

21) 원한을 묻은 곳이라는 의미이다.
22) 타이완, 펑후, 진먼, 마조를 의미한다.

자의 이야기獵雷——個追蹤尹清楓案女記者的故事》(2000),《너 오늘 도대체 왜 그래你今天到底怎麼了》(2004),《해신 가족海神家族》(2004),《CHINA》(2009)가 있다.

가장 많은 비평을 받았던 소설은 《해신 가족》[30]이다. 해신은 타이완의 운명을 비호하는 최고의 신인 마조媽祖로, 이 소설에서 은유적으로 쓰이고 있다. 타이완인이 아주 먼 변방을 떠돌게 되더라도 수호신인 해신은 바짝 그의 뒤를 쫓는다. 전체 이야기는 남편을 찾으러 오키나와에서 타이완으로 온 일본 여성의 이야기에서 시작하여, 경찰이었던 남편이 우서 사건으로 죽자 타이완을 떠돌게 된다는 내용으로 이루어져있다. 그녀에게 도움의 손길을 뻗은 타이완 남자 린정난林正男이 그녀와 결혼 후 남양南洋 작전에 끌려가고, 동생인 린즈난林秩男이 그녀를 연모하게 되면서 이야기는 복잡해진다. 식민 역사와 피식민 역사의 교착과 주변화된 여성과 남성의 만남은 타이완 역사가 여성의 운명에서 비롯된다고 강하게 암시하는 것 같다. 전통적 역사가가 용납할 수 없는 근친상간과 불륜을 천위후이는 고도로 은유하고 전유하여 사랑의 불가항력과 연관시킨다. 역사는 여태껏 일련의 잘못이 누적되어온 것으로, 관용 없는 도덕과 관용 없는 사회가 돌이킬 수 없는 비극을 빚어내고 있다. 아버지가 부재하는 가족은 늘 너그러운 어머니가 이끌어 간다. 판밍루는 〈강한 종자에서 잡종으로從强種到雜種〉에서 중국과 타이완의 근대사를 해석한 바 있는데,[31] 이들 작품은 판밍루의 이러한 해석을 증명해주는 듯하다. 천위후이는 복잡하게 착종하는 타이완 역사에 대해 써냈다. 윗세대의 오해는 아랫세대에서 화해를 얻게 된다. 대단히 복잡한 이야기를 그녀는 상당히 성공적으로 하나하나 풀어나간다. 하늘가와 바다 끝에 있는 두 낯선 남성의 혈연이 모계의 선을 따라 하나로 연결된다. 역사가 종종 무심코 만들어내는 그 신비로운 손은 결국 여성의 것이었다. 그녀는 최근에 완성한 《CHINA》[32]에서 서양인 신부神父가 중국에 와서 도자기 기예의 비밀을 탐색하는 것을 묘사한 바 있다. China는 쌍관어로, 중국의 비유이자 도자기의 비유이기도 하다. 두 문화의 상호간의 오해가 이 소설의 주축을 이루고 있다. 그녀가 펼쳐 보이는 역사 지식과 예술 지식은 방대하고 풍부했다. 이 소설은 천위후이가 앞으로 어떠한 시도를 할지 예측불가하다는 사실을 예고해준다.

천예陳燁(1959-2012)는 타이난 천씨 가문 출신으로, 부모의 결혼 생활이 그녀의 문학에 깊은 영향을 주었다. 그녀는 타이난의 민속과 역사, 지방 문화에 깊이 빠져있었다. 출생 이후 안면왜소증을 앓았기에 소설 속에서 끊임없이 완벽한 아름다움을 추구하게 된다. 그녀는 잔혹한 현실에 용감히 맞섰으며 기존의 사회 체제에 용감히 도전했다. 그녀는 주변인의 입장에서 진실한 인생을 관찰했다. 그녀의 언어가 구축한 예술적 성취는 자신의 삶과 바꾼 것임에 분명했다. 작품으로는《푸른 빛 다뉴브 강藍色多瑙河(이후《비천飛天》으로 개명)》(1988),《니허 강泥河(이후《열애진화烈愛眞華》로 바꿈)》(1989),《모란조牧丹鳥》(1989),《고독과 젊음은 늘 같은 침대에 잠든다孤獨和年輕總是睡在同一張牀上》(1990),《불타는 하늘燃燒的天》(1991),《반쪽 얼굴을 가진 딸半臉女兒》(2001),《샤오예예라 불리는 아가씨姑娘小夜夜》(2006),《장미 선장玫瑰船長》(2007),《그림자有影》(2007)가 있다. 그녀는 처음 서사를 시작할 때부터 가족사 '츠칸 편년赤崁編年'을 구성하려고 했다. 각자의 자손을 이룬 가족이 삼대를 거치면서 그들 사이에는 갖가지 은원이 넘쳐나게 된다. 그녀가 그려낸 인물은 강한 성격을 가진 이들로, 다들 사랑과 미움의 표현에 거리낌이 없었다. 2·28 사건을 겪은 뒤 온 가족은 완전히 흩어진다. 그녀는 가족의 기억만을 쫓지 않고 타이완 역사를 구성하고자 노력했다. 동세대의 작가 가운데 그녀는 가장 왕성한 역사의식을 지녔다고 할 수 있다. 얼마 뒤 써 낸 자전적 소설인《반쪽 얼굴을 가진 딸》은 자아를 성실히 마주하면서 일찍이 겪었던 상처 및 현실의 도전을 어떻게 극복했는지를 적나라하게 전달하고 있다. 글자마다 맺힌 피와 눈물의 기억은 강인한 여성의 탄생 과정 속에 숨겨진 이면을 보여준다. 그녀의 가족사는 여전히 건설 중에 있는 것 같다.

차이쑤펀蔡素芬(1963-)은 향토 문학 운동의 힘이 약해진 뒤 등장한 여성작가이다. 세기말에 그녀는 순수하고 소박했던 염전鹽田시대를 돌아보며 정감 어린 눈빛을 던진다. 향토문학 작가와 달리 도시 생활 가운데서 기억 속의 고향을 되돌아보기 때문에 그녀의 서사는 현지 서사는 아니었다. 그녀 삶의 원점인 염전은 현대화 과정 속에서 정신적 고향으로 서서히 승화되었지만 그녀의 삶과는 서로 변증적인 관계를 이루는 공간이었다. 황폐해졌을

▶ 蔡素芬(九歌出版公司 제공)

때 오히려 고향은 정감 속에서 더욱 선명해진다. 그녀의 작품으로는《쓸쓸함과 이별을 고하다告別孤寂》(1992),《염전 자녀鹽田兒女》(1994),《자매서 姐妹書》(1996),《감람나무橄欖樹》(1998),《타이베이 역台北車站》(2000),《촛불 잔치燭光盛宴》(2009)가 있다. 그 중《염전 자녀》와《감람나무》[33]는 이부작으로, 전자는 어머니인 밍웨明月에 관해, 후자는 딸인 샹하오祥浩에 관해 쓴 것이다. 확연히 다른 처지를 가진 두 세대인, 운명에 순응하는 모친과 운명을 개척하는 딸은 타이완 사회의 변화에 발맞춰 함께 발전해나갔다. 그녀는 최근작《촛불 잔치》로 문단의 주목을 받았다. 이야기는 모두 타이완 에스닉의 역사와 관련된 것으로, 두 갈래로 나뉘어 진행되지만 결국에는 타이완섬에서 결합하고 있다. 외성인 여성이 겪은 난리와 본성인 여성이 겪은 식민의 경험이 남자의 외도 과정 속에서 맞물리고 있다. 차이쑤펀은 온갖 노력을 기울여 전후 타이완이 어떻게 불황에서 번영으로 나아가는지를 작품으로 표현하고자 했다. 전체 소설은 역사는

여성이 창조해내는 것으로, 타이완의 운명 역시 여성에게서 결정된다는 사실을 강력하게 암시한다. 이 같은 그녀의 시도는 분명 볼만한 것임에 틀림없다.

▶ 宇文正(宇文正 제공)

위원정宇文正(1964-)은 둥하이東海 대학 중문과를 졸업하고 미국 서던 캘리포니아 대동아 연구소에서 석사 학위를 받았다. 일찍이 《풍상風尚》 잡지의 주편과 《중국시보中國時報》의 문화판 기자, 한광漢光문화 편집부의 주임을 역임했고, 텔레비전의 '민족악풍民族樂風' 프로그램을 주관했다. 지금은 《연합보聯合報》 부간의 주임이다. 저서로는 단편소설집 《고양이의 연대猫的年代》(1995), 《타이베이에 눈이 내렸다台北下雪了》(1997), 《외딴 방의 사랑幽室裡的愛情》(2002), 《타이베이 캐논台北卡農》

(2008)과 장편 소설 《달빛 아래의 비상在月光下飛翔》(2000), 산문집 《나는 앞으로 널 어떻게 기억할까我將如何記憶你》(2008), 《라일락 빛 얼굴丁香一樣的顏色》(2011) 및 명작가 치쥔琦君의 전기인 《영원한 동화: 치쥔전永遠的童話:琦君傳》(2006)이 있다. 그녀의 글은 매우 깔끔하고 날카로우며 시원시원한데다, 갑자기 이상한 상상으로 이어지거나 하지도 않으며, 서사의 리듬은 담담한 비애의 분위기를 띠고 있다. 도시 속의 각 공간이 하나의 단편소설을 이루고 있으며, 이 모든 공간을 연결하면 하나의 장편소설을 구성하게 된다. 각 이야기는 서두이면서 결말이기도 하며, 심지어는 서사 과정의 중간 연결부위에 불과하기도 하다. 그녀가 대담하게 시도했던, 시의詩意에 가까운 산문체로 창작한 소설은 더욱 큰 기백을 드러내는데, 이

것은 개방적인 서사 기교를 시험한 것임에 분명했다. 현대 도시에서 한 여성이 의심스러운 세계를 마주한다. 위원정은 '의심可疑'의 불확정과 불안함을 꽉 붙들고 있다. 소녀에서 젊은 부인으로 성장하는 과정 속에는 수많은 위기와 도전이 기다리고 있을 것이다. 매 번의 위기와 매 번의 도전이 그녀의 붓 아래서 매혹적인 소설로 빚어질 수 있을 것이다.

라이샹인賴香吟(1969-)은 타이난 사람이다. 타이완 대학 경제학과를 졸업하고 일본 도쿄 대학 종합 문화 연구소 석사과정을 밟았다. 1995년 중편소설 〈번역가飜譯者〉로 연합문학 소설 신인상 중 중편 대상을 받아 문단의 주목과 호평을 받았다. 이후 그녀의 작품은 연속으로 우쩌류 문예상, 타이완 문학상 등을 받았으며 그녀는 당시 문단에서 가장 눈에 띄는 신인이 되었다. 라이샹인의 작품량은 비록 많지 않으나 각 작품은 문풍과 제재에 있어 다양한 시도를 보여 준다. 특히 지식인의 지식 실천을 다룬 경우, 작품을 읽을 때 독자들은 탐험을 하는 것과도 같은 기대로 충만하게 된다. 그녀는 또한 추상적인 인간의 심리 풍경을 묘사하고 자아의 내면을 응시하는데 뛰어났다. 작품으로는《다른 곳을 산책하다散步到他方》(1997),《섬島》(2000),《역사 이전의 삶史前生活》(2007),《안개 속 풍경霧中風景》(2007)이 있다.

1980년대 타이완 여성시의 특징

타이완 시단은 1980년대 이후 다시 한차례 언어의 변화를 겪는다. 모더니즘 운동 이전에 시인은 언어는 진리 혹은 사실과 같은 것이라 믿어 왔다. 반공시든 고향을 그리는 시든 혹은 향토시든 시인들은 모두 시가 현실을 구체적으로 반영할 수 있다고 믿었다. 모더니즘 운동을 겪은 뒤, 시인은 그제서야 언어가 사회 혹은 역사와 결코 같을 수 없음을 발견하게 된다. 그들은 무의식 세계의 기억과 욕망·정서·감각을 발굴하기 시작했는데, 정신적 측면에서 유동적인 것에 속하던 이것들은 이전에는 독자 앞에 나타난 적이 없던 것이었다. 내면세계에 존재하는 사악하고 배덕한 생각은 과거 문학에서는 다룬 적 없는 세계였다. 그 감각은 지나치게 추상적이고 허황된 것이지만 분명 시인의 몸 안에서 충격과 파동을 만들어내고 있었다. 그리하여 1960년대 이후의 모더니즘 시 운동에서부터 많은 시인이 이러한 감각을 장악하려고 노력했으며 온 시대의 미학역시 이를 뒤따라 변화했다. 리얼리즘 시寫實詩는 참조할 수 있는 하나의 객관적 현실을 가지고 있었으나, 모더니즘 시現代詩가 참조한 대상은 오히려 보이지 않는 내면이었다. 언어는 변형·농축·팽창·비상하기 시작했고 전적으로 작가의 정서적 기복과 진동에 따라서 만들어졌다. 구체적으로 말하자면, 리얼리즘 시는 외재적 세계를 근거로 하지만 모더니즘 시는 내면세계를 기초로 한다는 것이다. 그리하여 언어에 있어서 혁명적인 전복이 나타나게 된다. 1980년대로 들어서면서, 권위적인 제도는 사회운동의 도전을 받아 동요했으며, 민족주의·유가사상·당국체제와 같은 체제에 기대어 존재하던 각종 언어는 강한 의혹을 받기 시작했다. 만약 계엄문화가 일종의 남성언어 혹은 가부장적 언어라고 한다면, 여성시인의 대량 출현은 오랜 언어 전통으로부터의 해방임이 분명했다. 그녀들은 기존의 모더니즘 예술의 성취를 바탕으로, 계속해서 더욱 먼 길을 걸어 나갔다.

▶ 席幕蓉과 책표지

열세 살부터 시를 쓰기 시작했던 시무룽席幕蓉(1943-)은 1980년대에 이미 시단의 주목을 받게 된다. 시행 사이에 충만한 고전적 이미지는 외국의 풍정도 가지고 있어서 현대의 완약한 서정과 함께 하나로 결합되고 있다. 시구가 단순하고 이미지가 농축되어 있는 그녀의 시는 음악성이 두드러진다. 그녀는 시 비평가 중링鍾玲으로부터 시가 눈부시고 리듬이 구성지다[34]고 평가받는데, 주로 그녀가 2인칭인 '너'를 많이 써서 친밀한 대화 관계를 만들어내어 독자와의 거리를 좁히기 때문이었다. 그녀는 세밀하고 사적인 감정을 표현하는데 뛰어났으며, 이것은 시를 읽을 때 몰래보기의 쾌감을 얻게 해주었다. 시의 의미는 결코 숨겨져 있지 않아서 시를 읽으면 곧 의미를 파악하게 돼, 독자의 내면의 풍경을 반영해줄 수 있다. 그녀가 출판한 시집으로는 《시화畫詩》(1979), 《칠리향七里香》(1981), 《원망 없는 청춘無怨的青春》(1983), 《시절 구편時光九篇》(1987), 《가장자리의 빛 그림자邊緣光影》(1999), 《잃어버린 시집迷途詩冊》(2002), 《나는 내 사랑을 접어 개고 있다我折疊著我的愛》(2005), 《시의 이름으로以詩之名》(2011)가 있다. 그녀의 시집은 베스트셀러로, 위광중·정처우위와 이름을 나란히 한다. 그녀는 시 독서 분위기의 확장에 공헌한 바가 컸다. 30년의 시간 동안 그녀는 소명을 가지고서 늘 작품을 창작하고 발표했다. 그녀의 서정은 때로는 〈동판화銅版畫〉 속의 다음 시구와도 같은 것이었다. "내가 만약 너를 잊을 수 없음을 일찌감치 알았더라면 / 나는 더 이상 큰 의미 없이 온 힘을 다해 새겨 넣을 것이다 / 처음 알게 된 저 오래된 여름날을 / 깊고도 느리게 새길 것이다 / 복잡하고도 세밀한 동판 한 장을 / 그 선 하나하나를 소중하게 여기면서 / 내가 만약 이처럼 평생 잊을 수 없음을 일찌감치 알았더라면."[35] 이 시구는 형식상 시보다는 느슨하지만 산문보다는 긴밀하다. 그녀

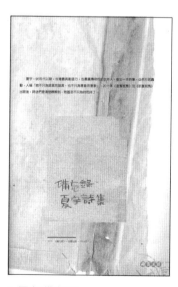

▶ 夏宇《備忘錄》

의 리듬은 특히 소녀의 정서를 지닌 독자에게 더욱 매력적이었다. 그녀의 또 다른 시 〈누란 신부樓蘭新娘〉는 죽은 '나'의 입장에서 전체 시가 진행되고 있는데, 이 누란 여인의 시신이 고고학자에 의해 발굴됐을 때는 이미 천년의 시간이 지난 뒤였다. "나는 결코 그대들을 용서하지 않으리 / 이렇게 함부로 나를 깨우고 / 나를 꺼내어 더 이상 알지 못하는 / 황량한 곳에서 / 깨뜨려 부수다니 / 그처럼 온유했던 마음을."[36] '나'라는 주어의 위치에서 본다면 시는 마치 망자의 항의를 은밀히 전하는 듯했다. 창작을 계속 이어나간 시무룽은 시 창작에 있어 조류와 유파를 따르지 않았다. 모더니스트도 페미니스트도 아니었던 그녀는 초월적인 풍격으로 스스로 일가를 이루었다.

여성시인 가운데 가장 주목을 받는 시인으로 샤위夏宇를 능가하는 자는 없다. 그녀의 본명은 황칭치黃慶綺(1956-)이다. 그녀는 평소 습관적으로 사용하는 언어가 하나 같이 남성의 언어임을 가장 먼저 깨달았던 시인이었다. 그녀는 첫 시집 《비망록備忘錄》(1984)에서 여성 특유의 기지와 예민함을 펼쳐내기 시작했다. 그녀는 과거 모더니즘 시인의 추상적인 언어를 더 이상 답습하고 싶지 않았다. 그리하여 구상적인 묘사로 여성 사유의 깊이를 보여주었다. 그녀는 남성에 대한 불신을 다음과 같은 시구로 표현한다. "나는 당신의 코에 대해서만은 안심할 수 없답니다 / 설령 거짓말일지라도 / 코는 길어지지 않겠지요."(〈어리석은 자의 고유의 사업愚人的特有事業)[37] 생리 구조의 묘사이면서 남성 인격에 대한 회의를 표한 것이기도 한 코는 본래 고도의 성적 암시를 의미하고 있다. 이러한 암시는 그녀가 사랑에 대해 쓸 때 충치로 표현한 것과 같았다. "뽑아버렸다 여전히 / 아프다 하나의 / 비어 / 버린 것의 아픔." (〈사랑愛情〉)[38] 가지는 것과 잃어버리는 것은 똑같이 사람들로 하여금 가슴 시리도록 아프게 한다. 그녀는 또 코 위의 곰보 자국을 다음과 같이 표현했다. "피었네 / 금방 시드는 / 코 위에서 / 우담화曇花보다 짧게 / 사랑보다 길게"[39] 이것은 입맞춤 뒤 일어난 상황을 표현한 것으로, 그녀는 입맞춤·코의 곰보

자국·우담화라는 서로 상관없는 세 이미지를 함께 병치하여 독자를 놀라게 하지만 그것은 사랑에 대한 딱 맞는 표현이라 할 수 있다. 이 같은 표현은 산이 무너지고 바다가 말라버리기 전엔 잊지 않겠다는 전통문학식의 굳은 맹세보다 더 강렬한 것이라 할 수 있다. 좀 뒤에 나온 시집 《복화술腹語術》(1991)은 모든 가부장적 사상을 전복시켜버린다. 만약 언어상의 깨달음이 없었다면 여성시인이 써내는 문장은 아마도 아버지 말의 복제였을 것이다. 그녀는 전통적인 표현 방법의 구속을 받지 않고 더욱더 간결하고 날카롭게 시를 썼다. "바로 가버렸다 / "너희를 사랑해"라는 더러운 말을 떨구고서."(〈바로就〉)[40] 이것은 그야말로 한편의 짧디 짧은 간결한 소설로, 주어는 전혀 나타나지 않지만, 아마도 떠나간 그 사람은 아버지 혹은 남편으로도, 어머니 혹은 아내로도 볼 수 있을 것이다. 너희를 사랑한다고 말하는 것은 얼마나 신성한 것인가. 하지만 시에서 그것은 더러운 말이 되어버린다. 이 말에는 다소의 원한과 원망이 모두 표현되어있다.

▶ 夏宇,《摩擦·無以名狀》

▶ 夏宇,《腹語術》

일종의 유희로 변하기 시작한 언어는 기호와 기호 사이의 중개 역할을 할 뿐, 더 이상 기점과 종점이 아니게 되었다. 그녀는 〈인쇄술印刷術〉, 〈묘비명墓誌銘〉, 〈생선 통조림魚罐頭〉, 〈캔 오프너開罐器〉, 〈톱鋸子〉과 같은 수많은 일상생활의 통속 언어를 시제목으로 삼았는데, 이것들은 종종 현실의 상황 속에서 뽑혀 나와 방관자로 변한다. 그녀는 규칙의 제한을 받지 않고 전통의 억압도 받지 않는 전략을 사용하고 있다. 모든 불타는 감정은 그녀의 시 속에서 차갑게 변해버린다. 모든 사랑과 신앙은 완벽하게 그 의미를 잃고, 모든 영원과 숭고함은 진부하고 케케묵은 소리로 보이게 된다. 1980년대 이후 젊은 세대 독자들의 우상이 된 그녀를, 수많은 사람들이 비평했지만 모방하기는 쉽지 않았다. 만약 페미니즘 시인이라는 게 있다면 샤위는 가장 좋은 모델이라 할 수 있다. 끊임없이 인용되고 전송된 이후의 시집 《마찰·이름붙일 수 없는摩擦·無以名狀》(1995), 《살사Salsa》(1999)는 타이완 문학에 있어 경전이 되었음이 분명했다. 최근 출판한 세 권의 시집 《분홍색 소음粉紅色噪音》(2007), 《이 얼룩말這隻斑馬》(2010), 《저 얼룩말那隻斑馬》(2010)은 언어의 법칙으로부터 완전히 벗어나

▶ 零雨, 《木冬詠歌集》

있어서 독자들로 하여금 각자의 상상을 펼칠 수 있게 한다. 샤위의 시는 누구든 자유롭게 출입할 수 있는 개방적인 공간이 되었다. 그러나 그녀의 예술과 기교는 논쟁을 야기하기도 했다.

링위零雨의 본명은 왕메이친王美琴 (1950-)으로 늦게 빛을 본 시인이다. 그러나 시단에 등장하자마자 바로 주목을 받았다. 그녀가 주로 쓴 고향과 가족은 생명을 의지하는 곳으로 보인다. 시의 주제는 대부분 여행과 관련

된 것으로, 다양한 풍경과 내면의 심정을 중첩시켜 표현하고 있으며, 떠도는 마음을 가지고 있지만 궁극적으로는 고향에 관심을 지니고 있는 것처럼 보인다. 세월과 역사의 이정 속에서 찾고 떠도는 여성의 행위는 모두 그녀의 시구가 되었다. 끊임없는 여행은 쉽게 자리 잡길 원하지 않았기 때문이다. 그녀는 일찍이 '언어를 좀 비뚤하게 쓰겠다'고 언명한 바 있는데 이것은 강렬한 의미를 지닌 말이었다. 그녀는 심지어 기존의 유희 규칙에 대해 '새롭게 익혀야 할 때가 아닌가?'라고까지 표현한 적 있는데, 이 같은 전복적인 사유는 결코 샤워보다 못하지 않았다. 그녀는 인류의 문명에 대해 매우 회의적인 태도를 지니고 있었다. 초기에 쓴 야생지대野地 계열은 양성 간의 관계에 대한 새로운 사고를 보여준다. 그녀가 '신이 먼 길을 와서 / 감정을 움직였다'라고 말한 것은 조물주에게 평범한 인격을 부여한 것과 같았다. 인격을 지닌 신이 새롭게 창세기를 리허설한다면 세계의 질서는 오늘날과 같지 않을 것이다. 그녀가 말한 '뱀에게 자비를 베풀다'는 것은 성경 속의 이야기를 고쳐 쓴 것으로 사악함과 유혹을 승화시키고 있다. 부권에 대항하는 모성을 잘 썼던 그녀는 짧은 시행 속에서 불후의 가치를 전복시켜버린다. 또한 멈추지 않고 변화하는 공간을 묘사함으로써 여체가 끊임없이 표류하고 있음을 즐겨 암시했다. 그녀가 '나는 집으로 돌아가길 바란다 / 그러나 기차역의 모든 사람이 더 가족 같다'고 말했듯이 삶의 여로에서 있어 역참이란 사실 그녀에게는 귀착지였다. 이러한 생각은 영국 소설가 울프Virginia Woolf의 '나의 국가는 전

▶ 馮青, 《雪原奔火》

세계다'라는 생각과 겹쳐진다. 링위의 시작품은 세밀하게 읽기에 적합하며 매우 인내심을 요한다. 작품으로는 《성의 연작城的連作》(1990), 《지도에서 사라진 이름消失在地圖上的名字》(1992), 《스턴트 가족特技家族》(1996), 《목동영가집木冬詠歌集》(1999), 《나는 당신에게로 향하고 있다我正前往你》(2010)가 있다.

꽤 주의할 만한 또 다른 여성시인은 펑칭馮青(1950-)으로, 시집 《은하수의 물소리天河的水聲》(1983), 《설원의 타오르는 불雪原奔火》(1989), 《즐겁거나 즐겁지 않은 물고기快樂或不快樂的魚》(1990)를 썼다. 그녀는 산문 창작에도 종사했지만 시 예술의 성취에서 더 많은 호평을 받았다. 그녀는 1980년대 여성 시학을 연 중요한 인물로, 늘 강렬한 이미지로 여체를 다뤘다. 그녀의 시행은 종종 차가운 이미지로 작열하는 욕망을 묘사하고 서술했으니, 린야오더林燿德가 그녀에 대해 소박한 리얼리즘에 대한 반동[41]이었다고 말한 것은 이상한 일이 아니었다. 그녀는 시집에서 다음과 같이 말한다. "각종의 희망·두려움·수치가 모두 그녀의 벗은 어깨 위에 구멍을 뚫고 있다." 그녀가 〈어떤 부인一婦人〉에서 다음과 같이 쓴 것처럼, 되살아난 여성의식은 종종 자잘한 생활 속에 산포하고 있다. "그녀는 퇴근하자마자 집으로 가야만 한다 / 그녀는 잠에서 깨자마자 출근해야만 한다 / 어차피 그릇과 젓가락을 씻으면 옷도 있어서 / 옷을 빨고 나면 아이들이 깎아주길 기다리는 연필이 있고 / 연필 뒤에는 / 만일 침대 왼편의 사람이 또 한 손을 뻗어온다면." 이 시는 워킹맘의 피곤함과 반복되는 생활을 매우 생동감 있게 그려낸다. 워킹맘은 온몸의 기력이 빠진 뒤에도 남성의 성적 요구에 응해야 한다. 현대인의 권태감은 여성에게 있어서야 뼈저리게 체현된다. 〈다음 주자交棒者〉의 경우, "다음 주자인 / 나는 바란다 네가 모든 영혼을 넘겨주기를 / 너와 나는 / 수세기 이래로 멈춤 없이 다투지 / 않았던가? / 너는 여태 이 운명을 싫증낸 적 없었다 / 네가 싫증낸 적 없는 것처럼 / 맑은 하늘을 차지하고 있는 여명을." 이것은 여성이 묻는 가장 강력한 질문이다. 여태껏 권력을 농단해온 남성은 영원히 하늘을 차지한 채 목소리 없는 여성에게 칠흑의 밤을 남겨준다. 만약 여성이 저항하기 시작한다면, 만일 남성이 권력을 양보해야만 한다면, 신체와 영혼은 더 이상 그렇게 오만하지 않아야 하는 것이 아닐까? 펑칭의 언어는 혁명적으로 개조되지 못했을지도 모른다. 하지만 세계에 대한 의심은 충분했다. 그녀는 서정적인 따뜻함을 버리지 않고서도 지속적으로 의지를 더욱 분명하게 드러낼 수 있었다.

천위훙陳育虹(1952-)은 매우 늦게 창작을 시작하였으나 1990년대에 많은 이들의 주목을 받았던 인물이다. 주체로서의 여성 감각에 몹시 주의를 기울인 작가였던 그녀는, 가장 선명한 리듬감을 지닌 시인 중 한 명일 것이다. 그녀는 상하구절을 매끄럽게 잇고 문장 사이를 걸치는 소리의 연결로 끊임없이 선회하는 효과를 만들어내는 데 뛰어났다. 끊어질 듯 이어지던 시행은 시구 마지막의 여음이 가늘게 남겨지는 데에 이르는 순간 하나의 이미지를 펼쳐 보인다. 그녀의 문장법은 다음과 같다. "내가 너에게 말했지 나의 이마와 나의 머리카락이 너를 그리워한다고 / 왜냐하면

▶ 陳育虹, 《河流進你深層靜脈》
(寶瓶文化 제공)

▶ 陳育虹(寶瓶文化 제공)

구름이 하늘에서 서로 빗질하고 나의 목덜미 나의 귓불은 너를 그리워하니까.”[42] 시구가 길게 늘어지기 때문에 소리의 리듬 역시 더불어 빨라진다. 만약 시인이 낭송한다면 조밀하게 이어지는 이미지가 표현될 수 있을 것이다. 그녀가 '나의 머리카락이 너를 그리워한다'고 말하자마자 바로 이어지는 구는 '구름이 하늘에서 서로 빗질하고'라고 말한다. 머리카락처럼 상념은 길게 흐트러져있다. 게다가 그녀의 그리움은 하늘만큼 높다. 서로 빗질하는 구름은 사랑하는 이가 서로의 머리카락을 빗질해주는 것을 암시한다. 높은 벽이 가로막은 듯 격리된 하루하루의 생활은 서로에 대한 그리움으로 연결될 수 있다. 각 작품들은 낭송하기 적합하며 정취로 가득한 상승과 하강의 리듬이 감정에 잔잔한 물결을 연이어 일으키는 것으로 보아, 그녀는 분명 소리의 서정을 추구한 시인이자, 90년대 최고의 서정 시인임이 분명하다. 출판한 시집으로는 《시에 관하여關於詩》(1996), 《사실, 바다는其實,海》(1999),《강물은 너의 깊은 정맥으로 흐르고河流進你深層靜脈》(2001),《숨은 것을 찾다索隱》(2004),《도깨비魅》(2007)가 있다.

역시나 1950년 세대인 리위팡利玉芳(1952-)은 시집 《삶의 맛活的滋味》(1986),《고양이貓》(1991), 커자말 시집 《해바라기向日葵》(1996),《가볍게 로젤꽃차를 마시는 아침淡飲洛神花茶的早晨》(2000)을 출판했다. 그녀는 여성의 육체에 대한 자각을 많이 드러낸다. 작품 〈고적의 보수와 보호古蹟修護〉는 중년 여성의 잊힌 육체가 어떻게 다시 욕망을 일으키게 되는지를 묘사하고 있다. “놀랍도록 기쁘다 너의 나에게서 멀어진 / 나를 잊은 / 손이 / 나의 말라버린 젖가슴에서 / 숨은 것을 찾다니.” 적막한 생명에 다시 생명을 불어넣는 것 같은 탐욕스런 손을 시인은 고적의 수리와 보호라는 표현을 써서 표현함으로써 자아의 상태를 은밀히 드러내고 있다. 유머러스하게 표현된 작품에서는 오히려 담담한 슬픔이 흘러나온다. 보다 근사한 시인 〈고양이〉는 몸속에서 여전히 배회하고 있는 방탕한 춘정을 다음과 같이 고심하여 암시하고 있다. “나와 들고양이 모두 스스로에게 기회를 주고서 / 고요한 시공 속에서 응시한다 / 상대의 호흡에 서로 감응하면서 / 나는 본다 들고양이가 더 이상 들고양이가 아님을." 사실 중년으로 접어든 뒤에도 욕망은 육체의 내부에서 여전히 타오르고 있다. 시는 바깥의 들고양이 울음소리를 빌려와 시인의 초조한 정서에 대응시킨다. 욕망에는 선악의 구분이 없으며 노소의 구별도 없다. 들고양이의 눈동자는 사실 시인의 눈동자이다. 그들은 같은 세계를 보며 자신의 육체도 본다. 정욕이라는 주제는 1980년대 타이완 여성시인에게 중요한 관심분야였다.[43]

장원위江文瑜(1961-)는 늦게 등단했지만 시단에 등장하자마자 곧 바로 소동을 일으켰던 시인이다. 그녀는 용감하게 여성의 신체를 표현하면서 남성의 응시와 해석에 저항했다. 1998년에 만들어진 '암 고래 시사女鯨詩社'에는 왕리화王麗華, 장원위, 리위안전李元貞, 리위팡, 선화모沈花末, 두판팡거杜潘芳格, 하이잉海瑩(장충원張瓊文), 천위링, 장팡츠張芳慈, 류위슈劉毓秀, 샤오타이蕭泰, 옌아이린顔艾琳이 참가했다. 그녀들이 함께 출판한 동인 시집《암 고래의 요동치는 몸에서 시가 격랑을 일으킬 때詩在女鯨躍身擊浪時》(1998)는 그들의 기치가 무엇인가를 분명하게 보여준다. 다양한 시풍의 결합은 여성시의 관념이 세워지고 새로운 시대가 열렸음을 의미했다. 장원위는 시집《남자의 젖꼭지男人的流頭》(1998),《엄마의 요리阿媽的料理》(2001)를 출판하여 과거의 세속적인 관찰방식을 변화시켰다. 보는 각도를 옮기자 세계의 모습도 완전히 달라진다. 장원위는 남성의 관점에서 비롯되는, 주류적 가치로 해석된 것이 세계의 본래 모습은 아니었다는 사실을 증명하려 했다. 그녀는 의도적으로 다른 입장에 서서 성별

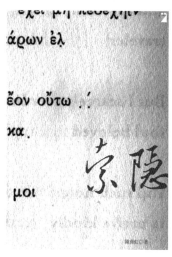

▶ 陳育虹,《索隱》(寶瓶文化 제공)

과 정욕을 새롭게 관찰하고자 했다. 작품의 명명에서 시행의 표현에 이르기까지 그녀는 비범한 솜씨를 뽐내고 있다. 꽤나 많은 논쟁을 야기한 〈당신은 경이와 정액을 원한다妳要驚異與精液〉를 가장 좋은 예로 들 수 있다. "여인의 몸을 가진 당신이 사랑할 때의 비할 바 없는 경이 / 환송과 격려를 받는 앞장서서 용감히 싸우는 정액 부대"[44] 시인은 문자의 동음이의23)를 이용하여 평범한 상상을 뜻밖의 연상으로 바꾸고 있다. 만약 이것을 언어유희라고 본다면 그녀가 착안한 지점은 정말 적당한 것이었다. 전통적인 규칙을 지킬 경우 빈 기호인 문자의 의미는 모두가 남성이 빚어낸 것으로 채워질 것이다. 고유의 의미를 내버려야지 새로운 상상과 사고가 이를 메울 수 있다. 장원위는 롤랑 바르트Roland Barthes의 기호학 원리를 이용하여 한자를 철저하게 전복해 버린다. 그녀가 창조한 예술의 효과는 큰 진동을 불러일으켰다. 여기에 그치지 않고, 남성에 의해 해석된 역사상의 여성들이 입장을 바꾸어 여성이 남성을 해석하게 된다면, 전체 세계관도 전부 수정될 것이다. 그녀의 다른 시 〈남자의 젖꼭지〉는 다음과 같이 표현하고 있다. "A컵에서 D컵까지 너의 크기를 찾을 수 없다 / 본래 네 것에는 소문자만 있었다 / 요가 깔려있는 전문 판매대 속에 누운 / abcd."[45] 여성적 관점은 하룻밤 사이에 모든 남성을 왜소하게 만들어 버린다. 개인적인 것을 조금도 허용하지 않는 주류 역사 속에서, 남성은 늘 대문자의 모습으로 온갖 문화적 해석을 농단해왔다. 그녀는 일부러 생리적 구조로 남녀의 성별 차이를 대조하면서 오랫동안 관찰 대상이었던 여성으로 하여금 관찰하는 눈빛으로 남성을 돌아보게 함으로써, 남성적이고 강인한 몸에도 옹졸하고 위축된 일면이 있다는 사실을 문득 깨닫게 한다. 기지와 유머로 언어를 손바닥 안에 가지고 놀면서 여성시인은 문학의 게임규칙을 새롭게 고쳤다. 그러자 남녀 위치가 새롭게 조정되고 기존의 기호는 자연스럽게 다른 의미를 가지게 됐다. 미학적 측

---

23) 驚異와 精液의 중국어 발음은 'jīngyì'와 'jīngyè'이다

면에서 시인은 남성의 관점을 전혀 따르지 않고 있는데, 이로 인해 개발된 경계는 시로 인정되지 않을 수도 있다. 그러나 여태까지 시의 정의는 남성의 패권에 의해 확립되지 않았던가? 장원위가 창작을 지속한다면 타이완 시단에는 시의 혁명이 일어날 것이다.

쩡수메이曾淑美(1962-)는 시집《꽃덤불 속으로 추락한 여자墜入花叢的女子》(1987)와 기록 문학《청춘의 잔혹한 이야기青春殘酷物語》(1992) 이 두 권만 출간했다. 여성 신체가 성장하는 것에 대해 실망하고 낙담하지만 내밀하고 독특한 감각을 보여주었다. 신세대의 현대적 감각은 종종 도시의 경물이나 소비품에서 모습을 드러내지 않기도 한다. 쩡수메이는 감각기관이나 생리 구조의 반응을 통해 소외감을 표현하는 데 뛰어났다. 의론이 분분했던 〈1978년: 13살 노르웨이 나무와 16세의 나一九七八年: 13歲的挪威木與16歲的我〉는 새로운 형식을 창조한 작품으로, 두 수의 시가 합쳐져 완벽한 하나의 작품을 이루고 있다. 시에서 이미 성년이 된 내가 13세와 16세의 '나'를 회고한다. "**나는 일찍이 한 여자아이를 품고 있었지 / 열여섯 살 / 아니면 이렇게 말해야겠지 /** 혼자 여행한 적 없어 / **그녀가 일찍이 나를 품고 있었다고 /** 브래지어는 여전히 엄마가 사주고 / **그녀는 나에게 자신의 방을 보게 했지 /** 첫 연애편지는 아직 받지 못했어." 두 종류의 서체는 두 가지의 연령을 암시하며, 중간에 등장하는 기호인 ' / '는 두 종류의 정경을 암시한다. 서로 다른 서체를 나누면 두 수의 시가 되지만, 읽을 때는 수미일관하게 하나로 보인다. 독자의 감각은 서체의 변화를 따라 달라진다. 단순한 언어가 마침내 여성의 섬세한 사유와 민감한 감정을 담아낼 수 있게 됐다는 바로 이 사실이 그녀

▶ 羅任玲,《密碼》

시의 감동적인 부분이었다. 다른 시 〈기억記憶〉은 환락 속의 남녀를 묘사하고 있는데 감정의 변화로 인해서 감각 역시 완전히 원래의 상황과 달라진다. "너는 방으로 들어간다 / 나는 여전히 그곳에 있다고 느낀다." 방은 하나의 그릇이라 할 수 있으며 육체의 일부라고도 할 수 있다. 두 사람이 하나로 엉키지만 감정은 이미 서로에게 향해있지 않다. "…그러고 나서 너는 빠져나간다 / 마치 먼 곳으로 가는 물결처럼 / 나는 황량한 백사장마냥 남겨진다." 격정이 지나간 뒤 감정은 썰물 후의 해안처럼 고요하고 공허하다. 부딪혀 솟구치고 들끓던 세월은 다시는 돌아오지 않는다. 쩡수메이는 전형적인 이미지 시인Imagist으로 경물과 경물의 연결을 통해 말로 표현할 수 없는 감각을 부각시켰다. 그녀의 말에 의하자면 모든 것은 기억으로 변하게 된다. 그녀의 시작품은 많지 않지만 읽고 다시 되새김하면서 읽기에 부족함이 없다.

뤄런링羅任玲(1963-)의 시집으로는 《비밀번호密碼》(1990)와 《역광 비행逆光飛行》(1998)이 있다. 세밀한 묘사에 뛰어났던 그녀는 산문시 〈기억의 시작記憶之初〉에서 갈가리 쪼개어진 기억 속에서 여성 신체가 어떻게 구

성되는지를 찾아내고 있다. "여인은 푹 삶은 탕에, 옅은 붉은색의 장미를 넣는 걸 좋아했다. 겨울날 한밤중에는 화로로 갖가지 모양의 비스킷을 구웠다. / 정령은 이때가 되면 늘 눈꽃으로 변하여, 비스킷의 표면에 내려 붙어서, 먹으면 바삭한 박하 같았다." 여성의 영혼인 정령은 주방과 가사 일을 거쳐 방울방울 여인 꿈의 일부로 변한다. 모든 것이 아무 일 없이 평온하고 생활은 매우 안정적으로 보이지만, 여성의 운명이란 그

처럼 느리게 형성되는 것이라는 사실을 엿볼 수 있다. 파편화된 이미지가 뤄런링의 서정 문학을 형성하고 있으며, 그녀가 세밀하게 묘사한 것은 분명 여인의 일생에 대한 관찰이었다. 그녀는 늘 가장 일반적인 문법으로 여성 삶의 기구함과 전환을 예리하게 그려냈다.

옌아이린顏艾琳(1968-)의 시집에는 《뼈 피부 살骨皮肉》(1997), 《그녀 편她方》(2004), 《미소微笑》(2010)가 있다. 그녀의 작품은 1990년대 이후의 중요한 여성의 목소리라 할 수 있다. 그녀는 정욕에 대한 시각을 과감하게 표현하면서 여성 주체의 입장을 견지했으며, 남성적인 주류 사회를 냉소적이고도 신랄하게 풍자했는데, 꽤 잔혹하기도 했다. 이미지 사용이 매우 정확하고 상징과 암시의 기법을 잘 썼으며 다음과 같은 예상 밖의 표현이 작품에 꽤 많이 보인다. "어둠의 바닥에서 / 나는 기다리고 있다. / 네가 오도록 유인하려고 / 나는 공기를 문질러— / 가을 날 숲의 건조하고 상쾌한 냄새를 만든다 / 불 붙이기 좋도록 / 우리 발화점 낮은 육체를." (〈암흑 온천黑暗溫泉〉) 여성은 더 이상 응시되는, 불 붙여지는 객체가 아니다. 그녀는 주동적인 역할을 맡을 수 있으며, 정욕의 불을 댕기는 사람은 더 이상 남성이 아니다. 1960-70년대 모더니즘 시 가운데 이처럼 자주적인 염원을 표현한 경우는 많지 않았다. 이 세대의 여성시인은 시의 미학을 새롭게 정의했을 뿐 아니라 양성 간의 상호 작용 관계에 대해서도 새롭게 정의했다.

1980년대 중기 이후의 여성 시단은 오랫동안 억압당해 온 수많은 목소리를 해방시켰다. 각 시인들마다 그들 특유의 풍격을 지녔으나, 햇빛을 본 적 없던 신체의 감각을 역사의 감금으로부터 해방시킨다는 공통된 지향점을 가지고 있었다. 어떤 이는 비판에 용감했고, 어떤 이는 단지 깊은 속내를 조용히 말하기만 했다. 시인들 가운데 예훙葉紅(1953-2004), 차이슈쥐蔡秀菊(1953-), 왕리화王麗華(1954-), 류위슈劉毓秀(1954-), 샤오슈팡蕭秀芳(1955-), 훙수링洪淑苓(1962-), 천페이원陳斐雯(1963-), 추환丘緩(1964-), 장팡츠張芳慈(1964-), 우잉吳瑩(1969-), 인니隱匿(1969-) 등은 새로운 심미 원칙을 수립했다. 양성 관계를 원래의 남성적 질서 규칙에 따르지 않고 본다면, 전체 세계는 반드시 새롭게 해석돼야 했다. 그 중에서도 타이완 본토의 입장을 선명하게 띤 작품은 정치적 비판과 간섭에 있어 남성에 전혀 뒤지지 않았다. 이 같은 사실은 조용한 혁명이 일찍부터 진행되고 있었음을 말해준다. 드러나지 않고 진행된 개혁은 때로는 뜨겁고 요란한 비판적 행동을 능가했다. 이전에는 금기나 금지구역으로 여겨졌던, 민주 운동을 수반한 개혁과 개방 역시 이때부터 해방되어야 했다. 남성적인 민주주의·당국 체제·유가 사상은 더 이상 주도적 지위를 점할 수 없게 됐다. 정치 환경이 느슨해지고 조정됨으로써 과거의 견고하던 장벽은 마침내 붕괴됐다. 이때부터 여성의 상상은 자주적으로 나아갈 수 있게 된다.

떠도는 여행에서부터 자아 정립에 이르기까지의 타이완 여성 산문

타이완 여성작가의 언어에 대한 장악은 1980년대 이후로 들어서면서 분명하게 변화한다. 그것은 자본주의 발달 및 정치 조건의 변화와 같은 사회적 변화와 밀접하게 연관되어 있다. 언어에 민감했던 타이완 여성시인처럼, 타이완 여성 산문가 역시 시각적 이미지視象와 형상의 묘사에 있어 과거의 전통적인 남성 창작자의 감각보다 민감하고 예리했다. 만약 '장아이링풍의 소설'이라는 것이 있다고 한다면, 80년대 이후에는 장아이링풍의 산문 역시 나타났다고 할 수 있을 것이다. 많은 산문 작가들이 장아이링과의 혈연관계를 의도적으로 부인하고 있는 것 같은데, 사실 문자 연금술의 운영에 있어서 이들이 장아이링파의 풍격과 어느 정도 연관되어있다는 사실은 부인할 수 없다. 리리李黎, 저우펀링周芬伶, 장랑張讓, 다이원차이戴文采의 경우에도 다들 장아이링파의 소설과 산문을 탐닉했다가 이후 장아이링의 어두운 의식과 창백하고 차가운 풍격에서 벗어나 자신의 문학 기상을 열어나간 이들이었다. 어떤 사람은 문학을 성별로 구분해서는 안 된다고 반대하지만, 시와 산문을 붙여놓고 읽어보면 성별의 차이가 80년대 타이완 여성작가를 이전의 남성 문학의 전통과 확실하게 갈라놓고 있음을 알 수 있다. 감각과 정서를 묘사할 때는 많은 경우 내면의 섬세한 파동을 그려내야 하는데, 그것은 남성이 일상생활을 묘사할 때 종종 무시했던 영역이었다. 상대적으로 여성은 정감의 변화와 가정생활의 영향 또는 여행과 견문의 느낌에 있어 모두 강렬한 유동감流動感을 지니고 있었다. 그녀들은 시간과 공간에 대해 특히 민감했는데, 예술상의 성취에 있어서 여행 문학과 환경보호 문학의 경우 다들 여성작가에 의해 지탱되어 나갔다.

1980년대 초기에 황비돤黃碧端(1945-)이 문단에 등장하기 시작했다. 그녀는 청춘의 쓸쓸함과 고뇌를 쓴 적이 없다는 점에서 여타 작가들과 달랐다. 중년에 접어들어 발표한 산문《바람 불기 시작하다有風初起》(1988)는 여성의 침착함과 통찰력을 표현해낸 작품이다. 문자는 비굴하지도 거만하지도 않았으며 날고 듦에 절도가 있어 지성 산문의 본보기가 되었다. 그녀는 사회와 정치를 용감히 비판하고 문학의 득실에 대해서도 용

▶ 愛亞(《文訊》 제공)

▶ 黃碧端, 《有風初起》(李志銘 제공)

감하게 논단하면서, 자신이 말한 "정서를 쓸 때 정서를 남발해서는 안 되며, 사실을 쓸 때는 산만해서는 안 된다"는 주장을 완벽하게 실천하고자 했다. 작품은 빈틈없는 글의 구조와 함께 절제 속의 자유로움을 보여준다. 줄곧 교육 행정 업무를 주관했기 때문에 그녀는 자기가 쓴 문장에 대한 자각과 자성을 지니고 있었다. 그러므로 신문에다 전문적인 칼럼에 발표했을 때 특히 사람들의 주목을 끌었다. 그녀의 작품으로는《기억하거나 잊어버리거나記取還是忘卻》(1989),《현실에서 꿈꾸다 깨어나다在現實中驚夢》(1991),《영웅이 사라졌다沒有了英雄》(1993),《서향 장단조書鄕長短調》(1993),《도시를 기대하다期待一個城市》(1996),《다음 단계는 지금이다下一步就是現在》(2008),《진짜 세계가 거짓 세계를 흉내낼 때當眞實的世界模擬虛構的世界》(2008)가 있다.

아이야愛亞의 본명은 리지李丌(1945-)로 라디오 방송국의 메인 아나운서이다. 그런 이유로 그녀의 산문은 리듬감이 있는데 그녀의 언어 표현과 밀접하게 연관되는 것 같다. 그녀의 중요한 산문 작품으로는《좋아해喜歡》(1984),《일찍이曾經》(1985),《꿈의 우회夢的繞行》(1995),《프랑스를 걷다走看法蘭西》(1996),《가을이 떠나가다秋涼出走》(2000),《상념想念》(2000),《따뜻한 말투暖調子》(2002)가 있다. 신주新竹 후커우湖口에서 자라나 어릴 때부터 커자 에스닉과 서로 왕래했는데 그것이 그녀의 성장과정 속에서 고향이 됐다. 산문은 질박하고 화려하지 않은 풍격을 지니지만 섬세한 정서를 정확하게 포착해내고 있다. 시골의 삶과 풍경에 대한 묘사는 결코 타이완 본토 작가보다 뒤쳐지지 않는다. 감정이 지나치게 흘러넘치는 까닭에 종종

▶ 喻麗淸,《千山之外》(李志銘 제공)

정태적인 인물이 두드러져 보이기도 한다. 그녀는 매우 서정적이지만 전혀 낭만적이지 않았다. 책을 읽을 때 어떤 경우 예상치도 못한 낙담 어린 적막한 느낌이 솟구치기도 한다. 그녀의 자유로운 유람과 여행은 종종 그녀 마음의 떠남과 이동이기도 하다. 굉장히 내성적인 감정을 표현하고 있지만 독자로 하여금 까닭 모를 약간의 따뜻함이 느껴지게 한다.

1945년 출신 세대의 산문가로는 위리칭喻麗淸, 팡위方瑜도 있다. 위리칭은 독실한 기독교 신도인데 문학의 경우 일찍이 장슈야張秀亞 산문으로부터 계발과 가르침을 받았다. 오랫동안 미국 캘리포니아에 머문 까닭에 국외에서 떠돌아다니는 심정을 묘사하는 데 뛰어났다. 언어의 투명함과 간결함이 그녀가 오랫동안 지켜온 미학이다. 새로운 집시라 자칭했지만 타향이 결국은 고향이 되었다. 그녀의 중요 작품으로는 《천산의 밖千山之外》(1967), 《난간을 다 두드리며闌干拍遍》(1980), 《녹색선을 따라 걷다沿著綠線走》(1991), 《컵을 들고 나가帶隻杯子出門》(1994)가 있다. 마찬가지로 장슈야의 영향을 받은 다른 여작가로 뤼다밍呂大明이 있다. 첫 산문인 《이 세대의 현 소리這一代的弦音》(1969)는 온화하고 서정적인 풍격을 뚜렷하게 띠고 있어 장슈야의 기교를 계승했음을 알 수 있다. 1990년대 이후 타이완 문단의 주목을 받았으며 세 권의 산문집 《우리 집에 와서 차 마셔요來我家喝杯茶》(1991), 《별이 빛나는 희망의 하늘을 찾아서尋找希望的星空》(1994), 《겨울 황혼의 백파이프冬天黃昏的風笛》(1996)가 있다. 타향 생활을 배경으로 인생의 낭만적인 태도를 치밀한 리듬과 완벽한 구조로 표현하고 있다. 그녀는 산문을 통해 세기의 변동을 표현했으며, 자연의 동경에 있어서는 깊은 감개가 느껴진다. 팡위는 타이베이 대학 중문과 교수로, 산문 창작량이 많지 않지만 매혹적인 풍격을 띠고 있다. 고전과 현대의 융합, 지성과 감성의 상호작용이 그녀의 언어에 있어 매력적인 부분이다. 오랫동안 교단에 있었기 때문에 그녀의 문학 원천은 대개 독서와 교육에서 나왔다. 문자에 특히 민감한 그녀는 때로 화려하고 정밀한 이미지에 전념한다. 릴케를 상당히 좋아하여 그의 작품을 번역하기도 했다. 일본

소설가인 다자이 오사무太宰治, 가와바타 야스나리川端康成, 아쿠타가와 류노스케芥川龍之介도 동경했다. 그러나 그녀는 결코 탐미적 작가는 아니었으며 독자에게 맑음과 투명함 그리고 승화의 경계를 가져다주었다. 중요한 작품으로는《어젯밤 얇게 서리가 내리고昨夜微霜》(1980),《회상回首》(1985),《도자기 잔의 가을빛陶杯秋色》(1992)이 있다.

홍쑤리洪素麗(1947-)는 타이베이 대학 중문과를 졸업하고 장기간 뉴욕에서 머물렀으나 자신의 가장 훌륭한 작품은 타이완에서 발표했다. 가오슝 사람인 그녀는 강한 향토 의식을 지니고 있었지만, 이데올로기의 속박을 받지는 않았다. 스승인 타이징눙臺靜農이 그녀에게 많은 계발을 주어 산문을 쓸 때 그녀는 특히 간략하고 정밀한 언어를 즐겨 사용했으며, 그것이 질박하고도 고아한 일종의 '쑤리체素麗體' 산문을 이루었다. 목각도 창작했는데 그녀의 회화 작품은 나무무늬와 물감이 섞여서 말로 표현하기 어려운 미감을 이루어냈다. 만약 나무무늬가 자연을 대표하고 물감이 그녀의 선택을 대표한다고 본다면, 그녀의 산문은 이 두 소재가 결합하여 이루어진 것으로 볼 수 있을 것이다. 그녀의 최초 작품인《십년의

▶ 洪素麗(《文訊》 제공)

기록十年散記》(1981)은 발표되자마자 사람들을 놀라움과 흠모로 빠져들게 했다. 향수가 자간에 흐르고 있었지만 세계와 맞설 때는 매우 용감했다. 인물 묘사에 뛰어났던 그녀는 특히 뉴욕이라는 대도시에서 살아가는 여러 인종과 매우 선명한 형상을 잘 묘사함으로써 오히려 그녀가 주체적인 위치라는 사실을 대조적으로 보여줄 수 있었다. 그녀는 오즈 야스지로小津安二郎의 영화처럼 슬로모션식의 묘사를 좋아해 작품이 매우 서민적이면

서 매우 시민적이었다. 문자 속에 색과 소리를 떠올리게 하는 고향에 대한 그녀의 표현은 종종 사람들로 하여금 감상에 젖게 만든다. 산문집으로는《부초浮草》(1983),《옛사람의 얼굴昔人的臉》(1984),《감시하는 물고기守望的魚》(1986),《항구도시의 밤비港都夜雨》(1986)가 있으며, 깊고도 두터운 감정에서 비롯되는 이들 작품은 독자의 맥박을 뛰게 만든다. 그녀는 처량하고 감상적인 분위기로 고향을 그리워하지만 타이완의 환경오염 문제를 중심으로 하는 고향에 대한 우려와 관심 역시 작품 속에 표현되고 있다. 타이완의 자연에 관한 작품에서 훙쑤리의 목소리는 특히 또렷해진다. 이와 관련된 작품으로는《해안선海岸線》(1988),《바다·바람·비海·風·雨》(1989),《땅을 그리워하며旅愁大地》(1989),《새의 이름을 찾아서尋找一隻鳥的名字》(1994)가 있다.

자연의 서사에 있어 여성 산문가는 중요한 역할을 맡았다. 신다이心岱(1949-), 링푸凌拂(1952-) 등이 중요한 문학적 지표가 된다고 할 수 있다. 신다이는 루강 출신으로 환경 보호라는 문제를 매우 이른 시기에 의식했다. 그녀는 수많은 기록 문학을 썼으며, 그중《풍채一把風采》(1978),《땅의 역습大地反撲》(1983),《온갖 스타일의 연꽃千種風情說蓮荷》(1983),《땅을 돌아보다回首大地》(1989),《꿈의 땅이 정토가 되다夢土成淨土》(1990)가 보여주는 사회에 대한 세밀한 관찰은 여성작가 가운데서도 독보적이라 할 수 있다. 생태문화에 대한 관심은 그녀 산문의 중요한 주제이다. 땅의 영속적인 발전에 대해 그녀는 그 누구보다 절박한 마음을 가지고 있는 것으로 보인다. 링푸

▶ 廖玉蕙(《文訊》 제공)

(1952-)는 언어의 단련을 특히 중시한 작가로, 자연 생태에 대해 관심을 가졌을 뿐만 아니라 언어의 색과 분위기에도 집착했다. 홍쒀리와 비교해도 더하면 더했지 모자라지는 않는다고 할 수 있다. 그녀의 첫 산문집인 《세상 사람들은 하나의 눈만 가진다世人只有一隻眼》(1990)에는 아직 생태에 대한 강한 관심이 나타나지 않는다. 하지만 이후의 작품인 《들풀을 먹다: 타이완 산나물 도감食野之苹: 台灣野菜圖普》(1995), 《황야와 만나다與荒野相遇》(1999)는 생태에 대한 관심을 드러내기 위한 작품이 아니었음에도 불구하고, 대자연과 어우러진 시골에서의 생활로 인해 생태에 대한 관심이 자연스럽게 드러나고 있다. 그녀는 식물의 사계절에 관심을 가지는 한편, 곤충·물고기·새·들짐승도 관찰했으며, 산문에서는 시간의 이동이 뚜렷하게 보인다. 그녀는 자연을 인생과 대조하면서 황야로 문명을 반성했다. 이 같은 미학적인 구성은 타이완 산문 가운데서도 단연 돋보였다. 이것이 다산 작가는 아니지만 독자들이 그녀를 가볍게 여길 수 없는 이유이다.

1990년대의 타이완 문단은 별무리가 밤하늘에 줄지어 빛나듯, 1950년 이후 출생한 여성 산문가들로 반짝이고 있었다. 랴오위후이廖玉蕙(1950-)는 용감하게 시정 생활로 파고들어 세속적 인생을 대담하게 관찰한 여성 작가로, 가정의 소소한 일조차 숨기지 않았다. 이 같은 자기 조소 및 조소를 피하려는 자기 변명식의 모습은 또래 동료들이나 선후배 작가들 어느 누구도 따라잡지 못했다. 랴오위후이는 남성 산문가 가운데 자신을 가장 잘 풍자했던 우루친吳魯芹마저도 능가했다. 그녀가 쓴 어머니와 시어머니에 대한 표현은 살아움직이는 듯한 생동감을 지니고 있다. 그녀는 곤궁함 속에서도 개인적인 여유를 표현했고, 비좁음 속에서도 비범한 너그러움을 펼쳐 보였다. 중문과 교수이지만 아카데믹한 기풍의 구속을 전혀 받지 않았다. 자유롭고 개방적이어서 포용적이고 다양한 사고로 학생을 대했으며, 산문 속에 전통적 틀을 깨려는 교육관을 표현했다. 그녀는 실무에 힘썼으나 이익을 꾀하지 않았고, 깊이 있고 안정적이었으나 억압적이지 않았다. 그녀는 현실사회의 여러 목소리가 표현될 수 있게 노력했으며 정태적인 문자를 통해 심금을 흔드는 힘을 보여주었다. 야채 시장에서 대학에 이르기까지 인생만사를 포괄하여 이 시대와 이 사회의 진실한 감각을 완벽하게 자신의 언어 속에 담아낼 수 있었다. 그녀의 주요 작품으로는 《유유자적한 마음閒情》(1986), 《금생의 인연今生緣會》(1987), 《어여쁨嫵媚》(1997), 《쉰 살의 공주五十歲的公主》(2002),《공주의 노안公主老花眼》(2006), 《나중에後來》(2011)가 있다.

룽잉타이龍應台(1952-)는 1980년대 《들불집野火集》(1985)으로 문단에 등단했다. 주류 매체에 실렸기 때문에 그녀의 글은 꽤 주목을 받았다. 당시 당외黨外잡지에는 매우 신랄한 비판 글이 나타나기도 했는데, 이 같은 주류 밖의 잡지는 수차례 검열을 받아야 했다. 룽잉타이는 타이완 사회, 타이완 문화를 관찰함으로써 암묵적으로 규범화됐던 가치관에 대해 종종 문제를 제기하기도 했다. 당국체제에 이미 동요가 발생했던 당시에, 그녀의 언어는 당권자의 아픈 부분을 건드리기도 했다. 1984년 11월, 그녀가 발표한 첫 작품 〈중국인, 너는 왜 화내지 않는가中國人,你爲什麼不生氣〉는 곧바로 학교와 학계에서 연쇄적인 반응을 일으켰다. 이후에 쓴 〈매독에 걸린 어머니生了梅毒的母親〉, 〈미국은 우리의 집이 아니다美國不是我們的家〉, 〈유치원 대학幼稚園大學〉도 모두 학생들에 의해 대자보로 전파되었고, 그녀는 비판자의 모습을 가지게 되었다. 신문 특파원으로 장기간 독일에 거주했던 룽잉타이는 지속적으로 글을 써서 타이완 사회의 폐해를 꼬집었으며, 비판적 시각을 지닌 발언권을 확보했다. 당시 그녀는 문학비평에도 종사하고 있었는데, 전형적인 자신의 풍격이 되어버린 욕먹는 것을 두려워하지 않는 모습은 이후 《룽잉타이가 소설을 비평하다龍應台評小說》(1985)에서 찾아진다. 이 책을 발표한 뒤에는 문학비평에서는 물러선 듯, 전적으로 문화비평과 사회비평에 주력했다. 그녀의 유창한 필체는 기본적으로 기록 문학에 속했다. 글 속에는 감정이 늘 드러나며 예리한 태도를 유지하고 있다. 그녀의 언론은 이후 홍콩으로까지 판도를 확장하여 중국 문인의 주목도 받게 된다. 2006년 그녀는 〈문명으로 나를 설득하세요—후친타오 선생에게 보내는 공개서신請用文明來說服我—給胡錦濤先生的公開信〉을 발표하여, 베이징이 《중국청년보中國靑年報》와 《빙점氷點》을 차압했던 잘못을 지적했으며, 《남방주말南方周末》 편집의 교체에 대해 매우 큰 불만을 표시했다. 중국 언론계를 뒤흔든 이 글은 심지어 타이완의 통일파가 급격히 상승하게 만들었다.

　예술적인 처리를 거치지 않은 룽잉타이의 언어는 가장 부박한 백화문으로 속 깊은 사고를 표현하고 있다. 빠르고 매섭고 정확한 그녀의 필치는 실시간 발생한 시사와 곧바로 긴밀하게 연결된다. 이것이 그녀가 환영받는 이유이기도 하다. 순수하게 언어예술적인 측면에서 보자면, 그녀에게는 그 어떤 함축적이고도 제련된 기교도 없었지만, 사실을 그대로 말하는 것을 자신의 독특한 풍격으로 삼고 있다고 할 수 있다. 룽잉타이의 작품을 민주화·자유화·본토화 과정 속에 놓인 타이완의 전형적인 결과물이라고 해도 괜찮을 것이다. 그녀가 펼쳐 보이는 기개와 기세는 근 30년 동안의 타이완 문학에 있어 가장 좋은 반영임에 틀림없다. 2009년 그녀가 출판한 《큰 강 큰 바다 1949大江大海一九四九》의 뒤표지에서 그녀는 "만약, 어떤 이가 그들은 전쟁의 '실패자'다 라고 말한다면, 시대로부터 짓밟히고 모욕 받고 상처 입은 사람들 모두가 실패자일 것이다. 그들은 이 '실패'라는 것으로 우리를 이끄는데, 무엇이야말로 진정 추구할 가치가 있는 것일까"라고 말한 바 있다. 소위 '실패자'가 가리키는 것은

▶ 陳幸蕙(《文訊》 제공)

1949년 바다 건너 타이완으로 온 신 이민자들로, 사실 식민 시대 타이완의 거주민이기도 했다. 역사적 심도에서 보자면 이 표현은 당연히 기록의 측면에 머물러있지만, 영혼의 구조에서 보자면 그녀가 한 시대의 상처와 아픔을 써내고 있음이 분명하다고 할 수 있다. 페미니스트가 아니었던 룽잉타이는 사실 그 어떤 주의도 신봉한 적이 없었다. 특정 주의가 없었기 때문에 그녀의 발언은 포괄적이고 초월적이며 승화적일 수 있었다. 그녀의 베스트셀러 작품으로는 《타이완에 보내는 편지寫給台灣的信》(1992), 《세기말이 너에게 오는 것을 보다看世紀末向你走來》(1994), 《아름다운 권리美麗的權利》(1994), 《백년사색百年思索》(1999), 《친애하는 안드레親愛的安德烈》[24](2007), 《눈으로 하는 전송目送》[25](2008) 등이 있다.

이 외에 중문과 작가로는 천싱후이陳幸蕙(1953-)가 있는데 그녀는 전형적인 전통문학의 영향을 받은 현대 작가이다. 첫 번째 산문집《나무들의 노래群樹之歌》(1979)는 고전문학의 기록에서 식물과 열매에 대한 묘사를 많이 취하고 있다. 두 번째 산문《사랑을 세상에 돌려주다把愛還諸天地》(1982)에서도 고전 인용이라는 방법은 아직은 제대로 발휘되지 못하고 있었다. 《여명의 심정黎明心情》(1988)을 완성할 즈음에야 그녀는 현대적 감각을 충분히 표현하여 위광중의 인정을 받게 된다. 이때에 이르러 그녀의 언어적 재능

▶ 周芬伶《文訊》 제공

---

24) 한글 번역본으로는 《사랑하는 안드레아》(강영희 옮김, 양철북, 2015)가 있다.
25) 한글 번역본으로는 《눈으로 하는 작별》(도희진 옮김, 양철북, 2016)이 있다.

이 발휘될 공간을 찾게 됐으니 아마도 그녀 산문 경력에 있어 최전성기였다고 할 수 있다. 이후 그녀가 출판한《현대 여성의 네 가지 꿈現代女性的四個大夢》(1)(2)(1992)와《청소년의 네 가지 꿈靑少年的四個大夢》(1)(2)(3)(4)(1992-1995)와 같은 시리즈 산문은 최다 창작 시기의 작품들이다.《당신의 속내를 만나다與你深情相遇》(1992)는 상징과 은유의 수법으로 감정의 움직임을 암시하여 사람을 황홀하게 만드는 작품이다. 그녀의 문장은 깨끗하고 간략하며 여닫힘이 자유로워 완전히 새로운 서정의 과정을 이끌어낸다. 이후 평론을 쓴 그녀는《위광중을 탐독하다悅讀余光中》시리즈의 시 평론(2002)과 산문 평론(2008)을 통해 새로운 비평에 있어 세밀한 읽기를 보여주었다.

1980년대 이후의 중요 작가임이 분명한 저우펀링周芬伶(1955-)은 풍부한 창작과 다양한 제재 및 언어 기교의 변화무쌍함을 지닌 작가로, 타이완 여성 산문가 중 돋보이는 인물이다. 1985년《절대미絶美》를 출판할 때 그녀는 장아이링의 언어 연금술식 풍격을 지니고 있었다. '절대미'란 장

▶ 張讓(張讓 제공)

아이링이 말한 '기이한 아름다움艶異'과 비슷했다. 그러나《꽃집의 노래花房之歌》(1989)와 《다락방의 여자閣樓上的女子》(1992)를 창작할 무렵, 그녀는 자신의 어조를 찾아내게 된다. 그녀는 명랑함이 충만한 음악성으로 창백하고 어두운 색채를 씻어냈다. 1996년 그녀는 두 권의 책《열대야熱夜》와《여동생이 왼쪽으로 돌다妹妹向左轉》를 출판하는데 이것은 산문풍격의 변화를 의미했다. 일찍이 사랑과 같이 영원하리라 여겨지던 신앙이

오늘날 견딜 수 없고 믿을 수 없는 것으로 변해 버린다. 설령 풍자와 유머의 분위기를 띠고 있다 하더라도 글 속에는 억누를 수 없는 슬픔이 분출하고 있다. 의심의 여지없이 그녀의 신체였던 그녀의 문체는 살을 에는 결혼의 고통을 가장 진실한 감각을 통해 호소하고 있다. 인생은 이처럼 거친 파도가 휘몰아 온 고통을 견뎌낼 방법이 없어 보였다.《너의 색汝色》(2002)과《세계는 장미이다世界是薔薇的》(2002)에 이르러 그녀는 가부장적 문화를 공개적으로 비판하기 시작한다. 자기 아버지와의 관계가 상당히 친밀했음에도 불구하고 그녀는 남성이 극단적인 문명의 수호자임을 밝혀낸다. 그녀는 대담하게 여성의 우정이야말로 가장 믿을만한 것이라고 표현한다. 오랜 기간 불면의 밤 동안 그녀는 약을 복용하면서 여성벗들과 사랑·돈·음식과 각자의 고향에 대해 이야기 나누기 시작했다. 남성을 모방하든, 남성을 학습하든, 혹은 남성과 경쟁하든 결국은 남성의 게임 법칙에 빠지는 것인 현모양처라는 본보기를, 그녀는 더 이상 따르지 않는다. 그녀는 자신의 길을 걸을 것을 그리고 자기 육체의 주인이 될 것을 결심한다. 더 이상 언어의 수사에 개의치 않으니 그녀의 모든 예술이 생명 깊은 곳에서 용솟음쳐 나오고 있다. 이후 그녀는 영혼의 갑문을 열어젖히고 글이 될 수 있는 모든 것을 전적으로 스스로 만들어내게 된다. 그녀의 다작은《모계 은하母系銀河》(2005),《보라색 연꽃의 노래紫蓮之歌》(2006),《분홍빛 창粉紅樓窗》(2006),《난화사: 사물과 단어의 망상蘭花辭: 物與詞的狂想》(2010)과 같은 작품들을 통해 알 수 있다.

장랑張讓(1956-)은 오랫동안 미국에서 거주하면서 1997년 장편소설《선회廻旋》로 연합보 문학상의 장편소설 추천상을 받았다. 두 가지 서사로 하나의 외도를 이야기하고 있는 이 작품은, 타자와 자아의 변증적인 대화로 사랑의 금기와 경주를 형상화하고 있다. 그녀의 첫 산문인《바람이 상상의 평야에 불던 때當風吹過想像的平原》(1991)도 장아이링의 그림자를 벗어나지 못한 작품이다. 그녀 자신이 시인하듯 장아이링은 중독성 있어서 그녀가 장아이링파의 계보를 벗어나기 위해서는 의식적인 노력이 필요했다. 실제 그녀의 풍격이 만들어지기 시작한 것은 《세월이 그 얼마나時光幾何》(1998), 《순간의 눈剎那之眼》(2000), 《공간류空間流》(2001), 《얼어붙는 순간急凍的瞬間》(2002)에서부터이다. 이 작품들은 중년의 성숙함으로 세상을 좀 더 명철하게 바라보고 있다. 아마도 그녀는 여성 산문가 중 공간 감각이 가장 뛰어난 이일 것이다. 여행과 빛과 그림자에 대해 쓴 그녀의 글은 독자에게 입체적인 감각을 불러일으킨다. 성공적인 색채 대비는 그녀가 정확하게 언어를 사용한다는 것을 증명해주었다. 그녀는 여성과 모성 사이에서 평온을 찾아낼 수 있었다. 이후의 산문인 《페가수스의 날개飛馬的翅膀》(2003), 《독서와 탱고를和閱讀跳探戈》(2003), 《세계가 늙어질수록 젊어지는當世界越老越年輕》(2004), 《하루하루一天零一天》(2011)는 개인의 생명과 생활을 어떻게 초월하는가를 통해, 보다 높은 자태로 인류 문명을 바라보면서 미국 문화를 비판하고 있는, 철학적 사유가 충만한 작품들이다. 이처럼 끊임없이 변화하는 세계 속에서 글은 그녀의 근거지가 되었다.

황바오롄黃寶蓮(1956-)은 아마도 여행 서사를 계발한 최초의 일인일 것이다. 그녀의 작품 《부랑자의 치국流氓治國》(1989)은 타이완 문단을 뒤흔들어 놓았다. 책은 개혁개방 초기의 중국을 묘사하고 있는데, 여성의 시각으로 질서라곤 없는 사회를 바라보고 있는 그 예리한 눈빛은 독자에게 놀라운 충격을 가져다주었다. 그 전에 그녀는 《배 없이 강을 건너다渡河無船》(1981), 《우리는 민가 가수我們是民歌手》(1982), 《사랑 계산서愛情帳單》(1991), 《간단한 주소簡單的地址》(1995)를 썼다. 장기간 이국에서 거주

▶ 黃寶蓮(黃寶蓮 제공)

했다는 사실은 대부분 내재하는 섬세한 정서로만 탐지된다.《미완의 쪽
빛未竟之藍》(2001)은 여성이 혈혈단신 아시아 대륙을 건너가는 것을 내용
으로 하는, 시베리아를 거쳐 유럽대륙에까지 이르는 장거리 여행을 쓴
것이다. 오만할 정도의 의지를 가져야지만 요원한 곳까지 극복할 수 있
음을 알 수 있다. 이 산문집은 문자로 써냈다기보다는 떠도는 삶과 맞바
꾼 것이라 할 것이다.《45도로 하늘을 쳐다 보다: 한 여성의 생활사仰天四
十五度角: 一個女子的生活史》(2002)는 또 다른 정신적 여행을 펼쳐 보이는 것
으로, 그녀가 자신의 생활과 기억을 마주하기 시작했음을 알 수 있다.
"산다는 것은 암호를 찾기 위한 것이며, 완벽하게 방정식을 풀기 위한 것
이다." 만약 암호가 바로 유전자라면, 그것만 있으면 돌아갈 수 없는 어
린 시절, 돌아갈 수 없는 고향도 찾을 수 있을 것이다. 심금을 울리는 이
같은 묘사는 언어예술의 보다 높은 수준을 보여준다. 그 외의 산문으로
는《국경 없는 세대無國境世代》(2004),《참깨 쌀알 이야기芝麻米粒說》(2005),
《세계를 보는 56가지 방법五十六種看世界的方法》(2007)이 있다.

어릴 때부터 총명했던 젠전簡媜(1961-)은 타이베이 대학 중문과를 다
닐 때 벌써 책을 출판했다. 그녀는 첫 번째 산문인《물이 묻다水問》(1985)
로 문단을 흔들어 놓았다. 경전적인 산문가로 여겨지는 그녀는 오랫동안
언어의 훈련에 힘썼으며 단어선택과 문장조구에 매우 신중했다. 그녀는
글자 하나하나의 적합한 위치를 찾는 모습을 보여준다. 불교의 자비로움
을 지니고서 관용으로 인간과 세속을 대한 그녀는 뒤이어 완성한 작품인
《다만 몸이 산중에 있어只緣身在此山中》(1986),《달 아가씨가 침상을 비추
다月娘照眠床》(1987)에서 어린 시절 청춘에 대해 마지막으로 회고하고 있
다. 이후 그녀가 완성한 산문집《일곱 계절七個季節》(1987),《개인 책방私
房書》(1988),《여백空靈》(1991)은 고전문학 속에서 시의 정취를 흡수하고
있지만, 외재적인 현실에 바짝 다가선 작품들이다. 작가의 언어 기교의
변화는《여아홍女兒紅》(1996)과《갓난아기: 한 여인과 그녀의 육아사紅嬰
仔: 一個女人與她的育嬰史》(1999)부터 시작된다. 인생의 전환점인 결혼 생활

로 뛰어든 그녀는 육아에 관한 매뉴얼을 써서 어머니가 된 기쁨과 고통을 글의 자간과 행간에 섞어놓았다. 놀라운 사실은 글의 단락 사이에 '암호'를 끼워 넣어 갓 어머니가 된 내면의 심정을 분명하게 토로하고 있다는 점이다. 그녀는 자애로운 어머니의 형상을 뒤집어엎고서, 모체로 변한 여성의 신체가 겪는 살에는 듯한 고통을 완벽하게 써냈다.

역사 서사로 개입했음을 알리는 이정표인《하늘 가 바다 끝: 포르모사 서정 기록天涯海角:福爾摩沙抒情誌》(2002)은 타이완으로 온 탕산인唐山人[26]의 이민사인데 종종 남성의 입장에서 표현된다. 그녀는 따뜻하고 부드러운 필체로 타이완의 에스닉이라는 주제를 다룸으로써 이 섬나라야말로

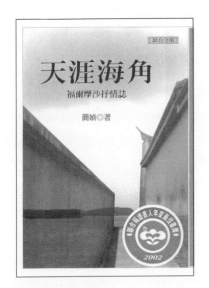

▶ 簡媜,《天涯海角》

▶ 簡媜(簡媜 제공)

---

26) 탕산인唐山人은 타이완 사람들이 중국 대륙인을 일컫는 호칭이다. '탕산'은 타이완 인이 중국 대륙을 표현할 때 쓰는 말로, 많은 타이완인들은 족보에 자신의 선조가 '탕산'에서 왔다고 기록함으로써, 대륙과의 연관성을 보여주기도 한다. 타이완으로 건너 온 중국 대륙 출신들이 대륙의 푸젠福建에서 건너왔으며, 이들 푸젠인들은 당唐나라 때 중원에서 푸젠으로 이주한 이들로 알려져 있어서 탕산인이라 표현한다.

모든 이민의 궁극적 관심임을 강하게 암시한다. 모성적 정감을 가진 부계의 기억은 이민사를 슬프고 괴로운 것으로 읽게 하며, 어려움을 무릅쓰고 용감하게 나아갔다는 이민사의 남성적 성격을 완전히 벗어나게 했다. 보기 드문 베스트셀러인《선생님의 12가지 인사법老師的十二樣見面禮》(2007)은 미국에서 거주할 때 보고 들은 것을 쓴 것으로, 중학교 선생님이라면 누구나 한 권씩은 가지고 있는듯하다. 이 책의 내용은 이쑤시개와 고무줄에서 시작하여 동판과 구명대원에서 끝난다. 보잘 것 없는 생활의 소소한 일에서 거대한 교육의 가치를 읽어내고 있으며, 좀 자질구레해 보이는 언어는 오히려 화룡점정이 되어 타이완 교육의 맹점을 완벽하게 대비시키고 있다. 그녀는 타이완 산문가에게서 보기 드문 열정적 태도로 자신의 언어 능력을 지속적으로 발휘하고 있다.

차이주얼蔡珠兒(1961-)은 1990년대에 등장한 산문가이다. 놀랍도록 아름다운 그녀의 글은 색과 향기로 가득한 언어로 살아 움직이는 것과 같은 생명력을 펼쳐 보인다. 그녀는 첫 번째 산문집《꽃 덤불 속의 말花叢腹語》(1995)에서부터 벌써 독특한 매력을 펼쳐 보이고 있다. 기자 출신이지만 기사식 어투를 완전히 벗어버린 표현 방법으로 동료 산문가들보다도 이미지의 운용을 중시하고 있음을 보여준다. 단순한 글 속에 거대한 의미를 함축시켜 장아이링파의 산문보다 더욱 뛰어난 신축성을 가지고 있다. 문단의 찬탄을 받은 이 작품은 비록 자연 식물을 묘사하고 있지만 비범한 상상력으로 우주의 여러 현상을 연결시키고 있다. 이미지와 이미지 사이의 도약은 일반 시인보다도 뛰어나, 어떤 구절의 경우 행을 나누어 배열한다면 그 자체로 생동감 넘치는 현대시가 된다.《남방의 눈南方絳雪》(2002)의 예술적 조예는 독자로 하여금 인정하지 않을 수 없게 하는데, 그 언어는 이미 입신의 경지에 이른 것 같다. 그녀는 문학을 전적으로 문학으로만 여기지는 않았으며, 역사·문화·사회와 관련된 여러 지식을 엮어서 단락 사이에 매끄럽게 녹아내고 있다. 거리와 골목을 넘어서서 마침내 천고의 역사까지 출입하였으며, 분명 초목을 쓰고 있지만 오히려 사람들로 하여금 인류의 식물학을 보게 한다. 그러나 그녀는 결코 이에 만족하지 않고 홍콩으로 이주한 뒤에는《구름이 도시를 삼키다雲吞城市》(2003)를 출판했다. 고도의 은유가 흘러넘치는 책 제목은 홍콩인의 훈툰餛飩27)을 빗대는 것 같기도, 급변에 휩쓸린 도시를 상징하는 것 같기도 하다. 그녀는 놀라울 정도로 빨리 현지화하여 아주 짧은 시간 안에 홍콩의 초목충어草木蟲魚를 익히게 된다. 타이완 독자에게 있어서 그것은 보지 못한 도시였지만, 차이주얼에게 있어서는 분명하게 만져지는 것이었다. 그녀가 가장 생생하게 언어로 표현한 것으로는《매운 찜 여자 요리사紅燭廚娘》(2005)에 비견할 만한 게 없다. 마치 카메라와도 같은 핍진한 언어로 찜·조림·삶기·굽기·끓이기·볶기라는 요리 동작을 모두 글 속에 담아내고 있다. 읽어보면 솥에서 튀어 움직이는 식자재가 진짜 눈앞에 있는 듯하다. 언어의 흐름은 음악성이 풍부하며, 억누르고 펼치고 쉬는 리듬 속에서 마치 시고 달콤하고 쓰고 매운 맛이 느껴지는 것 같다. 언어가 지닌 장력이 극치로 발휘되니, 그 어떤 산문가도 그녀를 따라잡을 수 없다.

▶ 鐘文音(鐘文音 제공)

차이주얼과 같은 해에 출생한 장만쥐안張曼娟은 전형적인 아카데믹한 산문 창작자이다. 언어 감각이 매우 민감하며 생활 속의 사소

---

27) 고기와 야채로 만든 소를 얇은 피로 싸서 만든 것을 일컫는 명칭으로 'húntún'으로 발음한다. 책의 제목에서 '구름이 삼키다'는 의미의 雲吞은 이 같은 훈툰과 함께 쓰는 표현이기도 하다.

한 부분 모두가 감정의 파동을 일으키고 있다. 그녀는 여성 산문가 가운데 가장 많은 환영을 받았다. 그녀의 문체는 보기 드물게 대중적 읽을거리와 유행 문화에 상대적으로 치우쳐 있다. 언어 예술은 평이하고 접근하기 쉬우며 풍격은 맑고 순수하여 일반 독자들로부터 많은 호응을 받았기 때문에 문학의 확장에 일정정도 공헌했다 할 수 있다. 그녀의 작품으로는《인연은 사라지지 않는다緣起不滅》(1988),《백년간의 그리움百年相思》(1990),《인간연화人間煙火》(1993),《풍월서風月書》(1994),《여름날 맨발로 걸어오다夏天赤著脚走來》(1998),《청춘靑春》(2001),《조기가 천둥소리를 듣다黃魚聽雷》(2004),《말없이, 다만 함께不說話, 只作伴》(2005),《너는 내 생명의 결함你是我生命的缺口》(2007),《그 아름다웠던 시절那些美好時光》(2010)이 있다.

중원인鐘文音(1966-)의 소설과 산문이 많은 논란을 일으킨 주된 원인은 시간과 공간의 여행을 잘 표현했기 때문이었다. 여성의 몸으로 떠돈다는 것은 자아 정립의 어려움을 말해주는 것으로, 글을 발표한 뒤 그녀는 타이완 문단에서 여성적 시각을 펼쳐 나갔다. 그녀는 과거 역사를 응시하면서도 먼 이국으로 눈길을 던진다. 그녀의 눈길이 닿는 곳은 모두 그녀의 관점과 해석 속으로 들어갔다. 그녀의 첫 산문집《옛날이여 다시 한 번昨日重現》(2001)은 여성의 관점에서 가족의 계보를 새롭게 구성하면서 남성 역사가가 볼 수 없었던 맹점을 보게 한다. 만약 모계 서사라는 것이 있다면, 그 서막을 연 사람은 저우펀링이고 더욱 깊이 있게 그 방법을 이어간 사람은 중원인이라고 할 수 있다. 산비탈과 평지에 넓게 자라는 들풀과도 같은 모성의 강인한 생명력은 그녀의 글에서 사계의 순환 가운데서도 시들지 않는 것으로 표현된다. 피와 살이 있는 여성임에도 불구하고 여태껏 그들은 슬픔을 쉽게 호소하지 못했었다. 그녀의 여행 산문은 일종의 여체의 도주로, 그녀는 혈혈단신으로 이국으로 가 그곳의 풍치를 받아들인다. 그러나 작품이 되묻고 있는 것은 그야말로 여도女島의 운명이라 할 수 있다.《먼 곳의 향기遠逝的芳香》(2001),《화려한 시절奢華的時光》(2002),《애인의 도시情人的城市》(2003)는 이국 도시의 방문을 기록한 삼부곡이다. 세 번째 책은 파리를 집중적으로 묘사한 것으로, 그 도시에서 산 세 명의 여성예술가인 뒤라스Marguerite Duras, 시몬 보봐르Simon de Beauvoir, 카밀레Camille를 묘사하고 있다. 그것은 동양과 서양의 문학적 대화이지만, 여성과 여성 간의 사적인 이야기 나누기이기도 하다. 작품에서 펼쳐지는 여성의 어두운 정신세계에는 광기어린 애욕으로 가득하다. 공간과 세대를 달리하는 만남 속에서 강인한 여성의식이 장엄하게 세워지고 있다. 끊임없는 여행과 끊임없는 독서로 인해 중원인은 마치 파도 파도 끝이 없는 광산처럼 보인다. 게다가 시간과 공간의 부단한 이동 속에서 그녀의 풍격 역시 멈추지 않고 변하고 있다. 그녀의 작품에는《영원한 감람나무永遠的橄欖樹》(2002)와《폐허 속의 성스러운 빛廢墟裡的靈光》(2004)도 있다. 장편소설로는《강의 왼쪽 기슭에서在河左岸》(2003),《사랑이 떠나다愛別離》(2004),《염가행豔歌行》(2006) 및 연애편지식의 소설인《중도연서中途情書》(2005)가 있다.

커위펀柯裕棻(1968-)의 첫 산문집《청춘은 분류할 수 없다靑春無法歸類》

▶ 張惠菁(《文訊》 제공)

▶ 柯裕棻(柯裕棻 제공)

(2003)는 세월을 돌아보며 느낀 심정을 담은 책이다. 도시에서 홀로 사는 여성이 학교와 유행문화 사이를 왔다갔다하며 생활한다. 글에는 학술 비평과도 같은 내용이 끼어들어 있지만 언어가 간결하고 깨끗하여 소탈한 자태를 보여준다. 그녀는 계엄 이후의 포스트모던 산문가로 현지 감각뿐만 아니라 글로벌한 시야도 지니고 있다. 도시에서 그녀의 감정은 소외되어 있으나 친구들과 함께 할 때 그녀의 언어는 매우 따뜻하다. 그녀의 작품으로는 《황홀한 슬로우 템포恍惚的慢板》(2004), 《달콤한 순간甛美的刹那》(2007)과 단편소설집 《냉장고冰箱》가 있는데, 학술적 자태를 벗어던지고 도시 생활로 완전히 녹아들고 있다. 어떤 언어 표현의 경우 약간 장아이링풍을 띠고 있으며, 자기를 조롱할 줄도 자기를 변명할 줄도 알았다. 혈육 간의 정과 우정을 묘사할 때는 점잖고 절도 있게 매우 잘 절제하고 있다. 늘 그녀와 같이 언급되는 작가인 장후이징張惠菁(1971-)은 비교적 빨리 작품을 발표했다. 소설 《오한惡寒》(1999)으로 상을 탄 뒤, 그녀는 문단에서의 위치를 굳게 다지게 된다. 그녀는 매우 강한 포스트모던한 풍격을 지닌 산문가로, 무라카미 하루키村上春樹, 밀란 쿤데라Milan Kundera, 이탈로 칼비노의 서술 풍격의 영향을 받았다. 혼혈 기질을 가지고 있지만 냉정하게 언어를 다룰 수 있었다. 강렬한 존재감을 지닌 그녀는 은유 및 전유의 기교에 뛰어나지만 종종 여러 이미지를 직접적으로 같은 것으로 표현하기도 한다. 예를 들어 "질투는 불이고 상념은 물이다"나 "언어는 포르말린이다. 동작은 포르말린이다"와 같이 뜬금없는 전환을 통해 평면적 언어를 불현듯 입체적으로 만든다. 그녀의 냉혹한 눈은 도시나 현실에서 빠져나와 외재 세계의 변화를 관조하기도 했다. 그 속에 녹아든 것처럼 보이지만 자신을 떼어놓고 있다. 그녀의 산문집에는 《스펀지 같은 도시에서의 유랑流浪在海綿城市》(1998), 《눈을 감고 십까지 세다閉上眼睛數到十》(2001), 《쓸데없는 말처럼 살기活得像一句廢話》(2001), 《양무楊牧》(2001), 《고별告別》(2003), 《네가 믿지 않는 일你不相信的事》(2005), 《명왕성에게給冥王星》(2008), 《워킹북步行書》(2008)이 있다.

▶ 郝譽翔《文訊》 제공

《씻다洗》(1998)로 문단에 등장하여 광범위한 비평을 받은 작가인 하오위샹郝譽翔(1969-)은 이 작품 하나로 세상을 놀라게 했다. 훔쳐보기에서 유발되는 육체적인 상상이 이 책의 치명적인 매력에 있어 관건이다. 그녀의 작품에는《여관 逆旅》(2000),《옷장 속의 비밀여행衣 櫃裡的祕密旅行》(2000),《첫사랑 안느 初戀安妮》(2003),《그 해 여름, 가장 잔잔했던 바다那年夏天,最寧靜的海》(2005),《저승 이야기幽冥物語》(2007)《온천이 우리의 우울함을 씻어내다: 흘러간 물의 추억 공간溫泉洗去我們的憂傷: 追憶逝水空間》(2011)이 있다. 그녀는 산문서사에서 예술적 성취를 얻었는데, 특히 아버지의 오랜 부재에 대한 사랑과 미움이 뒤섞인 감정 표현이 훌륭했다.《여관》은 산문과 소설을 가로지르는 모호한 문체로 수많은 허구가 엿보이지만 사실인 부분이 많다. 그녀의 언어가 가지는 매력은 가장 사적인 가족생활을 용감하게 드러냈다는 데 있다. 이 같은 정면에서의 응시는 사실 어린 시절부터 받아온 상처를 치유하기 위한 것이었다. 그녀가 받은 상처는 현재까지도 문드러진 채 남아있어, 결국 아버지를 찾으면서 아버지를 시해한다는 가장 위험한 아버지 찾기의 과정을 가장 사적인 언어로 표현하게 했으며, 그것이《온천이 우리의 우울함을 씻어내다》였다. 망망한 세계를 마주하고 가장 깊은 고통을 내지르고 있지만 생명은 오히려 안정을 얻고 있다. 그녀는 마치 뜨거운 온도와 열로 구워내는 도자기처럼, 성장의 온 세월 동안 겪은 왜곡·혼란·좌절과 같은 변형된 기억을 한 편의 걸출한 작품으로 구워냈다. 개인적 기록으로만 볼 수 없는 이 산문은 어지러운

시대의 고통의 축소판이라 할 수
있다.

1980년대에는 부지기수의 타이
완 여성작가가 등장했다. 그중 적
지 않은 이가 산문과 시, 혹은 산
문과 소설을 가로지르면서 각각을
모아서 특수한 장르를 만들어냈다.
조금 빨리 나온 차오유팡曹又方, 징
지荊棘(1942-), 시무롱席慕容, 펑칭
馮青, 쩡리화曾麗華(1953-)는 질적인
측면의 한계로 인해 아직 어떤 기
풍을 형성하지 못했다. 소품문 창
작에 뛰어났던 선화모沈花末(1953-)

▶ 郝譽翔, 《逆旅》

는 대범한 기상을 가진 서사를 시도하지 못했다. 신세기에 문단에 등장
한 또 다른 중요 작가인 후칭팡胡晴舫은 거의 대부분의 작품에서 도시 여
성의 처지에 관해 썼는데, 문화적 변화 속의 가치 전환에 대해 탐구하는
작품 역시 적지 않다. 그녀의 특색은 이국의 도시를 여행하면서 종종 낯
선 땅에서 타이완 사회의 맹점을 본다는 데 있다. 그녀는 창작량이 풍부
하고 지속적으로 글을 쓰고 있으니 중요 작가라 할 수 있다. 청잉수成英
姝(1968-)는 국립 칭화淸華 대학 화공학과를 졸업했다. 그녀는 90년대 중
기 모습을 드러낸 신생대 작가로, TV 프로그램의 시나리오 작가를 맡았
었기 때문에 통속적인 현대 유행 문화에 대해 일반 작가들보다 깊이 인
식하고 있다. 그녀 글 속의 인물과 세계는 황당무계하지만 사람들로 하
여금 현대사회 구석에 놓인 불합리의 본질을 보게 한다. 그것은 전통적
인 사실 서사의 방법으로는 볼 수 없는 것이다. 작품에는 소설집《공주는
밤새 잠 못 들고公主徹夜未眠》(1994),《인류는 날아서는 안 돼人類不宜飛行》
(1997)와《좋은 여자 아이는 안 해好女孩不做》(1998) 및 산문집《개인 상영

실私人放映室》(1997),《여성 세대女流之輩》(1999)와《연애 무용론戀愛無用論》
등이 있다.

저자 주석

[1] 施叔靑,《三世人》(台北: 時報文化, 2011).

[2] 施淑의〈論施叔靑早期小說的禁錮與顚覆意識〉,《兩岸文學論集》, (台北: 新地
    文學, 1997), pp.166-180. 참조.

[3] 施叔靑,《她名叫胡蝶》(台北: 洪範, 1993),《遍山洋紫荊》(台北: 洪範, 1995),《寂寞
    雲園》(台北: 洪範, 1997).

[4] 施叔靑,《行過洛津》(台北: 時報文化, 2003),《風前塵埃》(台北: 時報文化, 2008).

[5] 王德威,〈從'海派'到'張派'〉 참조.

[6] 呂正惠,〈分裂的鄕土,虛浮的文化一80年代的台灣文學〉,《戰後台灣文學經驗》
    (台北: 新地, 1992), p.86.

[7] 朱天文,《炎夏之都》(台北: 時報文化, 1987).

[8] 朱天文,《世紀末的華麗》(台北: 三三書坊, 1990).

[9] 黃錦樹,〈神姬之舞: 後四十回?(後)現代啓示錄?一論朱天文〉,《中外文學》24권
    10기(1996.3).

[10] 朱天文,《荒人手記》(台北: 時報文化, 1994).

[11] 李磬(胡蘭成),《禪是一枝花:碧巖錄》(台北: 三三書坊, 1979).

[12] 朱天文,〈自序一花憶前身〉,《花憶前身》(台北: 麥田, 1996), p.96.

[13] 朱天文,《巫言》(台北縣中和市: INK印刻文學, 2007).

[14] 朱天心,《想我眷村的兄弟們》(台北: 麥田, 1992), pp.93-94.

[15] 朱天心,《漫遊者》(台北: 聯合文學, 2000), p.26.

[16] 蕭麗紅,《桂花巷》(台北: 聯經, 1977).

[17] 蕭麗紅,《千江有水千江月》(台北: 聯經, 1981).

[18] 蕭麗紅,《白水湖春夢》(台北: 聯經, 1996).

[19] 李昂,《北港香爐人人插:戴貞操帶的魔鬼系列》(台北: 麥田, 1997).

[20] 李昂,《漂流之旅》(台北: 皇冠, 2000), p.16.

[21] 平路,《行道天涯》(台北: 聯合文學, 1995).

[22] 平路,《椿哥》(台北: 聯經, 1986).

[23] 平路,《東方之東》(台北: 聯合文學, 2011).

[24] 張系國,〈序〉, 蕭颯의《死了一個國中女生之後》(台北: 洪範, 1984), p.3에 수록.

[25] 蕭颯,《小鎮醫生的愛情》(台北: 洪範, 1984).

[26] 范銘如,〈由愛出走—8,90年代女性小說〉,《衆裏尋她: 台灣女性小說縱論》, p.157.

[27] 蔣曉雲,《桃花井》(台北縣中和市: INK印刻文學, 2011).

[28] 蘇偉貞,《沉默之島》(台北: 時報文化, 1994).

[29] 蘇偉貞,《時光隊伍》(台北縣中和市: INK印刻文學, 2006),《租書店的女兒》(台北縣中和市: INK印刻文學, 2010).

[30] 陳玉慧,《海神家族》(台北縣中和市: INK印刻文學, 2004).

[31] 范銘如,〈從强種到雜種—女性小說一世紀〉,《衆裏尋她》, pp.211-238.

[32] 陳玉慧,《CHINA》(台北縣中和市: INK印刻文學, 2009).

[33] 蔡素芬,《鹽田兒女》(台北: 聯經, 1994),《橄欖樹》(台北: 聯經, 1998).

[34] 鍾玲,《現代中國繆司: 台灣女詩人作品細論》(台北: 聯經), p.341.

[35] 席慕蓉,〈銅版畫〉,《七里香》(台北: 大地, 1983).

[36] 席慕蓉,〈樓蘭新娘〉,《無怨的青春》(台北: 大地, 1983).

[37] 夏宇,〈愚人的特有事業〉,《備忘錄》(출판지 미상, 출판자 미상, 1984), p.37.

[38] 夏宇,〈愛情〉,《備忘錄》, p.17.

[39] 夏宇,〈疲於抒情後的抒情方式〉,《備忘錄》, p.38.

[40] 夏宇,〈就〉,《備忘錄》, p.133.

[41] 林燿德,〈馮青論〉, 簡政珍과 林燿德가 주편한《台灣新世代詩人大系》上冊(台北: 書林, 1990), p.100에 수록.

[42] 陳育虹,〈我告訴過你〉,《魅》(台北: 寶瓶文化, 2007), p.68.

[43] 陳義芝,〈第3章 從半裸到全開—台灣戰後世代女詩人的情慾表現〉,《從半裸到全開: 台灣戰後世代女詩人的性別意識》(台北: 臺灣學生, 1999), pp.37-64.

[44] 江文瑜,〈你要驚異與精液〉,《男人的乳頭》(台北: 元尊文化, 1998), pp.24-25.

[45] 江文瑜,〈男人的乳頭〉,《男人的乳頭》, p.20.

치방위안齊邦媛과 왕더웨이王德威의 문학 활동

    전후 60년 동안 타이완 문학은 가장 창백하고 스산한 연대에서 활짝 꽃을 피우는 시기로 서서히 발전해 나갔다. 문학사의 특색은 정치사의 특색과 완전히 달랐으며, 문화에 있어

두 종류의 다른 추세를 보여줬다. 정치 영역은 대치와 대항 그리고 승패와 교체를 강조했다. 비록 개혁 개방의 단계로 들어섰지만 시간이 흘러도 이데올로기적 대결과 정치 입장의 차이는 조금도 좁혀지지 않았다. 그러나 문학 영역은 흡수와 변화 및 누적과 계승을 강조했다. 심미의 원칙 아래 다양한 예술 사조와 문학적 상상이 서로의 소통과 만남을 적극적으로 추구했다. 이 시기의 정치사가 흥망의

▶ 王德威

---

* 이 장은 성옥례가 번역하였다.

역사를 보여준다면 문학사는 전적으로 전승의 역사라는 특색을 보여준다. 다양한 세대의 작가나 같은 세대의 작가는 서로 기교를 다투면서 마침내 한 시대, 한 사회의 문학적 특색을 구축하게 됐다. 논쟁이 불붙어 개별 작가와 문학 단체가 다양한 미학적 주장을 펼치기도 했지만 그 불꽃이 사그라진 뒤 두 종류의 미학은 결국 첨예한 대립의 상태에서 벗어나온 시대와 나라로 흡수됐다. 60년은 풍부한 전통을 이루기에 충분한 시간이었다. 전후 타이완작가들은 한편으로는 두 흐름의 전통을 계승하면서 한편으로는 미래를 향해 끊임없이 문학을 확장시켰다. 두 흐름의 전통이라는 것은 식민시기 타이완의 문학적 사유와 5·4 이후 중국 신문학의 발전을 일컫는다. 이러한 역사적 상황은 당연히 타이완 섬 작가의 문학적 지위와 예술적 정조에 영향을 주었다. 방대한 문학적 유산을 종합적으로 이해會通, comprehensive understanding할 수 있었던 이는 드물었다. 그것은 매우 힘든 도전이었다. 그러나 다행히 타이완 문단에는 이 어려운 임무를

▶ 王德威,《茅盾, 老舍, 沈從文 : 寫實主義與現代中國小說》

짊어지길 원한 이가 있었다. 이 임무를 짊어진 사람이 왕더웨이였음은 의심의 여지가 없다. 그가 없었다면 타이완 문학사관은 아마도 타이완 섬이라는 좁은 시야로 한정됐을 것이다. 그의 개입으로 인해 타이완 문학에 대한 이해와 해석은 화문문학華文文學의 맥락에 놓이게 됐으며 국제 학술의 영역으로까지 제고됐다. 그의 연구, 그의 발언, 그의 해석은 타이완 문학의 의의를 새롭게 만들었다.

왕더웨이(1954-)는 타이완 대학 외국어문학과를 졸업하고 미국 위

스콘신 대학 매디슨 캠퍼스에서 문학 박사 학위를 받았다. 미국 컬럼비아 대학 동아시아학과 및 비교문학 연구소 교수를 역임했으며 현재 하버드 대학 동아시아 언어 및 문명학과의 강좌 교수로 있다. 그의 첫 박사논문은 《마오둔, 라오서, 선충원: 리얼리즘과 현대 중국소설茅盾,老舍,沈從文: 寫實主義與現代中國小說》Fictional Realism in Twentieth- Century China: Mao Dun, Lao She, Shen Congwen로 이 논문은 기백이 넘치는 학술 연구서라 할 수 있다. 이 책은 1930년대 중국 리얼리즘 소설을 다루고 있는데, 그 작가들은 중국 좌익작가연맹의 결성 이후 혁명문학의 지표가 되었다. 리얼리즘이라는 것은 작가가 사회현상을 관찰하는 데 있어 그의 진실한 느낌을 언어로 묘사하려는 것이다. 문학이 현실을 반영할 수 있을까? 구조주의 사고가 출현한 이후 소설 속에 현실이 존재할 수 없음이 이미 증명됐다. 그러나 이른바 '민주 혁명 시기'에 작가가 짊어졌던 사회적 책임은 소설의 이야기로 하여금 더 이상 항간의 속된 이야기가 아니라 민족의 우언으로 승격되게 했다. 이러한 리얼리즘의 전통은 중화인민공화국 건국 이후 더욱 빛을 발했다. 그러나 이 전통의 기반을 다진 이는 오히려 정치상으로 억압되거나 비판받았다. 개혁개방 이후에야 신사실주의가 시간 간격을 두고 다시 1930년대를 계승하기 시작했다. 왕더웨이는 80년대 이후의 중국 소설가인 다이허우잉戴厚英, 펑지차이馮驥才, 류빈옌劉賓雁, 장신신張欣辛, 아청阿成, 한사오궁韓少功, 위화余華를 모두 리얼리즘 계보로 보았다. 더 나아가 타이완의 다섯 작가인 왕원싱王文興, 왕전허王禎和, 황판黃凡, 린솽부林雙不, 리차오

▶ 王德威 《如何現代, 怎樣文學? : 19·20世紀中文小說新論》

李喬는 라오서보다 과장된 희극과 익살극을 써냈다고 짚어주었다. 그의 해석은 독자로 하여금 문학상의 혈연관계를 보다 넓게 보게 했다. 역사적 기초는 달랐지만 창작할 때 작가들이 다들 유사하게 현실을 상상했기 때문에 그들 간의 연관성이 나타났다고 할 수 있다.

왕더웨이가 연구한 중요한 주제들은 타이완 학계에 엄청난 충격을 주었다. 그가 명시한 몇 개의 명사, 즉 '다양한 목소리衆聲喧嘩', '포스트 유민 글쓰기後遺民寫作', '장아이링풍 작가張腔作家'는 모두 타이완 국내 연구자에게 재인용됐다. 그가 만들어낸 게 아닌 '서정 전통'이라는 말마저도 그가 논문에 사용한 뒤 다시 널리 유행하게 됐다. 그는 타이완 문학 연구에 깊은 영향을 주었다. 전문서인《억압된 현대성: 청말 소설 신론被壓抑的現代性: 晚淸小說新論》(2003 [Fin-de-Siècle Splendor: repressed modernities of late Qing fiction, 1849-1911])은 타이완 국내 학계로 하여금 청말 시기의 문학 현상을 돌아보게 했으며 그것이 또 다른 중요한 학문이 되게 했다. 그렇게 될 수 있었던 가장 중요한 원인은 청말晚淸이 중국 전통 문화의 마지막 순간이면서 현대 문화라는 완전히 새로운 시각을 받아들인 시기이기도 했기 때문이다. 동양의 지식인들이 '근대近代의 초극'을 고민할 때 왕더웨이 홀로 다른 길을 개척했다는 데 이 책의 중요성이 있다. 그는 가려지고 감춰졌던 현대에 대한 추구라는 욕망이 청말민초 단계에 시작되었음을 밝혀냈다. 그것은 모든 문학사를 고쳐 쓴 것과 같았다. 엄격하고 신중한 학문 태도와 풍부한 독서능력은 그로 하여금 상당히 특수한 위치에 서게 했다. 그는 동양과 서양의 문학적 차이를 함께 살피고 현대와 전통의 결합을 볼 수 있었으며 타이완 섬과 대륙 문학의 단절과 봉합을 발견하기도 했다. 이 같은 종합적 사유는 사실 사이드Edward W. Said가 말한 '대위법적 읽기contra-puntal reading'에 상당히 부합한다. 그의 다른 책《무엇이 현대인가, 어떤 것이 문학인가 : 19·20세기 중문 소설 신론如何現代,怎樣文學?: 十九·二十世紀中文小說新論》(1998)은 병치juxtaposition의 방법으로 중국·타이완·홍콩의 문학작품을 동시적으로 살피면서 그의 비교문학적 서사 프로젝트를 펼쳐 보인 책이다. 그중 매우 중요한 논문은 〈청말이 없었다면 어떻게 5·4가 있었 겠는가?沒有晚淸,何來五四?〉로, 이 글은 이전 글의 요약본이지만 타이완 문 학사의 교조적 해석을 뒤엎고 억압 받아온 반공문학을 새롭게 평가한다는 점에서 중요하다. 이 책의 두 편의 글 〈잊힌 문학? — 반공 소설 신론一種逝 去的文學?一反共小說新論〉과 〈민족 담론과 향토 수사國族論述與鄕土修辭〉는 20년 동안 굳어있던 관점을 뒤집었다. 당연히 이러한 시도를 왕더웨이가 처 음 한 것은 아니었다. 그 이전에 이미 샤즈칭夏志淸은 《중국현대소설사中國 現代小說史》에서 장구이姜貴 문학의 중요한 의의에 대해 긍정한 바 있었다. 그러나 왕더웨이는 더욱 대담한 필법으로 문학사의 방향을 바꾸었다.

반공문학을 언급할 때 반드시 언급해야 하는 학자로 치방위안(1924-) 교수를 들 수 있다. 일찍이 중싱中興 대학 외국어문학과의 학과주임이었 으며 이후 타이완 대학 외국어문학과로 옮겼다. 그녀는 아마도 타이완 학계에서 가장 먼저 타이완 문학의 중요성을 강조한 인물일 것이다. 1970 년대에 타이완 소설, 산문 그리고 시를 번역하여 국제 문단에 널리 소개

▶ 齊邦媛, 《千年之淚》(《文訊》 제공)

▶ 齊邦媛(《文訊》 제공)

했으며 가장 먼저 타이완작가의 소설을 교과서에 싣도록 소개하기도 했다. 그녀가 출판한 두 권의 평론집《천년의 눈물千年之淚》(1990)과《안개가 피어오를 때: 타이완 문학 오십 년霧漸漸散的時候: 台灣文學五十年》(1998)은 병치의 방법으로 본성인과 외성인 작가를 타이완 문학사의 맥락에 나란히 두고 있다. 그녀는 에스닉의 차이가 아닌 예술의 수준을 살폈다. 자유주의자의 후예인 그녀의 미학 관념은 매우 포용적이라 할 수 있다. 모더니즘 작가에 대해 관용적이며 향토 리얼리즘 작가에 대해서도 매우 긍정적이었다. 그녀는 〈천년의 눈물〉에서 천지잉陳紀瀅, 장구이, 장아이링의 1950년대 정치소설을 새롭게 해석하여 그것을 가장 이른 상흔문학이라 보았다. 중국 신시기의 상흔문학에 비해 그들의 작품은 30년이나 빨랐다는 것이다. 그녀는 주시닝朱西甯, 쓰마중위안司馬中原, 돤차이화段彩華, 지강紀剛을 우쥐류吳濁流, 리차오李喬, 천쳰우陳千武의 소설과 함께 둘 수 있다고 보았다. 그녀는 글을 쓸 때 신중했지만 의외의 자유로움과 자신감을 보인다. 치방위안이 2009년 발표한 회고록《거대한 강巨流河》은 중국 둥베이東北부터 타이완의 핑둥屏東까지 다루고 있다. 거센 70여 년의 세월은 전 중국 근대사의 축소판이면서 전 타이완의 전후사에 대한 개론처럼 보인다. 외성인 신분이 타이완 사회로 녹아들기 위해 겪었던 지난한 경험이 감동적인 언어로 화하여 한 세대의 고통과 희열을 그려내고 있다. 그녀는 언어적 표현으로만 타이완 문학을 긍정한 것은 아니었다. 각종 공개적 장소에서 타이완작가를 위해 소리 높여

▶ 齊邦媛,《霧漸漸散的時候 : 台灣文學五十年》(《文訊》 제공)

발언했으며 그들의 특색, 그들의 처지, 그리고 그들의 성취를 부각시켰다. 치방위안이 세운 본보기가 이후 왕더웨이에게 계승되었다고 확신한다.

왕더웨이의 문학관은 늘 일반 비평가가 발견하지 못한 미적 감각을 보여준다. 그의 두 저서 《역사와 괴물歷史與怪獸》(2004)과 《포스트 유민 글쓰기》(2007)는 소설에 나타난 혁명과 폭력을 탐구할 뿐만 아니라, 장구이의 《회오리바람旋風》을 긴 논문으로 새롭게 해석함으로써, 소설로부터 역사가 곧 괴물이라는 이해를 이끌어낸다. 역사란 사회를 어지럽히고 백성을 학살하는 것임을 소설가의 미언대의微言大義 속에서 매우 치밀하게 파헤치고 있다. 《포스트 유민 글쓰기》는 시간과 기억의 정치학을 통해 주톈신, 우허舞鶴, 천잉전陳映眞, 리융핑李永平, 주시닝, 롼칭웨阮慶岳, 궈쑹펀郭松棻, 뤄이쥔駱以軍, 쑤웨이전蘇偉貞이 과거의 시간 속에서 어떻게 현재의 위치를 보는지를 새롭게 해석하고 있다. 현재는 과거의 미래이며 미래의 과거이기도 하다. 이것이 곧 소설가가 재차 생각하는 바로, 그것은 벗어나거나 풀 수 없는 명제이기도 하다. 왕더웨이의 해석은 매우 방대하여 타이완 문학을 주요 논조로 삼아 끊임없이 밖으로의 연역과 차연延異을 행하면서 중국, 홍콩, 말레이시아 및 해외 화인 문학을 함께 거론하고 있다. 타이완은 전체 화인 독서 시장의 중심으로, 뛰어난 작품은 모두 이 작은 섬에서 출판됐다. 그러므로 앞으로 발전할 신세대 타이완작가는 결코 타이완 섬 현지 미학의

▶ 王德威, 《後遺民寫作》

영향을 편파적이거나 일방적으로 받아서는 안 된다. 그들이 접하는 다양한 언어의 표현 기교는 많든 적든 글쓰기에 흔적을 남길 것이다. 구체적으로 말해 타이완작가 한 명의 탄생은 단지 섬의 역사적 전통과 정치적 배경의 영향만을 받는 것은 아니라는 사실이다. 1980년대 개방 이후 그들 모두는 가장 뛰어난 화문 작품의 세례를 한꺼번에 받게 됐다. 이때 모습을 드러낸 중문中文 서사는 더 이상 5·4 운동의 범주에만 머무르지 않았으며 더 이상 타이완의 중국어 국문 교육만을 만족시킬 수도 없었다. 다원적인 언어 기교와 예술 사조는 타이완작가의 영혼에 충격을 주었다. 왕더웨이의 비평 작업은 실로 문학사관을 새롭게 연 것으로, 개방적인 태도로 각 작가의 글쓰기를 대하고 있다. 그의 연구와 해석은 조잡한 예술 형식 및 정치 입장을 초월하여 거시적인 역사의 시각으로 타이완 문학을 새롭게 해석한다. 이러한 그의 관점을 빌려야지만 타이완 문학의 기상을 더 잘 드러낼 수 있을 것이다.

1990년대에서 신세기에 이르는 문학의 조예

'문학의 죽음'이라는 유언비어가 20세기의 여러 단계에서 줄곧 널리 퍼져갔다. 하지만 문학이 죽은 적은 없었다. 문학은 형식의 변화와 미학의 제고 그리고 문자의 단련을 통해 생기 넘치는 동력을 얻어나갔다. 1990년대로 접어들어 타이완 문학에 몇 가지 중요한 현상이 나타났다. 첫째는 막을 수 없는 추세가 된 신세대 작가의 등장으로, 그들은 계엄이 해제된 이후에야 문단에 모습을 나타낼 수 있었다. 소위 포스트 계엄 해제後解嚴라는 것은 포스트모던 및 포스트식민과 연관된 개념으로 보인다. 또한 세계화의 흐름이 전면적으로 도래했음을 의미하는 것으로 보이기도 한다. 권위주의 체제 시기의 사상 검열과 신체적 제약을 경험하지 못했던 이 세대는 세계관에 있어 이전 세대와 확연히 다른 모습을 보여준다. 지나친 긴장감이 보이지 않는 그들의 문학은 권력이나 사회에 대한 각자의 상상력을 마음껏 펼쳐 보이고 있다. 둘째, '문학은 사회를 반영한다' 혹은 '문학은 민족의 우언'이라는 주장을 신세대 작가에게 덮어씌울 필요가 없게 됐다. 이 세대에게 있어 문학작품이란 일종의 '알리바이'이다. 언어 예술 이면에서 또 다른 언어 연출이 파생되어 나오고 있으며, 이야기의 허구 위에 또 다른 허구를 구축하고 있다. 도시에서 생활하든 시골에서 생활하든, 그들은 사회적 책임을 질 필요가 없으며 도덕적 기치를 높이 들 필요도 없다. 이 같은 미학 원칙은 과거에 발생했던 모더니즘 혹은 리얼리즘과 일정한 거리를 둔다. 셋째, 한자의 운용과 제련이 이 단계에 대단히 성숙한 모습을 보인다는 것이다. 만약 전통 문학부터 백화문운동까지를 제1차 문학혁명이라 한다면, 모더니즘의 문자 연금술이 표현해낸 농밀함과 느슨함을 제2차 문학혁명으로 볼 수 있을 것이다. 신세대 작가는 네트워크 정보와 결합하면서 잡다한 지식을 글쓰기 과정 속에 대량으로 포함시킬 수 있게 됐다. 문학 공간과 사이버 공간cyber space의 결합으로 상상 세계가 도달하지 못하는 곳이 없어졌다. 이것을 제3차 문학혁명으로 볼 수 있다. 상상이 죽지 않는다는 사실은 곧 문학의 죽음이란 있을 수 없다는 것을 의미한다. 신세대 작가는 한자漢字를 쓸 때 마치 흙을 주물러 도자기를 빚듯 자유자재로 다룰 줄 안다. 한자를 흥미진진하고 생생하게 신들린 것처럼 바꾸었으니 타이완 문학이 대단히 자부할만하다.

뤄이쥔(1967-)은 제3차 문학혁명의 중개자로, 위로는 모더니즘과 포스트모더니즘의 전통을 이어서 왕원싱과 치덩성의 정수를 흡수하

▶ 駱以軍(駱以軍 제공)

고, 장다춘張大春의 거짓과 진리에 도전하는 언어 기교를 받아들인 뒤에, 화려하고 장황하면서도 비약적이고 단절적인 서사방식을 펼쳐보였다. 이러한 문학적 표현방법은 아마도 칼비노, 마르케스Gabriel Garcia Márquez, 무라카미 하루키의 번역소설과 상당한 정도로 연결되어 있지 않을까라는 의심을 받는다. 그러나 그가 써낸 이야기는 전적으로 그 개인에게 속했다. 이야기가 얼마나 복잡하게 엉켜있는가와 무관하게 그의 작품 구조는 고도의 내재적 논리로 연결된다. 중심 이야기와 곁 이야기는 수시로 뻗어나갈 수도 거둬질 수도 있다. 자유자재로 늘리고 줄이는 서술 기교는 현실 사회의 구체적인 사건을 참조하지 않은 채 전적으로 작가에 의해 마음대로 편집되고 연출된다. 그의 소설의 매력적인 부분은 쉴 새 없이 재잘거리며 반복되는 서술과 여러 차례 전복되는 언어 예술에 있다. 그의 언어는 이해하기 쉽지 않다. 그의 이야기는 이해하기 더 어렵지만 특정 스위치를 찾아내어 문을 열고 들어갈 수 있다면 화려하고 끝없이 넓은 세계를 만날 수 있다. 뤄이쥔 소설은 일찍이 신세대 독자들로부터 '신 국민 우키요에浮世繪'[1]라 불린다. 이 표현은 그의 작품세계를 생동적이면서도 적절하게 표현한 형용사라 할 수 있다. 타이완 사회에 대한 완전히 새로운 정의인 '신 국민新國民'은 특히 총통 선거 이후에 퍼진 강렬한 국가로 자리매김하겠다는 분위기를 암시한다. 새로운 시기에 써낸 문학작품은 전적으로 신 국민의 문학에 속한다. '우키요에'란 민간 문화의 중생의 모습을 상징하는 것으로, 지극히 섬세한 세밀화로 표현된다. 뤄이쥔은 소소한 사건을 매우 세심하게 표현했고 소소한 인물을 다양한 측면에서 정성껏 그려냈다.

1990년대에 벌써 확립된 뤄이쥔의 문체는, 영락으로 인한 윗세대의 유랑에서부터 자기 세대의 신분 찾기에 이르는 가족의 이야기를 중심으로 삶의 안정을 찾는 것을 염두에 둔다. 그의 소설은 맞물리며 이어지는 가족 구성원의 연쇄적 이야기로 이루어져있으며, 아버지·어머니·아내·아들·친척·친구 모두 이야기화와 텍스트화에서 벗어나지 못한다. 이야기 속에는 끊임없이 전자게임·역사·도시·죽음이 주입되고 있다. 그의 작품으로는《홍자단紅字團》(1993),《우리는 어둔 밤 술집에서 이별한다我們自夜闇的酒館離開》(이후《십이성좌의 강림降生十二星座》으로 제목을 바꿈, 1993),《아내의 개꿈妻夢狗》(1998),《세 번째 댄서第三個舞者》(1999),《월구성씨月球姓氏》(2000),《홀로 남은 슬픔遺悲懷》(2001),《먼 곳遠方》(2003),《우리我們》(2004),《내 미래 둘째의 나에 대한 기억我未來次子關於我的回憶》(2005),《가아라我愛羅》(2006),《결핍을 겪은 자의 기록經驗匱乏者筆記》(2008),《서하 여관西夏旅館》(2008),《경제 대공황기의 몽유經濟大蕭條時期的夢遊街》(2009)가 있다. 그의 상상은 늘 내재하는 생각과 욕망을 과장해서 표현한다.《홀로 남은 슬픔》을 예로 들자면 어머니의 자궁으로 돌아가려는 아들의 욕망을 다음과 같이 묘사하고 있다. "그의 손은 너무나 아이러니하게도 그녀의 하체 가운데로 깊이 들어간 채 나오질 않았다. 그들 모자는 이마 가득 땀을 흘리며 실의에 차 그녀의 대퇴부 사이에 있는 닻의 사슬과도 같은 그의 손을 꺼내려 했다. 그녀는 알몸으로 각종 기괴한 자세를 취했지만

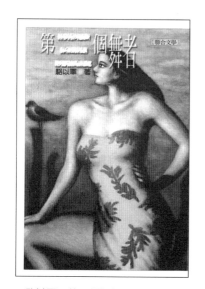

▶ 駱以軍,《第三個舞者》

▶ 駱以軍,《妻夢狗》

그의 손가락은 어찌 됐든 상관없이 더 구부러져 비틀어 꺼낼 수도 없게 됐다."[2] 황당무계한 소설인 《서하 여관》에는 두 명의 마술사가 등장하는데 이들은 리덩후이李登輝와 천수이볜陳水扁을 빗댄 것으로, 현대 정치를 역사 사건과 엮어서 연출함으로써 소설은 현실에 근접하면서도 현실과 멀어지는 효과를 가지게 됐다. 그는 여태껏 정의니, 공평이니, 도덕이니 하는 것을 시끄럽게 떠들려 하지 않았다. 그는 언어로 모든 한계를 뛰어넘어 남김없이 다 드러내는 데에 작가적 책임이 있다고 생각했다. 현실 사회에서 '외성인 2세대'라는 신분을 잊은 적이 없었던 그는, 이처럼 주변화된 자아라는 위치로 인해 냉정한 눈으로 타이완 사회의 별별 기괴한 현상을 객관화시킬 수 있었다. 그의 소설은 소설일 뿐이고 이야기는 곧 이야기일 뿐으로 그 이상도 그 이하도 아니라고 할 수 있다.

뤄이쥔의 창작에 비견되는 다른 젊은 작가들도 다양한 유토피아 서사를 전개했다. 만약 뤄이쥔의 유토피아가 순수한 허구에 속한다면 이들 작가의 유토피아는 현실에 대한 구체적인 반응이라 할 수 있다. 그들의 작

▶ 駱以軍, 《西夏旅館》

▶ 駱以軍, 《遣悲懷》

품은 신 향토소설 혹은 포스트 향토문학이라 일컬어진다. 이들 작가 진용과 작품으로는 뤼쩌즈呂則之(1955-)의 《한선의 가을憨神的秋天》(1997), 린이윈林宜澐(1956-)의 《귀의 수영耳朵游泳》(2002), 랴오훙지廖鴻基(1957-)의 《산해 소성山海小城》(2000), 《섬을 찾아서尋找一座島嶼》(2005), 좡화탕莊華堂(1957-)의 《토지 사당土地公廟》(1990), 《큰 홍수를 막다大水柴》(2007), 《바사이 족의 풍운巴賽風雲》(2007), 《욕망의 초원慾望草原》(2008), 허징빈賀景濱(1958-)의 《속도 이야기速度的故事》(2006), 《작년에 아루바에서去年在阿魯吧》(2011), 위안저성袁哲生(1966-2004)의 《수재의 손목시계秀才的手錶》(2000), 차이이쥔蔡逸君(1966-)의 《고래와 소년鯨少年》(2000), 《나와 성我城》(2004), 천수야오陳淑瑤(1967-)의 《해상 사건海事》(1999), 《오래된 땅地老》(2004), 《아름다운 풀瑤草》(2006), 《평후의 기록流水帳》(2009), 장완캉張萬康(1967-)의 《도가 뭇 생명을 구제하다道濟群生錄》(2011), 《나를 파다摳我》(2011), 우쥔야오吳鈞堯(1967-)의 《화상세기: 진먼에게 털어놓은 역사가의 글火殤世紀: 傾訴金門的史家之作》(2010), 라이샹인賴香吟(1969-)의 《안개 속 풍경霧中風景》(2007), 우밍이吳明益(1971-)의 《호야공虎爺》(2003), 황궈쥔黃國峻(1971-2003)의 《마이크 테스트麥克風試音》(2002), 《수문의 입구水門的洞口》(2003), 간야오밍甘耀明(1972-)의 《신비 열차神祕列車》(2003), 《물귀신 학교와 엄마를 잃어버린 수달水鬼學校和失去媽媽的水獺》(2005), 《귀신 죽이기殺鬼》(2009), 왕충웨이王聰威(1972-)의 《후쿠시마復島》(2008), 《하마센의 딸濱線女兒》(2008), 가오이펑高翊峰(1973-)의 《환상 선실幻艙》(2011), 쉬룽저許榮哲(1974-)의 《山[4]

▶ 甘耀明(甘耀明 제공)

一ㄢ²)¹⁾(2004), 장야오런張耀仁(1975-)의《바느질縫》(2003), 퉁웨이거童偉格
(1977-)의《돌아가신 어르신王考》(2002),《상처없는 시대無傷時代》(2005),
《서북 지역의 비西北雨》(2010), 이거옌伊格言(1977-)의《항아리 속 사람甕中
人》(2004) 등이 있다. 그들은 다들 모더니즘과 향토문학의 세례를 받았으
며 끊임없이 원향을 동경했다. 기교적 측면에서는 마술적 환상·메타서사
·해체주의의 방법을 시도했으며, 쉽고 거침없으면서도 정밀하고 정확한
언어를 추구했다. 그들은 모더니스트와 다른 방식으로 무의식 세계를 파
헤쳤지만 의식의 흐름이라는 서사 방식의 영향도 받았다. 그들은 구식의
향토문학 작가들과 달리, 의식적으로 고도의 문화 정체성을 요구했는데
그것은 특정한 에스닉의 묘사에 머무르지 않는다. 포스트 향토의 '포스
트'는 다원·개방·차이의 의미를 가진 것으로, 그들의 소설은 항의나 비
판의 단계를 벗어나 타이완 사회의 여러 에스닉의 목소리를 들려준다. 그

▶ 伊格言(《文訊》제공)　　　　　▶ 王聰威(王聰威 제공)

---

1) 주음부호로 표기된 이 책의 제목은 한어병음으로 표기 시 yùyán이 되며 해당하는
   단어로는 寓言이 있다. 책 소개에 있는 '세계는 커다란 우언이다'라는 평을 통해
   알 수 있다.

들은 시간의 흐름을 따라 진행되지 않는 역사 의식을 지니고 있었다. 그들은 신 역사주의의 실천자로 작품에서 여러 갈래의 이야기가 동시에 진행되게 한다. 또한 남성적이거나 민난閩南적이었던 과거 향토문학과 달리, 유동적인 문화 정체성을 보여준다. 그들 작품 속의 소위 외성인은 더 이상 외성적이지 않았으며 원주민 역시 더 이상 주변화되지 않았다. 각 에스닉이 현지화와 풀뿌리의 성격을 지닌다는 사유는 과거 향토문학운동이 지닌 정치적 내포를 뒤엎는 것이었다. 포스트 향토문학은 더 이상 특정정당의 보조자가 아니었다. 그들은 정치적 맥락에서 빠져나와 정치를 조롱하게 됐다.

이들 작가의 공통 작업 속에서 향토는 더 이상 고통 받는 식민지의 상징도, 제국주의 침탈의 대상도 아니다. 그들은 섬 거주민이 탐욕과 이기로 인해 땅의 윤리를 파괴하는 향토에 대해 쓴다. 쫭화탕의 역사소설을 제외한 다른 작가들은 모두 현장으로 돌아와 향토 인물의 진실한 감정을 세밀하게 관찰하고 있다. 그들의 작품은 더 이상 역사적 책임을 외부 권력 탓으로 돌리지 않고 있으며 자기로부터 반성하고 철저하게 스스로 책임지려 한다. 그들의 이야기는 마술적이고 환상적이며 과장되고 비틀렸지만 다들 하나의 공통된 관심을 보여준다. 만약 타이완인이 스스로 각성할 수 없다면, 과거의 비참한 운명 탓만 한다면, 향토는 계속해서 침몰할 것이라는.

새로운 세기의 문학적 성황을 맞이하여

20세기 타이완 문학은 전쟁 전의 일제 강점기와 전후의 계엄 해제기를 거치면서 발전해나갔다. 문학을 한 나라, 한 시대의 영혼의 축소판이라고 한다면, 1920년에서 2000년에 이르는 장장 80년의 기간은 가장 폐쇄적인 상태에서 개방으로 나아갔던, 그리하여 타이완작가들이 보기 드문 문학의 성황을 이루었던 시기라 할 수 있다. 정치권력이 개입했던 일본어에서 표준 중국어로의 변화 과정은 문학의 계승에 단절을 야기한 것처럼 보였다. 문학의 명맥은 마치 한오라기 실과도 같은 미약한 믿음에 기대어 이어져갔다. 방대한 문화 구조 속에서 문학적 표현이란 상당히 미약한 것이었다. 더욱이 순전히 정태적인 언어에 기대어 보존됨으로써 문학은 속된 현실 세계에 그 무엇도 구체적으로 발생시킬 수 없었다. 그러나 권력이 교체되어 식민지배자와 억압자가 사라지면서, 문학가가 구가하던 사계절과 사랑의 달고 씀, 인정의 차가움과 따뜻함, 향토의 성황과 쇠락 이 모든 것이 온전하게 남겨지게 된다. 프레드릭 제임슨이 말한 것처럼 문학은 한 사회의 공통된 기억의 표상이며 한 민족의 우언이므로, 짧은 한 줄의 시일지라도 그 속에 슬픔과 기쁨, 만남과 헤어짐을 어느 정도 함축시켜 나타낼 수 있다. 장구한 세월 동안 묻혀있다 다시 발굴되어 탄생한 강렬한 문화적 소환은 필경 속세의 권력을 쥔 자가 짓밟을 수 있는 것이 아니었다. 일제강점기의 작가인 라이허와 양쿠이의 작품이 다시 빛을 보게 된 사실이 가장 분명한 증거였다. 기세등등한 억압 체제 앞에서는 이들 두 타이완 선인이 남긴 예술은 전혀 영향을 미칠 수가 없었다. 그러나 1970년대에 그들의 떨어지고 조각난 작품이 다시 발굴된 이후, 마침내 그것은 역사 전환기의 전후 지식인에게 무궁무진한 암시가 되었다. 이들 작가가 세상에 있을 때의 통치자 이름을 분명하게 기억하는 이는 없었다. 작품 속 이야기가 어느 정도로 독자를 모았는지 역시 정확히 알 길이 없었다. 그러나 그들의 정신은 부활하자마자 신세기의 청년들과 대화를 펼치기 시작했다.

문학의 의의는 과장돼서는 안 된다. 세대를 건너뛴 유전이란 나타날 수 없으며 진단 없이 처방해서도 안 된다. 정태적인 문자가 의미를 만들어낼 수 있는 이유는 서로 다른 시대의 독자가 읽기 때문이다. 일제강점기 문학이 전후 초기에 독서 시장으로 진입하는 것은 불가능했다. 그 까닭은 한편으로는 고압적인 정치권력 하의 반일 풍조 때문이었으며, 다른 한편으로는 선배인 일본어 작가의 작품 원전이 번역된 적 없기 때문이었다. 그들은 애도나 경의의 대상이 되지 못한 채, 황량한 역사의 묘역에 내던져졌다. 2,30년이 지나서 기억이 쇠미해질 무렵, 하룻밤 사이에 갑자기 이들 문학작품이 타이완 사회에 등장하면서 아쉽게도 단절됐던 역사의 전통을 다시 이어가기 시작했다. 일제강점기 작가의 유령이 섬의 향토를 다시 방문하게 됐으며 사라진 기억을 얼마간 소환해내게 됐다. 게다가 그들의 언어 속에 숨어있던 저항의지는 더욱 많은 비판의 힘이 불타오르게 했다. 10년이라는 짧은 기간 동안 전파된 라이허와 양쿠이의 작품은 경전으로 승격됐다. 그들을 받아들인 역사과정은 문학이란 지나간 것이 될 수 없다는 사실을 인증해준다. 그들은 독서 시장에서 일정한 위치를 점하게 됐고, 일단 독자들에게 읽혀지자 그치지 않는 대화 역시 계속해서 이어졌다. 식민지 문학의 전파는 전후의 계엄체제에 대한 고도의 암시였음이 분명하다. 저항과 재저항의 정신은 문학 본연에만 존재한 건 아니었다. 같은 역사 조건을 지닌 독자는 세심한 받들어 읽기를 통해 경전 속에서 자기의 시대를 보아냈고, 대화로부터 한 발 나아가 연맹을 만들어냈다. 문학사관의 건립은 바로 이 같은 우회적 경험 속에서 서서히 구축되어갔다.

타이완 전후시기에 형성된 중문漢語 문학은 독서상의 장애를 초래하여 식민지 문학을 순조롭게 해석할 수 없게 했다. 오랜 세월 동안 일본어 원전을 하나하나 중문 서적으로 번역하면서 마침내 식민지 문학이 전후 문학과 합류하게 된다. 한자 시대의 도래로 서로 다른 에스닉의 타이완 섬 주민이 서로 소통할 수 있는 공간을 얻게 됐다. 반공문학부터 모더니즘 운동에 이르기까지 문학의 생산력은 지속적으로 성장했으며 다양한 세대의 작가 역시 계속해서 이들 진용에 가입했다. 미학이든 사조이든, 외지에서 타이완으로 온 것은 종종 배제와 저항에 부딪혀야 했으며 서서히 타이완 현지의 심미 원칙으로 재편됐다. 1950년부터 70년대에 이르기까지 권위주의체제는 개별 작가의 신체와 사고를 철저하게 간섭했다. 그러나 강력한 권력은 결국 개인의 무의식 세계에 파고드는 데는 성공하지 못했다. 압제와 피해는 분명 보편적으로 발생했다. 그러나 집단적 정치 투쟁을 겪지 않았기에, 치밀한 사상적 개조를 겪지 않았기에, 작가는 내면 깊은 곳에 여전히 개인적 특색을 지니는 사적이고 은밀한 언어를 지킬 수 있었다. 그 사적 공간을 경유하여 풍부한 문학 상상력이 마침내 대량으로 해방되어 나오게 된다. 권력 간섭의 그늘 아래서도 생기발랄함을 유지했던 모더니즘 운동은 에스닉·세대·젠더에 상관없이 웅장한 기세를 펼쳐나갔다. 제국주의의 문화적 지배라는 오명이나 타이완 현실을 벗어난 탈출구라는 악의적 표현에도 불구하고, 모더니즘이 전후 타이완 문학의 중요한 유산이었음은 부정할 수 없는 사실이다.

문학사의 유장한 흐름에서 봤을 때 대단히 많은 이질성분이 타이완 문학으로 끊임없이 침투해 들어왔다. 식민지 문학이 없었다면, 반공문학이 없었다면, 모더니즘 문학이 없었다면, 향토문학이 없었다면, 1980년대 포스트모더니즘 문학은 있을 수 없었다. 충돌과 공존의 현상은 포스트모더니즘 문학 속에서 가장 선명하게 표현된다. 글로벌 자본주의가 타이완 섬을 휩쓸던 당시는 중국을 대표하는 권위체제가 힘을 잃기 시작한 무렵이기도 했다. 역사는 당시 타이완 사회가 폐쇄된 이유가 계엄문화의 존재 때문이라 조롱했다. 타이완 사회가 개방되면서 권위주의체제는 붕괴될 운명에 처했다. 글로벌 냉전 체제의 해빙으로 인해 타이완은 개방을 맞이하게 된다. 이 같은 시대적 조류의 팽창은 작은 타이완 섬의 권력구조가 막을 수 없는 것이었다. 글로벌 경제의 개조라는 추세를 따라 타이완의 민주 운동도 발생했다. 개방된 사회가 없었다면 포스트식민 혹은 포스트모던이라 불리는 타이완 문학은 탄생할 수 없었을 것이다. 여러 에스닉의 지혜가 쌓이고 여러 세대의 결정체가 모여서 비로소 세기말의 문학 생태가 전에 없던 번영으로 나아갈 수 있었던 것이다. 문자는 정태적이며 예술은 유동적이다. 역사의 갑문이 열리자 갖가지 기억과 기교가 왕성하게 줄지어 나타났다. '타이완 문학'이라는 말은 더 이상 특정한 이데올로기나 특정한 에스닉의 범주가 아니었다. 포스트식민을 협소한 피해 의식으로 오해해서는 안 된다. 그것은 반드시 드넓은 대화의 공간으로 승화되어야 한다. 진정한 포스트식민의 정신은 상처 입은 과거의 기억을 엄숙하게 반성하면서 역사가 남긴 고통 및 달콤함을 생동적으로 받아들이는 것이다.

20세기 전체의 문학사는 두 발 나아가면 한 발 물러서는 리듬으로 발전했다. 민주와 개혁의 과정은 매우 느렸다고 할 수 있다. 그러나 모두를 합쳐보면 결국 그것은 진보에 속했다. 20세기 타이완 문학의 성황은 개별적 사건 혹은 개별적 요소만으로는 관찰할 수 없다. 반드시 가장 어두운 부분과 가장 찬란한 부분을 나란히 두고 함께 관찰해야지 진정한 예술적 성과를 분명하게 볼 수 있다. 면적이 한정된 좁은 땅에서 드디어 다양하고 다원적인 역사 발전이 이루어졌으며 세계 각지 화문작가의 예술적 성취를 받아들일 수 있게 됐다. 홍콩 작가, 말레이시아 화인 작가, 미주 화인 작가, 일본·한국·유럽에 거주하는 작가 심지어 대륙 중국에서 온 작가들이 모두 자신의 가장 훌륭한 작품을 타이완에서 발표하길 원하게 됐다. 타이완 섬의 문화 생태라는 측면에서 보자면 1980년대 이후 여성작가·원주민 작가·동성애 작가들이 모두 다채로운 문학적 상상을 마음껏 터트리고 있다. 문학의 성황이 세기말에 벌써 도래한 것이다. 배제되거나 억압받았던 사유가 세기말의 강림을 따라 마침내 활짝 꽃을 피울 수 있게 되었다. 태평성세가 없었다면 문학의 성황 역시 없었을 것이다. 고난은 문학을 괴롭힐 수 있지만 영원히 고통에 머무르게 할 수는 없다. 초월과 비약이라는 적극적 태도를 가져야 문학의 성황이 오래도록 이어질 것이다.

새로운 세기로 성큼 들어서자 젊은 세대의 작가들이 등장하기 시작했다. 그들은 다들 1980년대 이후 출생한 작가들로 등단이 빨랐으며 견식도 풍부했다. 그들은 용감하게 시도하고 대담하게 발표했다. 그들은 순수한 인터넷 세대이다. 타이완 사회는 일찍이 후기 자본주의의 단계로 진입했으며 민주주의 문화 역시 성숙해졌다. 저출산 시대에 속하는 그들은 과

거와 달리 가족 간의 감정적 부담이 그다지 크지 않았다. 그들을 가벼운 문학輕文學의 세대라 해도 지나치지 않을 것이다. 더 이상 역사의식이나 정치의식과 같은 이전의 경험이 그들의 삶을 무겁게 짓누르지 않았다. 그들은 풍부한 정보 네트워크를 통해 글로벌한 정보를 얻을 수 있으며 상상력 역시 마음껏 폭발시킬 수 있다. 각 시대의 문학은 객관적 환경의 영향을 받아 빚어진다. 젊은 세대 작가들의 사고에서 통일과 독립의 대립, 파란색의 국민당과 녹색의 민진당의 대결2)은 생활의 중심이 아니었다. 소비문화가 그들 일상생활의 일부가 되었고 과거 권위시대에 제창된 새로움·속도·실재화·간략화新速實簡3)와 같은 것은 이 세대에 이르러서야 실제로 실현될 수 있었다. 컴퓨터 단말기 앞에 앉아서 전 세계의 도시 문화를 만나며, 통신 판매로 물건을 집에서 받는 택남택녀宅男宅女의 생활 방식이 보편적으로 유행하고 있다. 고난을 겪지 못했기에 정신적으로 부담할 사명감 역시 상대적으로 줄어들게 됐다. 그들이 표현하는 문학 형식은 그들의 인생관과 세계관이다. 시대 배경이 이러하니 문학 형식은 자연스레 과거의 미학 원칙을 요구할 수 없게 됐다. 웹 시나 웹 소설이 풍조를 이루고 있기 때문에 신문 부간이나 문학잡지에 작품을 발표할 필요가 없다. 많은 경우 그들은 자신이 운영하는 블로그나 페이스북에 직접 작품을 발표한다. 편집자의 점검을 거치지 않기 때문에 그들은 더욱 적극적으로 자신의 영역에 문학의 왕국을 세울 수 있다. 가장 먼저 빛을 발한 작가는 90년대에 모습을 보이는데, 링싱제凌性傑(1974-), 우다이잉吳岱穎(1976-), 징샹하이鯨向海(1976-), 허야원何雅雯(1976-), 천바이링陳柏伶(1977-), 린완위林婉瑜(1977-), 양자셴楊佳嫻(1978-)이 포함된다. 이들 작가

---

2) '파란색과 녹색의 대결藍綠對決'은 국민당과 민진당의 대결을 각 당을 대표하는 색으로 표현한 것이다. 파란색은 국민당을 녹색은 민진당을 그리고 회색은 무소속을 표현한다.
3) 새로운 것의 장악, 신속한 개발, 우량품 비율 실재화, 제조과정 간략화掌握創新, 開發快速, 良率實在, 製程簡化를 의미한다.

는 다들 시로 유명해졌으며 산문도 같이 썼다. 이들은 신인류에 속하지만 윗세대인 모더니스트들에게 줄곧 경의를 표하고 있다. 그들이 출현하여 상당히 중요한 중개자의 역할을 담당했기 때문에 다음 세기의 창작자들이 나왔다고 할 수 있다. 장후이청張輝誠(1973-)은 주목받는 산문가로, 부친은 외성 출신이고 모친은 본성 출신이다. 그의 작품은 종종 타이완어를 자간과 행간에 끼워 넣고 있으며 아이러니가 충만하고 유머러스하기도 해서 앞날이 기대된다.

예술에 있어 신세대 작가가 가장 빛을 발하고 있는 영역은 시 장르라 할 수 있다. 서서히 주목받기 시작한 시인으로 예미미葉覓覓(1980-), 쩡충슈曾琮琇(1981-), 허쥔무何俊穆(1981-), 린다양林達陽(1982-), 랴오훙린廖宏霖(1982-), 랴오치위廖啓余(1983-), 쑨위쉬안孫于軒(1984-), 뤄위자羅毓嘉(1985-), 추이순화崔舜華(1985-), 장쿼위蔣闊宇(1986-), 궈저유郭哲佑(1987-), 린위쉬안林禹瑄(1989-)이 있다. 그들은 이미 언어사용 장악력에 자신감을 가지고 있다. 안정적인 감정과 내성적인 리듬이 그들의 삶의 태도를 충분히 물들일 수 있을 것이다. 그들 중 뤄위자와 린위쉬안의 작품은 선명한 이미지와 탄력성을 지니고 있어서 독자로 하여금 그들의 고독과 고통 속으로 함께 빠져들게 만든다. 산문 방면에서 주목 받는 작가로는 탕쥐안唐捐(1968-), 왕성훙王盛弘(1970-), 쉬궈넝徐國能(1973-), 장웨이중張維中(1976-), 황신언黃信恩(1982-), 황원쥐黃文鉅(1982-), 옌수샤言叔夏(본명은 류수전劉淑貞, 1982-), 장링칭江凌青(1983-), 리스융李時雍(1983-), 간자오원甘炤文(1985-), 장이신張以昕(1985-),

▶ 羅毓嘉(羅毓嘉 제공)

저우훙리周紘立(1985-), 탕수원湯舒雯(1986-), 차이원첸蔡文騫(1987-)이 있다.
첫 작품을 발표했을 때 이들의 기상은 비범했다. 정확한 문자로 정서의
충격과 반향을 실을 수 있을 것처럼 그들의 감각은 매우 민감했다. 소설
방면에서 평가를 받기 시작한 작가로는 쉬위청徐譽誠(1977-), 쉬자쩌徐嘉澤
(1977-), 라이즈잉賴志穎(1981-), 천위쉬안陳育萱(1982-), 천바이칭陳栢靑(1983-),
선샤오펑神小風(1984-), 양푸민楊富閔(1987-), 린유쉬안林佑軒(1987-), 주유쉰
朱宥勳(1988-), 성하오웨盛浩偉(1988-)가 있다. 이들은 가족 이야기나 세상을
살아가는 사람들의 모습을 성숙한 태도로 관찰한다. 이들은 포스트 향토
소설가가 개척해놓은 영역을 계승하면서 에두름과 확장의 방식을 자신들
의 특징으로 만들었다. 이 세대는 각종 문학상을 받기 위해 경쟁하면서
문학활동을 시작하는 갑문을 열었다는 데 공통된 특징이 있다. 아마도 아
직은 생활의 질감이나 생명의 무게에 있어서 이전 세기의 작가들에 비견
되지 못할 것이다. 그러나 이들은 여전히 스타트 라인에 서있으며 아직
능력을 불태워 발산하지 않았다. 십년 후, 이십년 후에는 적합한 평가가
이루어질 것이다.

한 시대의 가장 아름다운 영혼을 검증하려면 문학과 예술을 얘기하지
않을 수 없다. 80년의 긴 여정을 지나면서 타이완 문학이 쌓아올린 높이
는 아시아 어느 나라에도 뒤지지 않는다. 작가 수나 독서 시장의 폭에
있어 타이완이라는 작은 섬은 아마도 여타 국가에 비교될 수 없을 것이
다. 그러나 내용과 기교의 측면에서 관찰했을 때 문학의 내재적인 장력
과 상상의 풍부한 탄성, 기교의 계속된 변화 등의 질감은 그 어떤 시공간
의 작가에 견주어도 손색없다. 국제적으로 타이완 문학은 아직 합당한
대우를 받지 못하고 있는데, 정치적인 이유로 인해 작가의 예술적 성취
가 가려졌기 때문이다. 한자의 전통이나 화문 문학의 판도에서 보자면
타이완 문학은 주변의 위치에서 중심의 위치로 서서히 이동하고 있다.
근 백년의 역사적 고난도 결국은 타이완 섬의 문화적 믿음을 훼손시키지
못했다. 문학예술의 종심縱深은 전 타이완 사회의 정신적 측면을 넓고 크

게 만들었다. 특정한 역사 단계에서 인간의 존엄을 찾을 수 없을 정도로 탄압받기도 했지만 그것이 작가의 창조력을 위축시키지는 못했다. 타이완 섬의 주민에게 정치적 발언권이 없었을 때에도 전체 역사의 운명은 방향을 돌릴 수 있는 계기로 충만했었다. 민주·개혁·개방의 시대가 도래한 뒤, 사회 저층에 축적된 민간의 역량이 시의적절하게 터져 나왔다. 역사는 왔던 길을 다시 돌아갈 수 없다. 다만 앞으로 계속 발전해나갈 뿐이다. 탄압이 극에 치닫던 시대에 모더니즘이 꽃을 활짝 피웠다면, 아무런 족쇄도 아무런 구금도 없는 신세기에는 알찬 열매로 풍성한 수확이 기대된다. 가장 좋은 중국어 문학이 인구가 많은 대륙 중국이 아닌, 규모가 한정된 섬 타이완에서 탄생했다. 전 세계의 가장 훌륭한 화문 작가는 다들 타이완의 독서시장을 가장 좋은 검증의 공간으로 선택하고 있다. 역사적 측면에서 봤을 때 전후의 타이완에서 60년 동안 백화문으로 그토록 아름답고 그토록 정밀하고 그토록 심오한 작품을 쓸 수 있었던 것은 쉽지 않은 문화적 성과였다. 백화문은 생활 언어이자 각 에스닉이 서로 소통하는 플랫폼이지만 예술적 언어는 될 수 없다. 그것은 제련과 개조와 새로운 주조, 농축을 거쳐야지만 문학 언어로 승화될 수 있다. 이러한 언어 변혁의 과정은 지극히 느려서 관용적인 경쟁과 지속적인 실험을 거쳐야지 서로 다른 세대, 서로 다른 젠더, 서로 다른 에스닉의 작가들에게 서서히 받아들여진다. 타이완 문단은 화문華文문학의 중요한 부분이라 해도 과장이 아니다. 마침내 그토록 많은 걸출한 작가와 뛰어난 작품이 모두 타이완 섬에서 우선적으로 나타나게 됐다. 타이완 문학을 그토록 넓고 크게 만들 수 있었던 것은 에스닉의 차이와 다원성 그리고 예술적인 방대함과 다양함 및 풍요로움 덕분임이 분명하다. 게다가 각 창작자들은 개방적이고 공평한 민주사회를 받아들이길 원했다. 내가 쓴 이 문학사는 한마디로 타이완 문화의 믿음에 대한 각주라 말할 수 있다. 앞 시기의 문학에서의 성황 및 온갖 꽃들이 활짝 피어나 아름다움을 다투었던 현상, 이 모두가 우여곡절 많은 이 문학사 속에 표현되어 있다. 다음

세기의 풍성한 수확은 보다 넓고 높은 역사관을 배양한 미래의 세대가
증명할 것이다.

저자 주석

[1] 陳惠菁, <新國民浮世繪─以駱以軍爲中心的台灣新世代小說硏究>(台北: 國立
政治大學中國文學系碩士論文, 2001).
[2] 駱以軍, 《遣悲懷》(台北: 麥田, 2001), p.48.

제 **25**장
타이완신문학사台灣新文學史 대사건 연표

1895년(메이지明治 28년)

4월 청 정부가 일본과 시모노세키 조약을 체결하고 타이완을 할양함

5월 타이완 민주국 성립, 순무 唐景崧을 총통으로 하여 개국연호를 永清
　　으로 함. 丘逢甲 등이 의병을 모아 일본에 저항함.

6월 일본군이 타이베이로 와서 '始政' 의식을 거행함.

7월 일본인이 芝山巖에 최초의 국어(일본어) 교습소를 엶.

1896년(메이지 29년)

1월 芝山巖 사건.

3월 일본 정부가 '법률 제63호'를 공포함. 이로써 타이완 총독부가 할양지
　　역에서 공포하는 명령(律令)이 법률과 동등한 효력을 가짐. 기한은
　　3년으로, 속칭 '六三法'이라 불림.

6월 타이완의 첫 일문 신문인《台灣新報》가 타이베이에서 창간됨.

10월《台灣新報》가 일간으로 바꾸어 타이베이에서 발간됨.

1897년(메이지 30년)

1월 民政局이 臨時조사조를 설치하고 타이완 문물, 풍속, 관습을 조사함.

5월《台灣日報》일간이 타이베이서 창간.

5월 國語學校가 女子部를 설립하고 타이완 여성교육을 시작함.

1898년(메이지 31년)

5월 《台灣新報》와 《台灣日報》가 《台灣日日新報》로 합병하고, 정부 간
   행물이라는 명분으로 새롭게 간행됨.
7월 타이완총독부台灣總督府가 台灣公學校令을 제정함.
8월 타이완총독부가 保甲條例를 제정함.
11월 타이완총독부가 匪徒刑罰令을 제정하여 항일지사를 일률적으로
    극형에 처함.
12월 章太炎이 《台灣日日新報》의 漢文欄 주편을 맡고자 타이완으로 옴.

1899년(메이지 32년)

3월 타이완총독부가 사범학교를 관제로 공포하고 의학교를 설립함.
6월 《台南新報》가 타이난에서 창간됨.
7월 台灣銀行 창립.
8월 타이완 본토 인민을 순찰보로 채용하기 시작함.

1900년(메이지 33년)

3월 兒玉源太郎이 주관하여 '揚文會'가 거행됨.
3월 '治安警察法'이 공포됨.
4월 台灣民報社가 설립됨.
12월 台灣製糖會社가 창립되어 타이완에서 신식 製糖이 시작됨.

1901년(메이지 34년)

4월 《台灣新聞》이 타이중台中에서 창간됨.
10월 타이완 神社가 창건됨.

1902년(메이지 35년)

2월 《台灣民報》가 간행됨.

3월 '63법'이 1905년까지 연장 실시.

4월 '台灣小學校規則'이 공포됨.

1903년(메이지 36년)

1월 《南溟文學》이 타이난에서 발간.

3월 林痴仙과 林幼春이 타이중 霧峰에서 '櫟社'를 설립.

1904년(메이지 37년)

2월 러일전쟁 발발.

1906년(메이지 39년)

3월 법률 제31호(31법)이 공포됨. 타이완총독부의 발포 명령권이 유지됐
    지만 일본제국회의가 타이완만을 위해 만든 법률과 저촉됐음.

3월 南社 설립.

4월 佐久間久馬太가 타이완 총독으로 취임.

1909년(메이지 42년)

1월 《台灣時報》 발간.

4월 타이완 북부의 문인들이 '瀛社'를 세움.

1910년(메이지 43년)

4월 西川滿이 세 살 때 가족을 따라 타이완으로 와 基隆에서 거주함.

8월 한국과 합병한다는 '日韓併合條約' 체결.

11월 台灣雜誌社가 《台灣》 창간.

1911년(메이지 44년)

3월 梁啓超가 일본에서 타이완을 방문.

10월 辛亥革命 성공.

10월 타이완 본 도민을 巡警으로 채용하기 시작.

1912년(메이지 45년 다이쇼大正 원년)

1월 中華民國 건립.

2월 淸의 宣統이 퇴위하고 청 왕조가 망함.

7월 메이지 천황 붕어. 7월 30일부터 다이쇼 원년.

1914년(다이쇼 3년)

7월 제1차 세계대전 발발.

12월 新台灣社가 《新台灣》 창간.

12월 板垣退助 백작이 타이완으로 와 '台灣同化會' 조직.

1915년(다이쇼 4년)

8월 余淸芳, 羅俊, 江定 3인의 주도로 '西來庵 사건' 발생.

1916년(다이쇼 5년)

10월 《東台灣新報》가 花蓮에서 창간.

1917년(다이쇼 6년)

1월 胡適이 《新靑年》잡지 1월호에 〈文學改良芻議〉를 발표. 陳獨秀가
　　이어서 같은 잡지 2월호에 〈文學革命論〉을 발표. 이로부터 문학혁명
　　운동이 전개됨.

1918년(다이쇼 7년)

10월 타이중 櫟社 사원인 林幼春, 蔡惠如가 台灣文社를 설립하고 《台灣文藝叢誌》 출판을 계획함.

1919년(다이쇼 8년)

1월 '台灣敎育令'이 공포됨.

3월 조선의 '3·1 독립운동'이 전개됨.

5월 베이징 학생이 '5·4운동'을 전개함.

7월 타이완 총독부가 《台灣時保》 간행.

10월 田健治郎이 타이완 총독으로 와 처음으로 문관 총독으로 부임.

10월 蔡惠如 등이 '應聲會'를 조직.

1920년(다이쇼 9년)

1월 도쿄의 타이완 유학생이 應聲會를 개조하여 '新民會'를 설립하고 林獻堂이 회장이 됨.

7-10월 佐藤春夫가 타이완을 4개월 간 방문.

7월 台灣靑年雜誌社가 도쿄에서 설립. 《台灣靑年》 창간.

7월 陳炘이 《台灣靑年》 창간호에 〈文學與職務〉를 발표.

11월 連雅堂이 《台灣通史》상,중권을 간행.

12월 林獻堂, 蔡惠如 등이 台灣議會 설립을 준비.

1921년(다이쇼 10년)

1월 林獻堂을 중심으로 173명이 台灣議會 설치 청원서를 연서하고 江原素六이 중개역할을 맡아 日本帝國議會에 제출됨.

3월 '법률 제3호'(法三號)가 공포. 타이완 총독부의 발포 명령권 제한이 다이쇼 11년 1월 1일부터 실시.

7월 중국공산당이 상하이에서 창립 대회를 거행함.

9월 甘文芳이 《台灣靑年》에 〈實社會與文學〉을 발표.

10월 台灣文化協會 설립, 林獻堂이 총리를 맡음.

10월 賴和가 台灣文化協會에 가입하여 이사로 당선됨.

11월 台灣文化協會 회보인《台灣文化協會》가 창간.

1922년(다이쇼 11년)

1월 陳端明의 〈日用文鼓吹論〉이 타이완 백화운동의 서막을 엶.

1월 베이징 유학생이 '北京台灣青年會'를 창립함.

4월 《台灣青年》이 《台灣》으로 이름을 바꿈.

7월 일본 공산당 창당.

7월 追風(謝春木)이 일문 소설 〈她要往何處去?〉를 발표.

1923년(다이쇼 12년)

1월 蔣渭水 등이 타이완에서 '台灣議會期成同盟會' 설립을 신청하나 금지됨.

1월 黃呈聰, 黃朝琴이 《台灣》에 〈論普及白話文之新使命〉과 〈漢文改革論〉을 발표하여 타이완 백화문 논쟁의 불씨를 당김.

4월 台灣白話文研究會 설립.

4월 黃呈聰이 발행하고 林呈祿이 주편을 맡아 台灣雜誌社가 발간하는 《台灣民報》가 창간됨.

10월 상하이에 유학중이던 유학생 許乃昌 등이 '上海台灣青年會'를 창립함.

11월 台灣公益會 설립, 辜顯榮을 회장으로 '文化協會'에 대항하고자 만들어짐.

12월 治警事件. 賴和가 治警事件으로 처음으로 투옥됨.

1924년(다이쇼 13년)

2월 連雅堂이 《台灣詩薈》 창간.

5월 《台灣》 잡지 폐간.

8월 南溟俱樂部가 《南溟》을 창간함.

11월 張我軍이 〈糟糕的台灣文學界〉를 발표하여 1차 新舊文學論爭이
발생함.

12월 台政新報社가 《台政新報》를 창간함.

1925년(다이쇼 14년)

3월 楊雲萍, 江夢筆이 《人人》을 창간함.

7월 《台灣民報》가 주간으로 바꿈.

8월 台灣雜誌社가 台灣民報社로 이름을 바꿈.

10월 彰化 사탕수수 농민들의 二林事件 발생.

11월 王詩琅, 王萬德이 台灣黑色靑年聯盟을 조직함.

12월 張我軍의 시집 《亂都之戀》발간.

1926년(다이쇼 15년 쇼와昭和 원년)

1월 賴和가 백화소설 〈鬪鬧熱〉을 발표함.

3월 台北高等學校 文藝部가 《翔風》을 창간함.

6월 台灣農民組合 설립.

8월 張我軍이 魯迅을 방문함.

12월 다이쇼 천황 붕어, 裕仁이 천황에 오르고 연호를 쇼와로 바꿈.

12월 賴和가 《台灣民報》문예란을 주관함.

1927년(쇼와 2년)

1월 台中俱樂部가 中央書局을 개설함.

1월 台灣文化協會가 좌,우 양파로 분열됨.

1월 蔡培火가 로마자를 제창함.

2월 王詩琅 등이 台灣黑色靑年聯盟 사건으로 체포됨.

2월 楊華가 治安維持法 위반으로 체포 투옥되고, 《흑조집》을 완성함.

3월 矢內原忠雄이 타이완으로 와서 타이완의 상황을 살핌.

4월 楊逵가 文化協會의 부름에 응해 타이완으로 돌아옴.

4월 鄭坤五가 편찬한 《台灣藝苑》이 창간됨.

7월 《台灣民報》가 타이완 섬에서의 발행을 허가받고 타이완으로 옮겨서 발간됨.

7월 林獻堂 등이 타이중에서 台灣民衆黨 창당대회를 거행함.

1928년(쇼와 3년)

3월 台北帝國大學이 설립됨.

3월 全日本無産者藝術聯盟(NAFE, ナップ) 창립.

4월 台灣共産黨이 상하이에서 창당.

5월 大衆時報社가 《台灣大衆時報》를 창간함. 왕민천이 주편을 맡음.

1929년(쇼와 4년)

2월 일본프롤레타리아 작가연맹(NALP, ナルプ)가 설립됨.

10월 矢內原忠雄이 쓴 《帝國主義下之台灣》이 간행되나, 타이완에서는 판금 조치됨.

10월 多田利郎이 편찬한 《南溟樂園》이 창간됨.

1930년(쇼와 5년)

2월 일본 전국에 대대적으로 공산당 검거령이 내려짐.

3월 《台灣民報》가 《台灣新民報》로 이름을 바꿈.

6월 王萬德이 주도하여 《伍人報》가 발간됨. 15기 이후부터 《工農先鋒》으로 이름을 바꾸었다가 다시 《台灣戰線》과 합병하여 《新台灣戰線》이 됨.

8월 黃石輝가 〈怎樣不提倡鄕土文學〉을 발표하여 향토문학논쟁이 일어남.

8월 謝春木, 白成枝 등이 《洪水報》를 편찬하여 발간함.

9월 趙雅福이 발행한 《三六九小報》가 발간됨.

10월 林秋梧, 莊松林, 趙啓明 등이 편찬한 《赤道報》가 창간됨.

10월 許乃昌, 賴和, 黃呈聰 등이 편찬한 《現代生活》이 창간됨.

10월 우서霧社사건.

1931년(쇼와 6년)

1월 타이완 공산당의 일부 당원이 '改革同盟'을 조직하여 당 중앙의 謝雪紅과 대립함.

2월 타이완 민중당이 해산 명령을 받음.

3월 총독부가 제2차 타이완 공산당 대 검거령을 내림.

6월 王白淵의 일문 시집 《荊棘之道》가 일본의 久寶庄書店에서 출판됨.

6월 別所孝二, 井手勳, 藤原十三郎 등이 타이완인인 王詩琅, 張維賢 등과 함께 '台灣文藝作家協會'를 조직함.

6월 張維賢이 타이베이에 '民烽演劇研究所'를 세움.

7월 郭秋生 등이 타이완 백화문논쟁을 일으킴.

8월 台灣文藝作家協會의 기관지인 《台灣文學》이 창간되나 판금됨.

9월 9·18 사변 발생(만주사변).

9월 蘇新이 장화 허메이和美에서 체포됨. 이때까지 타이완 섬의 타이완 공산당원 여럿이 체포됨.

11월 일본 프롤레타리아 문화연맹(KOPE, コップ)이 설립됨.

12월 台灣文化協會의 일부 당원이 文化協會 해산을 결정하고 大衆黨을 조직함.

1932년(쇼와 7년)

1월 1·28사변(上海事變).

1월 葉榮鐘 등이 편찬한 《南音》이 창간됨.(11월에 정간)

3월 滿洲國이 세워짐.

4월 《台灣新民報》가 주간에서 일간으로 바뀜.

4월 賴和, 陳虛谷, 林攀龍, 謝星樓 등이 일간 '台灣新民報' 의 학술부문

을 담당함.

5월 葉榮鐘이 제3차 문학을 제창함.

8월 도쿄 台灣藝術硏究會의 기관지인 《台灣文藝》가 창간됨.

11월 타이완총독부가 漢文 서당 개설을 금지하여 타이완인은 더 이상 중국어문을 공개적으로 학습할 수 없게 됨.

1933년(쇼와 8년)

3월 일본 유학생 吳坤煌, 張文環, 蘇維熊, 王白淵 등이 '台灣藝術硏究 會'를 조직함.

3월 內台共婚法이 실시됨.

4월 林輝焜이 《命運難違》를 씀.

6월 台灣愛書會가 西川滿이 편찬한 《愛書》를 발간함.

7월 도쿄 台灣藝術硏究會가 《福爾摩沙》를 창간함.

10월 郭秋生, 廖漢臣, 黃得時 등이 '台灣文藝協會'를 조직하고 郭秋生 이 간사장이 됨.

12월 水蔭萍이 《風車詩刊》을 편집하여 발간함.

12월 일본공산당이 진압됨.

1934년(쇼와 9년)

2월 일본 프롤레타리아 작가동맹(NALP, ナルプ) 해산.

5월 台灣文藝聯盟 설립.

5월 楊逵가 文藝聯盟에 가입하여 일문란 편집을 담당함.

7월 北原白秋가 타이완을 방문함.

7월 台灣文藝協會가 《先發部隊》를 창간함.(전체 1호)

8월 張維賢 등이 台北劇團協會를 조직하여 '新劇祭'를 개최함.

9월 台灣議會 설치 청원 활동을 멈추기로 결정함.

10월 西川滿이 편찬한 《媽祖》가 媽祖書房에서 발행됨.

10월 楊逵의 〈送報伕〉가 《文學評論》1권 2호에 게재되고 2등상을 받음.(1

등상은 없었음).

11월 제1회 全島文藝大會가 열림.

11월 台灣文藝聯盟의 기관지인 《台灣文藝》가 창간됨.

11월 台灣美術協會 설립.

1935년(쇼와 10년)

1월 타이완문예협회 발행 《第一線》(전1호).

1월 呂赫若 《牛車》가 일본 《文學評論》2권1호에 게재됨.

1월 張文環 《父親的臉》이 《中央公論》소설 원고모집선 번외 가작으로 입선, 미수록.

2월 타이완문예연맹과 타이완예술연구회가 합작하여 도쿄에서 '타이완 문예연맹 도쿄지부' 결성.

6월 타이완문예연맹 자리佳里지부 결성, 성원으로는 吳新榮, 郭水潭, 王登山, 莊培初, 林芳年 등 15명. 楊達과 張星健이 글쓰기 이념이 맞지 않아서 문예연맹에서 퇴출됨.

9월 三六九小報 정간.

10월 일본의 타이완 통치40주년 기념 타이완박람회 개최, 50일간 진행됨.

12월 楊達 주편, 台灣新文學社에서 《台灣新文學》발간.

1936년(쇼와 11년)

1월 藤田正次 엮음, 타이베이제국대학 문과에서 《台大文學》발간.

4월 楊達의〈送報伕〉, 呂赫若의〈牛車〉, 楊華의〈薄命〉이 胡風이 번역한 《山靈: 朝鮮台灣短篇集》에 수록됨.

5월 '타이완문예연맹' 타이베이 지부 결성.

5월 楊達의〈送報伕〉가 상하이 世界知識社가 엮은 《弱小民族小說選》에 수록됨.

6월 일본정부가 타이완이민을 적극적으로 장려하여 아키쓰秋津이민촌이 조성됨.

9월 해군대장 고바야시 세이조小林躋造가 총독으로 부임, 이때부터 총독
　　직은 다시 무관출신이 임명받음.

10월 郁達夫가 타이완을 방문.

10월 魯迅 사망.

1937년(쇼와 12년)

4월 《台灣日日新報》, 《台灣新聞》, 《台南新報》 3개 신문의 한문란 정지,
　　《台灣新民報》의 한문란은 반으로 축소되었다가 6월 1일 전면 폐지.

4월 龍瑛宗의 〈植有木瓜樹的小鎭〉이 일본《改造》의 원고모집 가작에
　　입선.

6월 楊逵이 주편을 담당하고 있는 《台灣新民報》정간.

7월 루거차오사변(만주사변) 발발 후, 소설가 히노 아시헤이火野葦平가 소
　　집에 응하여 신문·잡지 특파원을 담당하고 요시카와 에이지吉川英治,
　　요시야 노부코吉屋信子, 오자키 시로尾崎士郎, 하야시 후사오林房雄, 키
　　시다 쿠니오岸田國士, 이시카와 다쓰조石川達三 등이 종군하며 전쟁경
　　과를 기록함.

7월 대중잡지《風月報》창간, 일본 정부가 한문을 금지한 뒤 유일한 한문
　　漢文잡지가 됨.

8월 타이완군사령부가 전시체제로 돌입함을 선포.

9월 '국민정신총동원본부' 설치, 타이완 청년을 강제 소집하여 대륙의 전
　　쟁터에 군부軍夫로 충당하기 시작.

1938년(쇼와 13년)

1월 타이완총독 고바야시 세이조가 타이완인민에게 지원병제도를 실시
　　한다고 발표.

5월 국가총동원령 실시.

8월 내각정보부의 기쿠치 칸菊池寬과 쿠메 마사오久米正雄가 '펜'을 든 전
　　사가 될 것을 호소하며 중국 한커우漢口 최전선 방문.

10월 張文環은 귀국 후 '타이완영화주식회사'의 지배인 대리를 담당하는
　　　한편,《風月報》의 일문日文 편집을 담당.
11월 근위수상이 동아시아신질서를 건설한다는 성명을 발표.

1939년(쇼와 14년)

5월 타이완총독 고바야시 세이조가 기자에게 타이완을 통치할 때 '황민
　　　화', '공업화', '남진화南進化'에 중점을 두고 있다고 인터뷰함.
9월 니시카와 미츠루西川滿가 타이완시인협회를 발기하자 龍瑛宗이 문
　　　화부위원을 담당.
9월 應社가 결성되고, 陳虛谷, 賴和, 楊守愚, 衡萩 등이 회원이 됨.
12월 타이완시인협회가 《華麗島》시 잡지를 발간.

1940년(쇼와 15년)

1월 니시카와 미츠루 등이 주관하는 '타이완문예가협회'가 《文藝台灣》
　　　발행.
2월 타이완에서 창씨개명운동, 寺廟정리가 실시됨.
3월 黃宗葵 엮음, 台灣藝術社에서 《台灣藝術》발간.
7월 '타이완문예가협회'에서 내부 개조를 실시.
10월 '大政翼贊會' 발대식.

1941년(쇼와 16년)

1월 吳濁流가 大陸新報 기자 신분으로 난징을 방문.
2월 《台灣新民報》가 《興南新聞》으로 개명. 정보부가 책동한 '타이완문
　　　예가협회'가 결성되고 구 협회가 해산됨.
　　　《文藝台灣》의 별도 조직 '文藝台灣社'를 대외기관으로 활용.
3월 수정된 타이완교육령을 공포하여 소학교와 공학교를 폐지하고, 국민
　　　학교로 일률 개편함.
4월 총독부는 '台灣皇民奉公會'를 조직하고 선전잡지 《新建設》을 발행.

전쟁에 호응할 수 있도록 타이완에서 황민화운동을 실시.

5월 張文環, 黃得時, 王井泉이 '啓文社' 조직. 《台灣文學》창간.

6월 내각회의에서 내년부터 지원병제도를 실시할 것을 결정.

7월 《風月報》를 《南方》半月刊으로 개명.

7월 東都書籍株式會社에서 《民俗台灣》발행. 카나세키 타케오金關丈夫,
   이케다 토시오池田敏雄가 주도함.

12월 일본군이 미국 진주만을 기습 공격하여 태평양전쟁이 발발함.

1942년(쇼와 17년)

4월 타이완특별지원병제도를 실시하여 타이완 출신 청년들에게 남양전
   쟁에 종군할 것을 강요.

4월 張彦勳, 朱實 등이 시 단체 '銀鈴會'를 조직.

5월 일본문예가협회가 해산하고 '일본문학보국회'가 정보국의 책동하에
   결성됨.

11월 니시카와 미츠루, 하마다 하야오濱田隼雄, 龍瑛宗, 張文環 등이 도쿄
   에서 개최되는 제1차 '대동아문학자대회'에 참석.

12월 타이완문예가협회의 주관으로, 대동아문학자대회의 내용을 중심으
   로 타이완에서 '대동아문예강연회'를 개최.

1943년(쇼와 18년)

2월 皇民奉公會가 시니카와 미츠루의 〈赤嵌記〉, 하마다 하야오의 〈南方
   移民村〉, 張文環의 〈夜猿〉에게 문학상 수여.

2월 張文環이 타이완문화상을 수상.

4월 '台灣文學奉公會', '台灣美術奉公會' 설립. '일본문학보국회' 타이
   완지부 설치.

8월 나가사키 히로시長崎浩, 사이토 타케시齋藤勇, 楊雲萍, 周金波 4인이
   제2회 '대동아문학자대회' 참석.

8월 조선과 타이완에서 해군특별지원병제도 실시.

9월 厚生演劇硏究會가 타이베이 융러쮜永樂座에서 張文環의 〈閹鷄〉공
연.

10월 《文藝台灣》,《台灣文學》정간, 합병하여 《台灣文藝》발간.

11월 '타이완결전문학회의'가 타이베이공회당台北公會堂에서 개최됨. 일
본출신 작가 60여명이 참석. 니시카와 미츠루는 문학잡지가 '전투배
치'에 포함될 것을 제안.

12월 呂赫若의 〈財子壽〉가 '타이완문학상' 수상, 周金波의 〈志願兵〉이
'문예타이완상' 수상.

1944년(쇼와 19년)

4월 타이완을 통틀어 6대 신문인 타이베이 《日日新報》와 《興南新聞》,
타이난의 《台灣日報》, 가오슝의 《高雄新報》, 타이중의 《台灣新聞》,
화롄의 《東台灣新聞》이 《台灣新報》로 합병됨.

5월 台灣文學奉公會가 주관하는 《台灣文藝》창간.

7월 台灣文學奉公會가 작가들을 선발하여 타이중의 세칭농장謝慶農場,
타이완뱃도랑공장, 타이평산太平山산림목장, 가오슝의 해병단, 타이
완섬유공장, 타이완철도, 스디石底탄광, 진과스金瓜石광산, 유전지대,
타이난의 더우류국민도장斗六國民道場 등에 파견하여 르포르타주를
쓰게 하고 《台灣新報》에 작가의 현지 방문 르포를 게재했다.

8월 龍瑛宗이 《台灣新報》의 부속잡지 《旬刊台新》편집을 담당.

12월 타이완총독부 정보과에서 선별하여 엮은 《決戰台灣小說集》(乾卷)
출판.

1945년(쇼와 20년)

5월 吳濁流가 《亞細亞的孤兒》원고 완성.

8월 일본 항복.

8월 楊逵가 농원을 조성하여 '新生活促進隊', '民生會'를 결성했다. 楊雲
萍이 《民報》의 주필에 임명됨.

9월 《一陽周報》창간.

10월 吳濁流가 《台灣新生報》의 기자로 임명됨.

10월 《政經報》창간, 蘇新이 주편을 담당.

10월 《台灣新生報》창간.

10월 타이완행정장관관공서가 정식으로 성립, 陳儀가 초대행정장관으로 임명됨.

10월 《民報》창간.

1946년(민국 35년)

2월 《中華日報》창간. 창립 초기에는 중문·일문 합본 발행.

3월 龍瑛宗이 《中華日報》일문판 문예란의 주편을 담당.

4월 표준중국어國語진행위원회가 타이베이에서 설립됨.

7월 台灣省編譯館을 타이베이에 만들고 許壽裳이 관장을 담당.

8월 台灣省編譯館 설립.

9월 중등학교에서 일본어 사용을 금지.

9월 吳濁流의 일본어 장편소설 《胡志明》(亞細亞的孤兒)제1편이, 台北國華書局에서 출판됨.

10월 행정장관관공서에서 신문·잡지의 일문판을 전면 폐지할 것을 통보.

11월 《中華日報》부간 '新文藝'창간, 蘇任予가 주편을 담당, 총36기가 발행됨.

1947년(민국 36년)

1월 《中國文藝叢書》제1집 출판, 魯迅의 〈阿Q正傳〉, 郁達夫의 〈微笑的早晨〉, 茅盾의 〈大鼻子的故事〉, 楊逵의 〈送報伕〉수록.

2월 담배주류공매국이 밀매를 단속하다가 다다오청大稻埕에서 소동 발생.

2월 경비총사령부에서 타이베이 지역에 임시 계엄령을 반포.

3월 타이베이의 《大明報》,《民報》,《人民導報》,《中外日報》,《重建日報》,

타이중의 《和平日報》,《自由日報》등이 2·28사건으로 인해 당국에 의해 조사 후 봉쇄되고 많은 언론인과 지식인이 체포당하거나 총살당함.

5월 何欣이 《新生報》文藝週刊의 주편을 담당.

8월 《台灣新生報》'橋' 부간을 歌雷(史習枚)가 주편을 담당.

10월 《自立晚報》,《公論報》,《更生日報》창간.

1948년(민국 37년)

'銀鈴會'에서 중문과 일문을 혼용한 등사판 詩刊 《潮流》를 총 20여기 발행.

6월 '橋' 문예부간총서 《台灣作家選集》출판.

8월 《台灣文學叢刊》창간, 주편은 楊逵.

10월 《新生報》'橋' 부간에서 '리얼리즘적인 대중문학'을 제창.

12월 《國語日報》창간.

1949년(민국 38년)

3월 '橋' 부간 정간, 총223기 발행.

3월 《中央日報》'부녀와 가정'판 부간을 매주 일요일 출간, 주편은 武月卿.

4월 '銀鈴會' 해산.

4월 타이완대학교 사범대학에서 '4·6학생운동' 발생.

4월 楊逵가 '和平宣言'이라는 글을 써서 체포당했고, 12년형을 받음. 1961년 10월 7일 석방.

5월 경비총사령부에서 전국적인 계엄령 반포.

6월 彭歌가 《台灣新生報》'新生副刊'의 주편을 이어 받음.

8월 미국국무원에서 《중국백서China White Paper》를 발표.

9월 何欣이 《公論報》의 《文藝》주간 주편을 담당. 문예이론 및 세계적인 작가와 작품을 소개하는 데 편중되어 있었으며, 타이완 출신 작가들의 작품을 대량으로 소개.

10월 '新生副刊'에서 '전투문예'에 관한 토론을 전개.

11월 《自由中國》반월간이 타이베이에서 창간, 발행인은 胡適, 사장은 雷
震, 주편은 毛子水였다. 이후 주편은 雷震으로 바뀜.

1950년(민국 39년)

3월 중화문예상금위원회가 설립되고 張道藩이 위원장을 담당. 매년 5월
4일과 11월 12일 두 차례 공개적으로 원고를 모집했는데, 1956년 12월
에 종결됐다. 상을 받은 작가가 대략 1000여명 이상이었다.

5월 중화문예상금위원회 설립.

5월 중화문예상금위원회가 첫 번째 '5·4' 상금 수상자 명단을 공포함.

6월 《軍中文摘》반월간이 타이베이에서 창간됨.

10월 《微信新聞》창간, 부간은 '微信週刊'.

11월 《自立晚報》에서 《新詩週刊》출판. 기현 엮음.

12월 중국문예협회에서 '문예를 군대로文藝到軍中'라는 구호를 내세워 군
대 내 창작을 추진.

1951년(민국 40년)

5월 《文藝創作》월간 창간, 사장은 張道藩.

6월 葉石濤가 간첩을 알고도 고발하지 않았다는 죄로 연루되어 투옥.
鍾肇政이 처음으로 중문으로 쓴 〈婚後〉를 《自由談》에 발표하여 창
작 생애를 전개하기 시작함.

8월 《全民日報》,《民族報》,《經濟時報》를 합병하여 1957년 6월 20일 《聯
合報》로 개명.

8월 타이완에서 발생되는 신문 간행물에서 일문판 출판 금지.

11월 《台灣風物》계간 창간. 주편은 楊雲萍.

1952년(민국 41년)

4월 총통명령으로 수정된 '출판법'이 공포되고 같은 날에 바로 실시.

8월 紀弦이 주관하는 《詩誌》창간, 중화민국 정부가 타이완으로 천도한 뒤 처음으로 현대시 잡지 제1기를 발행.

10월 《靑年戰士報》창간.

10월 中國靑年反共救國團 설립

11월 중국문예상금위원회에서 국부탄신기념상금 수여자를 발표, 장편소설 부문 1, 2등상은 潘人木의 《蓮漪表妹》와 廖淸秀의 《恩仇血淚記》가 수상.

1953년(민국 42년)

1월 聶華苓이 《自由中國》문예란을 이어받음.

2월 《現代詩》계간이 타이베이에서 창간됨. 주편 겸 발행인은 紀弦. 총45기 출판, 1964년 2월 정간.

8월 중국청년글쓰기협회 설립.

9월 중화문예통신교육학교를 타이베이에 건립. 책임자는 李辰冬.

11월 林海音이 연합보 부간을 이어받음. 1963년 4월 20일 사직. 임기 중 연합보 부간을 종합성 잡지에서 문예 전문잡지로 전환시켰으며, 수많은 청년 작가를 발굴함.

1954년(민국 43년)

1월 《軍中文藝》가 타이베이에서 창간됨.

2월 《皇冠雜誌》월간이 가오슝에서 창간됨, 주편은 平鑫濤(현 발행인), 주소는 타이베이시.

3월 《幼獅文藝》가 타이베이에서 창간됨.

3월 藍星詩社가 타이베이에서 설립. 발기인은 覃子豪 등.

5월 《中華文藝》월간이 타이베이에서 창간, '중화문예통신교육학교'의 대표적인 간행물이 됨.

6월 《公論報》'藍星週間' 창간.

7월 중국문예협회가 '문화청결운동'을 제안하고, 陳紀瀅 등이 중앙일보에 글을 발표하여 '적색의 독소, 황색의 해악, 흑색의 죄과'를 깨끗하게 없애자고 요구.

8월 王詩良 주편, 《台北文物》신문학, 신희곡 특집호.

8월 黃得時가 〈타이완신문학운동 개관〉을 《台北文物》제3권제2기-3기, 제4권제2기에 발표.

10월 《創世記》詩刊이 쥐잉左營에서 창간. 주편은 張黙, 洛夫.

1955년(민국 44년)

1월 장제스가 '전투문예'를 선포.

5월 '타이완성 부녀 글쓰기 협회' 설립, 책임자는 蘇雪林.

9월 '人間' 부간이 《微信新聞》에서 창간됨.

1956년(민국 45년)

1월 紀弦이 주도하는 '現代派'가 타이베이에서 설립됨. 구호는 '新詩의 재혁명을 이끌고, 新詩의 현대화를 진행한다.'

9월 《文學雜誌》월간이 타이베이에서 창간됨. 주편은 夏濟安.

11월 鍾理和의 《笠山農場》이 중화문예상금위원회 장편소설 제2등상 수상.(1등 없음)

12월 중화문예상금 종결.

1957년(민국 46년)

1월 국민당 정부가 《自由中國》잡지를 비판하기 시작.

1월 鍾肇政과 문우들이 발기하여 《文友通訊》매월 등사판 인쇄물로 1期씩 출판. 총16기 발행.

6월 '中華民國筆會'가 타이완에서 재개됨, 회장은 張道藩.

6월 夏志淸의 '장아이링의 단편소설'이라는 글이 《文學雜誌》제2권제4기에 게재됨. 장아이링 소설을 타이완에 소개함.

11월《文星雜誌》월간이 타이베이에서 창간됨. 何凡 주편.

1958년(민국 47년)

2월《藍星詩頁》이 타이베이에서 창간됨, 夏菁 주편.

5월 호적이 '중국문예부흥운동'이라는 제목으로 문협에서 연설, '인간의
문학', '자유로운 문학'을 통해 5·4문학혁명의 정신을 회복할 것을
주장.

5월 타이완경비총사령부 설립.

8월 823포격전.

1959년(민국 48년)

5월《筆匯》월간 창간, 尉天驄 주편.

7월 蘇雪林이《自由靑年》에〈新詩壇象徵派創始者李金髮〉라는 글을 발
표, 당시 신시에 대해 비판을 진행함. 覃子豪가〈論象徵派與中國新
詩〉라는 글로 회답함.

9월 陳映眞의 첫 번째 소설〈麵攤〉이《筆匯》1권5기에 발표됨, 이름은 陳
善.

11월 言曦가《中央副刊》에 나흘 연속〈新詩閑談〉을 발표하여 여광중
등이《文學雜誌》,《文星》에 글을 발표하여 '新詩論戰' 전개.

11월 紀弦이《現代派》편집 업무를 사직하자 '현대파'가 마침내 와해되기
시작.

1960년(민국 49년)

3월《現代文學》격월간 창간. 발행인은 白先勇, 주편은 歐陽子 등.

8월《文學雜誌》정간. 총48기 발행.

9월《自由中國》발행인 雷震이 반란죄로 체포되자 공소 제기.《自由中
國》반월간 정간. 총33권5기 출판.

1961년(민국 50년)

3월 王禎和가 〈鬼·北風·人〉(《現代文學》제7기)으로 등단.

6월 《藍星詩刊》창간, 주편은 覃子豪. 1962년 11월 15일 정간, 1974년 12월 복간.

7월 《現代文學》제9기에 洛夫가 〈天狼星論〉발표, 이어서 余光中이 《藍星詩頁》37기에 〈再見, 虛無!〉를 발표하여 반박.

11월 《筆匯》월간 정간.

1962년(민국 51년)

4월 七等生이 처음으로 소설 〈失業·撲克·炸魷魚〉을 연합보 부간에 발표함.

6월 《傳記文學》 월간이 타이베이시에서 창간함. 발행인은 劉紹唐.

1964년(민국 53년)

1월 일본 영화가 방영 정지됨.

3월 '笠詩社'가 설립됨. 성원으로는 林亨泰, 白萩, 杜國淸, 葉笛, 錦連, 李魁賢, 陳秀喜 등이 있음.

4월 《台灣文藝》월간이 창간됨. 吳濁流의 독자적 자본으로 창간함. 鍾肇政 등이 편집업무를 도움.

6월 《笠詩刊》쌍월간이 창간됨. 이는 타이완 출신 시인이 일문에서 중문으로 넘어가는 과도적 언어 장애를 극복하고자 창간한 간행물임.

1965년(민국 54년)

4월 '台灣文學獎'이 만들어짐.

6월 《藍星詩頁》가 정간됨. 63기까지 냄.

10월 鍾肇政이 주편을 맡은 《本省籍作家作品選集》 10권이 文壇社에서 출판됨.

12월 《文星》 잡지가 정간됨. 모두 98기까지 냄.

1966년(민국 55년)

3월 중국공산당 문화대혁명 시작.

7월 葉石濤가《台灣文藝》에 타이완 작가론을 발표하기 시작함. 먼저 吳
   濁流, 鍾肇政부터 다룸.

9월 何凡, 林海音 등이《純文學》월간을 만들기 위해 구상함.

10월《文學季刊》이 창간됨. 주편은 尉天驄이 맡음.

10월 陳若曦가 중국 대륙으로 감.

1967년(민국 56년)

1월《純文學》가 창간됨. 발행인 겸 주편을 林海音이 맡음. 모두 62기를
   발행하고 민국 61년 2월에 정간함.

5월 陳映眞이 '民主台灣同盟' 사건에 연루되어 체포됨. 7년 후 석방됨.

11월 '中華民國新詩學會'가 설립됨. 전신은 '中國詩人聯誼會'였음.

1968년(민국 57년)

1월《大學雜誌》월간 창간.

9월《徵信新聞報》가《中國時報》로 이름을 고쳐 창간됨.

9월 全省의 9년 국민의무교육이 실시되기 시작함.

12월 純文學 출판이 타이베이시에서 설립되고, 林海音이 책임을 맡음.

1969년(민국 58년)

1월《創世紀》가 정간됨.

3월《幼獅文藝》가 183기부터 瘂弦이 주편을 맡게됨.

3월 隱地가 주편을 맡은《五十七年短篇小說選》이 仙人掌 출판사에서
   출판되는데 이것이 첫 연도별 소설선집임.

7월 '吳濁流文學獎 基金會'가 설립되고, 鍾肇政이 주임관리위원을 맡음.

1970년(민국 59년)

1월 台灣獨立聯盟이 설립됨.

4월 제1회 吳濁流 문학상 수상식이 열렸으며, 대상으로 黃靈芝의 〈蟹〉가 선정됨.

8월 일본이 釣魚台를 영토 범주에 넣으면서 중화민국 정부의 항의를 야기함.

1971년(민국 60년)

1월 '龍族詩社'가 정식으로 설립됨. 辛牧, 施善繼, 蕭蕭, 林煥彰, 陳芳明, 喬林, 景翔, 高上秦, 蘇紹連, 林佛兒 등을 구성원으로 하였으며, 같은 해 3월 《龍族》詩刊 계간이 창간됨.

1월 미국 거주 학생이 釣魚台 주권 보호를 위한 시위를 거행하였으며, 이후 국내에서도 이에 호응하면서 '保釣' 사건이 일어남.

3월 《龍族詩刊》이 창간됨. 모두 16기를 출간함.

3월 洛夫가 주편을 맡은 《1970年詩選》이 仙人掌 출판사에서 출판됨. 台灣 시단의 첫 연도별 시선집으로 모두 36명의 시인의 시작품 100여수가 수록됨.

4월 白先勇이 단편소설집 《台北人》을 출판함. 동성애 문학 장편소설인 《孽子》를 쓰기 시작함. 10월 台灣이 연합국에서 퇴출됨.

1972년(민국 61년)

2월 關傑明이 人間 부간에 〈中國現代詩的幻境〉과 〈中國現代詩的困境〉을 발표하여 葉維廉의 《中國現代詩選》, 張默이 주편한 《中國現代詩論選》, 洛夫가 주편한 《中國現代文學大系》 등 세 책에 리얼리즘 정신이 부족하다고 비판하면서 모더니즘 시 논쟁이 일어나게 됨.

6월 《中外文學》이 창간됨. 발행인은 朱立民.

9월 《書評書目》 쌍월간이 창간됨. 주편은 隱地.

9월 일본과 중공이 수교를 맺고, 타이완은 일본과 단교함.

12월 《中國筆會季刊》이 창간됨. 주로 현대문학작품을 번역 소개함.

1973년(민국 62년)

7월 '十大建設'이 시작됨.

8월 《文季》계간이 창간됨. 何欣, 尉天驄이 구성원을 모음. 전신은 《文學
　　季刊》이었음.

8월 唐文標가 이어서 〈什麼時代什麼地方什麼人〉, 〈僵斃的現代詩〉,
　　〈詩的沒落〉을 발표하여 《文學雜誌》, 《藍星》, 《創世紀》 등의 사단
　　간행물 및 洛夫, 周夢蝶, 余光中 등의 시작품을 지명하여 비판하면서
　　모더니즘 시 논쟁을 야기함. 이를 소위 '唐文標 사건'이라고 함.

9월 《現代文學》이 정간됨. 모두 51기를 냄.

1974년(민국 63년)

3월 遠景 출판사가 설립됨.

5월 '聯經出版事業公司'가 설립됨.

11월 陳若曦가 대륙을 떠난 뒤 첫 소설 〈尹縣長〉을 발표함.

1975년(민국 64년)

1월 '國家文藝獎'이 만들어짐.

4월 蔣介石 서거.

5월 《文學評論》이 창간됨.

5월 楊逵 작품이 처음으로 중문으로 모아져 출판됨.

7월 爾雅 출판사 설립, 발행인은 隱地.

8월 '神州詩社'의 《天狼星》 시간이 창간됨. 주편은 黃昏星, 周淸嘯.

10월 陳映眞이 許南村이라는 필명으로 〈試論陳映眞〉을 발표하여 자아
　　해석을 함. 또한 遠景출판사에서 《第一件差事》, 《將軍族》 두 권을
　　출판하여 다시 문단에 등장함.

11월 《人間副刊》의 르포르타주 전문 칼럼에 〈現實的邊緣: 本土篇〉을

게재하기 시작함.

1976년(민국 65년)

3월 《夏潮》 창간.

8월 '洪範書店'이 타이베이에서 설립됨. 창립자는 楊牧 등으로 현대문학 창작물 출판을 위주로 함.

9월 朱天文, 朱天心, 七等生 등이 제1회 聯合報 소설상을 받음.

1977년(민국 66년)

3월 《仙人掌雜誌》 창간.

4월 《仙人掌雜誌》 제1권 제2호인 '鄕土與現實'의 '鄕土文化往何處去' 라는 전문 칼럼에 여러 편의 향토문학을 토론한 글이 실림.

5월 陳少廷의 《台灣新文學運動簡史》가 聯經에서 출판됨.

5월 葉石濤가 《夏潮》에 〈台灣鄕土文學史導論〉을 발표함.

8월 余光中이 〈狼來了〉를 聯合報 부간에 발표함. 향토문학 작가는 '공농 병 문예'를 제창하고 있다고 여기고, 陳映眞, 尉天驄, 王拓 등을 지명 하여 비판함으로써 '향토문학논쟁'이 일어남.

9월 王拓가 〈擁抱健康的大地—讀彭歌先生'不談人性, 何有文學'的感 想〉으로 가장 먼저 향토문학 비판에 대한 반격을 가함. 聯合報 부간 에 실림.

1978년(민국 67년)

10월 中國時報가 제1회 '時報 문학상'을 발표함.

10월 聯合報가 '光復前的台灣文學座談會'를 개최함. 출석한 작가로는 王詩琅, 王昶雄, 巫永福, 郭水潭, 黃得時, 陳火泉, 葉石濤, 楊逵, 廖 漢臣 등이 있음.

1979년(민국 68년)

1월 미국이 중공과 정식 수교를 체결하며 중화민국과 단교한다고 선포함.

3월 李南衡이 주편을 맡은《日據下台灣新文學選集》5권을 明潭 출판사에서 출판함.

3월 국내 잡지의 자유 등기를 허가함.

7월 葉石濤, 鍾肇政이 주편을 맡은《光復前台灣文學全集》이 遠景 출판사에서 출판됨.

8월 제1회 鹽分地帶 문예가 台南 鯤鯓廟에서 막을 염.

8월 黃信介 등이《美麗島》잡지를 창간함.

11월 '陽光小集' 시사가 설립됨. 구성원으로는 陌上塵, 向陽 등이 있으며, 계간으로 총 13기를 발간함.

12월 高雄 美麗島 사건.

1980년(민국 69년)

3월 美麗島로 반란 혐의를 받은 7명이 警總軍法處에서 공개적으로 심리를 받음.

12월 詹宏志가《書評書目》93기에 〈兩種文學的心靈〉을 발표함. 그 속에 東年의 '邊疆文學'이라는 말이 인용되어 있어, '台灣文學地位論' 논쟁을 야기함.

1981년(민국 70년)

9월 《書評書目》이 1백기를 출판하고 정간함.

10월 聯合報 부간이 편찬한《寶刀集: 光復前台灣作家作品集》이 聯經 출판사에서 출판됨. 대부분 이들 작가가 광복 후에 쓴 첫 중문 작품임.

1982년(민국 71년)

1월 《文學界》계간이 高雄시에서 창간됨.

6월 《現代詩》계간이 복간됨.

8월 林錫嘉가 주편을 맡은《七十年散文學》이 九歌 출판사에서 출판됨. 첫 연도별 산문선집으로 이후 매해 출판됨.

1983년(민국 72년)

7월《文訊》월간이 창간됨. 國民黨 中央文化工作會가 지지함.

10월 田雅各이〈拓拔斯·塔瑪匹瑪〉로 문단에 등장함.

1984년(민국 73년)

1월 宋冬陽이《台灣文藝》에〈現階段台灣文學本土化的問題〉를 발표하고 3월호《夏潮論壇》이 '台灣結的大解剖'를 전문 테마로 뽑아 반박하면서 이데올로기에 관한 타이완 문학 논쟁이 일어남.

11월《聯合文學》이 창간됨. 총편집은 瘂弦이 맡음.

1985년(민국 74년)

11월《文學家》잡지가 창간됨.

11월《人間》잡지 창간, 발행인은 陳映眞.

1986년(민국 75년)

5월《當代》월간 창간.

9월 民進黨 창당.

1987년(민국 76년)

2월 葉石濤가 쓴《台灣文學史綱》이 文學界 잡지사에서 출판됨.

7월 계엄령 해제.

11월 대륙 친지 방문 허용.

1988년(민국 77년)

1월 보도금지령 해제, 신문 등기 개방으로 대부분의 신문이 지면을 큰

면 6장으로 늘리고 많은 신문들이 제2의 부간류의 지면을 만들어 소설이 대량으로 게재됨.

1월 蔣經國 서거, 李登輝가 총통직을 이음.

1989년(민국 78년)

5월 黃凡, 林燿德이 주편을 맡은 《新世代小說大系》에 1949년 이후 출생한 작가의 작품을 실음.

6월 北京 '天安門 사건'

9월 《人間雜誌》 정간, 모두 47기 발행.

12월 계엄 해제 후 첫 선거, 民進黨이 국회의원立憲委員 21석과 縣長 6석을 차지함.

1990년(민국 79년)

5월 李登輝가 제8대 총통으로 취임함. 특별사면을 시행하여 黃信介, 施明德, 許信良 등이 풀려남.

8월 '2·28 사건'이 정식으로 고등학교 교재에 실림.

10월 簡政珍, 林燿德가 주편을 맡은 《台灣新世代詩人大系》가 書林에서 출판됨.

1991년(민국 80년)

1월 陸委會가 설립됨.

4월 타이완문학사 전문저서인 彭瑞金의 《台灣新文學運動四十年》이 출판됨.

5월 立法院이 상호 감시와 밀고를 의무화했던 '檢肅匪諜條例'의 폐지를 통과시킴으로써 41년 동안 이어진 '匪諜'이라는 말이 과거역사가 됨.

6월 원주민 대표가 시위 청원을 통해 原住民委員會 설립을 요구함.

12월 《文學台灣》 창간.

12월 제1회 民意代表 전원이 사퇴함.

1993년(민국 82년)

4월 양안 해협 간의 역사적 회의인 '辜汪會談'이 싱가포르에서 열림.

1995년(민국 84년)

2월 2·28 기념비 낙성식, 李登輝가 정부를 대표하여 2·28 희생자에게
　　사죄를 표함.

1996년(민국 85년)

2월 《中國時報》와 《山海》 잡지가 함께 만든 '제1회 山海 문학상' 수상식.
3월 첫 직선 총통선거로 李登輝가 당선됨.
12월 《台灣新聞報》 西子灣 부간이 葉石濤의 〈黃得時未完成的《台灣文
　　學史》〉를 게재하고 이어서 葉石濤가 번역한 《台灣文學史》를 출간함.

1997년(민국 86년)

3월 淡江工商管理學院이 처음으로 대학에 '타이완 문학과'를 만들면서
　　타이완문학이 정식으로 교육 체제로 들어옴.
6월 '詩路: 台灣現代詩網路聯盟'이 정식으로 홈페이지 등록.
8월 國立文化資産保存研究中心이 준비처를 만들어 '國立文化資産保
　　存中心'과 '國家台灣文學官' 계획을 세움.

1999년(민국 88년)

9월 타이완에 새벽 1시 47분 규모 7·3의 대지진이 발생함.

2001년(민국 90년)

6월 行政院에 客家委員會가 설립됨.

2003년(민국 92년)

10월 國家台灣文學官이 정식으로 개관. 《INK印刻文學生活誌》 창간.

2004년(민국 93년)

2월《全臺詩》前 5권이 출판됨. 明나라 鄭成功부터 淸나라 咸豐元年 까지 508인의 시작품이 수록됨. 계속해서 1945년까지의 수집을 전체 계획으로 삼음.

2005년(민국 94년)

11월《自由時報》가 제1회 '林榮三 문학상'을 개최함.
　　台南縣政府 文化局이《鹽分地帶文學》쌍월간 잡지를 창간함.

2006년(민국 95년)

10월 台問館이《日治時期台灣文藝評論集(雜誌篇)》을 출판함.

2007년(민국 96년)

10월 國立台灣歷史博物館이 정식으로 개관함.

2009년(민국 98년)

7월 台灣原住民文學作家筆會가 설립됨.
10월 일본의 노벨 문학상 수상자인 오에 겐자부로가 처음으로 타이완을 방문함.

2011년(민국 100년)

4월 目宿媒體《他們在島嶼寫作》문학기록편이 정식으로 상영됨. 기록편의 작가로는 楊牧, 王文興, 鄭愁予, 余光中, 周夢蝶, 林海音 육인이 포함됨.
9월 台文館이 '私文學年代: 七年級作家新典律論壇'을 거행하면서 처음으로 7학년 작가의 문학 맥락을 제대로 자리매김함.

찾아보기

저자 천팡밍陳芳明 본인이 밝힌 대로 본서는 장장 11년에 걸쳐 그가 생명을 쏟아 부어 빚어낸 역작이다. 장기간의 집필 시간과 분석 대상의 폭만큼 통시적인 통찰과 다채로운 주제를 다루고 있기 때문에, 분량 또한 독보적인 볼륨을 자랑한다. 이러한 방대한 양과 다양한 주제는 역자들이 한국어로 풀어나가는 데 있어서 상당히 어려운 요소였다.

그러나 번역자들을 실질적으로 어렵게 만든 것은 단순히 양의 문제만은 아니었다. 우리는 번역을 진행하면서 현대 타이완을 관통했던 수많은 작가와 문인들을 만날 수 있었다. 그리고 이러한 역사적 인물들이 처했던, 한편으로는 그들이 실천을 통해 구축해야 했던 역사적·사회적 환경을 목격해야 했다. 번역 과정에서 그들의 문학적·사회적 실천의 의의를 탐색해야 하는 것 또한 번역자들이 당연히 짊어져야 했다. 사실 이것은 생각보다 쉽지 않은 작업이었다. 왜냐하면 번역자들은 이 과정에서 그 모든 것에 대한 자신의 무지와 오해들을 깨달아야 했기 때문이다.

현재 타이완인들이 정서적으로 일본에 대해 가지고 있는 우호적인 분위기는 사실상 국민당 계엄체제에서 받은 상처를 다른 방식으로 표출한 것이라는 점, 종전 후 미국을 통해 수입한 모더니즘이 냉전체제의 문화적 개입 전략이라는 점에서 자유로울 수는 없지만, 최소한 타이완인들이 문학적으로 자립할 수 있는 발판을 마련해주었다는 점, 타이완 민주화운동의 성과가 정치적 차원에 그치지 않고 원주민·여성·LGBT와 같은 소수자들에게 스스로 자신의 처지에 대해 말할 수 있는 분위기를 마련해주었다는 것 등 말이다.

이런 점에서 번역자들이 번역 과정에서 깨달은 무지와 오해는 어쩌면 타이완 사회를 잘 알지 못하거나 현재 오해하고 있는 독자들에게서도 발견딜 수 있을 것이다. 이 무지와 오해가 단순히 대상으로서 타이완을 잘못 알고 있었음을 말하고자 하는 것은 아니다. 그것은 다시 말해 우리 자신에 대한 무지와 오해로 확대될 것이기 때문이다. 자기 자신에 대한 무지와 오해는 우리가 길을 찾아 가는 과정을 더디게 하거나 틀린 길로 인도할 가능성이 높기 때문에 위험하다.

역자들이 자신의 인식을 확대하고 자신을 다시 돌아보는 시간을 가졌듯이, 본서를 읽어나가는 독자들 또한 동일한 과정을 체험하기를 기대한다. 타이완의 역사와 사회, 문화에 대한 심화된 이해를 바탕으로, 우리의 모습을 비추고 우리 사회의 문제를 근본적으로 탐색할 수 있기를 바란다. 천팡밍 교수가 말했듯이 이러한 독서 행위야말로 이 책이 서로 다른 언어, 서로 다른 환경에서 살아가고 있지만 비슷한 역사적 경험을 한 두 사회에 마련된 대화의 장으로서 궁극적인 역할을 할 수 있게 할 것이기 때문이다.

번역본 출판에 앞서 본서의 번역과 출간을 허락해주신 천팡밍 선생님께 감사를 드린다. 번역자들은 실천하는 지성이라는 명성과 별개로 그의 문학작품을 대하는 균형 잡힌 시각과 학문적 통찰력에서 많은 영감을 받을 수 있었다. 오로지 문화교류의 차원에서 아무런 대가없이 사진을 제공해주신 렌징출판사聯經出版公司 총편집장 후진룬胡金倫, 《원쉰》잡지사文訊雜誌의 사장 펑더핑封德屏, 주샹쥐舊香居의 우카미吳卡密, 천이화陳逸華 네 분에게 감사드린다. 특히 후진룬 님은 저작권 협의에서부터 사진 수록에 이르기까지 모든 면에서 큰 도움을 주셨다. 옮긴이들의 번역 계획을 실천으로 옮기는 중요한 계기를 제공해준 타이완 문화부 및 담당자인 류유닝劉又寧 님에게도 감사드린다. 또한 어려운 한국 출판계의 상황에도 불구하고 번역서의 출간을 흔쾌히 허락해 주신 학고방 하운근 대표님과 임직원 여러분께도 감사드리며, 늦어지는 원고에도 불구하고 마지막까지 최선을 다해주신 명지현, 조연순 팀장님에게도 감사를 드린다.

2019년 11월

이 현 복

타이완신문학사台灣新文學史 (下)

초 판 인쇄 2019년 11월 15일
초 판 발행 2019년 11월 30일

지 은 이 │ 천팡밍陳芳明
옮 긴 이 │ 고운선, 김혜준, 성옥례, 이현복
펴 낸 이 │ 하운근
펴 낸 곳 │ 學古房

주   소 │ 경기도 고양시 덕양구 통일로 140 삼송테크노밸리 A동 B224
전   화 │ (02)353-9908 편집부(02)356-9903
팩   스 │ (02)6959-8234
홈페이지 │ http://hakgobang.co.kr/
전자우편 │ hakgobang@naver.com, hakgobang@chol.com
등록번호 │ 제311-1994-000001호

ISBN   978-89-6071-935-4 94820
            978-89-6071-933-0 (세트)

값 : 34,000원

※ 파본은 교환해 드립니다.